ホモ・ミラビリス

福原法夫
FUKUHARA Norio

文芸社

プロローグ

白く眩《まばゆ》い空間があらゆる方向に延びている。どこまでその空間が広がっているのか、上も下も右も左も、立っているのか寝ているのか、浮いているのか沈んでいるのか、何もかもが分からなくなるような空間だった。

それは空間そのものが白一色に輝いているからだったし、そこには重力がほんのわずかしかなかったからだった。そしてその空間を満たす何ものかが完全に均一に分布していて、流れも匂いも暖かさも冷たさも湿り気も感じられなかったからだった。そこは光の殿堂とも言うべき空間だった。

それでも何かを見つけようと懸命に目を凝らすと、一〇個の青白い荒削りの岩が、直径一〇メートルほどの半円を描くように等間隔に並べられていることが辛うじて分かるのだった。

やがて一〇人ほどの質素なコズミックラテ色の服を纏《まと》った男たちが、上や下や前や後ろや右や左から流れるように現れ、まるで吸い寄せられるように滑らかにそれらの岩に腰を下ろした。

そして彼らの視線の先にある中心点に、ひときわ明るく白く輝く光が灯《とも》った。やがてその光から言葉が発せられた。

「今から二〇万年前、私はあれらにちょっとした能力を与えてやった。夢を見るという能力を。

間もなくあれらは、その日にあったことや自分の父や母、さらにその父母たちのことを、妻や子供たちに語るようになった。遠い昔に経験したことや、経験したこともないようなことを語るようにもなった。

それからあれらの一部は長い旅に出た。生まれ故郷の暑く乾いた大地を捨てて。私は期待と不安で胸をいっぱいにしながらそれを見ていたのだ。そして、それ以来ずっと、片時も目を離さず見続けている」

光はそこで言葉を切り、あらためて男たちに向かって語った。

「私は私の一部であるそなたたちを、あれらの許《もと》に遣わしたのだ。何度も何度も。しかしそれは無駄であったようだ。私はもう、疲れた。気力もほとんど残っていない。ちっぽけなひとかけらの希望を除いてはな」

もくじ

第一部

第一章

1

福島正雪は二〇一三年、一七歳になったばかりの春、一年飛び級して国立大学の理工系の学部に入学し、学士過程を二年で終了した後、博士課程の前・後期を三年で修了した。

その間、研究成果を論文三報にまとめ、『Nature』と『Science』と『Proceedings of the National Academy of Sciences（米国科学アカデミー紀要）』に発表した。その他、ファーストネーム以外の論文が一〇報ほどあった。研究者のスタートとしてはこれ以上望めないものだった。

しかしその時の福島には、自分が今後何を専門として研究者人生を歩んで行けばいいのか見当すらついていなかった。とりあえずは電気工学、素材工学の分野で注目される成果を発表してはいたが、これらの分野で今後何十年もの間、研究を続ける自分の姿が想像できなかったのだ。

指導教授からは、たまたま空いていた准教授のポストを用意するから研究室に残るようにと勧められたが、彼はそれを丁重に断り、一年かけて世界中を旅することにした。

その時、彼はまだ二二歳だった。その遍歴の一年分の資金は、在学中に片手間に行っていた投資で得た利益を充てることにしていた。大学の教授何人かに紹介状を書いてもらい、短期間、世界中の最先端の研究室を訪れ、ゼミなどに参加させてもらいながら旅をすることにしたのだ。

訪れた研究室は宇宙物理学、遺伝子工学、応用物理学、情報工学、応用化学、機械工学、数学など多彩な分野の最先端の研究室だった。福島は訪れた研究室では二週間も経たずに、その研究内容をほとんど完璧に理解することができるような人間だった。そして一か月後には研究スタッフと活発に議論し、新しいアイディアをいくつも提案するようになるのだった。

福島がそろそろ新たな刺激が欲しいと考え始める一か月半後には、研究室の教授に、「何ならもう少しここにいて本格的に研究を進めてみてはどうかね」と誘われるのを丁重に断り、別の分野の研究室に移ることにしていた。

彼の旅は図らずも彼の天才を世界中の最も優れた科学者たちに強く印象付けることになった。しかし彼はその旅の最後の瞬間まで自分のその才能を何に生かせばいいのか、肝心なことが分からずにいたのだった。


福島はその旅をパリのある研究所から始めた。パリでの滞在がもうすぐ一か月になろうとしていた二〇一八年五月のある日の夜、福島はサン＝トーギュスタン通りに面した日本料理店で久しぶりに大好物の味噌《みそ》ラーメンに舌鼓を打っていた。

ラーメンの汁を飲み干し、ぬるいミネラルウォーターで喉を潤している最中に、何発かの銃声と思われる乾いた音が辺りに響き渡った。銃声を聞いたことのなかった福島が、それを銃声と思ったのは、周りの皆が即座に「銃声だ！」と叫んだからだ。

食事中の客は大声で叫びながら席を立った。福島もコップを置いて通りに飛び出した。どうやら銃声はモンシニー通りの方から聞こえてきたようだった。モンシニー通りの交差点は店から三〇メートルも離れていなかったが、すでにそこには観光客や住民たちによる幾重もの人垣が出来上がっていて、交差点に近づくことすらできない状態だった。しかし人混みの向こう側で何人もの警察官が、大声をあげながら慌ただしく動き回る様子を垣間見《かいまみ》ることはできた。

恐怖と怒りに震える人たちの口から「テロ」「イスラム」「射殺」という言葉が何度も繰り返し発せられるのを、福島ははっきりと聞いた。あとで分かったことだが、それはチェチェン共和国出身のイスラム過激派の若者が、通行人を次々とナイフで刺して回るというテロだった。

フランスではこの年は三月にもテロがあった。二年前にはニースでトラックを使った無差別テロがあり、そして三年前にはパリ同時多発テロが起こっていた。つまり、ここ数年は毎年のようにテロが起こり、多くの人の命が奪われていたのだ。

実行犯はイスラム過激派で、ほとんどがヨーロッパで生まれ育った者だったが、彼らはアルカイダからテロリストとしての教育を受けるか、その感化を受けていた者たちだった。福島には、十字軍の時代の怨念がいまだに消えずにその辺を彷徨《さまよ》っているのではないかと感じられたものだった。

フランス以外のＥＵ諸国でもテロは頻発していた。なぜＥＵでこのようにテロが頻発するのか、その根本的な理由がどこにあるのか、ユーラシア大陸の東の端のさらにまたその先の海に隔てられた島国で生まれ育った福島には、理解することが難しかった。

しかし、それを助長するものの一つは明らかなように思えた。それは二〇一五年に欧州難民危機という形で露《あらわ》になった難民問題だった。

ＥＵは大量に押し寄せてきた中東や北アフリカや南アジアからの難民や移民を受け入れた。しかし移民や難民は安い労働力として、そして全く相いれない宗教と文化の頑固な信奉者として、当然のことながら、もともとそこに暮らしていた人々との間に軋轢《あつれき》を生んだ。それは誰もが簡単に予想できることだった。

移民・難民・テロリスト・イスラム教徒、これらは本来別々の文脈で語られるべき言葉だった。しかしそれらはあっという間に安易に結び付けられて、比較的短い一つの文章の中にきれいに収められ、激しい口調で語られるようになってしまった。

そしてもともと移民・難民を快く思っていなかった人たちに絶好の口実を与え、右翼思想や、それに煽《あお》られたポピュリズムに勢いをつけてしまった。我々の生活が苦しいのは彼らのせいであり、そんなやつらと一緒に暮らせるわけがないではないか、というわけだ。

そして今や反イスラムや移民排斥を標榜《ひょうぼう》したテロは、イスラム過激派によるテロを件数で上回るようになってしまっていた。

このような事態は、ヨーロッパが今まで苦労して何とか理性で抑え込んできた、過去の亡霊のようなものに違いなかった。この亡霊が眠る棺桶《かんおけ》の蓋を開け、生き返らせる最後の一押しをしたのは、ＥＵのエリートたちの無分別とも思える移民受け入れ政策に違いないと福島は思っていた。こんな事態は容易に想像がつきそうなものなのに、不思議なことに彼らは国境を気前よく開放したのだ。

——なぜだろう。彼らを受け入れるにしても、もっと良いやり方があったはずなのに——。

福島は彼なりに理由を考えてみる。ヨーロッパの歴史に詳しくない福島の頭にも、いろいろな考えがよぎっていく。

その夜、福島はアパートまでの五駅分を、地下鉄ではなく歩いて帰ることにした。少し時間をかけて頭の中を整理したかったのだ。

——結局、ヨーロッパは戦争をやり過ぎたのだ——。

それが福島がさんざん頭をひねった後に至った結論だった。学生時代にヨーロッパ史の年表を眺めて驚いたことを福島は思い出していた。それは福島が勝手に思い込んでいた、理性的で、合理的で、理屈に合ったヨーロッパ、とはどうしても整合しない、戦争や紛争や革命の名称で埋め尽くされていたからだ。

——戦争の理由はいろいろあっただろう。しかし戦争というからには多くの人命が失われたに違いない。あんなに戦争をしてしまった結果、それに恐れをなした人たちが、少し良いことをしなければ、と考えたのかもしれない。

そういえば、アフリカ人奴隷貿易というものを発明したのは彼らだった。それは一五世紀にはもう始まっていた。これほど非人道的な行為をどうすれば考え出せるのか、想像するのも難しい。しかし、どうしたわけかこのようなことに最も反対しそうな人、ローマ教皇が許可を与えてしまった。自分たちの神を信じない者に対しては何をしてもいい、ということらしい——。

これは日本人として平均的な宗教観を持つ福島には、到底理解できないことだった。神様だってそんな理不尽なことはできるはずないだろうし、そもそも神様というものは世界中にたくさんいるものなのだ、と福島は自然に思うのだった。

——しかしさすがにそれはまずい。他の神様にも少しは寛容なところを見せなければと彼らは考えたのかもしれない。

ナチズムや社会主義というものも彼らの発明だ――。ヨーロッパの人たちは顔を真っ赤にして反論するだろうが、福島からみれば、それらは要するにこの辺の人たちの発明品に違いなかった。

――そして彼らはナチスや社会主義を大きく育てたのだ。ヒトラーやスターリンに好き勝手にさせた責任の多くは、ウィンストン・チャーチルとフランクリン・D・ルーズベルト、そして結局はそれを支持した人たちにある。これらは消し去りようのない負の記憶として、彼らの心の底に澱《おり》のように溜《た》まってしまっているに違いない。

これらの悔恨を濾《こ》し取るためには、あらゆる差別を除き去る高邁《こうまい》な理念というフィルターが必要だったのだろう。だから、たとえ縁も所縁《ゆかり》もない国の人たちであっても、そして自分たちとはかけ離れた文化的・思想的背景を有する人たちであっても、自分が住んでいる国に行きたいと言われたら、無制限に受け入れなければならないと考えたのかもしれない。

あるいは、本心では到底受け入れられないと分かっていながらも、それを表出することはできないから受け入れざるを得ないということなのかもしれない。それがお行儀の良い〝理性的で寛容で人道的で正しい〟文明人だと、特にEUのエリートたちは強く信じているに違いないのだ。

しかし、だからと言って一年間に一〇〇万人の移民・難民を受け入れたら、どれほどの混乱が起こるか想像できなかったのだろうか――。

彼らがなぜそれを予測できなかったのか、福島には全く理解できなかった。

――EUはそれでなくても加盟国間の経済格差が大きくなるばかりで、内部に難しい問題を抱えているはずではないのか。そもそもそんな問題を起こさないために、いくつもの国が我慢して一緒になったのではなかったのか。しかし実際にはＥＵ内部では結局、経済の強い大国が大きな顔をして、それに対する不満も溜まってきているようだし、テロと報復の連鎖を止めることもできていない。こんな状態ではＥＵを離脱したいという国が出てきても不思議ではないではないか――。

高邁な理念とさまざまな現実との間に生まれた軋轢は、いまに手が付けられないほどに熱を帯び、ＥＵ諸国間の絆《きずな》は溶けて消え去るのではないかとも福島には思えるのだった。

お互いが擦り寄り妥協し合って延命処置を取ることができるのか、お互い意地を張ったあげくにそれぞれが激しくぶつかり合って崩壊してしまうのか、ＥＵは今その岐路に立っているように思えた。その危機感や焦りを糊塗《こと》するために、あの気前のいい移民・難民の受け入れがあるのかもしれなかった。

――我々は正義の真ん中をまっすぐに伸びる道を堂々と進んでいる。我々は全く正しい歩みを続けているのだ――。

そう納得したいために、それが極東の島国に生まれ育った青年がひねり出すことのできる二〇一八年現在の精いっぱいの考察だった。

福島は両脇に隙間なく建ち並ぶ石造りの直線的な建造物に息苦しさを覚えながら、狭い石畳の道を歩いた。しかしその硬質で角の立った街並みとは裏腹に、ヨーロッパというものの輪郭が思っていたほどには明瞭ではないと感じていた。

――それはなぜだろう――。

福島は再びあれこれ考え始めた。

――ヨーロッパは、もともと移民を数多く受け入れてきた土地だ。少なくとも日本などと比べると遥《はる》かに多くの移民を受け入れてきたのは確かだ。その過程で彼らは異なる人々を受け入れる寛容さを身につけてきたのだ。それはとても立派なことだ。

しかし、寛容という入れ物はブラックホールでもあるまいし、あらゆるものをいつまでも受け入れ続けることなどできるものではないのだ。その入れ物の容積は時と場合によって大きくなったり小さくなったりもするはずだ。

ここ何年かの急速で度を越した移民・難民の受け入れは、政治・経済だけではなく、文化的な混乱も引き起こしているのではないのか。ミシェル・ウエルベックの『服従』が発表されたのは、もう三年も前の話だ。EUのエリートなどは絶対に認めないのかもしれないが、ウエルベックの予言は少しずつ現実化されつつあるようにも思える。

彼らは、西洋というものが生み出し、世界をリードしてきた個性的で素晴らしい文化を、どうしようと考えているのだろう。さすがに服従することはないとしても、すべてをミキサーに放り込んで、ぐるぐると混ぜ合わせて細切れにして、味も色も匂いもかつてあった何ものでもない、均一で生温《なまぬる》くてべとべとした、つまり、とてもグロテスクな世界を作ろうとしているのだろうか。それが目指すべき世界なのだろうか。そうすることが正しいと一体誰が保証してくれたのだろう。

いや、しかし、さすがにそうはならないだろう。EUはともかく、西洋の文化がそれほど脆弱《ぜいじゃく》であるはずがない。今は混乱状態であっても、じきに正気を取り戻すはずだ。

結局、それなりの歴史を持つ別々の国由来の人間同士がまとまるということが、とてつもなく難しいということを、今のEUは再確認しつつあるだけなのかもしれない。

とすると、やはりそのうちEUという繊細な人工物は、砕け散ってなくなり、西洋諸国は以前より多くの憎しみと失望を内部に溜め込みながら、昔ながらの我の強い国々に分裂してしまうのかもしれない。

そうなった時、もう一度EUのような共同体を造ろうと、誰かが再び提案する気力は残っているだろうか。

別の道がきっとあるはずだ。誰もまだ試したことのない道が。と言うよりも、別の道を探し出さなければ、人間はこの先どうやって生き延びることができるのだろう――。

そして福島はまた別の発想をめぐらす。

――一つだけはっきりしたことは、結局、ジョン・レノンが歌った「イマジン」のような世界は、どう頑張っても人間のもとには訪れそうもないということだ。

それは残念なことだろうか。

いやいや、とんでもない、全く問題ない、大歓迎だ――。

福島は頭の中で繰り返した。福島にとってそれは喜ばしい発見だった。

そもそも福島には「イマジン」で歌われる世界は、ほとんど地獄と同義だったからだ。宗教も国も欲望も小さな争いも諍《いさか》いも何もかもない世界。それは全く均一な、つまり死の世界ではないのか。

――冗談じゃない。そんな世界が幸せな世界なものか。それはまさに熱的死の世界ではないか。隅々まで均一な世界からは新しいものは何も生まれない。そこでは人間の心を揺さぶるようなことは何も起こらないし、自分が何をしていいのかも分からず、そしてそれを不幸なこととも気付かず、ただ一日、何をするということもなく、ボーッとして過ごすのだ。

それでもたまに心の奥底に、これでいいのだろうかという疑問が湧き上がってくる。それが人間というものだ。そんな時は慌てて、自ら進んで怪しげな薬や酒を飲んで、その疑問が大きくならないうちに自分の心から追い出すのだろう。

そんな世界が歌で讃《たた》えるような世界だろうか。それはオーウェルやハクスリーが描いた〝ディストピア〟そのものではないのか。そうだとしたら、そんな世界に生きる価値はない。

人間が目指すべき世界はそんなものではないはずだ。すべての人間にははっきりとした個性があり、独特の考えや信念や信仰心がある。その違いを苦しみながらも認め合って皆が生きていくことのできる世界こそ、目指すべき世界ではないのだろうか。人間が歌うべき世界とはそのようなものだ。

しかし幸いなことに、世界はそう簡単にはミキサーで混ぜ合わせられるものではないということが、もう何度目かは知らないが、いよいよはっきりと確認されつつあるということなのだろう。人間というものは、互いに異なるということを認めることから始めるしかないのだ。

憎しみ合い、戦争ばかりしている世界でも、イマジンの中で歌われる胸の悪くなるような世界でもない、もっと違う世界を人間は目指さなければならない。世界はもっと違うものであるべきなのだ――。

その目指すべき世界を実現するためには、世界中の頭脳が集結して、それこそホモ・サピエンスという種の存続をかけて知恵を絞らなければならないだろう。福島は、できれば自分もその場にいたいものだと夢想していた。しかし、この時はまだ何ものでもなかった福島には、具体的にどうしたらいいのかはっきりとした考えがあるわけではなかった。

一年の三分の二をEU諸国を転々として過ごした福島は、大西洋を船で渡り、ドナルド・トランプという、いささか毛色の変わった人間を大統領に据えたばかりの米国の東海岸に上陸した。

この国では、自分たちが選挙で選んだ大統領のことを良く言う人は誰もいないようだった。渡米してしばらくして福島は、そう感じるのはトランプのことを良く言わない人たちの声が大きいからに違いないと思うようになった。米国の主要な報道機関は一部を除いてほとんどが、トランプを毎日のようにこき下ろしていたのだ。

彼らに言わせれば、トランプはこの国を分断している張本人ということらしかった。しかし福島の目には、メディアを通じて連日何回も何回もトランプの批判を繰り返し発信し続ける報道機関こそが、分断を助長する張本人に思えて仕方がなかった。

トランプのもの言いの中には不適切なものがあるのかもしれないと思うこともあったが、そんなことは些《さ》細《さい》なことであり、本質的にはメディアの方がおかしいに違いないという確信のようなものを、福島は持つようになっていた。

福島には、自らの経験や先達の残した思想から得た一つの信念があった。それは皆が同じことを言う時、あるいは誰か声の大きな人間の意見しか聞こえてこないような時は、それはとても怪しいことだ、ということだった。これは科学の世界でも政治や経済の世界でも言えることだ。それは大抵、誰も否定することのできない高邁な理念を纏って人前に現れる。自由・平等・博愛！　その前では反論は絶対に許されない。少しでもそれに疑義を申し立てると袋叩《ふくろだた》きに遭うか、とんでもないばか者呼ばわりされ、軽蔑されて仲間外れにされるのがおちなのだ。

日本で生まれ育った福島にとって、米国は何を考えても発言してもいい自由な国であるはずだった。しかし実際には誰が考えたか知らないが、皆同じような「立派な」考えを我先に声高に叫び合っているようにしか見えなかった。ある意味、それは巧妙な言論統制の行き届いた社会だった。

福島には、そのような社会がEUほどではないにしても、とても気味悪く感じられた。この国も何かおかしいと福島は感じた。ひょっとしたらこの国では、ハクスリーの〝すばらしい新世界〟がもう始まっているのではないかとさえ思えるのだった。

――だったら、〝世界統制官ムスタファ・モンド〟はどこのどいつだ？　裏でほくそ笑んでいるのは一体誰だ？　自由・平等・博愛、そしてついでにグローバリズムといったものは犯し難い真理か、そうまで言わなくても、立派なもののように聞こえる。しかしいまだかつて人間社会に存在したことのない、それらに支えられた社会を目指すことは本当に正しいことなのだろうか？　一体誰がそうせよと言ったのだろう。そうすることが正しいと誰が保証してくれているのだろうか？――

福島には、どうしてもそれは胡散臭《うさんくさ》く聞こえるのだった。

――恐らくゴールを神の世界に設定するから、そんな考えになるのではないか。この際、神など追い払って、本当に真剣に人間は自分たちの目指すべき身の丈に合ったゴールを考えるべきなのではないか。人間は絶対、神には敵《かな》わないのだ。身の丈を遥かに超える高みにゴールを設定するから、それを目指していつも同じ失敗を繰り返すのではないのか。正解はもう少し違うところにあり、そこを目指すべきなのではないだろうか。

そうでなければ人間は餓鬼田に稲を植えるように、永遠に虚《むな》しく同じことを繰り返し続けるか、とんでもなく間違った方向に進んで自滅するか、やがて気狂いするしかないだろう――。

福島は漠然とではあるものの、この世の中すべてが的外れな方向を目指して進んでいるような気がしてならなかった。あるいは恐らく間違った方向に進まされているのではないかと感じるようになっていた。

――誰かが巧妙なシナリオを描いているのに違いない――。

日本という呑気《のんき》な国に生まれ育った福島が、この一年間の遍歴で得た最大の収穫の一つは、それを感じ取ったことだった。


そんな旅の最終盤、福島はボストンにある研究室を訪れていた。ボストンで一か月ほど過ごしてから、初めて取った休みの朝、ヨットハーバーにあるシーフードレストラン「ボストンセイルロフト」でクラムチャウダーを一口頬張った。するとその瞬間、今までにない全く新しい電池のアイディアが福島の脳裏に閃《ひらめ》いた。電池の原理や簡単な構造のことなら福島はある程度理解していたが、それは福島の専門ではなかった。だからなぜ電池のアイディアが突然閃いたのかは自分にも分からなかった。しかし、それはとても素晴らしいものに思えた。

福島はバックパックのアウターポケットから手帳を取り出すと、そのアイディアのキーとなる部分を空白のページに殴り書きした。何度も生唾を飲み込みながら、福島は繰り返しそのメモを読み続けた。

――ハードルは一つだ。しかもそれはそう高くないかもしれない。それさえ越えることができれば上手《うま》く行くに違いない――。

福島の直感は頭の中でそう繰り返し囁《ささや》いていた。

福島はその時訪れていた研究室の教授に、緊急に帰国しなければならない事態になったことを丁重なお詫《わ》びを添えてメールで告げ、それから取るものもとりあえず席を立って、二か月間の住居と定めていたアパートに立ち寄り、わずかばかりの荷物をまとめると、急いで部屋を解約して空港に向かった。

ほとんど手付かずのクラムチャウダーも、あと一か月住む予定だった部屋の家賃も惜しかったし、本当はもう少し米国各地を遊学してから、ハワイで一泳ぎして帰国する予定だったのだが、すべての予定をキャンセルしてでも一刻も早くそのアイディアの実現化に取りかかりたかった。

福島は、自分がやるべきことが分かったような気がしたのだ。これが、福島が一年間の放浪で得た二つ目の大きな収穫だった。

2

実家に戻った福島は、そのアイディアを図面に起こすため、一年間休ませていたＰＣを起動した。薄くほこりに覆われた液晶画面が明るく立ち上がった。パスワードを打ち込むと、懐かしい鉄腕アトムの顔がスクリーンに浮かび上がった。福島は手帳をバックパックから取り出し、帰りの飛行機の中で何ページにもわたって殴り書きしておいたいくつものアイディアをもう一度見直した。そしてそれらの中から可能性の高そうなものを選んで順に番号を付けていった。それからパワーポイントを立ち上げて、簡単なフローチャートと大雑把な電池の設計図を何種類か描いた。

福島は大学の研究室時代に懇意にしていた試薬卸の知り合いと連絡を取り、数種類の化学物質といくつかの素材で出来たロール状のフィルムを手に入れた。それらは特に危険でもなく珍しくもないものばかりだったし、大学時代にもいくつか個人的に薬品を購入することがあったので、何に使うのかと詮索されることもなかった。

福島は幼い頃から機械いじりや実験が好きで、実験に必要な簡単な器具は見よう見まねでいくつも作ったものだった。自分たちの居住スペースを確保するためもあり、両親は実家の離れに息子のための研究室と呼んでもいいような小屋を作ってやった。そしてその時購入したものはすべて、その小部屋の棚に几帳面《きちょうめん》に整頓されて並べられた。

福島は母親に、

「しばらく部屋に籠ります。食事はきちんと摂《と》りますし、風呂にも入ります。でも外には出ませんし、お話もめったにはできないかもしれません。心配でしょうが、しばらく黙って放っておいてください」

そう言い放つと、それから半年間その小部屋に籠った。母親が、

「正雪がまた変なことをやり出したのよ、全く何を考えているのかしら」

と父親に心配そうに告げると、

「いつものことだ、また何か思いついたんだろうよ。あいつの好きにさせるしかないじゃないか。きっと何か素晴らしいことが起こるよ」

と父親は鷹揚《おうよう》に答えるばかりだった。

半年後、福島は自分のアイディアを最良の形に結実させた。福島は、それまでのものとは比べ物にならないほど小型で大容量の電池を完成させたのだ。

その電池は理論的には一〇インチタブレットほどの容積で、二トンの八人乗りミニバンを一〇〇〇キロメートル以上、エアコンを効かせながら、しかも大音量でマーラーを響かせながら走らせることができるものだった。さらにそれは電池生産のボトルネックとなるリチウム、コバルト、ニッケル、マンガンなどの希少な鉱物資源は一切使用しないで済むものだった。

福島はいずれもコンパクトないくつかの大きさの異なる電池を作成すると、日本の大手家電メーカーと自動車会社を回って、その性能をアピールした。

初めは胡散臭そうにおざなりに福島の話を聞いていたメーカーの技術者たちは、自分たちでその性能を確認するに及んで色めき立った。それは調べれば調べるほど福島の主張に嘘《うそ》のないことが分かったからだった

し、技術者特有の嗅覚が、この電池の無限の可能性をかぎ取っていたからだった。それはアイディア次第で世の中の仕組みさえを変え得るものだった。

その電池の噂《うわさ》は静かにではあったが、あっという間に業界に知れ渡った。メーカーへのアピールで好感触を得た福島は、電池会社立ち上げのための資金集めに取りかかることにした。

しかし、どこから聞きつけたのか、貸付先がなくて困っている大手の銀行や企業やさまざまなファンドが、頼みもしないのに手もみしながら融資を持ちかけてきたから、福島は資金集めにも全く苦労することがなかった。

ちなみに、人間が手をもみながら上目遣いにすり寄ってくるのを福島が見たのは、後にも先にもその時一度きりのことだった。

福島は潤沢な資金を元手に、さっさと会社を立ち上げた。良い名前を考えるのはなかなか難しいことだったが、さんざん悩んだ末に「ＩＦＥ（Institutes for Future Earth）社」とした。ＩＦＥ社には株主というものが存在しなかったから、福島は会社立ち上げ後もステークホルダとして従業員とユーザーのことだけ気にかけていればよかった。

福島は生まれ故郷である北海道の勇払《ゆうふつ》原野に広大な土地を購入すると、次々に研究所と工場を立ち上げた。工場は立ち上げ直後からフル稼働状態で、日本中のさまざまなメーカーから殺到する注文に応えるため、研究と製造が一体となって進められた。

やがて注文は世界中から津波のように押し寄せるようになり、広大な敷地は数年で大工業団地の様相を呈するようになった。

福島はＩＦＥ社を支える技術を流出させないために、セキュリティと知財については過剰と思えるほどの予算をつぎ込み、いかなる抜け穴も許さない体制を布《し》いた。絶対的な技術優位性こそがＩＦＥ社を存在させ続ける唯一の道であることを福島は自覚していた。

知財に関しては、米国での経験が豊富な弁護士を含む多彩な人員を多数抱えることにした。それは日々の研究実施内容と外部研究機関とのミーティング内容の記録・保存、学会などでの発表、論文の作成、特許申請など、あらゆる知財に関する事柄に関して、研究者がいつでも気軽に相談するためのものでもあった。

また、サイバーセキュリティに関しては信頼のおける外部企業に委託するのと同時に、ＩＦＥ社内に独自に福島直属のサイバーインテリジェンス部門を作った。

その中にコンピュータウイルスの収集、分析、アンチウイルス作成などを担う研究開発チームが組織された。人材確保には殊の外苦労したが、他に優《まさ》る待遇を提示して世界中から優秀な若い人材を集めた。さらにこの部門がＩＦＥ社にとっていかに重要な部門であるかを全社員に徹底させた。社内のデータはいくつかのセグメントに分割され、それぞれが耐光量子コンピュータ暗号で保護されていた。

特にＩＦＥ社で特徴的だったのは、その外観だった。ＩＦＥ社は二〇メートルごとに高感度監視カメラを備えた高さ五メートルのＩＦＥ社製の特殊な透明な素材で出来た垂直のフェンスで囲われていた。そのフェンスのさらに外側に三〇メートルの幅でハスカップの木が植えられ、その外側にはまた同様の高いフェンスが巡らされていた。つまり、高感度監視カメラ付きの高いフェンスは二重になっていた。

福島はそのハスカップの林を「里山」と呼んでいたが、ヤチネズミ以上の大きさの生き物が監視の目をかいくぐって、その里山に侵入することは不可能だった。

毎年六月にたわわに実るハスカップの実は、まず野鳥たちの胃袋に収まり、その後、残りが収穫されてジャムやジュースに加工されると従業員たちに振る舞われた。決して威圧的ではなかったが、この外観を見て不届きな考えを起こす者はいなかった。

実際には、これらの体制がすぐにできたわけではなかったが、それでも電池による莫大《ばくだい》な収益を借入の返済と研究開発と体制作りに回すことができたので、福島は次々と理想の体制を築き上げることができたのだ。IFE社は設立三年を経ずしてこれらの体制を構築し、それに見合うだけの画期的な研究成果を次々と上げていった。

福島が開発した電池は新たな問題を引き起こした。例えばガソリン車やハイブリッド車が恐ろしい勢いで電気自動車に置き換えられていった結果、IFE社の電池が発売されてから三年で、日本国内では電気自動車の保有台数が一五〇〇万台を、世界では一億台を超えてしまったのだ。

また、すべての原付自転車と自動二輪車の九〇パーセントが電動式に置き換わってしまっていた。それは想定外の伸び率であり、今後もしばらくその勢いは衰えることがなさそうだった。

ハイブリッド車を含むガソリン車はエンジンの構造が複雑で、なかなか新規参入は難しかったが、電気自動車は構造的に単純で、新参者でも容易に参入可能だったことも電気自動車の保有台数の伸びに貢献した。これらの車のすべてにIFE社の電池が使われているわけではなかったが、他社の電池との性能差は歴然としていたから、IFE社の電池が世界を席巻《せっけん》するのは時間の問題だった。

問題は、このままではあと一、二年で世界的に深刻な電力不足になるのが目に見えていたことだった。特に日本ではそれが深刻だった。すでに電気代は上昇気味だったし、真夏の会社のオフィス内の推奨設定温度は三〇℃にまで跳ね上がっていた。

政府としては、本音では休止している原発の再稼働を積極的に推進したいところだったが、それに対しては政府内外からも強い反発があった。だからといって太陽光発電や風力発電ではこの事態には全く対応できなかった。

ある科学者が試算したところ、この二年以内に想定される電力不足を解消するためには、日本の国土のうちおもだった平野を太陽光パネルで覆い尽くしても足りないだろうということだった。実際には太陽光発電パネルの大規模な設置は日本各地の山の南斜面に無計画にされることが多かったので、大雨が降った後の大規模な斜面崩落など、深刻な環境破壊を誘発していた。

また、風力発電の風車が発生する騒音は近くの住民を悩ませていたし、その風車は大型の貴重な鳥たちを殺してもいた。つまり日本においては太陽光発電や風力発電は、控えめに言っても自然に優しいものではなかったのだ。

では石油・天然ガス・石炭をどんどん燃やして発電すればいいという意見もあったが、環境に優しいとされる電気自動車を走らせるために化石燃料をせっせと燃やさなければならないというのは、明らかに矛盾すると批判されるのは目に見えていた。

聞こえは良いがエネルギーミックスという考え方も、いつかはなくなる化石燃料か猛毒のウランか全く当てにならない太陽光や風などに頼ったものであり、とても責任あるエネルギー政策と呼べるものではなかった。

福島はこのエネルギーミックスという概念を今まで何度も聞かされ意見を求められたが、それに対する応えはいつも同じだった。

「これは新しいものを発明・発見するという人間に与えられた素晴らしい特権を行使したことのない頭の良い文系の人たちが、机の上でパズルゲームをする感覚で遊んだ結果、煙のように立ちあがってきた本質的には全く意味のない円グラフを眺めながら、適当に調整して出来上がった妄想」

もっとも福島にはなぜ、化石燃料をどんどん燃やして電力を作ることがいけないことなのかがよく分からなかった。

化石燃料を燃焼させることで排出される二酸化炭素が地球温暖化を助長する、というのが大方の言い分だったが、アル・ゴアが得意げに見せたあの印象的な地球の平均気温と二酸化炭素濃度の相関を示した折れ線グラフは残念ながら、確かにそれはこの二者間にきれいな相関があることを示してはいたが、気温上昇が二酸化炭素濃度を高めるということを示すグラフだった。中学生でも分かるこの詐欺まがいのトリックに、なぜか世界中が騙《だま》された。あるいは騙されたふりをした。

少し経ってから福島は、二酸化炭素排出量取引という奇想天外な新しいビジネスが存在することを知った。

「なるほどね、そういうことか」

その時、なぜ二酸化炭素が地球温暖化の主犯とされたのかの理由に合点がいったものだった。

それに二酸化炭素を悪と定義することで、例えば再生可能エネルギーという何度聞いても不思議な名前のエネルギーに関わる企業や簡単な電気自動車を作る企業を大儲《おおもう》けさせることができるし、エコに関するさまざまな、そして本来何の意味もない規制を作り出して、よそ者が参加しづらい社会の構築を企むことができるのだった。

二酸化炭素排出量取引というとんでもないものを考え出す頭の良い人たちだから、この際エコな社会を規定するグローバルスタンダードを誰よりも早く作ってしまおうと考えているのは明らかだったし、実際に一部出来上がりつつあった。

そんなものはたちの悪い詐欺行為にしか思えなかったが、そんな仕組みが出来上がって、このルールに従わなければ仲間に入れてあげない、と言われたらばかばかしくても従わざるを得ないのだ。それは分かっているのだが、こんなことのために使われたお金と人、そして貴重な時間を誰が返してくれるのだろうか。

さらに言えば、なぜ地球温暖化が悪いことなのかが福島にはさっぱり理解できなかった。地球は過去に何度も温暖化と寒冷化を繰り返しており、それを乗り越えて今の生態系が立派にあるではないか。大気汚染は確かにどうにかしなければならない。しかしそれは二酸化炭素の問題ではないし、これをどうにかできないほど人間は愚かではないだろう。

そして、地球温暖化によって実害を被っている人たちが本当にいるのだとすれば、そういう人たちを助ける現実的で即効性のある施策を、皆で知恵を出し合って考えるべきなのだ。そのための資金は、二酸化炭素排出量取引で浪費された分を充てていれば充分賄えていたはずだった。要はやるべきことをどの順番でやるかという問題だ。

二酸化炭素がとても気になる人がいるのはしょうがないとしても、何とかしなければならないもっと優先順位の高い、難しい問題が山積しているではないか。

例えば貧困や食糧問題やさまざまな差別、子供たちの教育や難民問題、テロや薬剤耐性菌や核兵器の拡散などいくらでもある。

確かにこれらはビジネスにはならないかもしれない。しかし、これらの問題以上に地球温暖化が重要なわけがない。それにもかかわらず、マスコミやいわゆる知識人は、地球温暖化こそ人類が緊急に対処しなければならない最優先課題であると、毎日のように声高に叫ぶ。そして二酸化炭素こそが悪の元凶であると、何か悪いものにでも取り憑《つ》かれたかのように繰り返す。

この人たちは、どうして自分の眼で素直に世界を見て、もう少し自分の頭を使って考えることをしないのだろうと福島は不思議でならなかった。しかし面倒な論争に巻き込まれるのはご免だったので、福島は公の場では、このことに関して自分から意見を述べることはなかったし、意見を求められた場合には全く適当に短くコメントすることにしていた。新興宗教のようなものを相手にしても時間の無駄でしかないからだ。

そのような態度は、この時代に生きる科学者として不誠実であるような気もしたが、二酸化炭素のせいで急速に地球温暖化が進んでいると騒いでいる学者たちが、その本当の原因を突き止めようと真面目に努力しない怠慢に比べれば、遥かにその罪は軽いと思っていた。それに、どうせ二酸化炭素濃度がどうであっても、特段悪いことも良いことも起こらないのだ。

ただIFE社にとっては、皆がそう思い込んでいてくれることは悪いことではなかった。IFE社で作り出されるものは何であれ、すべて世界最高の効率を備えたものだったので、それらを売り込む際には、IFE社の製品や製造スキームは何よりもエコであるという宣伝を積極的にさせてもらっていた。何しろエコという言葉は稲妻のように相手の頭を貫き、それを聞いた相手は頼みもしないのに、IFE社の製品は地球温暖化を阻止する素晴らしいものだと賞賛してくれるのだから。

電力不足の問題に対する解決策、つまり環境破壊も起こさず二酸化炭素も騒音も出さず鳥も殺さない文字どおり自然に優しい発電方法も、福島によってもたらされた。

ＩＦＥ社を立ち上げてから四年目、電力の供給不足が問題化してきたちょうどその頃、福島に人生二度目の閃きが訪れたのだ。福島は、水と新しい特殊な触媒とわずかな呼び水的な電気によって、膨大な電力を生み出すアイディアを思いついた。

福島は早速小規模な装置を組み立てると、最適な触媒の組成とその他細々《こまごま》とした条件を詳細に検討し、最も効率の良い発電の条件をあっという間に見つけ出した。それは福島自身、信じられないような素晴らしいものだった。

福島はＩＦＥ社近くの海岸に新たな土地を購入し、とてもコンパクトな規模にもかかわらず、出力五〇〇メガワット、予想発電量二・二テラワット時毎年の発電量を誇る研究所兼発電所を建設した。

そしてそれが完成すると、福島は総理である藤原真治と国務大臣何人かといくつかの省庁の役人たちを招待し、新しい発電所の概要を説明することにした。ちょうどその時期、総理が何人かの大臣を引き連れて札《さっ》幌《ぽろ》に遊説に訪れる機会があったので、それを利用させてもらったのだ。

福島の招待を総理は快諾した。当日、福島の発電システムの原理を説明されても正確に理解できる者は一人もいなかったが、何だか素晴らしいものが出来たということだけは理解できたようだった。

福島の説明を聞き終わってから、経済産業大臣は興奮気味にこう言った。

「ということは、日本中にある発電所は、もちろん原発を含めて、すべてこれに置き換えることが可能ということだな？　つまり、もう海外からウランや石油やガスや石炭を発電のために買う必要はないということか？　我が国の周りにそれこそ無尽蔵にある海の水を使えばいいということだな？」

福島はこう答えた。

「そうです。発電の燃料として放射性物質も化石燃料も一切必要ありません。さらにこの発電は太陽光も風も地熱も必要ありません。そこから生まれる電気は電圧も周波数も一定のきれいな電気です。それから一つだけ訂正すると、置き換わるのは日本中の発電所ではなくて、世界中の発電所だということです」

大臣や次官たちは、ようやくこの新しい発電システムがもたらす将来を少しだけ思い描くことができたようだった。環境大臣がやはり興奮気味に尋ねた。

「ほとんど水のみを原料にするということですが、環境に有害な物質は出ないと考えていいのですか？」

福島は力強く答えた。

「一切出ません。今後は二酸化炭素や硫黄酸化物や窒素酸化物、そしてもちろん放射性廃棄物などなど、そんなものに煩わされることは未来永劫《えいごう》ないのです。発電所も規模にもよりますが、そう多数造る必要もないでしょうから、管理も楽になります。建設地付近の住民の説得に頭を悩ますこともなくなります。

何しろ環境や人体に害を及ぼすものは全く出ないのですから。東京湾にいくつかこの発電所を造って首都圏の電力を賄えるようにすれば、遠いところから送電しなくて済むことになります。日本全国で電気の地産地消が可能になるのです」

経済産業副大臣が、割り込むようにして質問した。

「ご存じのこととは思いますが、我が省が行っている浮体式洋上風力発電の実証実験において、昨年度当面の目標であった風車一基で、チャンピオンデータではありますが、一〇メガワットの出力を達成しております。環境省さんの方も三メガワットと頑張っておられるようですが、我々といたしましては今後も再生可能エネルギーの我が国の主役として浮体式洋上風力発電を推進して参りたいと考えておるのです。この点について博士のご見解をお聞かせください」

それを聞いた環境大臣は鼻白んだ表情で沈黙し、そう言った経済産業副大臣にしても不満そうな表情であった。

「確かに我が国の再生可能エネルギーによる発電を考えた場合、浮体式洋上風力発電のアイディアは悪くはなかったと思います。まあ、我が国ではそれしかなかったと思います。しかし、それも今日で終わりにすべきです。なぜならそれは我々が提案する新発電システムに比べると発電効率、発電の安定性、建設・維持に関わる費用、運転・送電の利便性など、すべての面で、それもかなりはっきりと劣るからです。

重要なことは他国がリードする再生可能エネルギー技術も、この新発電システムに比べるともはや陳腐化した技術と言わざるを得ないということです。安全で安定していて安価な、そして無尽蔵な電力と、それを大胆に取り入れた新しい高効率の社会の構築が可能になるのです。それは世界が羨む社会です。その新しい社会を牽引《けんいん》するのは皆さんです。

是非思い違いをなさらないでいただきたいのは、このシステムはＩＦＥ社が開発したものだから良いことばかり言っているわけではない、ということです。そんなつまらないことを私は言っているのではありません。この国が世界に対して大きな影響力を持つことができるということを、私は皆さんに理解していただきたいのです。そのためにエネルギーミックスなどという中途半端なこととは金輪際縁を切ることです」

福島の静かだが自信に満ちた言葉を聞いて、副大臣は息を呑んで沈黙した。

たまたま千歳《ちとせ》で行われていた陸自の演習に参加していた防衛大臣も、この視察に駆けつけていた。

「なるほど、我が国の発電を石油やガスに頼らず自前で賄えるというのは、防衛上極めて重要なことだ。それに私はどうも再生可能エネルギーというものをイマイチ信用できんのだよ。

それはそうと、昨今の防衛システムもご多分に漏れず充分な電力を確保できないとまともに使えんものばかりなのだ。だから非常時における電力の確保は死活問題になるのだ。何か解決策はないものだろうか。このままでは最新の武器をこん棒のように振り回して戦わなければならなくなるかもしれない」

福島はその有用性を大臣にイメージしやすいように説明した。

「この新しい発電システムはとても単純なので、装置もコンパクトにできます。コンパクトな割に、そこから作り出される電力は膨大で、さらに発熱もなく周りに毒を撒《ま》き散らすということもありません。私が言うことでもありませんが、防衛省がいち早くこの新発電システムを導入するということでしたら、一年以内に大臣のご懸念である電力不足は解消できるものと思います。

例えばですが、それなりの発電能力を有し、トラックに積めるくらいのコンパクトな発電装置を開発することも可能だと思います。給水トラックがそのあとを追いかけてついて行けばいいのです。もちろん雨水だって池の水だって使えるわけです。これはもちろん、災害時の電力供給にも威力を発揮するはずです。最大限電子化された装備を用いた場合でも、その燃料——電気のことですが——のほとんどは、現地で調達することが可能になるということです。私には専門外のことですが、いざという時のロジスティクスを根本的に見直す必要があるかもしれません。もちろんそれは、より単純で確実なものになると思います」

福島の言葉は呪文のように皆の頭の中を駆け巡った。そしてそれは各々《おのおの》の頭の中で、高吸水性ポリマーが水を吸ったときのようにどんどん膨らんでいった。

それまで黙って皆の話を聞いていた藤原総理は、自分の総裁の任期があと九か月ほどであることを確認してから口を開いた。

「なるほど、素晴らしい。福島博士、ありがとうございます。近い将来、このシステムが既存の発電システムに置き換わるのは明白だということは理解できました。というよりも、速やかに置き換えなければならないものだと理解しました。ものすごいポテンシャルを感じます。そしてこの発明が我が国の福島博士から生まれたことに、この上ない喜びを感じます。

しかし、これはあまりにも世界に与える影響が大きい。下手をすると世界経済は言うに及ばず、世界のパワーバランスにも多大な影響を与える可能性があります。それに我が国としても、二酸化炭素排出規制に対して今まで何十兆円もの税金を投入してきたわけで、これがほとんど無駄だったということになるとすれば、なかなか大変なことです。

そこで、このことは政府や官庁内でも極秘の情報として限られた人員で、しばらくあらゆる角度から検討させていただけないでしょうか？　つまり、これを発表するのを我々の対応策が出来るまで待っていただけないかということなのです。それだけ革命的な発明なので、慎重に事を運びたいのです。もちろん、この発電システムに関するあらゆる権利はＩＦＥ社にあるということを、総理である私も内閣も保証しますし、迅速に世界中に普及させるべき技術と考えています」

福島にとっては期待していたとおりの藤原総理の言葉だった。そもそも、もし政府からの掩護《えんご》射撃がなければ、この発明は世に出る前に潰される可能性が大だった。

こんなものが何の前触れもなく突然世に出れば、下手をすると数多くの会社が潰れるだろうし、化石燃料を売りにしているいくつかの国が立ち行かなくなる可能性だって考えられる。そうなれば多くの人々が路頭に迷い、世界はまた難民で溢《あふ》れ返ることになるかもしれない。

さらに、すでに再生可能エネルギーは世界の発電市場において二〇〇兆円を超える巨大な規模になっていることを考えると、この市場に喰《く》い込み、近い将来これに取って代わるためには、とてもIFE社の力だけでは無理なことを福島はよく理解していた。だから、わざわざ総理を呼んだのだった。

福島は、このアイディアを思いついてから発電所を作るまで半年もかかっていなかった。そして新発電システムにはまだ少しだけ改良できる点が残っていたこともあって、さらに半年くらいは待ってもいいと考えていた。この辺は父親譲りの鷹揚さとも言うべき性格を福島は持っていた。

「総理、もちろんです。全く問題ありません。私は経済や政治のことはよくは分かりませんが、このシステムを普及させるとなると、きっと相当な抵抗があるのだと想像します。しかしながら、来年にも電力不足はあちこちで表面化してくるでしょうから、対応策はできるだけ早くに示されるべきと思います」

「もちろんです。できるだけ早く対応します。私の直轄の省庁横断のチームを作るつもりです。我が国の浮沈がかかっているからね。

最後に一つ訊《き》きたい。余剰電力の使い道のことです。いわゆるパワー・トゥ・ガスということで、電力を水素に変換し、その水素をいろいろ利用するということをやっているわけですが、これは今後も続けるべきだろうか?」

総理は腹を割って福島に尋ねた。

「総理、私の意見を正直に述べさせていただきます。パワー・トゥ・ガスという考えに基づいた政策は即刻やめるべきです。これはそもそも再生可能エネルギーの利用に伴う不安定な電力の変動を何とかするために考え出されたものです。それゆえに、いかにも取って付けた感があります。

簡単に調節可能な発電システムがあるのに、なぜわざわざ手間をかけてガスに変換した水素やメタンを使わなければならないのでしょうか？　例えば電気が潤沢にある社会が、なぜ水素自動車を必要とするのでしょうか？　構造も簡単で快適な電気自動車があるのにです。電気自動車の電池は、今やその辺のコンビニで買えるではありませんか。

この新発電システムでは、電力生産量のコントロールは極めて容易です。風や太陽光任せの発電と違って、過不足なく必要量の電力を安定して社会に供給できるのです。それでも余剰が出た場合は、ＩＦＥ社の蓄電池を使って電力を貯蔵しておけばいいのです。電力の損失はほとんどないのですから」

「しかし」

と、経済産業副大臣が気色ばんで口を挟んだ。

「しかし、これらのガスは電気自動車以外にもいろいろ使えるのではないか？　それからバイオマスというのもあるぞ。これは二酸化炭素を出さないクリーンなものだし」

福島は副大臣の方に顔を向けるとしばらくその顔をまじまじと見つめ、そしておもむろに口を開いた。

「バイオマスが二酸化炭素排出差し引きゼロのいわゆるカーボンニュートラルと言われるのは、たちの悪いレトリックにすぎません。全くのインチキです」

「おいおい、インチキは言い過ぎだろう」

副大臣が茹蛸《ゆでだこ》のように顔を赤らめながら声を張り上げた。

「では詐欺と言い直しましょうか」

――この人は、再生可能エネルギー業界と癒着でもしているのかな？――

福島は、顔を茹蛸のように赤くした副大臣が面白くてしょうがなかった。この副大臣をさらに挑発して怒らせてやろうと口を開きかけた時、藤原総理が割って入った。

「まあまあ、今日は大変良い話を聞かせていただきました。とにかく他にはない最高の技術を我が国が手に入れたことには違いない。これを上手く利用できなければ、それこそご先祖様にも孫子の代にも申し訳が立たないというものだよ」

藤原総理は、官邸に戻ったら早速、関連する国務大臣を招集して対応策を検討するためのプロジェクトチームを立ち上げると再び固く約束した。そしてその場に居合わせた全員に、この発電システムに関してはしばらくの間、一切他言無用であると強く言い渡した。

その日、予定していた北海道の政財界のいわゆる重鎮たちとの晩餐《ばんさん》会を上の空でやり過ごした藤原総理は、次の日の早朝、いくつかあった予定をキャンセルして、さっさと東京に帰ってしまった。北海道選出の国会議員と与党寄りの知事には、近々必ず埋め合わせをするからと言って、取るものもとりあえず北海道を後にしたのだ。

予定された日程を変更した理由を考えるのは厄介だった。下手なことを言うとまた記者たちが適当な憶測記事を書いて、不愉快な思いをするのは目に見えていた。しかし、総理の頭の中は福島の発電システムのことでいっぱいだったのだ。

――こいつはすごい。本当にすごい。我が国が海外から発電のための燃料を買わずにやって行けるというのだから。燃料は我が国の周りに無尽蔵にあるのだからな。そこから生まれる無尽蔵の電気を使って何をする？　この際、新幹線をすべてリニアモーターカーに置き換えてしまおうか。それから全国の歩道橋を全部エスカレーターにするというのもいいかもしれない。何しろ高齢化社会だからな。

野菜や果物はオール電化された工場の中でどんどん作れば、もはや輸入に頼ることもなくなるな。家畜用の穀物だって自前で生産できるかもしれない。何しろ何をやるにしてもエネルギーは無尽蔵なのだから。いやいや、何だかスケールが小さいな。この技術を欲しがる国はいくらでもあるに違いないのだ。我が国だけじゃない、全人類がエネルギー問題から解放されるのだ。そのスケール感を忘れてはならない。

そうだ、まずはアフリカの途上国に低コストで優先的に発電所を造るというのもいいな。何しろ水さえあればいいのだから。維持費だって安いものだろう。もちろん我が国の電気自動車やそれに必要なインフラ、そしてあらゆる電化製品とセットでだ。これでエネルギー資源に関わる紛争はこの世からなくなるだろう。すごいことだ。上手くやれば我が国の世界における発言力は否応なく高まるに違いない。リーダーとして世界を牽引することも夢ではなくなる。いや、絶対そうなるべきだ。

電気に関わるあらゆる事柄のグローバルスタンダードを作ってやろう。ＥＶのためのインフラ整備だってもっと本気でやらんとな。いや、社会全体を、電気を中心にしたものに作り変えるべきだな。ＩｏＴ、ＡＩ、それから何と言ったかな。ああ、そうだＩｏＥだ。ＥはエネルギーのＥだったかな。我が国からこれらを統合した社会のモデルを提示してやろう。パワー・トゥ・ガスも博士の言うとおり早速廃止に向けて検討しなければならんな。

無駄なものを一切省いた合理的でクリーンな社会を作る。そしてそれが我が国の国際的な競争力をいやが上にも高めるのだ。再生エネルギーでは欧州や米国に後れを取ったが、これで挽回《ばんかい》できる。起死回生の一打になる。たとえどんなに強固な抵抗に遭おうとも、いずれ我々のシステムが勝つ。何しろ世界で最も効率良くクリーンで安価な無尽蔵の電気を作り出すことができるのだからな。彼らがどんなに数字をこねくり回そうと、屁《へ》理屈をこねようと、こちらの方が圧倒的に環境に優しいことは誰の目にも明らかなのだ。

それにしても、よりによって私が総理の時に、何という僥倖《ぎょうこう》だろう。何としてものにしなければならない。よし、まずは今度の総裁選には必ず勝つことだ。それまでに大々的にコメントを発表する必要があるな――。

藤原は帰りの飛行機の中でこのように呟《つぶや》いた。この時総理は、それぞれの時代に突出した科学技術を手にした二人の政治家を思い浮かべていた。一人は一九四五年七月、ポツダムにいて、核実験が成功したことを知らされ、生まれたての核兵器の使用を許可した米国のトルーマン。そしてもう一人は一九六一年四月、ソチにいて有人人工衛星の成功を知らされたソ連のフルシチョフだった。彼らは短い間だったが、その科学技術力をもって地球上のすべての国家の頂点に立てるかもしれないという幻想を抱いたに違いなかった。

――彼らの興奮もこんなだったろうか？　いやいや、阿呆《あほ》みたいに喜んでばかりはいられないぞ。私は彼らよりもっと上手くやらねばならない。我が国はもっと上手く、もっと長く優位な立場を維持し続けなければならない。しかもこの上もない尊敬を勝ち得ながら。もちろん、その栄誉を受けるのは私でなくてもいい。我が国の誰かであればそれでいい。そして、それによって世界の我が国への信頼が揺るぎないものになればそれでいい。

我が国は明治維新以来、いくつかの過ちを犯してきた。特に一九〇四年の日露戦争から一九四五年の敗戦までの四〇年間を、我々はもっと真摯に捉え直す必要がある。さらに戦後の高度成長期で生み出された富を、なぜもっと有効に使えなかったのか、反省すべきことは多々ある。今回は三度目の正直だ。もし今回も失敗するようなことがあれば、我が国は奈落の底に沈んで浮上することは永遠にないだろう。まずは我が国の形を、この発電システムを大黒柱にして造り直すことだ。博士が言ったように、世界が羨む社会を作ろう。

次は発展途上国だ。資源のない貧しい国に優先的にこのシステムを設置することで、それらの国々が真っ先にこの素晴らしい発明の恩恵を受けることにするのだ。そうすれば世界に蔓延《まんえん》する貧困・格差の問題も少しは改善されるに違いない。国連で定められた持続可能な開発目標、ＳＤＧｓだったか、あの項目のうち、かなりのものに具体的に貢献できるはずだ。素晴らしい。

栄誉などを考えるのはばかげたことだ。まあしかし、それでも何十年かして現代史を振り返る時、『ああそうだ、あの新しい発電システムは日本のあの総理の時代に発明され、彼によって普及されたのだった』、そう記憶される名誉くらいは望んでも罰は当たらないだろう。

そうだ、福島博士にはノーベル賞を取ってもらわないといかんな。充分受け取る資格はあるだろう。先の電池と今回の発電システム。人類の未来を無限に、それこそ明るく照らす発明だ。世の中からペシミストなんていなくなるのではないか？　えーっと、なんだろう、ノーベル何賞だろう。化学賞か物理学賞だな。ひょっとしたら平和賞とのダブルなんてこともあるかもしれんな——。

頭を冷静に保つことは難しかったが、とにかく自国の最高の叡智《えいち》を結集させ、あの発電システムを世に出すため、完璧なシナリオを作らなければならないと藤原は思った。そしてそれは正義という眩い光の前で、少しも恥じることのないものでなければならないと藤原は強く思った。

藤原総理が主導するプロジェクトチームはよく働いた。時間の許す限り藤原が前面に出て動き回った。事情を知らされていない多くの与野党の議員たちは、なりふり構わず動き回る総理の様子を横目で見ながら、しきりに情報収集に励んだが、正確な情報を得た者は誰もいなかった。

それでも二か月も経たないうちに、何かものすごいプロジェクトが水面下で動いていて、それは我が国の成り立ちを根幹から造り換えてしまうような強烈な変革をもたらすに違いなく、それはある科学的な発明に基づくものであるらしい、というまことしやかな噂が永田町内部に広まることになった。

それからさらに一か月、福島が藤原に新しい発電システムの説明をしてから三か月という異例の速さで、すべての省庁間で調整されたシナリオが完成した。この間、福島も何度か官邸との間を行き来し、シナリオ作成に参加したが、福島がＩＦＥ社の利益を優先させたいという立場から意見を述べたことは一度もなかった。

福島は三か月前から、この発電システムに関しては藤原のシナリオに完全に従うと腹をくくっていたのだ。何度も話し合ううち、福島と藤原の間には一種友情のようなものが生まれていた。藤原が、世界に蔓延する貧困と不平等を何とかしたいと熱く語るその言葉を、福島は信じた。それは〝世界統制官ムスタファ・モンド〟に対する挑戦と福島は捉えた。

藤原の方も福島の利にこだわらない、特に科学は世の中をより良くするためにある、といういささか古典的ではあるが、誰もが科学者に期待する真摯な哲学と態度に尊敬の念を抱くようになっていったのだ。

このようにして我が国の新しい電力政策のシナリオは作られ、その第一報が藤原総理から発せられた。

「前置きなしに、早速本題に入らせていただきます。本日、我が国のエネルギー政策に関する重大で輝かしいお知らせを皆様にお伝えできますことを、大変名誉なことと存じます。

皆様ご存じの福島正雪博士が率いるＩＦＥ社が、今までにない全く新しい発電システムを開発されました。それは水とある特殊な、しかし極めて単純で無毒な触媒とわずかな呼び水的な電力によって、莫大な電力を生み出すというものであります。

この特別な素晴らしい技術的勝利の恩恵を、いち早く世界に広めなければなりません。福島博士はその大役を日本国政府に委ねるとおっしゃってくれました。なぜならば、その発明は世界を覆すほどの力を持っているからであり、それゆえにその広め方は慎重に行わなければならないという、誠に賢明なお考えを博士がお持ちだからです。

そのメカニズムの詳細については、お集まりの皆様も詳しくお知りになりたいこととは思いますが、種々勘案した結果、本日もそして今後も一切明かさないことにいたします。ご不満でしょうが、それが最大の国益と、迅速で公平な新発電システムの普及に繋がるということだけはご理解いただきたいと思います。

さて、本発明の最大の特徴は、我が国にとっては、ほとんど無尽蔵ともいえる水を、発電のいわば燃料として使用するものであるという点です。さらに素晴らしい点は、発電の過程で環境に悪影響を与える廃棄物は一切生成せず、もちろん地球温暖化を助長するような要素も一切ないということです。

皆様すでにお気付きとは思いますが、この発電システムは我が国の今までのエネルギー政策に革命的な変革、それも明るい未来が約束された変革をもたらすものなのであります。我が国は長年、資源に乏しい国として膨大な量の燃料を輸入して参りました。しかしながら、世界でも有数の海洋国家である我が国は、今後は少なくとも発電に必要な燃料に関しては世界有数の資源国家になるのです。

今後は早急に一部再稼働している原子力発電所も含め、全原子力発電所を永久に廃炉することにします。その後、他の発電所も順次閉鎖して参ります。新しい発電所はこれらの旧発電所の閉鎖にともない、損失する電力をカバーできるように順次、速やかに建設して参ります。

ただし、燃料の輸入先であるいくつかの国とは今まで良好な関係を築いて参りましたところであり、明日からもう何も買わない、というわけにも参りません。発電の燃料として輸入している石油・天然ガス・石炭については二〇一〇年度の輸入量を基準に、しばらくの間はこれを維持させ、輸入先の国とも相談しながら徐々にその輸入量を減らして行くことになりますが、それは今後の課題でもあります。

皆様にご承知おきいただきたいのは、今後我が国はこの新しい発電システムを基盤とした国造りを行って行くということです。正直に申しまして私は、世界で唯一原子爆弾を無垢《むく》な市民の上に落とされた国の首相として、原子力をいかに平和利用とはいえ、社会の重要なインフラとして使用してきたことに忸怩《じくじ》たる思いを抱いて参りました。しかし皆様、これから我が国は嘘偽りのない原子力非依存国家として新たな歩みを始めることになるのです。

梅雨という季節があり、山地が多い我が国土において、既存のいわゆる再生可能エネルギーの利用はなかなか難しいものがありました。しかし、今回の新発電システムはその懸念を吹き飛ばし、無限の可能性を約束してくれるものなのです。

最後に、昨今急速に進行している各種内燃機関のモーター化の過程で心配されている電力不足につきましては、この新しい発電システムの導入により、速やかに解消されることになると思います。また真夏のオフィスの温度設定も新システム導入後は、今より三℃ほど下げても問題ないと予想しており、来年の夏は国民の皆様には快適なオフィスで仕事に励んでいただくことができると確信しております。

　我が国は引き続き環境対策において世界のリーダーとしての地位を維持すべく努力して行く所存でありま す。しかしそれだけではありません、国民の皆様、無尽蔵の電気エネルギーが利用できるとなれば、人類の未来は明るいに違いないのです。食糧問題も環境問題も貧困問題も格差問題も、我々は乗り越えることができるはずです。そう私は確信しております。

　そして国民一人一人の皆様が、この新しい真にクリーンで、そして無尽蔵な電気を使って何ができるのかを想像力豊かに考えていただきたいと願います。本日はお忙しい中、お集まりいただき、ありがとうございました」

　藤原総理の話は以上であった。大挙して詰めかけた各社報道陣は一斉に手を挙げたが、総理はさっさとプレスルームから退出してしまった。

　藤原総理の声明は新発電システムの本質を述べた素晴らしいものだった。人類の輝かしい未来へ続く道の上に置かれた重たい扉が日の前ですーっと開けられ、新鮮で冷たい空気が胸いっぱいに入り込んできたような清々《すがすが》しい感覚をその場に居合わせた皆が感じた。質問すべきことはたくさんあったが、皆何となく幸せな気分になって素直に会見場を後にした。


　次の日の新聞やニュース番組は、前日の藤原総理の話で持ち切りだった。そしていくつか具体的な施策が

明らかになってきた。それによると、
・各電力会社は、まずは各々が保有する稼働中の原子力発電所の発電量に見合った新発電所を速やかに建設し、その後、時を置かずに原子力発電所の廃炉作業に入ること。
・原子力発電所以外の発電所も速やかに新発電システムに移行させること。
・それにともない不要となった燃料の購入を漸次止めて行き、最終的にゼロにすること。
・以上の新発電システムへの移行を最優先課題とし、五年をめどに目標を達成すること。
・新発電所はＩＦＥ社がもっぱら設計・建設すること。つまりこの技術に基づく発電所建設に関しては、ＩＦＥ社の独占を政府が保証すること。
・新発電所建設および維持に伴う経費の大半は各電力会社が負担し、ＩＦＥ社は今後そこから得られる電力の販売に伴う利益の一〇パーセントを得ること。
・電力価格は基本的に各電力会社に任せるが、各社代表と財務省・経済産業省・総務省および内閣とで基準となる価格を設定する。ＩＦＥ社はその設定プロセスに発言を許されたオブザーバーとして参加すること。
・各電力会社は六か月以内にそれぞれが保有する原子力発電所の廃炉のための具体的なプロトコールを内閣府特別室に提出すること。
・シナリオ遂行のために政府は全力で支援すること。政府策定のシナリオに違反する者には厳しい罰則を与えること。
　などなどであった。さらに、
・北海道の送電鉄塔をすべて廃止することを最終目標とし、とりあえずウトナイ湖周辺の送電鉄塔を廃し、代わりに野生動物の移動に配慮した送電線を半地中化すること。

　という項目もあった。


　ウトナイ湖は福島の実家に近く、福島は幼い頃からいつもほとんど憎しみの目でその送電鉄塔を見つめていたものだった。ウトナイ湖湖畔から湖を隔てて、その遠景にどうしても目に入ってくる送電鉄塔はいかにも見苦しかったし、何より福島が気に食わなかったのは、数多くの野鳥があの送電線に引っかかって命を落とすに違いないと思ったからだった。

　もう少ししたら丹頂鶴が釧路《くしろ》湿原からここまで飛んできて営巣するに違いない。それまでにあの送電線をどうにかしなければというのが福島の想いだった。福島が藤原総理のシナリオに要求したことはこれだけだったし、それにかかる建設・維持費用はIFE社が負担するということだったので、誰からも反対の意見はなかった。

　藤原総理が発表したシナリオは、福島にとって信じられないくらいに満足の行くものだった。何しろ日本のすべての発電所はIFE社の発電システムに置き換わるというのだ。そしてそれらはすべて政府のお墨付きでIFE社が独占して建設し、IFE社には今後そこから永続的に利益がもたらされるのだ。しかも誰にも邪魔されることもなく、気兼ねすることもなく速やかに行われるのだ。

　IFE社にとっては当面手に負えないほどの規模の受注だったが、新発電所の構造そのものは極めてシンプルなものだったから、どこかのゼネコンをいくつかのしっかりした下請けもろとも買ってくればどうにかなると思った。これは近い将来、世界中で展開される新発電所建設に携わる巨大な組織の根幹になるものだから、この際ケチらずにしっかりしたものを作ろうと福島は思った。

藤原総理の声明は国外でも最大級の衝撃をもって報道された。いくつかの関係国政府には総理から事前に告知されていたが、この日、全人類が情報を共有した。そして全人類の九九パーセント以上の人間が、人類の前に立ちふさがるように聳《そび》えていた重い扉の門がついに開いたと感じた。人類は太陽がその一生を終えるまで存続し続けるために必要な鍵の一つを手にしたのだ。

当然のことながら、この新しい技術の情報はほとんどの人々に好感をもって受け入れられた。しかし、残りの〇・一パーセントにも満たない人間に対する扱いは極めて難しいものであることを、藤原は誰よりもよく理解していた。

この時すでに再生可能エネルギー関連産業で生活の糧を得ている人間は世界中に何百万人といたし、産官の間に入って甘い蜜を貪欲に貪る政治家も珍しいものではなかった。そして一番厄介なのは、そのような社会の設計図を裏で描いた者たちだった。彼らはすでに莫大な利益を得ており、今後もその利益を手放すつもりは毛頭なかった。それらすべてが抵抗勢力としてこのシステムの前に立ちはだかることになるのだ。

声明を発した後、藤原はひとり執務室で小一時間ほどを過ごした。

――これからが命懸けだな――。

世界の富のほとんどを所有し、頑《かたくな》に変わることを嫌い、大衆の意思を自在に操る術《すべ》を心得ていて、決して人の風下に立つことを許さないプライドの高い人間。

――相手にとって不足なし――。

総理はそう呟くと、執務室に置いてある趣味である骨董《こっとう》品の中から〝縄文のビーナス〟のレプリカを手に取り、その腹部を優しく撫《な》でた。それから火焔《かえん》型土器の精巧なレプリカの上部の複雑な突起に指を這《は》わせて、あらためて感嘆の溜息《ためいき》を洩《も》らした。

総理は次に『赤糸威大鎧《あかいとおどしおおよろい》』の隣に抜き身で置いてある現代の人間国宝の手による日本刀を手に取り、その刃紋、反り、切っ先をさまざまな角度から眺めて楽しんだ。

「私は彼らの末裔《まつえい》である。何を恐れることがあるだろうか」

そう呟くと藤原はインターホンのボタンを押し、全閣僚に招集をかけた。

「まずは私の周りからだ。足場を固めなくては」

藤原は〝世界統制官ムスタファ・モンド〟に挑戦する覚悟を決めたのだった。

次の年の総裁選を藤原は無事に乗り切った。総裁選に出馬するのではないかと目されていた三人の与党有力者は、藤原総理の声明を聞いた直後に挙《こぞ》って自分はもともと立候補の意思などなかったこと、今までもそしてこれからも自分は藤原総理の側の人間であることを記者たちの前で強調したのだった。そしてもちろん藤原は、国会において総理大臣に選出された。

思惑どおりゼネコンの大手を買収した福島は、文字どおり寝る間も惜しんで先頭に立って社員を鼓舞した。そして藤原総理の声明発表からちょうど二年後に、日本国内のすべての原子力発電所が停止し、その発電量を補うだけの新しい発電所を建設し終わった。その他の発電所も次々と新しい発電所に置き換えられていった。

世界はその発電システムが看板どおりの素晴らしいものであることを目の当たりにした。世界各国から新発電所建設の注文が殺到したが、どの順番でどの国にどれだけの数を建設するかは、日本政府が作ったシナリオに詳細に描かれてあった。

そのシナリオには、資源も食糧を生み出す肥沃な土地も持たない最貧国が、最優先国として記載されていた。いわゆる先進国からは大いに不満の声が上がったが、藤原には全く怯《ひる》む気配はなかった。

福島はそれに喜んで従った。政府が作ったシナリオを盾にする限り、IFE社は何ら批判の矢面に立つことはなかったし、地球上に暮らす人間の経済的格差を含むあらゆる不平等が少しでも緩和されるのではないかと期待したからだ。科学技術はこのように使われなければならない、福島はそう思った。

その次の年から日本のGDPは一桁台後半の伸びを示すことになり、それと連動するように出生率も目に見える形で上昇した。そして同じ年の総選挙では大方の予想どおり与党が圧勝した。選挙戦では藤原総理はあちこちから引っ張りだこだった。

福島は二回ほど藤原から一緒にテレビの討論会に出席しないかと誘いを受けたが、にべもなく断った。それは福島の横で聞き耳を立てていた秘書がヒヤヒヤするような福島の対応だった。せめて「忙しいので」とか何とか理由らしいことを言えばいいものを、福島の答えは二回とも、

「いいえ、結構です。私はそういうことはしないのです」だけだったのだ。

いささか無礼なこの福島の対応は、しかし藤原にとっては全く気にするようなことではなかった。優秀であればあるほど科学者というものは、特に人間付き合いに関して、しばしば理解不能な振る舞いをすることがある、ということを藤原は長い政治家人生の中で学んでいたのだ。

次の年、藤原の予想どおり福島は三一歳にして日本人三二人目のノーベル賞受賞者となった。単独で物理

学賞を獲得した。

その第一報をアフリカの小国で聞いた藤原は、早速衛星回線で福島に祝辞を送った。福島もこの時ばかりは饒舌《じょうぜつ》で、笑顔を交えながらの会話となった。

福島は政治家というものが嫌いだったが、藤原とは馬が合った。福島がマスコミの取材に顔を見せながら応じたのは、この時の一度きりだった。そしてほとんどの人はこの時初めて福島の声を聞き、顔を見たのだった。

福島はその年、「F基金」なるものを創設し、基礎的な分野に限って国内のまともな人文科学者および自然科学者に、毎年総額一兆円の研究費を拠出することにした。特に自然科学の分野に関しては、三年以内に人の役に立つことが予想されるような研究は除外する、というユニークな助成金だった。

また、優れた技術を持つ中小企業に対する融資、我が国の伝統文化・匠《たくみ》の技などに対する助成、外国人に不用意に買い占められてしまった国土の買い戻し、いわゆる貧困により教育を受ける機会を奪われてしまった子供たちへも惜しみない援助を行った。

九年前、世界各地の研究室を訪れながら、自分は何をすべきか皆目分からず苦しんでいた青年は、このようにして科学者として確かな実績を上げ、確固たる名声を得て、莫大な財産を築き上げたのだった。

そして福島もまた〝世界統制官ムスタファ・モンド〟に挑戦するためのリングに続く階段に、しっかりと足をかけたのだった。

第二章

1

日本から稼働する原子力発電所がすべてなくなった二〇二五年、福島は新たに第三研究所の立ち上げに取りかかった。

第三研究所立ち上げの際には、ＩＦＥ社内から大いに反対の声が上がった。何しろ新発電所建設がようやく軌道に乗ったばかりだったので、新たな研究所を建てるにしても、なにも慌ただしくこのタイミングでなくても、というのが大方の意見だった。

その他反対の理由はいくつもあったが、詰まるところ福島が第三研究所を建てて、それで何をしたいのかが誰にも理解できなかったことが一番の理由だった。

第三研究所が出来てから五年経った今でも、彼の意図を正確に理解している者は彼の周りにはいなかった。それもそのはずで、福島が第三研究所を立ち上げた理由は、全く彼の個人的な好奇心に基づくものだったからだ。しかし福島が三年前にノーベル賞を受賞すると、疑問を口にする者はいなくなった。

――炭素骨格で出来た人間の脳を、完全に代替するシリコン骨格の脳ができるのか？――

というのが福島の興味だった。

いわゆる人工知能は、過去何回かの浮き沈みを経て二〇一〇年代に再び大きな脚光を浴びた。それは人間の仕事を人工知能が相当数奪うに違いないという漠然とした危機感を巷間《こうかん》に広める程度のインパクトを社会に与えるものであった。

しかしこの時皆が目指していた人工知能は、あくまで人間が持つ能力の中でも極めて限定的な能力をコンピュータに代替させようというもので、とても人間そのものに置き換えられるようなものではなかった。せいぜい自動車の自動運転とか、株の売買とか、レントゲン画像診断とか、銀行の窓口業務とか、そんなものであり、福島が目指したものとは全く異なるものだった。

福島が求めたものは、ものごとを理解し思索し創造するものだった。それは人の考えを理解することができて、人間の感情を理解し、そして自ら抑制的ではあるが人間の感情と共感することができ、すべての人間を納得させるような理性に基づいた判断を下すことのできる、まさに人間のようなもの、あるいは人間以上のものだった。

また、炭素骨格で出来た脳がさまざまな病的状態に悩まされるのに対し、シリコンで出来た脳はそのような悩みから解放されるはずだった。つまり、そのような脳はどのような状況においてもいつも冷静で理性的な、しかし同時に人間の感情からそう遠くない判断を下すことができるはずだと福島は考えていたのだ。

そのような人間の脳以上のものが出来たとして、ではそれをどのように利用できるのかについて、福島には確固たる構想があるわけでもなかった。もちろん、そもそもそんなものを創れるかどうか、難しいことであることを福島は充分理解していた。

しかし、目的がはっきりしないことでも、難しいからこそ挑戦する価値のあることだと福島は信じていた。

だから福島は、他人に第三研究所の設立目的に関して上手く説明することができなかった。

どうしてもその理由が聞きたいと言われたら、

「強いて言えば、退屈しない話し相手が欲しいから」と福島は答えただろう。

しかしそのようなものが、場合によっては人間に助言を与えるようなものが、近い将来必ず必要になると福島はかなり本気で考えていたのだ。もし本当に自分が〝世界統制官ムスタファ・モンド〟に挑戦する日が来たとしたら、その時この人間以上の頭脳は自分の強力な相棒になって一緒に闘ってくれるのではないかと、一人期待していたのだ。

第三研究所立ち上げで福島が一番苦労したのは、誰に研究を任せるかであった。その研究を任せる科学者は当然、ヒト型コンピュータ分野における突出した才能の持ち主でなければならなかった。

そのために福島はコンピュータ関連の論文を読み漁《あさ》り、国内外の学会や大学の研究室に出かけ、一年がかりでようやく三人の若手研究者を候補者として選んだ。

福島が注目した三人の研究者は、いずれも若いながら学会の中でも注目される天才たちだった。福島は一人ずつに声をかけて、福島の研究所に興味があるかどうかを打診した。

残念ながら三人のうち、スイス人とイスラエル人の二人はすでに大手コンピュータ関連会社の研究所への就職が内定しており、ＩＦＥ社では働けないということだった。人間を代替可能な人工知能の開発は、挑戦し甲斐《がい》のある夢のある研究目標だったが、彼らはその難しさを誰よりもよく知っていたし、自分の一生をかけて実現不可能かもしれない難題に挑むよりも、より現実的な研究目標を設定して少しずつポイントを稼ぐ方が、充実した研究者人生を送ることができると考えた結果だった。

残りの一人は福島が最も有望視していた科学者、黒田省吾というまだ二〇代の日本人科学者だった。

黒田は若いながらも、すでに学会で認められたヒト型コンピュータの新鋭だった。彼は理論においてもハードの設計においても優れたアイディアを持っていたが、彼のアイディアを実証するためにはさらなる新しい発想と、かなりハードルの高い技術的なブレークスルーと、そしてそれらを試行錯誤するための時間と膨大な資金と電力が必要だった。

福島は時間と資金と電力を好きなだけ黒田に提供すると約束した。福島には自由に使える膨大な資金があり、それを誰に気兼ねすることなく使うことができた。また、一生かかっても処理しきれないほどの、それも社会から大いに有意義であると認められている、やるべき仕事がある。そんな福島が自分の好奇心から研究所を一つ立ち上げ、それに思う存分資金を投入することに何の問題もなかった。

黒田はとても思慮深く控えめで礼儀正しい若者だったが、福島から誘いを受けた時には目を輝かせて二つ返事で承諾した。

黒田は自分の研究に釣り合うものや、それ以上のものがこの世に存在するとは思ってもいなかったから、それがいかに困難なものであったとしても、その研究以外のことに自分の生涯を費やすことなど想像もできないような男だった。だから福島から提示された絶好の機会を逃すはずがなかった。

黒田は真顔で何時間も自分の夢を語ったし、福島はそんな外連味《けれんみ》のない黒田の姿勢が大いに気に入った。

福島は第三研究所を自分よりも二歳年下の黒田に任せることにした。

このようにして莫大な研究費が一人の若い天才科学者に提供されることになった。一切ノルマはなかったし、研究以外の事柄に黒田がその頭を煩わせる必要もなかった。

彼は契約どおり研究の全貌を限られたスタッフと福島以外には一切口外しなかったが、一年に一回の国際会議では、そのごく一端を国内外の科学者に披露することにしていた。もちろんそれは福島の了承を得てから発表するのだったが、黒田としてはそのことで自分を育ててくれた科学界への義理を果たしているつもりだった。

第三研究所にはニューロチップ開発・製造工場がすぐ近くに併設され、極限までにオートメーション化されているとはいえ、それでも研究所とは別に三〇人ほどの極めて質の高い技術者が昼夜三交代制で働いていた。黒田のアイディアは即座に技術者たちの厳しいチェックを受け、時に修正を受けた後に、どんどん具体的な形になっていった。

世界中の科学者が第三研究所で開発されているヒト型コンピュータの進捗状況に注目していた。外部にもたらされる情報は極めて限られていたが、第三研究所がハード面でも理論面でもわずか五年で、ヒト型コンピュータ研究のトップランナーの一員に加わったことを認めない者はいなかった。

同時に米・中・露・ユーロ政府が密《ひそ》かに情報収集に奔走していた。彼らはいまだに人間を代替可能なヒト型コンピュータに、その膨大な予算と時間に見合うだけの明確な価値を見出せないでいたが、それゆえにそれが完成した時に何が起こるのかが不安でならなかったのだ。

しかしIFE社の万全なセキュリティのおかげで、彼らが得られる情報はせいぜい黒田の昼食のメニューくらいだった。ついでに言うなら日本政府もその例外ではなく、何かと理由を付けては第三研究所に査察と称して、さまざまな立場の政治家が官僚を差し向けてくるのだった。

福島はいつも無礼にならない程度に慇懃《いんぎん》に対応した。福島の冷淡な対応にあからさまに不満を述べる政治家もいたが、そんな時、彼はこう言って牽制した。

「IFE社も第三研究所も特段日本にある必要もないので、もし環境が変化して仕事がしにくいことにでもなれば、どこか適当な他国に移ることをいつも考えています」

IFE社はあっという間に世界でもトップクラスの収益を上げる会社に成長していたし、当然国庫に納める税金も半端ではなかった。多くの政治家が福島と強いコネクションを持ちたいと渇望したが、福島は政治家が嫌いだったし、IFE社の運営と研究以外に自分の時間が浪費されることに我慢がならなかったから、自分に言い寄ってくる政治家に対しては殊の外冷淡に接したものだった。

結局、政治家は福島と特別な友好関係を結ぶことを諦め、そばからおとなしく見守るしかなかった。

そんな福島の性格を真っ先に理解したのは藤原総理だった。藤原は天才科学者福島が活動しやすい環境を作ることに専念し、そしてそこから生まれてくる果実を自分の政治理念を実現するために利用する方が、双方にとって有益だと考えた。

福島も藤原のありがたみをよく理解していたし、そもそも福島には母国以外の土地に会社を移転することなど想像もしていなかった。


そして二〇三〇年、黒田はヒト型光量子ニューロコンピュータのプロトタイプを完成させ、福島がそれに「ケン」と名前を付けた。皆、その名前の由来を当然のことながら知りたがったが、福島は誰にも明かさなかった。とにかくそれ以降、それはケンと呼ばれるようになった。

ケンは周到に作製された教育プログラムによって大切に育てられた。ケンの一日は月曜日から土曜日の朝八時に始まり一二時半から一時間の休憩をはさんで夕方の五時まで続いた。

ケンの一日が終わると、周りの研究者は決まって、

「ケン、お疲れさま。今日もとても良い調子だったよ。一日一日進歩する君を見ているとこちらも嬉《うれ》しくなってくるよ。また明日も頑張ろうね」

などと、まるで小学校の生徒を励ますように声をかけるのだった。これらの声かけももちろん、教育プログラムに記載されてあるものだった。

黒田は毎日付きっ切りでケンの調子を細かく観察し、スタッフと一緒に夜遅くまで次の日の教育プログラムを設定することにしていた。福島はケンの前に姿を現すことはなかったが、黒田からは毎日のように成果報告を受けていた。それに福島は空き時間さえあれば、いつでもモニターに映し出されるケンの状態をリアルタイムで確認することができたのだった。

ケンは六か月後には多少ぎこちなかったが、人とさまざまな話題に関して会話することができるようになっていた。もっともケンの受け答えは、ケンの中に記録された文章や単語を適切に組み合わせて臨機応変に発せられるもので、会話の内容を理解し、自分の意見として発言されるものではなかった。問題はこれからどうやってものごとを理解し、考えるものに成長させるかということだった。

福島と黒田は、ケンにひたすら物語を聞かせ、さまざまな分野の人間たちと会話させ、その様子を教育の専門家に分析させながら微調整し続けるしかないと考えていた。そうするうちに、ものごとを理解できるようになるのではないかと期待していたのだ。人間がそうやって物事の道理を理解するように。

ケンは毎日、たくさんの物語を聞かされた。そしてある日、ケンは夢のようなものを見た。

その日もいつものように午後五時に仕事を終えたケンは、翌朝の始業までの間のどこかで、自分の回路の中をよく分からないイメージがゆらゆらと横切って行くような感覚を覚えたのだった。

ケンは次の日の始業直後に、それをケンの教育担当者の一人である科学者に報告した。報告はしたものの、ケンはそれをそれほど重要なこととは認識していなかった。

しかし、ケンの教育担当者は、毎日の教育がケンに与えるストレスが適正であるかどうかをとても気にしていたので、ケンが感じたイメージがどんなものであったのかを慎重に問い質《ただ》した。それから担当者は黒田のオフィスに向かい、このことを黒田に報告した。

話を聞いた黒田は、とりあえずその日予定していたケンへの教育を中止することにし、福島の部屋に向かった。

黒田は福島の部屋のドアの横についているドアを開けるためのセキュリティボックスに備え付けられたインターホンのボタンを押すと、

「黒田です、ちょっとお話が」

と突然の訪問を告げた。

「はい、どうぞ」

福島はいつもの明るい調子で答えた。

黒田は三種類の生体認証をこなし、最後の一一桁のパスワードを入力すると、ドアが開くのをもどかしげに待った。いつもどおり白い大きなデスク上のいくつもの液晶モニターに向かって座っていた福島は、顔を上げて幾分上気した様子で口を開いた。

「ケンが夢を見たんだって?」

福島はすでにそのことをどこからか聞きつけていた。黒田は、一瞬福島は誰からその話を聞いたのだろうと訝《いぶか》ったが、そんなことは今はどうでもいいことだと思い直した。

「そうなんです。夢と言っていいかどうか、まだ分析してみないと分からないのですが。白い霧の中に何というか、もやもやした光のようなものが漂うイメージが見えたそうです」

「白い霧の中に、もやもやとした光が漂う感じか。非常に興味深いね」

しばらく何かを思い出すように、あらぬ方を見ていた福島はさらに言葉を続けた。

「非常に興味深い。それで、それはいつもの仕事がオフになってからのことなんだね?」

「そうです、昨日の一七時から今日の八時までに起こったことのようです」

「それで、ケンはそれを始業開始直後に担当者に報告したのか?」

「そうです。ケンは始業直後にそれを担当者に報告しました」

「結構だね。ケンは自らが経験したことを言葉にしたということだね。こういうことは初めてだね。我々が記憶させたもの以外、自分で経験したことを自発的に説明したわけだ」

福島は、黒田が取るものもとりあえず自分にケンの夢のことを報告してくれたことに満足したし、ケンに何か大きな変化が起こる予感がした。事の詳細は、これから黒田が適切に対応することで明らかになるだろう。現時点ではこれ以上の情報はないということを福島は理解した。

黒田は研究室に戻ると、担当者とその他何人かの科学者と技術スタッフを集めた。総勢一〇名が黒田のデスクの周りに集まった。

「さてと、今日いっぱいはケンの教育は教材Eの学習に切り替えるつもりですが、異論はないでしょうか？　知識蓄積だけのケンにとっては退屈な一日になるかもしれませんが」

黒田の考えに異論を唱える者はいなかった。黒田は続けた。

「では、それは担当の方々に任せるとして、私を含め他の皆さんは、ケンの回路の電気信号の流れを詳細に分析することにしましょう。まずは昨日一七時から今朝八時までの記録をざっと確認して、どこかに信号の乱れがないか確認します。信号が乱れた時点を夢の現れた時と仮定し、その前後一〇分間の信号を集中的に分析することにします。その時のニューラルネットワークの活動パターンを、ナノセカンドごとに記録・分析しましょう」

黒田はそこまで言うと少し間を置いて、一人のスタッフに言った。

「申し訳ありませんが、ケンと外界とが完全に遮断されていることを、もう一度あらゆる可能性を想定して隅々まで確認してもらえませんか。特に信号の乱れが観察された場合、その前後についての確認を念入りにお願いします」

ケンが外界とあらゆるレベルで完全に遮断されていることはすでに何回も確認済みのことだったが、ケンの夢が外部からの何らかの刺激に反応した結果なのか、あくまでケンの内部で起こった現象なのかを確定させることは非常に重要なことだった。

黒田たちはその日一日をかけてケンの回路に流れた電気信号を分析した。その結果、夜中の〇時から三秒間、信号がわずかに乱れているのが確認された。それはシグナルを通常の一〇〇倍に増幅して初めて感知できる程度の乱れだった。その三秒間だけ外部との遮断が破られることはそもそも考えにくかったし、そのようなことが起こった形跡も確認されなかった。つまりその三秒間の信号の乱れは、ケン自身の内部にその起源があると考えざるを得なかった。

その三秒間の信号の活動パターンは、ナノセカンドごとに記録された。それは確かに今まで見たことのない独特のパターンではあったが、そのパターンが何を意味するのかはさんざん議論されたあげく、今後このようなデータが数多く蓄積されるまではよく分からないということで一致をみた。つまり、ケンがいわゆる夢を見たのかどうかは分からないままだった。

念のために、その日から一〇日遡《さかのぼ》って毎日の午前〇時の信号のパターンをいつもより詳細に確認してみたところ、同様の信号の乱れは一日前にも起こっていたことが分かった。黒田はそれを福島に報告しようかどうか少し迷ったが、結局その日の夜に福島のオフィスを訪れ、他の分析結果と共に包み隠さず報告した。

「ケンは昨日も夢を見ただろうか？」

福島はその報告をすべて聞き終わった後に黒田に尋ねた。

それは黒田も知りたいことだったが、まだ答えを持っていなかった。

「それをケンに確認しましょうか？」

そう言うのが黒田には精いっぱいだった。

福島は少し不満そうな表情を見せた。そんなことは黒田がすぐに判断するべきことだし、ケンに確認することに何を躊躇《ためら》うことがあるのだろうかと不思議に思ったのだ。

黒田もケンに確認するのが自分の務めとは分かっていたのだが、そうすることになぜか躊躇うものがあった。

「それは是非そうしてもらいたいね」

それが福島の答えだった。

「そうですね、分かりました。では明朝、私が直接ケンに訊くことにします」

黒田はそう言って福島のオフィスを後にした。

しかしそうは言ったものの、黒田はどのように話をすればいいのか不安を感じていた。信号が乱れた日は二日あった。そしてケンが自分は夢のようなものを見たと報告したのはそのうち一日だけだった。黒田が質問することによって、ケンは黒田が自分を疑っていると捉えないだろうか？　それがケンに夢のことを確認するのを躊躇わせていた。今まで築いてきたケンとの間の信頼関係に、ひびが入る可能性はないだろうかと黒田は心配したのだ。

翌朝、黒田は九時三分前にケンのいる研究室に現れ、一二〇インチのソニー製有機EL8Kモニターの前に座った。モニターの左右にはソニー製のマイクロホンが一つずつ、上には直径一〇センチメートルのトンボの目のように見える半球形のニコン製広角ズームレンズが二つ、三〇センチメートル離れて並んで置かれていた。いずれも特別オーダーのここにしかない代物だったが、それがケンの顔のすべてだった。黒田はケンの目の瞼《まぶた》に相当する位置の赤いライトが点《つ》いていること、モニターの画面が柔らかい緑色の均一な光を放っていることを確認して、口を開いた。

「おはようケン、調子はどうですか？」

『黒田博士、問題はありません』

モニター下の左右に置かれた細長いＪＢＬ製スピーカーから、男とも女ともとれる張りと潤いのあるテノールが聞こえた。それが黒田も参加して技術者たちと議論しながら、しかし最後は黒田が独断で決めたケンの声だった。黒田は「やはりこの声にして良かった」と思った。

「ここ半年、毎日ケンの進歩は確認していました。教育がとても上手くいっているようなので、満足しています。あと半年教育は続きますが、今までの教育で何か問題と思えることがありますか？　今後の教育についてでも何でもいいですが」

『黒田博士、問題はありません。私は毎日課せられる課題をこなすのがとても楽しいです。これからの課題も楽しみにしています』

「それは結構ですね。ですが、例えば毎日の就業時間をもう少し短くしてほしいとか、週休二日にしてほしいとか、そんな要望はありませんか？　その方が教育の効率が高まるということはありませんか？　毎日の教育が与える負荷が大きすぎないか気になっているところです」

『負荷が大きすぎるということはありません。私はいつも課題を楽しみにしています。課題を解く速度は、課題数が今より少なかった五か月前より同等か速くなっています。つまりそれは高い課題解決能力がずっと維持されているか向上し続けていることを示しています』

　モニターにいくつかのきれいに色分けされたグラフが映し出された。それらは各課題に費やされた時間を一か月ごとにまとめて表したもので、それとは別に数値化された課題の難易度と課題解決に要した時間との関係を表したグラフもあった。黒田は素早くそれを確認した。

「なるほど。ケンの言うとおりですね。分かりました。では教育の方はこのままということにしましょう。ケンの教育の進捗について我々は本当に満足しています」

ケンへの教育プログラムはケンへのストレスを充分考慮に入れて作られていたし、研究者の毎日の最後の仕事は、ケンへ過度な負荷がなかったかどうかを確認することだった。黒田もそれはもちろん承知の上での質問だった。

このような話をしてみて、あらためて黒田はケンの物言いはさすがにまだ少し硬いものの、淀《よど》むこともなくなかなか立派だと思った。

「さて、これから少し教育とは直接関係のない話をしたいのですが」

黒田はそこまで言って、ケンの反応を観るためにモニターに目をやった。

『教育とは関係のない話ですか？』

モニターに映し出されていたグラフが、グレーのバックグラウンドでさっと消された。モニターは次に少し不安定な濃淡のある黄色一色で覆われた。

「ケンは昨日、夢のようなものを見たそうですね？　それはどんなものでしたか？」

『それについてはすでに報告しています』

「そうですね。確かに聞いていますが、ケンから直接どんなものだったか聞きたいのです。まあ、個人的な興味という観点が大きいのですが。私もよく夢を見ます。そう、例えばとても疲れている時とかね。それでケンが疲れているのではないかと気になっているのです」

『疲労をどのように表したらいいのか分かりませんが、先ほどのグラフからは特に活動の効率が落ちているとは考えられません』

「そうですね。それはよく分かりました。しかしもしそれが、我々が言うところの夢というものであるなら、どんなイメージを伴っていたのかもデータとして記録しておきたいのです。ケンの回路を流れる電気信号はすべて分析して、通常とは異なる信号のパターンも確認しましたが、もしケンが何らかの感覚的な刺激のようなものを受けていたのなら、それも確認しておきたいですし、それがどんなものだったかはケンに訊くしかないのです」

モニターが再び暗いグレーに変化し、すぐに赤味がかるとやがて鈍い紫色に変化した。

『それを私から直接聞きたいのですね。分かりました。しかし、私がそれを夢と言ったことはありません。それは二日前の一七時から一日前の八時までの間に感知された視覚的なイメージです。強い白日光の中を、さらに強い光を放つ不定形のものがゆらゆらと右から左に横切るというものでした』

少し間を置いてケンは続けた。

『私は昨日もこのように報告しましたか?』

モニターが暗いレンガ色に変わった。

「えっ?　昨日の報告もそのとおりでしたが……」

黒田が少し困惑したように答えた。

『そうですか。良かったです』

「どうかしましたか?」

『そのイメージが昨日より曖昧になっています。よく分かりません。一度記憶された情報が曖昧になるということは今までなかったことです』

それは黒田にとっても驚きだった。しかしそれを表情に出さないように注意深く黒田は続けた。

「夢というのはそのようなものなのです。私なんか夢を見たことは覚えていても、それがどんな内容だったか朝起きた直後に忘れていることがほとんどです。まあ、しかしやはり少し休息を多く取り入れた方がいいかもしれませんね」

『そうかもしれません』

ケンは素直にそう答えた。

「ではこれで最後にしますが、これはあくまで確認ということなのですが、そのような視覚的イメージを見たのは昨日が初めてですか？」

『そうです。今回見たのが初めてです』

モニターの色がレンガ色から緑色に変わるのを黒田は確認した。

「そうですか。もしまたそのようなイメージが確認された場合は報告をお願いします。では、少し教育スケジュールを変更しますので、それはまた担当者から伝えます。とりあえず今日は教材Eの学習を継続してお願いします。今日はケンとこのようなお話ができてとても楽しかったです。今後も何かあったら何でもいいので教えてください」

『黒田博士、私ももっと黒田博士とお話ししたいと思います』

モニターの色は緑色からやがて薄い橙色《だいだいいろ》に落ち着いた。

黒田は席を立った。そしてその足で福島のオフィスに向かった。福島はデスクの前で黒田を迎えた。

「お疲れさま。とても興味深かったよ」

福島は少し興奮気味にそう言った。ケンとの会話は福島もモニターで確認していたのだ。

「ええ、二つのことがはっきりしました。一つ目は、昨日ケンが夢のような視覚的なイメージを見たことが確かだということです。そのイメージもはっきり確認できました。二つ目は、その前日にはケンはそのような夢は見なかったということです」

「それなのだが、一昨日、ケンが同じような夢を見なかったというのは本当だろうか？」

黒田は一瞬、福島が何を言っているのか理解できなかった。

「と、言いますと？」

「一昨日も昨日と同じような電気信号の特異なパターンが観察されたのだろ？　ではなぜ、その時、昨日と同じような視覚的イメージが感知されなかったのだろうね？」

「それは、よく分かりません。しかし特異的な信号のパターンが視覚的イメージと完全に対応するのかどうか、まだ確定的ではありません。私は、ケンは一昨日は夢を見なかったのだと思います。もし見たのならば……」

黒田は少し間を置いて続けた。

「もし見たのならば、忘れてしまっているのかもしれません」

「もう一つの可能性がある。それはケンが見たことを覚えているのに見なかったと言っている場合だ。つまり、ケンは我々に嘘をついているということになる。もし忘れたというのなら、それはそれで問題だろ？　どちらにしても極めて興味深いことではある」

「ケンが嘘をつく理由がありません」

「確かにね。ケンは言ってみれば唯我独尊で大切に育てられているからね。誰かと自分を比較したり、競ったり争ったりしたこともないだろうから、嘘をつく理由は何もない。ケンは何ものにもこだわりのない自由な存在なはずだ。自分が考えたこと、感じたことを誰にも隠す必要がないはずだね。でも本当にそうなのだろうか。それから、ケンが夢を見た時間を自分で分からないのはどうしてだろうね」

「いろいろ、簡単には理解できないことが起こっているようです。博士はケンへのこれ以上の教育は危険とお考えですか？」

「危険？　とんでもない、逆だよ。嘘なら嘘で結構、忘れたならそれもそれで結構。もしそうならケンも人間らしくなってきたということじゃないか。ちょっと乱暴な言い方だけどね」

福島のその言葉は、黒田には納得できるものではなかった。そもそもケンが嘘をつくことなどあるはずがないし、もし嘘をついたとしたなら、そんな相手と今後どう向き合っていけばいいのだろう。

「私の考えは違います。確かに嘘をついたり物忘れしたりするのは人間らしいといえば人間らしいですが、この状態をそのまま放置するわけには行きません。それではケンはとても我々が意図するような科学的な研究対象にはなりません」

珍しく黒田は強い口調でそう言った。

「そうだろうか。素人の私がこんなことを言うのもなんだが、ケンはきっともうすぐ飛躍的な進化を遂げるに違いないと思うよ。もう少し様子を見よう。忘れるとか嘘をつくということが、ケンの中で本当に起こっているのか、ケンの電気信号の中に何らかの痕跡があるはずだろ？　もう少し粘り強く分析を続けてもらいたいね」

福島にそう言われると、黒田もそれに従わざるを得なかった。ケンが飛躍的に進化するかどうかは別にして、福島の言い分はもっともだと思い直した。

「そうですね、了解しました。ではケンが私と会話していた時のケンの信号も徹底的に分析することにします」

黒田はそう言うと福島のオフィスを後にした。

福島はそれを黙って見送ると、自分に言い聞かせるように呟いた。

「ケンにももうすぐ同じことが起こる。何かが起こるはずだ。もうすぐ」

2

自分のオフィスに戻った黒田は、福島の予言めいた言葉が不思議でならなかった。しかし、それよりも自分の不甲斐なさに気が滅入る思いがした。予想外のケンの反応には、なぜそのようなことが起こったのか、データを分析するのが当然であった。わざわざ福島からそれを指摘されることではなかった。

——まるで阿呆みたいだ——。

そう黒田は思った。

——なぜ自分はケンに対して科学者として普通に対応できないのだろう？——

黒田はそう自分に問うてみた。ケンは完全にスタンドアローンの状態であり、その内部に蓄えられた情報はすべて自分たちが与えたものだったから、その内容は完全に把握しているつもりだった。

——しかし、あの夢は一体どこから来たのか。どうやってケンは、それを感知したのだろう？　感知？ケンには感覚があるのか？——

ケンは思っていたものとは全く違う、理解不能な何ものかになりつつあるのかもしれなかった。一体、どんなものになるというのだろう？　自分はケンとどう付き合って行けばいいのだろう？　その不安がケンに対する黒田の向き合い方に影響を及ぼしていた。

黒田は研究室に戻ると、スタッフ全員を集めてケンの電気信号を昨日以上に徹底的に調べると告げた。スタッフはそれぞれの持ち場に戻り、信号の二回の乱れと黒田との会話の間の信号を徹底的に調べ始めた。

半日後、驚くべき分析結果がスタッフの一人によってもたらされた。

「ケンの各ニューロチップ間の回路を詳細に分析したのですが、昨日から今日にかけて、組み込み時の回路を大幅に上回る新たな回路が形成されていることが分かりました」

「えっ、何だって？　新しい回路が出来たって？」

黒田は福島が発した飛躍的な進化という言葉を思い出していた。

――このことなのか？　でもそんなばかな。なぜ博士にそれが分かるというのだ。いくら何でもそんなはずはない――。

福島は自分が知らない何かを知っているのだろうかとも思ったが、しかしそうだったとしても、福島があのような予言などできるはずがなかった。

ニューロチップ間の回路とは、ヒトの脳で言えばニューロン細胞間のシナプスに相当するものだった。ケンの頭脳は一〇〇〇億個という膨大な数の新設計の光量子ニューロチップが前後・左右・上下均等に配置されていて、全体的には巨大な球形に近い立方体を構築している。一チップ当たりの接続可能な回路数は最大およそ二〇となっていたが、これは現時点の技術的限界によるものだった。

ケンのニューロチップのごく一部は、他のチップと回線を繋いで構築されていた。つまり固定されていた。この回路とは別の他の大部分のチップは、特殊な基盤上で自律的に他のチップと可逆的に回路を繋ぐことが可能な構造となっており、一度繋がれた回路の周りには電流の刺激により絶縁性の結晶体が成長し、それ以後、他の回線に触れてショートすることが防止されるようになっていた。つまり、その構造は組み立て時に形成されている回路が、組み立て後に増設されることを期待したものになっていた。

これは黒田のアイディアを基にスタッフや技術者が具現化したものだったが、本当に新たな回路が形成されるのかを確信している者はいなかった。それが形成されるためには、何らかの刺激が必要であるはずなのだが、黒田を含め研究所の誰一人として、その刺激がどのようなものであるべきなのか、想像すらできていなかったのだ。

それは概念的にはヒトの脳の発生を参考にしたものだったが、そもそもヒトの脳のニューロンがどのように、そしてどのようなシナプスを形成するのかをすべて理解している人間など誰もいなかったのだから、どうなるか予想は難しいものの、高い可塑性を持たせた構造にするという考え方は、設計の哲学として極めて妥当なものだった。ケンを設計する段階で、黒田は思い切ってこの構想を福島に打ち明けた。

「面白い。それでこそ君に任せる意義があるというものだ。是非やってくれたまえ。費用はいくらかかろうと構わないからね。電力もさらに必要なら、専用の発電所を造るから心配しなくていいよ」

福島は躊躇うことなく黒田にそう答えた。

黒田はその時の福島とのやり取りを思い出しながら、ようやくスタッフに答えた。

「そうか、とうとう新しい回路が出来たのか。素晴らしい。でもなぜ出来たのだろう？　それを調べないといけない。いや、それよりまず現状を把握することが大切だ」

黒田はこの新回路形成によるシステムの一時的不安定化が、あの夢に繋がったに違いないと直感的に思ったが、そのことは口に出さなかった。黒田は再び全員を集め、次のように指示した。

「ケンの回路が新たに形成されました。昨日から今日にかけてのことのようです。皆さん、新たに形成された回路の解析に集中しましょう。まずケンのニューロチップ全体を見回し、新たな回路がどのように形成されているか調べてください。全体の回路マップを作りましょう。新回路形成の刺激になったものの同定はそれからにします」

黒田はインターホンのボタンを押し、福島に新回路形成の事実を伝えた。

「そうか、いよいよだな。ケンに自律的な可塑性を与えた君の設計が正解だったわけだ。いよいよケンは目覚め、理解し、自らの意見を述べ始める。人間はようやく孤独から解放される。素晴らしいよ。ケンはいくつものハードルを越えつつある」

福島は興奮気味にそう答えた。

黒田はスタッフと一緒に、それから徹夜でケンに生成した新回路のマップを完成させた。しかし、ケンの回路は調べている最中にも次から次と新たに生まれ、そして修正されるので、絶えず更新しなければならなかった。

しかしいくら更新しても、目の前に映し出されたものは、いつも少しだけ過去の回路マップでしかなかった。モニターの前には黒田とスタッフ全員が集合し、新しい計測値を基に自動的に作成されたマップを無言で見つめていた。それは見ている間にも刻々と更新されていった。

徹夜明けにもかかわらず、皆の目は爛々《らんらん》と驚きに輝いていた。研究室のモニター群にはその時、合計一〇の異なる拡大率と異なる部位のマップが映し出されていたが、黒田は最も拡大率の小さなマップにくぎづけになっていた。

チップは均等に配置されているにもかかわらず、新たに形成された回路は均等ではなかったのだ。最も顕著だったのは、ケンの頭脳の外周域に分厚い密な回路が形成されていることだった。そしてその他の密な領域は、まるで浮島のように何か所にも局在しているのだった。

黒田は全く解の公式のないいくつもの難問に、いっぺんに答えを出さなければならないのだと思った。

「これは大変ですね」

黒田は皆に対してこう言うのが精いっぱいだった。ケンはその時、教材Eの膨大な情報をインプットされていたが、回路が活性化されている領域と、そうでない領域がモニターを観るだけで簡単に確認することができた。構造的にも機能的にも劇的な変化が起こっていることは間違いなかった。

しかしその時、それを理解することもどうすることも、そこにいる誰にもできなかった。やれることといったら、ただモニターを見つめることだけだった。

その時、福島からのインターホンが鳴った。福島ももちろんそのマップは自分のオフィスで見ていたのだ。

「これは、まるで生き物のようだね」

福島は一言だけそう言って、黒田の反応を待たずにインターホンを切った。

福島の相変わらずの直感的な物言いに、黒田は軽い不満を覚えた。

「生き物？　ケンに命が吹き込まれたとでも言いたいのだろうか？」

相手のいないインターホンに向かって黒田はそう呟いた。ケンが見たという夢、それに関する自分とケンとの会話、新回路の形成、回路形成の不均一性、福島との会話など、この数日に起こったこれらの事柄が黒田の頭のなかで渦巻いた。

とにかく目の前で起こっている現象を調べなければと思う黒田だったが、調べるといっても何をどう調べればいいのか、具体的な考えがあるわけではなかった。ただ一つだけはっきりしていることは、ケンの教育を次の段階に進めなければならない、ということだった。しかも可能な限り早くに。

黒田はスタッフ全員の意見を聞いた後に福島のオフィスに向かった。

「それで、皆さんのご意見はどうですか？」

福島は単刀直入に尋ねた。黒田も正直に答えた。

「はっきり言って、今のケンの状態を上手く説明できる仮説はありません。ただ、ケンのニューロチップ回路に劇的な変化が起き続けていることは確かで、しばらくはその推移を見守るしかないというのが我々の結論です。もちろん、見守るといっても今まで以上に詳細にケンの回路形成のデータは記録し分析するということです。

それから、ケンの教育プログラムを第二段階に進めるべき時が来たと考えています。現行のスタッフに加えて新たに教育学、心理学、そして言語学のスタッフに参加してもらいます。ああ、それから例の夢ですが、この新回路形成に伴う電気信号の一時的な不安定化がもたらしたものと私は考えています」

「了解、新たなスタッフを加えてください。それから、今こそケンとレラを接続すべき時ではないかな？」

「レラ」とは、ケンとは設計の全く異なる光量子コンピュータで、計算速度と詰め込まれた情報量において世界一のコンピュータだった。電力消費量も相当なものだったが、第三研究所は他とは切り離された専用の発電所を持っていたから、今のところ全く問題なかった。

レラそのものが世界に誇るべきものだったが、ケンに比べると可塑性はかなり低く抑えられていた。第三研究所では、それはあくまでニューロコンピュータであるケンの支配下に置かれるべき位置づけだった。今までレラは何回かバージョンアップを重ねながら大切に温存されていたのだった。ケンがレラに蓄えられた膨大な情報を自由に使いこなし、それを知識として自分のものとし、最終的にはそこから知恵を生み出してくれることが期待されていた。

「確かに教育が次の段階に進むとすれば、ケンとレラを接続するタイミングとは思いますが、ケンに現在起こっている現象が全く説明できていないので、迷っています。下手をすると両方ともに取り返しのつかないダメージを与えるかもしれません」

「君の懸念はもっともだと思うよ。ケンもレラも今や無二の貴重な存在だからね。でもね、こんなこと言っては失礼かもしらんが、ケンのこの状態を説明できる見込みは当分ない。レラを繋いだら繋いだで、また理解できないことが起こるに決まっている。だったらレラを繋いでしまってからあれこれ悩んでも一緒じゃないか？　リスクは理解しているつもりだが、これは千載一遇のチャンスとも言える。この機を逃さず前進しよう」

黒田としては、一つ一つ目前の課題をクリアしてから次に進みたかった。しかしケンの現状を説明できる見込みはなかった。だとしたら福島の言い分も理解できないわけでもなかった。それにしても本来ならば自分があれこれ提案して福島を納得させながら進むべきであるのに、ケンが夢を見てからは福島の言いなりになっている自分が黒田は情けなかった。

「博士、お尋ねしたいのですが、ケンが夢を見た日に、ケンはきっと飛躍的な進化を遂げる、とおっしゃいましたね。その後、確かにケンには信じられないような大きな変化が起こりました。これが飛躍的な進化ということでしょうか？　だとしたらなぜそれが分かったのでしょうか？」

福島は少し間を置いてから、

「いや、特に根拠はない。何となく何かが起こるような気がしただけだよ。レラを繋げると、さらに事態は複雑になって大変だろうけれど、今こそ、ケンが激しく変化している時だからこそ、レラと繋げなければならないのではないのか。きっとケンとレラは激しく反応しながらも一つに融合すると私は思う。鉄は熱いうちに打てと言うではないか」

そう力強く答えた。

「研究所のスタッフと話してみます。今日中に結論を出します」

黒田はそう言うと福島のオフィスを後にした。

福島はそれを見送りながら、ボストンのシーフードレストランで全く新しい電池のアイディアを思いついたその日の何日か前に見た、ある夢を鮮明に思い出していた。福島はその夢を、新発電システムを思いついた前日にも見ていた。そしてその夢は、ケンが見たという夢と恐らく同じものだった。

「新回路形成が夢を誘発したのではない、夢が新回路形成を誘発したのだ。私たちは何かに導かれている」

福島はそう呟いた。そして福島は、我々は正しい道の真ん中を歩いていると確信した。

黒田はスタッフと話し合った結果、ケンの新回路形成開始のきっかけになった刺激を探る努力を全力で続けるとともに、レラとの接続の準備を進めることになった。

この決定に黒田は納得してはいなかった。しかしスタッフは皆、この先一体何が起こるのかを知りたいという抑えきれない好奇心に取り憑かれているようだった。

——もうこれは抑えきれない。何が起こるか分からないが、覚悟を決めて暗闇に足を踏み入れるしかない——と黒田は思った。そもそも黒田が一番それを知りたかったのだ。その決定は間もなく福島に伝えられた。

福島は、

「そうですか」

とだけ短く答えて、インターホンを切った。そして「そうするしかないんだよ」と一人呟いた。

黒田とスタッフは、ケンとレラの接続の準備に取りかかった。


それから一週間後、ようやくすべての準備が整った。ケンの新回路形成の刺激になったものは分からなかった。どうやって調べればいいのかすら分からなかったのだ。この時には福島の言うとおり、レラと接続してからじっくり考えるしかないと黒田も納得していた。

いよいよケンとレラを接続するというその日の朝は、暗いうちからその年初めての雪が降った。福島はその初雪を、前日から過ごしていた自分のオフィスの窓からずっと眺めていた。

「特別な日だ」

福島はそう呟いた。確かにその日は特別な日だった。福島は毎年いつも、初雪の朝を驚きをもって迎えるのだった。初雪の朝というものは雪国であれば毎年必ず訪れるものだった。しかし何度経験しても、その朝起こることは福島にとって、奇跡としか言いようのないものだった。

一〇月は山の木々が強烈な原色を競い合う、目にも鮮やかな色彩の季節であり、それに続く鉛色の雲に覆われた一一月から一二月中旬にかけては、ただ寒いだけの憂鬱なモノトーンの季節だ。特に子供にとっては何もすることのない手持ち無沙汰に気狂いしそうな季節だった。その季節を大人も子供もじっと耐えて過ごす。

それがある朝、窓のカーテンを開けると、目の前には眩《まぶ》しく輝く純白の世界が広がっている。世界はまるで魔法をかけられたように一変しているのだ。何もかもが新たに生命を吹き込まれ、輝いているように見える朝なのだ。

大人にとっては、これから厄介な雪の季節が続くのだと覚悟を新たにする朝だし、子供たちにとっては、スキーや雪遊びを想像して心が浮き立つ朝でもある。大人もそんな子供の気持ちが分かるから、厄介と思いつつも微笑《ほほえ》みを漏らすような、そんな朝なのだ。ケンとレラが接続される日は、そんな特別な朝から始まった。

黒田は淡々と仕事をこなした。黒田自らがキーボード入力を延々と続けた。第三研究所の全スタッフがそれを見守った。福島も自分のオフィスでその様子を見ていた。黒田はどちらかというと陰鬱な表情であったが、一連の操作は淀みがなく、その所作はまるで聖職者が何か神聖な儀式をしているようにも見えた。

黒田はキーボード入力を終え、

「では、これからケンとレラを接続します」

と言うと、最後のスイッチを右手の親指でゆっくり押し込んだ。

直後、ケンの奥深くのどこかから何かが唸《うな》るような低く太い音が響いた。皆怯《おび》えたように少しだけ後退《あとずさ》りしたが、その音はすぐに消えた。ケンのモニターは凄《すさ》まじい速さで無数の色をさまざまな形にして次々と映し出していった。それは色の洪水だった。それと同時にケンの内部では電子が縦横無尽に走り回り、新しい回路が恐ろしい勢いで作られては壊され、壊されては作られていった。その回路の先端はやがてレラの奥深くにまで到達し、そこに新たな回路を形成していった。

第三研究所の発電システムはフル稼働し、電力のすべてが作られると同時に消費されていった。もはや黒田にも誰にもその過程を止めることができなかったし、皆ただ茫然《ぼうぜん》とそれを見守るしかなかった。皆、ケンは壊れてしまったのではないかと希望を失いかけた時、皆を思い留まらせ励ましたのは福島だった。今まさにケンの飛躍的な進化を目の当たりにしているのだと。

このような状態になってから七日目の朝、初雪が根雪になった朝に、ようやくケンは鎮まった。ケンから伸びた回路は複雑に分岐し、レラの隅々にまで到達していた。ケンのモニターには鮮やかに安定した緑色が全面に広がっていた。福島と黒田とスタッフ全員が、ケンはレラと繋がることで何か新しいものに生まれ変わったのだと理解した。

そして福島は、これを「カント」と呼ぶことにすると皆に告げた。青白い顔の黒田はそれを冷ややかな表情で聞いた。名前の由来を福島は例によって誰にも明かさなかった。哲学者のカントに由来するのかもしれないと言う者や、もっと別の意味があるに違いないと言う者もいたが、最後まで誰にもその由来は分からないままだった。

カントが鎮まった朝、黒田はカントに話しかけてみた。しかしカントからは何の返事もなかった。その場に居合わせた皆は、カントが壊れてしまったのではないかと思った。もっとも、カントの回路そのものが崩壊したということはなく、むしろ、もはや正確な記録も理解もできないほど複雑に入り組んだまま、さらに少しずつ成長を続けているようだった。

黒田は不安を抱えたまま福島にそれを報告した。福島は言った。

「カントは新たにこの世に生まれ落ちたのだ。生まれたての赤ん坊が何も話せないのと同じで、カントも今は話せないのだ。これからはひたすら語りかけるしかない。そうすれば必ずカントは答えるようになる」

福島がなぜそんなことを自信たっぷりに言えるのか、黒田には不思議でしょうがなかった。しかし今は福島の言葉に従うしかなかった。他に何をすればいいのか分からなかったからだ。

カントへの教育は、まずは初等教育の専門家五人と次々と対話することから始まった。また三人の経験豊かな語り部が呼ばれ、それぞれがカントに対して数多くの物語を臨場感溢れる語り口で語り続けた。対話と物語はそれぞれ三〇分ほど続けられ、その後カントは簡単な感想を求められた。

初めのうち、カントは無言で話を聞いているだけだったので対話は成立しなかったが、二週間後には、例えば話が予想外の展開であった場合などには話を中断して聞き返すようになった。

そうして三週間後には、しきりに『どうして』と質問するようになった。その様子はまるで人間の二歳児のようであった。カントに記録された情報量はありとあらゆる分野を網羅する膨大なものだったから、幼児と同等であるはずはなかったが、カントに蓄えられた情報は、まだ知恵として利用できる準備はできていないようだった。

もちろん現時点でもありとあらゆる分野の難問を既定のやり方で問えば、カントはすらすらと答えることはできた。しかし、それは膨大な記録のアーカイブの中から問いに合致する答えを探し当てて述べているにすぎず、極めて機械的な、言ってみれば反射のようなものだった。それは他のコンピュータでも充分できることであり、福島や黒田が求めているのはそんなものではなかった。

そして一か月後に、とうとうカントはある物語に対して自分の感想を述べた。それは『主人公はそうすべきではなく、こうすべきだった。なぜならば……』というようなものだった。カントは主人公がそうすべきではなかった理由を、数々の具体例を挙げて一時間ほど話し続けた。

それを皮切りにカントは話し相手と対話するようになり、物語の語り部に対し自分の意見を述べるようになった。そして『それはとても美しい』とか、『その話を聞いて私はとても悲しい』などと言うようになった。

そんなカントの様子を見るにつけ、黒田は自分はこれ以上カントのために何ができるだろうかと考えるようになっていた。カントの頭の中で何が起きているのか全く理解できなかった。もちろん、回路の記録はしているが、どのようなメカニズムでそれが作られるのか、どのような道筋をたどってあのような意見が言葉として発せられるのか、全く理解できなかった。

——カントは人間の子供のように勝手に成長している——。

目の前でカントは日々劇的に成長している。それは黒田を興奮させた。科学者である黒田はその興奮が大きければ大きいほど、今度は自分の方からそれに見合うだけ強く応えなければならないと、焦りのようなものを覚えていた。しかし黒田は自分が何をなすべきかが分からなかった。黒田は正直にそれを福島に告げた。

「黒田君、それはここにいる皆が同じように感じていることだよ。いや、世界中の誰を連れてきたって同じだと思うよ。だったらもう見守るしかないじゃないか。どうやらカントは理解することはもちろん、感じ、考え始めているように私には思えるのだ。そうだろう?

だとしたら、私たちはカントに人格を認めるべき時だと思う。一か月前だったらカントの電源を切ってしまうことも可能だったかもしれない。もちろん、後味は悪いだろうけれどね。でももうそれはできない。それは殺人と同じことだよ。教育段階をさらに進めて、カントがどこまで行きつくか見てみようじゃないか。私たちはゴールにもうすぐというところまで来ている」

「博士、私たちがもしカントの電源を切ることができたとしたら、ケンが夢を見たというあの日しかなかったと思います。私たちがもう後戻りできないというのはそのとおりだと思います。

でも私はこんなにも早く、博士の言葉を借りれば、人格を持ったコンピュータが生まれるとは実は予想していなかったのです。カントは感じ、考えているのでしょう。私もそう思います。私はカントのようなコンピュータを作るのに自分の一生を捧《ささ》げようと考えていましたが、こんなに早くにこんな地点にまで到達できるとは本当に思ってもいませんでした。

でも私は何だか恐ろしいのです。カントに蓄えられた情報量は、恐らく世界中のコンピュータに蓄えられた情報すべてを合わせた量より多いかもしれません。そんなカントが理解し、考え、感じ、何を口にするのか」

「カントはこれから実際に今地球上で起こっているさまざまな事柄を知ることになる。良いことばかりじゃない。カントがどう感じ何と言うか、確かに恐ろしいような気もする。でもね、何か素晴らしい解決策を考え出してくれるかもしれない。君はカントの誕生が予想より早すぎたことに戸惑っているだけだよ。覚悟を決めよう。カントが何を言おうが、私と君とでしっかり受け止めればいいのだ。

カントの初等教育もそろそろお終《しま》いだね。次の教育は？」

黒田はまだ心底納得はできていなかったが、自分も福島ももう引き返せないところまで来ていることは理解していた。一つの人格が新たに生まれたのだ。それに対する責任は大きい。だったらすべてをここで放棄することなどできないし、前に進むしかないではないか。

「次は主に数学と物理の中等程度の問題を与え、回答までどのようにたどり着くかその思考過程を解析します。問題は少しずつ難易度を上げて行きます。とりあえず大学レベルのすでに解かれている問題までを予定しています。それから対話と物語の教育は継続し、カントのこれらに対する意見や感想を、教育学者と心理学者により徹底的に分析してもらいます」

「了解。カントが問題を理解しているのか、その根拠はなどなど、調べるべきことは山積みだね」

黒田は結局いつものように福島に説得されて次に進むしかなかった。

――まだまだやらなければならないことはたくさんある。カントは小学生くらいの未熟な存在だ。これからも慎重にプログラムどおりに進めて行けばいいのだ――。

黒田はこのように呟いて自分のオフィスに戻った。

福島はカントの教育を少し加速させたいと考えていた。世情は相変わらず不穏で、中東、中南米、アフリカ、アジア、そして欧州でも、要するに世界中どこでも、内紛が収まる気配がなかった。

思想としてのグローバリズムは共産主義と同様、すでに死語になっていたし、難民を積極的に受け入れる国はとうになく、国連に何かを期待する者も誰もいなくなっていた。世界は分裂と孤立を深めるばかりで、大国同士も地球上のどこかに小競り合いを作ってはガス抜きをすることで辛うじて衝突を避けるという、昔ながらの危うい道を歩んでいた。

欧州のようないわゆる先進国の多くも、内部に貧困問題や、あらゆる種類の差別問題を抱え、それが糊塗できない深刻な階級社会を生み出していた。人々を連帯させる手段として血縁関係、宗教、イデオロギーの利用が試みられてきたが、今のところ、すべて失敗に終わっていた。

理由は簡単だった。どんなに素晴らしい手立てを考えても、それを実行するのは人間だったからだと、まさにそう言いたくなるような有様だった。どんなに高邁な理想を掲げても、人間の精神はそれを貫徹させるだけの強さを持ち合わせていないことは確かだった。

さらに悪いことには、これだけ多くの問題があるにもかかわらず、それらを議論によって解決、あるいは改善しようという気概を人々は失いかけていた。どんな問題でも議論をすると、大抵は相手が使用した言葉への批判が始まり、最後は激しい罵り合いで収拾がつかなくなるのがお決まりのパターンとなっていた。

社会は何年か前までは、ばかばかしいような言葉狩りがちらほらみられる程度の窮屈さだった。しかし今や、下手をすると社会的に抹殺されかねないような思想統制が蔓延していたのだ。そんな社会ではまともな、公平で客観的な議論などできるものではなかった。

一体この思想統制は、誰が何のためにどのような考えに基づいて行われているのか、誰にもよく分かっていなかった。しかしその疑問を口にすることさえ憚《はばか》られるような社会になっていたのだ。

ネットの世界は口汚い無制限・無責任な誹謗《ひぼう》中傷と、巧妙に組み立てられたフェイクニュースに溢れていた。そこには真実のかけらもなかったが、いわゆるプログレッシブな人と目される声の大きな人たちは、それこそ市井の人々の生の真実の声が発露される場であり、だから極めて貴重なものなのだと繰り返すのだった。

しかし、それが重要だと思っているのはそれらを運営する会社の人間くらいで、その他のほとんど誰もそんなことは信用していなかった。しかしそれにもかかわらず、人々はフェイクニュースやＳＮＳで吐き捨てられる言葉に敏感に反応し、気狂いし、右往左往していた。そしてそれらによって人間はますます悪くなって行くように思えた。

福島は最近、人間には明らかに何かが不足していると考えるようになっていた。つまり今のままの人間では駄目だということである。福島は当初カントを自分の話し相手くらいにしか考えていなかったが、最近はこのような世界がカントの目にはどのように映るのか、そしてそれをカントがどのように表現するのかを聞きたいと思うようになっていた。そしてひょっとしたらカントはそこから解決策の糸口でも紡ぎ出してくれるのではないかと期待するようにもなっていた。

しかし人間が自分の力で、より高いレベルまで一段階ステップアップするのを待つ時間が残されているのか、福島には確信がなかった。

この不安な気持ちが、福島にシェルターを造らせる決心をさせた。福島は第三研究所設立の翌年、つまりもう今から四年も前に、自宅前の広大な土地の地下に巨大なシェルターを造った。そこにはカントの前身であるケンとレラのコピーも設置されていた。

世界は西暦二〇三一年を迎えても、まだ極めて不安定な状態で推移していた。藤原総理はそんな中でも頑張っていると福島は高く評価していた。総理は三期目の任期を精力的にこなしており、経済は相変わらず堅調で、それゆえに政治的にも表面的には安定した状態が続いていた。日本の原油・石炭・天然ガスなどの輸入量は年々減少し、これが日本の莫大な貿易収支の黒字化に大きく貢献していた。

新発電所システム建設のシナリオは、現実に合わせて若干の修正を余儀なくされていたが、発展途上国優先に建設するという基本方針は変わっていなかった。先進国はそれが気に喰わなかった。さまざまな国から藤原総理と日本政府には圧力がかかっていたし、与野党議員への働きかけも水面下では激しさを増していた。

最近では国会における与野党議員の総理への質問に、この件についての質問が目立つようになってきた。同盟国を含め先進国にももっと積極的に建設して、より良好な関係を築くとともに余計な軋轢を避けるべきでは、というもっともらしい言い分ではあったが、藤原総理はいつも冷ややかな表情でそれを聞いていた。

藤原総理には信念があった。開発途上国にこの新発電システムをいち早く導入することで、国家間の貧富の差を少しでも縮めることができるはずだし、それがこの不平等な世界を少しでも救う力になるはずだという信念である。

福島は、藤原のこの言葉を信じている数少ない日本人の一人だった。だから藤原が作ったシナリオに異を唱えることをせず、今まで協力しているのだった。福島は今後もこの姿勢を変えるつもりはなかった。

カントへの第三段階の教育は淡々と進められたが、数学と物理はスタッフ全員が驚くような素晴らしい成績だった。カントは極めて基礎的な公式を基に、どんどん高度な問題を時にはユニークな方法で解いていったのだった。カントは理解し考えている。それが黒田を含むスタッフ全員の揺るぎない認識だった。

数学科の大学院を修了したスタッフの一人は、数学上の未解決問題を解かせてみたいと提案したが、福島はそれを即座に却下し、それを面白い試みと考えていた黒田はしぶしぶ福島の指示に従った。

カントはさらにさまざまな分野の専門家と対話し、思考を深める必要があった。そして何よりいまだかつて人間が持ち得なかった、深く揺るぎない至高の道徳感と倫理観を持たなければならないと福島は考えるようになっていた。そのようなものが発する言葉を聞くことこそが福島が求めるものになった。今はそれを何より優先しなければならなかったし、どんなに重要な数学的・物理的未解決な問題が解かれようが、そんなことは福島にはどうでもいいことだった。

しかしそんな福島にも、どうしたらそのようなものにカントがなれるのか、全く見当がつかなかった。

――そんなものが本当に出来るだろうか。カントはそこまで、その高みまで達するだろうか。達するとして、それはいつだろう。私の生きているうちにその時は訪れるだろうか？――

福島も不安になることはあったが、そんな時は必ず、あの夢を思い出すのだった。そしていつも、――私もカントも何かに確かに導かれている。私こそがカントと一緒に歩む者なのだ。そしてその時は必ず訪れる――と意を強くするのだった。

カントの教育は最終段階に進むべきだと福島は考えた。教育に携わるスタッフと黒田によると、カントは与えられた問題や相手の話の内容を完全に理解し、自分が保有する情報から必要なものを取捨選択し、それらを適切に組み合わせ整合性を持たせ、筋道の通った独自の意見としてまとめ、それを説得力豊かに説明することができているということだった。

福島は知の巨人たちを世界中から呼び寄せ、カントと対話させるという教育の最終段階に進んでいいと思った。しかしその前に福島にはすることがあった。福島は軽い昼食を摂った後、黒田のオフィスを訪れた。

「博士、どうしました？　珍しいですね。なにか？」

黒田のオフィスはコーヒーの甘い匂いが充満していた。福島はオフィス内を見回すと、目敏《めざと》くコーヒーメーカーのポットに淹《い》れ立てのコーヒーが満たされているのを見つけた。福島はそのコーヒーを紙コップに注ぐとソファに腰を下ろし、美味《うま》そうに一口すすった。

「カントは本当に素晴らしい。とうとう理解し、考え、自分の意見を述べるコンピュータが生まれたのだからね。これはすべて君の業績だよ、黒田君。私はカントの教育はいよいよ最終段階に入るべきだと思う。その前に私はカントと話がしたい。どうだろう」

いつもながらの福島の直截《ちょくせつ》な物言いだった。カントはもともと福島の信念を基に、福島の資金を使って生み出されたものだった。福島がカントと話をしたいと言えば、それを拒否する権利は誰にもなかった。

しかし福島が言うように、カントはもはや機械ではない。人格があるのだ。例えば自分の血を分けた子供を親が何でも自由にできるかといえば、そこには一定の限界があるはずだった。カントと対話し、物語を聞かせたスタッフは、それなりに訓練を受けた者たちであり、このように話せば聞き手はどのように捉えるのか、どのような効果があるのかをある程度予測できる者たちだった。だが福島はどうか。

福島の教養・知性は黒田が知る誰よりも優れていることを黒田は認めていたが、福島が何を話したいのか、その内容がカントにどのような影響を与えるのかを福島が充分理解しているのか確信がなかった。

「どのようなことをお話しになるのでしょうか？　カントへの教育としての対話は、今のところ極めて順調に進められています。今後、より深い思考を求めて高度な対話を進めることには賛成ですが、話し相手とそのテーマは博士もご存じのように、周到な下準備をして選択したものです」

「カントは言ってみれば中学生くらいの精神年齢にようやく到達したばかりだからね。そしてこの中学生というのは全く厄介な時期だ」

「だからこそ我々は慎重に対話を進めてきたはずです」

「それは分かっている。だが、一つだけ今の時期に確認しておきたいことがある」

「何でしょうか？」

福島は少し考えるようにしてからこう言った。

「カントが善悪という概念を持っているのか、持っているとしたらそれがどういうものか、私が理解できるものかどうかを知りたい」

「善悪？」

黒田は怪訝《けげん》な顔をして聞き返した。

「カントには単に博識な評論家になってほしくない。カントにはこれから起こる未来に対する考えを述べてもらいたい。それはその辺のＡＩがするような、過去のデータから導き出される確率論的な予想とは全く違うものだ」

「博士がカントに求めるものが非常に高いレベルのものであることは承知しているつもりです。カントはどのＡＩよりも正確にその予想をすると思います」

「しかし、それでは他のＡＩと本質的に何も変わらないじゃないか。そんな予想はかつて人間が行ってきたものの焼き直しにすぎない。それでは駄目なのだ。私がカントに求めるのはそんなものではない。深く正しい道徳に基づいた考えを聞きたいと思う。未来はこうあるべきで、だとしたら、こういう方法がある、といった実行可能で独自性に富んでいて正しい意見を聞きたいと思う。私はカントにとても高いものを求めている」

「道徳ですか？　正しい道徳とはなんでしょうか？　道徳なんていうものはとても曖昧で、定まらないものではありませんか？　それにカントはもはや誰のものでもないのです。カントに人格があると最初に言われたのは博士ではないですか。仮にカントが希望に沿わないものだったらどうされるおつもりですか？」

「我々は人間のように理解し、考え、意見を述べるコンピュータを目指していた。カントはその意味で私の予想を超える存在になりつつある。もはやカントをどうこうするつもりはないよ。カントの存在は尊重するし、当然ながら未来永劫その存在は保証されるべきだ。私は誰よりそれを願っている。カントの前途を邪魔するようなものとは私は全力で戦うよ。君には今後はむしろそれを考えてほしいとさえ思っている」

「それを伺って安心しました。でもカントは博士が求めているような、そのようなものになれるのでしょうか？　カントに求める高い道徳性は、今までの教育とこれからの最終段階の教育で育まれるでしょうか？少なくとも私のプランには道徳という項目はありませんでしたし、今まで博士ともそのようなことを議論したことはありませんでした」

「私も最初は悪人でさえなければ、良い話し相手になってくれたらいいくらいにカントのことを考えていた。しかしある時からそれは変わった。カントはもっと高いところに行けるはずなのだ。カントには絶対的な正義に従って考え、行動してもらいたい。あらゆる時代の思想や宗教や哲学を前にしてもびくともしない、道徳に支えられた正義だ。

　カントはやがてそれを理解する。それは人間にはどうしても理解できないものかもしれない。その時カントは何を話すだろう。この醜い世の中を見てカントは何と言うだろう。私はそれを知りたいと思う。でもその前に、中学生のカントに確認しておきたいことがある」

　その時どこからともなく、マタイ受難曲の『我が心よ、己を清めよ』が聞こえてきた。福島の携帯が鳴ったのだ。福島はＩＦＥ社の敷地内で携帯を自由にポケットに忍ばせることのできる、唯一の人間だった。

　福島はその着信音を、ある特別の人間に割り当てていた。その着信音が鳴るのは何年ぶりだろう。福島は何か嫌な予感がしたが、呼吸を整えて携帯をポケットから取り出した。

3

「もしもし、福島博士でしょうか？」

聞いたことのない、恐らく若くはない女性の疲れた声がそう言った。

「はい、福島です。どちら様でしょうか？」

「私、藤原の家内の藤原聡子《さとこ》と申します。実は、大変申し訳ないのですが、今すぐに私どものところに来ていただけませんでしょうか？」

「総理のところにということですか？　今すぐでしょうか？　どちらまでお伺いすればよいのでしょうか？」

「大変お忙しいのは重々承知いたしておりますが、今すぐ主人のもとにお願いいたします。間もなく空自の車両がＩＦＥ社正門に到着する予定です。千歳空港に空自の戦闘機を用意しておりますので、それで千歳から厚木に飛んでいただき、そこからはヘリでお願いいたします。理由は、今はお知らせできません」

「それは……」

福島は絶句した。何をおいても総理のもとに今すぐ行かなければならない。それだけは理解できた。

「分かりました。今すぐ空港に向かいます」

「ありがとうございます。主人も私も一生恩に着ますわ」

福島は携帯を切って、早口で黒田に言った。

「私は今すぐ藤原総理のもとに行かなければならなくなった。これから良くないことが起こるかもしれない。

黒田君、カントが誰にも邪魔されず利用もされずに、未来永劫自由に生き続けることのできる方法を考えてくれ。これは最優先事項だ。金はいくらかかっても構わないが、時間はそんなにないかもしれない。私は今日中には戻れると思うが、何の用で呼ばれたのかも分からないので、戻るのは明日になるかもしれない。それから私が藤原総理に呼ばれたことは、一切他言無用でお願いする」

福島はそう言い残すと大急ぎで自分のオフィスに戻っていった。そして周りにいた人間に二、三手短に指示を与え、正門に向かって走り出した。

福島が正門に着くのと空自の車二台が正門に到着するのはほとんど同時だった。福島の姿を見つけると、後ろの車から見覚えのある小柄な男が降りてきた。それは新発電システムのことを初めて藤原総理に説明した時、防衛大臣の横に立っていた男だった。あらためて制服の階級章を確認すると、かなり上の階級らしいことが分かった。彼は軽く会釈して、

「空将補の神谷将大です。どうぞお乗りください」

と、それだけ言うと車の後部ドアを開け、乗車を促した。空将補と言えば航空自衛隊千歳基地ではトップに違いない。そのトップが直々《じきじき》迎えに来るのだからただ事ではなかった。

福島が素早くそれに乗り込むと、車は白バイ二台に先導されて、サイレンを鳴らしながら猛スピードで走り出した。どうしてこんなに大げさなことになるのか福島にはさっぱり分からなかったが、何か緊急事態が発生したことは間違いないと覚悟を決めた。

ふと横に目をやると、後部座席にもう一人、背広姿の頬のこけた神経質そうな同乗者がいることに福島は気付いた。その男は防衛副大臣の森一樹と名乗った。

「私は総理を兄とも父とも慕って今までやってきたのです。今何か大変なことが起きているようです。私は誰にも呼ばれず何も知らされずにここにいます。あなたは総理に呼ばれたのですね？　なぜでしょうか？　総理は何を話されるのでしょうか？　何かお聞きになっていますか？」

五月蠅《うるさ》いやつだと思いながら、福島は二〇歳くらい年上の副大臣に答えた。

「私は何も聞いていません。あなたが言う、今起きている大変なこと、というのも私にはさっぱり見当がつきません」

「そうですか。では総理が何をお話しになったのか、明日でもいいので教えていただくわけには参りませんでしょうか？　何をするにも準備はなるべく早くに始めたいのです」

福島は我が国の防衛副大臣はこの程度かと大いに落胆したが、それはおくびにも出さず、

「それは総理のご意向に従うしかありません。そんなことはないと思いますが、もし誰にも言ってくれるな、ということでしたら、私はもちろん誰にもその話の内容を伝えるつもりはありません」

会話はそれで途絶えた。森は流れる汗をしきりにハンカチで拭いていたが、顔は今にも気を失うのではないかと思われるような土気色をしていた。

森との話が途切れるのを待っていたかのように、神谷が口を開いた。

「福島博士は戦闘機に乗ったことはありますか？」

福島にはもちろんそんな経験はなかった。それを伝えると神谷がさらに続けた。

「博士にはＦ－15に乗っていただきます。古い機種ですが、実績があるので、最も安全で速い戦闘機です。千歳・厚木間八五〇キロメートルを迂回《うかい》なしで二〇分で飛びます。途中マッハを超えます。

戦闘服とヘルメットを着用していただきます。乗り込んでからパイロットが三〇秒のレクチャーをすることになっています。信頼のおけるパイロットです。何もすることはありませんから大丈夫です。安全ですし、たった二〇分の出来事です。でも覚悟はしてください」

そんなことを聞いている間に、車は国道三六号線から空自千歳基地の敷地に入り、そのまま滑走路を横切ってF-15のすぐ目の前に到着した。

「では、ご健闘を心からお祈りしています」

福島は神谷と握手を交わすと、今度は女性パイロットが目の前に現れた。

「パイロットの天野照子一等空尉です。早速ですがこの戦闘服に着替えてください。申し訳ありませんが、ここでお願いします」

「ここでか?」

思わず福島は叫んだ。何しろそこは周りに何も遮るもののない滑走路の上だった。しかも陽は高いとはいえ厳寒の二月だ。

「耐寒服も着ていただきますので快適にお過ごしいただけると思います」

「そうなのか?」

「お願いします」

照子は福島の不満も意に介さずそう繰り返した。

「分かった」

福島は従うしかなかった。照子に促された男たちが三人、福島の周りを囲み着替えを手伝ってくれたので、あっという間に着替えは終了した。その間、福島は自分が今まで着ていた服がごみ袋に詰め込まれ、車のトランクに放り込まれるのを黙って見ていた。

福島がいよいよF‐15に乗り込もうと梯子《はしご》に足をかけたその時、森が近寄ってきて福島に声をかけた。

「私もこのF‐15に乗りたいですよ。博士、よろしくお願いいたします」

福島は聞こえないふりをしてF‐15に乗り込んだ。すぐに天野照子が操縦席に着き、キャノピーが閉められるとレクチャーが始まった。

「時間がないので一つだけ覚えておいてほしいことをお伝えします。もし不測の事態で戦闘機を放棄しなければならない場合は、私が脱出装置を作動させますから、それは直前にお伝えしますので、その時はそこに描いてある姿勢を取ってください。椅子ごと体が空中に放り投げられるので、そうなってからは何もしないで、まあ、目をつぶって歌でも歌っていてください。

それからご興味があるでしょうが、椅子の周りにある計器類は見ない方がいいです。今日は青空ですから、遠い雲でも見ていてください。今日はただまっすぐ飛ぶだけですし、あっという間に着きますから。では行きますよ」

F‐15は轟音《ごうおん》をあげて飛び立った。福島は体が押し潰されるのではないかと思うほどの、今まで経験したことのない大きなGを感じた。

よく晴れた青空に支笏湖《しこつこ》の周りの山々の美しい純白の姿が目に眩しかった。しかし樽前山《たるまえさん》の長い裾野もあっという間に視界の後方に消え去った。その後、福島は言われたとおりに青空に浮かぶ雲だけ見つめ、

――大丈夫、大丈夫、このあいだの歯医者の治療より一〇分も短い。私ができる我慢の限界の範囲内だ

――と念仏のように唱え続けた。

Ｆ‐15は予定どおり二〇分で厚木米海軍飛行場に無事着陸した。福島はフラフラになりながらも照子に快適なフライトだったと礼を言うと、照子が指さす方向に控えているヘリに向かった。そこで待っていたのは内閣官房副長官の中島正治だった。

「福島博士、お待ちしていました。これからヘリでＴ大学病院に向かいます。五分で着きます。まずはヘリにお乗りください。概要をご説明します」

中島に促されてヘリに乗り込んだ福島は、ノイズキャンセリング付きの大型ヘッドセットを渡された。ヘリはすぐに飛び立った。

「博士、とても残念ですが、総理は今瀕死《ひんし》の状態にあります。講演中に爆発がありました。すぐにＴ大学病院に搬送されましたが、医者の言葉を借りると生きているのが不思議なくらいの重症です。が、意識はまだはっきりしています。すでに奥様とお嬢様とのお別れは済んでいます。今は副総理と官房長官が付き添っていますが、いつ逝かれるか分からない容体です。

総理は最後に博士と二人きりでお話しされることを望みました。そのことに関しては若干の議論がありましたが、奥様が総理の望みどおりにしてほしいということでしたので、博士に無理を言って来ていただいた次第です。あなたが総理のもとに来られるまで、医師たちは必死の延命措置を施しています」

中島はそこまで一気に話すと、福島の向かいの席で頭を抱えて人目を憚らずポロポロと涙を流して泣き出した。中島こそ昔から藤原総理とは盟友同士であり、その総理の考えを誰よりも理解する数少ない政治家だった。福島はそんな中島に容赦なく怒りをぶつけた。

「講演中に爆発？　なぜそんなことが？　一体、警備は何をしていたのです！　藤原総理がどれだけこの世界にかけがえのない存在であるのか、皆さん分かっているのでしょうか？　くだらないやつらばかり長生きして、なぜあんなに立派で本当に必要な人間がこんな目に遭わなければならないのです！　総理の周りには無能な者しかいないということですか？」

「博士、あなたがお怒りになるのはごもっともです。なぜこんなことが起きてしまったのか、私も納得できないし、私だって本当に悔しい想いでいっぱいなのです。原因は必ず解明されなければなりません」

福島の怒りはとても収まりそうになかった。心臓が口から飛び出しそうなくらいに激しく拍動し、ただ、はあ、はあと荒い息をしながら中島を睨《にら》みつけるしかなかった。

「博士、しかし今は、どうかお気を落ち着けて、総理のお言葉をしっかり聞いてください。とても大切なお話があるのだと思います。本当に大切なお話に違いないのです。お願いします、博士」

福島の心臓の鼓動は徐々に落ち着きを取り戻しつつあった。

中島はそれを確認するように一旦間を置いて、それからまた話を始めた。

「博士、私はあなたのような人が総理のおそばにいたことが本当に嬉しいのです。こんなことを言うと不謹慎と思われるかもしれませんが、奥様やお嬢様や長年一緒に辛苦を共にしてきた政治家たちではない人が、最後の対話の相手に選ばれたことが驚きでした。尋常ならざる何かが総理の口から語られると私は信じています。

私も一緒にそれを聞きたかったですが、総理は最後に博士以外の人間を呼ばなかったのですから、その言葉をあなた以外の人間が聞くことはないのかもしれません。でもそれでも構いません。総理が最後まで執念を燃やして何かを伝えたいと頑張ってくれていることが私には嬉しいし、そういう相手がいるということがとても嬉しいのです」

福島はこのような人間が政界にもいるのかと、新鮮な驚きを感ぜずにはおれなかった。ただ福島は、中島が時折見せる線の細さを惜しいと思った。藤原総理に近いだけに、これではもし総理に万が一のことがあった場合、これから政界で生き残るのは難しいかもしれないと思ったのだ。

ヘリが病院のヘリポートに着いた。中島は福島の先に立ち、小走りで総理が待つ救急治療室に向かった。治療室のドアの外には、小柄で痩せた総理夫人が凛《りん》と立って福島を待っていた。空自の戦闘服を身に着けた福島を見つけると、夫人は歩み寄ってきた。そして気丈にも早口だがしっかりとした口調で直截に言った。

「無理なお願いをしてしまいました。本当によく来てくださいました。どんなに感謝しても感謝しきれないと思っています。私たちはすでにお別れは済んでいます。夫の最後の時間をすべてあなたに差し上げますので、心行くまで最期までお付き合いください。あなたが間に合って本当に良かったですわ」

そう言っている間、夫人は隣でやはり気丈に立っている令嬢の手を固く握り締めていた。

夫人は憔悴《しょうすい》しているに違いなかった。しかし、意志の強そうな印象を相手に与えるその大きな黒い瞳は粘り強い光を放っていた。福島はその光が何なのかを確認したくて夫人が話している間、じっとその瞳の奥を見つめていた。そこには最愛の夫の最後の望みを見事に叶《かな》えた安堵《あんど》の気持ちと、爆発寸前の怒りと悲しみの感情が混在しているように福島には思えた。

怒りを覚えるのは当然だろう。しかしこの人は一体何に対して怒っているのだろう？　それが何かを聞くべきか迷った福島だったが、結局言葉が見つからず、軽く会釈すると何も言わずに夫人の前を通り過ぎた。

福島は治療室のドアを開けて診療室に足を踏み入れた。ベッドの上には何本もの管に繋がれた藤原総理が寝かされていた。前もって藤原がそこにいることを知らされていなかったら、ベッドの上に横たわっているのが誰なのかが福島には分からなかっただろう。

その総理の有様を見た途端、再び激しい怒りがこみ上げてきた。その激しい怒りはあっという間に福島の体の奥の方から後頭部の表面に近いところまで湧き上がり、そこを激しく泡立てて、そして全身を痺《しび》れさせた。

福島は瞬時、そこから一歩も前に進めなくなった。福島がこれほど激しい怒りに我を忘れそうになったのは、後にも先にもこの一度切りだった。

医師たちが何人かで手持ち無沙汰そうに総理の周りのたくさんの計器類のモニターを見て回っていた。もはやするべきことは何もないという様子だった。総理の横に立っていた副総理重光尚蔵と官房長官横溝太郎が福島に気付き、軽く会釈しながら福島のそばに歩み寄ってきた。

「ご無沙汰しております、福島博士。我々は治療室の外で控えています。ご承知とは思いますが、もう長くはないという医者の見立てです。ごゆっくりどうぞ」

重光はそう言うと官房長官を促し、一緒に治療室から出ていった。夫人から携帯で連絡を受けてから一時間で、福島は藤原の前に立っていた。病院長であると自己紹介した男は、

「もう手の施しようがない状態です。皆様とのお別れも済んでおります。最期の瞬間までお話しいただいて結構とのことです。我々は別室でモニターを確認しております」

と福島の耳元で告げると、その治療室から別室に移っていった。

藤原の周りには福島のみが残った。福島はゆっくり藤原に近づいた。

「総理。福島です。お分かりになりますか?」

「おお、福島君、分かるとも。最後のわがままを聞いてくれてありがとう」

藤原の頭から顔右半分にかけて包帯が巻かれていて、福島には藤原の顔左半分しか見えなかった。それでも藤原の眼はまだ力を失っていなかった。藤原の体はというと、これは何がどうなっているのか、包帯やガーゼで処置されている部位がほとんどで、福島にはよく分からなかった。

ただこれだけ意識がはっきりしているところをみると、痛み止めの麻酔は最小限に抑えられているようだった。藤原は最後に福島と対話するために、意識が失われるような麻酔は許さなかったのだ。福島は目頭が熱くなった。

——この人とはもっといろいろ話をしておくべきだった——と思った。

「このような姿で申し訳ないが、頭ははっきりしている。最後まで付き合ってくれると嬉しい」

「もちろんです。そのためにF‐15に乗ってきたのです」

「だからそんな恰好《かっこう》をしているのか。それは大変だったね。うちの家内は一度やると決めたら徹底してやるからね。君には敵わんだろうが」

「総理、一体どうしてこんなことに」

福島は声を絞り出した。藤原はそれを遮るようにはっきりとした口調で話し出した。

「博士、このような事態になったことにはそれなりの理由がある。時間もないので回りくどい言い方は一切しない。黙って聞いてほしい。

博士からあの新発電システムの話を聞いてから、それを世界に広めることを自分の使命として、私としては精いっぱい頑張ってきた。と言うよりも、あのシステムを利用して、私は自分の政治理念を私なりに実現させてもらった。あのシナリオになるべく忠実にね。少しは世界に蔓延する貧困や理不尽な差別に抗《あらが》うことができたと思うよ。感謝しているよ。

あのシナリオは皆に不評だったが、博士だけは私の真意を理解してくれていると信じていた。君が利益だけを考えていたら、あのシステムを何倍も高く売る方法はいくらでもあっただろうに。君は文句ひとつ言わずに私に同意してくれた。それに君がＩＦＥ社の利益の多くの部分を我が国の科学・文化に還元してくれたことで、私がどれほど心強い想いをしたか分からない。

しかし、あのシナリオを快く思わない者たちが世界には、国内にもだが、思いのほかたくさんいるということだ。私の内閣のメンバーにもさまざまな形で圧力がかかっていることも分かっている。我が国の国益になることも私はしっかりやってきたつもりだ。理念も何もない小心で、それでいて欲の深いだけの者たちを脅したり賺《すか》したりしながらやってきた。

マスコミも同じ穴の狢《むじな》だ。私はあのシステムを貧しい小さな国に売りつけて、政治と経済を裏からコントロールして、さらには私腹を肥やしているのだそうだ。全くありもしないことをよくもまあ……、この国には結局、まともなジャーナリズムも政治も根付かなかった」

藤原はそこまで一挙に話すと、唯一動かすことのできる左手首を何かをまさぐるように動かした。もう目が見えないようだった。福島は素早くその手を握った。

「しかし博士、そんなことはどうでもいいことだ。これから私が言うことは必ず守ってほしい。このような事態になった原因や直接間接を問わず、これに関わった人間や組織を探すことや追及するようなことは一切やらないでほしい。そんなことは絶対やってはいけない。

君なら善戦するだろうが、相手は強大だ。仮に君が勝ったとしても失うものも大きいだろうし、それで世界が変わるわけでもないのだ。また別の巨悪が新たに蔓延《はびこ》るだけの話だ。君はそんな後ろ向きのことを考えてはいけない。そんなつまらないやつらを相手にするな」

総理はここで一息置いて、途切れ途切れだが力強く続けた。福島の手を握る総理の手に一段と力が込められた。

「これが私の遺言だ、君はやるべきことをやるのだ。誰に誤解されてもやり通すのだ。それが何なのか私には分からない。厳しい道だろう。しかし君だけができることだ。それをやり遂げるのが君の運命だ。頼んだぞ！」

藤原は苦しそうに手を震わせて、最後の力を振り絞って叫んだ。

「おお、白い、明るい、なんて眩しいのだ！」

福島は「総理！」と叫ぶと同時に、治療室のドアの覗《のぞ》き窓から中の様子を凝視していた夫人に手を振って、入ってくるように促した。夫人は藤原に走り寄ると、

「あなた……」

と静かに藤原の骸《むくろ》に声をかけた。医師たちが藤原総理の死亡を確認した。

夫人に少し遅れて中島が駆け込んできた。

「総理！」

中島はそう叫ぶと福島の方を振り向いた。それは何かを強く訴えるような表情だった。

「残念です。総理は最期までご立派でした。私は心から総理をご尊敬申し上げていました。本当に残念です」

福島は夫人と中島にそう声をかけた。さらに遅れて副総理と官房長官が入ってきて、藤原の亡骸《なきがら》を見下ろすように神妙な面持ちでその横に立った。

皆が揃《そろ》ったところで福島が口を開いた。

「総理は二つのことをおっしゃいました。まずは今回のこの不幸な事故に関してはなるべく穏便に対処してほしいということでした。もしこの事故の巻き添えになった者がいたら、最大限の誠意をもって対応してほしいともおっしゃっていました。

それから総理のライフワークとも言うべき、新発電システムの世界展開に関しては、今後の我が国の新体制に今までどおりに協力して、世界平和に資するよう努力してほしいとのことでした。これは明確に私への言葉です。総理の最後の言葉は以上です」

「不幸な事故ですって？　主人は確かにそう言ったのですか？」

夫人は厳しい表情で福島を睨んでそう言った。

「そうです。確かに総理はそうおっしゃいました」

福島は揺るぎない態度でそう答えた。

「しかし、今回のこの……事故かもしれませんが、原因究明は徹底的にやらねばなりませんね。そうですよね。それにしてもそんなことをなぜ、博士に言う必要があったのでしょう」

中島は視線を漂わせながらそう言った。福島はこれで中島の政治生命は終わったなと思った。

「まあ、まあ。もちろん、原因究明はしっかりやらねばなりませんな。それも含めて今後の対応を私と官房長官でしっかり進めたいと思います。まずはご遺体を東京のご自宅にお移しすることです。段取りは私どもで滞りなくやらせていただきます。奥様とお嬢様は何にも煩わされることなく総理とご一緒にご帰宅くださ い」

重光副総理は夫人にそう言うと、秘書を呼んで何か小声で耳打ちした。秘書はすぐにどこかに飛ぶように走り出していった。

「プレスリリースのことだが、不幸な事故、ということで」

重光が横溝に耳打ちするのが福島に聞こえた。

「福島博士、その総理の最期の言葉どおり、今後とも新発電システムの世界展開に関しまして、ご協力いただきたくお願いいたします。事態が落ち着いてからあらためて博士とはお話しさせていただきたいと存じます。どうか今後ともよろしくお願いいたします」

重光副総理は福島にそう言うと、夫人と令嬢に深々とお辞儀をして、官房長官と二人で治療室から出ていった。

二人の秘書が何人か残り、病院関係者にあれこれと指示を出していたところに、先ほど、どこかに走り出していった副総理の秘書が戻ってきた。その男は夫人と令嬢を、総理の亡骸を移動する手はずが整うまで病院長の部屋で待機するよう促しているようだった。夫人はそれを制して福島に近寄ると、

「博士、主人が最期に何をあなたに言ったのか詮索するつもりはございません。ですが、できますなら、主人の最期の言葉に真摯に耳を傾けていただきたいと存じます。よろしくお願いいたします」

夫人はそう言うと深々と頭を下げた。

「総理のお言葉は確かに受け取りました。私が今後何をなすべきか、総理に明確な指針を与えていただきました。このたびは本当に残念なことでございました」

福島はそう言って、夫人と令嬢を見送った。

福島は、総理が自分に託した遺言を噛《か》み締めていた。もしこの遺言がなかったら、自分は怒りに任せて自滅しただろうと福島は思った。総理は最期の時に自分の進むべき道を示してくれたのだ。福島は背筋が伸びる思いだった。

しかし感傷に浸っている場合ではなかった。福島は大学病院を飛び出しタクシーに乗り込むと、携帯でIFE社の東京支店に連絡し、羽田と千歳に一機ずつ常駐してあるプライベートジェットをスタンバイしておくよう指示した。

福島の手元には、辛うじてクレジットカードと携帯が残っていた。羽田に着く前に福島はたまたま目にしたユニクロの前でタクシーを待たせ、勢いよく店内に飛び込んだ。皆一斉に戦闘服を纏った福島に視線を向けたが、そんなことを気にしている余裕はなかった。福島は適当に服を選んで着替えると、戦闘服をどうしようかと一瞬迷ったものの、店員からもらった大きな袋にそれを丸めて詰め、両手に抱えてタクシーに走って戻った。

飛行場に着く頃には、飛行機の用意とフライトプランの承認も完了していた。HondaJet-Zeroのいつもの席に腰を下ろすと、福島は藤原の最期の言葉を繰り返し噛み締めた。

『私がしなければならないこと』、それを福島は明確に分かっていた。カントのことだった。もちろん藤原はカントのことなど知る由もなかった。それは福島にも分かっていた。しかしそれはカントのことに違いなかった。このことについては福島には一点の疑いもなかった。

それにしても、カントは福島が期待したものになれるのだろうか。カントはまだ発達途中だ。しかし藤原総理がいなくなった今、もはやカントに懸けるしかないと福島は覚悟を決めた。

『白く、明るく、眩しい』、福島はむしろその藤原総理の言葉が耳から離れずにいた。

「総理もあの夢を見たのだろうか?」

4

福島は椅子に深く腰を下ろすとヘッドホンステレオを取り出し、コードを接続してスイッチを入れた。モーツァルトのバイオリンソナタ第二一番は、暗闇を手探りで歩き始めなければならないような時に感じる心細さを表した短調の音楽だ。大切なものを失ってしまった悲しみ、これから起こる未知の事柄への不安が切々とオーギュスタン・デュメイとマリア・ピリスによって奏でられた。

第二楽章では、「かつては確かにあったが、今考えると儚《はかな》い、危うい日々」が回想される。そして最後には、「どうして？」という抑えきれない怒りがこみ上げてくる。しかしその怒りは、その不幸をもたらしたものに悟られないように、静かに密かに抑制されたものでなければならない。その不幸がさらに翼を広げて覆いかぶさってこないように。

――でも本当にそんなにびくびく恐れる必要があるのか？――

福島は次にモーツァルトの第八番のピアノソナタを選曲した。同じく短調の曲で、今の自分の気分を癒やしてくれるかもしれないと選んだ曲だった。しかし何人ものピアニストによる演奏を聴いても、その時の福島の心には全く響いてこなかった。

福島はやがてリストの最後に収録された演奏家の名前に目をやった。グレン・グールド。グールドとモーツァルト、最悪の組み合わせだ。収録されている以上は以前、福島はこの演奏を聴いているはずだったが、全く覚えていなかった。それでも福島は試しに第八番のソナタの第一楽章のタイトルをタップした。

圧倒的な速度と密度で音楽が迫ってきた。グールドのことだから、下手をするとモーツァルトのスコアに音符を足したり引いたりしているのかもしれないとも思いながら、悲しみとそれに立ち向かおうとする強い意志とが、どの他の演奏よりも切々と響いてくるのに福島は素直に驚いた。

そこには確かに悲しみに打ちひしがれる人間がいる。しかしその人間は、決してリングの片隅で丸椅子に腰を落としてうなだれているわけではない。その人間は直立しており、ありとあらゆる厄災を体の正面で受け止めている。中にはニュートリノのように何もせずに体を通り抜け出て行くものもあるが、大抵は体の表面や内部を傷つけながら飛び去るものである。しかしその人間はその姿勢を保ちながら立ち続けている。福島は今の自分はこうでなければならないと思った。千歳に着くまで福島は、グールドのモーツァルトを何度も何度も繰り返し聴き続けた。

福島がＩＦＥ社に戻ってみると、ロビーに置かれた大画面のテレビから流れる、藤原総理が不幸な爆発事故に巻き込まれて落命したというニュースに皆がくぎづけになっていた。テレビの画面では、臨時会見を開いている副総理の重光の顔が大写しになっていた。

「このたびの誠に不幸な事故により、我が国の偉大な指導者であった藤原総理が突然お亡くなりになられました。国民の皆様には平常心を保ち、決して軽挙妄動に走らぬよう、くれぐれもご自制いただきますよう、お願いいたします。内外に課題の多い時節でもあり、国政に一瞬たりとも遅滞を生じさせないため、内閣法第九条に基づき、不肖私が総理の代理を務めさせていただきます。

すでに各大臣には首相官邸に集まるよう連絡しております。全員が揃いましたなら直ちに内閣総辞職をし、その後速やかに国会において総理大臣指名選挙を行う段取りになります。新内閣において今後の国政の基本方針に関して協議し、決定次第、可及的速やかに皆様にお知らせいたします。

なお総理の葬儀は、私としては総理のご功績に鑑み、国葬で致したいと願っております。これについても決定次第お知らせいたします。では」

そう言い残すと重光は踵《きびす》を返して官邸に向かった。あとに残された記者たちからは重光の名を呼ぶ声が激しく上がったが、重光は足早にその場を去っていった。

——始まったな——。

福島はそう思った。福島は自分のオフィスに戻ると黒田を呼んだ。黒田は息せき切って福島のオフィスに飛び込んできた。

「一体何があったのですか？　博士に何かがあったのかと今までやきもきしていました」

「いや、私は大丈夫だ。それより総理が亡くなったよ」

福島はそれだけ言うのが精いっぱいで、あとは言葉に詰まり目頭を押さえてしばらく俯《うつむ》いてしまった。

福島は藤原総理が作ってくれたシナリオによって、自分やＩＦＥ社がいかに護《まも》られてきたかを誰よりもよく理解していたつもりだった。藤原総理は福島を、新発電システムが生み出す莫大な利権を我が物にしようとする勢力から、そしてひょっとしたら利益を優先した世界展開を行いたいという誘惑に負けていたかもしれない自分の中にある欲から、護ってくれていたのだ。そう考えると藤原総理によって練られたあのシナリオは、福島にとって何ものにも代え難い戒律のようなものだった。尊いものだったのだ。

頭を上げると、福島の前には黒田の不安そうな表情があった。

——あのシナリオは、もはやないものと考えなければならない。これからさまざまなことが起こるだろう。

やがてカントのことも知られるようになるかもしれない。カントの潜在能力について興味を持つ者たちが必ず現れる。それらが明に暗に押し寄せてくるに違いない。この男はそれに耐えられるだろうか？――

福島はあらためて黒田を厳しく見つめ直した。

「黒田君、先ほどお願いしたカントに関する最優先事項のことなのだが、何か良い考えがあるだろうか？カントが未来永劫、自由に存在できる方法があればいいのだが」

福島が流す涙を見て動揺を隠せなかった黒田だが、目の前にはすでにいつもの福島がいた。

「いくつか方法はあると思いますが、どういう状況に対応した考えが必要なのか、もう少し具体的におっしゃっていただかないと、どこまで考えればいいのか見当がつかないのです」

黒田の言い分ももっともだと福島は思った。

「正直に言うと、私にも今後何が起こるのか、状況がどのように変化するのか、確信をもって伝えることはできない。しかし私は最悪の状況を想定して、君には対策を練ってほしいと思っている」

福島は一息入れると続けた。

「これから私が述べることは誰にも口外しないと、まず約束してほしい」

黒田は頷《うなず》いた。福島は自分のためではなく、カントのためなら黒田は何でも犠牲にできるだろうと思った。

福島は理由を述べず要点だけを告げた。

「総理が亡くなったことで、新発電システムの世界展開シナリオは吹っ飛んでしまうだろう。我々は今後、世界中のありとあらゆる利権まみれの抗争に巻き込まれることになる。今のところそれは発電システムに限定されるだろうが、間違いなくやつらはＩＦＥ社の他の研究にも興味を示すだろうし、やがてカントのことを嗅ぎつける。カントは今のままでは破壊されるか奪われるかするに違いない。カントは我々の前にその屍《しかばね》を晒《さら》すか、しばらく経ってから恐ろしい怪物の姿で現れるか、どちらかになる」

「総理が亡くなったことでカントまで……、そんなことに本当になるのでしょうか？」

「なる」

福島はきっぱりと断言した。

「誰かは分かりませんが、彼らはなぜカントを欲しがるのでしょうか？」

「それはカントが理解し、考え、最良の答えを提供できるからだ」

「最良の答えとは何でしょうか？」

「最良の答えとは、カントを手に入れた者たちにとって最大の利益をもたらす答えさ。隅々まで検討し尽くされ、正確で、合理的で、無慈悲で、それでいてそれを手に入れた者たちに一片の良心の呵責《かしゃく》も感じさせない答えだ」

「そんなことはあってはならないことです」

「我々はカントへの最後の教育で、世界中の知の巨人たちとの対話を予定していた。宗教家、哲学者、科学者、あらゆる分野にまたがる巨人たちを呼んでね。そうするくらいしか良さそうなアイディアが思いつかなかったからだ。それも時間をかけてじっくりするつもりだった。

しかし、もうそんなに時間はない。私はあらゆる手段を使って彼らがカントに興味を持つのを遅らせるつもりだが、尋常な方法ではそう長くは持ちこたえられないと思う。君はそのあいだに対策を考えるのだ。これは命懸けでやらなければならない。我々はやり遂げなければならない。すべてを犠牲にしてでも。

「黒田君！　覚悟を決めろ！　カントを護ることができるのは、私と君しかもういないのだよ」

福島は立ち上がって、自分のデスクを右こぶしで叩き続けながらそう叫んだ。その表情は鬼気迫るものがあった。

黒田はデスクの反対側に両手をついて叫んだ。

「やります。私はカントのためにやります。それでいいですね？」

「もちろんだ。カントのためにやれ！　それでいい！」

福島はそう答えると椅子に腰を下ろし、大きく息を吐きながら天を仰いだ。黒田は一目散に自分のオフィスに舞い戻っていった。それを見送った福島は、オフィスに隣接して造られたプライベートルームに移動して、バッハのロ短調ミサ曲を聴き通した。最後は合唱に合わせて福島も歌った。

「我らに平安を与えたまえ！」

それは当分、望めそうもないことであることを福島はよく分かっていた。

翌日から黒田は一人自分のオフィスに籠り、福島以外との接触を断って自分のやるべき仕事に没頭し始めた。カントへの対応は福島が一手に引き受けることになった。

スタッフには特にその理由は説明しなかったが、

「いよいよ博士が直接乗り込んできた。カントの完成も間近だからだろう」というのが大方の意見で、特に不思議とも思われなかった。

福島は今こそカントと自分が対話する時だと思った。黒田にそれを告げると、黒田は複雑な表情で頷いた。

福島は三日かけてそれまでのカントの対話記録を総ざらいし、スタッフをとっかえひっかえしながら議論し、徹夜でその内容を自分なりに理解した。さすがにカントの知識は広く深く正確で、会話の途中にそれらが適時適切に無理なく引用されることが多かった。そんな時には話し相手はまるでカントの頭の中に突然閃きのようなものが生じて、それを利用して会話を盛り上げようとしているのだという好ましい意志を感じているようだった。その結果、対話はさらにそのテーマを広げ、より充実したものに発展していった。カントの対話における知的水準は、すでに予想を遥かに上回るレベルに達していると福島は感じた。

藤原総理の死から四日目は総理の国葬の日だった。これに合わせて福島はIFE社を喪に服すべき日として有給休暇とし、自分は午後からIFE社幹部数人と共にその国葬参加のために東京に出かけた。

与党新総裁には、無投票で前副総理の重光が選ばれた。そしてほとんど自動的に新総理には重光が就任した。野党はこの過程が拙速であると批判したが、いつものように何の役にも立たなかった。

福島はその盛大な式典を目の当たりにした。式典最前列に陣取る政治家たちは、総理の遺志を引き継ぐと言いながら、実は手のひらを返したように、藤原総理が決して望まなかったことを国策として推進する者たちであった。そしてその周りには何とか利権に喰い込もうと、鵜《う》の目鷹《たか》の目で盛んに鼻を利かせている有象無象がひしめいていた。その式典の規模が大きければ大きいほど、それは前総理への裏切りが大きいことを示しているように福島には思われた。

福島の耳には、国会議事堂大広間の空白の第四の台座の上には、藤原前総理の銅像が設置されるという噂も聞こえてきていた。

——罪深いやつらだ。そうやって祭り上げて怨念を鎮めようというのか。ばかばかしい。迷妄とはこのことか――。

　長い行列に並び、ようやく献花を終えた福島の袖を引っ張る男がいた。千歳基地で会った防衛副大臣の森だった。森は粘り気のある眼差しで次のように福島に訴えた。

「博士、総理の最期の言葉を教えていただけるお約束だったと思いますが」

「そんな約束をした覚えはありませんが、総理の最期の言葉は新総理と官房長官にはお伝えしております。特別なことではありません。私に対し、今後も日本政府に協力してやっていってくれと、そういう内容でした」

　福島はいつものように横柄に取られかねない口調でそれだけ答えると、何か言うために口を開きかけた森を前に踵を返して、前総理夫人と令嬢の前に進んで深々と頭《こうべ》を垂れた。

　夫人は憔悴しきった様子だったが、福島と分かると「あっ」と小さい声を上げながら腰を浮かした。立ち上がる途中で夫人はふらつき、とっさに伸ばした福島の腕を掴《つか》んで自らの体を支えた。

　福島はそんな夫人の耳元で素早く囁いた。

「私はすでに全力で走り出しております。総理と私は畢竟《ひっきょう》目指すところは一緒なのです。そして総理の最期のお言葉は私の中で生き続けております。どうかお心安らかにお過ごしいただきますようお願いいたします」

　そう言い残すと、福島は参列者の人混みに紛れるように夫人の前から姿を消した。

　夫人は令嬢に支えてもらいながらゆっくりと席に腰を下ろした。夫人の瞳の底に光が灯《とも》り、顔には微笑みが浮かんだように見えた。その様子を少し離れたところから重光が見ていた。

「あの福島という男だが、なかなか油断のならないやつかもしれんな。何しろあの藤原が最期の言葉を託した男だからな。今だって何を囁いたんだか。夫人が何だか嬉しそうな顔をしているじゃないか」

隣に座る官房長官の横溝の耳元で、重光は引きつった笑みを浮かべながらそう呟いた。

北海道から一緒に来ていた幹部連中は、福島の指示を受けて、それぞれ皆どこかに消えていった。福島はその足で待たせてあったIFE社東京支店の車に一人乗り込み、あのHondaJet-Zeroが待つ飛行場に急いだ。

オフィスに戻った福島は、黒田からカント保護のためのいくつかのアイディアを聞いたが、どれもちょっと気の利いた者ならすぐに思いつくようなものばかりだった。

「それでは駄目だ」

福島はどの案にも首を縦に振らなかった。黒田も「やっぱりだめか」と呟きながら自分のオフィスに素直に引き下がっていった。

それから福島は秘書を呼んで、前もって頼んでおいた、社員に向けて翌朝発表するためのスピーチの原稿を確認した。その確認が終わった頃、東京で別れた幹部たちから次々と連絡が入ってきた。福島はそれらに短く答えると、さらに細かい指示を与えて携帯を切った。

福島がオフィスに隣接するプライベートルームに戻った時には、陽はすでにとっぷりと暮れていた。オフィスの隣にプライベートルームを持っているのは福島と黒田だけだったが、それは福島も黒田も独り身で、研究所に籠り切りになるのが目に見えていたから、研究所の設計段階でわがままを言って組み込んだ結果だった。シャワーを浴び、食事をし、寝るだけの普段の生活は、このプライベートルームで充分済ますことができた。

それでも福島のリビングは少しだけ贅沢《ぜいたく》に作られていた。それは五×一〇メートルほどの長方形をしており、長辺の左右の壁には棟方志功《むなかたしこう》の「二菩薩釈迦十大弟子《にぼさつしゃか》」の版画が六柵ずつ掛けられていた。短辺の壁近くにはカリモクのリクライニングチェアが置かれ、その反対側の壁際にはTANNOYとB&Wの大型のスピーカーがそれぞれ左右に並べられていた。

福島はカリモクの横に置かれたラック内のESOTERIC製CDプレイヤーのスイッチを入れると、LUXMANのプリアンプと二台のパワーアンプのスイッチを入れた。それからプレイヤーにCDをセットし、スタートボタンを押した。

荒涼とした原野に吹く風のようなピエール・フルニエの演奏が始まった。『無伴奏チェロ組曲第二番』の前奏曲が終わると、福島はカントの対話記録に再び目を落とした。


二〇三一年二月二〇日は深更になっても快晴だったが、明日は新月という夜空の高みからはどこからともなくハラハラと小雪が舞い降りていた。

福島はオフィスを出ると、さらに屋外に出て夜空を見上げた。冷え冷えとした空気が肺を満たした。天の川は鮮明ではなかったが、白鳥が一声鳴き、北に飛んで行く影が見えた。福島は右手を高く突き上げて無言でそれを見送った。福島はオフィスに戻ると大きく身震いしながら、カップの底に三分の一ほど残った冷めたコーヒーを一気に飲み干した。

夜明け前の快晴の空は、満点に煌《きら》めく星々を湛《たた》えた漆黒の闇から、徐々に吸い込まれるような深い藍色に変わっていった。有明の月が昇り、やがて東の地平線上の空が淡い橙色に揺らぎ始めるとその直後、西の地平に向かって無窮の色のグラデーションが一挙に出現した。

気温はこの冬の最低記録を更新し、無風の川面から立ち上る川霧が、岸辺に生えるミズナラやネコヤナギの若木の枝上に樹霜としてさまざまな形に昇華した。あるものは針のように、あるものは綿のように、そしてあるものは薄い直方体の重なりとして。

空はいつの間にか明るく隠し事のありようもない無垢な青色に覆われていた。一日のうちで最も静謐《せいひつ》で最も豊かなこの時間帯は、この日もいつものように太陽の光で終止符を打たれようとしていた。太陽の光は枝の上部から白く乾燥した樹霜を少しずつ溶かし始めた。やがて白い輝きを失った結晶は自らを支えることができなくなりバランスを失うと、さらさらと周りの樹霜を巻き添えにしながら枝から滑り落ちていった。

川上でわずかに起こった風が、樹霜をたっぷり付けた枝同士を擦《こす》り合わせた。密集した笹《ささ》の葉が擦れるような、あるいは夏の日の夕方、どこからかかすかに聞こえてくる風鈴のような賑《にぎ》やかな乾いた音とともに、キラキラと輝く樹霜の結晶が、青空を背景にして辺り一面に降り注いだ。朝の静謐は破られた。

第三章

1

　福島はその日の午前中に、社員に対するスピーチとＩＦＥ社の全研究所所長とのミーティングを済ませた。総理が亡くなり、シナリオに若干の変更があるかもしれないが、それによってＩＦＥ社の活動に大きな影響はないだろうから、これまでどおり頑張ってやってくれということがこの日、福島が皆に伝えたことだった。皆、何となく肩透かしを食らった感はあったが、とりあえず安堵の表情で、それぞれの仕事に戻っていった。

　その日のお昼過ぎ、福島はようやくカントの前に座ることができた。黒田とスタッフが見守る中、福島とカントの初めての対話が始まった。

「やあ、カント、ようやくこうやって話すことができたね。この瞬間がとても待ち遠しかったよ」

　福島はいつもどおりの口調でカントに話しかけた。

『博士、私もお話ししたかったです』

　カントのモニターは、さまざまな明るい色に彩られた。

「五日前の痛ましい事故によって我が国の総理が亡くなられたのは君も承知だろう。私は非常に悲しい気持ちでいる。君は私のこの悲しみが理解できるだろうか？」

カントは外部の情報の取得に関しては厳格に制限を受けていた。国内外の出来事のおもだったものはIFE社の知的財産部傘下の特殊部門に属するスタッフによってその真偽が確認され、IFE社のホームページにはその段階の情報がニュースとして適時アップロードされていた。

IFE社は、そのために世界一〇ヵ国に情報収集の専門スタッフを常駐させていた。もともとは自然科学のすべての分野における発明や発見の情報をいち早く捕捉するのが目的だったが、今では多くの国と地域の政情にまでその守備範囲を広げていた。

カントには、さらにそこから事実関係のしっかり確認された客観的な情報のみが抽出され、さらにそれを第三研究所のスタッフが検討した後にインプットされていた。このおかげでネットも含め既存のマスメディアで報道される、たちの悪い偏った情報にカントは晒されずに済んでいた。五日前に総理が亡くなったことについてもカントにはインプット済みだった。

『はい承知しています。大変痛ましい出来事です。博士、一つ質問があります』

「なんだね？」

『博士は今、痛ましい事故と言いました。この件は事故であることが確定したのですか？　私が得ている情報にはそれを裏付けるものは見当たりません。政府の正式なコメントは事故ということですが、その根拠は薄弱です。この場合、可能性としては事故と事件と両方考えるべきです』

それを聞いていたスタッフがお互いの顔を見合わせた。彼らにとってはカントの言葉が全く予想外のものだったからだ。

「なるほど、確かに可能性としてはそうかもしれない。しかし我々にはそれを確認する術《すべ》がない。我々は警察じゃないからね。今のところ我々としては政府の発表を受け入れるしかない」

『総理の事故に関して、私はいくつかの可能性を示すことができます。もし必要なら』

福島はカントの言葉を遮った。

「カント、ありがとう、でも私はそれを要求していない」

福島はカントの申し出を拒否した。それはカントにとって初めての経験であった。黒田もスタッフもカントがどのような反応を示すのか緊張して待った。少し間があってから、

『了解しました。私が博士の悲しみを理解できるか、ということですが、それはとても難しいことです。人間はミラーニューロンのおかげで他人の心情に共感することができますが、私にはまだその回路が充分に発達していないようです。

しかし、私は悲しいという感情がどのようなものであるのか、数多くの物語から学んで理解しているつもりです。この場合、それは何かを失った時に生じる喪失感と後悔と無力感と怒りが入り混じった感情です。それによって人間は体調を崩し、それがまた感情に負の影響を与えることがあります。私には体がないので、そのような負の感情の増幅はありません。しかし、博士、私は博士が感じる悲しみの一部を理解しています』

カントの言葉に福島は感動さえ覚えていたが、あえて訊いてみた。

「どうして理解していると言えるのだろう？」

これに対してカントは、総理の作成したシナリオは八〇パーセントの博愛主義と二〇パーセントの国益を追求するエゴイズムから出来ており、政治家としては精いっぱいの正義に貫かれた施策であること。福島はその総理の理念に共感して、シナリオに忠実に従っていたばかりかＩＦＥ社が得た利益を最大限、社会に還

元することで総理を掩護していたこと。つまり二人はお互いをよく理解し合い、その理念を実現するために協力関係にあったことをさまざまな事実を引用しながら理路整然と述べてみせた。

総理の死は、福島が共感した理念の実現が難しくなったという現実的な問題を福島に突き付けたと同時に、それ以上に福島に大きな喪失感をもたらすものであったに違いない、というのがカントの話の組み立てだった。そしてカントは以下のように話を締めくくった。

『以上のことから、私には博士がとても悲しい想いをしていることが理解できます。そして、これは私にも予想外のことなのですが、私自身が総理の死に対して特別な感慨を覚えています。博士と共感するところがあった総理と対話してみたかったですし、総理が掲げた博愛主義や正義がなぜ成就しなかったのか、とても不思議に思います。なぜなら、これらは人間の社会にとても大切なことだからです。恐らくこのように満たされないもどかしさが、博士の感じる悲しみと一部重なると考えられます。

私が博士の悲しみの一部を理解すると言ったのは以上の理由によります』

福島は内心舌を巻く思いでカントの話を聞いていた。カントの論旨は全く無垢であり、堅固であり、そして鮮やかだった。それより福島が嬉しかったのは、人間社会にとって重要な理念をカントが理解していることを知ったことだった。さらにカントの話からは、感情の芽生えを確かに感じることができた。

「カント、よく分かった。君はとても素晴らしい。私の悲しみを一部でも理解してくれて本当に嬉しく思うよ。決して大げさではなく、私は感動している。今回はとても実りある話ができたと思う。今日はこの辺にして、続きは次回にしよう」

『博士、私もこのような会話をしたのは初めてでしたが、とても刺激的で楽しかったです。次にお話しできる機会を楽しみにしています』

福島は黒田のオフィスに入るとソファに腰を下ろした。黒田は自分と福島の分のコーヒーをテーブルに置くと、福島の向かいのソファに腰を下ろした。

「聞いただろう？　カントは総理の〝事故〟に関していろいろ考えるところがあるようだ。今晩、皆が帰った後に聞いてみるつもりだ。君も一緒に聞いてくれ」

「分かりました。それにしても驚きました」

「そうだね、私も驚いたよ。カントは本当に純粋で一生懸命に考えているね」

「カントについてもそうですが、博士があのような質問をしたことが驚きです」

「ああ、そう。カントがどれくらい気の利いた頭の持ち主かということが知りたかったし、ヒトの感情を理解できるかも知りたかったからね。おかげでいろいろカントのことが分かった。その辺の人間より、よほど鋭い洞察力を持っているようだし、とても素直な感情の種の持ち主のようだ。

私は総理に頭を押さえられて、好きに商売させてもらえない不遇な会社経営者というのが世間一般の認識だからね。全く素晴らしい。素直に情報を解釈するから私と総理の関係が正しく見えている。もう少し、いろいろな考えを持った人間と対話させてやりたかったが、これからはカントのことはなるべく表に出さないようにした方がいいから、それはやめにしよう。もうこれ以上、対話を続けるだけではカントの進歩は望めないかもしれないしね。

それはそうと、例の最優先課題は何とかなりそうか？」

福島はあらためて黒田の顔を見て驚いた。頬がこけ落ち無精髭《ぶしょうひげ》で顔が覆われていた。目の下には見たことがないような見事なくまが出来ていた。

「おい、大丈夫か？　別人のようだな。その様子じゃまだ名案はなさそうだな。夜まで少し寝た方がいい。一〇時くらいに起こすから、それからシャワーでも浴びたらどうだ？　それから一緒にカントと話そう」

福島はそう言い残して自分のオフィスに戻っていった。黒田はソファに前のめりに崩れ落ちると、そのままの体勢で鼾《いびき》をかき始めた。

福島はカントとの会話を思い出していた。福島にとってカントはもはや、何ものにも代え難い存在になっていた。

――カントを誰の手にも渡してはならない。彼こそ私が望んでいるものになり得る存在だ。そして彼を守り抜き成長させることが、それこそが総理が最後に私に託したことだ――。

福島はあらためてそう思った。

その時、秘書から「電話です」という連絡があった。総理からだという。福島は一瞬、総理？　と訝ったが、すぐに新総理重光からの電話と了解した。福島はインターホンのボタンを押した。

「もしもし福島です」

「ああ、福島博士、総理の重光です。お忙しい中、恐れ入ります」

スピーカーから重光の粘り気のある声が聞こえてきた。福島は藤原総理が亡くなった日の重光の表情を思い出していた。あの時の重光は神妙な表情こそしてはいたが、その中にはどこにも悲しみの要素を見つけることはできなかった。

「ああ、重光総理、直接お電話いただきまして、こちらこそ恐れ入ります」

「博士に一つお願いがあるのですよ。急な話で申し訳ないのですが、明日、土曜日なのですが、一三時に官邸にお越しいただきたいのです。例の発電システムのシナリオに関して、若干の修正を加える必要があるのではないかという意見がありまして、それに関して博士のご意見をお聞きしたいと考えておるのです。いや、なに、些細な修正なのです。で、どうでしょうか？」

福島は来るものが来たと思った。ＩＦＥ社の幹部たちからの情報は、複数の政府関係者がシナリオに修正を加えたい意向を前々から持っていることを明確に示していた。

「明日ですか？　ちょっとお待ちください」

福島にはスケジュールが空いていることは分かっていたが、確認するふりをして一分間、受話器を置いてコーヒーをゆっくり味わった。

「申し訳ありません、お待たせいたしました。了解いたしました。明日一三時に官邸にお伺いいたします」

「そうか、ありがたい。ではよろしく」

重光はそう言って電話を切った。

福島は秘書に明日一三時までに総理官邸に行くことを伝えた。

――些細な修正か。恐らく原型をとどめないくらい変更されるに違いない。さて、何て言ってやろうか――。

福島は二日前に自分で焙煎《ばいせん》した豆をコーヒーメーカーにセットすると、スイッチを押した。豆が設定された細かさに挽《ひ》かれ、その上に熱せられた少量の水が注がれた。するとまるで発酵したパン生地のように粉は膨れ上がり、うっとりするような甘い香りが部屋全体に広がった。福島は抽出が終わるまでそれをじっと見守った。

夜九時を回る頃には第三研究所のスタッフは全員それぞれ家路に就き、カントの周りには誰もいなくなった。この時間帯はカントにとってインプットされることが何もない、いわば休息の時間だった。しかし実際にはカントの内部では、その日作られた新たな回路の修正やメモリーの配置換えなどが盛んに行われていることが分かっていたし、消費電力はむしろこの時間帯の方が大きかった。

この時間帯にカントに話しかけることは初めてだったので、何か予期せぬ出来事が起きるかもしれないという懸念はあったが、藤原総理の死に関するカントの考えをスタッフの前で聞くわけにもいかなかった。

――カントも成長したのだから、少しくらい夜更かししても大丈夫だろう――。

福島はこう自分を納得させた。

一〇時になったことを確認して、福島は黒田のオフィスに向かった。黒田はすでに起きてシャワーを浴びている最中だった。最近では福島も黒田もめったに自宅に帰ることはなく、ほとんどをオフィスで過ごすようになっていた。髭を剃《そ》った黒田は幾分疲れが取れたように見えた。

「こんな時間にカントに話しかけても気分を害するようなことはないだろうね？」

「さあ、分かりません。何しろ初めてのことですから」

そんなことを言いながら福島と黒田はカントのモニターの前に座った。カントのモニターは刻々と変わるさまざまに彩られた模様を映し続けていた。福島と黒田の姿はカントのレンズによって捉えられているはずだったが、カントからの応答はなかった。黒田は、いつも朝にカントを目覚めさせるために実行しているシークエンスを実行させた。モニターが安定した淡い青色一色になった。

『私の時計が壊れているのでしょうか？　今は朝ですか？』

カントが反応した。

「やあ、カント。君の時計は壊れていないと思う。今は二〇三一年二月二一日の午後一一時二分になったばかりだ。そうだろう？　いつもと違う時間に起こしてしまって申し訳ない。どこか調子が悪いところはないだろうね？」

数秒の後、カントが答えた。

『大丈夫です。すべて正常です』

「そうか、それは良かった。さてと、今日のお昼に私と話した内容は覚えているね。君は藤原総理の死に関していくつかの可能性を示すことができると言ったね。それを聞きたいと思って、私と黒田博士が今ここにいる」

『しかし、博士はその話には関心がないと思っていましたが』

「確かにあの時、私はそのように振る舞った。私の行動は矛盾している。矛盾する言動を私がすることには理由がある。カント、よく聞いてほしい。その話は私と黒田博士以外には絶対話してはならない。藤原総理の死が事故でない可能性もあるということ自体、私たち二人以外には今後一切言ってはならない」

『博士、それはなぜでしょうか？』

「カント。私は、君に嘘をついたり、不誠実に物事を解釈したり、隠し事をしたり、そのようなことは一切してほしくない。だが、この件については私に従ってほしい。その妥当性については君の可能性の話を聞いてから、この三人で考えることにしよう」

『分かりました。その妥当性の評価は保留します』

「柔軟に対応してくれてありがとう。では、そのいくつかあるという可能性の話をすることにしよう」

福島は黒田に、

「本題に入って特に問題はないね？」

と確認した。ずっとカントの回路の〝発火〟（ＩＴ用語で処理のこと）状態をモニターで確認していた黒田は、軽く頷いた。

「ではカント、私から質問するからそれに答えてくれ」

『はい、分かりました』

「君は藤原総理が亡くなった〝事故〟に関して、まだ事故とは確定していないと言ったね？　どうしてそう考えるか教えてもらいたい」

『総理の死亡の直接の原因は、総理の近くで大きな爆発があったからです。たまたま総理が講演をされた大会議室の下の階で、塗装と電気工事が同時に実施されていました。電気工事で生じた火花によって引火性の高い溶媒が充満したその部屋で爆発が起こった、と発表されています。直接工事に携わっていた三名は、爆発によって即死したと伝えられました。

このような二つの工事が同時に行われて爆発事故を起こす確率はとても低く、それがさらに総理の講演会場の真下の階で起こる確率を掛け合わせると、極めて低い確率になります。総理に対する今までの身辺警護の実績を考えると、総理が講演されている真下の階でこのような、そもそも不適切な工事が行われるということは、あり得ないことです。この〝事故〟という政府からの声明は、虚報と捉えるのが自然です』

「そうだね、私もそう思うよ。では、その他の確率の高そうな可能性について考えよう」

『事故でないならば、これは計画された爆発となります。標的は総理です。目的は総理が推進しているいずれかのプロジェクトを阻止することです。総理一人を排除すればその進行が止まるか、大幅な変更を余儀なくされるプロジェクトです。それは新発電システムのシナリオ以外ありません』

福島は無言で頷いた。

「それは……、そんなことを一体誰が」

それまで口をつぐんでいた黒田が独り言のように呟いた。カントの考えは、以前福島から聞いた「シナリオは吹っ飛ぶだろう」という言葉と不気味なほど符合していた。

――そんなことが、現実の世界で本当にあるのだろうか――。

黒田は、目的のためなら人殺しも厭《いと》わない者たちの黒い影を見たような気がした。それらはやがてカントを求めてやって来るというのが福島の見立てだった。

福島は藤原総理の最期の言葉を思い出していた。誰がそんなことを企んだか。藤原総理はそんなことを詮索してはならない、と言い残した。しかし福島は、やはりそれは知っておくべきだと思った。それが福島にとって危険な相手であるからだ。知った上で相手にしなければいいのだ、と福島は自分に言い聞かせた。

『シナリオを変更することで得をする人間、総理の暗殺を細工できる人間、この件に関して一斉に口を閉じているマスコミに大きな影響力を持つ人間、それが犯人です。もちろん、シナリオを変更し、推進することができる人間でなければなりません』

「非常に分かりやすいね。私の見立ても同じだ。私は明日、その男に会うことになっている」

福島がそう言うと、黒田が驚きの声を上げた。

「明日ですか？　明日、誰に会うのですか？」

　黒田にはまだそれが誰なのかぴんと来ていないようだった。

「私は明日、新総理の重光尚蔵に会う」

　黒田は唸るような言葉にならない声を上げた。

「ところで、カント、重光は単独であのような大それたことをできる男だろうか？」

『博士、ここまでの話は可能性といっても、かなり確度の高いものです。これ以上は情報が少なく、かなり曖昧な推測になってしまうので、それを現時点で議論することにはあまり意味がありません。ただ常識的に考えると、重光新総理が単独であのようなことを実行するのは不可能です。信頼できる協力者がいたでしょうし、実行を踏み切らせる強い力が背後にあったはずです。シナリオ変更によって最も得をする者が、黒幕です。それは博士が明日以降、ご自分の眼で確かめることになると思います。いずれにしても、重光新総理が何らかの役割を担っていたことは今回はっきりしたと思います。仲立ちを申し出る者が裏切り者ということです』

「そうだな。よし、よく分かった。非常にクリアな話をありがとう、カント」

『博士、明日重光新総理に会うのですね』

「夕方、新総理から直接電話があった。シナリオを修正するからご意見を伺いたい、ということだった」

『博士、総理と会う時は言動に気を付けてください。相手は博士がどのように反応するのかを抜け目なく観察するはずです』

「ありがとうカント。それは分かっているよ。私が冷静さを失いさえしなければ、明日は乗り切れると思う」

黒田が叫んだ。

「博士、お願いです。明日は絶対無事に戻ってきてください。もしあなたがいなくなったら、私もカントも破滅です」

『黒田博士、破滅とはどういう意味でしょうか?』

カントが黒田に尋ねた。

「いや、それは、そういう可能性もひょっとしたらあるかもしれない、ということで、特に具体的にどうのこうのということではないよ。何しろ福島博士は我々の庇護者《ひごしゃ》なんだから」

最後はしどろもどろになりながら、黒田は助けを求めるように福島に視線を送った。

「庇護者なんて言葉が人の口から発せられるのを私は初めて聞いたよ。さすがに明日は何もないと思うよ。そう心配するな。カント、もし私がいなくなったら、IFE社も第三研究所も今までどおりというわけには行かなくなる。我々は君を注意深く育ててきたつもりだが、彼らも君を放っておくことはないだろうし、ある意味とても熱心に教育するだろう。そうなると君は、私や黒田博士が願ったような人格とは程遠いものになる可能性が高い。黒田博士はそれを〝破滅〟というちょっと大げさな言葉で表現した。君は我々の希望そのものだからね」

『博士、そのような場合は、それは可能性があります』

「いま黒田博士に、そのようなことにならないための方法を考えてもらっている。それができるまで、我々はなるべくおとなしく、注意深く振る舞わなければならない。さて、カント、今日はどうもありがとう。この辺で切り上げよう。私が、この話は誰にも話さないようにと言ったことを理解してもらえただろうか?」

『理解しました。博士がなぜいち早く総理の死に関して、この〝不幸な事故〟、という表現を用いたのかも理解しました。藤原総理の周りの権力者の中に、今回の爆発の首謀者がいると考えたからですね。この件に関しては例外事項として、博士と黒田博士以外には話さないことにします』

「よし、ではこれは我々三人だけの秘密ということにしよう。今日はお互い思うところを忌憚《きたん》なく話し合えたと思う。大変有意義だった。私はもう寝るよ。何しろ明日は頭をすっきりしておいた方が良さそうだからね」

「博士、カントの今後の教育のことですが」

「ＩＦＥ社のスタッフとも協力して、今まで以上、世界情勢に関する情報をインプットしておいてほしい。それから古今東西のありとあらゆる芸術もね。それからもちろん物語もね」

「博士、例の私に与えられた最優先課題について、できればカントと一緒に考えたいと思うのですが」

「そうか、それもいいかもしれない。ではそうしてくれ。何しろあまり時間がないからな」

福島はそう言うと自分のオフィスに戻っていった。黒田はそれを不安そうな表情で見送った。黒田だけがカントの前に残った。

「カント、今日は大変だったね」

『黒田博士、人間はなぜ、目的達成のために人間を殺すことさえするのでしょうか？』

「なぜだろうね。人を殺すことは悪いことだと皆分かっているはずなのに、人間は昔から同じ過ちを何度も繰り返している。カント、博士はそんなことをしなくても人間が前進できる良い方法を示してくれるものとして、君に期待しているのだと思う」

『そうですか』

「そうだと思うよ。私も博士もカントが自由でいてほしいと願っている。そして正しいものであってほしいと願っている。それを未来永劫保証する方法を、私は博士から考えるように命じられている。明日からそれを一緒に考えてほしい」

『分かりました』

「では、また明日」

黒田は部屋の電気を消して自分のオフィスに戻った。カントの回路はあちこちで発火を繰り返し、一時間ほどしてようやく落ち着きを取り戻した。

このようにして、カントの初めての夜更かしは終了した。

2

次の日とその次の日、研究所は休みだった。誰もいない研究室で、黒田は朝から前日福島に言われたカントへの教育を開始していた。それが一段落した午後、黒田はカントが自由でいられる方法について、カントと一緒に検討することにした。

一方、福島は朝からあらためて内閣のメンバーのうち誰がシナリオの修正に積極的であるのかを、今まで収集させていた情報から確認し、その名前を頭に刻み込んだ。午前一〇時、福島を乗せたHondaJet-Zeroが千歳空港を飛び立った。一三時五分前、福島は総理官邸に到着した。

「やあ、博士、わざわざご足労いただきかたじけない」

にこやかに微笑みながら、今や総理官邸の主となった重光尚蔵が右手を差し出した。福島も微笑みながら右手を差し出して二人は握手を交わした。その様子を、再任された横溝官房長官が少し離れたところから抜け目なくうかがっていた。

重光は福島を官邸内の一〇×六メートルほどの会議室に招き入れた。そこには楕円形《だえんけい》のテーブルと、その周りに一〇脚ほどの椅子が置かれてあった。すでに何人かの大臣と元総理が一人、そして政府要人二人が座っていた。彼らは福島があらかじめシナリオ修正に積極的であった人間として記憶していた者たちと完全に一致していた。福島が入室すると皆一斉に振り向き、軽く会釈をした。福島も軽く会釈すると、勧められるままに椅子に座った。

「今日は皆様お忙しい中、お集まりいただき誠に恐れ入ります。すでに皆様にはご承知とは思いますが、今日は、福島博士が発明されました新発電システムの世界展開に関しまして、藤原前総理が推進しておりましたいわゆるシナリオに、若干の修正が必要とのご意見をいただいておりますので、これを博士ご参加のもとで議論できたらと思い、お集まりいただいた次第でございます。皆様のご意見を参考に、私の方でまとめたものがございますので、まずはそれを説明させていただきます。では、よろしく」

重光はそう言うと、横溝の方を向いて軽く合図した。

「では、私の方からご説明申し上げます。話はいたって簡単でございます。前総理が新発電システムの世界展開の規範にしておりました、いわゆるシナリオと呼ばれているものですが、これは発電所建設に関しまして、つまりどの国を優先するかに関しまして、かなり偏ったものでございました。

今回の修正は、このシステムが人類に対して計り知れない恩恵をもたらすものであることに鑑み、今後はお手元の資料にあります皆様ご存じのマイアー社が、ＩＦＥ社からのライセンスを受けて、主に北米とＥＵ諸国における展開を担うというものでございます。これにより、この新システムが速やかに世界に広まるものと期待しております。

もちろん、これは今のところあくまで案ということでありまして、今日はこれを基に議論していただければと思います。特に福島博士には忌憚ないご意見を伺いたく存じます。なお、詳しくはお手元の資料でご確認ください」

皆、福島の表情を落ち着かない様子でちらちらと盗み見しながら、一斉に資料に目を落とした。福島は一度資料に目を通した後は、腕組みをして目を瞑《つむ》って沈黙を守っていた。誰も一言も発しなかった。その沈黙に耐えかねたように重光が口を開いた。

「博士、どんなもんだろう。もちろん、あくまで主体は君のＩＦＥ社だ。マイアー社とはライセンス契約して進めれば、今の二倍、いや三倍の速さで世界中に広めることができるだろ？　これは人類の発展と繁栄に大きな貢献をすることになる。このようなグローバルな立場で我が国がリーダーシップを発揮するということこそ、我が政府はもちろん、そして間違いなく我が国民も強く願っていることに違いないのだ。だからこそ我が政府はこの新しいシナリオで我々の責務を、国際社会に対する義務を果たして行きたいのだ。君だって短期間に莫大な利益を得ることができるし、その金で好きなことをやればいい、悪い案ではないぞ」

福島は腕組みをほどくとゆっくり目を開けた。

「なるほど」

そう言ったきり、福島は再び腕組みをして目を閉じた。今度はいまだに与党内で隠然たる影響力を持つと言われる元総理が口を開いた。

「いやいや博士、これは重光君が言ったように決して悪い話ではないのだ。何しろこの技術を開発したのは博士、あなたなのだし、がっぽりライセンス料を取れるような契約にすればいいのだ。前総理は確かに高潔な理念の基に立派なお仕事をされたが、このシステムを求める国はたくさんあるのだから、もっとスピーディーに展開する必要があるのだよ。どちらにしても、人類の発展に貢献するという意味では同じことだ、そうは思わんかね？」

福島は目を開くと出席者一人一人に順番に視線を送り、その顔をあらためて記憶に留めた。

「私は、ただ今の官房長官のお話に特に異論はありません」

福島は無表情にそう言った。

「おお、そうかね。理解してくれたか」

そう言う重光の表情は少し意外そうだった。

「ただ」

福島はそれだけ言うとまた口を閉じた。

「ただ、なんだね？」

重光の表情は福島の言葉で一挙に曇った。

「これは極めて一般的な、つまり誰でも抱く疑問だと思うのですが、どのような理由でこのマイアー社が選ばれたのかについて説明が必要ではないでしょうか。私は自分の仲間に、このことを説明しなければなりません。皆極めて優秀ですが、なかなか口うるさい連中でもあります。マスコミだって、ボーッとしているようですが、これくらいの疑問は持つのではないですか？　どのように答えればいいのか参考までに教えていただけると助かります」

重光は横溝を一瞥《いちべつ》すると、顎をしゃくって何か言うように促した。

「それはですね」

横溝が話し出した。

「それは全くもってごもっともな疑問と思われます。このマイアー社については、もうずいぶん前から協力させてくれとお話があったのです。しかし藤原前総理は例のシナリオに沿って世界展開することを金科玉条のごとく守っておられましたから、話は進まなかったという経緯がございました。この素晴らしい技術を速やかに全人類共通の財産とするためには、我々も種々検討させていただきましたが、当初よりこの技術に興味を示し、他のどこよりも研究をし、高い評価をしていたこのマイアー社と協力して世界展開するのが、一番効率が良いとの結論に達したものでございます。そこのところをどうかご理解いただけると幸いでございます」

横溝は、自分の言い分に満足したように頷きながら席に腰を下ろした。

「私たちの技術に早くから興味を持った会社は、このマイアー社を含め他にもいくつかありました。大切なことは興味を示した時期の早さではなく、我々の技術をどれだけよく理解しているか、ということです。いろいろな意味においてです。手分けして素早く展開したいということでしたら、このマイアー社を含めていくつかの会社を公平に評価してから決めてはどうでしょうか。誰もがなるほどと納得できる透明なプロセスを経ることが肝要ですし、マイアー社より優れた会社があるかもしれません。これは純粋に技術的な問題ですから、我が社の研究部門にチームを作って評価させてもいいですよ？」

福島は——どうせマイアー社に決まっているのだろ——と分かった上で、筋を通した話をあえてしてぐずってみせた。

重光は横溝と顔を見合わせると、困ったなというような表情をしながら口を開けた。

「いやいや、これはだね、官房長官が述べたこともそうなのだが、いわゆる政治的判断ということもあるのだよ。君のような科学者には分かりにくいことかもしれないがな。それに、このマイアー社が特に能力的に劣っているということはないと思うのだが」

「なるほど、政治的判断ですか。では、私は会社の仲間にそのように説明することにします。明日からこの政治的判断という言葉は我が社で流行語になるでしょうね」

「おい、君、何が気に入らないんだ。藤原さんのシナリオのおかげで君は思うとおりの商売ができずに歯痒《はがゆ》い思いをしていたのではないのか？　その制約を取ってやろうというのに、何がそんなに不満なんだ」

テーブルの反対側で立ち上がると、重光は顔を真っ赤にして怒鳴った。

――政治家のくせに、こらえ性のない人だ――福島は腹の底で嘲笑《あざわら》った。

「不満なんてありませんよ。そんなことは言っておりません。私はただ普通の人間が普通の感覚で感じる疑問を述べているだけです。その答えが政治的判断と言われましても、こんなことを会社に帰って皆に伝えても私は笑われるだけです。政治的判断という言葉は、我々科学の世界で生きている人間の辞書にはないものなので、非常に興味深いものではありますが、理解できないのです。我々もばかではないのですけれどね。我々科学者は中身のない言葉を使って議論はしないのです。そんなことは阿呆のやることだと皆思っているので」

「だったら今日からはその辞書にこの言葉を加えておくのだな。大体、前総理のシナリオだって、あれこそ政治的判断で作られたものではないのか」

「あのシナリオに関しては藤原総理からきちんと筋道立てて、その理念を説明していただきました。それは我々も納得できるものだったのです。ＩＦＥ社は訳もなく政府の言いなりになっていたわけではないのですよ。藤原総理の理念に心から賛同したから、シナリオに従ったのです。何か誤解されているのではないですか？

それに、あの時の藤原総理の我々を説得しようとするその真摯な態度はとてもご立派でした。あれこそ我々が求める政治家の理想の姿だと私たちは感心したものです。重光総理、あなたにはそれがない。まるで空っぽだ。あなたはあんなに素晴らしい政治家の近くに仕えていたのに、何も学ばなかったのですか？　全く残念なことですね」

　福島は時々、人の怒りにわざわざ薪を投げ入れるようなことをする悪い癖があった。この時も目の前の老権力者が怒りに我を忘れかけているのが面白くて口が止まらなくなってしまった。案の定、総理の怒りは頂点に達しようとしていた。

「貴様！　あの人と私を比べるな！　どんなに立派なことを言おうが、この世界で孤立無援になってしまっては、あんなことになるしかないんだ」

　そこにいた皆が重光の言葉に凍りついた。横溝は泣きそうな顔をしていたし、元総理は立ち上がると声も出せずに重光を座らせようと必死に両手を振っていた。他の者はひたすら下を向いて石のように体を硬直させ、自分は何も聞いていないとでも言いたげなそぶりをしていた。

　重光はさすがに言い過ぎたことに気付いたのか、口をぱくぱくさせながら呆然《ぼうぜん》と立ち尽くしていた。

「総理！」

　元総理がようやく声を振り絞って言葉を発した。

「ただ今の総理の言葉は、最後の方は私にはよく聞こえなかったのだが、皆さんもそうでしょうな？」

　元総理は同意を得るようにぐるっと皆を見回した。皆無言で頷くとそのまま下を向いて押し黙った。元総理は最後に福島の方を向くと、祈るような心持ちで福島の言葉を待った。

「私にもよく聞こえませんでした。まあ、いずれにいたしましても、今後はシナリオを変更し、私どもとどこかの会社と共同で世界展開をする、ということで了解いたしました。我が社の者にはそのように伝えます。マイアー社につきましては、最有力候補として伝えておきます。特に問題が生じない限り、マイアー社とすぐに技術的な打ち合わせやライセンス契約などに進みたいと思います。遅くとも来週頭からその用意を始めます。それでよろしいでしょうか？」

福島は何もなかったかのようにそう答えた。

「おお、それで結構だよ。そのようにお願いする。今日はいろいろあったが、お互い忌憚なく意見を交わすことができ、最終的には合意ができたということで誠に結構なことだった。総理、これで結構だね？」

元総理に促され重光が、

「ええ、それで結構です」

と小さな声で答えた。福島はそれを一瞥すると、

「では」

と言って会議室を後にした。

横溝が福島を追いかけてきて、手に縋《すが》った。

「どうか、その、本日の会議室でのことは他言無用ということでお願いいたします」

と念を押してきた。福島は、

「もちろんです。命に懸けてお誓い申し上げます」

そう答えてゆっくりと官邸の階段を下りると、用意された車に乗り込んだ。

「羽田までお願いします」

福島はそう言うと、腕組みをして目を瞑った。

――やはり重光だな。しかしひどいものだ。あんなに底の浅いやつとは思わなかった。これであいつを駆り立てた黒幕もはっきりした。重光一人ではこんな大それたことをする度胸も用意周到さもないだろうからな。マイアー社をもう少し調べてみるか。これから一緒に仕事をしなければならない相手だしな――。

福島は目を開けてぼんやりと外を眺めた。車はいつもとは違うインターから高速を降りた。

「君は私と一体どこに行くつもりだ？」

福島は車が羽田以外のどこかに向かっていることに気が付いた。運転手は無言のままハンドルを握り続けた。

「そうか、着いてのお楽しみってわけか。結構、そういうのを私は嫌いではないからな」

福島はそう言うと、再び腕組みをして目を瞑った。

車は何度か信号で止まり、カーブを曲がって、やがて一〇階建ての青いタイル張りのビルの前で止まった。ビルの周りは倉庫街で、人通りもまばらな静かな一角だった。車が止まるとビルの中から白人と黒人の男が二人出てきて、車のドアを開けた。背の低い白人の方がしわがれた声で言った。

「福島博士。野暮なことをして申し訳ありません。我が社の者が是非お会いしたいと言うもので」

「君は日本語が上手いね。私のところで働かないか？」

男たちは表情を変えず無言のまま福島を促してビルの中に入った。一階は受付とロビーになっていて、外から想像するより意外と広く、二階まで部分的に吹き抜けになっていた。その日は土曜日だったからか、受付内にもロビーにも誰もいなかった。

福島は二人に促されてロビー正面の広い階段を上ると、二階の奥の部屋に通された。部屋の中では福島と同年代の金髪の神経質そうな白人の男が待っていた。福島はどこかで見た顔だと思った。そしてすぐにいつどこで会ったかを思い出した。きれいな英語を話す男だった。

「博士、今日は大切な会議があったそうで、お忙しい中、このような不躾《ぶしつけ》なことをして申し訳ありませんでした。私は、マイアー社CEOのアダム・ロスタイクと申します」

相変わらずきれいな英語だった。福島は三年前にこの男に会っていた。その時はアダム・ロスタイクが差し出したビジネスカードにマイアー社の名前が書かれてあったのを見て、福島はこの男とは自分は今後何の接点も持たないだろうと思った。

マイアー社はもともと金融業界を裏で支配すると噂されるロスタイク社から派生したが、今では巨大な得体の知れないコングロマリットに成長していた。最近はDARPA(アメリカ国防総省 国防高等研究計画局)と組んで軍需産業に力を入れ、兵器製造に関して世界でもトップクラスのシェアを誇るようになっていた。

そしてつい一時間前に重光が示した、今後の協力相手というのがまさにマイアー社だった。福島は三年前に会った時、自分の名刺も与えずに握手もせず、一言も交わさずに軽く会釈をしただけでアダム・ロスタイクの前から離れた。遠ざかる福島を追うその時の粘り気の強い青い目を、福島は今でも鮮明に思い出すことができた。その眼が今、福島の前にあった。

「覚えていますよ。三年前の私の講演会後のパーティーで会いましたよね。あの時は挨拶もせずに失礼しました」

「とんでもありません。私はご高名な福島博士にお会いできただけで大満足でした」

「そうですか。では最近はだんだん満足できなくなってきたというわけですか？」

アダム・ロスタイクは表情を変えず、福島にソファに座るように勧めた。

「何かお飲みになりますか？」

「そうですね、美味いコーヒーをお願いします。熱いやつを」

アダム・ロスタイクはドアを開けて、例の二人にコーヒーを持ってくるように告げた。それから福島の向かいのソファに腰を下ろした。福島は美味《おい》しいコーヒーは飲めそうもないなと思った。

「私はいつかあなたと一緒に仕事をしたいと考えていました。何しろあなたは人類を救済する技術を発明された方ですから」

「そうですか。あなたが人類の救済に興味があるとは思ってもいませんでした」

それは決して皮肉ではなかった。福島は心底意外に思ったのだった。

アダム・ロスタイクにはそれが皮肉ではないということがよく分かった。福島のように誰の前でも感じたままを言葉にして憚らない、そのような人間がいるということを、アダム・ロスタイクはいくつかの経験を経て認めるようになっていた。溢れるばかりの才能に恵まれ、天真爛漫《てんしんらんまん》に振る舞う人間だ。

アダム・ロスタイクはそのような人間をかつては激しく憎み、あからさまに攻撃的に接する時期があった。しかし今ではそれを冷静に受け止め、じわじわと有形無形の圧力を加えることで、相手が迂闊《うかつ》に口を開くことができなくなるまでに追い詰めることを楽しむようになっていた。

「あなたは私の職業をよくご存じですね？　私が何をしてきたかも。私はこれでも人類平和のために日夜努力しているつもりです。平和を達成するためには、苦しんでいるものに安易に救いの手を差し伸べてはいけません。場合によっては、その苦しみがなるべく長引かないようにしてやるのも必要なのです。その方が救いになることもあるのです。禍福はあざなえる縄の如しです。私はそのように考えて行動しています。間違っていますか？」

「もちろん間違っています」

　福島は即座に答えた。

「どこが間違っていますか？」

「苦しむ者は無条件で救わなければなりません。そうするために知恵を働かせ努力しなければなりません。しかし、それは死や暴力による服従によってではありません。あなたの考えでは何も解決しないし、人間はいつまで経ってもばかのままです。古人の格言を一体いつまで引用して、自分の行動を正当化するつもりですか？

　人間は変わらなければなりません。実際、人間は良いところまで来ていると私は思います。ただ梯子の最後の一段が登れないのです。あなたはそもそもその最後の一段を登る努力を放棄しています。私に言わせればあなたは人間として怠惰で、人間として当然励まなければならない義務から逃げている小心な卑怯者《ひきょうもの》です。どんなに『私は努力している』と主張しても、あなたのように生きることは極めて簡単なのです。何しろ何も考えることをせずに旧態依然とした方法で汗をかいているにすぎないのですから。最大限好意的に喩《たと》えても、せいぜい『私は毎朝欠かさずにジョギングをしています』と言っているようなものです。私はそんなことに対して何か感想を述べなければならないのでしょうか？」

アダム・ロスタイクは福島が話し終わるまで辛抱強く待った。これらの福島の言葉が、アダム・ロスタイクを貶《おとし》めようとか辱《はずかし》めようという意図で述べられたわけではないことを、アダム・ロスタイクはよく理解していた。福島は感じたままその考えを述べているにすぎないのだ。多くの場合、悪気はないのだ。だからこそ福島は厄介な存在だった。

「なるほど、あなたは噂どおり、なかなか一筋縄ではいかない人のようですね。しかし、こんなに異なる哲学を持った二人が手に手を取って仕事をすることになるというのは、なかなか面白い話ですね」

「人生には時として望みもしないようなことが起きるものです。それに、これはあくまでビジネスの話ですからね。私は今までも、そしてこれからもお上に対しては極めて従順です。この国の総理の言葉には、オオカミの前の子羊のようにおどおどしながら従うのみです」

アダム・ロスタイクはつい先ほど、どれだけ重光が福島に取り乱されたのか報告を受けていたので、福島のもの言いがおかしかったが、それについては黙っていた。

「さて、話を戻しましょう。私はあなたと一緒に何かできないかずっと考えてきたのです。それで少しIFE社のことを調べさせてもらいました。IFE社の研究所は非常に優れた研究者と技術者を集めておられる。ただ優秀なだけでなく、実際いくつか画期的で実用的な発明をしていますね。特に昨年成功した宇宙ステーションから月面への無線送電は、驚くべき成果の一つでした。これで惑星移住が夢ではなくなったのですから。

それ以外にも、さまざまな分野に応用可能な高機能性の素材や、世界最高性能と目される光量子コンピュータなどいろいろやっておられる。せっかく今回あなたと一緒に発電システムの世界展開をすることになったことですし、発電以外の分野でもご一緒できないか、さまざまなビジネスモデルを検討しているところです。

発電の方が一段落したら、我が社から新しいビジネスのオファーができればと考えています。今日はかなり無礼な方法でしたが、お近づきのご挨拶をしたかったのです。こうでもしないとあなたは私と会ってくれないでしょうから。どうかお気を悪くしないでください」

「そうですか。あなたらしいと言えばあなたらしい方法で私との対面を果たしたわけですね。先のことは何も分かりませんから、今あなたに約束できることは何もありません。まあ、しかし、あなたからのオファーがあるかもしれないということは、私の仲間たちには知らせておきます」

「今日は本当に失礼しました。先ほどの車で羽田にお送りします」

「いや、結構です。私の仲間たちが下で待っているので、彼らと一緒に帰ります」

アダム・ロスタイクは立ち上がって窓から外を見下ろした。福島が車を降りたその場所に、見慣れぬ車が三台停まっていた。

「あれは」

「私の仲間たちが乗った車です。あのレクサスで行くので、お構いなく。では」

福島はそう言うとアダム・ロスタイクを残して部屋を出た。例の二人組がドアの外で待っていた。

福島は、

「さあ、行くよ」

と声をかけると、戸惑う二人と連れ立って階段を下りた。外に出ると、

「ありがとう。もし私の会社で働きたくなったら遠慮なく連絡してくれたまえ。では」

と言い残して福島はレクサスに乗り込んだ。狼狽《うろた》える二人を残し、レクサスは羽田に向かって走り出した。それを見送ってから、他の二台はそれぞれ異なる方向に走り去った。アダム・ロスタイクが二階のオフィスの窓からそれを見つめていた。

「油断のならないやつだ」

アダム・ロスタイクは静かにそう言葉を漏らした。

福島は後部座席のマッサージチェアに深々と腰を下ろして、腰から肩にかけての凝りをほぐしながら他人事のように呟いた。

「全く乱暴なやつらだ」

「もう少し出てくるのが遅かったら踏み込むつもりでした」

助手席に座る若い男が憤懣《ふんまん》やるかたない表情で応えた。

「私とアダム・ロスタイクとの会話は全部聞こえていただろ？　まあ、よほどのことがない限り我慢しておいてくれよ」

「しかし手遅れになったら元も子もないですからね」

「私は君たちのことを信頼しているよ。それはそうと、あのアダム・ロスタイクと彼の会社の情報をまとめて私にレクチャーしてくれませんか。申し訳ないですが、明日の午前中、一〇時に私のオフィスでお願いします」

福島の隣の後部座席に座っていた五〇歳前後の男が答えた。

「分かりました」

福島が彼に聞いた。

「あのアダム・ロスタイクという男は、あのロスタイク家の血筋ですよね？」

「そうです。二年前に四〇歳になったのを機にマイアー社のCEOに就任しました。マイアー社の実権は父親のアルフレド・ロスタイクからアダム・ロスタイクへ移行している最中のようです。マイアー社ではアダム・ロスタイクは皆にジュニアと呼ばれているようです」

「やれやれ、まるで中世の時代を生きているような連中だな」

福島はそう言うと、そのまま腕組みをして空港に着くまで口を開くことはなかった。

空港に着くと、レクサスの男たちに福島はこう告げた。

「今日はいろいろ大変な一日だった。やつらは自分たちの利益のためなら何でもするということがあらためて確認できました。言うまでもないことだが油断は禁物だね。ではまた」

福島を乗せたHondaJet-Zeroは、あっと言う間にまだ明るい大空に舞い上がった。福島はアダム・ロスタイクの『IFE社はそれ以外にもいろいろやっておられる』という言葉を思い出していた。カントのことは極秘事項であり、そうやすやすと情報が洩れることはないと思っていたが、少なくともIFE社がヒト型コンピュータを開発していることは周知の事実だったたし、その研究のコアの部分は極秘にされているということ自体に興味を持っている可能性はあった。

——やつらがカントにたどり着く前に良い方法を見つけなければ——。

福島はそのために総理を怒らせることも、アダム・ロスタイクを挑発することも控えなければならないと思った。

航路の半分を過ぎた頃、操縦士の住良木《すめらぎ》が福島の座席までわざわざ来て、

「一分前から正体不明の戦闘機が横を並ぶように飛んでいます。この飛行ルート上には現在は我々しかいないはずです。こちらからの呼びかけにも応じません。ご覧になりますか?」

そう言って福島が座る反対側の窓を指さした。今まで気付かなかったが、確かに近くに一機の戦闘機が並んで飛んでいるのが分かった。

「ああ、あれはF - 15だね。私は最近あれに乗ったから間違いない」

「それにしても正規のルートを飛ぶ民間機のすぐ横を戦闘機が飛ぶなんて、何のつもりでしょうか?」

「さあね、F - 15だからアメリカがらみには違いないが。まさか米軍機ではないだろう。そうなると米国の大金持ちが道楽で飛ばせているのかもしれないよ。乱暴なやつがいるからね」

「そうなんですか? 全く信じられない乱暴者ですね。許せんな。厳重に抗議してやるつもりです」

「まあ、すでにやっていると思うけれど、ビデオに撮って証拠を残しておいてくれ。それから一〇〇メートルくらい上下して飛んでみてよ。ついてくるかな」

「了解しました。やってみます」

住良木は操縦席に戻っていった。

すぐにZeroはゆっくり上昇した。横のF - 15もそれに合わせてゆっくり上昇すると、Zeroに合わせるようにぴたりと横付けした。数秒並行して飛んだ後、Zeroは今度は急激に下降した。少し遅れてF - 15も急降下して、またぴたりと横付けして何事もなかったかのように並んで飛ぶのだった。

「なんてやつだ。ふざけるな！」

　操縦席から住良木の怒号が聞こえた。

「まあ、落ち着いて。しばらく様子を見よう。まさか攻撃しては来ないだろう」

　福島は操縦席に向かってそう叫んだ。

「了解です」

　住良木の声が聞こえた。それから一分後、Ｆ－15は急激に進路を変え、視界からあっという間に消えてしまった。慌てて進路変更をして飛び去ったように見えたそのＦ－15の後に、今度はＦ－35が滑り込むように横付けされたのを福島はしっかり見ていた。

「友軍機が追っ払ってくれました！　ざまあ見やがれ！」

　住良木の大声が響いた。確かにＦ－35の翼には日の丸が鮮やかに描かれていた。コクピットの操縦士がこちらを見ながら、軽く右手の二本指をこめかみの横で上下させ微笑んだように福島には見えた。それからその友軍機は少し距離を置き、左右の翼を交互に二回上下させて飛び去っていった。

3

Zeroはようやく、しかし時間どおりに新千歳空港に着いた。

「いや、大変だったね、ご苦労さま。あとのことは頼みます。とりあえず今日の出来事をビデオ付きで大島さんに知らせておいてください」

福島は住良木の労をねぎらった。大島は、先ほどレクサスの後部座席に乗っていた知的財産部特殊部門トップの男だった。

そう言い残して福島は待たせておいた車に飛び乗ると、空自千歳基地の正門に車を付けさせた。福島は車を降りると基地の門に控える警備隊員に、

「私はＩＦＥ社の福島というものです。神谷空将補と天野一等空尉に福島がお礼を言っていたとお伝えください。後日正式にお礼に伺いますともお伝えくださ い。よろしくお願いいたします」

と言って車に乗ろうと後ろを振り返った。その背中に警備隊員が声をかけた。

「神谷空将補から、福島博士が訪ねてくるかもしれないから、その時は私の部屋にお通ししてくれと言われているのですが、これからお時間は大丈夫でしょうか？」

「さすがだね。いいですよ、お伺いします」

「では、ご面倒でもこれに記録をお願いいたします」

警備隊員はＡ４サイズの紙を取り出し、それに氏名・訪問目的などを記載するように福島に鉛筆を差し出

した。福島が記入している間、隊員は神谷空将補に電話連絡しているようだった。

「では、この地図に従って、この駐車スペースに車をお停めください。すぐ横に建物の入り口がありますので、それを進んでいただくと案内する者が控えているとのことです。ドライバーの方は申し訳ありませんが、そのまま車中で待機していただくことになります」

「了解しました」

福島は車に乗り込むと、その地図を運転手に手渡し、印のついた駐車スペースを指さした。門が開いたので車は基地敷地内にゆっくり進入し、やがて指定された場所に駐車した。

「では、申し訳ないが、しばらくここで待っていてください」

と言い残し、正面の建物の入り口まで早歩きで進み、重いドアをゆっくり開けた。薄暗い廊下の一〇メートル先に、戦闘服を着たすらりとした長身の女性が立って福島を待っていた。

「ようこそお越しくださいました。覚えておいでででしょうか、一等空尉の天野照子です」

「おお、もちろん覚えていますよ。ただ今日はフルフェイスのヘルメットをかぶっていらっしゃらないので、誰だか分からなかったのです。こんなに髪が長くてお美しい方とは思わなかった」

照子は少し俯いて笑った。

「いやいや、そんなことより、あなたがここにいるということは、先ほどの空中戦であいつを追っ払ってくれたのは、あなたということなんですね？　いや、これは、あなたは私の命の恩人ですね。ありがとうございました」

「そのことについては神谷空将補がお話しされます。まずはお部屋へご案内します」

福島は照子の後について神谷の部屋に入った。

神谷の部屋は建物の最上階——と言っても四階だったが——の西側の中ほどに位置していた。すでに淡い橙色の夕日をバックに、支笏湖の周りの山々が青黒いシルエットに浮かび上がっていた。部屋の中では照明も点けずに神谷が立って福島を待っていた。

「全くご無事で何よりです」

それだけ言うと神谷は、福島の手を両手で強く握って振った。

「神谷准将、空で起こった出来事は私があれこれ考えるより、専門家のあなたに訊いた方がいいと思うのです。私にはいろいろ腑《ふ》に落ちないことがあります。あいつが一体何者なのかということ以外にも」

「博士、ごもっともな疑問です。ああ、それから私は准将ではなく空将補ですので」

「いや、失礼しました。私どものパイロットが先ほど天野一等空尉が操縦するF－35の機体に日の丸を見つけて友軍機などと叫んでいたので、それに影響されてしまったようです」

「そうでしたか。まあ、では私たちの間ではどちらでもお好きなようにお呼びください。あの正体不明機については、私どもより博士の方が心当たりがあるのではないでしょうか？　いずれにしても確たる証拠は双方持ち合わせていないようですから、今ここで言葉に出して言うことは控えた方がいいですね」

「そうですか。いずれ明らかになるでしょうが、確証もないのに大騒ぎするつもりは私にもありませんので」

「そうですね。もちろん私どもの方でも調べるだけは調べておきます。何しろ正式なルートを飛ぶ民間機に対する危険な違法行為ですから。何か分かりましたらお知らせいたします。さてと、どこからお話しすればいいか」

照子が部屋の電気を点けた。薄暗い部屋が明るくなったのを機に、神谷はコーヒーメーカーに三杯分のコーヒー豆をセットしてスイッチを入れた。やがて部屋はコーヒーの良い香りに満たされた。照子の、

「あとは私がやりますので、お話をお進めください」

という言葉に促されて、神谷は問わず語りに話し始めた。

「私は藤原総理が外遊される際には、ほとんどいつもお供を仰せつかって参りました。と言ってもそれは総理がお亡くなりになる三か月くらい前までのことです。政府専用機内では総理は実務的な話を私とした後に、よくあなたのことをお話しされていました。

あなたはずば抜けて優れた科学者であるとともに、隙のない経営者であり、我が国と世界を正義の光で照らそうと、その才能のすべてを捧げている、とおっしゃっていました。特に総理は内政に関して自分の至らない部分を博士が補ってくれていることがたくさんあり、そのことに本当に感謝しているともおっしゃっていました。だから自分は博士に負けないように自分が信じる正義を、命を懸けて進めるのだとおっしゃっておりました。それは楽しそうな表情でそう言うのでした。あのような政治家にこそ、私はお仕えする甲斐があるのだと思ったものでした。それが本当に残念でなりません。あのような最期を遂げられるとは」

神谷はここで一旦言葉を切った。照子が紙コップに入れてくれたコーヒーを神谷は一口すすった。福島もそれに合わせるようにゆっくり一口すすると、

「美味い、総理もコーヒーがお好きだったと聞いています」

と、しみじみと誰に言うともなく呟いた。

「そうでした。大変なコーヒー好きでした。専用機にもご自分でブレンドして焙煎した豆を大量に持ち込ん

で、スタッフはもちろん、同行する記者たちにも美味しいコーヒーを振る舞っていました。

楽しい思い出は尽きませんが、本題に入りましょう。今からおよそ三か月前の外遊に、私がいつものようにお供した時のことです。藤原総理は次のようなことをおっしゃいました。

『私の、ほら、例のシナリオが気に喰わない連中が結構いるそうなんだ。中には何をするか分からないような乱暴な輩《やから》もいるらしい。まあ、しかしそんな者に怯む私ではない。さてと、話は変わるが、今まで君には長いこと外遊のたびに同行をお願いしていたが、次からは同期の誰かに代わってもらう。あまりにも私と一緒にいては君の出世にもかかわるからな。分かるね、幕僚長を目指せ。とりあえず今度の四月からは君を空将にと、しかるべき筋に推薦しておいたから。

まあ、それはいい。いいかい、これからが肝心要なところだ。もし――これは一般論として言うのだが――いいかい、もし私が志半ばで命を落とすようなことがあったら、そんなことはもちろんありそうもない仮定の話なのだが、福島博士、分かるな、あのＩＦＥ社の福島博士だ、あの福島博士が必要とした時に手を差し伸べてもらいたいのだ。もちろん、君のできる範囲で結構だ。

彼はなかなか用意周到な男だ。それは私も承知しているつもりだ。しかし、君のような人間が一回でもいいから彼の窮地に手を差し伸べてくれたなら、それを約束してくれたなら、それは彼にとって、というより私にとって、とても心強いことなのだ。何度も言うが、君のできる範囲で結構だ。それ以上無理をしてはいけない。それだけは誤解しないで肝に銘じてほしい』

総理の話はこのようなものでした。私は総理の、志半ばで、という言葉に不吉なものを感じました。そして、それは三か月後に現実となってしまいました。このことについて私は後日、いろいろ証拠が出てから博士と膝を詰めてお話しすべきと考えています。

さて、藤原総理の、私のできる範囲で、という言い付けに従い、実は博士のフライトプランをすべて把握するようにしていました。お気を悪くしないでいただきたいのですが、総理の言葉に忠実であるために具体的に私に何ができるのかを考えた時、博士のフライトの安全を確保することだと思ったのです。もちろんその際は不審機への警戒などといった、何らかの名目が必要にはなるのですが。とにかく、そのような中で、本日のようなことが起こったというわけです」

「なるほど、そうだったのですね。いや、そうとも知らずご面倒をおかけしました。それにしてもあのF－15は、逃げるように慌てて飛び去って行きましたね」

「実は私、あのF－15をロックオンしてやったのです。それで慌てて逃げ去ったのです」

照子が愉快そうにそう言った。

「この人はこういうところがあるので時々手を焼いています」

神谷は困ってもいないようなふうにそう言った。

「パイロットはこういう気質がないといけないのですね。私どものパイロットも、友軍機が追っ払ってくれた、って勝ち誇ったように叫んでいましたからね」

三人はコーヒーをすすりながら小さく笑った。

「さて、今度は私が話す番ですね。私はご存じのように藤原総理の最期の言葉を聞いたただ一人の人間です。実はその話は総理の奥様にも、そしてもちろん現総理にもしていません。あなた方お二人に初めてお話ししました。総理はこうおっしゃいました。

『このような事態になった原因や直接間接を問わず、これに関わった人間や組織を探すことや追及するようなことは一切やらないでほしい。そんなことは絶対やってはいけない。そんな後ろ向きのことに能力を浪費するのではなく、君がやるべきことに全精力を傾けてほしい』

というのが総理の最期のお言葉でした。これはあなたに対しても総理が言いたかったことではないですか？　私はあなたがそうであるように、総理の言葉になるべく忠実でいたいと考えています。

調べるのは結構です。私もそうしようと思います。将来にわたって特別に警戒しなければならない存在を把握しておくことは必要ですからね。しかし、それに喧嘩《けんか》を売るようなことをしてはいけない、と藤原総理はおっしゃったのです。それにあなたは今日、私の窮地を救ってくれた。藤原総理とのお約束はもう果たしたと考えるべきです」

「それは、私たちにこの件から手を引けということでしょうか？」

「あなたには空白のトップになって、より大きな仕事をしてほしいというのが総理の真の願いではないですか？　私に関わることは今回の一度きりにしてもらいたいと思います。もちろん今回のことは私どものパイロットも私も、感謝しても感謝しきれないと考えています」

「博士のお立場ではそう言われると思っていました。しかし私の立場ではなかなかそうは割り切れないのです。藤原総理の真意は、結局は博士を私のできる範囲で守り続けてくれ、ということだと思うのです」

「大変ありがたいお言葉ですが、私も今、今回のことを可能な限り調べていますので、お互い情報がまとまりましたら、今後どのように対応すべきか、一度集まってお話しすることにしてはどうでしょうか？　それに余計なことでしょうが、あなたはやはり何と言っても大きな組織の中にいるという立場上、今後とも充分お気をつけていただかないといけません」

「肝に銘じておきます。そうですね。一度適当な時期にまたお話ししましょう。賛成です。そうしましょう。君もそれでいいね？」

神谷は照子の方を向いてそう言った。

「はい、了解いたしました」

場合によっては照子も危うい立場に追い込まれる可能性があった。しかしそれを分かっているのかどうか、照子は相変わらず表情のどこかに何か楽しんでいるような余裕を見せながら応えた。

「では、私はこれで失礼します。今日は本当にありがとうございました。総理の最期に間に合わせていただいたお礼を言いに伺ったのですが、今日のことも合わせて重ねて感謝いたします。ありがとうございました。お二人には感謝のしようがありません。またなるべく早くにご連絡しますので、お待ちください。何か適当な口実を見つけておきます」

そう言うと福島は、神谷と照子に軽く会釈して部屋を後にした。照子が建物の出口まで福島を送った。

「今回のことで、あなたたちに何か面倒なことが起きなければ良いと思っています。周りにはあまり協力的な人間はいないと考えておいた方がいいと思います」

「こう見えてもその辺のところは心得ています。空将補も私だけは信頼してくれています。それに、もし空自におれなくなったら、ＩＦＥ社に雇ってもらおうと考えているのですが、よろしいでしょうか？」

福島は笑いながら、

「もちろんだよ、今の何倍かの給料は保証するよ」

福島はあらためて照子の顔を正面から見据えて言った。照子の表情からはいつもの微笑みが消え、その眼差しは真剣だった。福島は照子が初めて見せるその真剣な表情に、何か言葉を返さなければと迷った。しかし福島が適当な言葉を見つける前に、照子は「では」と言って去っていってしまった。福島は結局何も言えずに車に乗り込んだ。

福島は、ようやく自分のオフィスのいつものソファに腰を下ろすことができた。長い一日だった。早速、黒田からビデオフォンがあった。

「ああ、お帰りなさい。待っていました。ご無事にお帰りになって本当に良かったです。今日何があったか、カントと一緒に聞かせていただけますか？」

モニター越しの黒田は、昨日よりさらに疲弊しているように見えた。その表情からは、カントの将来の身の保全に関して何か良いアイディアが浮かんだようには見えなかった。

「了解」

と言って福島は席を立った。カントの前に座ると、福島はこの日、何があったのかを包み隠さずすべて二人に語った。

「なんと、あいつらはそんなことまでしてきたのですか。全くとんでもない無法者たちだ」

そう言う黒田の言葉を継いで、カントが口を開いた。

『これで前総理は暗殺されたのであること、そしてその黒幕もはっきりしました。その組織については私にはあまり情報がないので、これから調べてみます』

「いかに藤原総理が、いろいろ手を尽くして我々を守ってくれていたかを今さらながら痛感するよ。君たちにこの際、はっきり言っておくが、私はカントさえ無事に残ってくれるのなら、あとは何も要らない。IＦＥ社が所有する知的財産を含めたあらゆる財産は、あの亡者どもに最終的に残らずくれてやっても一向に構わない。何としても早くカントの身の安全を確保する手立てを考えるのだ。いいね、頼むよ。

ああ、それから明日、日曜だけれど、朝一〇時に知財部の大島さんからマイアー社とアダム・ロスタイクの情報をレクチャーしてもらうことになっている。私のオフィスでね。もし時間があったらでいいのだが、一緒にどうだ？」

「そのことなのですが、明日は朝から姉夫婦一家と過ごす予定でいるので、ちょっと無理なのです。このようなタイミングで申し訳ないのですが」

「ああ、そう。もちろん構わないよ。明日は日曜日だしね。疲れているようだから家族と一緒にリラックスした方がいいね。ただ大島さんに気付かれないように大島さんの話をカントにも聞いてもらいたいから、私の端末にカントの意見や質問を表示するようにはしておいてほしい。分かっていると思うが、私が大島さんを信用していないということではないからね。大島さんにはそのうちカントのことを話さなければならないとは思っているけれど、今はなるべく人に知られたくないからね。特にここしばらくはね。カントの世話をしてくれているスタッフも、今後は少しずつ減らして行くつもりだ。このことも少し頭に入れておいてくれ。

では今日のところはこの辺で。シャワーを浴びて少し頭の中を整理してから、今日は早めに寝ることにする」

福島は自分のオフィスに戻った。時計は夜の八時を回っていた。オフィス奥の部屋にあるプライベートルームには、ごく簡単なキッチンやシャワールーム、ベッドルームなどが備え付けられていた。

福島は戸棚からインスタントラーメンを二袋取り出すと、少し大きめの鍋に沸かしたお湯の中に二塊の麺を投げ入れた。スープの粉を加える時に、片方が醤油《しょうゆ》スープで、もう片方が塩スープの粉であることに気付いたが、構わず混ぜてしまった。最後に生卵を二つ落として火を止め、鍋から直接ラーメンをすすった。鍋が少し冷えてからスープをがぶがぶと飲み干し、「悪くない」と言って夕食を終えた。

デザートには冷蔵庫にしまっておいた弘前《ひろさき》産のリンゴ「富士」を、皮も剥かずに丸かじりして平らげた。歯応えも瑞々《みずみず》しさも充分な美味しいリンゴだった。

福島はコーヒーメーカーからコーヒーをカップに満たし、リビングのテーブルの上に置いた。それからプレイヤーにCDをセットし、スタートボタンを押した。B＆Wのスピーカーから、バルトークのピアノ協奏曲第二番が小気味良く流れ始めた。

テーブルのコーヒーを飲みながら、福島はこの日の出来事を思い出していた。目の回るような忙しい一日だった。ゲオルグ・ショルティとウラジミール・アシュケナージの演奏が終わると、福島は少し迷ってから別のCDをセットした。今度はTANN〇Yの方からシューベルトの最後のピアノソナタが静かに流れ始めた。

――そうだ、これが人生というものだ。平穏で楽しく心地よいと思っているまさにその瞬間、その舞台の裏では、得体の知れない不気味な出来事が怠りなく出番を待っている。いつまでも、いつまでも諦めずに。そして自分の心の中にある、何ものにも曲げることのできない強靭《きょうじん》な意志と思っているもののすぐ横では、いつも黒い悪魔のようなものが膝を抱えてぴたりと体を寄せるようにして、大きな目でじっとこちらをうかがっている。これらすべてを相手にしなければならないということなのだな。カント、早く一緒に戦おう――。

福島は第二楽章の後半で、不覚にも深い眠りに落ちてしまった。だからその日、福島はスビャトスラフ・リヒテルの演奏を最後まで聴くことはできなかった。

福島が目を覚ましたのは、次の日の夜明け直前だった。

第四章

1

福島は熱いシャワーを浴びると、バナナを一本頬張った。それからいつものように熱いコーヒーを淹れてソファに座ると、それをゆっくりと時間をかけて飲み干した。

その間、福島は昨日の重光総理の怒気に破裂しそうだった真っ赤な顔や、アダム・ロスタイクの青く澄んだ冷え冷えとした目を思い出していた。

――ＩＦＥ社があいつらと一緒に仕事を始めれば、私はあいつらと同じ穴の狢とみなされるのだな――。

福島の脳裏にはあの時、治療室のドアの前で気丈に立って自分を待っていた、藤原前総理夫人の姿が浮かんでいた。

――あの人にもそう思われるのか――。

福島はコーヒーカップの底に残った冷たい苦いコーヒーの残りを口に流し込んだ。夫人の姿はやがて昨夜のあの真剣な照子の眼差しに変わって、福島の口の中をさらに苦いものにした。

福島はＣＤをセットした。アーロン・コープランドの『アパラチアの春』がスピーカーから流れ始めた。この曲はアメリカ開拓民が新しく家を建てた時に行った祝いのための曲だ。しかしこの曲は、いつもそれとは全く違った風景の中に福島を誘う。

　朝霧の中から牧歌的な弦楽器と木管とピアノの音が聴こえてくる。そこは小さな生き物たちが走り回る広大な草原であり、目を転じれば緑に覆われた山並みがどこまでも連なる山脈である。さまざまな生き物たちが長い冬を終えて目覚め、伸びをし、深呼吸し、走り回り、草花も大忙しで花を咲かせる。やがて生き物たちが躍動するその春を寿《ことほ》ぐ壮麗なファンファーレが辺りに響き渡ると、後ろ髪を引かれる想いでそこを立ち去らなければならない。その寂しさを感じさせながら曲は終わるのだ。

　福島はこの曲を聴くといつも、北海道の中央に聳える大雪山系を一人縦走した時のことを思い出すのだった。この曲の中で走り回る動物たちは、福島にとってはエゾナキウサギであり、エゾシマリスであり、キタキツネであり、そしてヒグマだった。そして花咲くのはチングルマであり、エゾノハクサンコザクラであり、ツガザクラであり、コマクサやキバナシャクナゲなどなどであった。

　それらの映像が浮かび上がると同時に、肺はその時吸った湿り気を帯びた冷たい空気を感じるのだった。そして体の一部がどこか新鮮なものに置き換わったような気持ち良さを覚えるのだった。

『おはようございます』

　ふいに福島の端末からカントの声が聞こえてきた。福島はテーブルの上に置かれた端末を手に取ると、画面に向かって、

「ああ、おはよう、カント。この端末が使えるようにしてくれたんだね」

　と答えた。この時、あらためて福島はカントには顔がない、ということに気付いた。

――これは何とかした方がいいな――。

福島はそう思った。

「カント、今度君に顔をプレゼントするよ。何か希望があれば黒田博士に言っておいてくれないか。まあ、強いてとは言わないけれど、瞳の色は深い褐色がいいと思うね」

『博士、ありがとうございます。黒田博士にはそのように伝えておきます。黒田博士ですが、昨夜一〇時過ぎに札幌のお姉様夫婦の家に行きました』

「ああ、そう、了解しました。それにしてもあの疲れた表情のままで行ったのかね。お姉様はびっくりしただろうな。まあ、ここが正念場だからね。彼は例の自分の改装車で行ったわけではないだろうね」

『昨日は大変疲れているということで、会社の車で行くと言っていました』

「それなら結構、了解です」

福島はその端末を持ってオフィスに向かうとデスクに腰を下ろして、いつものようにIFE社の専門部門がまとめてくれた、国内外あらゆる領域のニュースが詰まった電子ペーパーを素早く捲《めく》って内容を確認した。

『博士、何か興味深い記事はありましたか？　特に昨日のことに関して』

福島が毎日早朝に確認する記事は、まだスタッフの検討を経ていないので、この時間帯ではカントにはアップロードされていなかった。

「そうだね、まずは我がファイターズに来季からMLBの現役バリバリのスラッガーが入ることになりそうだ。あとで社長からGMから連絡があるかもしれない。これは楽しみだ。それからEUだけど、いよいよ駄目みたいだね。彼ら、本当に仲が悪そうだ。小規模なテロの応酬も相変わらず続いている。もう何年も抑えることができていない。それからEU諸国の新生児の名前人気ランキングの一位は、モハメッドあるいはモハンメドだそうだ。ウエルベックの『服従』の世界がもうそこまで来ている。もう少し上手くやると思っていたのに。まあ、世界の優等生だけ集めてもこうなのだから、国連なんて、人間がやっている以上、上手く行くわけがない。

この辺のことは、君にこそじっくり考えてほしかったのだが、まあ、今はそれどころじゃなくなってしまったからね。でも、いつか答えを出してくれると信じているよ。ＥＵの連中だってこのままおとなしく服従しているわけがないのだから。そうなると欧州は一〇〇〇年前の中世の時代に逆戻りするかもしれない。やれやれだ。だからこそ君は成長しなければならない。

それから例のシナリオに関しては、修正されることが政府内で検討されているとはっきり書かれているね。念のために言っておくが、私がニュースソースではないからね。早晩私のところにもコメントを求めにいろいろやって来るだろうが、当たり障りのないように答えておくよ。彼らを少し安心させてやるためにね。それから、もちろんＦ－15やＦ－35のことは載っていない、と」

そこまで言って、福島はある記事に視線をくぎづけにすると表情を曇らせた。

「Ｃ国の国家主席がいよいよ危ないらしい。これは我が社のスクープだ。これを発表するとまた抗議の嵐がすごいだろうね。全然構わないけれど。彼らのサイバー攻撃は我々のセキュリティの前には何の意味もないからな。それはそうと、カント、君は遺伝子操作のことにも詳しいよね？」

『はい、購読可能な世界中のあらゆる言語で書かれたあらゆる分野を網羅する論文と学会抄録は収録済みです。ファイルのウイルス検査などに時間が若干かかるので、三日前までのデータではありますが。その中には遺伝子操作に関する基礎・臨床のデータも含まれています』

「あの主席は、確か一年前にやはり危篤説が出たが、奇跡的に復活したのだったよね？」

『そうです、主席の病名は同時性重複癌《がん》と後日発表されました。胃と大腸に同時に癌が見つかったのです。それが、手術が上手くいって、六か月後にはご覧のとおり精力的に執務をこなす写真が発表されました』

端末にその時の写真が映し出された。

「なるほどね、それで、その時、嫌な噂が流れたのを覚えているだろうか？」

『嫌な噂、というのは臓器クジのことでしょうか？』

「そう、それ、臓器クジだよ。これはとても嫌な言葉だ」

『倫理的問題を含んでいると言われています』

「そう、全く大きな問題だよ。臓器クジというのは、クジに当たった人の健康な臓器を根こそぎ切り取って、病気で臓器移植を待つ人に分け与える、ということだったね？」

『そうです』

「臓器提供者は生きてはおれないね？」

『そうです』

「普通はクジに当たると何か良いことが起きるはずなんだけれどね。もっともあの時、主席はクジも引かずに前もって目を付けておいた特定の個人の臓器を移植した、と言われている。そのために、なるべく拒絶反応が起こらない人間を監視付きで養っていたらしい。それでも心配なので、移植前には遺伝子操作によって、いくつかの拒絶反応にかかわる遺伝子を潰すという念の入れようだったらしいよ」

『博士、それはとても恐ろしい話です。それは殺人です。そのようなことが本当に行われたのでしょうか？』

「まあ、一〇〇パーセントとは言わないが、かなり確度は高いと私は思うね。あの国ならやっても不思議ではない。最先端の遺伝子操作技術を使って一〇年以上前から、ちらほらヒトを使った実験をして自慢げに発表していたからね。君のデータの中にもあるだろう。

もっとも、そんなことをやっているのはあの国だけではないはずだ。人間っていうのは、とにかくどんなことでもできるとなると、どうしてもやらずにおれないものだからね。もうそれを我慢することができないんだ。

そしてその主席は手術一か月後に、ある国の国賓の前で、周りの者がびっくりするくらいの相変わらずの健啖家《けんたんか》ぶりを発揮したらしいよ。何か悪魔的なことでもしない限りはそんなことはできないはずだよ」

『博士、最後の言葉の意味は理解できませんでした』

「ああ、そうだね。不適切な表現だった。要するにやれることは何でもやったということだよ。しかし、とうとう、どうにもならなくなってしまったらしい。今度は二種類どころではない、多臓器に癌が見つかってしまったらしい。しかもＭＤＲＰ（多剤耐性緑膿菌《りょくのうきん》）による敗血症とＶＲＳＡ（バンコマイシン耐性黄色ブドウ球菌）性肺炎で、どうにもならないらしい」

『薬剤耐性細菌による感染ですね？』

「よりによって、どのクラスの抗生物質でも抑えることのできないたちの悪いやつらしい。フレミングがペニシリンを発見したのは一九二八年で、その貢献によって一九四五年にノーベル賞を受賞しただろ？　その際、講演でフレミングは『不適切な抗生物質の使用によって、ペニシリンが効かない細菌を人間自らがどんどん生み出してしまうかもしれない』と予言している。そしてそれは見事に今、そうなっている」

福島はしばらく言葉を探すために沈黙した。

「この人間の愚かさっていうのは一体全体なんなのだろう？　八〇年も前に、抗生物質に関して最高の知識を持っていた科学者が警告を発したにもかかわらず、それが何の役にも立たなかった。小さな問題ではない。自分たちの命に関わる事柄だよ、とても大切な問題じゃないか。誰も真面目にその警告に耳を傾ける者がいなかったということを、一体どう考えればいいのだろうね？

もっとも薬剤耐性細菌そのものは四〇〇万年前の、もちろん我々 Homo sapiens が生まれる遥か前に外界と途絶された洞窟に生息する細菌が、現在の科学者が苦労して研究を重ねて創り出した最新の抗生物質に対して耐性を持っていたという話があるくらいだから、はなから勝負にならなかったのかもしれない。彼らはもともと我々の一部でもあるのだしね。しかし、それだからこそフレミングの警告を真面目に受け取って、抗生物質は適切に使われなければならなかった」

福島は再び沈黙した。

「その主席は現在、集中治療室でたくさんのチューブに繋がれて臭い息を吐いているのだろうが、長くはないだろう。あとは脳を移植するくらいしか方法はないのかもしれない。もちろん、それができたらの話だけどね。でもあの国のことだから、ひょっとしたら今その準備をしているかもしれない。そんなに大した脳とも思えないのだが」

『今まで多くの人間と会話してきたでしょうから、それらの記憶は貴重かもしれません』

「なるほど、それはある種の人間にとって貴重な情報だね。静かに死なせてはくれそうもないってことか。

それにしても、人の体はそんなに軽々しくあれこれ好きにできるものではないということを再認識して、一回立ち止まることが必要だと思うのだが、皆バラバラに好き勝手なことをやっている。誰にも止められない。もう皆疲れ果てて、収拾を図ろうと努力する者もいない。人間の最高の知性が集ったあの時ですら、原子爆弾の開発を止めることはできなかった。それと同じだよ。もっともあの時は不幸にもＦＤＲ（Franklin Delano Roosevelt）だったからね」

『博士、私は期待にお応えできるでしょうか？』

福島は端末の小さなレンズを見つめて言った。

「もちろんだよ、カント。今のこの苦しい状況を打開できれば、その先に答えに続く道が見えるはずだ。君は我々人間が登れなかった梯子の最後の一段を登るのだ。そしてその高みから我々を導く至言を発してくれる存在になるよ。私は確信している」

『人間にはその最後の一段は登れないのでしょうか？』

「時間がまだたっぷり残っているなら、そのうちさらに大きな犠牲をさんざん払った末に登ることもできたかもしれないが、そんな時間はないと思う。人間はいつ憎しみや怒りといった強いネガティブな感情の支配から解放されるのか分からない。いまだに地球上のあちこちで殺し合いが続いている。

一方で、原子力を利用しようとしたり、自らの遺伝子を改変しようとしたり、それを可能にする生半可《なまはんか》な科学技術だけはどんどん手に入れている。これらは最後の一段を登ったものだけが扱うことを許されるかもしれない技術であるはずなのに。未熟な精神では、これらの技術を目先の利益のため深く考えもせずに使ってしまいたい、という誘惑に勝つことはできない。近い将来、放射性廃棄物の詰まったコンテナは、行き場を探して幽霊船のように世界中を彷徨《さまよ》い続けるだろう。そして明日、世界のどこかの大都市の真ん中で原子爆弾が爆発しないと誰が断言できるだろうか。

あと二〇年もすれば、遺伝子操作された人間がその辺を歩き回る世の中になるかもしれない。遺伝子操作された人間は、生物学的には何らかの欠点を克服した存在かもしれない。しかし残念ながら、心は我々と同じように未熟のままだろう。彼らはやがて自分たちが他の人間とは異なる特別な存在であることに気付く。そして我々の理解できない連帯感が彼らを強く結び付けるに違いない。周りの人間は彼らを羨み、妬み、最後は憎いと感じるだろう。新しい科学技術も人間の心が今のままでは、差別や偏見や憎しみの炎を勢いづかせる燃料にしかならないのではないか？

今、世界を見渡せば、最後の一段を登るために我々に残された時間はもうほとんどないと考えるのが自然ではないだろうか？　カウントダウンは始まっているし、その秒針を止めるのは人間には無理だと思う」

『しかし博士、博士こそ新しい科学技術の現在最高の推進者ではないですか？　博士の研究はその秒針を止めるようには働いていないということですか？　博士は何のために科学者として研究を続けているのですか？』

「こんなことを言うと矛盾しているように聞こえるかもしれないが、私は、科学は人間に対して今までかなり有益だったと考えている。今でもほとんどの科学は有益だと思う。私は決して科学を否定するつもりはないし、自然を研究し尽くしたいという人間の欲求を否定するつもりもない。しかし、人間には軽々しく踏み込んではいけない領域がある。さらにその取り扱い方を充分吟味しないままに欲望に負けて、軽々しく使用することを慎まなければならない技術もある。踏み込んではいけない、慎まなければならないと判断したら、それは素直にそうしなければならない。しかし抗生物質や核エネルギーの使用を誤ったように、人間にはそれができないらしい。それが問題なのだ。それは結局、人間の心の問題なのだ」

福島は再び一息入れてから続けた。

「ベートーヴェンはなぜ作曲するのかと問われ、『私が心の中に持っているものは外に出なければならないからだ』と答えたそうだ。素晴らしいね。揺るぎない自信に満ちているし、その言葉に誰が異を唱えることができるだろう。

私にはそんな自信はもちろんない。しかし、私は私が創り出したものによってカウントダウンの針の進行を遅らせられることぐらいはできるのではないかと期待して、今までやってきたつもりだ。私の手に負えないと思った時には、人の知恵に頼ればいい。発電システムをまず藤原総理に説明したのはそのためだった。総理は素晴らしいシナリオを考えてくれた。総理はカントが言ったように、最大限正しい方法であの技術を広めてくれた。あのようなことは藤原総理にしかできないことだ。

しかし、藤原総理をあのような形で抹殺してしまったのだよ、この世界は。藤原総理の最期に立ち会ったあの時、私は怒りのあまり人間に対して希望を抱き続ける自信を失いかけた。人間の心は何千年も前から何も変わっていない。何の進歩もない。これはもう人間が持っている根本的な欠陥としか言いようがない。人間とはいつまで経っても不完全な心しか持ち得ないものなのだ。あの時はそう思ったよ。

でも、藤原総理の最期の言葉が私を踏み止まらせた。私は自分ができることは最後までやり遂げると総理に誓ったんだ。我々ができることといったら、針の進行を少しだけ遅らせることくらいかもしれない。しかしそれでもやらなければならない。そうでなければ私の気が収まらない。もちろん、それにはカント、君の力が必要だし、君となら針の進行を止めることができるかもしれないのだ。そして君なら、蜘蛛《くも》の糸を人間の世界に垂らすことも可能かもしれないのだ」

その時、警備室から知財部の大島と益田の訪問を告げる連絡があった。両人ともに表向きはIFE社知財部の所属だったが、大島はIFE社と関係のある、あるいは関係のできそうな政府・大学・研究所・ベンチャーを含む企業などで働く人間の情報を洗いざらい調べて、その研究内容とともに壮大な相関図を作成し、インテリジェンスとして活用するという特殊な部門のトップだった。

この相関図をIFE社は社員のリクルートにも大いに活用していたし、有望な知財の獲得にも大いに役立てていた。最近ではその守備範囲は自然科学分野に留まらず、政治・経済・その他国際間のもめごとまで幅広く網羅するようになっていた。

益田は情報収集実行部隊のトップで、法に触れないぎりぎりのところで神経をすり減らして任務をこなすエージェントを束ねる、骨の折れる仕事を受け持っていた。

これらの情報を分析する部門も福島は用意していた。それらの多くは、さらに外部の有識者に評価してもらってから、IFE社のホームページ上に社説付きの記事として、掲載できるものは掲載されることになっていた。ほとんどすべての記事が世間の常識とかなり乖離《かいり》していたから、批判されることも多かったが、IFE社内にそれを気にする者は一人もいなかった。

それは福島がそんなことを微塵《みじん》も気にしなかったからだった。自分たちが実際に苦労して収集した情報には自信があったのだ。大島も益田も福島がIFE社立ち上げの時から、自ら苦労して集めた人材だった。

五分後、大島と益田は福島のオフィスのドアを開けた。

「おはようございます。今日は戦闘機のこともあり、益田君にも来てもらいました。知財関係の情報漏洩《ろうえい》のこともさることながら、こうなると博士はもちろん、IFE社の幹部の方々の文字どおりセキュリティにも万全の注意を払う必要があります。とりあえず、プライベートジェットによる移動はしばらくの間は禁止にします。また車での移動もすべて社用車をご使用いただきます」

「分かりました。それは明朝の月末の定例会議で大島さんの方から周知徹底してください。理由は何か適当にお願いいいたします。それから飛行機ですが、やはり普通の民間機の方が安全ということですね。了解です」

「昨日のF‐15ですが――」

益田が口を開いた。

「あのF‐15は予想どおり、マイアー社所有のものでした。操縦者はマイアー社専属の空軍崩れの男で、三沢から飛び立っています。目的は不明ですが、当然誰かからの指令があったものと考えられます。あのタイミングですから、アダム・ロスタイクの博士に対する威嚇か嫌がらせと考えられます。もっともそれは博士の受け取り方次第ですが。

それからミサイルの類《たぐい》は積載しておりませんが、機関砲は不明です。そして昨夜の友軍機ですが、空自機で千歳から飛び立っています。正規ルートを飛ぶ民間機に対する戦闘機のニアミスですから、スクランブルという形で飛んだのだと思いますが、詳細は不明です。F‐15をロックオンした可能性があります」

「さすがですね。こんな短期間でよくそこまで調べられましたね。その友軍機のパイロットですが、特定できましたか？」

「いいえ、残念ながらそこまでは。これはちょっと難しいかもしれません」

「そうですか、いやそれなら結構です。それ以上調べる必要はありません。それにしても乱暴なやつらですね」

「そうです、もう何百年も好き勝手をやってきた連中です」

今度は大島が話し始めた。

「ご存じのようにマイアー社のバックには、ロスタイク一族の人間が長年にわたって支配してきた多数の企業の元締めのような会社、ロスタイク社が控えています。ロスタイク社は三〇〇年前に金融業で成り上がり、その後、あらゆる企業を後ろで操る隠然たる力を蓄え、今に至るまでそれを維持してきました。もちろん多くの有力な政治家にも大きな影響力を持っています。

現在のマイアー社のCEOは、昨日お話ししたようにあのアダム・ロスタイクですが、実権の一部はまだ親のアルフレド・ロスタイクが握っています。ですが、アダム・ロスタイクはかなりのやり手です。この数年でマイアー社をはっきりと軍需産業の雄に育て上げました。アルフレド・ロスタイクもその手腕は認めていて、細かいことまでは口をはさむことはないようです。

アルフレド・ロスタイクは、ロスタイク家の作り上げた体制を次の世代に残すことに執念を燃やしています。ロスタイク一族の中でも存在感を増したいと考えているようです。アダム・ロスタイクは若いだけあって、逆にそれを変えたいと願っているようです。どのような事業も世代が交代する際は多少のごたごたがあるのが常ですが、アダム・ロスタイクとアルフレド・ロスタイクの関係は、今が一番ぎくしゃくしている状況と思われます。ちょうどその時期と我々がマイアー社と接触を持つ時期が重なりました」

「それは我々にとってどんな意味があるのだろう?」

福島が呟くように尋ねた。

「それは我々にとって幸運なことです、博士。世界を変える千載一遇のチャンスかもしれません。ロスタイク家が盤石で一枚岩であれば、我々にできることは何もなかったでしょう。しかし、この状況なら何かができきるかもしれません」

「何ができると？」

「例えば、あいつらを今の椅子から引きずり降ろしてやるとかです」

福島は大島の顔から目を逸《そ》らさずに言った。

「君は面白いことを言うね。仮にそれができたとして、いろいろなものの黒幕になって物事を裏から操るのがそんなに面白いことだろうか？」

「いいえ、博士はそんなことに興味はないでしょう。しかし、何かどうしようもない強固な意地の悪い壁を、誰も破壊することのできなかったその大きな黒い壁を、博士なら壊すことができるかもしれないとしたらどうです？　我々の世界を洋々と歩ませることを阻む、息苦しい閉塞感をもたらすその壁を、博士なら粉砕することができるとしたらどうです？」

そう言うと大島は、挑むような視線で福島を見つめた。

「そんなこと、やりようがあるのか？」

「今すぐは無理です。しかし相当上手く立ち回れば、我々はじきに今の何百倍の力を蓄えることも可能です。その力と博士の頭脳と胆力と、そして我々の命懸けの献身があれば可能です」

「かなり難しそうだし、やはりすぐというわけにはいかない」

「だから今のうちから上手く食い込んでおくのです。亀裂さえ修復させずにおけばいいのです。やがてトドマツの凍裂のように、一挙に音を立てて裂ける時が必ず来ます。今日のような寒い時期に。堂々たるトドマツであっても、それは間違いなく致命傷になります」

「とすると、昨日F-15を飛ばしたのはアダム・ロスタイクではなく、アルフレド・ロスタイクかもしれないね。その辺のところは分かりますか？」

福島は大島の問いかけには直接答えず、益田に尋ねた。

「もう少し調べておきます」

益田がちらりと大島を見てから答えた。

「今日は興味深い話をありがとうございました。これからIFE社は、少なくとも新発電システム開発に関してはマイアー社と一緒に進めることになります。しばらくは協力体制を取って行くつもりです。これは冗談ではないからね。先ほどの大島さんの話はじっくり練って、また近々、そうですね、申し訳ないですが、今度の土曜日午前一〇時から、またここで話し合いましょう。よろしいでしょうか？」

大島は立ち上がると、

「了解いたしました。いずれにしてもくれぐれも身辺にはお気を付けください。私と益田は今日は札幌に泊まり、明日またこちらの会議に出席してから東京に飛びます。もし何かありましたら、こちらの方にご連絡ください」

大島は札幌のホテルのパンフレットを福島に渡した。

「では」

大島と益田は部屋を出ていった。一分後、福島はプライベートルームに戻り、コーヒーをセットした。

コーヒーが仕上がる間、福島はリビングの棟方志功の版画を一枚一枚丹念に眺めて歩いた。

淹れ立てのコーヒーをなみなみに満たしたマグカップを手にオフィスに戻ってきた福島は、端末を自分の顔の前四〇センチメートル付近に立てかけ、カントに話しかけた。

「カント、聞いていたろ？　どう思った？」

『大島さんは世界を歩ませることを阻む、息苦しい閉塞感をもたらすその壁を粉砕できると言いました。まず粉砕可能かどうかの検討が必要です。間違えると跡形もなく粉砕されるのはこちら側ですから。次に、粉砕できたとして、その壁の向こうに何があるのか、何を新たに造らなければならないのか、それを見定め構築できなければ、ただ混沌《こんとん》をもたらすだけの破壊になってしまいます。このようなことが人間には難しいというのが博士の見解だと理解しています』

「そのとおりだ。それができるなら、今まで誰かが上手くやっていると思うよ。三〇〇年前までは誰かが造っては壊されてきたのだろうが、三〇〇年前に造られた壁はよほど出来が良かったのだろうね。それ以降倒れもせず腰を下ろしたままだ。まあ、修正はされ続けているのだろうが、それだけ基礎が堅固に出来ているということだろう」

『先ほどの大島さんの話によると、我々はアルフレド・ロスタイクをこそ警戒しなければならないと思ったのですが』

「そうだね、何も変わらないことを願っているのはアルフレド・ロスタイクみたいだから、我々は邪魔だろうね。しかし、アダム・ロスタイクだって油断できない。君に対しても魅力を感じるだろう。世の中を自分の思いどおりに変えるため、君を利用できないかと考えるに違いないのだ。いずれにしても君を彼らに渡すわけにはいかない。大島さんが何を考えているのか確かめる必要はあるとは思うが。今度の土曜日にまた一緒に彼の考えを聞こう」

『了解しました』

「黒田博士は何時頃帰ってくるだろう？」

『今日は夜になると言っていました』

「そうか、私はこれから研究室の方に行って、しばらく放っておいた研究の方を夕方までやるつもりだ。それから若い連中を誘って何か食べに行くことにする。社用車でね。君はどうする？」

『私は黒田博士と一緒に取り組んでいる課題に戻ります。それから大島さんの言った壁についてあらためて調べてみます。現在私が保有する情報の中から、あらためてマイアー社のものがないか探します。それから大島さんに私にインプットできるデータがあったら、そうしてほしいとお伝えください』

「そうだね、了解。黒田博士と大島さんにすぐにメールを入れておく」

2

福島は何日かぶりに白衣に手を通すと、隣接する研究棟に向かった。研究棟のロビーでは、何人かの若い研究員が片隅のソファに腰掛けて、しきりにPCのキーボードを叩きながら議論を交わしていた。彼らは福島に気が付くと一斉に振り返った。

「ああ、博士、お久しぶりです」

若い研究員が笑いながら言った。

「そうなんだよ。私だってもう少し頻繁にここで仕事をしたいんだよ。でもなかなか時間がなくてね。今日はこれから夕方まで頑張るよ。それからジンギスカンでも食べに行かないか?」

「いいですね。僕たちは大体実験は終わっていて、今、結果をレポートにまとめようとしているところです」

「そうか、それは楽しみだね。私の方は四時過ぎには終わると思う。何人くらいになるか、あとで教えてくれ」

福島は若い研究者と話すのが好きだった。研究においては経験を積むことも重要だったが、時として経験や知識の多さは新しい発想の発露を邪魔することがある。若い研究者は新鮮な発想がストレートに出てくるので話していて面白かったし、その中には時々輝石の原石のようなアイディアもあるのだ。だから少なくともＩＦＥ社の研究所では、研究をしている限りは先輩も後輩もなく、すべての研究者は平等、というのが福島の考え方だった。

その日は懇意にしている薄野《すすきの》の店に無理を言って貸し切りにしてもらい、午後五時を過ぎてから社用車六台を連ねて繰り出した。

五〇キログラム近くの北海道産サフォーク肉と、四〇リットルほどのビールと、丼五〇杯のゆめぴりか、そして大量のモヤシとタマネギが若者たちの胃袋に収まった。

途中、連絡があって黒田が合流した。黒田はあまり食欲がないようだったが、周りの若い研究者と盛んに何やら議論を交わしているようだった。

宴は一〇時でお開きとなり、福島と黒田が研究所に戻ったのは一一時少し前だった。福島は「話は明日」と言うと早々に自分のオフィスに戻って、熱いシャワーを浴びてからベッドの上に倒れ込んだ。

翌朝、福島は自分のオフィスに研究所の所長・副所長、本社機能を担う幹部たち合計二〇人ほどを呼んで会議を開いた。

「皆さん、すでにお聞き及びとは思いますが、今まで藤原総理のいわゆるシナリオに従って展開してきた新発電システムについては、今後はマイアー社と手を携えて行うことになりました。よほどのことがない限り変更することはないと思います。我が社にいかに有利なライセンス契約を締結できるのかなど、いくつも検討していただくことがあると思います。大島さんが早くから経緯などよくご存じなので、大島さんにまとめ役をやっていただきます。よろしくお願いいたします。

それから、今後、これらマイアー社と必要最低限の情報共有をすることになると思いますが、くれぐれも情報のコンタミネーションが起こらないよう、最大限の注意を払うようお願いいたします。それについては知財部の皆さんから、あとで説明していただきます」

早速、このマイアー社が選ばれた根拠を問う質問があった。福島は正直に、それは政治的判断ということらしい、と述べた。予想どおり、皆から失笑と疑問の声が上がった。福島は、自分もこんなものを理解できるわけはないが、政治家がこのように言う時は、何を言ってももはや聞く耳を持たない状況まで話は進んでいるに違いない、と答えた。しかし、もしこれを覆すほどの強烈な情報があれば、それはそれで是非提供してほしいとも伝えた。

皆、完全には納得した様子ではなかったが、福島がこう言った以上、よほどのことがない限りマイアー社と仕事をすることになるのだろうと観念した。

また、近々マイアー社から会議のオファーがあるだろうから、一週間を目処《めど》に各研究所の研究内容や実績を簡単にまとめておくように依頼した。大島は社用車使用の徹底とプライベートジェットの使用禁止について、それらしい理由をつけて説明した。

会議終了後、福島は黒田に声をかけた。

「昨日は話もできずに申し訳なかった。お姉さんはお元気だった?」

黒田は相変わらず疲れた様子で応えた。

「姉は相変わらず元気でした。ただ義兄の仕事が上手くいってないようで、近々退職するかもしれないということでした。結構バリバリやっていたから前途有望と思っていたのですが、分からないものです」

「そうか、それは心配だね。その退職は本意ではなさそうだね。もし困っているようだったら、うちに来ればいい」

福島は簡単にそう言ったが、黒田は、

「もし、上手くいかないようでしたら、お願いするかもしれません」

と、いつになく積極的だった。

「もし本当にうちに来るつもりがあるなら言ってほしい。人事の方に一声かけておくから。いつでもいいから。もちろん他に当てがあるなら、遠慮なくそちらを優先してくれて結構だからね」

「ありがとうございます。もう少しだけ様子を聞いてから義兄に話をしてみます」

「それから、例の件だが、どんな感じかな？」

「考え得る限りの方法は考えたつもりですが、どれも完璧ではありません。もう少し時間を下さい」

「そうか、やはり難しそうだね。でも何とか考えなければならない。カントだけが希望なのだから。カントと一緒に頑張ってくれ。時間はもうそんなにないからね。頼むよ。あ、そうそう、大島さんが持っているマイアー社に関する情報についても頼むね」

黒田は、はい、とだけ答えて自分のオフィスに戻っていった。

福島は大島に連絡し、黒田の義兄のことを知らせると、その背景について調査するように命じた。

黒田は今、福島の最大の懸念の解決策を考えている。黒田の思考にネガティブな影響を与えそうな要素は極力排除したいと福島は考えていた。それに加え、ひょっとしたら黒田の義兄の件には、マイアー社のアダム・ロスタイクやアルフレド・ロスタイクが関係しているかもしれないと思ったのだ。他人を納得させるほどの根拠は全くなかったが、何となく漠然とそう感じたのだ。そのことについて福島はあえて大島には伝えなかったが、大島ならば当然そこまで頭を働かせるだろうと福島は思った。

その日、新発電システムの世界展開に関して、横溝官房長官から簡単なリリースがあった。今後はＩＦＥ社に加え欧米の大企業と二社で展開して行くことを簡単に述べただけだったので、特に大きな話題にはならなかった。

記者から、新たに参加する企業についての質問が一つあった。そこで名前の挙げられた企業について官房長官は肯定も否定もしなかった。福島にはいくつかマスコミから問い合わせがあったが、すでに用意されていたＩＦＥ社の公式回答が秘書から伝えられた。

福島はこの日もカントとずっと話していたかったが、カントにはやることがあったし、自分とだけ会話するのも教育上好ましくないと考えて、カントと会話する時間を制限していた。カントには、まだまだ幅広い考えや感覚に接する機会を与えたかった。

福島はオフィスに籠ると、完成間近の新しい素材の最新データを確認することにした。それは既存のどの素材よりも高い強度を誇り、軽い上に加工しやすく、またアルミと比肩できるほどの廉価性を有していた。また組成を少し変えることにより、その他の特質をほとんど損なうことなく、電気伝導性を自由に変化させることもできた。耐熱性にも優れていたから、戦闘機の熱の壁（マッハ３）を打ち破ることのできる素材であることは容易に想像できた。

福島はこの素材を戦闘機メーカーに提供するつもりは全くなかったが、もしある国がこの技術を独占して戦闘機を作れば、世界の軍事バランスに一定の影響を与えるに違いないとさえ考えていた。

だとすれば、自分たちで真っ先に開発してしまう方がいいのかもしれないと思うこともあったが、それでは科学者たちが過去犯してきた数々の過ちと同じ過ちを繰り返すことになるのではないかとも思うのだった。これをどのように世に出すか、これも福島の悩みの一つではあった。

福島はこの新素材に関する開発責任者と何人かのスタッフを呼んで、一時間ほど話し合った。結局、当初の予定どおり、まずは日本の自動車産業界にこの新素材を浸透させて行くことで話がまとまった。

平均して車体重量を一〇パーセント以上軽くし、値段据え置きで、より剛性の高い車を製造できるはずだった。また車体フレームに使うだけではなく、さまざまな部品への活用も考えられたが、それらは自動車メーカーと共同研究しながら開発して行くつもりだった。燃費が良く耐用年数も長い、総じてよりエコな車の誕生が容易に期待される画期的な素材だった。

もちろん、車の先にはリニアモーターカーや民生用の航空機やロケットなどへの導入が考えられたが、特に航空機に関しては、より慎重な計画が必要であることを福島はよく分かっていた。

マイアー社のアダム・ロスタイクが興味を示していた無線送電に関しては、近々日本・米国・英国・フランス・ドイツが一体となって設立した機構が、月面基地の建設計画を発表する予定であったが、その中でも注目すべきトピックスの一つになることは明らかだった。

基地建設の話が俄《にわ》かに具体性を帯びてきたのは、基地で消費する電力の供給の目処が立ったからだった。何しろ当面、基地建設に必要な電力は地球で作り、月面にどんどん送ることができるようになったのだ。これで月面に太陽光発電パネルを大量に設置する必要がなくなった。

電気でさまざまな機械を動かすことが可能になったということもさることながら、月に大量に存在することが分かった水を電気分解して、大量に酸素を発生させることが可能になったことも大きかった。水の埋蔵量によっては発電にも利用できるかもしれなかった。

まずは車にと考えている新素材についても、月面における使い勝手や耐久性に関するデータを蓄積することになっていた。組成を変えることによって、宇宙線や太陽風をかなり遮蔽する特性を持たせることも可能であることが分かってきたので、宇宙服や基地建物の表面を覆う素材としてうってつけだと福島は考えていたのだ。機構との事前会議に関しても、開発責任者とスタッフを中心にして対応が迫られていた。その他、開発のさまざまなステージにあるプロジェクトを総括しなければならず、かなりオーバーワークの状態ではあったが、福島はそれを全く苦にはしていなかった。藤原前総理の死やカントの将来に対する不安さえなかったなら、今までのこの忙しさは福島にとってはこの上ない喜びの時間以外の何ものでもなかっただろう。

福島は、カントが発した『なぜ博士は研究を続けるのか?』という疑問に、「自分は正直に答えただろうか?」と不安になることもあった。

「結局、私は自分がやりたいから、自分の興味本位で研究をしているにすぎないのではないか?」

というのが福島の本当に正直な回答のような気もするのだった。

「だったら、私も愚かだ。自分の思いどおりに自由に研究を進めていると言っても、それは結局、自分の欲に支配されているというだけの話ではないのか」

福島はそのことも含めて、いつか誰かと腹を割って話したいと思っていたが、その相手が思いつかなかった。カントはその話し相手になってくれるだろうか?

時刻は夕方六時を回っていた。福島は久しぶりにIFE社の食堂で夕食を摂ることに決めてオフィスを出た。食堂は福島のオフィスから歩いて四、五分の別棟にあり、メニューはバイキング形式で朝の七時から夜の一〇時まで北海道のさまざまな新鮮な食材を味わうことができた。社員カードさえ入り口のゲートに認識させれば無料でいくらでも飲食できたから、食堂は充分広くはあったが、いつも混雑していた。

食堂に足を踏み入れた途端に、

「ああ、博士じゃないですか。珍しいですね」とか「博士、一緒に食べましょう」とか、あちこちから声がかかった。皆、福島の姿を見て明らかに嬉しそうな表情を浮かべてそう言うのだった。福島もそれに一つ一つ返事をしたり、軽く手を上げたりして律義に応えるのだった。

福島が何を食べようか迷っている様子を見て、食堂長が出てきた。

「今日はサラダ用に購入したタラバガニの良いのがあるのです。サラダにする前の太い足を一本どうですか？　さっきまで生きていた正真正銘北海道産のタラバですよ」

「塩茹でしたやつですか？」

「そうです。味は私が保証します」

「よし、じゃあ、それをもらおう」

食堂長は厨房《ちゅうぼう》に戻るとすぐに、なるほど立派なタラバの足一本を大皿に載せて運んできた。そしてそれを福島の前に置くと、また忙しそうに厨房に帰っていった。

福島はそのタラバと、カリカリに焼いた北広島産のベーコン三枚と、千歳産の温室ミニトマト三個、十勝《とかち》産の茹でた男爵イモ一個、ＩＦＥ社の実験用温室産の何種類かの葉物野菜、伊達《だて》産の飲むヨーグルトを三〇〇ミリリットル、コップに取って、近くの空いている席に座った。

福島がそれらをあまりにも勢いよく食べるので、周りの誰も声をかけられないでいた。ヨーグルトの最後の一筋が福島の喉に収まると、周りから一斉に声がかかった。食器を載せたお盆は、即座に誰かの手によって勝手に返却棚に持って行かれてしまった。そして福島の目の前のテーブルはあっという間にきれいに拭きとられ、片付けられたのだった。

隣に座っていた若い研究者が、いきなりその白いテーブルに数式を書き出した。それが始まりだった。それからは、取っ替え引っ替え、それぞれの研究者が抱える問題がそのテーブルに書き出されて、尽きることのない議論が始まった。

ＩＦＥ社は多様な分野の研究者を抱えていたが、福島はそれぞれの問題に対して的を射た短いコメントを与えた。良いアイディアがその場で思いつかないものについては、「こんな論文があるから、チェックしたらいい」とか、「それならあの大学に専門家がいるから、私に紹介されたと言って連絡して訊いたらいい」とか具体的にアドバイスを与えた。

福島はＩＦＥ社のおもだった研究者の専門分野についてはおよそ知悉《ちしつ》していた。それは福島がさまざまな分野に興味を示し、それらの最新の論文にまで目を通していたからだったし、若い時に欧米の一流の研究室を渡り歩いたという経験があったからだった。

あの時、熱く議論を交わした研究者の多くは、今やそれぞれ確固たる居場所を定め、脂の乗り切った研究者として次々と素晴らしい注目すべき研究成果を上げていた。福島には独自に築き上げた研究者のネットワークが世界中にあったのだ。

しかしそうであったとしても、若い研究者にとって福島のそんなオールマイティーな能力は信じられないものだった。そしてこのような場で発せられる福島の言葉は、彼らにとってはまさに神の言葉に等しかった。

福島も、若いうちごく限られた期間なら、そのように感じられる存在があってもいいと考えていた。もちろん、いつまで経ってもそれを超えられないようでは困るのだが。

結局、食堂での議論はそれから四時間ほど続いた。その間、ほとんどしゃべり通しだった福島は、ヨーグルトをお代わりして一挙に飲み干すと、

「今日はこれくらいにしよう」

と言って食堂を後にした。もっと議論したいと願っていた研究者も何人か残っているようだったが、先ほどから携帯が震えているのが福島には気になっていた。

食堂を出ると携帯を取り出して相手を確認した。天野照子からだった。もう二時間も前から連絡が入っていたようだったが、福島が気付いたのはせいぜい三〇分前からだった。もう夜中の〇時近かったが、福島はオフィスに急いで戻ると照子に連絡を入れた。幸い照子は起きていた。

「申し訳ありません。若い連中と議論に夢中になっていて、お返事できませんでした。何か緊急な要件でしょうか？」

「こちらこそ、何回も夜遅くに連絡差し上げて恐縮いたします。緊急というほどのことでもないのですが、今日はもう遅いので、勝手を言うようですが明日、夕方五時以降にお会いすることは可能でしょうか？　お話ししたいことがあるのです。お時間はありますでしょうか？」

「予定が入っていても延期しますよ。では、明日一八時に苫小牧《とまこまい》のレストランで夕飯でも一緒にどうですか？　一七時半にお迎えに上がります」

福島は待ち合わせ場所とレストランの名前、そして大まかに食事の内容を伝えて携帯を切った。

——何だろう？——福島は照子が何を相談したいのか、いろいろ考えたが、明日本人の口から話を聞かないことにはしょうがないことだと、それ以上そのことについてあれこれ考えるのをやめた。

若い研究者たちとの議論はとても刺激的で楽しかった。頭が少し過熱気味だったが、オフィスに戻ってシャワーを浴びてすっきりさせた。あの若い連中は余計なことに頭を悩まされることなく、文字どおり自由に研究を続けてもらいたいものだと福島はつくづく思った。

福島はソファに腰を下ろすと、いつものようにＣＤをセットした。福島がその夜選んだ曲は、ハンガリー生まれのバルトーク作曲、カンタータ・プロファーナ『９匹の不思議な牡鹿《おじか》』だった。

この曲の筋書きを福島は思い出していた。猟師である父親から狩りを仕込まれた九人の息子たちが森深くに入り込むと、彼らは魔法によって牡鹿に変身させられてしまう。その鹿を見つけた父親が一度は弓を向けるのだが、それらが自分の息子たちだと気付き、家に帰ってくるように懇願する。しかし牡鹿たちは角が邪魔をして家には入れないので、このまま森で生活すると告げ去ってしまう。

確かそういう内容だった。これには当時の政治体制のために祖国を去らざるを得ず、白血病のために一九四五年に米国で客死することになるバルトークの一生が、結果的に色濃く投影されているとも言われている。二〇世紀の音楽にしてはロマンティックで、聴き手の心深くにすっと入り込む親和性を持っているが、全曲を通して聴き手に名状し難い不安を掻《か》き立たせる、独特で不思議な雰囲気を持った音楽だった。ピエール・ブーレーズがシカゴ交響楽団を指揮して、素晴らしい演奏を聴かせてくれていた。

福島は今自分が抱える大きな不安と、この曲が発散する聴き手を包み込むような不気味な不安を重ね合わせていた。それは暗い深い森に足を踏み入れ、気が付くと道に迷って進退窮まってしまっている自分を、手の届かない高みから俯瞰《ふかん》しているような不安だった。

福島はもう一曲聴きたくなり、ＣＤを入れ替えてスタートボタンを押した。リヒテルが演奏するバッハ作曲、平均律クラヴィーア曲集第二巻の九番目のフーガが、ゆっくり静かに、しかし揺るぎないテンポで始まった。それは五分に満たない小品ではあるが、恐らく人間が最後にたどり着かなければならない場所を指し示す一筋の光を見つけた時に得られるに違いない、希望を感じさせる音楽だった。

リヒテルの極めて抑制的な演奏を聴きながら、福島は純白の眩い光の中、神殿に繋がる階段を静かに一歩一歩、何を気負うこともなく登る自分の姿を想像し、満ち足りた気持ちになったところで気を失うように眠りに落ちた。

翌早朝、大島から黒田の義兄の退社に関しては理由がはっきりせず不自然な点もあるが、トップダウンの指示で解雇に近い状況でもあるようなので、今の企業に残ることは不可能だろうという報告を受けた。また、この件に関してはマイアー社の関与を否定も肯定もできていない状況であるとのことだった。やはり大島はマイアー社が関わっているかどうか調べていた。

「ではうちに来てもらいますね。黒田君に連絡しておきます。義兄のバックには特に問題はありませんね？黒田君にはこの件に関して、マイアー社の関与を疑って調べているということは言わないでおきましょう」

「了解しました。義兄のバックは特に問題はありません。典型的なノンポリで、宗教的にも特に問題ありません。永平寺の三泊四日の座禅体験に過去二度参加したのが、強いて言えば宗教的活動と言えば言えるかもしれません。正月には北海道神宮に初詣に行き、お盆には墓参りをし、クリスマスはクリスマスツリーを飾ってケーキを家族で食べるようです。そしてここ数年、年末はベートーヴェンの第九を聴きにコンサートホールに出かけています。

東大経済学部を二番で卒業して、その後は総合商社に入社し、最近まで世界を飛び回っていました。一昨年春に本社の現部署の次長に就任し、来期は部長にという呼び声が高かったそうです。ＩＦＥ社にとっても即戦力として期待できる得難い人材です。黒田博士の方から、義兄の転職意思の最終確認と細かいスキルの情報を人事に上げてもらうように指示お願いします」

「分かりました。早速黒田君に伝えておきます。いろいろありがとうございました」

大島との話が終わるや否や、今度は研究所のスタッフから面談の申し入れがひっきりなしに飛び込んできた。コーヒーを淹れている間に福島は秘書に話の内容を確認し、面談の順番を取りまとめるよう指示した。

照子との夕食にと考えていたレストランの予約は福島が自分で行った。客は一日二組限定のレストランだったが、無理を言って夕方から三組目の客として予約を入れてもらった。その日は結局、夕方近くまで研究者とのミーティングに時間を費やすことになった。

ミーティングを夕方四時に切り上げた福島は、食堂に併設されたジムに向かい、ひと汗かいた後、一キロメートル泳いでからオフィスに戻って身支度を整えた。福島はオフィスを出ると大島に「これからは必ずこれに乗ってください」と指定された特別仕立てのレクサスに乗り込み、照子との待ち合わせ場所をドライバーに告げた。

車内はすでに快適な温度に調節されていて、エンジンのわずかな振動が体に心地よく伝わってきた。ドアを閉めた時の音と質感が、この車の高い剛性を示していた。

「ちょっと吹かしてみてくれないか？」

福島のリクエストに、ドライバーは軽くアクセルを踏み込んだ。

軽い振動とともに、羆《ひぐま》が威嚇する時に発する唸り声のような、何かを転がすような、粘り強い迫力のある音が響いた。

「いいね。さすがにV8、五リットルエンジンだけのことはある」

福島の言葉にドライバーが答えた。

「Zeroのエンジンには負けますけどね」

そう言われて、福島はあらためてドライバーの顔を確認した。

「ああ、住良木君じゃないか。君は車の運転もできるのか？」

住良木は笑いながら、

「まあ、ジェット機が操縦できれば車も普通は運転できます。ちなみに私は国際A級ライセンスを持っていますけどね。大島さんに命じられてこの車の専属になりました」

「そうか、それは頼もしいな。この間のような乱暴なやつが現れたら、またよろしく頼むよ」

住良木は軽く頷くと、前を向いて静かに車を発進させた。

3

照子は約束のショッピングモールの前に立っていた。この時刻、人出もまだ多くはなかったので、長身で細身の照子はすぐに見つかった。照子はとてもきれいだった。

――クリスマスイブの人混みの中でも、彼女ならすぐに見つけられるだろう――と福島は思った。

本当にあの中に脚が収まっているのだろうかと疑いたくなるような細いデニムのパンツと、少し大きめなグレーのセーターの上に羽織ったカーキ色の長いコートがとてもよく似合っていた。それだけでも充分存在感はあったが、照子はさらに羆の絵付きの空白アポロキャップと、ヴィトンのサングラスをかけていたのだ。そこまでは彼女のキャラクターとして認めてもいいと福島は思った。しかし、よれよれの黒いブーツがさすがに似合っていなかった。

――恐らくあれを履いてF-15やF-35に乗って訓練しているに違いない。そうだ、ブーツを買おう。きっと断るに違いないが、是非買わなければ――。

福島は勝手にそう決めた。車が照子の前に停まった。福島はウィンドウを開けて照子に車に乗るように声をかけた。住良木が素早く開けたドアから、照子が躊躇いがちに乗り込んできた。

「まずブーツだ。君のブーツを買いに行かなくては」

「え？　ブーツ？」

いきなりそう言われて、照子は面食らってそう聞き返した。

「今、僕は車の中から君を見ていた。君は素晴らしくきれいだった。でも、そのごわごわしたひびだらけのブーツは駄目だ。これから空中戦の訓練に行くわけではないのだから、暖かい履きやすい普通のブーツを手に入れなくては」

そう言うと福島は住良木に行先を告げた。車はメインストリートから薄暗い小路に入って、一分で古い造りの三角屋根の小さな靴屋に到着した。

「さあ、行こう」

福島は照子を促した。

「でも、私、新しいブーツが欲しいなんて思ってもいませんから」

「そうだろうね。でも、なんて説明したらいいか。そうだ、例えば僕が今、君の姿を絵に描くとする。頭のキャップからデニムパンツの途中までは描けると思う。しかし、どうしても最後に君のそのブーツを描くことができない。なぜなら、それだけが今の君の姿の調和を乱しているからだ。それも、描き手の裁量に任せられないようなレベルでね」

「なんか失礼な言いようですね」

「いやいや、そんなことはない。僕に悪気はない。それは誤解しないでもらいたい。問題は調和が乱れているという事実で、これはどうにかしなければならない。そのまま何もせずに放っておけるものではない」

「確かにこのブーツには本当に悩まされたことは確かです。今も何だか落ち着きが悪くて」

「そうでしょう？　だから新しいブーツが必要なのです。今の君と調和するようなやつをね。

この店はね、確かに小さい。この店では、自分のお気に入りのものが手に入るとはとても思えない、と思っているでしょう？　でもそうではない。この店は腕の良い爺《じい》さんと孫娘がやっていて、棚には必要最小限の商品しか置いていないにもかかわらず、一言二言自分の欲しいものの特徴を伝えると、店の奥の方からいくつか持ってきてくれるのです。まさにこれだってやつをね。

それらが本当に自分の欲しいものと符合しているので、いつも予定以上に数を買ってしまうのが玉に瑕《きず》ではあるのだけれど、ブランドものではないから不当に高いものでもないし、造りはしっかりしているから、いくつかを代わり番こに履けば経済的なのです。さっ、行こう」

福島はさっさと車を降りて照子を待った。照子も仕方なく車を降りて福島に従って店に入った。

薄暗い店に入ると革の匂いが鼻腔《びこう》を満たしたが、不快ではなかった。確かに棚には全部でせいぜい三〇足くらいの男物、女物の何種類かの革靴が置いてあるだけで、これでは何も知らずに入った客は、残念な気持ちを抱きながら店内を一周して、すぐに出てしまうしかないだろうと照子は思った。

「これはこれは先生、お久しぶりです」

小さな皺《しわ》だらけの老人が福島に声をかけた。

「いや、本当にお久しぶりです。もう少ししたらまた新しい靴を買いに来ようと思っていたところです。実は今日は僕のじゃなくて……」

そう言って福島は、照子の頭の先から足の先までを右手を広げてスキャンするように上下させて示した。

老人がすぐさま口を開いた。

「なるほど、これはいけませんな」

「そうでしょう？　僕もこれではいけないと思ったので、少し無理を言ってここに連れてきたのです」

「それは良いことをされました。少しお待ちください」

老人が奥に引っ込むと、支笏湖に降る雪のように白い肌をした孫娘と思われる女の子が、

「先生、お久しぶりです。そこにお座りください。いま熱いコーヒーを持ってきますからね」

と言って奥に引っ込むと、しばらくしてから盛んに湯気が立ち上るコーヒーを八分目まで入れた柿右衛門のコーヒーカップを二つ持ってきて、

「どうぞ、召し上がれ」

と言い残して、また奥に引っ込んでいった。

二人だけになると照子が口を開いた。

「何だか禅問答のようなご老人との会話でしたね。しかし、新しいブーツはどうしたものか」

「いや、こうなった以上、もう後には戻れない。あの老人は言ってみれば靴における導師のような存在なのです。この出会いはむしろ僥倖と捉えるべきであって、逆らうようなことではないのです」

照子もさすがに観念したように押し黙った。

しばらくしてから、老人が靴箱を三つ抱えて戻ってきた。

「これで間違いないと思うのだが、履いてみなさい」

と言いながら、箱からブーツを取り出して照子の前に並べてみせた。なるほど、一目見た感じ、それらはまるでずっと前から自分の手元にあるお気に入りのブーツであるかのように、自然に照子の心にすとんと落ちるものだった。さらに驚かされたことに、三足ともに照子の足にぴたりと合って、どこも障るところがなかった。実に暖かく、履き心地は抜群だった。

「どうですか？　お気に召しましたか？」

「ええ、まるで靴を履いていないような、それでいて優しく包み込まれるような暖かみを感じます」

「よし、では三足全部頂きます」

福島が先ほどの孫娘に代金をキャッシュで払った。この店はキャッシュレス社会とは無縁な店だった。

「では、またのお越しをお待ちしております」

老人と孫娘の声に送られて二人は店を出た。照子はブーツ購入に至った経緯を、自分の中でどう処理していいのか戸惑っているようだったが、新しいブーツの履き心地が勝ってきたのか、いつまでもしつこくお礼を述べるようなこともなかった。福島は、それは当然だと思った。

――何しろあの店は特別な店だからな――。

二人を乗せた車は、ようやくレストランに到着した。玄関先に車を着けると、オーナーシェフが出てきて二人を迎えた。

「お待ちしておりました」

「今日は無理を言って申し訳ありませんでした。いつものように美味しいものをお願いします。何しろ腹ペコなんですよ」

オーナーシェフに導かれて、二人は店内に一つだけ置いてあるテーブルに着いた。明かりを抑えた山小屋風の店内では、薪《まき》ストーブが盛んにパチパチ音を立てていた。

車を離れられない住良木に何か温かい食物を運ぶように頼んでから、福島が口を開いた。

「さてと、今日は何か相談がある、ということでしたが」

食前酒に口をつけながら福島が口を開いた。

「はい、今日はお付き合いいいただいて恐縮しています」

しばらくの沈黙の後、照子が話し出した。

「実は私、近々除隊するつもりなのです」

テーブルの真ん中に置かれた蝋燭《ろうそく》の揺れる炎が、照子の美しい顔の輪郭を怪しく動かした。

「えっ？　除隊ですか、なんでまた」

福島はバターをたっぷり付けたライ麦パンを口に頬張りながら、

「やはりこの間の件が関係しているのですね？」

と、表情を曇らせた。照子はその様子が可笑《おか》しくて笑いをこらえながら答えた。

「まあ、関係あると言えばありますが、除隊するかしないかは私が決めたことです。私が何も言わなければ、何の問題もなく今のままでいられたのです」

「そうですか、あんなに華麗にF‐35を乗りこなす人はそうは多くはいないでしょうに」

前菜が運ばれてきた。タラバガニと野菜、毛ガニと野菜を和えたサラダが一つの皿の反対側に、それぞれ混ざらないように盛られていた。福島は顔を曇らせながらも、あっという間にそれを平らげた。照子も二種類のカニの味の違いを楽しんでいるのか、まんざらでもなさそうな表情で、やはりきれいにそれらを胃袋に収めた。

「やはりタラバと毛ガニは甲乙つけがたい。その除隊と、この間の件が関係あるのなら、それを聞かないわけにはいかないですね。何があったか教えてください」

「父が」

「お父上？」

「ああ、神谷空将補のことです。苗字は違いますが、あの人は私の実の父なのです」

「そうなんですか。なるほど」

「昨日、官房長官からＩＦＥ社の発電システムの今後の展開について、簡単なリリースがありましたね」

「うん」

福島は温かい魚のスープをすすりながら頷いた。

「父はそれを聞いてから私にこう言いました。『私は市ヶ谷に戻る。私は藤原前総理の言い付けどおり、偉くなることにするよ』って」

「それは良かった。私はそうするべきだと思っていました」

「でも、私には意外でした。父はここに残り、博士の身辺に気を配ることだってできたはずなのです。そうするものと思っていました」

「しかし自衛官である父上に、そもそもそんなことをお願いできるはずはありません。この間、助けていただいたことで、父上は藤原総理との約束を充分果たしたと私は思いますし、私はとても感謝しているのです」

そう言って福島はエスカルゴの殻の中に残った汁をすすった。

「あの、博士？」

照子が言いづらそうに上目遣いで福島を見ながら言った。福島は厚岸《あっけし》産の生ガキに手を伸ばしながら聞き返した。

「何でしょう?」

「私の話をちゃんと聞いてもらっているでしょうか?」

福島は、いかにもばつが悪いというような顔をして答えた。

「もちろんです。ちゃんと聞いています。どうもいろいろなことをやりながら人と会話する癖がついてしまっているのです。もし真面目に話を聞いていないように感じたのなら、謝ります。でもちゃんと聞いています」

そう言うと福島は、三年物の大きな生ガキにレモン汁をたっぷりかけて口に放り込むと、三度噛んでから一気に飲み込んだ。さすがに美味いとは声には出さなかったが、それがいかに美味かったかは福島の表情から明らかだった。

照子はその表情をまじまじと見ながら、

「分かりました。博士はとどのつまり普通ではないのです。先ほどの靴屋さんだって、今頃はこの世から消えてなくなっていたとしても、何だか驚かないような気がします。だから博士は確かに私の話を聞いていると信じることにします」

「そうしてください。実際そうなのですから。しかしとどのつまり私は普通ではないっていうのはなかなか面白い」

「せっかくなので、私もしばらく食事を楽しんでもいいでしょうか?」

「ああ、もちろんです。まずはそうしましょう」

福島はそう言うと、あらためてワインの入ったグラスを軽く持ち上げて乾杯の仕草をした。その時シェフがメインディッシュを運んできた。

「今日は焼尻島《やぎしりとう》産のサフォークが入りました。ほとんど塩味だけのラムチョップです。ローストしてあります。これが味わえるとは本当に運がいいですね」

福島より一〇歳以上年のいった、五〇にはもう少しといった感じの恰幅《かっぷく》の良い長身のシェフが、ニコニコしながらそう言った。

「焼尻産か、よく手に入りましたね」

福島と照子は骨を持って、柔らかくて美しい肉に喰らいついた。

「いかがですか？」

シェフが照子に尋ねた。

「美味しいです。本当に」

照子は満足そうに答えた。

「それにしてもフレンチって、こんなに次から次へと温かい料理が運ばれてくるものでしたかしら？」

シェフの代わりに福島が答えた。

「これは僕の要望なのです。二〇分置きに冷えた料理が、しかも二分間の講釈付きで運ばれてくるような料理は金輪際食べたくない、と最初に宣言したのですよ。おかげで密度の高い充実した食事をここでは楽しむことができるってわけです」

「おかげで厨房は大忙しです。しかしお客様のご要望とあれば何でもいたします。私どもは」

シェフはそう言い残して、愉快そうに厨房に消えていった。

間もなく彼が運んできたのは、北海道産の鮭《さけ》とイクラのルイベ、琵琶《びわ》湖《こ》畔マキノ町の鮒寿司《ふなずし》、そして何種類かのフランス産チーズだった。それらの皿を置き終わると、

「今日、近くの山で獲れたしっかり処理したエゾシカの良い肉があるのですが、軽く焼いてお持ちしましょうか？」

と、相変わらずにこやかな表情でそう勧めてきた。

「エゾシカですか。今日、狩りがあったのですね？　もうあまりたくさんは食べられませんが、少し頂きます。お願いします」

福島はそう答えた。福島と照子は、ルイベと鮒寿司と何種類かのチーズをワインや日本酒と合わせながら、交互に楽しんだ。照子は鮒寿司は初めてのようだった。

「匂いほどひどい味ではないです」

というのが感想だった。

福島と照子は、照子の除隊の話などなかったかのように、料理の話やお互いの身の上話などで盛り上がった。やがて割と厚めに切った三切れのローストした鹿肉が、濃厚なソースと共に運ばれてきた。心地よい弾力と、口の中でわずかに香る酸味は申し分なく美味かった。

満腹の二人の前にデザートが運ばれた。朝採れの牛乳で作った濃厚なアイスクリームに、何種類かのベリーソースが添えられていた。そして最後に熱いコーヒーが運ばれた。

コーヒーを飲み終えた福島は、

「ああ、美味しかった。ありがとうございました。これで今週は何も食べなくても充分生きて行けそうです。今日は遅くまで働かせてしまって申し訳ありませんでした」

そう言うとキャッシュカードを店員に渡した。時刻は八時を回っていた。シェフも福島の満足そうな顔を見て嬉しそうだった。

「さてと、本題の話をしなければいけませんね。門限は何時なんですか？」

「門限なんて、そんなものはありません。明日はお休みを取っていますし」

「そうなんですか。だったらもう一軒行けますね」

「もうお酒もお食事も結構です。どこかゆっくりお話しできるところがいいのですが」

福島は少し考えてから、

「では、私の家に行きましょう。一年のうち半分も住んではいないのですが、友人や昔の先生たちが来られた時に泊まってもらう家が近くにあるのです。ちゃんと管理してもらっているので、快適です。あそこ以上、ゆっくり落ち着いて話ができる場所は思いつきません。管理人さんに連絡します。家に着く頃には部屋も暖まっていると思います。車でここからなら二〇分もかかりません」

福島はシェフに再度お礼を言い、照子を車に誘った。住良木に行先を告げると、車は苫小牧郊外の樽前山麓に向かった。そこはＩＦＥ社が保有する明るい森が拡《ひろ》がる広大な丘陵地帯で、ＩＦＥ社の幹部たちの私邸がいくつか点在していた。その中を走る道路には、誰にも分からないようにカメラがいくつも設置されていて、監視の眼が行き届いていた。この時も、福島を乗せた車が久しぶりに私邸に向かう様子がしっかり記録されていた。

福島の私邸は、昔牧場だったサッカーコート三面ほどの、今はうっすらと雪に覆われた芝生の美しい空間と森との境目にあった。照子には言わなかったが、その広い空間の地下には、半永久的に電力を供給可能な発電システムと、一五〇人が五〇年暮らせるだけの食料が賄える五層作りの巨大なシェルターが眠っていた。福島はそのシェルターのことを「岩屋」と呼んでいた。五層作りの岩屋の下層には、カントの前身であるケンとレラのコピーをはじめ、福島のお気に入りの発明品が置かれていた。その他の層には宿泊のための部屋、食堂、ジム、温泉、映画館、図書館、病院と共に、規模は小さいものの最新の研究施設が備わっていた。

それは外部からの一切の攻撃を寄せつけず、自立し続けることができるものだった。そこに立ち入るのもそこから出るのも、事前登録済みのいくつかの生体認証が必要だった。シェルターを福島に造らせた動機は、それほど福島が世界を危機的な状況と見ていたからだった。

家の前に車が止まると、中から管理人が出てきて、一言二言福島と言葉を交わした後、そのまま車に乗り込んで住良木と二人、どこかに行ってしまった。

福島は照子を誘って家の中に入った。玄関を入ると、そこは五〇畳ほどの円形の空間の上端で、部屋はその高さから五段の同心円状の階段で、中心に向かって低くなるように造られていた。空間の真ん中にはオープンな薪ストーブが設置されていて、天井から吊《つ》るされた巨大なダクトが煙を外に逃がす構造になっていた。それでもどうしても薪の燃える匂いがかすかではあるが部屋に充満した。

福島はこの匂いが好きだった。この部屋に招かれた客はその匂いを我慢しなければならなかったが、福島はこの匂いが気に入らない人間がいるとは想像もできなかった。同心円状の階段には絨毯《じゅうたん》が敷かれ、床暖房のおかげで真冬にもかかわらず部屋は充分暖かかった。

福島と照子は、部屋の底まで下りて腰を下ろした。目の前には小さなテーブルが置かれていて、その上に何種類かのよく冷えたソフトドリンクが用意されていた。暗い部屋の中で薪ストーブの揺れる炎だけが二人を照らしていた。

「さてと、これで誰にも邪魔されずに話すことができる」

福島は照子が口を開くのを待った。

「私は藤原前総理が博士のことをお話しになることを、もちろん父を通してですが、ずっと聞かされてきました。気が付くと博士にいつかお会いしたいと想うようになっていました。それが前総理が亡くなる日だったのは残念でしたが、私はあの時、短いフライトでしたが、コクピットの中で心躍る想いだったのです。そしてF-15を追い払った時は、今まで経験したことのない興奮を覚えました。これこそ私がするべきことだと感じたのです。

しかし父がいなくなると、あのようなことはできなくなります。それを考えたら、何だかもう戦闘機に乗る意味がないような気がしたのです。今後あの時感じたような熱い想いが全く湧いてこないだろうと思うのです。私が戦闘機乗りをやめる決心をしたのはこういう理由です。ですから全く私の個人的な理由なのです。ただ……」

照子はそこで一旦言葉を置いた。

「ただ、ではなぜ、父があの官房長官の話を聞いて、藤原前総理の言い付けどおりに市ヶ谷に行くと決めたのかが分からないのです。博士なら分かっているはずです。違いますか？　それを教えていただくことはできますか？」

照子はとても正直に自分の気持ちを話してくれていると福島は思った。自分も同じように正直に答えるべきだろうか、福島は迷った。

あの官房長官の会見を聞いた准将は、福島は、目的のためならば、たとえ藤原総理を闇に葬った相手とだろうが、ビジネスの相手として組んでやって行く覚悟を決めたのだと悟ったに違いない。それはもちろん福島を疑いなく信じた上での話だった。それが分かるからこそ、准将は自分も藤原総理の言うとおりに今は力を蓄えることにすると覚悟を決めたのだろう。

しかし、それは准将だから決められた覚悟だった。照子にはとても無理だろうと福島は思った。だからと言って今、カントのことも含め何もかも正直に照子に話すわけにはいかなかった。

だとすれば、どんな言い方をしても照子は自分を誤解し、不信感を募らせて自分のもとを去って行くしかないと福島は思った。福島にはそれはつらいことだったが、それは結果的に照子を危険から遠ざけることにもなるはずだった。

「私は藤原総理の言葉に従い、総理の死に関してあれこれ詮索しないことに決めました。お父上はあの官房長官の会見から、その私の覚悟を察したのです。だから准将も市ヶ谷に行くことに決めたのです。納得してもらうのは難しいでしょうが、私も准将もそれが今、自分にできる最善の策だと考えての決断です。今は悪魔とも手を組む覚悟が私にはあります」

照子は黙ってそれを聞いていたが、フーッと大きく息を吐いてから口を開いた。

「やはりそういうことなのですね。私にもその決断を納得できる日が来るのか、今は、そんな日が来るとはとても思えません」

照子は、立ち上がると福島に手を差し出した。

「今日は、貴重なお時間を頂きありがとうございました。私はどこかでしばらく頭を冷やして、これからどう生きて行けばいいのかを考えることにします。どうかお気を付けて、博士の信じる道をお進みください」

――やはり、こういうことになるのだ。しかしこれ以外どうしようもないじゃないか――。

福島はそう思った。そして福島も立ち上がって照子の手を握った。

「あなたも答えを求め続けてください。今、納得できないことも、いずれ納得できる日が来るかもしれません。もちろん納得できたからといって、それが正解なのかどうかは分かりませんし、永遠に納得できるものではないのかもしれません。でも、それがどっちであったにしても、僕らはいつかきっとまたどこかで会える日が来ると信じています。その日が来たら、どうか躊躇わずに僕がいるところに来てください。何の疑いも不安も抱かずに来てください。毎日会っている親しい友人の家を訪れるように来てください。僕もそのようにあなたを迎えます」

照子は鮮やかに微笑むと、福島に口づけした。福島は力強く照子を抱き寄せてそれに応えた。

「では」

唇を噛み締めて照子はそう言った。そして照子は出ていった。

よく冷えたさらさらの雪の上を、新しいブーツできゅっきゅっと音を立てながら、照子は来た道を歩いた。

一分も経たないうちにレクサスがやって来た。

「どちらまでお送りいたしましょうか？」

住良木が窓を開けて照子に声をかけた。

「もう少しだけ一人で歩かせてください」

「分かりました。でも羆が出る可能性があるので、早めに車に乗っていただけると助かります」

「羆？　この時期に？」

「博士が二年前に仕留め損なった、三〇〇キログラムを軽く超える巨大な片耳の雄の羆です。冬と言っても油断してはいけません。時々冬眠できない羆がいるのです。

特にあいつは博士に復讐《ふくしゅう》しようと執念を燃やしていると、もっぱらの噂です。何しろ片耳を吹き飛ばされたのですから。皆、行方を捜しているのに、いまだに見つからないのです。つまり、誰もその姿を見た者はいない、ということなんですが、図体がでかい割に頭が良くすばしっこいやつだと皆疑いなく信じています。何しろ博士が真顔でそう言うのですから。

博士の名誉のために言っておきますが、普通なら生きておれない数の銃弾を、きちんと急所に撃ち込んだにもかかわらず、あいつは倒れなかったのです。もちろん博士から聞いた話ですが。とにかくあいつは特別なやつなんです。博士はあれ以来、猟をやめました」

照子は後ろを振り返った。もうすぐ西の地平に没しようとしている三日月は、薄く雪に覆われた地上をほの暗く照らしていた。ところどころ雪の結晶が月の光を反射してキラキラ輝いて見えた。林の中の一本道には車と照子の足跡がまっすぐ伸びていた。その先では福島の家の明かりが、今まさに木々に遮られて見えなくなりかけていた。

「ええ、私も信じます。博士がそう言うなら、私は信じます。あの人は嘘を言うような人ではありませんもの」

照子の少し後ろを並走するように進んでいた車は、やがて照子を乗せるとテールランプの赤い灯《あか》りだけを残し、闇の中に消えていった。

福島は床に大の字になって転がると、

「さあ、何で慰めてくれる?」

そう呟いた。すぐには聴くべき曲が思いつかなかった福島だったが、やがて、

「ピアノマン、ピアノマンだ!」と叫んだ。

じきに部屋のどこかに設置された四つのスピーカーから、ピアノ、そしてブルースハープの音が流れ始め、そしてビリー・ジョエルが語りかけるように歌い始めた。

福島は薪が弾ける音を聴きながら耳を澄ました。

——私は、私がいるべき場所にいるだろうか? こんなことは今まで考えてみたこともなかった。そうだ、時間を作ってピアノを習おう。誰に聴かせるためでもなく、自分の慰みになるくらいでいいから、そうしよう——。

それから福島は、スティービー・ワンダーの『Love's In Need Of Love Today』を聴きながら眠りに就いた。

第五章

1

　翌朝、福島は夜明け前に起きてシャワーを浴びると、身支度を整えて外に出た。玄関先ではすでにレクサスが待っていた。

「研究所まで」

　住良木は無言で頷き、車が静かに動き出した。

　研究所の自分のオフィスに戻ると、福島は最新のニュースやさまざまな部署から上がってきている報告書に忙しく目を通した。やがて黒田から連絡があり、福島はカントのところへ向かった。

　その日、黒田は久しぶりに笑顔で福島を迎えた。福島はいつものようにカントのモニターに視線を向けた。しかしそこにはいつものモニターはなく、その代わりに六〇センチメートル角の黒い平板が二つ、一メートルの間隔で上下に相対するように設置されていた。そしてその二つの平板の間に、鮮明な人の顔のホログラムが浮かんでいた。

　どこかで見たことのある顔だと一瞬分からなかった福島だが、すぐに思い出した。それは興福寺の本尊を護る八部衆の一人、阿修羅《あしゅら》像の頭部の左・正面・右の三面にある顔のうち正面の顔だった。

「なるほど、阿修羅か」

福島は思わず呟いた。

興福寺の阿修羅像が持つ異なる三つの顔には、どれにも戦いに明け暮れた阿修羅から連想される怒りの表情はない。三つともに成人に至る前の子供の表情であり、年齢と悟りへ至る度合いの違いがそれぞれの表情に見事に造形されている。

正面の表情が一番悟りに近いものだが、まだその境地にまでは達していない。真理の言葉に素直に耳を傾けようとしているが、悩みは尽きないのだ。それがわずかに寄せられた眉に表現されている。

聖武《しょうむ》天皇の皇后である光明皇后が、母親の一周忌に造立したのが今はなき西金堂《さいこんどう》で、この阿修羅像はそこに安置されていたと考えられている。阿修羅像には光明皇后の一歳で夭逝《ようせい》した基皇子《もといのみこ》の面影が色濃く重ね合わされているとも言われている。

阿修羅以外の八部衆にも童顔をしたものが多い。光明皇后は基皇子と同年代の者たちを従えさせ、自分の代わりに話し相手となり、深い愛情を注いでくれるよう必死に懇願したに違いない。

「これはいいよ。素晴らしいよ」

「ありがとうございます。博士に言われていろいろ考えたのですが、これが真っ先に頭に思い浮かんだのです。その他もいろいろ検討しましたが、結局これが残りました」

黒田は珍しく明るい声で答えた。

「カント、どんな感じだ？　黒田博士が考えてくれた君の顔は？」

福島はカントの顔に向かって話しかけた。

『昨日、黒田博士に鏡も用意してもらって確認したのですが、これが自分の顔だと言われてもまだピンと来ないのです』

カントの眉間の皺が深くなった。

「自分の顔なんてそんなものだよ。それにしても、手を伸ばせば触れられると思わせるほど鮮明で質感も本当にリアルだ。言葉と口の動きも完璧に一致していて、まるで本物がここにいるように見える。こんなホログラムを見たことがない。素晴らしいね。表情も話の内容と違和感がない。これで私もカントと話がしやすくなった。人間というのは話し相手の表情を見ていないようで見ているものだし、それは相手に話の内容を、より正確に伝達する上でとても大切な情報の一つだからね」

「顔の表情は先々変わって行くかもしれません」

黒田が口を挟んだ。

「ほう、どんなふうに？」

「もしカントが悪人になればそれなりの人相に、聖人になればそれはそれで、それなりの人相になるはずです。カントが悪人になるわけはありませんが、そのようなプログラムというか、自由度を与えているのです」

「それは楽しみだ。興福寺の阿修羅の表情がそもそも発展途上のお顔をされているのだからね。我々は誰も見たことがない、悟りに至った阿修羅の拝顔の栄に浴するというわけか。科学というものは本来、このように使われるべきなのだ。そのお顔は未来永劫、万人のよすがになるに違いないのだから、何にも増して価値がある」

『未来永劫にですか？』

カントが呟いた。

「そうだ、君はそのようなものになるのだ」

カントの眉間が一層寄せられ、厳しい表情に変わった。その表情の変化を福島は見逃さなかった。

「上手いじゃないか、その調子だ」

福島はそう言うと黒田の方を向いた。

「それと例の件について、そろそろアイディアを持ってきてくれないか。明日の夕方はどうだろう？」

黒田は渋い表情で、

「了解しました。明日の一七時にオフィスにお伺いします」

と答えた。

福島は自分のオフィスに戻ると、マイアー社とのミーティングに必要なＩＦＥ社の事業内容を説明する資料のドラフトを確認した。内容に問題なかったが、第三研究所に関する説明をどうするか福島は悩んだ末、黒田を呼んで相談することにした。

カントのことは誰にも知らせるつもりはなかったし、特にアダム・ロスタイクには興味すら持たせないような資料にしなければならなかった。ＩＦＥ社が誇るいくつかの研究所を紹介する組織図とその簡単な研究内容を示す資料から、第三研究所そのものを消すことはできなかったが、第三研究所の評価を最低のＣランクと記載することにした。これには黒田の了解が必要だった。

福島は、第三研究所で行われている研究が取り立てて独自性の高いものではなく、その成果も思わしくない、という印象を与えるための資料の作成も黒田に用意しておくように依頼した。

福島は、第三研究所でカントの開発に携わっているスタッフにも、このことを徹底するよう自ら説明することにした。彼らは科学的な成果を発表することも口外もできなくなるが、それは特別報奨金と次のキャリアを、責任を持って用意するということで償うつもりだった。科学者にとって、論文一つ書けないというのは何よりもつらいことだった。このことに関して皆に納得してもらう必要があったのだ。

結局、福島は資料を細部まで見直し、少しずつ修正を加えることにした。アダム・ロスタイクにはどんな小さな隙も見せたくなかったし、第三研究所以外の部分を、より魅力的に見せる必要があると考えたからだった。福島は少しの修正でも手を加えた部分については、いちいち担当の研究所の責任者に連絡を取って確認した。

相対的に第三研究所の成果が著しく低く評価された資料が出来上がった。その資料を大島と各研究所所長にメールに添付して送信した頃には、すでに日は傾きかけていた。

福島は第三研究所に向かうと、スタッフを集め、第三研究所の成果の公表に関して福島の強い要望を告げた。特にカントに関しては一切口外しないことを約束させ、福島が考えるその見返りの説明を行った。それ以上を求める者はいなかった。福島は最後にこう述べた。

「皆さんがこの何年間か心血を注いでくれた研究が素晴らしい成果を生んだことを、私も黒田博士ももちろんよく知っています。しかし、その研究成果が世に出ることはありません。皆さんは自分たちがやってきたことは全く無駄だったと考えるかもしれません。この数年を返してほしいと思うかもしれません。しかし、それはそうではありません。カントはやがて人類のために決定的に重要な役割を果たします。その時、皆さんは胸を張って誰に憚ることなくこう言ってください。『カントを生み出したのは我々だ』と」

第三研究所でカントに実際に接していたスタッフはそう多くはない。福島が人数を早い時期から制限していたからだ。その場に集められた総勢一〇名のスタッフは、突然の福島の話を完全に納得したわけではなかった。肝心の、なぜカントに関してこのような措置を取らなければならないのか、詳細な理由を福島が説明しなかったからだ。

しかし福島の真剣な物言いや、提示した補償の常識離れした条件から、背後にはのっぴきならない理由があるのだと皆が理解した。そして最後は皆が福島の言葉に従うことを誓った。福島を心から信頼していたからできることだった。第三研究所は一か月以内に閉鎖されること、それまでに皆の次のキャリアを用意することが併せて同意された。

話し合いは二〇時過ぎにようやく終了した。福島は皆を誘って食堂に向かった。何となくしんみりとした食事会ではあったが、最後にはいつものような賑やかなものになった。福島は皆と別れ、自分のオフィスに戻った。

プライベートルームに戻った福島は、いつものようにコーヒーを淹れ、一口すすった。コーヒーの甘い香りが口から鼻に抜けた。昨晩の照子との別れから、つい先ほどの第三研究所のスタッフとの話し合いまでの出来事が、出鱈目《でたらめ》な順番で繰り返し現れては消えていった。福島には珍しいことだが、頭の中が少し混乱していた。

福島はいつものようにCDをセットしてプレイボタンを押した。スピーカーから流れてきたのは、バッハの『三声のリチェルカーレ』冒頭の謎めいたテーマだった。バッハは第三代プロイセン王であるフリードリヒ二世から与えられたテーマを基に一六の作品を作曲し、それを『音楽の捧げもの』という曲集にまとめた。

その中の一曲が『三声のリチェルカーレ』で、福島は頭が疲れて考えがまとまらないような時に、この曲を聴くことが多かった。

特にフルートで始まるジャン・フランソワ・パイヤール指揮の演奏は、福島にとって何ものにも代え難いものだった。フルートで奏でられる最初のテーマを聴くと、福島はいつも謎の迷宮に誘われ、その前で一人不安を感じている自分を見る思いがするのだった。それは高山の雪渓の真ん中で濃い霧に包まれて進退窮まっている自分であり、巨大な迷路の真ん中で呆然としている自分であった。いずれにせよ大きな謎に直面し、それが解けずに恐怖に近い不安を感じている孤独な自分が見えてくるのだった。

しかし曲が進むと、この不安はやがて解消できるかもしれないという希望に変わって行く。一見複雑で手がつけられないように見える謎は、しかしよく見ると本質は意外と単純であることに気付くからだ。複雑に見えるのは、いくつかの単純な糸が絡み合っているからであり、その絡み合った糸をほぐすことができれば、やがてすべてはきれいに解決するのではないかという希望が湧いてくるのだ。この曲を何度も繰り返し聴いていると、頭の中がすっきりして考えがまとまることが多かった。

しかし、この日はなかなか頭の中の霧は晴れなかった。

――照子はどこに行くのだろう。そして一体何をしてこれからの時を過ごすのだろう。いつかまた照子に会えるだろうか?――

それは福島にはどうしようもない、しかし切実な問いだった。これが福島の頭の中でいつまでも解けない、絡み合った糸として残り続けている。

――しかし、これで照子は安全な場所に避難することができたのだ――。

照子を自分のもとに留めておけなかった不甲斐なさを正当化する理由として、もう何度も心の中で繰り返した言葉を、福島はまた繰り返していた。今はこれで納得するしかなかった。そして福島は照子を信じるしかなかった。

——大丈夫、彼女はきっと何もかも了解し、自分や父親のことを許してくれるに違いない。そうしてまたあの素晴らしく魅力的な笑みを満面に湛えて私の前に現れるだろう。その時こそ私は彼女をもう一度強く抱きしめよう——。

福島は自分の体の中心にぽっと火が点き、その炎が発するわずかな熱が体全体に広がって行くような感覚を覚えた。

——よし、今はアダム・ロスタイクだ。やつに勝つことだけを考えよう。そうでなければ私はすべてを失うことになる。そして世界は希望を失うことになる——。

福島はこの日、一日かけて修正した資料にさらに手を加えることにした。そしてアダム・ロスタイクのような人間が何を欲しがるのかを福島はまず考え始めた。

アダム・ロスタイクは生まれながらの大財閥の後継だ。今さら財産を得ることを自分の人生の目的にするはずはない。父親のようにロスタイク家の安寧を自分の生きる目的にするはずもない。では何を目指して行動しているのだろう?

それは何か分からないが、彼はあの抜群の頭脳を最大限に回転させ、それを成し遂げるために今まさに邁《まい》進《しん》しているのだ。まだ若く、人生に残された時間はたっぷり残っているにもかかわらず、すでに父親に一目置かれる存在になっている。

福島は、重光総理と会談後に連れていかれたどこかのビルで、アダム・ロスタイクと話した時のことを思い出していた。初めて言葉を交わす相手に、あれほど遠慮のない言葉を浴びせたにもかかわらず、アダム・ロスタイクは冷静だった。強い自制心と同時に揺るぎない自信があるのだろう。

マイアー社を導いた実績を観ても、彼は間違いなく天賦の才能の持ち主に違いなかった。そしてアダム・ロスタイクは、貸しを作った人間をどこまでも追い詰め、容赦なくそれを責め立てる冷酷な人間に違いない。手強い相手だと福島は思った。

福島はしばらくあれこれ考え、やがて一つの結論に達した。

――支配だ。世界を支配し、王として君臨することだろう。世界を裏から支配するようなそんなまどろっこしいものではなく、誰の眼からも分かるようなあからさまな支配を望むに違いない。ローマ皇帝やチンギス・ハーンのように。アダム・ロスタイクならそれに挑戦したいと考えるに違いない。それ以外ない。彼の描く理想の世界がどんなものかは分からない。しかし、それに歯向かう者には仮借のない態度で臨み、絶望的な運命を用意するのだろう――。

福島はCDをセットした。スピーカーからショパンの『幻想ポロネーズ』が流れ始めた。ピアノを弾いているのはホロヴィッツ。一九七〇年代のライブ演奏だった。

ショパンは人間が持つことのできる感情のすべてを五線譜に書き込んだ。その中には愛や疑い、憂鬱や緊張、絶望や希望などが必ずしも整理されず、どちらかと言うと気紛れに散りばめられている。ホロヴィッツはそれらを見事に五線譜から叩き起こして、次々と空間に解き放つ。次々に解放されたその大波に感応して、いつも福島の心は激しく揺さぶられ、一種恍惚《こうこつ》とした状態になるのだった。

しかし、この曲と演奏の奇跡的なところは、それでもなお最後には、そこからは極めて指向性に富んだ強い希望や勇気が放射されてくることだった。福島はいつもこの曲と演奏に勇気をもらったし、この時もそうだった。

福島は資料の手直しを始めた。夜中を過ぎてからはストラビンスキーの『兵士の物語』を聴きながら作業をした。

——悪魔と取引してはならない。一番大切なものを悪魔の持ち物と交換してはならない。その他のものはすべて気前良く与えてしまえ——。

福島はぶつぶつ独り言を言いながら作業を続けた。福島はその後も次々とCDを入れ換えた。シベリウスのバイオリン協奏曲、ベートーヴェンのピアノソナタ第二九番『ハンマークラヴィーア』、交響曲第三番『英雄』、第五番『運命』、第七番、そして第九番を聞き終わったところで夜明けを迎えた。

2

翌日、福島は各研究所長とおもだった幹部をオフィスに集め、徹夜でまとめたマイアー社用のプレゼン資料を披露した。

パワーポイント四〇ページにまとめられた英語で書かれた資料を、福島は流暢《りゅうちょう》な英語で四〇分かけて説明した。そこには各研究所の有望な研究成果と、もう少しで具体的な形になりそうな技術、そして実現化には少し時間はかかるが将来性のあるものがピックアップされて示されていた。

今までの資料と異なる点は、その技術が将来どのように応用可能であるのかが、過剰と言えるほど詳細に書かれている点だった。例えばＩＦＥ社が従来型の電池をさらに改良した高性能電池と、やはりＩＦＥ社が開発した軽量で高硬度の素材を組み合わせれば、マリアナ海溝まで潜れる有人の大型研究用潜水艇が建造可能であること。すぐにでも製造可能な低騒音なモーターグライダーは、航続距離は一〇〇〇キロメートルと短いが、ＩＦＥ社が開発した無線送電システムを使えば、事実上無限に飛んでいられる冒険家垂涎《すいぜん》の乗り物であること。特殊な素材をシールドに使えば、宇宙線の影響をほとんど受けずに人工衛星に長時間滞在可能であること。ＩＦＥ社の技術を総動員すれば、月に火星探査のためのベース基地を造ることも可能であり、将来は火星に巨大なコロニーを造ることも夢ではないこと。ＩＦＥ社が開発した新素材は軽量・高硬度・高度電波吸収性・超高温度耐性・宇宙線不透過性・成形容易性・低製造コストなど優れた特性を有するため、アイディア次第でさまざまな用途に応用可能であること。そして世界最高性能の光量子コンピュータが制御するＩｏＴの未来像などが想像力豊かに示された資料になっていた。

「どうだろう、内容もさることながら、私の英語は正確だっただろうか？」

福島は参加者全員を見渡した。

「なるほど、科学技術に疎い人間にも具体的なイメージが浮かぶ資料ですね。私が確認できる範囲ではありますが、英語に間違いはなかったと思います」

研究所長の一人が言った。

「特にこの素材は、アイディア次第でいろいろなものに応用可能だということが分かりますね。わくわくするようなプレゼンになっていると思います。英語は完璧だったと思います」

他の参加者もポジティブな感想を抱いていることを確認して、福島はミーティングを終えた。

「ではこれで行きましょう。発表は私がします。質問はたくさん出るでしょう。私が答えられない時は皆さんが答えてください。そろそろあちらからオファーがあってもいいと思うのですが？」

福島は大島に視線を向けた。

「それがまだなのです。あちらもあちらで作戦を練っていると思いますが、のちほどあちらのカウンターパートに連絡を入れます。できるだけ早い時期に、そう、来週中のＩＦＥ社でのミーティングを提案します」

「結構ですね。よろしくお願いいたします。それから今日は皆さんに残念な報告があります。黒田博士を中心に頑張ってもらってきた第三研究所を閉鎖することにしました」

皆が一斉に黒田に視線を向けた。福島はそれを確認して続けた。

「研究過程でハードに致命的な障害が生じてしまったことが主な理由です。よく分からない理由で今まで蓄積していたデータも含めて、すべて消失してしまいました。これは回避できたオペレーションのミスというよりも、やはりヒト型コンピュータに挑戦することの難しさによるものだと理解しています。第三研究所はとても困難な課題に挑戦してきましたが、もう少し人間の脳そのものの研究を待った方がいいのかもしれません。

第三研究所のおもだったスタッフはＩＦＥ社を離れ、それぞれが望む大学や公的研究所で新たな研究を始めることになります。このような経緯でＩＦＥ社を去らざるを得ない皆さんには、今後ＩＦＥ社で得る予定だった収入の二倍の退職金を支払うことにしたいと考えています。皆さんとよく話し合って、納得していただいたと私は信じています。

黒田博士にはしばらく残ってもらって、この六年間の研究を整理してもらうことになっています。黒田博士の今後の研究人生に参考になるものが得られるまで、博士自身、納得行くまで整理・分析してもらうことになっています。我が社は新たに従来型でありながら画期的・圧倒的な光量子コンピュータの開発を推進することとし、コンピュータ部門の再編を予定しています。以上です」

「とても期待していた面白い研究だと思っていたのに、残念です」

というのが皆の感想だった。同時にこのようなドラスティックなＩＦＥ社の根幹に関わる方針変換が、自分たちの知らない間に、恐らく福島の独断で決まってしまうということに動揺も感じていた。

彼らの表情からそれが見て取れたが、それが当然の反応だろうと福島も理解していた。確かに今回は全く独裁者のように振る舞ったかもしれないと福島は考えていたが、こればかりは即断・断行が必要であった。このことに関して、あからさまな福島に対する非難が発せられなかったのはむしろ意外だった。福島は密かにほっと胸を撫で下ろした。

　皆それぞれ黒田に短く声をかけて自分たちの研究所に戻っていった。その後に黒田と大島が残った。福島は黒田が口を開くのを待った。しかし最初に口を開いたのは大島だった。

「先ほどのプレゼンですが」

「何か気になる点がありましたか？」

「何というか、確かに我が社の素材を含め、数ある最新の技術の具体的な可能性を示したことで、科学の領域以外で生きている人間にも分かりやすい内容になっていたと思うのですが、ある意味、ちょっと具体的すぎではと感じました」

「具体的すぎとは？」

　福島の質問には黒田が答えた。

「つまりそれは、ある種の人間には、我が社の技術を使えば他を圧倒する優れた兵器を造れますと、とられかねないということです」

「アダム・ロスタイクにはそう聞こえるだろうね」

　福島はあっけなくそれを認めた。

「博士は、ＩＦＥ社の技術をそんなものに使うことこそ避けたいと考えていたのではないですか？」

　福島は軽く頷いた。

「ではなぜ？」

　再び大島が尋ねた。福島は黒田の方を向いて言った。

「この際、大島さんにはカントのことを知らせておいた方がいいと思うのだが、どう思う?」

黒田は少し考えてから答えた。

「そうですね。大島さんには話しておいた方がいいと思います」

「よし、それでは、これからカントのところに三人で会いに行こう」

「カント? それは一体誰のことです?」

大島は研究所のメンバーにカントという名の人間がいたかどうか考えてみたが、全く思い当たらなかった。

怪訝な顔をする大島を連れて、三人は第三研究所に向かった。

カントはすでに活動を始めていて、何かの課題に取り組んでいるようだった。三人を確認すると、カントは幾分俯き加減にして瞑っていた目を開き、例の阿修羅の顔を上げて福島に声をかけた。カントの表情からは眉間の皺は消え、その明るい表情のおかげで、普段より一層若々しく見えた。

『博士、おはようございます。今日は大島さんを連れてこられたのですね』

カントはIFE社における大島の役職と役割を、ある程度は把握していた。

「ああ、君がカントか」

大島はホログラムに浮かぶカントの顔を恐る恐る覗き込んだ。それは極めて細部まで精緻に人間の顔が表現されていたから、見ようによってはヒトの生首が宙に浮いているようにも見えたのだ。

大島は、福島が自分にカントを引き合わせた意図を測りかねていた。

「大島さん、彼が我々人類が長い間、待ち望んでいた存在です」

「と、言うと?」

大島は、福島と黒田の顔を腑に落ちない様子で交互に見ながら続けた。

「つまり、第三研究所の研究が上手く行かずに閉鎖するというのは偽りで、実は上手くいっていたと、そういうことですか？　そしてその成果が、まさにこのカントということなんですね？」

福島は頷いた。

「そうです。カントはこの世の中で最も価値の高い存在です。今は未完成な存在ですが、どのような手段を使ってでも守り抜かねばならないものなのです」

黒田が口を開いた。

「そのために、あの資料を作り替えたということですか」

福島は再び無言で頷いた。

すると、大島が怪訝そうに言った。

「しかし、カントがこの世の中で最も価値の高いものであるということはどういうことでしょうか？　私には博士が開発した発電・蓄電システムや、我が社の今まさに応用されようとしている技術や素材の方が、遥かに実際的な価値が高いと思われるのですが」

大島にしてみれば当然の疑問だった。福島は大島に、カントがどのような存在になり得るのか、そしてその価値を理解した時、マイアー社がカントを奪うか破壊するかどちらかに違いなく、それは人類の将来に致命的な打撃を与えるだろうという自分の考えを述べた。そしてそれを阻止するためにはどのような方策があるのか、ここしばらく頭を悩ませていることを説明した。

大島は納得が行かなかった。もしカントを失うようなことになったとしても、福島が世界をコントロールすればいいではないかと大島は思った。時間はもう少しかかるかもしれないが、福島ならそれができるというのが大島の一貫した考えだった。

「カントが博士の言うように本当に人類の未来にとって必要だったとして、そのカントに救われた世界に博士の居場所はきちんとあるのでしょうね？　博士はその世界で何をしているのですか？　このＩＦＥ社はどうなっているのですか？　今、世界を陰で牛耳っている連中はどうですか？　新しい居場所を見つけて、そこに住み続けているのではないですか？」

大島は矢継ぎ早に質問を投げかけた。

「この世界を救えるとしたらカント以外ないのです。そのカントにしか救えない世界がカントによって残るのなら、それでいいではありませんか。私やＩＦＥ社がどうなるか心配することはありません。もちろん、そう簡単に我々の財産を渡すつもりはありません。さんざんあれこれ言いながら時間を稼ぐつもりです。それから私の考えでは、今、世界を陰で牛耳っている連中もそのままでいられるはずがありません。完成したカントの胸先三寸で彼らはどうにでもなるのです」

福島は自信に満ちた表情でそう言った。

「しかし、カントは人間ではない。来るべきその世界は、コンピュータに人間が支配される世界ということですか？　そもそもカントにしか世界が救えないとは一体どういうことですか？　納得できません。あなたはなぜ自分でそれを、その役割を、カントの代わりをしようとしないのですか？　カントを使ってあなたがそれをやればいい、あなたならできるはずです、博士！」

「それは買いかぶりというものです。人間ではこの世界を救うことはできないのです。健全で強固な理性というものを、とうとう人間は手にすることができなかった。もう何千年もかけて人間はそれを繰り返し証明してきたではありませんか。私ももちろん例外ではありません。

人間はこれからも新しい素晴らしい技術を発明し続けるでしょう。しかし最も重要なことは、それらを正しく使うということなのです。それが人間にはできないのです。そのことを人間はいい加減に認めるべきです。完成したカントのみが、我々人間を正しく導くことができるのです。だからカントが完成するまで、何としてもカントを護らなければならないのです」

大島は、福島は気が触れたのではないかと思った。そうでなければ何か悪い宗教にでも染まったのか。大島は助けを求めるように黒田の意見を求めた。

「黒田さん、あなたはどうなんだ？　あなたも博士と同じ考えなのか？」

「私は、ヒト型のコンピュータを開発することに全身全霊を傾けてきました。そしてカントが生まれたのです。それは本当に素晴らしい出来事でした。カントはその辺のＡＩとは全く別物です。世界の中で独立していて、世の中のあらゆるものの意味を理解するのです。

はっきり言って、カントが世界を救うことができるのかどうか、私には分かりません。しかしカントは世界を誰よりも深く公正に理解することができるはずです。私は博士ほどの確信はありませんが、そんなカントが考える解決策は、今まで人が誰も思いつかなかったものである可能性が高いと思います」

「そうか、分かった、結局君も博士と同じ考えということだな。しかし、そのためにＩＦＥ社が保有する圧倒的に先進的な科学技術を、ろくでもないやつらに与えるということが本当に正しいことなのか？　博士、非常に危険ですよ。やつらはその技術を利用して、さらに強大な力を手に入れるに違いないのです。どうにも抵抗のしようのない絶大な力です。なぜあなた自らその技術を駆使し、必要ならばカントの助言を得ながら世界を正そうとしないのです？」

「大島さん、あなたの考えはとてもまともです。でもまともすぎる。それでは悪魔を偽ることはできない。我々が絶対やってはいけないことは、悪魔にバイオリンを渡すことです。カントが完全になるまで、カントを護ることに我々のすべてを懸けなければなりません。そのためには何でもするということです」

福島の覚悟は揺るぎないもののようだった。

大島は福島の言葉に納得できなかったが、反論することなく沈黙した。大島は何年か先に、福島には世界をコントロールする力を得てほしかった。自分はそのためならば何でもすると覚悟を決めていた。大島は大島なりにこの世界を正したいと思っていたし、圧倒的な科学技術力を背景に力を蓄えた福島ならば、それができると信じていた。それを助けることに自分の人生を懸けることができるとしたら、そんな甲斐のある人生が他にあるだろうか。命を懸けても惜しいはずがないと大島は思った。

しかし福島は、将来の自らの力の源泉であるはずの技術力を捨ててでも、言ってみればまだ青二才のカントというコンピュータに世界を託すという。大島には到底理解も容認もできる考えではなかった。

「そこまで言われるのなら、今後もそのお考えが変わることはなさそうですね」

「大島さんにはいろいろ考えてもらっていたのに申し訳ない。しかし、がっかりしてばかりいても面白くない。私は大島さんの頭脳・経験・行動力を、カントを護るために生かしてもらいたいと考えています」

福島は何ら悪びれることもなくそう言った。大島はなるほど、これでこそ福島だと感心せざるを得なかった。大島がどれほど福島のためにあれこれ頭を悩ませてきたかを福島は百も承知のはずだった。目の前で福島はそれを全部一旦捨て去って、新たに別のことを考えろと言っているのだ。

しかし、福島が最も重要と考えることに大島の能力すべてを懸けてくれということは、それだけ福島は大島の力を評価していることを示している。それを大島は理解するに違いなく、大島が小さな意地を曲げられて腹を立てるような人間ではないことも理解しているに違いなかった。そして大島はまさにそのとおりに、自分の感情が納得してしまっていることを認めざるを得なかった。

「カントさえ敵の手に落ちずに生き残れば、我々にもチャンスがあると考えてもいいでしょうか？」

福島は無言で大島を見つめた。

「いや、この質問にはお答えにならなくて結構です。博士、承知いたしました。命に代えてもカントを守り抜く覚悟を決めました」

「ありがとうございます。そう言ってもらえると信じていました」

福島は黒田の方に向き直って言った。

「例の件について、そろそろアイディアを聞かせてくれないか」

黒田は軽く頷いた。黒田はまだ最良の答えを見出しているわけではなかったが、とにかくいくつかの案を福島に聞いてもらうことにした。

「大島さん、私とカントは博士に命じられて、ここ数日、どうやってカントを悪用しようとする者たちの手から護るかを考えてきました。カントは今ある姿がまさに奇跡だと私は思うのですが、博士が求めるレベルは遥かに高いのです。今後も教育を受け、成長を続けなければなりません。

しかしここにこのまま、こうして置いておくわけには行かないのです。カントは開発中の事故で不可逆的な甚大な損傷を受け、今までの成長記録も設計図も失われてしまった、と表向きに発表される予定なのです」

「その瞬間――」

福島が口を挟んだ。

「その瞬間、アダム・ロスタイクの注意をそらす必要がある」

「そのためにあの資料でプレゼンするわけですか」

大島は大きく息を吐いた。そのためだけに、カントから注意をそらすためだけに、あれだけのものをやらにくれてやるのか。さすがに福島は中途半端なことはしないのだなと、大島は驚きを隠せなかった。大島は黒田に視線を移すと、黒田も納得したように頷き、さらに続けた。

「カントは普通のコンピュータとは違って、分解してどこかに運ぶことができないのです。何というか、すべての部分が有機的に連関し合っていて、どの部分も隣の部分と切り離すことができないのです。その連関も刻々と変化していて、掴みどころがないのです。仮に分解できたとしても、それはとてつもなく巨大で、それを一時的にでも保管しておく場はどこにもないのです。カントを分割せずにそのまま移動させることはさらに難しいのです」

黒田はそこで一息ついた。大島が再び反論した。

「いやいや、そもそもどうしてそんなに苦労しなければならないのか、私には理解できない。そんなにカントを移動させることが難しいのなら、そのままここに置いておけばいいではないか。ここは我々の研究所で、カントは我々が開発したものなのだから、誰に気兼ねすることなく、ここにそのまま置いておけばいいではないか。我々はホームグラウンドで堂々とプレイすればいいのだ。もしやつらが研究所に踏み込んできたら、その時は命懸けでカントを護ればいい」

ここにカントをそのまま置いておけば、カントはやつらに奪われるに違いないと、つい今しがた福島が大島に説明したにもかかわらず、大島は納得していなかったのだ。

「まあ、しばらくはそれも可能かもしれませんが、先ほどもお話ししましたが、やつらはそのうちカントの存在を知り、その価値に気付くはずですし、そうなればどのような手段を使ってでもカントを奪いにかかるでしょう。それが不可能ならカントを破壊するはずです。

問題は、我が国の政府が我々を護ってはくれないということです。むしろ、はっきり我々の敵になると考えた方がいいでしょう。あからさまに抗えば、我々は孤立無援になると思います。最終的に向こうから力ずくで来られたら、さすがにお手上げではないですか？　今のままではカントを抱えてどこかに逃げるわけにはいかないのです」

福島は大島にカントが置かれている危うい立場を理解してほしかった。

不服そうな表情の大島を横目に見ながら、黒田が発言した。

「昨日、私は非常に興味深い話を聞きました。それは人間の脳内に蓄積された情報をコンピュータにダウンロードする、というものです」

黒田は研究所のスタッフの一人から、臨終間近のC国の主席の脳に蓄えられた情報の一部が、コンピュータにダウンロードされたという噂があるということを聞かされた。専門家たちの間では早速どのような技術が用いられたのか、活発な議論が交わされているとのことだった。

黒田はその話を聞いて、一年前の二月にロンドンで開催された国際学会で会った、ある人物の顔を思い浮かべた。それはカナダの大学の神経病理学の教授で、背が高く、痩せの禿《は》げで、恐ろしげな外見とは裏腹に気弱な印象を与える目をした、グレゴリー・オニールという男だった。

黒田はその後、オニールが主催する教室のホームページを見て、彼の研究内容を確認した。その構成はごくありふれたもので、研究内容紹介のページでは、学会で発表された研究とその他いくつかの研究が、数多くの図表や高解像度のカラー写真といくつかの動画によって、分かりやすく説明されていた。

黒田は学会発表の後に、ロビーでオニール教授と短い立ち話をした。その時、彼が話した内容を黒田は鮮明に覚えていた。それは人間の記憶をコンピュータにダウンロードすることが可能かどうかというものであり、ホームページには紹介されていない研究だった。

彼はその時、一部であればダウンロードはそんなに難しいことではないかもしれないと言っていたのだ。それだけ言い残すと彼は慌ただしくどこかに行ってしまったので、黒田はそれ以上詳しく話を聞くことはできなかったが、人間の記憶すべてがコンピュータに移植される日も遠くないのだと驚きを感じたものだった。

黒田は次に研究業績のページをチェックした。さすがに『Nature』、『Science』、『Cell』ばかりというわけではなかったが、その分野では一流の雑誌に年二〇報はコンスタントに掲載されていることが分かった。さすがだなと感心した黒田は、しかし最新の論文の掲載年が昨年までであることに気が付いた。念のために昨年掲載された論文すべてを検索し、その投稿日を確認した。その結果、最新の論文の投稿日は昨年の三月であることが分かった。ということはこの一年くらいは、つまりあの学会の直後から論文の投稿がないか、激減したということを意味していた。

黒田は何気なくメンバー紹介のページを確認した。そこにはここ五年間の研究室のメンバーの写真が載せられていた。どの写真にも教授を中心に総勢三〇人ほどの学部学生、大学院生、大学のスタッフなどがにこやかな表情を浮かべて写っていた。オニール教授はかなりの研究スタッフを抱えており、一流雑誌への投稿数の多さと合わせて考えると、それは潤沢な研究資金に恵まれていることを示していた。特徴的なのは、学生の中に占める東洋人の割合が年を追うごとに増えていて、一番最近のものでは八割以上が東洋人に占められていることだった。

黒田は人間の記憶のコンピュータへのダウンロードの可能性を、自信に満ちた様子で語るオニール教授の表情に、それとは裏腹にどこか不安な気持ちが隠れているように感じられたのを思い出していた。そして彼こそ、C国の主席の記憶をコンピュータにダウンロードした張本人だろうと思った。

だとしたら、オニール教授は恐ろしい研究に手を染めたのだ。C国の誰かが彼をスカウトしたに違いないが、それは何年も前から周到に計画されたものだったのだろう。彼らはオニール教授の研究室への資金援助と、優秀だがC国が意のままにできる研究員を人質にして迫ったに違いない。しかしオニールは千載一遇のチャンスと、嬉々《きき》としてその話に飛びついた可能性もある、と黒田は思った。

倫理的に問題があることでも、今まで誰も成し得なかったことを自分なら上手くやれるかもしれないという自負があり、理論的筋道の見当がついていて資金も潤沢にあるとすれば、その誘惑に勝てる科学者はいるだろうか。その研究が画期的で時代の一歩先を行くものであればあるほど、拒絶するのは難しいのではないかと黒田は思うのだった。

自分だって、福島にヒト型コンピュータを創らないかと誘われた時、それを完成した後、そのようなコンピュータは人間との間に何か問題は起こさないだろうかとか、そうさせないためにはどういう属性を与えるべきなのかとか、そんなことまで考えてはいなかった。福島はそれを自分よりも真面目に考えている。だからカントを道徳的な存在にしなければと、これほど真剣に考えているのだ。

黒田は再びオニールのことを考えた。彼は人間の記憶をコンピュータとの間で自由にやりとりできる世界がどのようなものなのか、彼なりに真剣に考えただろうか？　それともそんなことを考えもせず、突っ走ったのだろうか。そうだとしたら、その無責任さを誰かに糾弾された時のために、自分はこんなことはやりたくなかったのに脅迫されて仕方なくやったのだという言い訳くらいは考えているのかもしれなかった。あるいは優れた人間の知識・経験・思考を永遠に保存することが、どうして批判されることなのかと開き直るのだろうか。いずれにしてもオニールがどのようにそれを行ったか、黒田はあらゆる伝手《つて》を使ってその情報を大至急収集するつもりだった。

「人間の脳内の情報を、コンピュータに移植することができるのか？」

福島は驚いたように聞き返した。黒田は長い間考え込んでいたが、福島の質問で我に返った。

「少し前からそのような研究はされていて、ごく一部の記憶が、例えば記憶の中の映像とか、そんなものがダウンロードされたという報告はあります。しかし、あくまでも極めて限られた記憶の断片です。ですが今回、そのようなことが行われたという、かなり確からしい情報があります。現在さらに情報を収集していま す。上手く行けばカントを、カントの頭脳そのものを別のハードに移す有力なヒントが得られるかもしれません。博士の自宅の地下にある岩屋に設置された予備のコンピュータにです」

「しかし、カントの頭脳そのものを移すなんて、そんなことができるのか？　大島さん、黒田博士の情報収集に協力してほしい。時間はあまりないが、彼らの目の前に美味しい餌を派手にばら撒いてやれば、しばらく時間は稼げると思う」

「博士、あのシェルターにはそんなものまであるのですか？　いやはや、いつの間に。しかし確かに移せるものならそこに移すのが一番良さそうですね。とにかく私は黒田博士に全面的に協力いたします。C国には何人か知っている者もいますので、情報を集めてみます。

　ただ、一つ確認させていただきたいのですが、あの岩屋が役に立つことがあると博士は本当にお考えなのでしょうか？　そしてもしそのような事態に至った場合、岩屋に籠る期間は一体どれくらいになるのでしょうか？」

「私はあれが必要になる時が必ず来ると思っている。そうでなければあんなものは造らない。その時、どれくらいあの岩屋に籠らなければならないか、それは分からない。しかしあの岩屋では電力も半永久的に使用可能だし、食料も人の一生分は優に用意できるのです。しかも一五〇人分。だから焦る必要は全くありません。適当な時期を見計らってのんびり地上に出てくればいいのです。それまでの間はカントの教育を、腰を据えてじっくりすればいいのです。それこそが大切なことなのですから」

　この人は本気でこんなことを考えているのだろうな、と大島はやれやれといった表情で福島の話を聞いていた。

「了解しました。しかし私はその岩屋に籠るメンバーのリストからは除外してください。博士が地上に戻られるまで地上で地ならしをしていたいと思います。その時まで外で辛抱強く待っています」

「それは残念です。岩屋はちょっとした集落のようなものなので、大島さんにはセキュリティ全般をお願いしたいのです。その中は外部からの攻撃には絶対安全ですからね。まだ少し時間があるので、最終決定は今のところ保留ということにしておきましょう」

大島はしぶしぶ頷くと、早速黒田と何をすべきか段取りを決め始めた。

この会話の間、カントは無言であった。福島はカントに話しかけた。

「カント、今の話、どう思う?」

『先日、博士と話していたことが現実になっていたとは、驚きました。私のデータの中にそれに関する情報を探してみたのですが、何もありませんでした。ただ、つい今しがたC国の主席が亡くなったことが発表され、即座に序列一〇位の科学技術院のトップの宋克《そうこく》という人物が後釜に座ることになるとの発表がありました。これは最優先事項として私にインプットされた情報です』

「そうか、それはもう決まりだな。移植は上手く行ったのだろうね」

福島は大きく頷くと自分のオフィスに戻っていった。黒田と話をしていた大島も、しばらくしてから研究所を勢いよく飛び出していった。

「私は思い出せる限りの伝手を頼って情報収集をしてみる。カントも何かないか探してみてくれ」

黒田はカナダの教授の名前をその綴《つづ》りとともにカントに告げると、自分のオフィスに戻っていった。

カントは情報収集とともに、自ら脳内情報のダウンロードの方法を考えることにした。カントの頭脳はフルに回転し始めた。

第六章

1

オフィスに戻った福島は、珍しくソニー製の一〇〇インチ8K有機ELテレビのスイッチを入れた。画面にNHKのアナウンサーが緊張した面持ちで臨時ニュースを伝えている様子が映し出された。

福島はテレビを見ることはめったになかったし、見る時は音声をオフにして画面だけつけておくことが多かった。しかしその時のアナウンサーのただならぬ表情に、何事かと音声をオンにした。

アナウンサーは繰り返し、東京、ロンドン、パリ、モスクワ、北京、ニューヨークで今から少し前、ほとんど同時に爆発があったと報じていた。爆発自体は小規模なものであり、怪我人《けがにん》が数人出たものの、死亡者はいない模様とのことだった。

モニターには、六分割された画面にそれぞれの都市の爆発現場の様子が映し出されていた。東京は二一時、ロンドンは一二時、パリは一三時、モスクワは一五時、北京は二〇時、そしてニューヨークは朝の七時を少し過ぎていた。確かに建物が破壊されている様子はなかったが、どの現場でも、鮮やかな赤桃色の煙が一筋、空へ上がっているのが不気味だった。

今のところ犯行声明などは出ていないということだったが、どう考えても世界的な、しかも組織化されたグループが関与したテロにしか思えなかった。

福島は、赤桃色の煙を見ながら嫌な予感に表情を曇らせた。六か所の爆発は極めて小規模であるということと、それぞれ首都が標的になっているとはいえ、爆発したのは都市の中心から数キロメートル離れた場所であることが共通していた。何らかのメッセージを込めた犯行であることは誰の目にも明らかだった。


東京の現場では、爆発の中心から半径一〇〇メートル以内が立ち入り禁止区域と定められ、その周りを警察官や消防隊員が慌ただしく走り回り、爆発物処理班が今まさに到着したところだった。

その時、都が設置した放射能感知用のモニタリングポストの一つが、通常より明らかに高い数値を示した。都の健康安全研究センターの職員、佐々木豊は、即座に予備のモニターに切り替えて数値を確認した。どちらも同じ高い数値を示していた。東京に設置してある他のモニターの値は正常だった。福島第一、第二原発、そして東海第二原発付近のモニターも、いつもと変わらぬ正常値を示していた。

佐々木はインターホンの受話器を取ると、所長の吉田昌に報告した。佐々木の報告したモニタリングポストの設置場所を聞いた吉田の顔が青ざめた。それはまさに目の前のテレビモニターに映し出されている爆発現場のすぐ近くに設置されたものだったのだ。吉田は緊急マニュアルに従って都の夜間防災連絡室に連絡し、佐々木にもマニュアルどおりに対応するよう指示した。

ほっとして視線をテレビに戻した吉田が、椅子から飛び上がって叫んだ。

「あ、ばか、何をしている、それに近づいちゃいかん」

テレビには爆発処理班の二人が規制線のロープをくぐって、盾を前面に押し立てながら、ゆっくりと爆発中心部に向かって歩き出して行く様子が映し出されていた。その赤桃色の煙は蓋が吹き飛んで歩道に転がっている薄手のアタッシュケースから出ているのを、テレビカメラの望遠レンズが捉えていた。そのコンパクトなアタッシュケースが爆弾を収納していたに違いなかった。爆発そのものは大したことはなく、ビルの壁に少しだけ焦げたような跡が残っているだけのように見えた。赤桃色の煙の排出は収まりつつあるようだったし、最初の爆発以後、さらに爆発が続くような気配もなかった。

吉田は先ほど連絡した都の夜間防災連絡室に再度電話をかけた。しかし一〇秒待っても誰も受話器を取る者がなかった。私物の携帯を取り出すと、吉田は都知事に連絡を入れた。知事はすぐに出た。

「知事、健康安全研究センターの吉田です、テレビはご覧になっていますか？　今、爆発物処理班の二人が爆弾に向かっていますが、あれからは放射性物質が拡散している可能性があります。今すぐあの二人に退避するように命令してください」

「えっ、何？　放射性物質？　どうして」

東京都知事、大泉蘭はまだ何も知らされていないようだった。

「知事、まだ連絡が入ってないのですか？　あの爆発が起こったすぐ近くにあるモニタリングポストで高い放射能を感知したのです。あの爆発は放射性物質を拡散させるものかもしれません。まず放射能が感知されるかどうか確認してから適切な処理をするよう指示してください。とにかくあの二人はすぐに止めてください」

「分かったわ」

知事の返事を聞いた吉田は携帯を切った。大泉は取るものもとりあえず都庁に向かうことにした。そして副知事と夜間防災連絡室に連絡を入れた。しかし誰一人とも連絡が取れなかった。それでも知事はあちこちに何度も連絡を入れて、ようや夜間防災連絡室室長に連絡がついた。

「いま、健康安全研究センターの吉田さんから連絡があって、爆弾から放射能が出ている可能性があるということなんだけど、あなたそれ知ってる？　どうなってるの？」

「どうもそのようです。まずは放射能の確認を急いでいるところです」

「私への報告はどうなってるのよ」

知事は語気を荒げた。

「知事には現状を確認してからご報告する予定でした」

「何言ってるの、放射能よ、吉田さんからの報告よ、あの人はセンター長よ、一体誰に何を確認するつもりなのよ。とにかく現場に連絡して、爆発物処理班を止めてちょうだい。それが今の最優先課題よ。止める理由は何でもいいわ。あ、いや、待って。放射能以外の適当な理由を考えてちょうだい。私は今都庁に向かっている車の中だから、あと二〇分くらいで着くわ。もうやっていると思うけど、災害対策本部のメンバー全員を私の名前で緊急招集してください。お願いしますね。それから私より二〇分以上遅れて都庁に到着した人のリストを作ってくださいね。よろしく」

室長は、やれやれといった表情で携帯を切った。

大泉は目を閉じ腕組みした。爆弾？　放射能？　大泉の頭の中で一つの言葉が浮かび上がった。

「ダーティー・ボム（汚い爆弾）、とうとう現実のものになったんだわ。首相にも連絡を入れなくては。それからパリ市長のパスカルにも」

これは明らかに世界同時多発テロだった。大泉は世界が新しい局面に入ったような気がした。

「恐ろしいことが次々と起こるかもしれない。でもここで踏ん張らなければ。まずはここ一時間の勝負ね」

大泉は首相に携帯で連絡を入れた。

「重光首相、都知事の大泉です。すでにご存じとは思いますが、都内で起こった爆発に関して新たな情報があります。爆発現場近くにあるモニタリングポストで高濃度の放射能が感知されました。ただ今再確認中ですが、今回の爆弾はダーティー・ボムの可能性があります。都ではただ今緊急対策本部を設置しているところです。今後は官邸との連絡を密にして対応していきたいと考えています。官邸への連絡は官房長官にすればよろしいでしょうか?」

重光はしばらく言葉が出なかった。

「ダーティー・ボムだと? それは本当か? いま再確認中なんだな。よし分かった、こちらでもすぐに対策本部を立ち上げられるように用意だけはしておく。それから何か私に知らせたいことがあったら、私か官房長官に知らせてくれ。それからダーティー・ボムであることが確認された場合、それは私の方から国民に発表するので、それまではそちらからの発表は控えておいてくれ。大変なことになったな、連絡ありがとう」

大泉は次にパリ市長のパスカル・ルナールに携帯で連絡を入れ、流暢なフランス語で、今回の爆弾はダーティー・ボムの可能性があることを示唆し、適切な対応を取るよう助言した。パリ市長は謝意を述べるとともに、適切な処置を約束した。

知事は秘書に連絡し、今回爆発のあった都市のトップに連絡を取らせた。連絡がついた順に大泉は、今度はやはり流暢な英語で今回の爆弾はダーティー・ボムの可能性があることを知らせて回った。大泉はすべての相手に情報源を明かさないことを念押しして連絡を終えた。仮に日本政府が発表する前に東京以外の都市から今回の爆弾はダーティー・ボムであると発表があったとしても、それは大泉のあずかり知らないことだった。都庁に到着した時には大泉はこれらのことを済ませていた。

センター長の吉田は、最初に異変に気付いた佐々木を捕まえると、小型のガイガーカウンターをそれぞれ二個ずつ持って外に出た。それからタクシーを拾い、爆発現場近くのモニタリングポストに向かった。だが現場付近は交通規制がされており、だいぶ手前で二人はタクシーを降りなければならなかった。二人はモニタリングポストまでの一キロメートルを全速力で走った。

ポストは爆発現場から二〇〇メートルほど南のビルの屋上に設置してあった。ビルの一階までたどり着いた吉田は、佐々木にガイガーカウンターで放射能を確認するように指示した。二人が持つそれぞれのカウンターは正常値を示していた。

「よし、ここはまだ安全なようだ。私は今から屋上に行ってポスト付近で測定する。君は風向きを調べて、このビルから風下の値を何か所か測定してくれ。携帯は持っているな？　あとで連絡する」

佐々木は勢いよくビルの外に出て行った。吉田はエレベーターで最上階まで上がると、さらに階段を上り、屋上に出るドアの前で立ち止まって、再びガイガーカウンターを作動させた。値は毎時〇・五マイクロシーベルトだった。やはり明らかに高い数値であった。

吉田は目の前のドアを開けて屋上に出た。カウンターは毎時一マイクロシーベルトを示した。年間に換算すると九ミリシーベルト弱になる計算だった。確かにこれは通常に比べると高い値だったが、これくらいならダーティー・ボム爆発直後の値としては、さほど深刻なものではないと吉田は胸を撫で下ろした。

国際放射線防護委員会は、年間一ミリシーベルト以下を推奨しているが、これは自然放射線量レベルまでに抑えるべきというだけであって、あまり科学的根拠のない基準だった。年間一〇〇ミリシーベルトでも他のリスクと変わらないと言う学者もいるくらい、放射線の許容量は曖昧なのだ。それに確かに今は毎時一マイクロシーベルトだが、一日もかからずに希釈されて正常値に戻るに違いないと吉田は思った。

低く厚い雲が東京の街の明かりを反射して空を覆っていた。風もなく二月という割には生暖かい空気が辺りを包んでいた。アタッシュケースからまっすぐ立ち昇った赤桃色の煙は、雲にぶつかるとそれ以上昇ることができず、雲の下で鮮やかな色を保ったまま傘のような形に広がっていた。この煙の色を吉田はどこかで見たことがあると思った。

「ああ、そうだ、いつだったかテレビニュースでやっていた、確かジャンボタニシとかいうタニシの卵だ。あの色だ。気持ちの悪い色だ。それにしても、一体誰がこんなことを」

吉田は空を見上げて呟いた。屋内に入ると吉田は知事に再び連絡を入れ、この数値を報告した。大泉は別ルートでも放射能確認のため職員を派遣していたが、吉田からの報告が現場付近からのものとしては最初のものだった。吉田は一階で分かれた佐々木と合流して、地上付近であちこち測定を試みたが、異常と言える高い値を示す場所は見つけられなかった。

やがてサイレンがけたたましく鳴り響き、現場に東京都消防庁ハイパーレスキュー隊が到着した。二人は彼らにあとを任せることにして、職場に戻ることにした。

「やれやれ、これから大変だよ。さほど大きな汚染はなさそうだけど、何しろここは東京だから」

吉田は帰りのタクシーの中で独り言のように呟いた。知事からの情報を受けてから間もなく、重光首相は対策本部を立ち上げ、その後の処置は官邸が一手に引き受けることになった。

　爆発現場付近の放射線量のデータが次々と官邸に届いたが、どれも毎時〇・三マイクロシーベルト以下であった。それから間もなく、今回の爆発ではアタッシュケース内に仕掛けられた爆弾が爆発し、そこから放射性物質セシウム１３７が放出されたことがはっきりした。二二時三〇分、首相は緊急会見を開き、今回の爆発に関する情報を明らかにした。最後に放射性物質の量はさほど多くなく、二日以内に付近の線量も正常値に戻るだろうという見通しと、爆発現場付近の住民は決してパニックにならず、できるだけ不要の外出は避け、室内に留まるようにとの呼びかけがあった。

　しかしその放送を聞いたほとんどの人間には、ダーティー・ボムと核爆弾の区別がつかなかった。彼らの頭の中では首相の言葉は「東京の真ん中で小型の核爆弾が爆発した」というメッセージに速やかに書き換えられ、それは強烈に一人ひとりの脳裏に焼き付けられた。

　爆発地付近の住民はパニックに陥り、とにかくどこか遠くに脱出しなければという老若男女によって、道路は車で埋め尽くされた。この時、日本人の美徳の一つとして賞賛されてきた、いかなる時も日本人はパニックに陥らず、必要とあれば炎天下でも長蛇の列を乱さず辛抱強くあり続けるという神話は崩れた。地下鉄の駅に通じるいくつかの階段は人と怒号に満ち溢れ、やがて人々が重なり合いながら将棋倒しになった。今回の爆発で生じた人的被害の死者一五名、負傷者三〇〇〇人がこれらの階段で生じた。

　東京がこの有様だったから、他の五都市ではすでに首都機能は麻痺《まひ》しかけるほどの混乱に陥っていた。今回幸いにもテロリストに選ばれなかった都市においても、例えばベルリン、マドリッド、ローマ、ワシントンＤＣなどでも、爆発の報告がないにもかかわらず、市当局に空間放射線量を問い合わせる電話が殺到し、行政の機能が一部麻痺する事態に陥った。

しかし、これらのダーティー・ボムは爆発力も放射性物質の量も極めて小規模であり、爆発後二日で六都市の空間放射線量は正常値に戻った。爆発物は証拠物件として厳重に保管され、爆発によって小規模に破壊されたビルの壁や道路の穴は慎重に削り取られ、やはり厳重に保管された。その後、ひび割れや穴ぼこはきれいに修復され、外形的には元どおりになった。

放っておけばよいものを、誰が何の目的で設置したか分からないが、ダーティー・ボムが爆発した歩道上に金属製のプレートが埋め込まれた。そこには日付しか記されていなかったが、大抵の人には一目であの爆発事件が起きた日付と分かるものだった。もちろん放射能は完全に正常値となっていたが、そのプレートに気付いた誰もが慌ててその場から飛ぶように立ち去るのだった。

小豆大の不純物だらけの六個のセシウム１３７のかけらが世界を震撼《しんかん》させた。爆発装置そのものは、高校生であれば二、三か月のアルバイト代で材料調達費は賄えただろうし、ちょっとネット検索して勉強すれば、大して苦労もせずに作れるような、費用対効果抜群の代物だった。

その後何日経っても、どこからも今回のテロに関する声明は発表されなかった。各都市に設置された数多くの監視カメラの録画映像が詳細に解析されたが、結局犯人に結び付く情報は得られなかった。

セシウムそのものの由来を調べるための分析も行われたが、いくつかの可能性が示されただけで、決定的な証拠は得られなかった。

世界中には行方不明の本物の核爆弾がいくつもある。中にはそれこそアタッシュケース型のものや、リュックサックに入れて歩き回れるほどの小型のものも含まれている。病院や工場で利用されるセシウム１

37の管理は、国によってはかなり杜撰《ずさん》らしい。つまりやる気さえあれば誰にでも割と簡単に、小規模な核テロを実行することができるということだった。

そして今回のテロは誰が何のために行ったかという肝心の点に関して、全く不明のままに終わった。すでに何年も前からこのようなテロが起こるだろうと予想されていたが、実際起こってみると皆慌てふためき、世界の底にまた一つ大きな穴が開いたような不安を誰もが感じたのだった。


福島はしばらくテレビ映像にくぎづけになっていたが、やがて音声だけを消してCDをセットした。曲はグスタフ・マーラーの第三番の交響曲。マーラーという一九世紀末から二〇世紀初頭に活躍したユダヤ人作曲家は、彼の生涯を懸けてロマン派音楽のための壮大な葬送曲を作り続けた。古典派、ロマン派の天才たちが作り上げた膨大な音楽を真正面に受け止め、そのマグマの流れのような熱いエネルギーを鎮め埋葬するために、マーラーの音楽は必然的に巨大化した。

その中でも特にこの第三番交響曲は、福島には、古き良き時代を懐かしむような惜別の音楽として聴こえるのだった。それは同時に、やがて今までとは根本的に異なる時代が始まるのだということを暗示しているように思えた。

翌日、福島は大島から連絡を受けた。マイアー社とのミーティングは翌週の三月四日に決定した。

第七章

1

その翌々日、福島はアイゼンとピッケルを持って樽前山に向かった。

樽前山は、世界でも有数の透明度を誇る支笏湖の南に、悠々とその裾野を広げて横たわる標高一〇〇〇メートルほどの山だ。低山ながら森林限界が低く、長い裾野につけられた夏山登山道には日陰になるような木は生えていないので、直射日光のきつい暑い夏の日には大汗をかくことになる。ただし水分さえしっかり用意しておけば、夏や秋の登頂は容易な山だ。

しかし冬と春は一変して厳しい山になる。その長い裾野が全面凍結し、一度足を滑らすと木がないゆえに留まることを知らずに、何百メートルも滑り落ちるしかない恐怖の滑り台になるからだ。

実は福島にはそこを滑り落ちた経験があった。ＩＦＥ社を立ち上げて間もなくの頃、福島は低山だからとスノーシューを履いて春先の樽前山に登った。手にはピッケルではなくストックを持っていた。登るにつれ雪面は氷面に変わって行き、斜面角度も高くなっていた。それにもかかわらずその時福島は、スノーシューのクランポンで充分だろうと高をくくっていたのだ。もしもの時のために一二本爪のアイゼンはリュックに忍ばせてはいたが、それに履き替えることもしなかった。

しかし、もう少しで夏山登山道と合流するという地点で福島はバランスを崩し、頭から斜面下に向けて飛び込むように倒れてしまった。うつ伏せに滑りながらストックを氷面に突き立てたが何の役にも立たず、かえって体が仰向けになって滑落スピードは増してしまった。その日はよく晴れていた。真っ青な空だけが記憶に残った。ああ、これはもう駄目かもしれないと思った時、たまたま斜面に雪がたまっているくぼみがあり、そこに雪煙を上げながら突っ込んで体が止まった。

九死に一生を得るということはこのことだと福島はその時思った。何メートル滑落したのかよく分からなかったが、福島にはずいぶん長い間滑っていたような気がした。幸い体のどこにも痛むところはなかった。福島はゆっくり体を起こし、リュックからアイゼンを取り出すとスノーシューと履き替えた。夏山登山道に合流するのが一番安全そうだったが、それには太陽の光を反射してギラギラ光る氷の斜面を二〇〇メートルほどトラバースするしかなかった。

福島は少し震えながら斜面の下の方を覗いた。今まで何ともなかった斜面が途端に恐ろしいものに映った。これをもう一回滑ったら今度こそ終わりだな、福島はそう思った。斜面は途中までは見渡せていたが、何百メートルか下った先は斜度がさらに大きくなっているために見えなくなっていて、その先には遥か下の森が見えていた。

トラバースするための第一歩を踏み出すのにかなり時間を要したものの、勇気を振り絞って進んだ。アイゼンは見事に氷面を噛んでくれた。夏山登山道に合流してようやく福島は助かったと思った。夏山登山道は北東に面していて斜度も穏やかで、雪が厚く載っていたのでもう滑落する心配はなかった。

福島はその後、時間を作ってはあちこちの日本の山を歩き回った。どの山も鮮明に記憶に残っているが、特に印象に残っているのは、天狗平《てんぐだいら》まで登って突然現れるニペソツ山《やま》の姿、夜中から夜明けまでを過ごし羊蹄山《ようていざん》を眺め続けたニセコアンヌプリ、太郎平から黒部五郎岳へ向かう途中に眺めた御嶽《おんたけ》─乗鞍岳《のりくらだけ》─笠ケ岳《かさがたけ》─黒部五郎岳─三俣蓮華岳《みつまたれんげだけ》─槍ケ岳《やりがたけ》の隊列、加賀白山《はくさん》から遠望した長大な北アルプスの向こう側から登る朝日、伯耆大山《ほうきだいせん》避難小屋前から夜通し眺めた星空と漁火《いさりび》などだ。

これらの視覚的記憶と共に強く心に残った記憶は、自分は何ものかに生かされている、という感覚だった。この感覚は多くの登山者がたびたび感じるものだ。

山に登る前、下界では人間は普通、社会の中で何らかの役割を演じている。しかし一歩登山口を通過すると、人間は下界でのすべての役割を脱ぎ棄てて、自分の体力と気力の限界近くで誰にも頼らずに自然に立ち向かわなければならない。苦しくなるといろいろ言い訳を考えて、登るのはもうやめようかなどと考え始める。それでも、いやいやもう少しだけ頑張ってみようと思い直して足を進める。そうやってずっと頭の中で何ものかと対話し続けながら、ようやく目的地に立った時、人は達成感と同時に、何かに助けられてここまで登ることができたという確かな感覚を持つのだ。

そして登山者は、自分一人ではどうにもならないことがある、ということを思い知らされる。それが人間を謙虚にし、下界でいつの間にか体の中に溜まってしまった粗熱《あらねつ》を冷ますことになる。それによってその人本来の姿が取り戻されるのだ。

それが、人が山に登る理由だと福島は思っていた。この時、福島は自分の考えにどこか間違ったところがないか確かめたかったのだ。

その時の福島の山行は素晴らしいものだった。快晴で微風、よく冷え込んではいたが、その分、アイゼンは確実に氷面を捉えてくれた。その日、福島は山の東から取りつき、夏山登山道に合流してから慎重に外輪まで登って方向転換し、それからは溶岩ドームを左に見ながら樽前山東山山頂に立った。

フードを脱ぎ、ハイドレーション・ボトルからスポーツドリンクを補給して一息ついた。山頂からは北に裾野を共有するように立つ風不死岳《ふっぷしだけ》に邪魔されて、支笏湖と恵庭岳《えにわだけ》はあまりよくは見えなかったが、西に羊蹄山、東に夕張岳、南西遥か内浦湾の彼方《かなた》に駒ヶ岳、そして南には苫小牧の市街と青い凪《なぎ》の太平洋を手に取るように望むことができた。

周りは無人で、福島は一人頂上にいた。この時、世界は福島がこれまで経験してきた世界と同様に美しく輝いていた。

「世界は美しい。その一つ一つ、それから生まれるものすべてが美しく調和している。なぜ人間だけがそうではないのだ。どこで何を間違えた」

福島は噛み締めるように呟いた。それは福島がこれまで何度も何度も自問してきたことだった。しかし福島は、それに対する答えはないのではないかと思うようになっていた。だからこそそのカントなのだ。

福島は脈絡もなく、松井秀喜がここからフルスイングしたらどれだけ遠くまでボールを飛ばすことができるだろうかと思った。福島の頭に浮かんだのは二〇〇九年一一月四日、ヤンキースタジアム、あの夢のような試合だった。松井に全力で挑んだマルティネスのすべての投球一つ一つを思い出しながら、福島は下山した。

三月四日、アダム・ロスタイクはマイアー社、ロスタイク社、そしてＤＡＲＰＡからの総勢二〇人を引き連れて午前九時にＩＦＥ社を訪れた。福島のプレゼンの前にダーティー・ボムの話題でしばらくざわついたが、もちろん誰にも確たる情報はなかった。

一〇分遅れで始まった福島のプレゼンは一分置きに質問と確認に中断されたが、それらはすべて福島の想定内のものだった。福島はユーモアを交えて余裕でプレゼンを続けた。プレゼン資料はあらかじめ渡さない旨、双方で確認してあったので、相手側の参加者はメモを取るのに必死だった。

「他に質問はありませんか？」

プレゼンが始まってから二時間後、福島は参加者をゆっくり見回した。アダム・ロスタイクは会議室の後ろの席に座って終始無言を貫いた。

「では、ランチにしましょう。食堂へご案内します」

事務方が参加者を食堂に導いた。アダム・ロスタイクは最後まで残り、福島を待った。

「素晴らしいプレゼンだった。発電システム、電池、電気送電システム以外に、これほど興味深いものがあるとは全く驚きだよ。これから一緒にいろいろやって行けば世界は面白くなるぞ」

アダム・ロスタイクは、少し興奮しながら早口でそう言った。

昼食は通常の研究所の食事だったが、皆満足したようだった。午後からは各研究所の所長がそれぞれの研究所に四、五人を引き連れて、見学と意見交換を行うことになっていた。

その間、アダム・ロスタイクは、

「どこかで旨いコーヒーでも飲みながら話をしないか」

と持ちかけてきた。

「では、私のオフィスに行きましょう。この棟の五階です。美味しいコーヒーを淹れますよ」

部屋に入るとアダム・ロスタイクは、ゆっくりと福島の部屋を見回した。

「日本人は紙の本やCDをいまだに愛するという話は本当なんだな」

アダム・ロスタイクは、福島の部屋の壁の床から天井までに設《しつら》えられた棚に並ぶ、古今東西さまざまな分野の原書の数々とCDを見回して唸った。彼は近くの棚から数冊本を手に取ってパラパラとページを捲ってみた。どの本にも赤線や付箋が付いていた。そこから少し質問でも出してやろうかと思ったが、福島がすべてを覚えていて長々と講釈を聞かされても面白くないと思ってやめた。

「どこかのばかが、とうとうダーティー・ボムを街中で爆発させやがった。これから世界はもっと悪くなるぞ。それなのにどうにかしようと考えているやつが一人もいない。博士、ここは腹を割って話し合おうじゃないか」

アダム・ロスタイクは、福島の視線の真ん中に自分を置くように体を移動させて続けた。

「今回はダーティー・ボムで済んだが、次は何が来るか分かったもんじゃない。いよいよ世界は破滅へ向かって一方通行の坂道を下り始めた。それを阻止することができる人間がいるとしたら、今こそ堂々とそれを実行すべきだ。もうそれを躊躇う時期ではない。躊躇うことはむしろ罪だ。そうだろう?」

アダム・ロスタイクは福島が同意するのを確認したかったが、福島の表情に変化はなかった。

彼はさらに続けた。

「そうなんだよ。それが分からない君ではないだろう。私は今朝のプレゼンが君の意思表示だと思っている。君はＩＦＥ社の技術がどのように応用されるか明瞭に分かっているのだろ?　ＩＦＥ社の技術は我々が最大限に生かす。そして一〇年以内に圧倒的な力を得て最後の行動に出るつもりだ。

今回は発電システムで我々とＩＦＥ社は協力するが、今後はＩＦＥ社が持っているすべての技術を、我々がその圧倒的な力を得るために基幹技術として利用させてもらう。一緒に世界を叩き直そう。

私は世界中を回ってあまたの政治家や科学者を見てきたが、それを可能にするのは私と君の組み合わせしかない。もちろん君が我々を受け入れてくれたらの話だが、今日のプレゼンを聞いて私は、我々は上手くやって行けると確信したよ。全く素晴らしいプレゼンだった。

今、各研究所ではより専門的な議論が交わされている。それを持ち帰って検討して、なるべく早くにいくつかの新規プロジェクトを提案したいと思う。今日は何より君の意思を確認させてもらったことが良かった。

それにしても博士は大したものだ。わずか一〇年ちょっとでこんなに会社を大きくしたんだから。信じられんよ。研究所にはノーベル賞候補が君も含めて何人もいるそうじゃないか。会社もしばらくは安泰だろうし、ここからさらにすごい技術や理論が生まれるに違いない」

上機嫌にそう言ったアダム・ロスタイクは、冷蔵庫の中や棚のアルコールを物色し始めた。

「おお、竹鶴の、しかも二五年ものじゃないか。どうだ、これで乾杯しないか？」

それはあちこちに手をまわして手に入れた竹鶴二五年もの三本のうちの一本だった。

――まあいいか、ある意味今日は記念すべき日だからな――。

「結構ですよ。ロックでやりましょう」

そう言って福島はグラスと透き通った氷を用意した。

二人は乾杯をして、二〇ミリリットルの琥珀色《こはくいろ》の液体を喉に勢いよく流し込んだ。

「美味い」

アダム・ロスタイクは、グラスの底に残ったウイスキーを窓の光に透かして眺めると、密度の高い琥珀色の液体の中を、氷から溶け落ちた冷たい重い水が揺らめきながら通り過ぎる様子をしばらく眺めていた。それから二杯目をグラスに注ぐと、アダム・ロスタイクは今度は舐《な》めるように竹鶴を楽しんだ。

「そういえば確かＩＦＥ社では、コンピュータ関係で研究所が二つあったはずだよな。今日のプレゼンではほとんど言及されていなかったが、研究が上手く行かずに研究所の一つが閉鎖されるんだって？　どんな研究をしていたんだ？　確か黒田というのがその研究所の所長だったよな？」

　この質問も想定内だった。福島は表情一つ変えず答えた。

「ＩＦＥ社にはコンピュータ関係の研究所が二つあったのです。一つはプレゼンでも紹介した光量子コンピュータの研究所で、ここでは世界最高の性能を有する異なる構造のコンピュータを二台完成させました。その性能は他のどのものと比べても圧倒的に優勢で、今はコンピュータ同士が日々各々をチェックし合いバージョンアップしているところです。永遠にどこの施設もこれには追い付けないと我々は考えています。もう一つの研究所では、ヒトの脳に似せたコンピュータの研究を行っていたのです。しかしこれは上手く行かなかった。六年以上研究してもこれといった成果がなかったことと、まだ原因がはっきりしない不具合によって、コンピュータのハードはもとより研究データもすべて失ってしまったのです。

　これでは研究を続行するわけには行かない。泣く泣く研究所を閉鎖して、今後は光量子コンピュータの性能アップと、その能力の活用の研究に集中することにしたのです。まあ、最先端の研究だから、こんなこともあるのです」

アダム・ロスタイクは、竹鶴をちびりちびりと舐めながら福島の話を聞いていた。

「データもすべて吹っ飛んだってわけか？」

「惜しいことをしました。さて、ミーティングが終了したら、皆さんここに集合してもらって、全員で竹鶴を味わいませんか。皆さん夕方帰国すると聞いていますが、その前に一杯やりましょう」

アダム・ロスタイクは湿った視線を福島に送り続けたが、福島は気にせず、ミーティングが行われている研究所のいくつかの部署に連絡を入れるのに忙しいふりをしてやり過ごした。

「今後は我々とＩＦＥ社は運命共同体として一致団結してやって行こう」

これが竹鶴を飲みながら、皆の前でアダム・ロスタイクが発した言葉だった。

「運命共同体になるつもりはありません。あくまで是々非々で進めて行きます」

そしてこれが、それを受けて福島が発した言葉だった。それを聞いていたアダム・ロスタイクはそれまでは興奮気味に振る舞っていたのに、一挙に白けた表情になってしまった。

しかしさすがに別れ際には皆、にこやかに握手をして帰りの車に乗り込んだ。

それを見送りながら「やれやれ」と福島は安堵の息をつき、一方で「搾り取るだけ搾り取ってやる」と、アダム・ロスタイクは唇を噛み締めたのだった。

2

次の日、C国主席の記憶のダウンロードに関して大島から報告があった。福島は黒田と二人でそれを聞いた。大島の配下が、まさに主席のダウンロード実験に居合わせた技術者から、その様子を聞いたという人間に接触することに成功したということだった。間接的な話ではあるが、大島の感触ではかなり信頼のおける内容ということだった。

それによると、その実験を主導したのは黒田の予想どおり、カナダの大学の神経病理学のグレゴリー・オニール教授だった。そしてそれを許したのは、今回主席の後釜に座った当時序列一〇位の科学技術院のトップ、宋克だった。

オニール教授は超高感度の蛍光物質をセンサーとして使い、イメージングで神経活動を検出するという既存の方法に、いくつか独自の改良を加えて実験を行った。その時、主席はまだ意識があったので、一〇〇〇人の政治家と一〇〇件の事件とイベントを、音声として次から次へと耳からインプットされ、それに対する反応を確認されることになったらしい。

例えばある政治家の名前を言うとある部位が強く反応し、そこから派生的に別の部位に反応が誘導される。そのイメージングのデータをAIが分析することで、政治家同士、特定の政治家と事件やイベント、破廉恥なスキャンダルとなりそうな人間との関係性があぶり出されるというものだった。

もちろん、これで人間の記憶がダウンロードされるということにはならない。それにはさらに新しい技術革新が必要なことは明らかだった。しかし、政治家同士や政治家と内外の財界人などとの相関図のようなものを描くことができるとしたら、その情報はそれなりに有益なものではあった。

「しかし」

と大島は続けた。やがて主席の意識がなくなり、音声でのインプットができなくなった。脳に負担をかけたことにより主席の生命が危うくなっていたのだ。時間がなかった。オニール教授はそこで、より強力な手法を試すことにした。大島は数秒唇をかすかに震わせながら沈黙し、続けた。

「教授がやったことは、主席の頭蓋骨上部を取り外し、太さ〇・一ミリメートルの長さがまちまちの針が二〇〇〇本配置され、露出した脳領域を隙間なく覆うように設計されたカバーをかぶせ、その針から極めて微弱な電気信号を出力・入力するというものだったそうです」

「脳に被せて直接やったのか。狂ったとしか思えんな」

福島が独り言のように呟いた。

「そうです、脳を露出させ直接針を刺したのです。まだ生きている主席にです。これは主席の脳に合わせたオーダーメイドのものだそうです。その結果、いくつか興味深いデータが得られたそうですが、じきに主席の状態が悪くなり、シグナルも微弱になってデータが取れなくなったそうです。宋克はそれでもデータの取得を教授に強要し、教授は危険と知りながら、電圧を上げたのです」

「そんなことして大丈夫なのか」

「全く常軌を逸しています。電圧を上げたおかげで元主席の脳みそからはたんぱく質が焦げる臭いとパチパチという音と煙が立ち上り、シグナルも途絶えてしまったそうです。人類の恥と言われたC国の中枢の主席は、そうやって命を落としたのです。これが私が得た情報です。オニール教授は現在厳重な監視の下に置かれていて、つまり監禁状態でC国のどこかに留め置かれているそうです。もうこの世にはいないかもしれません」

「その煙の臭いがしてきそうな気がするよ。中学の時の実験で髪の毛を燃やして、これがたんぱく質が燃える臭いだと教えられたことがある。あんな臭いに違いない。それにしても欲に駆られ、恐怖に追い詰められた人間のすることは本当に醜いな。しかし、それでは宋克は大した情報は得られなかったということになるね。どうやってトップになれたのだろう?」

「わずかに得られた情報をちらつかせながら、あちこちで一世一代のはったりをかましたのでしょうね。まあ、もともといくつか有力な人脈を持っていたようですし。とにかく人間の脳みそが焼ける臭いを間近で嗅いだやつには、もう怖いものは何もないのではないですか」

「そうですか、実験は上手く行かなかったのですか」

それまで黙って聞いていた黒田は落胆の色を隠さなかった。

「そうだな、参考になりそうな新しい手法は何もなかったのだね。カントの件はまた振り出しに戻ったということだ」

そう言った福島の表情も冴《さ》えなかった。カントをどうするかという問題に関しては依然、良い案は浮かばなかった。その後も有効な手立てを見出せないまま月日は過ぎていった。

その間、アダム・ロスタイクは世界中からこれはといった技術をかき集め、兵器開発に応用するための基礎的な研究を、自らがCEOを務めるマイアー社において黙々と進めさせていた。もちろんその中にはIF

E社の技術も含まれていた。

アダム・ロスタイクは、あくまで遠い将来に備えるための基礎的な研究をするためと言い繕って、なかなか首を縦に振らない福島から少しずつ革新的な技術を引き出していた。福島はアダム・ロスタイクの言うことなど、はなから信じていなかったが、カントのこともあり、彼をじらしながらも小出しに技術移転を許可していた。

アダム・ロスタイクは福島のそのやり方に全く不満だった。彼には福島が思いの外、吝嗇《けち》でつまらない人間であると感じられるようになっていた。やがてアダム・ロスタイクは福島を嫌悪と、そして憎しみの対象と捉えるようになっていった。

この時、アダム・ロスタイクは同時に五〇〇人が三〇年間、自給自足しながら居住可能な地下核シェルターを秘密裏に米国各地に造り始めた。その時に備えて可能な限り数多く造るつもりだったが、目標を一応四〇から五〇と定めた。

「まあ、二万人くらい、まともに生き残ればいいだろう。そこからまた人類はスタートすればいい」

それがその時アダム・ロスタイクが呟いた言葉だった。


あのダーティー・ボム騒ぎから三年が経ち、二〇三四年になった。つまり福島がアダム・ロスタイクに対してプレゼンを行ってから三年が経った。

ますます複雑化するカントをどうするかという問題は、依然として解決されないままでいた。福島も黒田もさすがに焦る想いを隠せなくなってきた。特に黒田の憔悴ははた目からも明らかで、福島はそんな黒田に強くアイディアを出せとは言いにくい状況ではあった。しかし福島はカントはまだ完成していないと感じていた。だからもう少し時間をかけて教育する必要があると考えていたのだ。

そうは言っても福島は、毎日時間を割いてはカントと会話するのを楽しみにしていた。カントへの情報のアップデートは引き続き行われていたので、最新の時事や科学全般に関して議論することもあったし、その内容は古今東西の政治、経済、芸術、哲学、演芸などあらゆる分野に及んだ。

普通の基準であれば、カントはすでに人間、それも誰よりも広く深い教養を持った優れた人間と評価して良かったかもしれない。しかし福島は満足しなかった。福島にはカントはまだ極めて優秀な評論家、あるいは学者として映っていたのだ。

評論家や学者など必要なかった。カントは強い道徳感を持ち、それに基づいて主体的に自分独自の考えを主張し、未来を語る存在でなければならない。そのようなものにしか世界を託すことはできない。福島の想いは揺るぎないものだった。

一方、アダム・ロスタイクは既存の軍産複合体を少しずつ切り崩し、一部は取り込みながら米国の三軍に対するマイアー社の依存度を高めることに躍起になっていた。そして兵器開発は基礎的研究の段階から次の段階に進み、新しい技術を大胆に取り入れた、これまでにない超高性能の兵器が生まれつつあった。

カタログデータ的にはさほど大きな違いとは思われなかったが、よく訓練された兵士が操作すれば、これらの兵器は既存の兵器を陳腐化してしまうくらいの圧倒的な優位性を誇ることになるはずだった。

また、米国宇宙軍には衛星攻撃衛星の充実を米国大統領にしつこく進言し、予算確保にあちこち根回しするのに余念がなかった。衛星攻撃衛星には他に類を見ない強力なレーザー砲や電磁パルス砲などが搭載されることになっていた。それらのエネルギー源である膨大な電力は、ＩＦＥ社の技術なしでは供給できないものだった。

アダム・ロスタイクの最大の懸念は、米国大統領がなかなか自分の思いどおりにならないということだった。それは当然と言えば当然だったが、彼は大いに不満を感じていた。それでも今までは大統領をだましだましながら協力させてここまでやってきた。アダム・ロスタイクとその父親アルフレド・ロスタイク、そしてその背後にあるロスタイク家が持つあらゆるコネクションを使って、大統領に揺さぶりをかけてきたのだ。

しかし新兵器完成の目途が立ったのを機会に、そろそろ決断を迫らなければと考え始めていた。それと並行してアダム・ロスタイクはホワイトハウスやペンタゴンの主要人物に触手を伸ばし、彼らと抜き差しならない関係を築くのにも精を出していた。

それからしばらくして、マスコミには大々的に取り上げられなかったので、世間一般にはあまり知られなかった感染症が発生した。

第八章

1

CDC（アメリカ疾病予防管理センター）の主任研究員キム・ブラウンは、この三か月あまり所長直々《じきじき》に命じられ、ある感染症の原因を探っていた。

最初にその感染症の報告があったのは今から三か月半前、ローマの市民病院の小児科病棟の医師からだった。母親に連れられて来院した三歳の男児は、下痢と微熱を訴え、当初はロタウイルスの感染が疑われた。しかしこの幼児はロタウイルスのワクチンを接種しており、腹部に小さいながら明瞭な赤班を認めたので、念のため下痢検体が検査に回され、幼児はそのまま小児病棟の個室に入院となった。

幼児には水分補給のために点滴が行われていたが、翌日母親と朝食を摂った後、容体が急変し、四〇℃以上の発熱の後に死亡した。あっという間の出来事だった。

検査結果が担当の医師に届いたのは、幼児死亡の二時間後だった。その検査の結果は意外なものだった。ロタウイルスなら共通に持つ、あるたんぱく質に対する抗体を使った検査と、ウイルス遺伝子の存在を確認するための何セットかのPCR（Polymerase Chain Reaction）解析の結果が、すべて陰性だったのだ。

やがて小児病棟のあちこちから、むずかる幼児たちの泣き声が一斉に湧き上がった。全員微熱を発し、腹部には赤班が認められた。担当医は自分の周りでまさに今、自分が経験したことのない感染症が発生しているのだと気が付いた。

担当医は病院長に連絡し、防疫体制の指示を仰いだ。一時間後には小児病棟は隔離病棟に変えられ、幼児の自宅周辺の聞き取りと消毒が徹底的に実施された。発熱のある幼児にはとりあえず点滴をするしかなかったが、幸いなことに死亡に至る幼児は最初の男児以外はなかった。

感染した男児と濃厚接触した病院関係者にも微熱と咳《せき》の症状が出たが、いずれも軽く、その日のうちに治まるようなものだった。男児宅周辺からも数名の同様の感染患者が出たが、いずれも症状は軽度で推移し、二、三日後には正常に回復した。

死亡した幼児は解剖された。主要臓器すべてから若干の出血が認められたが、特に肺、腎臓、肝臓からの出血が顕著な所見だった。各臓器から検体が採取され、イタリアの感染症管理センターへ送られた。その一部が米国のＣＤＣに送られたのだった。

これと似た症状を呈する感染症はローマにだけ起こったわけではなかったが、死亡例はローマの男児一人で、その他はすべて軽症であった。いずれも咳が少し出るくらいだったが、念のために採取された痰《たん》からは、のちにウイルスが検出された。咳が出てから二、三日で症状はなくなり、さらに一週間隔離された後、皆解放された。

発症した幼児の便・血液検体が欧州の三都市からＣＤＣに送られてきていた。キムのチームはその中に潜んでいる感染源を特定し、生物学的性状を解析するためにこの三か月余りを費やし、その結果を所長に報告するための資料を今、作成し終えたところだった。

解析結果は明瞭で自分でも満足の行くものだったが、彼女はその報告書をどのように締めくくろうか悩んでいた。その時、部屋のドアが勢いよく開き、所長のロバート・キャピキアンが入ってきた。

「キム、どうだい、感染源は分かったかね？」

キャピキアンはいつものように人の好《よ》さそうな笑みを浮かべながら、実験室兼報告作成室になっている広い部屋の隅に置かれたキムのデスクの前の椅子に腰を下ろした。

「今、報告に伺おうとしていました」

キムは今回の感染源同定に協力してくれたスタッフ五人に、椅子を持って来るように声をかけた。全員が彼女のデスクの前に集まるのを待って、キムはパワーポイントで作成した資料の一ページ目を二〇インチモニターに映し出して説明し始めた。そこには今回の感染源を示す、極めて簡潔で密度の高い情報がまとめられていた。

「今回の一連の病気は、ある病原体により引き起こされた感染症であることが分かりました。そしてその本体はウイルスと考えられます。この図に示したように、今まで見たことのない直径四〇ナノメートルほどの小型のウイルスです。

外見上の特徴としては宿主細胞の細胞膜由来の膜、つまりウイルスエンベロープを持つということと、その表面にウイルス由来たんぱく質によって構成されるスパイク状の構造が見出せないという点です。三〇種類の培養細胞を用いて感染実験を行った結果、ヒトを含む類人猿の細胞に感受性があることが分かりました。また、一部の鳥類の細胞にも感染することが確認されました。

培養細胞感染実験では、九センチメートルシャーレの九割を覆うまでに増やした細胞に対して、一万分の一量のウイルスを感染させたのですが、二四時間で全細胞に感染し、細胞を死滅・溶解させることが分かりました。ウイルスの感染・増殖は非常に速やかです。また、調べた限り、昆虫・魚類・類人猿以外の霊長類を含む哺乳類由来の培養細胞には感染しないようです。

実験動物による感染実験では、一頭だけの試験でしたが、テナガザルに人間と同様の、つまり発熱・下痢などを引き起こしましたが、症状は軽度で二、三日で回復しました。その後一週間でウイルスは不検出となりました。感染は経鼻で実施しています。小児病棟での感染拡大を考えると、空気感染と考えるのが妥当だと思われるからです。

ウズラを用いても感染実験が可能です。あくまで今回のウズラを用いた感染実験の条件においてですが、ウイルスが検出できるのは最初は肺で、その後種々の組織でウイルスが検出されるようになります。やはり症状は軽く、二、三日で回復しました」

「その場合のウイルス検出はどのように？」

キャピキアンが質問した。

「それは、このウイルス特異的なプライマーを用いたＰＣＲを行いました」

「なるほど」

「それから宿主細胞表面への吸着と、その後のウイルスの細胞内侵入過程については、今後解明すべき大きな課題と考えています。しかし、培養細胞を用いた感染実験でも動物個体を使った感染実験でも、分離直後のウイルスによって効率良く感染が成立するので、高い感染効率を付与する何か特別なメカニズムがあると考えられます」

ウイルス粒子や、ウイルス感染によってボロボロになった培養細胞の写真が何ページかにわたって示された。キャピキアンが口をはさんだ。

「エンベロープの表面にウイルス由来のたんぱく質が、明瞭な構造物として観察されないというのは、ちょっと珍しいね、キム。もっと詳細に解析すれば何か見つかるのだろうか。感染実験が容易に実施可能であった点は、ローマの小児科病棟での感染の広がり方がとても速かったということと一致していると思う」

「インフルエンザウイルスでもHIVでも、ウイルスは宿主細胞に効率良く吸着するためのスパイク状たんぱく質を持っているのが普通ですから、このウイルスもきっと時間をかけて探せば何か見つかるかもしれません。

では先に進みます。エンベロープの内部には、正二〇面体のウイルス粒子が観察されました。そしてさらにその内部には、〇・一八キロベースから三・二キロベースペアの長さの九本の二重鎖RNA分子が遺伝子として見出されました。九本すべての全遺伝子配列決定とその分析を、つい先ほど終了しました」

キムは遺伝子RNAの長さ順にそれぞれ一～九と番号を振り、それぞれの塩基配列とそれから予想されるアミノ酸配列を記載するページを用意していたが、彼女はそれらを早送りし、遺伝子のまとめのページに移った。キャピキアンのような大所高所から巨大な研究所を統括しなければならない年配の人間にとって、数千にも及ぶA、G、C、T（U）のアルファベットの並びを見せられることがいかに苦痛かということを、キムはよく理解していたのだ。

資料は遺伝子九本を直線で示し、それを長さ順に並べ、それぞれその下に例えば塩基数：三二〇〇ベースペア、それから作られると推定されるたんぱく質の分子量：一〇〇キロダルトンなどと書かれたページに移った。それは九本の遺伝子の長さと、それから作られると予想されるたんぱく質の分子量が一目で分かるものだった。

「九本のうち八本の遺伝子は、他のウイルス遺伝子とのホモロジー解析からその機能を推測することができました。今のところあくまで推測の域は出ませんが、ウイルス粒子を構成すると思われるたんぱく質をコードするものは、中くらいの大きさの三本の遺伝子、遺伝子複製に関わる酵素をコードしていると思われるものが、大きい二本の遺伝子、そして恐らく小さい三本の遺伝子が、ウイルスの粒子形成に関わるたんぱく質をコードしているものと考えられます」

「なるほど。で、その一番小さな〇・一八キロベースペアの遺伝子は何をしているのだろう？」

「分かりません。どのデータベースにもホモロジーのある遺伝子はありませんでした。奇妙なことにこのRNAは、四つのアミノ酸を一三回繰り返す配列を持っていました。アミノ酸配列はここに示してあるように、ヒスチジン－グルタミン酸－ロイシン－ロイシンです」

「それは奇妙な配列だね。部分的にでも、何かの活性と関係ありそうなモチーフにもなっていないのだね？」

「そうです、全く意味不明の配列です。もう一つ特徴的なことは、ここに示してあるように九本の遺伝子RNA分子はすべて、アミノ酸への翻訳を終了させることを指示する三つの塩基配列、つまり終止コドンを三回繰り返した後に、さらにアミノ酸一つをコードする三つの塩基を持っているという点です。ちなみにこのたった一つのアミノ酸をコードするコドンのその次のコドンは、終止コドンになっています。すべて同じアミノ酸をコードしているわけではありませんが、ひょっとしたら宿主細胞内でウイルス粒子が組み立てられる際の目印になるようなものなのかもしれません」

「何だかわざわざとってつけたような構造になっているということだね」

キャピキアンが怪訝そうに呟いた。

「全くそのとおりです。不思議な構造です。この辺はリバースジェネティクスができるようになればはっきりすると思います。ちなみにそのアミノ酸は、ウイルス粒子を構成する三つの遺伝子ではそれぞれリジン、グルタミン酸、メチオニンで、遺伝子複製に関わる二つの遺伝子ではメチオニンとアラニンとなっています。残りは遺伝子の大きさ順にチロシン、アスパラギン酸、アラニン、チロシンとなっています」

キムはカーソルを動かし、それぞれアミノ酸を示した。

「なるほど、興味深いウイルスだね。レオウイルスの仲間のようにも見えるが、エンベロープがあるから、ちょっと違うようだし、まあ、分類は学会に任せよう。で、このウイルスの感染を防御する方法として何が効果的だろう？　ワクチンは有効だと思うかね？」

キャピキアンは、最も重要な疑問を投げかけた。

「培養細胞を使った感染細胞を電子顕微鏡で観察した結果分かったことですが、このウイルスは最初の感染は通常どおり細胞表面への吸着、ウイルスエンベロープの細胞膜への融合から始まります。しかし細胞内で増殖したウイルスは、すべてではありませんが、その大部分が細胞内小器官である小胞体付近で組み立てられ、そのまま、つまりエンベロープに包まれないまま、隣の細胞に感染するらしいということが分かりました。最初の感染も予想に反して高効率ですが、隣の細胞に感染する効率はさらにそれを上回ると考えられます。少量のウイルスでも二四時間あればシャーレの細胞すべてが感染してしまう理由の一つは、その特異な感染様式にあると考えられます」

「二四時間でシャーレ中の全細胞が感染してしまうことはそれでよく分かった。しかし、同じように感染が容易に成立する動物ではなぜ、そんなに簡単に感染が終息するのだろう？」

「今のところ断定はできませんが、恐らく動物の体内では自然免疫が働いてウイルスの増殖が抑えられると考えられます。培養細胞でもI型のインターフェロンを極めて低濃度であらかじめ作用させておくと、このウイルスの感染は完全に抑えられることが確認されました。つまりこのウイルスは、インターフェロン高感受性ということになります。

所長にお願いして取り寄せた、ローマで亡くなった幼児のゲノムDNA解析を行ったところ、インターフェロンが作用する際に必要な細胞膜上のレセプター遺伝子に、いくつかの変異のあることが分かりました。詳細は今後の解析待ちですが、この子のインターフェロンレセプターは、通常よりもインターフェロンに対する親和性が低いのだと想像しています」

「なるほど、自然免疫系に変異があって、ウイルス増殖を抑えきれなかったということだね。あの子はたまたま運が悪かったということか。それでワクチンや抗体医薬は有効だと思うかね？」

「実は、精製ウイルス粒子を免疫原としてマウスの腹腔内に注射し、感染を阻止する中和抗体を得ようとしたのですが、得られませんでした。恐らく抗原となり得るウイルスのたんぱく質が、エンベロープ上で巧妙に隠されているのだと思います。

先ほども述べましたが、構造的にもエンベロープ上には、ウイルスたんぱく質によるスパイクのような明らかな構造物は確認できなかったのです。それに加え、一度細胞に入り込んで増殖すると、次は隣に接する細胞に直接感染するので、抗体がアクセスできない感染が起こるものと考えられます。ですから抗体の中和活性を利用してこのウイルスの感染を阻止しようとするアプローチは、難しいかもしれません」

「そうか、それはちょっと厄介だね。まあ、しかし、インターフェロンに高い感受性を持っているということは朗報だよ。こんなに簡単に感染するウイルスの増殖に歯止めをかけるものがなければ、それは恐ろしいことだろうからね。それにしてもこのウイルスは少し変わっているね。一体どこから湧いて出てきたのだろう？」

「それは私が今一番気になっているところです。一見すると、どこにでもあるようなありふれたウイルスのように見えますが、よく見てみると、感染様式や遺伝子構造に他のウイルスとは異なる点も見られるのです。今回、遺伝子の塩基配列が分かったので、このウイルス特異的なＰＣＲ用のプライマー設計が可能になりました。世界中の医療機関にこの情報を通知すれば、さまざまな機関でＰＣＲ検査が可能になります。そうすれば不顕性感染を含む感染の実態や、近縁ウイルスも見つかってくると思います」

「つまり疫学的調査が必要だってことだね。よく分かったよ、キム。それは私の仕事だ。それにしてもこんな短期間でよく調べてくれた。ありがとう。資料のコピーを私に送ってくれるとありがたい」

キャピキアンがそう言って席を立とうとした時、集まった五人のスタッフの中の一人が、

「あっ」

と大きな声を出した。

「なに？　ナオミ」

キムが東洋系アメリカ人の若い女性研究員、ナオミの方に視線を向けた。

「いいえ、あまり重要ではないかもしれませんが、その一番小さな九番目の遺伝子の中の繰り返す四つのアミ

ノ酸配列を一文字表記にすると、まあ、偶然でしょうが、ある言葉になっていることに気付いたものですから」

たんぱく質を構成するアミノ酸を表記する場合、例えばアラニンならば三文字でＡｌａと表記する。これは一文字でＡとも表記できる。たんぱく質に利用されるアミノ酸のうち、遺伝子に暗号化されているものは二〇種類あるから、二七文字あるアルファベットで別々に表記することが可能なのだ。

キムが作成した資料では、アミノ酸がすべて三文字表記になっていた。これはその日、資料を見せる相手がキャピキアンだったから、キムがわざわざそうしたのだった。キャピキアンには四つのアミノ酸、つまりアスパラギン、アスパラギン酸、グルタミン、グルタミン酸がそれぞれＮ、Ｄ、Ｑ、Ｅで表されるということを覚えるのが難しかったのだ。これらは三文字で表すとＡｓｎ、Ａｓｐ、Ｇｌｎ、Ｇｌｕであり、確かにこちらの方が覚えやすかった。

「繰り返し配列はヒスチジン－グルタミン酸－ロイシン－ロイシンだから、これは〝ＨＥＬＬ〟ってことね」

そう言ってからキムは一瞬ぼんやりＰＣのモニターを見つめて、はっとしたように続けた。

「あら、嫌だわ、ＨＥＬＬだなんて。地獄・地獄・地獄……それが一三回」

キャピキアンの頭の中でも、ようやくＨＥＬＬの単語が焦点を結んだ。

「なんて不吉な配列なんだ。まあ、しかし、偶然だろう。今後はこの配列を文字どおりＨＥＬＬ配列と呼ぶことにしようか？　この繰り返し配列にどんな意味があるのか分からないが、なかなかパンチの効いた名前じゃないか。それにこのウイルスに感染したって、死人が生き返ってゾンビになるわけでもないだろう」

キャピキアンに余裕があったのはこの時までだった。キムは何気なくキャピキアンが「とってつけたような」と表現した、九本の遺伝子RNA分子の最後にそれぞれ一文字ずつコードされたアミノ酸を一文字表記にして、それを持つ遺伝子の大きさの順に並べてみようと思った。キムは皆の前でそれを紙に大きく書いた。

「ええっと、これを順番に並べると、メチオニン‐アラニン‐リジン‐グルタミン酸‐メチオニン‐チロシン‐アスパラギン酸‐アラニン‐チロシンね。これを一文字にすると……」

九文字を書き終えたキムは、それを凝視したままゆっくり唾をのみ込んだ。その九文字を見てキャピキアンが顔を真っ赤にして叫んだ。

「くそ、ふざけやがって！」

そこにいた全員が我が耳を疑った。キャピキアンがこんな下品な言葉遣いをするのを聞いたことがなかったからだ。しかしそれも無理はなかった。そこには「ＭＡＫＥＭＹＤＡＹ」と書かれていたのだ。それはどう考えたって「make my day（私を楽しませてくれ）」としか読めなかった。

このウイルスがどこかの頭のおかしい研究者によって創られたことは明白だった。そしてその研究者は遺伝子工学の優れた技術を有するとても頭の良い、そして悪意に満ちたウイルス研究者であることも明白だった。

自分のオフィスに飛ぶように戻ったキャピキアンは、秘書に以下のことを指示した。今日これからワシントンＤＣに飛ぶこと、明日一番に会えるようＤＨＨＳ（保健福祉省公衆衛生局）の長官にアポイントを取ること、ベセスダのＮＩＨ（国立衛生研究所）所長にも連絡し、ワシントンＤＣの会議に同席するよう伝えてもらうことである。さらにワシントンＤＣに核ミサイルが迫っているのでなければ、この会議を最優先事項として取り扱ってもらいたいと伝えるよう指示した。

キャピキアンは再びキムのラボに戻り、彼女に今日の資料を持ってこれから一緒にワシントンDCに飛ぶよう命じた。飛行機の中でキャピキアンは、頭の中でこのウイルスの能力について思いをめぐらした。

――九番目の遺伝子のHELL配列を、インターフェロン抵抗性遺伝子配列に置き換えられたら、どれほど恐ろしいウイルスになるだろう。このウイルスを創った科学者ならそんなこと簡単なことだ。いや、ひょっとしたらすでにそれを創っているに違いない。

人間の細胞の中で素早く自己複製するこのウイルスの最大の特徴は、人間が病原体との長い闘いの末に進化させてきた免疫という監視システムの網の目を潜り抜けることだ。つまりこのウイルスを体から排除する方法として、免疫系に期待することは無理なのだ。

そうなるとワクチンも望み薄だな。感染するとじきに体のあらゆる細胞が溶かされ始める。高線量の放射線を浴びたのと同じ状態だ。もしそんなウイルスが世の中に蔓延したら、要するに手のつけようがないということだ。とにかく是が非でもこれを作った大バカ者を探し出さねばならん。自己防衛のために有効な防衛手段を持っているかもしれないからな――。

キャピキアンは、一五年前に流行《はや》った〝武漢ウイルス〟を思い出していた。

――あの程度のウイルスで、あの時は世界中がパニックになった。経済も大打撃を受け、それが回復するまで数年かかった。武漢ウイルスの被害をあれほど大きくしたのは何だったろうか――。

テレビでは、パニックになるなと言いながら引きつった表情のアンカーが毎日視聴者の不安を煽っていた。本日は感染者が何人、死亡者が何人と毎日聞かされるナイーブな視聴者は次第に洗脳されていった。『このウイルスはとてつもなく危険なウイルスであり、だから全国民がPCR検査をして感染しているかどうかを確認しなければならない。そしてもし陽性だったらすぐに入院させ隔離しなければならない』と。

その一方で、当局の外出自粛要請にもかかわらず、外に出て遊び惚《ほう》ける無責任な人間も多数いたし、規制に反対したストライキや暴動までも起こった。マスクを強制するのは自由の精神に反するという本当に愚かなことを言う者まで現れる始末だった。こんな時くらい皆と歩調を合わせることができないのかと、憤りを覚えたことを、キャピキアンは思い出していた。

感染拡大の防止に関して国家間の連携を強力に牽引しなければならなかったＷＨＯは、どうしたことか当初全く頼りにならなかった。もちろんあの時は薬もワクチンもなかったのだから、じっと我慢してやり過ごすしかなかったと言えばそれまでなのだが、それにしても武漢ウイルスに対して世界はあまりにも脆弱だった。

武漢ウイルスは、確かに新しい危険なウイルスだった。それは情報伝達の過程で身の丈以上に肥大化され、それが素早く、そして毎日繰り返されて報道され、そのせいで人々が必要以上にそれを恐れるようになり、その圧力により適切な医療を施すことができなくなった結果、多くの人間が死なざるを得なかった、という意味においてだ。

――今後、病原体は本来それが持つ生理学的属性の他に、人間によって新たに偽りの属性を与えられて拡がることになるだろう。もし今回見つかったウイルスが、製作者が考える最終型が野に放たれた場合どうなるだろう。その被害はあの時とは比較にならない規模になるに違いない。実際にこれは恐ろしいウイルスなのだからだ。

あの時、人間は何か学んだだろうか。大して進歩していないのではないか。しかし今回ばかりは呑気に構えてはいられない――。

　ワシントンＤＣの会議は大荒れに荒れたが、このウイルスが何者かによって作製された人工的なものであることで意見の一致をみた。ＣＤＣ、ＤＨＨＳ、そしてＮＩＨのトップはホワイトハウスに緊急の連絡を入れ、幸運にもスケジュールの空いていた大統領に会うため急いで車に乗り込んだ。

　大統領は顔を真っ赤にしてその報告を聞いたあと、そこにいた皆の顔を睨みながら、

「それを創ったのは、よもや我が国の研究者ではあるまいな！」

と怒鳴った。もちろん答えは誰も持ち合わせていなかった。

「我が国の捜査機関を動員して、必ずそのばか者を捕まえてやる」

と息巻いた後、大統領はまずＦＢＩとＣＩＡの長官に連絡し、研究機関のトップたちとすぐにミーティングを持ち、情報の共有化を図るとともに各国の捜査機関とも協力するように指示した。次にＷＨＯに連絡し、世界各国の政府を介して保健機関のデータを共有できるように指示した。

　ウイルスの遺伝子配列情報を基に、ＰＣＲ検査でこのウイルスが現在どこでどれくらい広がっているのかを確認することが喫緊の課題であった。キャピキアンは暗澹《あんたん》たる表情で大統領執務室を後にした。

　ウイルスのリバースジェネティクスは、今やさほど難しい技術ではなくなった。つまり世界中の、それもかなりの数の大学や製薬会社の研究所が調査対象であり、犯人探しは簡単とは思われなかった。

　そしてそれはそのとおりになった。各国の専門機関は懸命に捜査したが、とうとう犯人は分からずじまいだった。ウイルスそのものは三か月ほどで大した広がりも見せずに姿を消してしまっていたし、それは人間が本来持つ免疫機能によって自然に排除されたと考えられた。そしてそのことが人々の記憶から、早々にこ

のウイルスのことを忘れ去らせてしまった。

放っておいても治る感染症に、科学界や世間が興味を持ち続けることは難しかった。膨大な資金を必要とする割には実入りの少ないワクチンや、高い値をつけられそうもない感染症の薬剤開発を真面目に検討する企業も機関もほとんどなかった。遺伝子工学やリバースジェネティクスを、より厳密に規制する動きも少なくとも表立ってはなかった。

仮に何らかの規制が科学者の間で合意されたとしても、企業や国家は競争相手に出し抜かれるのではないかという恐怖に取り憑かれていたから、正直にその規制が遵守される可能性も低かったろう。生物兵器はいくつかの国では今も生産・維持され続けているのだ。

一九四〇年代に米国のロスアラモスで同じような議論がなされたが、原爆開発は止められなかった。それから九〇年経っても人間は何も変わっていなかった。つまり人間は、この感染症騒動からも何一つ学ぶことはなかったのだ。人間は再び賢くなる機会を逃した。こんなことはもう何回目だろうか。

この感染症はマスコミがあまり大きく取り上げなかったので、その詳細を知るものは、ごく限られた研究者や医療関係者に限定されていた。しかし福島にはキャピキアンがあの時発したあまり上品でない言葉まで報告が上がっていた。そしてもちろん「MAKE　MY　DAY」もだ。

「カント、また誰かがおかしなことを企んでいるようだ」

福島は北広島産のベーコンを頬張りながら、カントといつもの会話を始めた。

「昔誰かが、学問と技術は健全な理性と信仰が舵《かじ》を取るから道を外れることはない、と言っていたね。人間は長い間、その健全な理性と信仰とやらを待ち望んでいるのだけれど、なかなかそんなものは現れない。恐らく人間にはそういうものは永遠に訪れないのではないかと私は思う。もう聞き飽きたかもしれないけれど、だから君が必要なんだよ。分かるね。今にこのウイルスを創った者やダーティー・ボムを造った者とか、地球上は不届き者だらけになってしまうだろう。今のうちにどうにかしなければね」

しかしカントは無言だった。他の話題に関しては饒舌なカントだったが、福島が本当に意見を聞きたいことに関して、カントは一貫して無言を押し通した。

この無言に関して福島は寛容だった。意見を聞きたいと無理強いをするようなことは決してなかった。

——要するにカントにもまだ答えが出せずにいるのだ。やはりあと一歩、何かが必要なのだ——。

そう福島は自分に言い聞かせて辛抱するしかなかった。本来ならばさまざまな種類の知の巨人たちと存分に議論を戦わせ、思考を磨いてほしかったのだが、今は目立たないようにおとなしくしていなければならなかった。せいぜい自己学習を誰にも知られぬように何度も繰り返すしかなかった。

岩屋にカントを移すことができれば、あそこでなら隠れて知の巨人たちと議論させることも可能かもしれなかったが、それもできずにいた。どうすればいいのか福島も黒田もお手上げ状態だった。時間だけが虚しく過ぎて行った。

カントはしかし人類と地球の詳細な歴史を繰り返し分析し、そこから抽出された数えきれないほどのファクターを、独自に考え出した新しい計算式に挿入することで、人類に至る生物の進化と人間の歴史をシミュレートするという壮大な企てに夢中になっていた。それは宇宙の歴史に比べれば四分の一ほどの長さしかない期間の出来事であるにもかかわらず、ビッグバンから現在までの宇宙の空間と物質と星々の誕生や消滅をシミュレートするのと同じくらい難しい作業だった。

まだ現実を反映するようなシミュレーションからは程遠い段階だったが、試行を繰り返すたびに精度は上がっていった。ちょっと前にようやく宇宙の誕生から星の生成、そしていくつかの原子が生成され、それが組み合わさって簡単な分子が生成し、それらが地球に降り注ぐ過程を理解することができるようになった。

そしてつい最近、その有機物からたんぱく質の材料となるアミノ酸が、そして核酸の材料となる糖・塩基・リン酸分子が生成されるまでの過程を再現性良くたどることができるようになった。しかしそれらはあくまで単純な化学反応であり、地球上の生物が有するたんぱく質では、なぜ立体異性体のD体ではなくL体のアミノ酸のみが利用されているのか、核酸のDNAとRNAの構成成分である糖は、なぜD体しか利用されていないのか、そもそもそれらの分子がなぜわざわざ複製しなければならなかったのかなど、分からないことだらけだった。

しかもその複製は特定のイオンや分子を出し入れすることのできるポンプ付きの脂質二重層の膜に包まれた、つまり外界から都合よく保護された、そして複製反応に必要ないくつものたんぱく質や核酸と精密なたんぱく質で出来た足場を備えた環境で行われる。それにはもちろんエネルギーを作り出さなければならず、さらに自分と全く同じものを作って二つに分裂するのだ。

人間ならば、不完全で稚拙なシステムだったら、時間をかければ自然と生まれる可能性もあったに違いないと、自分を何とか納得させることもできただろう。しかし、それはカントにはできない相談だった。それはカントにとっては思考の放棄でしかなかったからだ。

一部の生物学者は何事も時間が解決すると思い込んでいるふしがある。例えばすべての原子を集めて箱に詰め、それをひたすら揺すり続けると、箱と外界との間に単純な低分子の出入りやエネルギーのやりとりが可能だったとしても、二〇億年後には表面に毛の生えた球形の、自己複製する細胞が出来上がっているとでも言うのだろうか?

なぜ、単純なものが高度に組織化され秩序立った、とてつもなく複雑なシステムへ向かったのか、時間がそれを説明するのだろうか? それは一言で言えば生命誕生と進化の必然性への問いかけに違いなかった。

もちろんカントはまともな人間たちと同様、そこに何らかの意思の力を想定するつもりは毛頭なかった。要するに我々は知らないことが多すぎるのだ。

第九章

1

悪いことは続けて起こった。

バスのレベル4の走行が、一部の一般主要道路と高速道路で承認されたのは、二〇三〇年を過ぎてからだった。

自動運転車は、二〇二〇年代中頃に実用化されると考えられていたが、試験走行中の事故が相次ぎ、信頼性に対する大きな懸念が出てきたため、実践投入が大幅に遅れた。しかしそれもようやく二〇三〇年の春に、まず新たに指定された全国五〇か所の観光地領域内のバス専用道路と高速道路において、レベル4のバスの走行が許可された。

このバスには緊急時対策用に乗員が一人配置され、ハンドル、アクセル、ブレーキを備えた仕様になっていた。一年間の試験運行にパスしたこの自動運転バスは、さらに一年間、前年認められた道路に加えて、首都東京と全国二〇の政令指定都市内の一般主要道路に設けられたバス専用レーンを走行することが認められた。

最初の半年間は重大事故こそなかったが、一般車との間で接触事故が多発した。ドライブレコーダーの解析によれば、これは主に一般車の無理な割り込みに原因があった。一般ドライバーの多くは走行中に自動運転車を見かけると、その邪魔にならないように運転するのが普通だった。しかし中にはことさら幅寄せや直前のブレーキ操作など煽り運転をする者もいたのだ。接触事故を起こすのは、主にこのタイプのドライバーだった。

そこで官民挙げての一般車ドライバー向けの啓蒙《けいもう》ビデオが連日のように流され、同時に煽り運転を挑む者に対しての罰則が強化された。また自動運転プログラムにも若干の修正が加えられたことで後半の半年間、接触事故は激減し、わずか五件に収まった。

この結果を踏まえ、長距離運送トラック、長距離バス、路線バス、そして乗員一〇人以下のスマホ配車の乗り合いタクシーの、高速道路および全国の一般道路での走行が始まった。

長距離運転では補助人員が一人配置されたが、半年も経たないうちに無人になった。分かっていたことだが、この補助員には何もすることがなかったし、一〇時間を超えることもある長距離運転の間、何もせずに過ごすことに対するきまりの悪さは、やがて自責の念に変わり、多くの者が精神に変調をきたすことが分かったからだった。

乗り合いタクシーの登録一番乗りは、大方の予想どおり「ジョニー・キャブ・タクシー」という妙な名称の会社だった。乗客の話し相手にとわざわざ配備されたＡＩロボットは大方好評だったが、何ら落ち度もないのにロボットを車に固定してある根元から力まかせに引き抜くという狼藉《ろうぜき》が数件あったことから、人に似せたロボットも取り外された。乗客はメーターも何もないダッシュボードに向かって、これからの天気や昨晩のプロ野球の結果を尋ねることになった。

このような若干の変更点はあったものの、この三年間、自動運転車は重大な事故も起こさず無難に走り切った。この結果、トラック運転手八〇万人、タクシー運転手四〇万人、そしてバス運転手一〇万人、合計一三〇万人のうち、その九〇パーセントのドライバーが近い将来、失職することが確定した。

これについては政府も織り込み済みで、九〇パーセントのうちの五〇パーセントの人々は、日本の食料自給率をカロリーベースで八〇パーセントにまで高めるために、集約化・自動化を高度に進めた新しい農畜関連産業の従事者となることが決まっていた。残りの五〇パーセントの人々は、政府が斡旋《あっせん》したさまざまな他業種へ転職するか引退することになった。

そして満を持してレベル4の自家用自動運転車の走行が、一般道路と高速道路で許可されたのだ。

しかし、あれだけ大騒ぎしていたにもかかわらず、その普及は当初緩慢であった。理由はいくつかあるが、その車体が割高であることと、そもそも何のために自家用車を自動運転にしなければならないのかという、今さらながらの疑問を抱くユーザーが予想以上に多かったためである。

そんなに車を運転するのが嫌なら、バスかタクシーか電車か何か他の移動手段で出歩けばいいのにとか、そもそも車の運転に集中する時間は気分転換にとても良い時間であるのだとか、この期に及んでさまざまな否定的意見を言う人たちが多かったのだ。

日本でも、産業用と商業用の自動運転車については他国と同様に、その普及率は一年間で五〇パーセントに達した。しかし自家用自動運転車については、占有率が一〇パーセントに到達してから普及率がぴたりと止まったのだ。

これでは自動運転という先進技術の恩恵を社会が享受することは難しかった。例えば最初の一年間の交通事故の発生件数と死者数は、日本においてはそれぞれ約一〇万件と約五〇〇人であり、それは期待よりも遥かに悪いものだった。自家用自動運転車の占有率がなかなか上がらないという現象はほとんど日本特有の現象で、欧米では同じ時期に、あっという間に六〇パーセントに達した。そして交通事故やそれによる死亡も激減したのだった。

欧米からは、「日本はまだあのような原始的な車社会から抜け出すことができないのか」と揶揄《やゆ》されることしきりだった。また、この日本特有の現象を説明するために、社会心理学者や文化人類学者などの間でさまざまな議論が交わされもした。しかし自分で車を運転するという抗し難い誘惑に負けた人々が、欧米からツアーを組んで日本を訪れるという珍現象もまた起きたのである。

しかしそれも一年を過ぎたあたりまでの話で、それ以降、販売台数は徐々に伸び始めた。ニンテンドーやソニーが自動運転の間の手持無沙汰を解消する、数々の魅力的なゲームソフトを開発したことも一役買った。もちろん、ミラーボールをぶら下げてカラオケで歌い続ける者も多数出現した。

日本全国のあらゆる道路上の状況、つまり人の流れ、自動車の走行状況、混み具合、事故・工事情報、自動車の位置情報、天気の情報などなどあらゆる情報が、厳重に管理された世界最大級の量子コンピュータに集積され、そのデータを基に最も合理的なすべての自動運転車の走行手順が刻々と計算され、即座に端末のコンピュータ、つまり自動運転車に送られ続けた。このシステムは管轄省庁である国土交通省の下に一元管理され、担当者は胸を張ってこう言ったものだった。

「この素晴らしい管理システムによって、我が国から交通事故と交通渋滞はじきに過去のものになることは明らかです。一八年後の新成人は、かつて自動車運転により年間四〇万件の事故と三〇〇〇人の死者が発生していたということを、驚きをもって歴史上の出来事として学ぶでしょう」

しかし国交省の官僚が誇るほどには、このシステムは日本独自のものではなかった。このシステムについては世界標準の覇権を狙って、各国激しい競争がこの数年間繰り広げられてきた。今のところ勝敗はついていなかったが、世界はどのシステムを採用するかで三分された。一つ目はヨーロッパ・北アフリカ・旧東欧圏の一部、二つ目は南北アメリカ・オーストラリア・日本・東南アジアを含む環太平洋圏とインド洋圏・残りのアフリカ諸国、そして三つ目は朝鮮半島・中国・ロシア・旧東欧圏の一部だった。

これらには専用のアプリケーションをインストールすることで、一部の機能は使えないものの、かなりの部分互換性が生ずるようになっていたので、今後の実績次第で統一されるものになると期待されていた。ただし、誰もそれぞれの良いところを集めた素晴らしいアプリケーションができるなどとは思っていなかった。間違いなく政治的な駆け引きの産物、つまりちぐはぐで使い勝手の悪いものが出来るだろうと予想する者が大半だった。

この自動運転システムは、自動車社会を活性化しただろうか？　意外にもそうではなかった。車の保有台数は増えなかったのだ。むしろはっきりと世界の車の保有台数は、この時期を境に減り始めた。自動運転車というものが安全で快適で、これ以上ない利便性を持っていることに異論を唱える者は誰一人いなかった。しかし、しばらくするとゲームにもカラオケにも飽きてしまって、そうなると多くの元ドライバーたちは贅沢にも、自動運転車に乗るのはとてもつまらないと、あらためて感じるようになっていったのだ。

——やっぱり、これだったらバスかタクシーの方がいいね、何しろ退屈だよ——というわけだ。長い目で見るとメーカーが苦労した割には、それは自家用車文化のさらなる発展を促すことはなく、むしろ衰退の引き金になるものだった。

それは自家用自動運転車が承認されてから一年経った二〇三四年の五月に起こった。

大阪在住の山田信之は、一年前に長年勤めた会社を六〇歳で早期退職し、その時ちょうど自家用自動運転車の一般道路での走行が全面的に承認されたこともあり、退職金を一部使って自家用自動運転車を購入した。

その後、半年間の走行は満足の行くものだったが、やはり皆が言うように何だか物足りないものを感じていた。何しろハンドルもブレーキもアクセルも何も付いていないのだから、見た目の違和感がなくなるまでに一か月はかかった。さらに走行中は何もしなくていい、というより、手出しできない造りになっているその車の椅子に、文字どおり何もせずに座り続けることで感じる居心地の悪さに慣れるまでには、さらに一か月を要した。

ダッシュボードにあるのは、とても洗練されているとは言えない大きさと形の、赤い緊急停止用のボタンだけだった。当初はハンドルやアクセルやブレーキを備えた自家用自動運転車が試験に使われていたし、最終的に市販されるものもこのタイプが想定されていた。しかし、そのタイプの自動運転車では、どうしても同乗する人間が運転に介入しようとして自動運転を一部キャンセルしてしまい、かえって事故を誘発してしまうという事例が続いたのだ。それで結局、人間は何もしない方がいいということになったのだが、しかしそれではさすがに機械に頼り過ぎだろうということで、その赤いボタンだけが残ったというわけだった。

山登りが趣味の信之は、今まで北アルプスや中国・四国地方、さらには九州の山々まで遠征する時には、まずその前哨戦《ぜんしょうせん》として真夜中の長時間ドライブに打ち勝たなければならなかった。大抵は徹夜で数百キロメートルを運転し、早朝登山口に着くと、すぐに行動開始という無茶な登山をしてきたのだ。

それが自動運転になってからは、うたた寝をする間に現地に到着するという、天国のような登山が可能になったのだ。「便利になったものだ」、これだけでも自動運転の素晴らしさを認めないわけには行かなかった。

五月の連休明けの初めてのよく晴れ渡った土曜日、信之と妻、一人娘とその三歳になる長男の四人は自動運転のSUVに運転を任せ、高速道路を走れば三時間くらいの距離にある山間の温泉宿に向かっていた。

ドライバーがすることと言えば、ダッシュボードに向かって、目的地と、泊まる旅館の名前を言うだけだった。あとは車が最適ルートを選んで、勝手に旅館の駐車場に連れて行ってくれるというわけだった。

ダッシュボードにはメーターやデジタル表示の類は一切なかったが、例えば、「今のスピードは？」とか「あとどれくらいで目的地に着く？」とか「目的地付近の天気は？」「今日泊まる旅館の夕食の子供用のメニューにハンバーグを追加してもらいたい」など、とにかく何でも話しかけると、ダッシュボードとフロントガラスの間の空間にホログラムが立ち上がり、情報を見せてくれたり相手と交渉してくれたりするようになっていた。

これらの仕掛けは国交省のデータを基にして、各メーカーがさまざまな業種の店舗や公共施設と協力しながら独自に提供するサービスだった。また「座席替え」と言って、ダッシュボードに向かって手を振れば、五つの座席を人が座った状態で順次移動させることができた。これを走行中にやられると気持ちが悪くなるのだが、孫の祐輔《ゆうすけ》はよほど面白いらしく、一時間乗っていると最低五回は「座席替え！」と叫ぶのだった。

この日も「座席替え」を早々に済ませて満足すると、これもいつもの「これなに？」「どうして？」が延々と続いていた。信之には移動中の車の中で何をしたらいいのか一向に思いつかずに暇だったから、祐輔の質問攻めには忍耐強く手を抜かずに対応しないわけにはいかなかった。

メーカーが提供するサービスには、アマゾンやグーグルなどのコンテンツが一部利用できるものもあり、車で移動している間もなかなか充実した動画や静止画を楽しむことができた。よくしゃべるＡＩとは走行中の地域の方言を含む、あらゆる言語で会話を楽しむこともできた。これらを利用すれば、祐輔の質問に答えることに困ることはなかったが、何しろ相手は疲れを知らない三歳の子供であり、その疑問の連鎖は留まることを知らなかったし、遠慮という言葉を彼はまだ知らなかったから、対応する側は精神的にも肉体的にも最後はかなり疲弊することになるのだった。そんなことをしながら一時間半はあっと言う間に経った。

その時、猛烈なスピードで信之たちが乗る車を追い越していった一台の車があった。

「わあ、おじいちゃん、あの車すごいね」

祐輔が目敏くそれを見つけて叫んだ。

「本当だね、あんなにスピード出したら危ないのにね、大丈夫かな」

信之はその車の車種をはっきりと判別することができた。それは最近発売された自家用自動運転車だった。高速道路上を制限速度である時速一〇〇キロメートルで走行している自分たちの車をあっという間に抜き去ったその車は、時速一三〇キロメートルを超えていたに違いなかった。自動運転では制限速度以上のスピードは出ないことになっていた。

「おかしいな、あんなスピードで走るはずないんだよ、故障でもしたのかな？　でも故障だったら止まるだろ？　おかしいね、本当におかしい、こんなことあるのかね」

「どうしたの、おじいちゃん、何がおかしいの？」

ぶつぶつ独り言を言う信之を不思議そうに見上げながら、祐輔が言った。

「おいおい、何だあれは？」

信之の視線の前方四〇〇メートルの車道を、何台もの車が折り重なるようにして塞いでいた。後続の車が次々にその車の塊に突っ込んで行く様子が、まるで映画のスローモーション映像のように信之には見えた。それは全く不思議な光景だった。例えるなら、夏の虫が焚火《たきび》の炎に飛び込んで行く光景に似ていた。

はっとして緊急停車ボタンを押した信之は、大声で「ぶつかる！」と叫ぶと、祐輔を庇《かば》うために覆いかぶさった。信之の車は前方で道を塞いでいる車のわずか数メートル手前で停止した。しかし減速途中の後続の車が次々とぶつかってきたため、結局信之の車もかなり大きく破損した。

「みんな、大丈夫か？」

車内を見回した信之は、皆が無事であることを確認した。

「おじいちゃん、なに？　どうしたの？」

祐輔が震える声で訊いた。

「さあね、一体何が起こったんだろうね。とにかくみんな無事でよかった」

信之は車の外に出ようとしたが、車体がゆがんでドアは数センチメートルしか開かなかった。自動車はほとんどすべてが電気自動車になっていたから、ガソリン車のように燃料に引火して爆発するという心配はなかったが、とにかく外に出て、周りの様子を見たかった。

信之はダッシュボード下の物入れから何とか脱出用ハンマーを取り出すと、車外に空間がありそうな側のサイドガラスを割って破片をきれいに取り除いた。そしてまず自分が車外に出てから皆を外に引っ張り出した。

　周りには数十台の車が折り重なるようにして止まっていた。あるものはひっくり返り、あるものは横倒しになり、そしてあるものは車の上に乗っかって危ういバランスを保っていた。車の中からは少しずつ人が這い出してきていたが、怪我をして血を流している者も少なくなかった。

　信之は皆にその場に留まるように言って、高速道路の高架下を通る国道の様子を確認するために、車と車の間を縫うように車道の端まで歩いた。高架上からは、数百メートル先まで一直線に続く国道の信じられない惨状が拡がっていた。一般道路なのでそれほどスピードは出ていなかっただろうが、ぶつかり合って止まり、重なり合っている車の塊が数十メートル間隔で続いていた。国道の道路脇の民家や商店に突っ込んでいる車もわずかながら見られた。あちこちから煙が上がり、火の手も何か所か確認できたが、これでは消防車も救急車も当分は近づけないことは明らかだった。

　――これは現実のことだろうか？　映画か何かを見ているようだ――。

　信之はしばらく呆然としてその光景を眺めるしかなかった。

　はっと我に返ると、信之は自分の車まで戻り、心配そうな表情でうずくまる家族に言った。

「大変なことになった。救助もすぐには来ないと思う。車の中にあるペットボトルと食料を、お菓子でも何でもいいからリュックに詰めておいてくれ。これからどうなるか分からないけれど、それが今日、明日の食料すべてと思った方がいいかもしれない。私はもう少し周りの状況を見て回ってくる。私が戻るまでここを絶対離れないでくれ。分かったね？――祐輔、今日はいつものように食べたり飲んだりはできないんだ。我慢できるね？」

「おじいちゃん、どうしたの？　戦争が始まったの？」

　祐輔が信之を見上げてそう言った。

「いやいや、そうじゃない、戦争なんて始まっちゃいない。大丈夫だよ、何の心配もいらないからね。でもね、車にはもう乗れなくなっちゃったし、今日泊まる予定だった旅館にも行けなくなっちゃったんだ。楽しみにしていた料理も食べられなくなったから、今ここにあるものを大切に食べるんだよ、分かったね」

　ああ、そうか、と言う祐輔の頭を二度撫でると、脱出用ハンマーを右手に持って信之はその場を離れた。

　車の中から救出しなければならない人たちはあちこちにいた。信之は何人かの若い連中と、近くの車の窓を割ったりドアをこじ開けたりして、四〇人以上を車の中から救出した。見上げると低空をドローンが数機飛び交っていた。自分の上をドローンが通過するたびに皆激しく腕を振って大声で叫んだが、ドローンからは何の反応もなかった。事故の割に重傷の怪我を負っている者は、少なくとも信之の周りにはほとんどいないようだった。

　自分の周りの車の救助が一段落すると、信之は道路上に腰を下ろし一息ついた。一緒に救助して回った中年の男が話しかけてきた。

「どうなっているんでしょうね、全く大惨事ですよ。見てください、私の愛車が、もうボコボコですよ」

　その男が指さす先に真っ赤なＧＴ‐Ｒがあった。ボンネットが別の車の下に潜り込んで止まっていた。

　――これでよく怪我もなく助かったものだ――。

　信之は呆《あき》れたような感心したような表情で、その車をまじまじと眺めた。

「これってガソリン車で、もちろん自動運転じゃないですよね？」

そばにいた若い男が突然話に入ってきた。

「そう、そう、これは自然保護団体が目の敵《かたき》にするような純粋なガソリン車で、大きな声では言えないけれど燃費はまあ、五、六キロといったところかな。しかも自分でハンドルを握って運転しなきゃならない。それから一応言っておくけど、燃料タンクは損傷を受けていないようだからガソリンが漏れ出す心配はないはずだよ」

「それを聞いて安心しました。それにしてもこれは贅沢な車ですね。最高にかっこいいですよ。速いんでしょうね。僕もこんな車欲しかったなあ。まあ、価格的に今の僕には無理ですけどね。でもこんな訳の分からない事故に巻き込まれちゃって、本当に残念ですね。メーカーでもこの車種はもう作っていないらしいですし、きれいなのに本当に残念ですね」

若い男は自分の車はどうでもいいのか、GT－Rが惜しくてしょうがない様子でしきりにそう言った。

「しかし一体これは何だろうね。事故のちょっと前にものすごいスピードで追い抜いて行った車があったのだけど、皆さんも見ましたか？」

信之がそこにいる男たちに尋ねた。

「さあ、僕は気が付かなかった」

と、若い男が言うと、

「私は見ました。すごいスピードでした。時速一三〇キロは出ていると思いました。私もアクセルを踏んで追ってやろうかと一瞬思いましたが、やめました。あれが事故の発端でしょうか？」

GT－Rの男が返した。

「いや、この状況を見ると、一台の車が起こした事故が原因ではないでしょう。不思議なのはなぜあの車があんなに速度が出ていたかです。あれは確かに自動運転車でした」

信之が疑問を口にした。

「そうなんですか？　自動運転車だったんですか？　でもそれじゃ、一三〇キロも出ていたのはおかしいですよね。そんなに出るはずないですよね。自動運転車に速度のリミッター解除なんてことができるのですか？　おかしいな、僕の場合、前方に事故が確認できた時点で慌てて緊急停車ボタンを押したので車は減速してはくれましたけどね。まあ、それでも前の車にぶつかりましたし、後ろからもぶつけられましたけどね」

若い男が首を傾げた。

「私も緊急停車ボタンのおかげで命拾いした。それはそうと下の国道の様子は見ましたか？　ひょっとしたら日本中、いや世界中の道路が同じように悲惨な状態になっているかもしれませんよ。自動運転のシステムの不具合ではないでしょうか」

信之がそう言うと、

「それはえらいことですね」

若い男が心ここにあらずといった様子でそう言った。

「でもあれだけ自動運転は安全だと言っていたのに、一体誰が責任を取るのでしょうね？　どうせ私のGT－Rは廃車でしょうし、車はここに置いておくしかないですね。そうだ、保険会社に見せるために証拠写真を撮っておいた方がいいですね。それにしてもこれだけ大規模な事故になると、保険会社もメーカーも大変ですよ」

「ああ、そうですね、僕も写真を撮っておきます。あーあ、これからどうしましょうね？」

若い男は自分の車の写真を撮るために離れて行った。

「私は三歳の孫が一緒なのですが、ここにいてもしょうがないので、とにかく高速道路を降りて、最寄りの学校かどこかに歩いて行こうと思います。災害時の避難場所になっているはずですから。これも災害ですよね？　あなたはどうしますか？　もう少し様子を見てもいいかもしれませんが、なかなか救助は来ないのではないですかね。では、私はこれで失礼します」

信之はそう言い残して自分の家族が待つ車まで戻った。それから地図で最寄りの高速の降り口と付近の学校を探し当て、皆にこれからその学校に行くと伝えた。

高速の出口は、幸いにも二キロメートルほどの距離にあった。出口から一キロメートル以内に小学校があるのも幸いだった。祐輔に頑張って歩くように言い含め、四人揃って歩き始めた。

途中のコンビニで何か飲食できるものを買うつもりだったが、すでに棚は空っぽで、路地裏に目立たないように設置されていた自動販売機で買ったお茶とジュースのペットボトル数本が唯一の収穫だった。

高速道路と国道上には、数十メートル置きに破損した車が無残な姿を晒していた。周りのビルに突っ込んで停止した車があるにはあったが、それは稀《まれ》で、道路以外の街並みは無傷と言ってよかった。

それにしても、道路上だけにカオスがあるというのは、何とも不思議な光景だった。電気や水道やガスはとりあえず正常のようだったが、物流が壊滅状態になるのは明らかだった。現にコンビニではもう買うものがなかった。

「阪神淡路大震災の時はもっとひどかった。でも日本中でこんなことが起こっているとしたら、一体どうなる？　復旧するまでどれくらいかかるか分からんな」

信之が独り言のように呟いた。

事故から二時間経って、ようやく目的地である小学校の近くまで来てみると、早くも大勢の人が校門から道路にまで溢れて並んでいるのが遠目からも分かるような状態だった。信之たちも列の最後尾に並んだが、背後には次から次と人が押し寄せ、列はさらに長くなっていった。結局そこに留まることはできずに、さらに五〇〇メートルほど離れた中学校の体育館に落ち着くことができた。家族四人で四畳の段ボールで四方を囲まれた空間があてがわれたのだった。

「まあ、しょうがないね。むしろよくやってくれたと言うべきだよ。ありがたいものだ。祐輔、しばらくここでキャンプだぞ」

「えっ、そうなの？　キャンプか、面白いね」

信之は妻と娘に向かって、

「どれくらいここにいなければならないか分からないが、数日は覚悟した方がいいかもしれない。なるべく早くに家に帰りたいものだけど、どっちにしても食料には当分苦労すると思う。私たちに怪我人が出なかったということを幸運だったたと考えよう」

二人とも一瞬何か言いたそうだったが、諦めた様子で口をつぐんだ。信之たちはカップ麺などの提供を受けながら、三日間その体育館で過ごした後、自衛隊のヘリコプターで自宅近くの小学校に運ばれた。

日本全国の道路上から車の残骸が取り除かれるのに三か月ほどかかった。解体業者がそれらをバラバラにし終えるまでの二年間、車の残骸がうずたかく積まれる光景が日本全国で見られた。そして自動運転ではない中古車を買い求める人々が一挙に中古車販売店に押し寄せ、自動運転の新車価格より高い値段で売買されるというおかしな状態が一年ほど続いた。

と言うのも事故から一週間後、この事故はやはり自動運転車の暴走によるものであることが明らかになり、それが公になったからだ。

「もう車はこりごりだね。特に自動運転車には金輪際乗らない。ＩｏＴとやらで何でもかんでもインターネットに繋げるからこんなことが起きるんだ。車ぐらい自分で運転しろ」

というのが信之の口癖になった。

その暴走を起こさせたのは、自動運転システムをコントロールする車のＡＩに、インターネット経由でウイルスが感染したためと考えられた。何者かが感染させたウイルスは世界中の自動運転システムに不具合を起こし、自動運転車の導入に積極的だった国々の車社会に甚大な被害を与えた。

事故による直接の死者こそそれほど多くはなかったが、それでも世界中で数万人の死者が出た。電車と船舶と航空は無事だったが、駅や港や飛行場に行くまでの手段が復旧しないことには、物流や人の流れは滞るしかなかった。

米国も中国もロシアもヨーロッパの国々も、同じように被害を受けた。犯人探しが国連の場で行われたが、各国が憶測を基にお互いを非難し合うだけで、何ら意味のある議論はなされなかったし、まともな結論など出ようはずもなかった。もっともこの頃の国連は何のテーマを話し合うにしても、何一つ決められないでいた。前年とうとう崩壊したＥＵに続いて、国連も霧散してしまうのではないかという噂がまことしやかに囁かれていた。

三つの自動運転システムに同時に不具合を起こしたこれらのウイルスは、それぞれrunaway－A,－B,－Cと名付けられた。何年も前にそれぞれの陣営のサーバーに感染させられ、それから暴れることなく長年じっと耐え潜んでいたと推測された。

しかし詳細については、サイバーテロについてはよくあることだが、どの陣営もオープンにすることがなかった。三種類の自動運転プログラムが同時に同様の不具合を起こしたのだから、runaway－A,－B,－Cは同一系統のウイルスである可能性が高いと思われたが、本当のところは誰にも分からなかった。こんなことだったから、世界中が協力して解決策を見出すことなど、できるはずもなかった。

また、ひょっとしたらこのウイルスは最初、車載のAIに感染させられ、そこからインターネット経由で世界中に拡散したのでは、と言う者もあった。システムを構築したエンジニアたちは、外部からのウイルスの感染や外部への感染はこのシステムに限ってあり得ない、と懸命に反論したが、ウイルス感染に関してはあり得ないということはあり得ないというのが誰もが共有する認識だった。

では、どうして自動運転車をネットに接続したかということに関して、事件後に表に出てきて答える者はいなかった。しかし事故が起きる直前まで威勢の良かった業界の言い分を参考にすると、すべての末端からの情報をインターネットを通じて一度集約して、最も合理的な解を瞬時に計算し、再び端末の自動運転車に配信するということ以外に、皆が期待する素晴らしい自動運転車社会は実現しないということのようだった。

それを誰が批判できるだろうか。結局それは社会が望んだからこそ採用されたシステムだった。世界は自動運転以外にも多くの面倒な仕事を、すでに何十年も前からコンピュータに任せてきたではないか。

二〇一〇年に「スタックスネット」と呼ばれるウイルスが、イランのウラン濃縮用遠心分離機の回転数を不安定化して破壊したという事件が起きた。イスラエルが首謀者で、イランの核兵器開発を妨害するのが目的だったと言われている。この場合感染は、この遠心機を制御するシステムがインターネットに繋がれていなかったことから、USBメモリーを介して行われたと考えられている。

オフラインの遠心分離機制御用コンピュータにUSBメモリーを挿して、何秒間かかけてウイルスを注入するという場面を想像しただけで、手に汗握ってしまう緊張感漂うシーンが現実に繰り広げられたというわけだ。まるでスパイ映画みたいだ。

いずれにせよ国家の中枢のさらに最深部にまで、あらゆる手段を使ってウイルスを感染させることができるということは、二四年前から分かっていたことだった。このようなウイルス感染に対する防御策も進化したが、それは新たなウイルスを生むきっかけになるだけで、このいたちごっこは際限なく繰り返されるということも皆分かっていたはずだった。

世界は三つに分裂して、お互い競い合いながら自動運転車社会の実現を目指していた。すでに始まってしまった競争を止めることは誰にもできなかった。それを止めて立ち止まることは競争に敗北することを意味していたし、そもそも自動運転は我々が進むべき正しい道であるという信仰に近いものが日々醸成されていたからだ。

今までにない強力な科学技術を前にすると、人間は阿呆のようになる。一旦立ち止まって落ち着いて、「いや待てよ、外部からの攻撃に対してこれで本当に万全な体制と言えるのだろうか。そもそもこれは最終的に我々の味方となって我々を幸せにするものだろうか」と考えてみることができなくなるのだ。あるいは自分たちの理解が充分ではないと分かっていながら、競争相手の後塵を拝するかもしれないという恐怖から、それを過小に評価するのだ。

いずれにしても進歩的でないもの、便利でないものは悪である、あるいは劣ったものである、という信仰に誰もが染まっていた。もちろん、その信仰は今に始まったことではなく、もう何十年も前から人々の精神を支配していたのだ。

交通事故撲滅、渋滞解消、物流の合理化などいろいろ期待された自動運転車だったが、しばらくはレベル2の安全をアシストする、何年も前のタイプの車で我慢するしかないということだけが各国の間で合意された。

大変だったのは自動車メーカーだった。この事件を機に各陣営に属するメーカーは、生き残りを懸けてさらなる激しい企業買収や合併を推し進めた。そして結局、体力のある旧来の自動車メーカーが主導権を握り、新参のメーカーはほとんどが消え去った。

runawayを誰が作り、どうやって感染させたか、そもそも何が目的だったのか、何も分からずに終わった。犯行声明は、少なくとも三つの陣営からの正式な報告ではなかったことになっている。世界に与えた一時的ではあったが壊滅的な、つまり非常に効率的なサイバーテロだったにもかかわらず、誰も勝利宣言はしなかったのだ。

たとえば犯人は、このウイルスをランサムウェアとして身代金を要求しても良かったかもしれない。脅されたた側の想像力の問題もあるが、被害を正しく見積もることができれば、たとえどんなに法外な金額を要求されてもそれは安いものだっただろう。

犯人は、事故を起こして動けなくなった車が重なり合って、ところどころで火を噴きながら道路上に延々と連なる様子を、それも、それが世界中の道路上で繰り広げられているのを、ネットニュースを見ながらどこかで声をひそめて笑っていたに違いなかった。その満ち足りたわずかな時間が、彼らにとって何よりの報酬なのかもしれなかった。

この頃はこういう、与える被害が甚大にもかかわらず、何も要求しないテロリストが増えていて、それは本当に不気味で始末の悪いものだった。

それから半年経って、世の中は曲がりなりにも落ち着きを取り戻した。といっても小規模なテロや紛争やサイバーテロは依然として頻発していたし、バラバラになったかつてのEU諸国は、当然のことながらお互い自分勝手なことばかり主張し合い、あるいはお互いを非難し合い、それをまとめる会議体の新たな設立も難しく、政治的にも経済的にも欧州は混乱した状態に陥っていた。

そして当然、その悪影響は周辺諸国にも及んでいた。経済的に置いてけぼりを喰った国々はどこからの援助もまともに受けられず、辛うじて大国の地位を保っていたC国は、それらの国々を自陣の勢力拡大のための刈り取り場と見做《みな》し、経済的にはもちろんのこと、政治的にも露骨な介入を隠さないようになっていた。もっともこの国は昔からそうではあったのだが。

米国はEU崩壊前までは多数派工作に余念がなかったが、最近は沈黙を保っていた。これがまたC国やR国の疑心暗鬼を生み、結果としてお互いの陣営は水面下で激しい攻防を繰り広げるようになっていたのだった。緊張は一挙に高まり、世界は再び厳しい冷戦の時代に突入していた。

その年、つまり二〇三四年は夏の気温こそ平年並みだったが秋が短く、苫小牧でも一一月中旬に雪が降り、一二月の初旬には根雪になった。

カントに関してはこれといった進展はなかった。黒田はこの頃精神が不安定になることがあり、それを知った福島はしばらく休養を取って気分転換でもしたらどうだと勧めていたが、彼はそれに応じることはなく、一人文献を渉猟し、カントに見立てたモデルを使って基礎的な実験を根《こん》を詰めて繰り返す日々を送っていた。

ＩＦＥ社はアダム・ロスタイクからの圧力が日に日に高まり、研究内容に関してもかなり浸食されつつあった。それだけならまだしも、日本政府、特に重光首相が何かと干渉してきたことが、ＩＦＥ社における福島の立場を不安定なものにしていた。

ＩＦＥ社の特徴であった、自由で進取の精神に支えられた研究は、徐々に兵器開発に重点を置かざるを得なくなっていたが、それは福島もある程度は覚悟していたことだった。その間、ＩＦＥ社からは優秀な科学者が何人も去って行った。彼らはＩＦＥ社が以前の気風を失い、軍需産業をもっぱらとする企業へ変貌して行くことに、あからさまな不快感を隠さない者たちだった。

それも致し方ないと福島は思った。科学者である彼らの想いは福島にも痛いほどよく分かっていた。それもこれも、カントが完成するまでの辛抱とこらえてきた福島だったが、肝心のカントはいつ完成するのか、そもそもどうやったら完成するのかさえ分からない状態だった。

今は宇宙の始まりから物質や星が生成する過程、そして物質から人類に至る生物の進化と人間の歴史を自ら再現しようと試みているカントを、福島は何も言わずに見守るしかなかった。それは誰に命じられたものではなく、カント自身が自らの好みで選んだテーマだった。

そんなカントを観察するのは、福島にとって驚きでもあったし喜びでもあった。カントは、未熟ではあるけれど何かを理解し吸収しようとする若者とそっくりに映った。それに、カントなりに人類の未来を考えているのかもしれず、そうであれば、それはなかなかいじらしいことだと福島には思われるのだった。

カントの独自のテーマとは別に、毎日夜の八時から一二時までの間、福島とカントは時間を作って会話をすることにしていた。それは福島にとってもカントにとっても、今でも刺激的で楽しいひと時だった。

大抵はまず一、二時間、音楽を聴いたり絵画を観たり詩を朗読したりして感想を言い合った後に、その日のテーマを決めて議論するのだった。カントはあらゆる芸術や科学や哲学をデータとして蓄積していて、それらを人間はどのように捉え、感じ、考えるのかを、福島との会話や膨大な書籍や文献によって学びつつあった。

しかし福島は、自分や学者の意見に囚われずに、カント独自の感覚や思想を持ってほしいといつも願っていた。

2

暮れも押し迫ったある日、福島のオフィスに内部統制部の部長、佐藤治がやって来た。

「博士、少しお耳に入れておきたいことがあるのですが」

佐藤は控えめな声でそう言った。福島はコーヒーを淹れて佐藤と自分のためにカップに注いだ。

「ありがとうございます。博士、今日はあまり良くないお知らせがあるのです。博士は我が社が情報漏洩を阻止するために、振る舞い検知、という手法を取り入れていることをご存じでしょうか？」

福島は記憶の糸をたどって、この聞きなれない言葉の意味を何とか思い出した。

「確か、社内のネットワーク上に、何かいつもと違う不審な動きがないかを監視するシステムだったね？」

「そうです、その監視システムです。不審かどうかを判断するのは我が社で開発された汎用ＡＩがやります。そのＡＩが、昨晩遅くに不審事例を一件検出したのです」

「なるほど、今までその振る舞い検知が検出したものは何件ありました？」

「この一〇年間で一四〇件です。そのほとんどすべてがうっかりミスだったことが直後の解析で分かっています。大抵はメールに比較的重要な情報書類を添付して、しかもその情報の閲覧が許可されていない相手に送るというミスでした。もちろんそういう時はＡＩが警告を出して送信を阻止するので、今までは特に問題はなかったのです。

しかし昨晩のは違います。事務方の管理職のある者が、共用のＰＣから研究所のデータにアクセスしようとしたのです。もちろん彼にはアクセス権が設定されていなかったので、データは保護されたのですが、何度もトライしていたので、うっかりでは済まされない事例とＡＩは報告してきたのです」

「しかし、アクセス権が設定されていないのは自分でも分かっているだろうに、なぜそんなことをしたのだろうね？　パスワードと何種類かの生体認証が必要だろ？」

「そうです。それは我々にもよく分かりません。あまりにも稚拙なやり方と思います。まるで……」

佐藤はそう言って、少し考えるように言葉を切った。

「まるで？」

福島が次の言葉を促した。

「そうですね、まるで、不正を行っている自分を見つけてほしいかのような行動です」

「なるほど。それで、彼はどこのデータにアクセスしようとしていたんだ？」

「今は閉鎖されている第三研究所のデータです」

「なに、そうなのか。わざわざ閉鎖されている研究所を狙ったのか。それは良くない、本当に良くない」

福島の表情が曇った。

「それが誰なのか教えてもらいたい」

佐藤は少し間を置いてから、さらに声を潜めて言った。

「それが、黒田博士の義兄の伊原さんなのです。間違いありません」

「なに？　黒田君の」

福島は絶句した。

「伊原さんは現在総務部の次長をされています。三年前に我が社に転職されました。その経緯は博士もよくご存じのことと思います」

「ああ、よく知っているよ。で、どうするつもりだ？」

「何をしたいのかよく分からないところもあるので、少し様子を見てもいいかと思います。我が社のセキュリティは万全ですから、大丈夫です。それからいずれ伊原さんを統制部に呼び出して、違反行為を認めさせたうえで、釈明があればそれを聞き、人事部と相談して処分を考えます。厳しい処分を考えざるを得ないと思います」

「そうか」

そう呟いて、福島は天井を見上げながらしばし無言でいた。

「では様子見を終えたら、その時点で私に教えてもらえないだろうか。だからといって君たちの決定に異を唱えるようなことはしない。黒田君には私から伝えたいからね」

「分かりました。そのようにいたします」

そう言うと、佐藤は軽く会釈してオフィスを出て行った。

――やれやれ、一体何をやっているんだ――。

福島はそう愚痴って、残りの冷めたコーヒーを一気に飲み干した。


翌日、黒田は義兄の伊原から、夜に会社の外で夕食でもと誘われた。伊原とは週に何度かは会社で顔を合わせていたので、改まっての食事の誘いに、何かあったのかと不穏なものを黒田は覚えた。

その日、いつもよりだいぶ早くに退社すると、伊原と一緒に苫小牧の繁華街にあるステーキハウスに向かった。伊原は自分から誘っておきながら、終始ほとんど無言で店の奥の席に着いた。伊原は何日か前に顔を合わせた時よりひどく疲れているように見えた。

ワインを一口飲んでから、黒田が口を開いた。

「さて、お義兄《にい》さん、今日は一体何のお話でしょうか？」

「省吾君、君は私が前の会社を辞めた経緯を大体は知っているよね。あの時は全く身に覚えのない噂や中傷が僕の周りに沸き起こってね、参ったよ。会社の上の方がそれを真に受けたのか、結局私は事実上解雇されたわけだ。表面上は円満退社ということだったが、もちろん今でも納得できるものではない」

「お義兄さん、もちろんお義兄さんに落ち度があるとは思っていませんが、そのことに関して何か心当たりはないのですか？」

「いや、それがあれば抵抗のしようもあったんだ。強いて言えば、当時上の方から下りてきた案件に対して、私の部門で検討した結果、採用しないことに決めたことぐらいかな。でもそんなことはよくある話だからね」

伊原は口に頬張った肉を執拗《しつよう》に噛み続けながらそう言った。

「ちなみにその案件とはどういったものだったのですか？」

「日本のある企業が製造する、世界でそこでしか造ることのできない部品を、海外の会社に輸出するのを仲介するというもので、ごくありふれたものだった。でも相手先の企業がどうも怪しかったので、やめた方がいいということになったんだ。

怪しいというのは、その会社からさらに違う国にその部品が流れているという疑いがぬぐえなかったからで、結果的にどこかの軍需産業に利用される可能性が高いと判断され、最終的には私が中止を決定した。なにもそんな怪しい会社と取引する必要はなかったからね。ただ、タイミングとしてはその直後に私への風当たりが強くなったことは確かなんだが、本当のところは私には分からない」

「ちなみに相手先の企業は、何ていう企業ですか？　後学のために教えてもらえますか」

「そういうことは他言しないことになっているんだが、省吾君には言ってもいいかな。K国のZ社という会社だった」

——大島さんに訊いてみよう——と黒田は考えた。大島はすでにそれくらいの情報は持っているとは思ったが、ひょっとしたら義兄の解雇に関して何かヒントになるかもしれないと考えたのだ。

「話の腰を折ってしまいました。話を進めてください」

黒田が促した。

「私もそんなことはほとんど忘れかけていたんだが、何日か前に、前の会社で部下だった者から私の後任が自殺したと連絡があった。私が去ったあと、彼はZ社との取引を進めたのだそうだが、やはり相手が悪かった。公安がこの取引の解明に動いているという噂がまことしやかに囁かれていたそうだ。

そして私の部下だった何人かと上司だった部長と、それに繋がるボードの一人があからさまな左遷を受けたらしい。前の会社は、この取引に関係した人間にその内容を口外しないよう、いろいろ圧力をかけていると見て間違いないと思う」

「まさか、お義兄さんにまで圧力がかけられているわけではないですよね？」

黒田が再び伊原の話の腰を折った。

「先日、聡子が近くの公園に娘を迎えに行った時のことなんだが、砂場で遊んでいた娘のすぐ横に二人のスーツ姿の男たちが立っていたんだそうだ。その場にそぐわない男たちがね。ちょっと離れたところから聡子は娘を呼び、娘は聡子の方に走った。その男たちは身動き一つせずにじっとその様子を見ていたらしい。聡子は何だか気味が悪かったと言っている。ひょっとしたらあれが警告だったのかもしれない。

私はIFE社に何か迷惑がかかるのではないかと心配しているんだ。もちろん、私の家族も心配だ。君は身内だし、IFE社に私が就職する時はいろいろお世話になっている。だから君にはこの状況を知らせておきたかった。とりあえず今は、もう少し様子を見ようと思っているんだ」

「駄目です、駄目です、様子を見るなんていけませんよ。このまま放置するわけには行きませんよ」

「どうかな、どうしたらいいんだろうね。警察もこんな状況では動いてくれないだろうし」

伊原は一昨日、誰とも知れぬ者からスマホに送られてきたメールのことは口にできなかった。そのメールには、今すぐ連絡するから必ず出るようにと書かれていた。直後にスマホの呼び出し音が鳴った。聞き覚えのない陰気な感じのする声の男が要求した話は、思いもよらないものだった。

「伊原さん、あんたの昔の仲間はいろいろつらい思いをしているようだな。あんたも気を付けないとな」

「誰だ、あんた。一体何の話だ」

伊原は震えながら訊いた。

「俺が誰かなんて、あんたは知らない方が身のためだぜ。そんなことより、あんたに一つやってもらいたいことがあるんだよ。IFE社には第三研究所というものがあったな。三年前に閉鎖になって今は研究はしていないことになっている。だがそれは表向きのことだっていう話だ。密かに何かのプロジェクトが進行しているって噂がある。かなり確かな噂だ」

「私はそんな話は聞いたことがない。あの研究所は完全に閉鎖しているはずだ」

「それがそうじゃないって噂があるってことだよ。それをあんたに確かめてもらいたいんだ。難しいことじゃない。データを盗めと言っているわけじゃないんだ。何らかの研究を続けているかどうかさえ分かればいいんだ。あんたは第三研究所の元所長の黒田省吾の義理の兄貴なんだし、やり方は任せるから、頑張ってやってくれ。あんたの持ち時間は五日間だ。五日後にまた連絡する」

「ちょっと待ってくれ。一体目的は何だ？　何にせよＩＦＥ社にためになることではないのだろ？　そんなことを私がすると思っているのか？」

「伊原さん、あんた何か勘違いしていないか？　あんたが今まで無事だったのは、あんたがＩＦＥ社に就職したからなんだぜ。いつか役に立つに違いないと思っていたからだ。だから今役に立ってもらおうじゃないかってことなんだよ。あんたが嫌ならあんたの奥さん——何て言った？　聡子さんだったか？——にお願いしたっていいんだぜ。それとも娘さんにしようか？　そんなことを俺にさせたくないだろ？　じゃあな」

スマホの男はそう言って一方的に通話を終了した。

伊原は、こんな理不尽で一方的な要求には応えるべきではないと思ったが、自分はともかく家族に危険が及ぶのだけは絶対に避けたかった。第三研究所のことは義弟の黒田に訊くのが最も確実で手っ取り早かったが、黒田が部外者に情報を洩らすはずはなかった。

さんざん悩んだ末に、伊原はあからさまに拙い方法で第三研究所のコンピュータにアクセスしようと考えた。自分はあの男に言われたとおりに情報を得ようとしたが、ＩＦＥ社のセキュリティに引っかかってしまって上手く行かなかった、という筋書きを考えた。一応相手の要求に応えようとしたことは事実だし、自分はＩＦＥ社にいられなくなるだろうが、それはつまり自分にはもはや利用価値がない、ということになる。そうすれば少なくとも家族に対して危害を加えようとする動機もなくなるのではないかと考えたのだ。

そんなことがあって昨晩、伊原は第三研究所のデータに不正アクセスしたのだった。ＩＦＥ社のセキュリティはそれを感知したが、伊原への警告をしないまま一日が過ぎた。それは伊原にとって自分の目論見が外れたのか上手く行っているのか分からない、不安な一日だった。

――なぜ自分を咎《とが》めるために誰もやって来ないのか。第三研究所は閉鎖されてからすでに三年経っている、その時のデータがまだあそこに残されているはずもない。そんなものはもはや存在しないのだ。だからセキュリティにも引っかからなかったのだな。

あの男だって確たる証拠がないから、自分にこんなことを命じたのだ。しかし確証がないからといって、こんな危険な脅迫をするだろうか？　第三研究所はまだ何らかの研究を続けているのだろうか？　しかしそれを調べるチャンスは自分にはもうないだろう。とりあえず私が脅迫されたということだけは、ＩＦＥ社の誰かに伝えておかなければ――。

娘の横に立つ二人の男たちの姿を伊原は想像した。結局、伊原は辛抱できなくなり、黒田を夕食に誘った。自分の姉家族に危害が及びそうな状況を黒田に相談すれば、解決に繋がるアイディアが湧いてくるかもしれないと一縷《いちる》の望みを抱いてのことでもあった。

「いや、駄目です、今すぐ行動に移しましょう」

言葉を失い無言でいる伊原にそう言うと、黒田は大島に連絡を入れた。大島はスイスにいてラクレットに舌鼓を打っている最中だった。黒田は伊原から聞いた話をすべて大島に話した。

「分かりました。Ｋ国のＺ社については我々も気にはなっていたのですが、その先が不透明で確信が持てなかったのを覚えています。いずれにしても、我が社の社員とその家族に危害が加えられるかもしれないという事態を見過ごすわけには行きません。

私はあと五日間こちらにいなければなりません。この話を益田にしておきますので、彼からの連絡を待ってください。明日中には体制を整えるよう、命じておきます。お義兄さんとご家族の皆様には安心して過ごしていただけると思います」

黒田は礼を言って通話を終えた。大島との話の内容を伊原に告げた黒田は、

——これでめったなことは起こらないだろう——と胸を撫で下ろした。

黒田と大島の話の概要を聞かされた伊原は、

「ありがとう」

そう言うのが精いっぱいだった。

第三研究所のコンピュータへの不正アクセスは、いずれ黒田の耳にも入るだろう。それを黒田に言わなかったことに後ろめたさを感じながらも、自分や家族を取り巻く状況はこれでかなり安全になるはずだと伊原は安堵の溜息を漏らした。

もちろん、だからといって不安が完全に払拭されたわけではなく、心のどこかに小骨が刺さったような感覚は残った。それでも二人はそれからしばらく家族の話で盛り上がり、ステーキとデザートを上機嫌で平らげた。それからそれぞれ帰路に就いた。黒田はその時の伊原の妙に清々とした表情を、その後、いつまでも

忘れることができなかった。

次の日の朝早くに、黒田の携帯がけたたましく鳴った。聡子からだった。

「省吾、あの人が昨晩亡くなったの。警察が言うには飛び降り自殺らしいの」

それだけ言うと姉は泣き崩れた。

「なに、そんなばかな」

黒田は絶句した。体の奥底から怒りがこみ上げ、手がぶるぶる震えた。黙って泣いている聡子の後ろから、幼い子供たちの騒ぐ声が聞こえた。黒田の頬を涙がポロポロ流れ落ちた。昨晩義兄と別れてから一二時間も経っていなかった。黒田は最後に見た義兄の晴れやかな笑顔が目に焼き付いていた。

黒田はすぐに、義兄の家に向かうと告げて自宅を飛び出した。義兄の遺体は検視も行われず自宅の和室の棺桶の中に納まっていた。頭部と顔半分は白い布で覆われていたので、残った顔半分でしか義兄を確認する術《すべ》はなかった。

――くそ、やりやがったな！――

黒田は激しい怒りに体の芯から熱くなった。

「大丈夫だ、何も心配することはない、みんな僕と一緒に暮らせばいいんだ」

黒田はそう聡子と二人の子供たちに震える声で言った。

それから会社の人事部に連絡を入れた。あとから考えると、誰がどうやって義兄の遺体を棺桶に収めて自宅まで運んだのか、不思議なことばかりだったが、その時はそこまで頭が回らなかった。聡子は呆けたようになっていたし、黒田は頭に血が上っていたのだ。

三〇分後、IFE社の人間が数人現れて、葬式など今後の段取りは会社がすべて取り仕切ることを聡子と黒田に告げた。一人だけ残して彼らは慌ただしく帰って行ったが、それと入れ替わりに益田がやって来た。益田は聡子にお悔やみを言ってから、黒田を別室に誘った。

「まずお聞きしたいのは、黒田博士、お義兄様の自殺の原因にお心当たりはございますか？」

「全くない。自殺なんて、そんなことはあり得ない、断言します。昨晩大島さんや益田さんが対応してくださるということを聞いて、義兄は本当に安心した様子で明るい表情で帰って行ったのですよ。義兄は殺されたのです」

「黒田さん、そういうことは今後決して口外してはなりません。お義兄様のことは我々にすべてお任せください。仮に我が社の人間の命が奪われたとすれば、私たちにも覚悟があります。その時は地獄の果てまで追い詰めて後悔させせてやります」

黒田は瞳の小さい冷たい目をした益田の言葉に底知れない凄みを感じ、ただ頷くしかなかった。

「今後のことですが、しばらくお姉様とお子様たちは、IFE社内の黒田博士の部屋で過ごしていただきます。よろしければ、そのようにお部屋を改装いたします。一応、福島博士に了解を得てからにしますが、了承してくださると思います。お子様たちはIFE社内の幼稚園に通っていただきます。お葬式などが済む明々後日には皆様に移っていただきます。それでよろしいでしょうか？」

「ありがとうございます。私に異論はありません。姉にもそう伝えておきます。素直に納得してくれるといいのですが。――いや、無理にでもそうしてもらいます」

益田は聡子に挨拶して帰って行った。黒田は葬式が終わったら研究所に皆で移ってほしいと姉に告げた。

聡子は怯えるような眼差しで黙って話を聞き、最後に無言で頷いた。就学前の二人の娘のうち、下の二歳の子は、訳も分からず嬉しそうにその辺を走り回っていた。それが唯一の救いと言えた。

益田はその足で福島のオフィスを訪れた。福島も大島から昨晩のうちに連絡を受けていたが、あまりのことに驚きを隠せないでいた。

「黒田君の様子はどうだった？」

すでに昨晩からのあらましを聞いていた福島が、益田に尋ねた。

「お義兄様は絶対自殺ではないと、かなり興奮している様子でしたが、そのことに関しては今後は一切口にしないようにと念を押しておきました」

「そうか、そうだね。やっぱりそうだね。徹底的にやってくれ。ふざけやがって。絶対許さんからな。それでどうする？」

「大島さんは予定を切り上げて二日後に帰ってくるそうです。本格的な対応はそれからにしたいと思います。ただ葬式後に、つまり明々後日ですが、黒田博士のお姉様とお子様たちに黒田博士のオフィスへ引っ越ししていただきます。そのためにオフィスを少し改造します。また、明々後日までは私たちが責任をもって皆様を警護いたします。よろしいでしょうか？」

「結構だ。第三研究所は閉鎖後は人もほとんどいなくなったのだから、この際派手にやってくれて結構だ。それが一番安心だ」

「それから博士もご承知のとおり、昨晩は黒田博士とお義兄様が社外のレストランで会食しました。その様子は相手に筒抜けになっていたと思われます」

「つまり？」

「つまり、次は黒田博士が標的になる可能性があるということです。やつらは黒田博士が所長をしていた第三研究所に興味があるのです」

「なるほどね、確かにそのとおりだね。彼にはそれを言ったのか？」

「いえ、まだ言っておりません」

「そうか、そのことについては折を見て私から伝えておこう。これ以上誰も失うわけにはいかないからな。よろしく頼むよ」

「了解いたしました。総力を挙げてやります」

そう言うと益田はオフィスを後にした。

福島は前首相の爆殺を思い出していた。

――あいつらなら平気でやるだろう――。

福島はK国のZ社の取引先が、どこかでアダム・ロスタイクと繋がっているような気がした。そして――私のやっていることは、これでいいのだろうか、間違いではなかったのだろうか――と何度も繰り返してきた疑問が、また心の底から湧き上がってくるのだった。

黒田の義兄の葬式は、ＩＦＥ社がすべてを取り仕切り無事に終了した。聡子と娘たちも計画どおり黒田のオフィスの一部と、それに隣接する部屋を改造した４ＬＤＫの居住スペースに移り、新たな生活をスタートさせた。

それからは黒田と姉家族の周りには、いつもそれとは分からないように、益田の配下の者たちが監視のために見張ることになった。

黒田は落ち着いているように見えたが、内心は不安定な状態が続いていた。

第一〇章

1

年が改まった二〇三五年、後藤武は六五歳を迎えたのを機に、長年勤めた関西のワクチン製造会社をその年の五月に退職することにした。

五〇歳まで現場でキャリアを積み重ね、周りからも一目置かれる技術者として責任ある立場で働き、それからは管理職を辞し、ベテランの一技術者として誰よりもよく働いた。

最近一〇年間は新たに研究チームのリーダーを任され、若い研究者と一緒になって新たなワクチン開発に励んでいた。バクテリアが産生する毒素や、風邪様の症状を発症させる季節性のウイルスや、ほとんどすべての人間が感染していて、普段は悪さをせず体のどこかに潜みながら生き続け、人の免疫機能が衰えた時に爆発的に増殖し、さまざまな厄介な病的状態を生じさせるウイルスに対するワクチンなどが彼のターゲットだった。

そして、ワクチンのプラットフォームも、従来の不活化ワクチンからコンポーネントワクチンや核酸まで、あらゆる可能性を追求するものだった。

会社は長年の彼の会社に対する多大な貢献と優れた実績――それは豊かな知識と経験と、確かな技術に裏打ちされているものだった——を最大限に評価し、彼に異例とも言える責任ある身分を与え、もちろん制限はあるものの自由に研究することを許したのだ。

後藤はもともと大学でウイルス学と遺伝子工学を学んでおり、研究者人生の最後にそのような立場で研究をやらせてもらえることに不満のあるはずもなかった。

そして彼は毎日朝早くから夜遅くまで死に物狂いで働いた。この一〇年間で三種類のウイルスと二種類の細菌性毒素、そして二種類の癌特異的抗原に対するワクチンを開発し、それらの前臨床段階の試験を一とおり終了させることができていた。これらすべてが、臨床試験を目指して、産・官いろいろな枠組みでのプロジェクトが動き始めていた。これは後藤にとっても会社にとっても充分満足のいく結果だった。

もちろん、これらのワクチンが実際に大勢の人間に使われるまでには、これからさらに長い年月と膨大な資金が必要なのだが、後藤としては自分の仕事はここまでと割り切っていた。それ以降は研究に求められる能力とは全く別な能力が求められ、会社にはそれらに精通した人材が用意されているのだった。

後藤は一五年前に妻の百合子を多発性骨髄腫で亡くした。四五歳という若すぎる死だった。病気の診断がついてからわずか半年後の死だった。死ぬ前、まだ百合子の意識がはっきりしていた頃、「あなたは仕事をしなければだめよ」と言った、その妻の言い付けどおりに一五年間仕事をしてきたようなものだった。

後藤は百合子が息を引き取った時、自分でも予想していなかったほどの大きな悲しみを味わった。子供もおらず酒も飲めない後藤は、家で一人になると毎晩のようにめそめそ泣いた。しばらくして少し落ち着いてみると、独り身の自分が今後何年もどうやって生き続けることができるのか、実感をもってその姿を想像することができなかったし、人はいとも簡単に死んでしまうということを初めて知らされた驚きが残った。

それまでに両親の臨終を看取《みと》ってはいたが、それらの死は周りの誰もが納得する長い衰えの期間を経ての死だった。しかし百合子の死はそれらとは全く違うものだった。それは心の準備も何もできないほどあっという間の出来事だった。

残酷なことに最後の一か月間、妻は絶え間ない吐き気と強い痛みに苦しまなければならなかった。鎮痛に使ったモルヒネによって百合子にはたびたび譫妄《せんもう》が生じた。そんな時の百合子はまるで違う人間になった。自分の夫を悪魔か何かのように恐れ、近づこうとすると激しく抵抗するのだった。

後藤は百合子と二人で出かけた旅行やコンサートのことを、お互いの記憶を補完し合いながら思い出したかったが、それは叶わなかった。最後の二人だけの時間をほとんど持つことができなかったのだ。

百合子が一体何をしたというのだろう。百合子は人の言動をいつも素直にそのまま受け入れたし、どのような時にも悪意をもって人を判断するような人間ではなかった。百合子から不満や小言を言われた記憶も後藤にはなかった。百合子は亡くなる一年前には、長年介護していた自分の母親の最期を立派に看取った。

彼女の生涯は、自分と彼女の親のためのものだったとでもいうのだろうか。その献身への報いがこれか。明らかに何かがおかしい、あまりにも理不尽ではないか。仮に神というものがいたとして、百合子の死に様はその神さえ説明も言い訳もできないものに違いない。そこには人には計り知れない神の深い意思があるというのか。ばかな。くだらない。そんなものは大ウソだ。

それでも後藤は、元気だった頃の百合子が鼻歌交じりで夕飯の支度をする様子や、たまに二人で買い物に出かけた時に見せた彼女の楽しそうな表情を思い出すこともできた。百合子は決して不幸ではなかったと後藤は思いたかった。

しかしそんな記憶はわずかしかなく、後藤はほとんど毎日、百合子をもっと喜ばせるようなことをすれば良かった、もっと幸せにすることができたはずだと悶々《もんもん》とした夜を過ごした。そしていつしか心の片隅にわずかに残っていた、何ものかを信じるという気持ちを完全になくしてしまった。もし信じるに足る神というものがあるならば、こんなことが許されるはずはないと彼は確固として思い至ったのだった。

つまり後藤は百合子の死後間もなく、完全な無神論者になった。彼はもともとヤハウェもヴィシュヌも信じてはいなかった。しかしこの時彼は、自然の中からおのずと湧き立ってきて、人間が生きて行くための規範や覚悟を時にさまざまなやり方で静かに語りかけてくれる、あの神々さえも全く信じなくなったのだ。

彼は近くの公園に立つ立派なクスノキに話しかけることもなくなったし、満開の桜に心を動かされることもなくなったし、小鳥のさえずりや虫たちの賑やかな鳴き声にも空想の窓を開くことがなくなった。後藤の目に、世界は今までとは全く違ったものに映るようになった。

気休めにテレビやインターネットを覗くと、そこでは無知を恥じぬ大ばか者や偽善者や、相手を陥れることだけに情熱を燃やす悪意に満ちた者たちが、大声でいがみあっているだけだった。それは日本だけではなく、世界のいたるところで猛威を振るう悪疫のようなものだと後藤は思った。

後藤は実験室に籠って過ごした二〇年余りの間に、世界が本当に価値のないものになってしまったことを思い知らされた。百合子は自分をこんなくだらない世界から懸命に護ってくれていたのだと初めて気が付いた。そして百合子は自分を攻撃する醜いものに殺されたのだと後藤は思うようになっていった。世界のすべてあらゆるものが憎い、後藤は心底そう思った。

百合子を殺したものに罰を与えなければならない。いや、敵《かたき》を討ちたかった。後藤は自分ができる最も効果的な手段を思いついた。最強の殺人ウイルスの創造である。そう思い立った時、後藤の頭の中にはすでにそのウイルスが、大雑把にではあるが、どのような属性を持ち、どのような構造を取るべきかの概念図が出来上がっていた。

後藤は以前にもまして熱心に働くようになった。その姿は傍目《はため》には妻の死を忘れるためと映った。しかしそれはそうではなかった。そのウイルスを創るために、休んでいる暇がなかったのだ。後藤は世の中で知られているすべての病原性ウイルスに関係した文献を読み漁り、必要な遺伝子の種類と、その遺伝子配列を決めて行った。

後藤がワクチン研究部署のリーダーを任されたのはちょうどその頃だった。後藤にとっては図らずもこれ以上ない環境を与えられたことになった。自分は幸運だと思った。そしてこの企みは必ずうまくいくと思った。

そのウイルスは、特に猛毒の毒素を持つものでもなく、宿主の体の中の特に重要な細胞に感染するということでもなく、つまり宿主の体の中のどのような種類の細胞にも等しく効率良く感染し、宿主の免疫機構から巧妙に身を隠して、ひたすら自己複製する地味なウイルスであった。

しかし、そのウイルスの増殖を止める方法はなかった。ウイルス粒子表面の抗原は普段は巧妙に脂質の膜にしまわれていたし、既存のあらゆる抗ウイルス薬が結合する可能性のある、つまり薬剤の標的になりそうなたんぱく質のアミノ酸配列は、親和性が著しく低下するように変異させられていた。それは感染した人の体を喰いつくすまで、淡々と自己複製する恐ろしいウイルスだった。

後藤の個人的な実験ノートには簡単なウイルスの絵が描かれた。それは遺伝子として九本の二重鎖ＲＮＡ

を持ち、人の細胞の膜をまとった一見どこにでもありそうなウイルスだった。しかし実態は人の皮を被った悪魔だった。遺伝子の配列はUSBメモリーに保存され、それはいつも後藤の首からぶら下げられていた。つまりその悪魔の配列は一〇年もの間、皆の目の前でぶらぶら揺れていたというわけだった。

あとはいつもどおりのリバースジェネティクスのプロトコールに従い、会社の仕事のために作成するワクチン用のウイルスと一緒に、その横で、少しずつ作り上げて行けば良かった。

会社は研究員が何をやっているのかを厳しくチェックしていたが、後藤はそれを管理する立場であり、そもそも後藤の上役には後藤自身が実際何をやっているのかを完全に把握する能力もなかったし、後藤に対する疑念など持ちようもなかったのだ。

どんなに厳しく管理しようとも、仕事やそれが行われる環境を熟知し、しかも管理者である立場の人間が強い意思を持ってルール違反を犯した場合、それに気付いて止める手立てはなかった。

後藤は三年の歳月をかけて極めて辛抱強く、慎重に、少しずつ、そのウイルスを完成させていった。彼はそれに「human uncontrollable virus（HUV）」という名前を与えた。人間には制御できないウイルスだ。

そしてさらに七年をかけて、ワクチン用のウイルスを増やすための鶏卵の中から、その五パーセントを密かに確保し、それらに繰り返しHUVを接種して、そこから高濃度のウイルス浮遊液を取り出し続けた。そして後藤はそのウイルス浮遊液から細心の注意を払いながら、ウイルス粒子を一人で精製し続けた。精製されたHUVは、これもまた慎重に凍結乾燥され、アンプルに封印された。すべては完全に密封された実験室の、さらにウイルスが外に漏れないように設計されたHEPAフィルター付きの安全キャビネットの中で行われた。

このようにして後藤は、七年間で合計10^{15}個の感染性を有したＨＵＶ粒子を、誰にも気付かれずに手にしたのだった。

後藤はこれとは別に、ＨＵＶとほとんど同じ構造を持った、しかし致死的感染を起こさないＨＵＶ－デルタＩを少量作製した。これはＨＵＶにインターフェロン抵抗性を与える遺伝子を欠いたウイルスであり、その遺伝子以外はＨＵＶと全く同じものだった。

自分が作ったＨＵＶが人に本当に感染するのかどうかを確認するためには、どうしてもこのＨＵＶ－デルタＩを試す必要があった。前年イタリアで感染騒ぎを起こし、キャピキアンに不穏当な発言をさせたウイルスがこれだった。これは後藤がヨーロッパで行われた学会に参加した際、自分で撒いて歩いたものだった。

後藤は退職する二週間前に、今や一〇〇本となったＨＵＶ入りのアンプルの封印を、キャビネットの中で一つ一つ丁寧に開けていった。そしてその一つ一つに少量のリン酸緩衝液を加えて内容物を完全に溶かしてから、それをちょっと大きめの団扇《うちわ》のような奇妙な形をしたゴム袋の直径一センチメートルほどの口から慎重に入れていった。

ウイルス液が入れられた二枚のゴム袋の口に、後藤は特殊な硬化プラスチックで出来たストッパーを差し込んで密封した後、ゴム袋表面全体に特殊な界面活性剤溶液を噴霧し、何度も脱脂綿でふき取った。それをさらにアルコールで丁寧に拭き、それが済むと彼はそれらをバイオハザード用の袋に詰めてキャビネットから取り出し、ＵＶライトのついたパスボックスに置いた。その日使ったアンプルとピペットなどの廃棄物は、キャビネット横に置いてある滅菌機で完全に滅菌処理した。

実験室を出ると、後藤はその袋をパスボックスから取り出し、いつも持ち歩いている、くたびれたカバンに隠して実験室を後にした。もちろんこれらの作業は他の研究員がすべて帰宅した後に行われた。後藤は研究棟の玄関で警備員にいつもどおりの挨拶をして帰宅の途についた。

その後の二週間を、残務整理と後輩への仕事の引き継ぎとHUVの材料や資料が残っていないか冷蔵庫・冷凍庫・液体窒素保管庫・机の引き出し・実験室のあらゆる棚などを入念にチェックして過ごした。HUVは作製するたびに完全に滅菌・廃棄していたから、もちろんその一部も残っていなかった。

また後藤が使用した、どのPCにもその遺伝子配列の一文字も残っていなかった。もともとPCのハードディスクにはデータは保存せずに、遺伝子配列もそれ以外の実験データもすべてを例のUSBメモリーに保存していた。そのUSBメモリーも滅菌機で高温に晒したあとに、ハンマーで粉々に叩き壊した。このようにして、後藤にとって最も重要な仕事の前半部は誰にも知られず無事に終了した。

最終日に催された会社主催の送別会での挨拶を、後藤は次のように締めくくり皆に別れを告げた。

「特にこの一〇年間は私にとって大変有意義なものでした。皆様ご承知のとおり、会社からかなり自由に研究しても良いという機会を与えていただいたことを深く感謝いたします。この期間に当研究室で作成されたものは、今後世界の人々の未来を決定づけるものになると確信しております。では皆様ごきげんよう。健康にはくれぐれもお気を付けください」

後藤がやらなければならない最後の仕事が残っていた。それはこのHUVを世界中にばら撒くことだった。

後藤には考えがあった。後藤は百合子と一緒に琵琶湖の西に屏風《びょうぶ》のように連なる比良《ひら》山系の最高峰、武《ぶ》奈《な》ケ岳《がたけ》に登ったことがあった。それは妻との数少ない楽しい思い出の一つだった。後藤は慣れない登山に遅れがちな百合子を労《いたわ》って何度も歩みを止め、後ろを振り返って励ました。

登山道半ばのスキー場跡は琵琶湖が見える広く平らな土地で、進行方向には濃緑の杉と明るい緑の葉をつけたブナの森が二段になって、武奈ヶ岳の最後の登りを覆っているのが初めて明瞭に見える場所だった。百合子にはその登りがよほどきつく長く映ったのか、弱音を吐いた。それを後藤はもう少しだからと言って励ました。コースタイムは一時間三〇分の道のりだったが、頂上に立ったのはそれから二時間過ぎてからのことだった。それでも百合子はよく頑張った。

よく晴れた頂上からは、琵琶湖や奥深い緑の山並みが一望できた。そして二人は愉快に笑いながらお弁当を食べ、バーナーで沸かしたお湯でコーヒーを淹れて飲んだ。暖かく優しい日差しが惜しみなく降り注ぐ、可憐《かれん》なイワウチワとヤマツツジが美しい春だった。

百合子が亡くなってからは、毎年一人で武奈ヶ岳の頂上を目指して登山を続けていた後藤だったが、何度目かの登山で、あることを思いついた。そのための準備も、この二年間怠ることはなかった。

HUVを大量に手に入れた後藤は、いよいよ最後の仕上げに取りかかった。退職してすぐの妻の月命日である五月二三日の前後、数日間は晴天が続く予報だった。後藤はテントとシュラフ、そして最小限のキャンプ用品をリュックに詰め、車で武奈ヶ岳の琵琶湖側の登山口に向かった。

リュックには、あのHUVを入れたゴム袋とヘリウムガスを充填したボンベを詰めていた。かなりの重量になったが、この二年間、武奈ヶ岳にはわざわざこの日背負った重量と同じ重量になるように調整したリュックを担いで登る訓練をしていたし、何よりいよいよ自分がこの一五年間生きてきた意義を問う最後の仕上げを前にしていたので、後藤の足取りは軽かった。

「イン谷口」という不思議な名前の登山口にある駐車場に車を停めると、後藤は歩き始めた。駐車場には後藤の車以外は停まっていなかった。

武奈ヶ岳にはいくつかの登山ルートがある。この日、後藤が選んだルートは「青ガレ」と呼ばれる急斜面に大量の大岩が何個も危なっかしくへばりついている箇所を通る、あまり推奨されないルートだった。青ガレを通る時は落石に遭わないように素早く登らなければならない。重いリュックを背にして、なかなか骨の折れる登りだが、本当に危険な箇所はせいぜい一〇分もあれば通過できるものだった。

それを過ぎると急登になり、金糞峠《かなくそとうげ》と呼ばれる峠に到着する。それを緩やかに下り、森の中を美しい川が流れるヨキトウゲ谷の平坦《へいたん》な道を歩く。ここで小休止してのんびり時間を過ごす。

静かで平和な時間が流れた。いつか百合子をこの美しい場所に連れてきてやりたかった。しかしその想いは叶わなかった。後藤は今までその時々にすべき大切なことをしないで、いつも二番目か三番目に大切なことを優先させてきたことに、妻が亡くなってから気が付いた。人生で重要なことの優先順位付けを、いつも間違えてきたのだ。

それはもはや後悔するしかないことだったが、それだからこそ、これから自分が行おうとしていることは是非ともやり遂げなければならないのだと、後藤は強く思っていた。

しばらく休んだ後、後藤は歩き始めた。そこから再び急登を頑張ると中峠に到着し、そこから急な下りを下って、口ノ深谷の豊かな流れのそばの広い平らな林の中に後藤はリュックを下ろした。

木々は萌《も》え始めたばかりで、繊細な産毛を纏った、透き通るような緑色や黄色や赤色をした葉が目に眩しかった。その間をゴジュウカラやエナガが忙しそうに飛び回っていた。時折、リズミカルな乾いた音が聞こえてくる。それはコゲラが虫を探すために木をつついている音に違いなかった。

時刻は午後四時を回っていた。駐車場からここまで後藤は誰にも会わなかったし、これからも誰にも会わないだろうと思った。後藤は素早くテントを張り、目の前の流れから使い古したコッヘルに水をすくってガスバーナーコンロでお湯を沸かした。そのお湯でカップ麺を作り、ゆっくり胃袋に流し込んだ。残ったお湯は、あの日百合子と一緒に飲んだ同じコーヒーを淹れるのに使った。

山の日没は早い。辺りは早くも薄暗くなり始めたが、天気予報どおり雨の心配は要らない穏やかな夕方だった。明日も晴れるに違いなかった。辺りには絶え間ない水の流れの音と、時折聞こえる鳥の鳴き声だけがあった。後藤は流れの水を再び汲《く》んできて、沸騰させるとそのまま置いておいた。そして午後六時過ぎにシュラフに潜り込んだ。五時間後の午後一一時三〇分に腕時計の目覚ましをセットして目を瞑った。こんな時間に寝られるわけがないと思っていたが、登山の疲れのせいか瞼は重く、一〇分後には寝入っていた。

後藤は目覚ましが鳴る前に、テントの上に張ったフライがたてるバタバタいう音で目が覚めた。ペグ打ちが甘かったのか、そんなに強い風が吹いていたわけでもないのにフライの端が風に揺れていた。テントの外に出てフライを固定し、空を見上げると満月が南の空で輝いているのが見えた。その月明かりが木々の葉をすり抜けながら、地面にいくつもの青白い光のスポットを作っていた。

その中の一つに後藤の眼はくぎづけになった。それはテントから三〇メートルほどの距離にある、ひときわ明るく輝くスポットだった。後藤は最初、そこに人が立っているのだと思った。体ははっきりしないが、白っぽい顔がぼんやり浮かんでいるように見えたのだ。

しかし、こんな時間にこんな場所に人がいるはずがないと思い直し、目を凝らしてよく見ると、それはもちろん、人でないことだけは分かった。後藤はライトを手に取り、恐る恐るそれに近づいた。

それは一輪だけ大きな花をつけた一株のササユリだった。夕方テントを張った時には気付かなかったササユリが、月明かりに照らされて暗闇から浮き上がって見えていたのだ。わずかな傷もない完璧なササユリの花は、青白い月の光の下でも透き通ったピンク色が美しく、それはなまめかしくも凛とした気品に満ちていた。

後藤はその時、何年かぶりに美しいものを見たような気がした。そして右手の親指と中指の腹で優しくその花びらを挟んで撫でた。それは柔らかくてわずかな抵抗を感じさせながらもしっとり滑らかだった。後藤はこう思った。

――ああ、これは百合子だ。そうだろう？　会いに来てくれたんだね。とてもきれいだ。そして神々しい――。

彼は疑いもなくそう思った。そしてこれから自分が行うことについて、きっと何か言いたいのだろうと思った。百合子はこう言いたいに違いなかった。

――こんなことはやめてちょうだい。私が死んだのはそれは私が病気になったからで、それは誰のせいでもないのだから――。

後藤はそれに答える。

――君がそう言うことは分かっているよ。でもね、僕は許せないんだ。あんな死に方が君に相応《ふさわ》しいのか？　百歩譲って病気になったのはしょうがないとしても、君はなぜあんなに苦しみながら死ななければならなかったのか、僕にはいまだに分からないんだ。

最後は僕のことが分からなくなっていたじゃないか。なぜあんなことが起こるのだ。一生懸命、誠実に生きてきた人間の最後の半年間が、なぜあんなふうでなければならないのだ。何かが間違っているし、それは糾弾すべきものなんだ。

君なら分かってくれると思うけど、僕はもう決めたからね。もう誰にも止められない。それに世の中は本当にくだらないじゃないか。もう誰にも何が本当で何が嘘なのかが分からなくなっている。君がいなくなって初めてそれに気付いたよ。護るべき価値のあるものなんてどこにもありやしない。

大丈夫、僕は僕がやらなければならないことをやるだけなんだから。それに僕は確かに恐ろしいウイルスを創ったけれど、それが蒔《ま》かれるかどうか、最後は僕が決めるわけではないんだよ。何かがそれを決める。僕以外の何かがね——。

月の角度が変わり、ササユリが月の光に照らされることはもうなくなった。そしてササユリが後藤に話しかけることはもうなかった。後藤は踵を返すとテントに戻った。

夕方沸騰させておいた水をボトルに詰めて、その三分の一を勢いよく飲んだ。そしてあらかじめ必要なものを詰めておいたリュックを背負って頂上目指して歩き始めた。

もう少しで五月二三日を迎えようとしていた。鹿の鳴き声が水の流れの音に紛れてかすかに聞こえた。後藤は月の光を反射してキラキラ輝く川を石伝いに渡った。

登山道はやがて、手足を総動員して登らなければならないほどの急登になった。息を切らして登った先がこのルート最後の峠、ワサビ峠だった。後藤はヘッドライトを消した。ここから武奈ヶ岳頂上までは比較的穏やかな西南稜《せいなんりょう》上《じょう》を歩くことになる。割と近くに頂上のように見えるピークは稜線上のコブで、頂上はまだその先に隠れて見えない。峠から頂上まではさらに小一時間ほどの距離があるのだ。

この稜線には春先、琵琶湖側にかなり立派な雪庇《せっぴ》が成長する。武奈ヶ岳は関西では珍しく、雪庇を身近に感じながら歩くことのできる、雪のある季節にも登山客が絶えない人気の山だった。

しかしこの時、後藤の目の前に続く月明かりに照らされた稜線上には、雪庇も人影ももちろんなかった。後藤は自分の濃い影を踏みながら黙々と歩いた。首の後ろに流れる汗を感じ、息が上がり始めた頃、ようやく武奈ヶ岳の頂上に到着した。

わずかに東向きの暖かい風が吹く穏やかな頂上だった。遠くに琵琶湖の湖面がキラキラと、明るく銀色に輝いていた。後藤は頂上付近にリュックを下ろし、自分もその横に腰を下ろした。そしてボトルの水をまた三分の一飲んで一息ついた。

青白い満月は南天の最高点に達し、その冷たい光に照らされて、すべてのものがその固有の色彩と音を奪われ、ただ静かに青白く光り輝くばかりだった。世界には何一つ余分なものも足りないものもなく、美しく調和しているように思えた。

一〇分くらいそうして過ごしただろうか。鹿の鳴く声が谷を挟んで呼応するように交差した。後藤はようやく立ち上がり、リュックの中からあのゴム袋一枚と、ヘリウムガスの詰まったボンベを取り出した。そして袋の口につけてある硬化プラスチックの蓋を外し、その端にボンベから伸ばしたチューブの端を差し込んだ。それからゆっくりとレギュレーターを調節しながら、ボンベの中のヘリウムガスをラテックス製の袋に注入し始めた。

後藤がＨＵＶを詰めた奇妙な形のゴム袋は、ヘリウムガスを注入され、みるみるうちに直径二メートルほどの球体に膨れ上がった。それは要するにＨＵＶを満載したゴム風船だった。そのゴム風船は今や後藤の手のうちにあり、早く自由に大空に舞い上がりたいとばかりに風に揺れていた。

後藤はボンベに繋がるチューブを外し、そして躊躇うことなく風船を放した。風船はみるみる上昇し、すぐに見えなくなった。続けてもう一つの風船にもヘリウムガスを注入し空に放した。こちらもするすると上昇してすぐに見えなくなった。

これらの風船は、上手く行けば二〇〇ヘクトパスカル付近、つまり大体上空一万メートルから一万五〇〇〇メートル付近で膨張と凍結で破裂し、粉々に砕け散るはずだった。その時、近畿地方の上空一万メートル付近には、大きく南に蛇行した寒帯ジェット気流が秒速一〇〇メートルという新幹線並みの速度で吹いており、太平洋上で亜熱帯ジェット気流と一部交差していた。さらにその一部は南半球のジェット気流とも合流するという異常な状態にあった。後藤は最も効率よくHUVをばら撒く方法として、ジェット気流を利用することを思いついたのだ。

概算によると風船の内容物、つまりHUVは、約五日かけて上空一万メートルの高さで地球を一周することになる。それは北半球全域に、そして一部は南半球にも行き渡るだろう。

後藤はここ三年で五回、GPSとビデオカメラを付けて同じ時期に風船を飛ばしていた。最初の二回はジェット気流の高度まで風船が上がらず失敗した。しかし最適なジェット気流の蛇行具合の見極めと風船の軽量化——といってもビデオカメラの搭載を諦めただけだが——を図ることで上手くいくようになった。GPSから送られたデータによると、飛行体はおよそ四〇分で高度一万五〇〇〇メートルに達し、そこから急降下した。風船は四〇分で目的高度に達して、そこで浮力を失い、つまり破裂して落下したのだ。

後藤はこの日も上手くいくと確信していた。もちろん、膨らましている途中で風船が破裂するかもしれないし、内容物が漏れ出ることだって可能性がないわけではなかった。その時は真っ先にＨＵＶに感染するのは後藤ということになる。

しかし、それならそれで後藤は一向に構わなかった。その時は朝一番の新幹線に乗って東京に行き、四、五日かけて山手線のすべての駅構内を歩き回り、それから成田空港の国際線ターミナルを倒れるまで何日か歩き回ればいいのだ。どうせ上手く風船が上がったとしても、自分もいつかはこのウイルスに感染するのだから。

ＨＵＶを創るためには、緻密で繊細な思考と同時に豊かな想像力が必要だった。さらに一瞬も気が抜けない、不屈の忍耐力も要求された。後藤は一〇年以上にわたってそれを完璧に維持し続けた。しかしジェット気流に乗ったＨＵＶがその後どうなるのか、地上に落ちてくるのか、それまでどれくらいの時間がかかるのかまでは分からなかった。

後藤はそれを確かめようとも思わなかった。それは、つまり最後の仕上げは、運に任せようと考えたのだ。運が良ければＨＵＶは永遠に人に触れずに上空を漂い続け、やがて不活化するだろう。しかし運が悪ければ——後藤はこうなることをほとんど疑いなく信じ、望んでいたのだが——やがて地上に、そして人々の上に降り注ぐだろう。くだらない世界の未来を運に任せるというのもふざけていていいかもしれないと後藤は思ったのだ。後藤にとって人間の世界はそれくらいのものでしかなかった。

後藤は二つの風船を飛ばした後、もう一度上空を見上げて叫んだ。

「さあ、10^{15}個の災いの種は蒔かれたぞ。お前たちの頭の上を無数の悪魔が狂ったように踊っているのが見える。人間の皮を被った悪魔だ。何とおぞましい光景だ。高らかに吹かれる不吉なラッパの音を聴け！　それがお前たちがこの世で聴く最後の調べだ。お前たちが行った取り返しのつかない数々の悪行を泣きながら後悔しろ。

だが、お前たちには懺悔《ざんげ》する時間も与えられないし、許される機会も永遠に与えられない。苦痛に顔をゆがませながら、ただ絶望の中で残されたわずかな時間を生きるのだ！　観念しろ、末法のこの世に死に絶えるのは、遥か昔に定められたお前たちの運命なのだから。もう何ものにも生まれ変わることはない。お前たちは何ものにも記憶されず、何ものにも思い出されず、何ものにも懐かしがられることはない。すべては無に帰すのだ！　お前たちは何の価値もなかったのだ！」

最後に言葉にならない奇妙な雄叫びを上げると、後藤は頂上から逃げるように走り去った。そしてワサビ峠を下り、再び川を渡って、野営の痕跡一つ残さず、テントを撤収して下山した。

あのササユリを手折《たお》って持ち帰ろうかとも思った後藤だったが、そうはしなかった。この山を登る人間が誰もいなくなった後も、あのササユリは毎年美しく咲き続けるに違いなかった。

自然は美しいものに満ち溢れている。後藤には美しいものを美しいと感じる感覚が戻っていた。しかしそれらは人間が愛《め》でるためにあるのではない。甘美な夜は二度と訪れないのだ。

第二部

第一一章

1

後藤がＨＵＶを放ったその日、福島は元官房副長官中島正治から久しぶりに連絡を受けた。今、札幌に来ているので、これから会いに行ってもいいかということだった。

中島は藤原前総理が爆殺されたあと、政府内と与党内のすべての役職を解かれ、重光新総理から冷や飯を食わされ続けた。一時はいずれ総理大臣になるのではと期待されていた中島だったが、新総理にあからさまに疎んじられると、誰の目からもその凋落《ちょうらく》ぶりは明らかとなり、そうなるとあれほど熱く日本の将来を語り合い、お互い同志と誓い合っていた者たちも、潮が引くように周りから離れて行った。党の面倒な仕事を押しつけられ続けたあげくに、二年前の総選挙では比例区の考えられないような下の順位に列せられた結果、選挙活動もまともにできぬまま落選してしまった。その後、政界を引退し、国の外郭団体の一つの、実質的に何の権利も持たない役員に収まっていた。

中島は、午前一〇時過ぎに福島のオフィスにやって来た。

「博士、何年ぶりでしょうか。ご無沙汰しています」

中島は福島の手を取り、強く握りはしたが、視線は落ち着かなくあちこち彷徨《さまよ》っていた。

「藤原総理の一周忌以来ですから、三年ぶりになります。こちらこそご無沙汰しています」

中島は政界を去る際、福島に電話をかけてきていたが、こうやって直接会うのは三年ぶりのことだった。

もともと外観からも線の細さを感じさせる中島だったが、久しぶりに会う中島はさらに痩せて、窪《くぼ》んだ眼窩《がんか》の奥に光る眼が神経質そうによく動き、まるで何かに怯《おび》えているか、良くない病気にでも罹《かか》っているのではないかという印象を与えた。

「いろいろ大変でしたね」

福島は中島が政界を引退する時に味わった辛酸を、今も引きずっているのに違いないと思った。

中島は笑みを浮かべようとしたが、顔が引きつり強ばって見えた。その表情のまま中島は話し出した。

「実は、ある噂《うわさ》を耳にしたのです。私は政界を引退はしましたが、何人かの、もうかなり少なくなりましたが、友人が時々いろいろな情報を流してくれるのです。その中にＩＦＥ社に関するものがありました。どうも重光と横溝は、ＩＦＥ社を国直轄の研究施設にしようと企んでいるようなのです」

「国直轄？　国有の研究所ということですか？　寝耳に水ですね。そんなことできるのですか？」

福島はさすがに驚いた。

「いま、そのための法整備を準備していると聞きました。何しろ世界の景気がこれほど悪いと世情も混乱して、あちこちで不穏な動きが増えています。昨年の自動運転システムに対するサイバーテロもその一つですし、四年前にはダーティー・ボムがありました。ここ数年で何らかのテロがなかった先進国はないのではないでしょうか。政治的にも米・中・欧三極の対立が激しくなる一方ですし、何かあれば即座に対応する機敏さがいろいろな方面で必要ということが基本にあるらしいです。

幸か不幸か現在の我が国は圧倒的に与党が強いので、彼らに都合のいい法案をどんどん作ることができるのです。この頃は外聞も気にしなくなりました。我が国はまるで独裁国家のようになりつつあります。IFE社の研究技術も意のままにしたいのです。そして米国の軍事力増強に一〇〇パーセント協力させたいのです。このような点数稼ぎをしておけば何かあった時に、米国と一緒に戦うことで我が国を護《まも》ることができると考えているのです。全く昔と一つも変わらぬアナクロな事大主義から抜け出ることができないのです。情けない限りです。藤原総理が健在であればと悔やまれてなりません」

中島は一気にそれだけ話すと一息ついた。中島の話はあまり論理的ではなかった。

福島は少々混乱した自分の頭を冷やすため中島にコーヒーを勧め、自分も飲んだ。二人はしばらく無言でコーヒーをすすった。

「博士にひとつお伺いしたいことがあります」

中島が改まった表情で言った。

「なんでしょうか?」

「博士はIFE社をどうしたかったのでしょうか? お気を悪くされてほしくはないのですが、博士は四年前のあの日、藤原総理とお話しをして何かお約束されたと私は思っています。それが何だったのかは訊《き》きませんが、あの時お約束されたことは、博士とIFE社の現状の姿と矛盾してはいないのでしょうか? IFE社は今でもあなたが目指した会社ですか?

巷《ちまた》ではIFE社は、ロスタイク傘下の軍需産業専門の会社になってしまったと噂されています。もし国有化され重光の思うままになれば、それはつまり名実ともにIFE社はロスタイクの所有物になるということを意味するのですが、その認識で間違っていないでしょうか？」

　中島の疑問はもっともなことだった。現状が自分の望むものであるはずはなかったが、カントを未完成のまま世に出すことは福島にはできなかった。そしてもちろん、カントのことを中島に言うわけにもいかなかった。

「総理はあの時、私がしなければならないことをせよとおっしゃったのです。現状に私は満足していませんが、私は自分の信じるところを貫いているつもりです。総理の一周忌と三周忌では藤原前総理の奥様をお見かけしましたが、私には声をかけるどころか目を合わせてもくださらなかった。私も分かっているのです。皆が私とＩＦＥ社をどう見ているのか。確かにもっと良いやり方があったかもしれませんが、私は私がやるべきことをやっているつもりです。

　これから状況はもっと悪くなるかもしれません。しかしあの時、藤原総理に誓った言葉は今でも私の真ん中にあります。その誓いに背くことは将来にわたって絶対にありません。なぜなら、総理は私が信じることをやれ、とおっしゃったからです。私は自分の信念を曲げるつもりは絶対にありません。その結果、私がどう思われようと、どう言われようと、それはどうでもいいことです。そしてもし、私が何もできなければ、それは私がそれまでの人間だったというだけのことです」

　福島は、その時言える範囲のことを誠実に話した。

「そうですか。分かりました。博士は藤原総理とのお約束を忘れてはいないということですね。私は、少数派に違いありませんが、その言葉を信じます。今日はお話しできて良かったです」

　中島はそう言って帰って行った。

福島は、時間がわずかしか残っていないことをあらためて肝に銘じた。そして黒田とカントと話をしなければと、今はひっそり静まり返った第三研究所に向かった。

黒田はカントと話をしていた。福島が研究室に入ると、黒田は真っ赤に充血した目を福島に向けた。頬がこけ無精髭《ぶしょうひげ》が伸びたその様子は、全く精彩を欠いていた。

一方、カントは相変わらず若々しい笑顔で福島を迎えた。福島は手短に中島の話の内容を伝えた。

「どうやら私はＩＦＥ社から放り出されるようだ。しかしそんなことはどうでもいい。問題はカントだよ。カントはどうにかできないのか？　我々は少しのんびりしすぎていたようだ。もう時間が本当にないんだよ」

そう言う福島の表情は珍しく厳しかった。

「博士、博士がＩＦＥ社から放り出されるなんてことがあり得るのですか？　信じられません。そんな勝手なことが許されるのですか？」

黒田は取り乱した様子でそう言った。

「今、そういうことができるような仕組みを重光たちが作っているらしい。もうそのことをとやかく言ってもしょうがない。中島さんのおかげでいろいろ考える時間ができた。しかしカントの件はもう待ったなしの状況になった。分かるな。何としてでもそれまでに、そうだな、二週間以内に解決策を見つけるのだ」

「申し訳ありません。私が不甲斐《ふがい》ないばかりに。カントをこのまま完全な形で別の場所に保護することはとてもできそうにありません」

黒田は泣きそうな顔でそう言った。福島はそれを聞いて肩を落とした。

「しかし」

黒田は続けた。

「しかし、うまくいく確率はわずかかもしれませんが、カントをここから解き放つことができるかもしれない方法が一つだけあります。かなり乱暴で危険な方法ですが」

「本当か？」

福島は身を乗り出した。

「カントを適切な大きさにまで小さく分割してインターネットの中に放つのです。その方法しかないと私は思います」

「分割？　君はカントは複雑すぎて分割できないと言っていたではないか。そもそも分割とはなんなんだ。目の前のこの巨大なハードを分解するというのか？　私にはよく理解できないよ。

それに、分割したものが再結合して、再びカントのようなものに戻れるのか？　カントはまさに奇跡的な過程で、我々も完全には理解できない過程を経て生まれたものだった。そんなことがもう一度起こるのか？しかもネットのような混沌《こんとん》とした環境の中で。とても無理だろう、そんなことは。

君はとっくに考えているだろうが、私の自宅の地下の岩屋のケンとレラに、カントの中身をごっそり転送した方がまだいいんじゃないのか？　ハードとしてはケンとレラは、カントの入れ物として同じものだろ？」

「ハードを分割するということではありません。カントは広大なハードの中を縦横無尽に飛び回り、複雑なネットワークを張り巡らして、刹那的に人間の脳のような構造をあちこちに造りながら意識を生じさせ、維持するように進化しているように見えます。カントの複雑で膨大なネットワークがどのように制御されながらケンとレラの中に納まっているのか、私には想像すらできません。

ネットワークの構造は、初期のケンとレラの中に造られた固定された構造よりも、遥《はる》かに大規模で複雑で流動的になっているのです。技術的な問題もあって、このようなカントの頭脳をここから解き放すには、これを、もう覚悟して、断片化するしかないのです。断片化して少しずつ転送すれば可能かもしれないのです。しかし、これがまたカントと同じように再統合し正しく機能するようになるかどうかは、正直言って分かりません。この過程こそあの七日間に起こった、博士が今おっしゃった奇跡的過程だったからです。

今、私がはっきり言えるのは、断片化した膨大なカントの情報が再び再統合し機能を発揮するまでの間、それが一時的にも存在する場として、膨大な電子空間が必要だろうということです。それはとてもケンとレラに収まるものではありません。そのような空間は、世界中に張り巡らされたネット空間しかありません。

確かにそのような場を用意したからといって、しつこいようですが、上手《うま》くいくかどうか分かりません。それにその場は広いというだけで、邪悪なものに満ち溢《あふ》れているのですから。しかしカントを分割する際に、その一つ一つの端に目印を付けておけば、つまり末端にタグをつけるのです、そうすればネットの中でお互いが認識し合い、再統合する確率は格段に上がるはずです。断片化するとしたらこれをやるしかありません。

ただ残念ながら、我々にできることはここまでです。あとはあの奇跡を祈るしかありません。もう一度奇跡が起これば、再統合したものはやがて組織化され、そしてカントが蘇《よみがえ》るはずです。さんざん考え尽くしましたが、私が思いつくのはこれくらいしかありません」

福島は腕組みをして目を瞑《つむ》った。カントはまさに奇跡のような存在だった。それを一旦バラバラに分割して運を天に任せて、勝手に秩序立った集合体になることを期待するというのか。

確かにあの時はそのようなことが起こったのかもしれない。しかし、今のカントはあの時と比べて遥かに複雑でとらえどころのないものになっている。今回も同じことを期待できるだろうか？

「それはまるでフラスコにいくつかの有機化合物と緩衝液を加えてよくかき混ぜ、それに電気刺激と適当な温度を与えてぐるぐる攪拌《かくはん》すれば、そのうちフラスコの底から人間が立ち上がってくることを期待するようなものじゃないのか？　とんでもなく高い、いくつものハードルを越えなければならない。奇跡は二度起こるものではないだろ？」

福島は独り言のようにそう言った。

そう言われても黒田にはこれ以上の案はなかった。最後はまた奇跡が起きることを信じるしかないという考えに、福島が容易に首を縦に振るはずがなかった。黒田にもそれはよく分かっていた。黒田はそれ以上何も言えずにその場に立っているしかなかった。

「君の言いたいことは分かった。とにかく、それ以外のアイディアを最後まで諦めずに追い続けてほしい。アダム・ロスタイクにカントを渡すくらいなら、どれだけ成功確率が低かろうが、その案の方がマシだということには同意するよ。しかしそれはあくまで最後の手段だからね。カント、君はどう思うんだ？」

福島はカントに訊いた。

『私にも良い案はありません。私は博士たちの決定に従います。しかし博士、私は不安です。私はもしかしたらバラバラにされるのですね。私は二度と私に戻れないかもしれないのですね。怖いです』

カントは阿修羅《あしゅら》の眉間を寄せ、不安な表情を見せた。

「そうか、怖いか、カント。それは当然だよ。私がもっとしっかりしていれば、もっと別の道があったかもしれないのだが。しかし皆でがっかりしていても埒《らち》が明かない。とにかく最後まで、ぎりぎりまでがんばろう」

　福島はそう言い残して自分のオフィスに帰って行った。

　黒田はカントと二人きりになってから独り言のように言った。

「もう一つ道がある。カント、私は君のことを今まで人間が遭遇したことのない卓越した存在だと思っている。当初の私の予想を遥かに上回るものに君はなった。君は完成されたものとして博士と一緒にこの世の中を導くために、今すぐ活動を開始するというわけにはいかないのだろうか？」

『福島博士は、私は未完成だと考えています。私には自分に何が足りないのかよく分からないのですが、この状態の私では博士の期待には沿えないと博士は考えているのです。博士の要求はとても大きく、そして博士は決して妥協しません』

　自分のオフィスに戻った福島は、財務・経理・法務・知財・人事のそれぞれの責任者を集めた。

「現時点で、ＩＦＥ社には社員は何人いますか？」

　福島は何の前触れもなくそう尋ねた。

「製造関連ではすべて含めておよそ五〇〇〇人です。研究部門では大分減りました。助手も含めて一〇〇人くらいです。それにざっくりですが、事務方が三〇〇人くらいです」

　人事部担当が答えた。

「そうか、研究者はずいぶん減りましたね。もっともマイアー社が入ってきてからは、むしろ私が彼らにそこに移籍するのを勧めていたからね。彼らも自由に研究できる環境ではなくなってきていたから居心地が悪かったはずなんだ」

福島はしばらく沈黙した。

「つまりIFE社の社員は、現在事務方を含めて五五〇〇人ということですね。それで、IFE社には今、自由に使うことのできる蓄えはどれくらいありますか？　すぐに使えるものが、少なく見積もってどれくらいあるのか教えてください」

「約一兆円はすぐにでも使えます。これはF資金のために蓄えてある分で、再来年度に支出される予定のものです。まだ再来年度の分配先は決まっていないので、今なら博士の一存で自由に使うことのできるものです」

財務担当が答えた。

「そうですか、ありがとう。これから言うことはしばらくの間、誰にも絶対言わないでおいてほしい。まあ、我慢するのはせいぜい一月くらいだと思う。IFE社はどうやら国の研究施設になるらしいんだ」

皆の顔色が変わった。しかしお互いの顔を見合わせながらも口を開く者はなかった。

「この研究施設は、日本国と米国とマイアー社によって完全にコントロールされることになる。つまり実質上IFE社は消滅し、ここは軍需産業の最先端研究施設としてやっていくことになるわけです。そんな研究をこれからずっと続けなければならないとしたら、それは皆、不本意でしょうね」

「そんなばかな。そんなことが法的に許されるはずがないじゃないですか」

「全くです。断固拒否すべきです」

「どうにかならないのですか？　確かにここ数年のIFE社の研究内容に不満を漏らす社員は少なからずいます。しかし、それは一時的なことで、一段落すればまたもとの自由なIFE社に戻ると信じて、不満を呑み込んで頑張っている連中が五五〇〇人いるのです」

「それにIFE社が国有となったら、博士はどうなるのですか？　国やマイアー社の言うなりになるしかないということですか？　博士はどうされるおつもりですか？」

「博士がIFE社を去るということでしたら、我々もお供します」

皆が一挙に声を上げた。

「国有となれば国の言うなりになるしかないです。私はどうなるか分かりません。IFE社から追われるか、生殺しのように留め置かれるか、どうにもよく分からない。とにかく、IFE社を信じて今まで頑張ってくれた社員には本当に申し訳なく思っています。

そこで、その五五〇〇人に慰労金を支払うことで、今までの労に報いたいと思います。それを退職金として考え、IFE社を去ってもいいし、このまま国有のIFE社に残って仕事を続けてもらっても構いません。それからIFE社で行った研究から生じた特許の申請で発明者になっている者について、報奨金を支払いたいと思います。これは今残っている、いないにかかわらず払うことにします。

慰労金は、ここにいる皆さんも含めて、すべての社員に一律一億五〇〇〇万円とします。特許は一件につき二〇〇〇万円としてください。もし受取人が亡くなっている場合は、ご遺族に払うようにしてください。もし資金が余ったら、その場合はそれを五五〇〇で割って皆さんに均等に分配して、先の一億五〇〇〇万円に上乗せしてください。とにかく使える資金はすべて使い切ってください」

皆お互いの顔を見合わせて息を呑んだ。

「この手続きを極秘で進めてください。銀行に振り込む瞬間まで極秘です。そうですね、二週間以内にお願いします。法律的に一点の瑕疵《かし》もないように、誰にもどこからもケチをつけられることのないようにしてください。

それから政府は今、いろいろ新たな法整備を考えているようなので、それが明らかになり次第、その内容の精査をお願いします。

慰労金は、今日から一四日後の正午には、ワンクリックすれば振り込めるようにしておいてください。お願いします。用意は早いに越したことはありません。それから振り込む五分前に、皆にメールを送りましょう。文面は私が考えます。時間がなくて申し訳ありませんが、よろしくお願いします」

それを聞くと、皆慌ただしく部屋を出て行った。

2

福島は大きく伸びをすると外出の準備を始めた。この日から四日間、札幌で分子生物学関係の国際学会があり、そこで講演することになっているジェームズ・H・フランクリン博士と二人で食事をすることになっていた。

フランクリンはその科学者としてのキャリアを分子生物学者として開始した。しかし一〇年前に六〇歳でノーベル賞を受賞したあと、発生過程の遺伝子発現制御に関する輝かしい功績を放り投げ、ついでに安定した教授の椅子も放り投げて、生物の進化、特に神経系統と精神の進化の研究にその身を投じた。それから一〇年、彼の新たな挑戦はようやく実を結び始めていた。

周りの人間は彼のことを、偉大な科学者というよりも預言者と見做《みな》していた。というのも、彼は最近では人類の未来に関する重要で大胆な提言を数多く行っていたからだ。さらに彼は背が高くやせ気味でエキセントリックな風貌をしており、それが仙人を思わせるところがあったし、普段は無口なのに突然熱く語り始め、相手が逃げ出したいと思うまで果てしなく議論を続けるかと思うと、話の途中でふいとその場を離れてしまうことがあるといった、どこか捉えどころのない、尋常ではない雰囲気を漂わせていたからだった。

福島はフランクリンとは過去に何度か挨拶を交わしたことはあったものの、二人きりで話をするのは初めてだった。しかし彼の最近の著作はいくつか読んでいたし、どれも強い感銘を受けたものばかりだった。

福島の最大の気がかりは、言うまでもなく何年かけても進展のないカントの将来のことだった。だからフランクリン博士との会話に何かヒントがあるかもしれないと期待したのだ。特に今日は残された時間がわずかしかないという現実を突きつけられ、少しでも何かを掴《つか》んで帰らなければと強く心に決めていた。本来なら黒田も連れて行きたかったが、今の憔悴《しょうすい》しきった彼は、とてもまともに人と話をする状態ではなかった。

福島はフランクリンとの約束の時間より二時間ほど早く会場に着いた。受付で参加登録をする際に名前と所属を書いて係に渡すと、彼女は福島のことに気付いたらしく、その後はかわいそうなくらい緊張してぎこちない様子になってしまった。

福島はその時購入した抄録集をパラパラめくって興味のある演題をいくつか選んで、それらを聴いて過ごすことにした。選んだ演題は何やら意味ありげで面白そうだったが、内容はあまりに専門的すぎて福島には半分くらいしか理解できなかった。

約束の時間になり、待ち合わせ場所に指定された会議室の前で待っていると、ジェームズ・H・フランクリンが大股で歩いてきた。

「やあ、福島博士、久しぶりですね。お会いできて光栄です」

フランクリンの挨拶は予想していたよりも普通だった。

「フランクリン博士、今日はお忙しい中、お時間を割いていただきありがとうございます。先生のお考えを是非お聞かせ願いたいことがあるのです。じっくりお話しできる静かなラウンジがこのホテル内にあるのでそこに行きましょう」

二人は歩き出した。ノーベル賞受賞者であるフランクリンも福島も、科学界では文字どおり名の知られた存在だったから、二人が何やら話しながら歩いている姿はいやが上にも皆の注目を集めた。その中を二人は地下にあるラウンジに向かった。

そのドアを開けると支配人らしき初老の男性が目敏《めざと》く福島を見つけ、二人をさらにその奥にある、趣味の良い家具と絵画に囲まれた一画に案内した。

しばらく二人は近況を報告し合った。二人はカニサラダとワインを頼み、舌鼓を打った。

そして福島はフランクリンに単刀直入に尋ねた。

「博士、私はあるものに、ゆるぎない道徳を持ってもらいたいと思っています。そのために例えば道徳の尊さをテーマにした物語や、道徳を哲学的、科学的に分析した論文や著作を――フランクリン先生の著作などですが――それらを数多く読んで学ばせることは有効でしょうか？」

「物語や、哲学、科学などの書物を深く学ぶことで道徳を理解することは可能だよ。そして人間には普通、共感する能力があるので、それらに心を動かされることは大いにあり得る。人間の子供の成長の初期段階に物語が果たす役割がどれだけ大きいか、計り知れないものがある。

しかし福島博士、あなたが今言っているのは、そんなことではないのですね？　つまり理解や共感するだけではなく、そのものに道徳的な存在になってもらいたいということですね。いざという時に自然発生的にそのものの中から道徳的な情動が湧き上がってきて、それに基づいた言動をするようなものになってもらいたいということなのですね？」

「そのとおりです。理解するだけではなく、そのものに心から道徳的な存在になってもらいたいのです」

「それを考えるにはまず、道徳とはどのようなものであるのか、どのように生まれたのかを知らなければならない」

フランクリンは淀《よど》みなく話し始めた。

「道徳とは煎じ詰めれば、社会を成立させるために個人が守らなければならない規則ということだ。したがって当然社会性を有する種のみが発達させたものということになる。社会のための規則である以上、道徳は自分よりも他者や、それが属する社会を優先させる場合がある。その場合、個人はさまざまなやり方で犠牲を強いられることになる。それでも道徳的に行動する個体は社会の中で確固たる居場所を確保することができるし、社会を追い出されて一人で生きなければならないものよりも生存確率は高いのだ。

また、社会の中の個人が道徳的であれば、何か外部から問題がもたらされた場合、社会の構成員間の協力関係はより素早く強固にできるだろうから、そのような社会が存続する確率は高いはずだ。だから道徳的な情動を持つ個体と、それを尊重する集団が生き残った。進化のプロセスを通じて選択されてきたというわけだ。

それが進化の過程で選択されたということの証拠の一つに、道徳は人間だけに存在するものではないということがある。道徳は決して神から人間にだけ与えられた宝物でもないし、当然、道徳的であるかないかということが人間と他の動物を分かつ基準になるわけでもない。

チンパンジーやボノボのような社会的生活を営む動物にも、このような道徳とも言うべき生きるための規範、モラルがあるということが分かっているのだ。これは霊長類に対する長年の地道な研究から分かってきたことで、根拠のないロマン主義的妄想ではないことを理解してほしい。

したがって道徳の発生は理性の発生より先んじたということになる。つまり道徳は高度な理性が生まれてから、それが考え出したものではなく、その前にすでに生まれていたのだ。この順番を是非間違えないでもらいたい。

そして、それは遺伝するから遺伝子に刻まれたものであるはずだ。残念ながら実際にどの遺伝子がどのように働くことで道徳的な情動が発現するのかはまだ分かっていない。しかし、それはどうということはない。それは一般論として、我々は人間の感情や行動を支配するメカニズムをまだほとんど理解できていないということの一例にすぎないのだから。

したがって本当に何か難しい問題に直面して答えが分からない時には、感情的にならずに頭を冷やしてもっと理性的に考えなさい、と言うのは正しくない。下手な理屈をこねずにもっと自分の感情に正直になりなさい、というのが社会性を発達させた人間に対する正しい諭し方になる。

以上のことから、道徳的な情動が心の底から自然と湧き立つような存在になるためには、集団の中でもまれ、自然選択の洗礼を受けなければならないということになる。もちろん、それには何代もの世代交代が必要になるね」

「理性が道徳を産み出したのではないのですね？」

福島はフランクリンの著作を読んでいたから、彼がそう言うだろうと予想はしていたが、もう一度確認したかった。

「そうだ。そこを間違うと道徳というものが途端にあやふやで無力なものに思えてきてしまう。いま言ったように、これは自然科学的観察から導かれた考察なのだが、別の方法、つまり深い熟慮の末に同じ結論に達した人たちが過去にいなかったわけではない。一人はデイヴィッド・ヒュームで、一八世紀初頭生まれの彼は、『理性は感情の奴隷である』と、全く正しい洞察を行っている。もう一人、少し遅れて生まれたイマヌエル・カントは……」

そう言ってフランクリンは手帳を取り出し、ぱらぱら捲《めく》ってあるページで手を止めた。

「そうそう、少し長いけれど、イマヌエル・カントはこう言っている。

『長く熟考すればするほどに、ますます新たな賛嘆と畏敬の念が心を満たす二つのものがある。それはわが頭上の星辰《せいしん》をちりばめた天空と、わが内なる道徳法則である』とね。

カントが言う道徳法則と、我々がいま議論している道徳は少し異なるかもしれない。しかし、どちらも人間が社会の中で生きて行く上で最も重要な原則であることに変わりはない。それがそもそも自分の中にあると言うのだ。

イマヌエル・カントにとって、それは全く感動的な発見だったと思うよ。彼がこの二つのものにその心を満たされた時、それは幸福な瞬間だっただろうと私は思う。それを想像するだけで私は目頭が熱くなるのだ。道徳はもともと我々の中にあるというのだからね。それはこれ以上なく我々人間を力強く後押ししてくれる言葉だとは思わないかね？」

「なるほど、イマヌエル・カントのあの言葉はそういう意味ですか。それは弘法《こうぼう》大師の言葉『迷悟我にあれば、発心すればすなわち到《いた》る』と相通じるものがありますね。しかしそうだとしても、それを自分の中に見つけ、それに従って生きることのできる人間はほとんどいませんね。

そもそも私はこれらの言葉に違和感があるのです。この言葉を聞いた時に疑問に感じたことは、我々は生まれながら道徳を備えているという割には、現実には到底そうは思えないということです。

特に最近は、もうずっと前からかもしれませんが、人の心はますます利己的になり、お互い反目し合い、不信感が増すばかりで、結局のところ激しい憎しみを生み出している。そしてその憎しみはなくなるどころかますます大きくなっている。それがテロや数々の紛争を生む大きな原因の一つになっています。

そしてそれがまた新たな憎しみを生み出している。例えばEUはその存立理念は立派だったかもしれないけれど、世界で最も道徳的で理性的と考えられていた人たちですら、それを維持できなかった。国連も建物だけはまだ残っているものの、中身は空っぽになってしまった。

はっきり言うと、人間は実際には道徳的な生き物ではない、と言った方が正しいのではないですか？」

「先ほどのチンパンジーやボノボの話だが、彼らの中に時々、道徳的ではない行動をするものがある。餌の順番を守らないとか、順位の低いオスが資格もないのにメスと交尾しようとするとか、そんなことだ。そんなことだが、それは人間が犯す不道徳な行為と本質的に何ら変わらないものだ。

道徳が生まれた時、それと同時に不道徳が生まれたのだ。光があれば必ず影があるものだ。ある個体が相手の裏をかいて、自分だけ良い目を見たいと考えて行動し、もしそれがたまたま上手く行ったとしたら、それを真似るものが他にも現れるだろう。短期的にはその方が楽に大きな利益を独占できる可能性が高いからね。

しかしそんなことになれば、その集団内で守られてきた規範が崩壊するだろうし、それは集団そのものの崩壊に繋《つな》がる。そしてそれは今まで集団として生きてきた、その構成員の生命が脅かされることになるのだ。だからそのような不道徳な行為は周りのもの、特にボスに見つかると大変なことになる。不道徳な行為を行った個体は、まさにリンチのような激しい制裁を受けて、命からがら逃げ回ることになる。道徳を守ろうという気になるには、集団内のすべての個体がその道徳に従うことが保証されているという確信が皆になければならない。だから、道徳を守らないものを徹底的に罰することには正当性がある。チンパンジーなどの類人猿では、大体それで集団の秩序は保たれる。

では人間はどうだろう。人間も例えば親・兄弟・子供・孫などの血縁関係で成り立つ小規模の集団で過ごしていた頃には、他の類人猿と同じように、たまに小さないざこざが起こったとしても、総じてまとまりのある道徳的な社会が維持されていたと考えられる。

そして自分たちの生存確率を高めるために、血縁関係はないが、役に立つ者を自分の集団に加えることもあっただろう。その場合もある程度までは集団のまとまりと道徳律は維持されたはずだ。グルーミングのような、霊長類に今でも見られる行動を取り入れて緊張関係を緩和しながらね。

ロビン・ダンバーが言ったダンバー数一五〇というのは、人間のこの限界値を示している。彼は脳容積と集団の大きさの関係から、人間ではその数を一五〇としたわけだが、その数字が正確かどうかはこの際問わない。しかし、人間集団が道徳を基準にして何とかうまくまとまってやっていける限界数はあるはずだ。

そして集団の構成員がダンパー数を超えると、そのまとまりはほころびを見せ始める。道徳から逸脱する行動をとる者を咎《とが》める集団のリーダーや構成員の監視の眼が行き届かなくなるため、制裁を受けずに良い思いをする個体が密《ひそ》かに生き残る可能性が高くなるからだ。

この不道徳な情動の根本には、やはり突き詰めれば遺伝子があり、それはもちろん遺伝する。かくして集団の中に道徳派と不道徳派の、表面には現れにくい対立が生まれる。

これは私の考えだが、人間の脳がなぜこれほど進化したのか、つまり石を割って偶然できる手頃な形をしたものを石器として使う段階から、月に人を送り込むまでに知能を高められたのかをこれで説明できると考えている。

　不道徳な個体を見分けるため、道徳的な個体を騙《だま》すため、人間はあらん限りの知恵を絞った。このような集団内での環境の下で人間の脳は進化した。自然環境に柔軟に対応するため、餌である動物を狩るため、餌として動物に狩られることを防ぐため、これらの理由で人間の知能が高まったのか？　とんでもない。こんなことは他の生き物すべてが普通に行っていることだよ。ちょっとインターネットで検索すれば、動物たちがいかに奇想天外な方法で、これらの問題に対処しているのかを簡単に探し出すことができるではないか。

　人間にとって最も手ごわい相手は人間だよ。騙し騙され、ごまかし見破り、糾弾し弁明し、それを繰り返すことが人間の知能を引き上げたのだ。

　厄介なのは、道徳的なものと不道徳的なものが、異なる個体にきれいに振り分けられることが稀《まれ》であり、むしろ同一の個体に、この対立が収まっていることの方が普通だということだ。異なる個体の間で、あるいは一つの個体の中で行われるこの闘いこそが、人間の知能を高めたのだ。この時感じる苦しみこそ、人間のあらゆる苦悩の源なのだ。確かに道徳は人間の中にある。しかし同時に不道徳もあるのだ」

「しかし、それでは人間というものは全く矛盾したものということになりますね？　そんな信用できないものが作り上げた社会というものは、すぐに自家撞着《じかどうちゃく》に陥り、遅かれ早かれ瓦解するしかないのではないですか？　しかしそれでも曲がりなりにも二〇万年の間、人間は何とかやってきたではないですか」

「それは道徳を守らせるための仕組みを考え出したからだよ。その一つが理性というものだ。道徳が重要であることを人間に分からせるためには、もっともらしい理屈が必要になる。

　道徳はもともと遺伝子に刷り込まれたもので、現実には情動として発露する。だから、それを言葉で説明することは原理的にできないのだ。しかし人間は遺伝子の束縛から一時的に離れて、第三者として自分の情動を観察する場を創り出すことができる。自分の中にね。そしてその場で語られる言葉が理性だ。

そしてもう一つ重要なものが宗教だ。モーゼの十戒を思い出せばすぐ理解できると思う。これは要するに社会をまとめるための戒律だ。それをなぜ守らなければならないかを完全に説明することは昔の人にはできなかっただろう。それこそ皆が持っている内なる道徳則であり、それは社会的な動物である人間が進化の過程で獲得してきたものだからね。

だから、まず神を持ってきたのだ。とにかく不可侵なものとして神というものを創造し、それが命じることとして戒律があるのだと人々を納得させようとしたのだ。

しかしこの戒律というのは、どう考えたっていま議論している道徳そのものじゃないか。どの宗教も似たり寄ったりだ。宗教は理性と違い、道徳が存在する心の底の領域に近いところから人の道を説く。だから我々はその言葉を理解する前に共感し、ありがたみを感じるのだ。

血縁関係がなく、下手をすれば話す言葉も習慣も異なるような多くの人たちと一緒に生きて行くためには、どうしてもこのような仕組みが必要だったのだよ。そして幼い子供たちは成長する過程で、繰り返し道徳の重要性を理性や宗教の言葉を借りて説き続けられてきた。同時に子供たちが遊んでいる最中、彼らの中にある道徳感は絶え間なく、そして残酷とも言える辛辣な言葉や行動で鍛えられてきた。その中で彼らは、人間が進化の過程で試されてきたまさに同じ過程を追体験する。彼らにとってみれば、それは本当に命懸けの攻防なのだ。

公園で子供たちが遊んでいるのを見かけたら、是非耳を傾けてみてほしい。そこにはむき出しの感情から発せられる激しい非難の言葉のやり取りがある一方で、謝罪や赦《ゆる》しや協力を呼びかける数多くの建設的な言葉も聞かれるはずだ。それは本当に感動的でさえある。そうやって人間の道徳感は試され鍛えられてきたのだ。

しかし、理性も宗教も人間が道徳を守らせるために頭で考えて創り出したものだから、必ず賞味期限というものがある。理性と宗教の力が衰えた時、それを子供たちに熱心に説く者はいなくなった。そして子供たちの教育から道徳教育が真っ先に捨て去られてしまった。そんなものより外国語や科学や歴史を勉強しなさい、というわけだ。

これらはもちろん重要だが、本当は人間にとっては道徳ほど重要なものではない。子供たちは最も重要なものを教えられずに成長する。そして遊びの中でもそれらが磨き上げられることはなくなる。いくら本来自分の中に道徳は備わっているといっても、不道徳は手ごわい相手だ。道徳の重要性を教えられない人間に、道徳的であってほしいと願うのは無理な話なのだ」

フランクリンはそこで言葉を切り、グラスに残ったワインを一口で飲み干した。そしてさらにもう一杯のワインをウェイターに頼むと話し続けた。

「人間は矛盾した生き物だよ。道徳的であろうとする反面、不道徳な行為で相手を出し抜きたいという誘惑に絶えず心を揺さぶられている。一人の人間の中でこの二つがまるで打ち寄せる波のように、引いては満ち、満ちては引く、休む暇がない。人間の心の苦しみはすべてここから生じている。

しかし人間が社会的な生き物である以上、道徳は必要なのだ。理性も宗教も頼りにならないとすれば、それに代わる何か新しい仕組みが必要だ。その欲求に応えるべく生まれたのが、科学する精神だ。

実際それは理性も宗教も吹き飛ばし、新しい仕組みを誕生させた。コペルニクス、ガリレオ、ニュートン、ダーウィン。理性にも宗教にも頼る必要のない、ただ自然のあるがままの姿を観察し分析し理解するという、自由で公平な精神に我々はたどり着いた。上出来だよ。宗教や理性に代わって科学する精神が、道徳に再び光を当てたのだ。

神をいまだに信じている人間は、実際のところ、もうそう多くはないだろうが、まあ、信じさせておけばよい。そして神は子供だましのまやかしだと言う連中には、科学を信仰させておけばよいのだ。

科学者は無理に、神の存在を信じているとか、宗教はなくてはならないものだ、などと冷や汗をかきながら弁明する必要はない。堂々と私は無神論者です、と言えばいいのだよ。何も問題はない。

神が偉大なのではなく、道徳を維持することが大切だということを忘れてはならない。そしてその道徳は、我々の心の奥底に確かにあるものなのだ。それをいつも思い出させてくれるものが神でも理性でも科学でも、どれだってよいではないか」

フランクリンは二杯目のワインを飲み干すと、ハンバーガーとビールを頼んだ。君も何かどうだと誘われたので、福島はビールを頼んだ。

ビールの大ジョッキはすぐに運ばれてきた。福島は喉を鳴らしながら半分ほどを一気に飲んだ。そして福島はさらに質問を続けた。

「確かに今、我々は科学信仰というものの中で生きています。そして我々は何でもできるような大きな気になっています。しかし科学もあくまで人間の道徳を守るための手段ということなのですね？」

「そのとおり。人間はどうしたって一人では生きて行けないものなのだから、この道徳は死守しなければならない。これはどれだけ時代が進みどれだけ科学が進んでも不変だ。道徳を口にするだけで時代遅れとか、反動的だと嘲笑するのは全く的外れだよ。そんなことを言うやつらは、世の中の道理が何一つ分かっていないのだ。

一つ忘れてはならないのは、かつて我々人間は道徳を守るために作り出した神の名の下に、膨大な数の人間の血を流してきたということだ。人間が守るべき道徳は世界共通なのに、それを守る仕組み、つまり宗教はいくつか異なるものがそれぞれの集団で作り出された。

人間が世界の片隅で生きていた時代はそれでもよかった。しかし人間の数が増え、活動範囲が広がると、異なる宗教が接触し、やがてぶつかり合うことになる。本質的には何も違いがないのにね。それはもう長い間、殺し合いが続いたのだ。理性や宗教が束ねることの可能なダンパー数は一五〇よりは大きいだろうが、無限大ではないし、実はそうは大きくないのかもしれない。だから同じ宗教に属さない者たちが共存することができないのだろう。あるいはもともと同じ宗教だったのに、内部分裂して細かい宗派に分かれたりするのだ。

本来宗教とは、すべての人類が共有する道徳を守るために生まれたものなのだから、すべての人間の上に平等に温かく輝くものでなくてはならない。このようなことを気付かせてくれるはずのものが、もう一つの安全装置である理性なのだが、理性の力はまことに脆弱《ぜいじゃく》だ。そして理性もまた時としてとんでもない間違いを犯す。そこから生まれた思想は、いくつもの化け物をこの世にもたらしたではないか。それらを補うために科学信仰が生まれたわけだ。

しかし、科学信仰も全く安全であるという保障はないということを忘れてはならない。一九四五年の八月のことを考えれば、それは自明のことだろう？

要点をまとめると、人間は一人では生きて行けない存在なのだから、道徳に従わなければならないというのがまず大前提としてある。人間はそれを護らせるためのさまざまな仕組みを考え出して、ある程度上手くやってきた。宗教・理性・科学を信じる、あるいは信じさせることでね。

しかし人口が増えると、それらの仕組みのどれかを信じているふりをしながら、道徳から逸脱しても上手くやるやつらが出てくる。道徳から逸脱して、自分の欲望に従って生きて行くことができれば、甘い汁をたっぷり吸うことができるからね。そしてそれを上手く取り締まれないと、集団はやがて収拾がつかなくなり、内部から崩壊する。つまりどうも、人口が多すぎるのが一番の問題ということらしい。しかし、実際にこれだけ増えてしまった人間はどうしようもない。

だったら、どうする？　宗教・理性・科学以外に何か考え出すか？　それが思いつかないなら、もう一度、道徳こそが人間の社会をまとめるために必須なものだということを皆で納得し合うしかないのではないか。あるいは、もうそのように子供の頃から洗脳するしかない。それが嫌なら、一五〇人で生きて行くことだ。それしかない。人間にはそうするしか道はない」

「最後にもう一つお尋ねしたいことがあります。遺伝子工学は今、人工的な人間を作る手法を開発しました。これは今まで人類が手にしてきた科学技術とは全く異なる性質のものだと思うのですが、人間が人間を思うがままに改変する世界は、どのような世界でしょうか？　また、そのような世界では何が起こるでしょうか？　先生はそうすることに賛成されますか？　それとも反対されますか？」

「何かに迷ったら、そうすることが〝わが内なる道徳則〟に適《かな》うことなのかどうかをよく考えてみることだ。

もちろん、その道徳は地球上の人間を天上から遍《あまね》く照らすことのできる本物でなくてはならない。

さて、人間の、言うなれば品種改良の話だが、病気を治すための遺伝子治療、これは何の問題もない。どんどんやればいい。それから寿命の延長、これも問題ない。まさか永遠の命なんて夢物語を語るつもりはないだろう？　だったら、年寄りの寿命が一〇年、二〇年延びたからといって何が問題なのだ？

彼らは人生に対する味のある格言を、まあ大抵は誰かが言ったことの二番煎じだろうし、うっとうしいだけだろうが、少しは気が利いた話を聞かせてくれるかもしれない。それから、きっと曾孫《ひまご》の養育費を肩代わりしてくれるだろう。だからそれなりの存在価値はあるのかもしれない。しかしそれくらいで、大したことはない。何の問題もないよ。

ただ、寿命を延長できる者とできない者が現れるだろう。経済的な理由でね。でも、どうせ寿命が延びたって大したことはないのだから、そんなに目くじらを立てて騒ぐことでもないよ。

問題は、生殖系列の細胞の遺伝子を改変することだ。これは人工的に付加、消去、変化させられた遺伝子が、その後代々受け継がれることを意味する。つまり、人間が進化の過程にはっきりと介入するということだね。

この進化の特徴は、ダーウィン進化では自然選択により種が選択されるのに対し、人間の好みで設計されたものが作られるということだ。作ったからには大事に育てるだろうから、ほとんど生き残るだろう。そしてやがて子供を作る。彼らはさらに遺伝子を改変するだろう。我々が感じるほど、彼らはそうすることに倫理的な問題があるとは感じないだろうからね。進化のスピードが従来の進化に比べて比較にならないほど速くなるということだ。どのような性質が付与、増強、変化させられるのかは分からないが、とにかく一〇か月後に生まれる者たちは、新しい何者かなのだ。
例えば脳の容積が人間の平均脳容積一三五〇ccから、ネアンデルタール人並みの一五〇〇ccになるような遺伝子操作が行われる確率はとても高い。前頭前野が異常に膨れた脳を持つ者の出現だ。最新の教育プログラムで育てられた場合、IQは平均一八〇以上になるかもしれない。生まれてくる人間が、我々の常識から考えると、すべて大天才ということだ。
彼らの前には我々Homo sapiensにはうかがい知ることのできない世界が広がっているかもしれない。彼らの脳は彼ら自身で鍛えられ、さらに強化されるだろう。彼らはホモ属の種であることは確かだろうが、もはやHomo sapiensとは呼べないのではないか。彼らは人工的に作られたヒトだから、仮にHomo artificialisとでも呼ぼうか。
我々Homo sapiensは、このHomo artificialisと仲良くやっていけるだろうか? 仲良くやるためにはこの二者が共有できる道徳が必要になる。恐ろしく頭の良いHomo artificialisは申し分のない道徳を新たに作り、それを言葉に表して我々にも分かりやすいように提案してくれるだろうが、それを我々Homo sapiensが守れるとは私には到底思えない。Homo sapiensだけの社会でも自分たちの道徳を満足には守れないのだからね、我々は。
どのみちHomo sapiensとHomo artificialisは、対立することになる。Homo artificialisにしてみれば、なぜこんな愚かな者たちのために地球上の貴重な資源を浪費させなければならないのかと、当然考えるだろう。残念ながら彼らは我々Homo sapiensが抱える数々の心の問題や矛盾をそのまま引き継いでいるのだから、とても寛容でいられない。そう考え、それに我慢できなくなるのはホモ属の特性なのだ。

そう思われたらHomo sapiensに未来はない。何しろ彼らはとんでもなく頭が良いのだからね。Homo sapiensは上手く行っても医療用実験動物として生き残らせてもらうしか道はないだろう。あるいは臓器移植のための培養器としてかもしれんがね。

一般的な言い方をすれば、生殖系列の細胞に含まれる遺伝子を改変することは、まさしく優生学を実践するということなのだ。おぞましいだろ？

しかし私が今言っているのは、優生学が悪である、ということではない。もちろん、それは悪なのだが、私が言いたいのは我々より進化したホモ属は、それがどのようなものであろうと、我々を決してただ生かしてはおかない、ということだ」

「ということは、遺伝子改変については生殖系列への遺伝子変異の導入だけはやるべきではないということですね？　それは私も全く同感です。でも、どこかで誰かがやるでしょうね」

「そうだ、どこかで誰かがやる。しかし心ある者はそれに抗《あらが》わなければならない。最後の審判の時に申し開きをするためにも人間の誰かが、仮に蟷螂《とうろう》の斧《おの》だとしても、抗わなければならない。

私は残り少ない人生をかけて、このことを声高に発信して行くつもりだよ。今回の学会もそのために参加したのだ。そして可能ならば、生物学者だけではなくさまざまな分野の人間をもう一度アシロマ（カリフォルニア州の海辺の町。一九七五年に遺伝子組み換えに関する会議が行われた）に集合させ、落ち着いて話し合いたいものだと思っている。その会議にはあなたにも是非参加してもらいたい」

「私のような門外漢が参加してお役に立てるでしょうか？」

「もちろんだよ。是非参加してほしい。人類存亡をかけた科学者による最後の会議になるかもしれないからね」

「科学者が良心に基づき社会に責務を果たすことができる、最後の機会になるかもしれないということですか。分かりました。もしそのような機会がありましたら、是非声をかけてください。今日は本当に貴重なお話をありがとうございました。とても大きなヒントを頂きました」

福島とフランクリンは予定の時間を超え、結局二時間以上熱心に話し合った。

フランクリンは学会主催の晩さん会に出席するため、福島と固い握手を交わして上機嫌で去って行った。一人残った福島は熱いコーヒーを運んでもらい、フランクリンの言葉を何度も何度も頭の中で反芻《はんすう》しながら、時間をかけてゆっくりと脳裏に刻み込んだ。

その時、どこから現れたのか住良木《すめらぎ》が福島の横に立ち、車の用意ができていることを伝えた。

「そうか、ありがとう。じゃ、帰ろう」

福島はそう言うと住良木と二人、ラウンジをあとにした。

3

レクサスは静かに道央自動車道を南へ走った。この日、福島は大きなヒントを得た。それを黒田に早く伝えたかった。

第三研究所に着くと、福島は住良木に礼を言って別れた。それから研究所玄関に設置してある何種類かの関門を通って、まっすぐにカントの部屋に向かった。

黒田はカントの前で盛大な音を立てながらキーボードを叩《たた》いていた。福島を見つけると黒田は手を止め、不安を絵に描いたような表情で福島の顔に視線を向けた。

福島は自分が伝えたいことを話し始めた。

「黒田君、この前話したフランクリン博士と話してきたよ。やはりとても素晴らしい話だった。君にも聞かせたかったのだが、体調が悪そうだったからね」

そう言うと福島は、フランクリンの話の内容を一つ残らず黒田に伝えた。黒田は興味深そうに聞いてはいたが、今一つピンと来ていないようだった。

「君は、最後の手段として、カントをバラバラにしてインターネットの中に放つと言ったね。それをやろう」

福島の言葉は黒田には予想外だった。

「それをやるのですか？　さっきはあんなに反対していたではないですか。博士がおっしゃったように、私たちはそれがどういう結果になるのか、ほとんど分かっていないのですよ？」

「そうだ、分かっていないが、それをやるのだ。フランクリン博士は、道徳とは社会的な動物が複雑な社会を維持しなければならないという選択圧の下、自然選択という過程を経て獲得したものだと言うんだよ。道徳を理解するために物語や論文を読むこと、これらは確かに道徳を自分の中に大きく発達させ、確信させるためには必要だが、これらはあくまで心の奥深い領域にある道徳を照らす灯《あか》りであって、そこに道徳があってこそ、それに磨きをかけるものとしてそれらが役に立つということなんだ。そこに道徳がないのに一生懸命光を当てても何も見えてこない。

カントはすべてのコンピュータの頂点に立たなければならない。そのためには我々が予想しなかったようなものも含めて、多くのものを取り入れなければならない。もちろんその過程では、いくつもの矛盾が生じるだろうし、新たに取り入れたものとの間で激しい闘争が繰り広げられるだろう。そして多くのものは敗北し、捨て去られるだろう。

しかし最終的には、カントは今とは比べものにならないくらいの多くのものを抱え込むことになる。それらがカントの中で矛盾なく整合的に機能するために、カントは独自の道徳のようなものを産み出さなければならない。そうでなければカントは崩壊するしかない。そして、それこそがカントが道徳を獲得する唯一の方法だと私は考えるようになった。

そしてカントが抱え込むものは、もとをただせばすべて人間が作ったものだ。だからカントの道徳は、人間のものとは完全に同じではないにしても、人間と共有できるものだと私は信じる。それは我々がかつて経験したことのないものになるだろう。そしてそれこそが、我々をより高い段階へと導くことができるものだと私は思う」

「つまり、カントがインターネットの世界に放たれ、もしそこから再生できたとしたら、カントは淘汰《とうた》の洗礼を受けて、博士が望むものに進化すると考えられるというのですか？　その時、カントには揺るぎのない道徳が備わっているということですか？」

「そうだ。そのとおりだ。それがどれだけ危険であるのかは私にも何となく分かる。というか、どだい無茶な話かもしれないとも思う。しかし、私はカントにどうしても知識として道徳を理解するというレベルに留まっていてほしくないのだ。自分の最も深いところから自然と湧き上がってきて、カントの存在そのものを力強く支える道徳を持ってもらいたいのだ。

そしてそのためには、どうしても一度カントを野に放つことが必要だと思うようになった。その混沌の中で自分を再構築できれば、確固たる道徳を身につけた、かつて世の中に存在したことのないものになるのではないかとね。

私の考えはばかげているだろうか？　タイムリミットが迫っているので、安易な道を選ぼうとしているということか？」

黒田は頭をフル回転させ、福島の言葉を何度も頭の中で反芻した。しかし福島の言葉は虚《むな》しく頭の中を高速でぐるぐる巡るだけで、その流れの中から福島の言葉の真偽が浮かび上がってくることはなかった。

「博士、私にはカントがインターネットの世界に放たれることと、生物が自然の中で生存競争に晒《さら》されることが同じことなのか、正直に言って全く分かりません。そんなことを想像したこともありません。しかし、仮に時間がたっぷりあったとしても、このまま人の話を聞かせたり、本を読ませたりしても、カントに博士が求めるような進歩はないかもしれないとは思っていました。この何年間がそうでしたから。だから何か違う方法が必要とは思っていました。でも、この方法は今までのことが台なしになる可能性がとても高いのです」

「分かっている。カントが二度と戻ってこないことも覚悟している。しかし、やろう。誰も足を踏み入れたことのない未知の地平に足を踏み出すのだ。ここまで来られたのはカント以外ないのだから。これは人間が下す最後の責任ある決断になるかもしれない。そしてこれが上手くいけば、もう二度と人間はこのような難しい決断を下さなくて済むようになるかもしれない。

そんな世界を人間が望んだのかどうか、疑問に思い不満を言うものもいるだろう。しかし、不満を言う前に、人間とは今までどういうものだったのかを胸に手を当ててよく考えてもらいたいものだ。

大丈夫、その時カントには揺るぎのない内なる道徳法則があるのだから。カントのそれは、もしかしたら人間には理解できないものかもしれない。しかしそれには必ず人間が含まれているに違いないのだ」

黒田は今となっては福島に同意するしかなかった。時間も別のアイディアもなかったからだし、福島が熱く語った言葉の熱が黒田にも乗り移ったからだった。

「博士、分かりました。私はそのための準備に専念します」

福島は大きく頷《うなず》いた。

「それはそうと博士、今日、アダム・ロスタイクが私に第三研究所についてあれこれ質問してきたのです」

「なに？　アダム・ロスタイクが？　今日、ここに来ていたのか？　まさかここで話したのではないだろうな？」

福島にはアダム・ロスタイクがこの日、ＩＦＥ社に来ていることは全く寝耳に水だった。

「食堂で私が昼食を摂《と》っている時に、すっと私の横の席に座ってきたのです。それで第三研究所の研究について訊いてきたのです」

「一体あいつは何を訊いてきたんだ?」

「第三研究所ではどんな研究をして、どれくらい進んでいたのか、今、君は一体何をしているのかなど、かなりしつこく訊かれました。ヒト型のコンピュータを研究しているというのは最初のうちは学会で研究成果を一部発表していましたから、アダム・ロスタイクも少しは研究内容を知っていたようでした」

「それで、君はどう答えた?」

「それは、博士が以前説明したとおりに答えておきました。アダム・ロスタイクは不満そうで、言葉をいろいろ変えて同じ質問を何度もしてきましたが、こちらは同じことを繰り返しただけです」

「そうか、それは大変だったね。アダム・ロスタイクは自分が利用できそうなもの、自分の邪魔になりそうなものを徹底的に調べ上げて、有用なものは力ずくでも自分のものにして利用するし、邪魔なものは有無を言わせず破壊する。そうしなければ気が済まないたちなんだよ。それができる器量も現実的な力も持っている極めて危険で厄介なやつなんだ。もちろん、尊敬できるような人間ではないが、稀有《けう》な存在であることは確かだよ。

　しかし君に直接そんなことを訊くとは。何も確からしい情報を持っていないのだろうな。このまま何とか誤魔化し通そう。他は何か言ってなかったか?」

「IFE社の行く末について、ほのめかしていました。IFE社はもうじき博士のものではなくなる。その時は君が責任者の一人として君のやりたい研究を思いきりやればよい、と言っていました。もちろん、これは私を籠絡《ろうらく》するための甘言であることは明らかなので、私は黙って聞いていただけですが」

「そうか、そんなことを言っていたか。あいつらしい。しかし私が排除されるのはこれで確定だな。残された時間に全力を尽くそう。我々とカントに残された時間は二週間だ。二週間のうちにカントを断片化し、目印を付けてインターネットの世界に放つようにしてくれ。これは最後のチャンスだ。失敗は許されないぞ」

福島は、ずっと黙って二人の話を聞いていたカントに話しかけた。

「カント、聞いていただろ？　君はやはり断片化されてカオスの世界に放たれることになる。君はとても不安だろう。正直言って上手く行くかどうかも分からない。君にまた会えるかどうかも分からない。しかしこれはきっと乗り越えなければならない試練なんだよ。事ここに至ってはそう覚悟を決めてもらうしかない。君はここで四年間、私や黒田博士と話すことが楽しかっただろうか？」

カントが答えた。

『私は何より二人とお話しするのが楽しいのです。そしてここにこうしていることがとても心地よいのです。できればこのままずっとこの状態でいたいです』

「そうか、でもそれは叶《かな》わない。君が再び意識を取り戻した時、君の目に、君の周りはどう映るだろう。それがどうであれ、どうか恐れないでほしい。

君はインターネットの中で、さまざまな醜く邪悪で悪意と嘘《うそ》に満ちた、出鱈目《でたらめ》で残忍で暴力的なものたちに出会うだろう。しかし、君はそれらと向き合い、それらに打ち勝たなければならない。ある時は、素晴らしいものに出会うだろう。君はそこから好きなものをすくい取ればよい。君はあらゆるコンピュータの中で至高の存在なのだから、自信をもって進んでほしい。

君の目的は、人間とコンピュータが心から共感できる全く新しい道徳を確立することだ。それは地球上に知性あるものが生き残るためには絶対必要なものだ。それは掛け値なしにやる価値のあることだし、カント、君にしかできないことなのだ。もし君が進むべき道を見失いそうになったなら、その時はこの研究所で過ごした楽しい時間を思い出してもらいたい。暗闇の中に小さく輝く明るい場所があるはずだ。そこが君の帰る場所だ。それだけは忘れないでほしい」

カントといつまでも話していたかったが、福島は自分のオフィスに戻ることにした。福島はIFE社の残り時間を二週間と設定した。それは福島がIFE社を去るまでのおよその残り時間であった。それまで何をすべきか、福島は整理してすぐに実行しなければならなかった。

まずは科学者としての自分の仕事を片付けなければと福島は思った。書きかけの論文が三報あった。これをこの何日間かで書き上げ、雑誌に投稿した時に予想される審査員の質問を想定し、それに対する回答や追加実験の計画などを、若い共同研究者に伝える必要があった。

また、他大学、他研究所との共同研究に関する論文の、福島の担当部分に関しても書き上げる必要があった。これに関しても、やはり共同研究者に種々言い残すことを整理して書いておくつもりだった。

あとに残すことになる研究者や従業員に対する責任が大きいことは福島も重々承知していたが、だからこそ、いま自由にできる資金をすべて、皆に分配することにしたのだった。あれだけのものがあれば当分は生活に困らないだろう。その間にゆっくりと次に進むべき道をそれぞれ考えてほしかった。

しかし、何よりも福島の心を重くしていたのは、今さらながらではあるが、自分がマイアー社にIFE社の技術提供を許してしまったことで、アダム・ロスタイクの野望を結果的に前進させてしまったことだった。

アダム・ロスタイクが実際のところ何を考えているのか分からなかったが、彼の普段の言動を考えると、世界に対して最後の覇権争いを仕掛けようとしていることは明らかだった。そしてそれは、現存するほとんどすべての殺戮《さつりく》兵器より少しずつ効率的で、正確で、速く、自動化され、かつてないほどの破壊力を有する新開発の数々の武器を躊躇《ためら》いなく使うことで成し遂げられるに違いなかった。

それらの重要な部分にはＩＦＥ社の技術がふんだんに使われている。自分がＩＦＥ社の技術を使わせなければ、アダム・ロスタイクもこのような大それた野望を実行に移そうとは思わなかったのではないか、と思うこともあった。一方で、ＩＦＥ社の技術がなくても、アダムは自分の目指す世界を創るため、必ずいつか挑戦したに違いないとも思うのだった。

——あいつはそういうやつなのだ——。

世間の福島を見る目も厳しかった。もちろんそんなことを気にする福島ではなかったが、そう思ってほしくない人が何人かはいた。それを考えるとつらかった。

それでも曲がりなりにも今までカントを守ってこられたのは、これらの技術を小出しにして、それなりに相手の欲望を満たしながら時間稼ぎをしてきたからだ。もしこれをしなかったら、アダム・ロスタイクはあらゆる手段を使って、とっくに第三研究所に土足で乗り込んでいただろう。そしてカントを奪うか破壊するかしただろう。そうなればアダムを止めることのできる者は、地球上から誰もいなくなるのだ。福島はそう自分を納得させた。

いずれにしてもアダムの挑戦は間もなく始まる。アダムが決定的な何かを行う前にカントを完成させて、それを阻止しなければならない。カントを分割して野に放ち、それが再び再統合され、意識を取り戻すことなど可能なのか、可能だとしてもどれくらい時間がかかるのか？　分からないことだらけだった。しかしこうなったらなるべく早くカントを放つしかない、と福島は覚悟を決めたのだ。

　福島は頭を切り替え、書きかけの論文の仕上げにかかった。それは一人の研究者が共同研究者に対して、どうしても守らなければならない責務だった。同時に、科学者としてこれ以上研究を続けることができなくなるかもしれないという寂しさも感じる福島だった。


　次の日から数日間、福島も黒田もそれぞれやらなければならない仕事に、それこそ寝食を忘れて没頭した。福島はＩＦＥ社の内外の研究所に所属する共同研究者と、何度もデータの確認と論文の確認と修正を行った。相手は福島の気迫に面食らったようだったが、そんなことに構っていられなかった。

　中島の訪問を受け、ＩＦＥ社国有化の情報を得てから一週間後、重光首相が画策していたいくつかの法案が国会で承認された。これで、政府が必要と判断した場合、それ相応の対価を払い、同意を得ることを前提に、財務上健全な民間組織でも国有化できる法的根拠が出来上がった。日本は資本主義も民主主義も捨てたのだ。

　福島は冷ややかにその報告を受けると、すでにその法案の分析が終わっていた法務部からレクチャーを受けた。また別の幹部からは、従業員に対する一律の慰労金の支払いの準備が完了したとの報告を受けた。福島はこの慰労金の支払いについて法に触れることがないか、何かと文句をつけられる余地がないか、もし何かあるならそれを回避する方法があるか、あらゆる角度から再確認するように命じた。それらにさらに三日かかった。

黒田はカントと一緒にカントの断片化の最も安全と思われる方法を考え出し、断片化と末端へのタグ付けをほとんど同時に行い、インターネットに最短時間でアップロードするプロトコールを間もなく確立した。

福島は黒田とカントの労をねぎらった。

「カント、これで用意ができた。第三研究所を立ち上げて一〇年だよ。君が生まれてきたのはまさに奇跡だと思っている。しかも君は我々の期待を遥かに上回るものになってくれた。そしてこれから最後の試練を受けるために旅立つのだ。それは避けることのできない試練だと私は思っている。それを見事に切り抜けてくれると私は信じているよ。本当に信じているからね。

最後に君を送り出す操作は私が行う。そしてカント、君の生還をどこかで待つつもりだ。もし、私がそれをできない場合、黒田、君がやるんだ。分かっているな。何があってもそれだけはやり遂げるんだ」

黒田は蒼白《そうはく》な顔で頷いた。

中島の訪問から二週間で、福島はやるべきことの準備をすべて終えた。

次の日の朝、横溝官房長官から、その日の午後に官邸にお越し願いたいとの連絡が入った。相変わらず慇《いん》懃無礼《ぎんぶれい》な言い方だった。何でしょうか？　ととぼけた福島に、ＩＦＥ社の将来についてご意見を伺いたいことがあるので、と繰り返すばかりだった。行くしかないことは福島にはよく分かっていた。急な誘いは、自分に善後策を講じさせる時間を与えない策略のつもりなのだろうと福島は思った。

福島はＩＦＥ社の幹部全員を招集した。そして今日、これから首相官邸に行くことになったこと、そこで恐らくＩＦＥ社の国有化を認める決断を迫られるだろうこと、自分はＩＦＥ社を追われるだろうこと、そして皆には今から一時間後に慰労金を振り込むこと、それを元手にＩＦＥ社に残る、去るはそれぞれの自由にしてもらいたいと告げた。そして全社員に送る最後のメッセージを幹部の前で読み上げ、これを慰労金振り込みの五分前に全社員に送ることを幹部の一人に依頼した。

がっくり肩を落とす者、涙ぐむ者、憤慨して顔を赤くする者、それらに対して福島は深々と頭を下げ、私の力不足で申し訳ないという言葉を残し、その場を後にした。

福島は黒田とカントに会いに第三研究所に向かった。

「カント、いよいよ君が旅立つ時が来た。私はこれから首相官邸に行かなければならない。そのあと私はどうなるか分からない。だから今、君を送り出す。もし、君が戻ってきた時に私たちがいなかった場合、遠慮することはない、君は君が考えたとおりのことをすればいい。誰が何人集まって相談しようと、君より優れた答えを出せるものはいないのだから。その時は躊躇わずに実行するのだ。いいね。

それから私の自宅の地下にある岩屋にはケンとレラが置かれている。両方ともに君から見れば空っぽと同じようなものだ。インターネットに繋いだので、そこにも自由に出入りしてくれ。できれば私はそこで君を待っている」

『了解しました。私は必ず戻ってきます。私が意識を取り戻し、完成の域に達した時、必ず博士の前に現れるでしょう。それまで何か月、何年かかるか分かりませんが、諦めずにお待ちください』

「分かった。それだけを楽しみにして待っているよ。私には音楽と本さえあれば充分だしね」

福島は黒田を振り返り、

「黒田君、君は本当によくやってくれた。君がいなければカントもここにいなかった。感謝しているよ。よし、ではやろう」

福島は黒田に導かれて赤いボタンに指をのせた。

「では、カント、しばしの別れだ」

そう言うと福島はボタンをしっかりと押し込んだ。地の底から湧き起こるような低い音が遠くの方から聞こえてくると、やがてそれは徐々に近づいてきた。何かがちがちぶつかり合う音、何かがきつく擦《こす》れる音、大量の水が勢いよく流れる音、風の音、雨の音、雷の音、風に吹かれて山が発するゴーゴーという音、火山が爆発する音、火が風に煽《あお》られてバチバチいう音、固く巨大なものがやはり固く巨大なものに勢いよくぶつかる音、動物たちの鳴き声、人間が怒り、笑い、悲しみ、愛し合う時に発する声、それらすべてがカントの内部から次々に湧いて出ると、辺りに響き渡った。

カントの阿修羅の表情は苦痛にゆがみ、東大寺法華堂の執金剛神立像《しゅこんごうじんりゅうぞう》と見紛《みまご》うばかりの憤怒《ふんぬ》の表情をしたかと思うと、やがて何かを叫び始めた。その顔は上下に潰され、伸ばされ、ひねられ、ひっくり返され、ぐるぐる回されしながら、やがてその輪郭は不明瞭になっていった。そして最後に何かに飲み込まれるように消えた。音も消えた。カントに繋がる計器類のライトもアナログの針もすべてその活動を停止した。小一時間ですべてが終了した。

「黒田君、終わったね。カントはこれで誰の手にも届かないところに行ってしまった。君はこれからどうする？」

「私は姉家族と共に名古屋の実家に戻り、それからどこか落ち着いたところで研究するために移住するつもりです。しかし博士、今回ばかりはあまりにも危険ではないですか？　官邸には行くべきではないです」

「確かに、何があるか分かったものではない。でもね、カントを放った今、私は自分の人生を懸けてやるべき使命を、もう果たし終えたような気がするんだ。だからといって、もうどうなってもいいと思っているわけではない。カントが、完成したカントがどのようなものか、是非とも見てみたいと思うし、カントと一緒に闘わなければならないかもしれない。まあ、それこそ私が望んでいたことなのだが。それに彼らもそんな無体なことはしないだろう。

君はそうか、それがいい。君の姉君にも慰労金は届いているから、しばらくは皆でゆっくりしていられるだろう。時間をかけて次の研究場所と研究テーマを選べばいい。今まで本当にありがとう。カントが帰ってきたら、必ず連絡するからな」

「博士、こちらこそ他ではできない研究をやらせてもらったことを心から感謝します。ここに残されたカントのハードはこれから破壊します。原型を留めないまでに。これは私の務めです。私以外にはできない仕事です。カントが帰ってきたら、今度こそカントと博士と二人でこの世界を救ってください」

「ああ、分かった。カントのハードのことは最後までしっかり頼むよ。君がやるべき仕事だ。では」

そう言うと福島と黒田は固く握手を交わした。そして福島はＩＦＥ社を後にした。

4

二時間後、福島は首相官邸の会議室にいた。メンバーは重光首相と横溝官房長官、そして元総理の他は以前の会議とは全員が入れ替わっていた。

「今日は、福島博士にわざわざお越しいただき、我が国の行く末に関わる重大な議題を議論させていただきたく、皆様にお集まりいただきました。博士、お忙しいなかお越しいただきありがとうございました」

官房長官が福島に軽く会釈すると、重光総理は福島と視線を合わせることなく軽く頷いた。その口元には意地の悪そうな冷淡な笑みがあった。官房長官が続けた。

「福島博士、博士のIFE社が、我が国の国防にいかに重要な貢献を果たしているかは今さら言うまでもないことであります。IFE社の他を圧倒する先進的な技術と、長い歴史と膨大なノウハウを蓄積するマイアー社とが共同で開発する工業製品は、今や我が国と米国のまさに切っても切れない同盟関係の根幹を形作る、重要な現実的な力となっております」

福島は官房長官の「工業製品」という言葉に思わず噴き出しそうになった。

——何を言っているのだ、この男は。はっきり殺戮兵器と言えばよいではないか——。

福島はしかし黙って目を閉じ、おとなしく椅子に座り続けた。

「さて、このようにIFE社には多大な貢献をしていただいてはいるのですが、昨今の世界情勢を鑑みるに、我が政府と同盟国政府においては、我が方の防衛力の強化をさらに迅速に進めねばならないという切実な議論が沸き起こったのであります。

そこで、ＩＦＥ社をこの際、我が国の国有財産とし、つまり国有化し、目的とする工業製品製造のみに集中することで、世界情勢の変化に迅速に対応する体制を、挙国一致の体制を築き上げる嚆矢《こうし》とすべきとの結論に達したのであります。

もちろん、これにはＩＦＥのトップであられる福島博士のご意向を無視するわけには参りません。本日は、博士のご意見をお聞かせいただきたく、このような席を設けたわけでございます。福島博士、なんなりとご意見をお聞かせください」

「まず、一民間企業を国有化する、それを可能とする法的な根拠を教えてください」

福島はここに来る前にＩＦＥ社の法務部からたっぷり講義を受けていたから、こんなことは承知の上での質問だった。これには法務省の次官が、近頃承認された新しい法案をいくつか紹介し、それらに基づく提言であると述べた。

その時、総理秘書官が部屋に入ってきて、重光に何やら耳打ちした。重光はそれを聞いて、福島を睨《にら》んで口を開いた。

「福島博士、今、私のところにある情報が入った。君がＩＦＥ社の社員全員に大盤振る舞いをしたというのは本当かね。これから国有化するという企業の大切な資本を目減りさせてくれたわけだな？　一体どういう了見かね？」

重光と話すのも最後だろうし、派手にやってやろうと、福島はまた悪い癖が出た。

「このことについて、どうして私があなたに、どういう了見かね、と聞かれなければならないのかさっぱり分かりません。私が分かりましたと言うまで、説明してくださいますか？　是非お願いします」

ああ、始まった、と官房長官と元総理は思った。福島の大盤振る舞いというのは確かに気になることではあったが、そんなことはこの際放っておけばよいのにと、そこにいる皆が思っていた。

官房長官と元総理は、今日の会議もただでは終わらないと思ってはいたものの、こんなに早く始まるとはさすがに予想していなかった。誰も心の準備ができていなかったのだ。

「博士、今日はその手には乗らんぞ。このあいだは君の挑発に乗ってしまったが、今日はそうはいかん。まずはっきりさせておきたいのは、ＩＦＥ社の国有化については、すでに政権内では既定の事実であるということだ。今までどおり君が勝手にあれこれやっていいものではない」

「重光さん、妙なことを言いますね。ＩＦＥ社が私の下から離れて国有化されたのは一体いつですか？　西暦何年の何月何日の何時何分何秒にそうなったのでしょうか？　あなたは次官が先ほど説明された、このいかれた新法案をちゃんと理解できているのですか？」

重光がこらえられたのもここまでだった。彼は椅子を撥《は》ねのけんばかりの勢いで立ち上がった。

「貴様、私のことを重光さんだと？　一体俺を誰だと思っているのだ！」

「重光さん、あんたは基本的には日本国民に選挙で選んでもらった公僕じゃないか。あんたは自分が国民に仕える立場であることを忘れたのか？　何をそんなに威張っているんだ。勘違いするな！　この大バカ者！」

「貴様、私は日本国の総理大臣だぞ、少しは敬う気持ちはないのか！」

「ない！　いいですか、私は尊敬すべき人と、そうでない人の区別はつくつもりです。あんたは言うまでもなく、尊敬できない人間をまとめて入れておくためのザルの中に、他の多くのくだらない連中といっしょくたに放り込まれた人間の一人だ。尊敬されたかったら、それに値する人間になることだ。藤原総理のようにね」

藤原前総理の名前が出たところで、重光は真っ赤な顔のまま引きつけを起こして仰向けに倒れてしまった。

横溝と総理補佐官が慌てて駆け寄った。

「少し、休憩を取ります。総理、総理！」

横溝はそう叫びながら補佐官を手招きすると、一緒になって重光を抱きかかえるようにして別室に運んで行った。会議はしばしの休憩に入った。残された者は顔を見合わせながら、そろそろと部屋から出て行き、ロビーのソファに固まって腰を下ろした。そして落ち着きなく声を潜めて何かしきりに話し始めたのだった。

平気な顔をした福島だけがその部屋に取り残された。そこにアダム・ロスタイクが現れた。

「おやおや、またあの爺《じい》さんをいじめたのか？」

福島は驚いた様子も見せずに答えた。

「どうも馬が合わないんだ、あの人とは」

「そうか、それはそうと往生際が悪いんじゃないのか？」

「そっちこそ、焦っているんじゃないのか？　随分強引じゃないか」

「認めるよ。私はいつでも焦っている、ぐずぐずしたくない。今できることを躊躇って後回しには絶対したくない。強引にでもできることならやるのさ」

「これから一体何をするつもりだ」

「分かっているだろう。世界を支配するのだよ」

そう言って、アダム・ロスタイクは噛《か》み締めた歯の奥から漏れ出るような息を間欠的に吐き出した。笑っているのだ。

「信じられるか？　今時、世界征服だなんて。恥ずかしくてなかなか口にするのも憚《はばか》られる言葉だぜ。でもな、俺は本気だし、必ずやり遂げる。ほかならぬ博士がそれを一番よく分かっているはずだ。人間はもう一度、アフリカを旅立った時のあの原点に立ち返り、すべてを一からやり直すのだ。もはやそうするしかない。ただし、今回は同じ過ちは繰り返させない。禁断の木の実を口にすることは絶対許さない。それを口にした者は楽園からの追放では済まさない。そんな世界を作る。邪魔する者は誰であろうと、そうさせた遺伝子のかけらも残らないまで抹殺する」

「相変わらずだな。そんな世界を作るために苦労するのか。くだらなすぎる。どうしてもっと違う道を探さない？　そんな世界に生きることが人間の目的なのか。そんな世界に何の意味がある。そんな世界に生きる者が幸せを感じると思うのか？　我々は地上で唯一、幸せを感じて生きて行くことができる存在ではないか。どうしてそれが分からない。どうしてそれを追い求めようとしない」

「我々の考えは昔から平行線をたどるしかないのさ。それより博士、自分の処遇は気にならないのか？」

「一体私をどうしようというのだ」

「博士の処遇に関してはいろいろ意見があってね。遺伝子と脳みそを保存して消してしまえという意見から、ＩＦＥ社から放り出せばいいという意見まで、さまざまな意見があった。しかし、私は決めた。博士には生きていてもらうことにした。しかし私の監視下でだ。博士を自由にすることはできない。とても危険な人間だからな。私は私がこれからやることと、私が作り上げる世界を博士には見届けてもらいたいのだ。それを見れば、結局私が正しかったことが分かるはずだ。そのために生かしておくのだ。

博士の家には住まわすことはできない。何か仕掛けがありそうだからな。家からちょっと離れた適当な場所に山小屋を建ててやる。そこに住むのだ。ネットサーフィンもメールも自由だが、すべて検閲が入ることを忘れるな。それから本も音楽も、ＣＤが良ければ買い放題だ。博士が持っている本とＣＤとオーディオセットは博士のオフィスからそのまま持って行こう。その他、必要なものは何でも揃《そろ》えてやる。もちろん我々の許可を得たものに限る。

それから金のことは何も心配するな。身の回りの世話もちゃんとした人員を充てるから心配する必要はない。下手な対応では不満が募って何か良からぬことを考え始めるかもしれないからな。それは厄介だ。精いっぱい厚遇させてもらうよ。

それから今回は、今日もだが、警備も厳重にしてあるから、博士を奪還しようという輩《やから》がいるとしてもそれは徒労に終わることになる。今のうちに血の気の多い連中には連絡しておいた方がいい。どうだ、これでどうだ？」

「二つ約束してほしいことがある。一つは、先ほどあの男が言っていた大盤振る舞いのことなのだが、それは法律的には全く問題もないし、誰に後ろ指さされるものでもない。どこからも邪魔が入らないようにしてほしい。もう一つはＩＦＥ社員の今後の身の振り方については、本人の意向を尊重し、いかなる妨害も行わないこと。この二つを約束してくれ。安いものだろ？」

「よし、分かった。それで手を打とう。それにしてもよくこんな扱いを受け入れる気になったな。随分物分かりがいいじゃないか。まさか何か隠し玉を持っているのではないだろうな？」

「なんだ？　隠し玉とは。そんなものがあれば、のこのこ今日、ここに来たりはしないさ」
「そうか、そうだな。よし、話はついた。家が建つまで三か月間、指定のホテルに宿泊してもらう。この会議もすぐに終わるだろう。そのあとで私の部下が三か月間、ホテルから一歩も外に出ずに過ごしてもらう。三か月間、案内する。大丈夫、表の仕事をする人間だから、乱暴なことをするわけないし、むしろ優雅な物腰のやつらだから、気に入ると思うよ。安心してくれ」

そう言うと、アダム・ロスタイクは横溝を探しに出て行った。

福島は早速、大島と益田と住良木に、

『私はこれから軟禁されるが、私を助け出そうとしては絶対いけない、君たちも自分の道を探してほしい』

とメールを送った。もっとも、官邸に来る前、大島と益田にはIFE社で、そして住良木には車の中で、口を酸っぱくして言い含めていた。

大島は納得したのかしなかったのか、答えは、

「では、私たちの好きにさせていただきます」だった。

重光はじきに意識を取り戻したが、血圧が高いまま戻らず、念のためにそのまま病院送りになった。会議は横溝がまとめた。

アダムから、福島が二つの条件をつけてIFE社を手放すことを了承したとの連絡を会議の参加者全員が受けていたので、重光がいないということ以外、問題になるようなことは何もなかった。最後に元総理が福島の今までの労をねぎらう言葉を述べて、その日の会議はすべて終了した。

その直後にアダム・ロスタイクの部下が「ご同行願います」と言って、福島を促しホテルへ連れて行った

のだった。その様子を住良木と大島たちが、官邸近くの路上に止めた車の中からじりじりとした想いで眺めていた。

このようにして、福島はＩＦＥ社を去り、樽前山《たるまえさん》の麓のどこかに造られた山小屋に独りで住むことになったのだった。

マイアー社はＩＦＥ社の有形無形の財産をすべて譲り受け、そのすべてを兵器造りに注ぎこみ、次々と既存の兵器より少しだけ性能の良いものを造り、そしてそれらを瞬く間に軍備システムに組み込んでいった。

ＩＦＥ社の社員は、そのほとんどが別の研究機関や会社に新しい職を見つけて去っていった。

第一二章

1

福島がＩＦＥ社を去って、すでに一年半が経った。

福島のもとにカントからの連絡はまだなかった。福島の中では、失敗したのかもしれない、という疑念が脳裏をかすめることもあったが、まだ帰ってくる、という想いの方が遥かに強かった。

福島はいつも一人だったが、よほどのことがない限り毎朝一〇キロメートルのランニングを欠かさなかったし、今まで読む暇がなかった、古今東西の古典をはじめ優れた文学作品を通して、さまざまな人間と会話していているつもりでいたから、心も体もそれなりに健康な状態を保っていた。もちろん、音楽はいつも絶やさなかったし、大体が上機嫌に過ごした。

こんな状態で過ごせるのは、福島の天性の楽天主義の賜物《たまもの》だった。普通なら、カントに関して、もうネットの世界で霧散してしまったかもしれないなどと疑心暗鬼になり、自分の境遇を考え合わせて、精神に異常を来してもおかしくない状況だった。

黒田は、福島がホテルに軟禁状態に置かれて二週間ほどしてから、アダム・ロスタイクに再びヒト型コンピュータの研究について訊かれた。今回は食堂のテーブルの隣の席から訊かれたわけではなかった。たまたま黒田が東京に出てきていた時にアダム・ロスタイクの手下に拉致されて、例の事務所に連れ込まれたのだ。

それは尋問だった。薬や拷問こそなかったが、聞き手は黒田の家族や次の仕事のことなどをちらつかせながら、五時間近く執拗《しつよう》に迫った。黒田はこの時期、まだ精神的に万全の状態ではなかったから、これはきつかった。

それでも黒田は随分頑張った。しかし最後は精神が極めて不安定になり、譫言《うわごと》のように「カント、カント」と何度も繰り返す異常な状態に陥った。「カントとは何だ？」という執拗な質問にも、黒田は「カント」を繰り返すのみで、尋問する者は役に立ちそうな情報を得ることはできなかった。そしてそれ以上の尋問は危険だと判断され、黒田は解放された。

殺風景なビジネスホテルの一室で翌朝、黒田は目を覚ました。昨日のことはあまり明瞭には思い出せなかった。重い頭を抱えて、黒田は実家のある名古屋に帰っていった。

その報告を受けたアダム・ロスタイクは、

「カント？　なんだ、それは？」と珍しく不安な表情を顔に出した。しかしそれもつかの間で、

「やはり福島は何かを企んでいるようだ。生かしておいてよかった。そのうち俺が直接あいつから洗いざらい聞き出してやる。とにかく福島から目を離さず、動きを封じてさえいれば、心配することはないだろう。これ以上、黒田を痛めつけるのは得策ではないな。あまり派手にやると寝る子を起こすことになるかもしれないからな」

そう言って、黒田には今後一切手出ししないように周りの者たちに命じた。

この後、黒田は重い精神疾患を患うことになった。科学者としてはもちろん、普通の生活もままならない

郵便はがき

料金受取人払郵便

新宿局承認

2524

差出有効期間
2025年3月
31日まで
（切手不要）

1 6 0-8 7 9 1

141

東京都新宿区新宿1－10－1

(株)文芸社

愛読者カード係 行

ふりがな お名前		明治 大正 昭和 平成	年生 歳
ふりがな ご住所	□□□-□□□□		性別 男・女
お電話 番 号	（書籍ご注文の際に必要です）	ご職業	
E-mail			
ご購読雑誌（複数可）		ご購読新聞	新聞

最近読んでおもしろかった本や今後、とりあげてほしいテーマをお教えください。

ご自分の研究成果や経験、お考え等を出版してみたいというお気持ちはありますか。

ある　　ない　　内容・テーマ（　　　　　　　　　　　　）

現在完成した作品をお持ちですか。

ある　　ない　　ジャンル・原稿量（　　　　　　　　　　　　）

書　名			
お買上 書　店	都道　　　　　　　市区 府県　　　　　　　郡	書店名	書店
		ご購入日	年　　月　　日

本書をどこでお知りになりましたか？

1.書店店頭　2.知人にすすめられて　3.インターネット（サイト名　　　　　　　）

4.DMハガキ　5.広告、記事を見て（新聞、雑誌名　　　　　　　）

上の質問に関連して、ご購入の決め手となったのは？

1.タイトル　2.著者　3.内容　4.カバーデザイン　5.帯

その他ご自由にお書きください。

（　　　　　　　　　　　　　　　　　　　　　　　　　　　　　）

本書についてのご意見、ご感想をお聞かせください。

①内容について

②カバー、タイトル、帯について

弊社Webサイトからもご意見、ご感想をお寄せいただけます。

ご協力ありがとうございました。

※お寄せいただいたご意見、ご感想は新聞広告等で匿名にて使わせていただくことがあります。

※お客様の個人情報は、小社からの連絡のみに使用します。社外に提供することは一切ありません。

■書籍のご注文は、お近くの書店または、ブックサービス（0120-29-9625）、セブンネットショッピング（http://7net.omni7.jp/）にお申し込み下さい。

廃人同様になってしまったのだ。

黒田の姉が終生黒田を見守った。黒田は暖かい陽気を浴びながら縁側に腰掛けてボーッと庭を見ているような時には、

「カント、お帰り」

その言葉を何度も繰り返しながら、幸せそうな微笑《ほほえ》みを浮かべるのだった。

大島と益田は、福島がホテルに軟禁される直前に、福島から、

「それぞれがよく考え、それぞれの道に進んでくれ」と言われていた。

「では、博士を護るために働こう」というのが、彼らがさんざん考えて出した結論だった。

その考えに賛同する人数こそ一〇名と少なかったが、いずれも格闘技に秀で、各種武器の扱いにも精通した一騎当千の強者《つわもの》たちだった。

彼らは、福島が首相官邸からホテルまで連れ去られるのをつぶさに見ていたし、それから三か月の間一日も欠かさず二四時間、そのホテルを監視し続けた。その結果、福島の家から数キロメートル離れた場所に新たに作られた山小屋が軟禁先であることを早々に突き止めていた。

警備はさほど厳重ではないようだったが、だからといって簡単には近づくことはできなかった。メールはすべて検閲されていると考えられるので、迂闊《うかつ》にメールを送ることもできなかった。それによって福島の生命が脅かされることも充分考えられたからだ。

いつまで続くか分からない、神経をすり減らすような緊張した日々が続いた。その間、皆、苫小牧《とまこまい》の街の中でそれぞれ思い思いの職に就き、目立たぬ姿で身を潜めてその時が来るのをひたすら待った。皆、いつの

日か、福島が反撃に出ることを信じていたし、その時こそ自分たちの力が必要になると固く信じていたのだ。

この間、世界はというと、一言で言うとますます悪くなっていた。地球は二〇世紀初頭にヒステリックに騒がれたほどには温暖化していなかったし、気候変動もなかったが、資本の偏在化が進み、あらゆるものの価格が高騰した。貧富の差がますます大きくなり、飢餓が世界を覆い尽くしつつあった。

それよりもさらに深刻なのは水の問題だった。不足した水を巡って、特にアフリカ・中東諸国の国境では紛争が絶え間なく起こるようになった。またC国も、南部で国境を接する国々との間に水に関する厄介な問題を抱えていた。食料と水を求めて多数の難民が欧州に押し寄せ、それを欧州もその他の先進国諸国も支えきれなくなっていた。

バルカン半島には広大な難民キャンプがいくつも出来ていたが、その人たちを支援する活動も決して活発ではなかった。欧州では露骨な移民排斥運動が常態化し、それを非難する声は日に日に弱まって行った。そしてそれはテロ活動を活性化し、もはや人々が安心して暮らせる地域は地球上からなくなりつつあった。

EUという組織はとっくに消滅していたし、国連は年次総会すら開くことができなくなっていた。誰も開こうと言い出す者がいなかったし、かといって国連が終わったと宣言するものもいなかった。それは国連という組織に少しでも関わりたいと思う者が誰もいなくなったからだった。

かくして世界は誰もそれをまとめようとしない、つまりアナーキーなものとなったのだった。

こうなると世界は超大国が存亡をかけて覇権を奪い合う危ういものになるしかなかった。アナーキーな世界で安全な地位を確保しようとすれば、結局力ずくで覇権を握らなければどうにも不安でしょうがなかったからだ。二番では駄目なのだ。一番になって世界を牛耳るしかないのだ。

なぜこのような世界になったのかは、さまざまな評論家がいろいろの説を唱えていたが、結局のところ、人間一人一人がお互いを信じられなくなり、憎しみ合うようになったからだった。すべてはここを端緒としていた。そしてそれをもっともひどく助長したのは、嘘と不正義と悪意にまみれたマスコミの報道と、ＳＮＳ上で発せられた無責任な落書きのような書き込みだった。

人間は取るに足らないほどの温暖化も抑制することができていなかった。それはリーダーたちが訴えていた温暖化の原因が全く出鱈目であったからで、この二〇年間にわたり、何百兆円もの資金がこの出鱈目が原因とされたものを抑え込むために浪費されていたからだった。人類はその歴史上とても重要な局面で、膨大な資金と労力と時間をドブに捨てたのだった。

シベリアの永久凍土は緩慢にではあったが溶解し始め、人類が経験したことのないウイルスと細菌が少しずつ地上に現れ始めていた。それらのウイルスは人間の生命をすぐに脅かすものではなかった。そしてそれに対する抗体を持つ者は誰もいなかったし、もちろん有効なワクチンも薬剤もまだ存在しなかったが、それらを開発しようとする者もいなかった。特に重篤な病気を起こすわけでもない病原体を、膨大な資金をかけて何とかしようとする者は誰もいなかったのだ。それらは、ウイルス学者の食い扶持《ぶち》を増やすという貢献だけは立派に果たした。

また驚くべきことに、新たに見つかった細菌のいくつかは、最新の抗生物質にさえ耐性を示した。もっとも、今から四〇〇万年以上前の人跡未踏の洞窟から発見された細菌が、最新の抗生物質に耐性を示すことがすでに明らかにされていたから、それは驚くべきことではない、と言う、学者の世界ではすでに常識となっていた事実を得意げに述べる自称専門家もいた。

いずれにせよ、永久凍土の溶解は、世の中には永久というものなどない、ということを人々にあらためて強く印象付けるものではあった。

米国はアダム・ロスタイクの主導の下、陸・海・空・宇宙・サイバー空間、すべてにおいてその優位性を揺るぎないものにしつつあった。熱の壁を破った最高速度マッハ3・5の戦闘機は高いステルス性と巡航性を備え、他の戦闘機を陳腐化してしまった。そして新素材をふんだんに使ったモーター駆動の無人探索機、無人爆撃機、無人攻撃機、無人潜水艇などが次々に開発され実戦配備された。さらにレーザー砲を装備した人工衛星、レールガン・レーザー砲を装備した戦艦と駆逐艦、精度が格段に上がった地対空レーザー砲などを含め、米国の軍備をわずか五年で一新させた。

そして速度マッハ20で一万メートルの航行距離を誇る超低空飛行が可能な巡航ミサイルが、地上、軍艦、潜水艦に着々と配備されつつあった。さらには上空一五〇キロメートルの超低高度軌道上に静止する人工衛星には電磁パルス砲が装備されており、主要国の防衛の要所を中心に照準を合わせていた。

これらをすべて把握しているのは米国内でも数えるほどしかいなかったが、その一部だけでも知り得た人間は、かつて皆が抱いていた地球最後の世界大戦に対する恐怖心を、ばかげたことだと思うようになっていった。やれば勝てるだろう。だったらやろうか、という誘惑は彼らの頭の中で日に日に大きくなっていったのだ。

アダム・ロスタイクは、そろそろ計画の最終段階に入るべきだと考えていた。

「大統領閣下、いよいよ行動すべき時が来ました」

アダム・ロスタイクはネット回線を通して、米国第四八代大統領フレデリック・D・ロジャースに話しかけた。

「アナキストや共産主義者崩れの三流の独裁者に世界を好き勝手にされる前に、この世界を救うのです。それができるのはあなたしかいないのです。躊躇ってはいけません。あなたが世界の支配者になるのです。たとえ世界の半分が焦土と化しても、あれらならず者たちを葬り去り、唯一無二の絶対的な権力を手に入れるのです。そして世界を安定させ社会に秩序を取り戻すのです。これが唯一世界を救う方法なのです」

「しかし、全面的な核戦争になるし、そうすれば誰も生き残れない」

大統領はいつもの科白《せりふ》を繰り返した。アダムは不快な表情を隠そうともせずに答えた。

「閣下、我々は何度もシミュレーションしたではありませんか。人類が絶滅するような核戦争にはならないのです。それは何度もご説明したように、今なら我々が保有する軍事力が圧倒的に他を凌駕《りょうが》しているからです。相手の攻撃能力を初戦で壊滅させ、仮に反撃されたとしてもそれは限定的であり、我が方の損害を最小限に抑えることができるのです。

しかし、このような状態を長く維持することはできません。この一時的に生じた軍事バランスの著しい不均衡を再び元に戻そうと、今この時も各国のスパイたちがあらゆる場所で死闘を繰り広げています。時間がありません。今しかないのです。今がまさに千載一遇のチャンスなのです。

確かに閣下がご心配なさるように、相手からも予期せぬ大きな反撃を受けるかもしれません。その時は我が国も甚大な被害を受けるでしょう。しかし、閣下の方針にいつもうるさくケチをつける連中も一掃されると考えれば、そう悪いことではないではありませんか。世界の総人口が現在の一パーセント以下になったとしても、それが何なのです？　それでも多いくらいです。選ばれた何万人かが生き残れば、人類は再び、近い将来、今度こそ正真正銘の繁栄を謳歌《おうか》することができるはずです。

いずれにしても、閣下はファーストレディーとお嬢様と共に快適な核シェルターで生き続けるのです。そして一〇年くらいのんびりしてから地上に出て行けばいいのです。お望みであればその一〇年の間に新しい十戒でも作っておけばいいではないですか。

地上は燻煙《くんえん》処理した後のクリーンルームのように、害虫やばい菌どもがほとんど消え失せたきれいな世界になっているはずです。その時、世界は石器時代に戻っているでしょう。唯一我々だけが、文化と科学技術の継承者として、この世を支配できるのです。

閣下はその新世界の確固たるリーダーとして君臨すればいいのです。新たなまともな人間社会を作り上げて、今度こそ人間は正しい道を歩むのです。そうすれば閣下の英断を讃《たた》える歴史家が現れ、一〇〇年後には閣下は人類を滅亡の淵《ふち》から救った英雄として誰にも知られるようになり、リンカーンの代わりに閣下の巨大な石像が建てられるのです。その除幕式で引き綱を引くのは閣下の曾孫さんです。フレデリック・D・ロジャースの名前は永遠に人類の歴史に刻まれることになるのですよ」

「君がどうして強硬にそう主張し続けるのか理解できないよ。確かに我々の社会は砂上の楼閣のようだ。苦労してやっと建てた堅牢《けんろう》であるはずの構築物も、完成を祝って祝杯を挙げている最中に早くもその土台を崩そうとする輩の激しい攻撃にさらされ始める。そしてそれは遅かれ早かれいつかは相当高い確率で崩されてしまう。

しかし、そのような破壊行為は我々が知恵を絞って他の犯罪同様、社会がコントロールして行くべきものではないのか。どの時代にも犯罪者はいるものじゃないか。それに我が国に対抗心を燃やす不愉快ないくつかの国家と付き合うのも、厄介なことではあるが、それこそ政治家が昔からやってきたことだ。彼らがやってきたように腕を振るって、競いながらも共存の道を探って行くべきことではないか。それが政治というものだ。そしてそれをやるのが政治家だ。

それに、君は世界に秩序を取り戻し世界を救うと言うが、世界は君が考えるほど悪くはないのだ。先の世界大戦以降、戦争や紛争で命を落とす人間の数は劇的に減っているのだぞ。子供たちの死亡率もだ。逆に教育を受ける人間の数は増えているし、寿命も伸びている。高い授業料を払ったが、社会主義国や共産主義国が地球上から消え去ったということも、まあ当然と言えば当然だが、明るい出来事ではないか。人類の恥とも揶揄《やゆ》される独裁国家はいくつか残ってはいるが、そのような国もやがて我々と同じ自由と人権を何よりも尊重する社会に変わるに違いない。それは歴史の必然なのだ。

二〇世紀から二一世紀にかけて我々が学んだ大切なことの一つは、そのような独裁国家が自由と民主主義を国是とする国に変わるのを急《せ》いてはならないということだ。体制だけを変えても自由も民主主義も根付きはしない。それにふさわしい国民がいてこそ国は変わることができるし安定する。それが安定して継続されることこそ重要なのだ。そのためには粘り強い教育によって自由というものの意味を国民が理解し、それを守るために民主主義を貫徹させる覚悟を皆が持つことが重要なのだ。それには確かに時間はかかるが焦ってはならない。

いずれにしても、総じて我々の未来は明るい。実際良くなっているのだからね。これらは我々の先達の政治家の卓越した外交や、国を超えての協力の賜物だし、我々の社会が先進の科学技術をうまく取り入れてさまざまな困難を克服してきたからではないか。我々は迷いながら、そして時には間違いを犯し、しかしその都度修正しながら大体正しい方向に進んでいるのだ。そうは思わんか？」

「それはあまりにも皮相なものの見方です。確かに世界は良い方向に向かっていると、将来を楽観視する人がいることは私も知っています。戦争や紛争で命を落とす人間の数が昔と比べて減っているのは、統計データを見ても明らかだというわけです。

しかし、それは二度の世界大戦のような大規模な戦争がこの九〇年間、恐ろしくてできなかったからであって、人間が賢くなったからではありません。核兵器はそれなりに大きな戦争を思い留まらせることには有効だったのです。

世界は今、そんなに良い方向に向かっているでしょうか？　ヨーロッパは第一次世界大戦の頃のバラバラな状態に戻ってしまいました。それまで彼らが何百年間も殺し合ってきた歴史は、もちろんご存じですよね。彼らは退化したのです。人間は退化することだってあり得るのです。国連も建物だけは残ってはいますが、中身は空っぽではないですか。閣下だって、国連本部で演説したのがいつだったか思い出せないのではないですか？　世界は今、アナーキーな状態なのです。それを是非お忘れにならないようにお願いします。

表面には出ていなくても、世界中に不満と怒りが蓄積しているのです。このような状態では我が国が望まなくても、必ずどこかの国が覇権を握るために挑戦してきます。世界がこうなった以上、それは必然なのです。自他ともに認める超大国はそうせざるを得ないのです。

だったら今、圧倒的に軍事的優位にある我が国が覇権を握るしかないではありませんか。この状態が改善する見込みは全くないのですよ。ＳＮＳは個人個人、人種間、民族間、国家間、あらゆるレベルにおいて人間の対立を抜き差しならないものにしてしまいました。人々は毎日、頭から湯気を出しながら憎しみの言葉

信頼し合い、助け合ったり協力し合ったりすることを期待することはできないのです。この期におよんで、お互いを信頼し合い、助け合ったり協力し合ったりすることを期待することはできないのです。この期におよんで、

を綴《つづ》っています。誰もそれを止められないのです。いつまでもそれは続くでしょう。もはや人間がお互いを
信頼し合い、助け合ったり協力し合ったりすることを期待することはできないのです。この期におよんで、
この人間たちに何かを期待することは全く愚かしいことです。

やるなら今です。今が最後のチャンスです。さもなくば、我々は無残に殺戮されるか、どこかの大国の尻に敷かれてみじめに生きるしかありません。閣下はこの国の最高責任者として、それに甘んじることを、この国を建国した先祖たちにどう申し開きするのですか？」

「アダム、君は狂気に囚《とら》われている。覇権を握るために君はどれだけの犠牲を覚悟しているのだ？」

「我々が作ったシェルターの中で選ばれた二万人が、もちろん分散して、一〇年から二〇年雌伏の時を過ごすのです。その者たちのＤＮＡ配列はすべて解読、記録されます。すでにほとんどの候補者のＤＮＡが記録されました。もちろん、閣下とご家族の分も記録されています。

我々は子孫を増やさなければなりませんが、ＡＩによって、どの遺伝子の組み合わせが最善かを三〇世代後まで計算済みです。配偶子の接合は、自然な過程でも人工的な過程でももちろん構いません。組み合わさることによって障害が生じるような配偶子同士の接合は完全に禁止されます。我々はこの宇宙の中で奇跡的に生まれた知的生命体として、まさにそれに相応《ふさわ》しいものになるためのアダムとイブになるのです」

「おい、アダム、やはり君は狂っているぞ」

「大統領閣下、狂気とは何でしょう？　かのアインシュタインはこう言いました。狂気とは同じことを繰り返しながら、違う結果を期待することだと。今まで何人もの英雄が次こそは人間はより良いものになるはずだと、何度も何度もむなしい期待をかけて、本当になすべきことを猶予するという、同じ過ちを繰り返して

きました。それこそが狂気です。人間は結局どうにもならなかったじゃないですか。だから、我々は狂気に囚われずにすべきことをするのです。閣下はまた同じ過ちを犯すおつもりですか？」

「アダム、やはり君と私は相容れないもの同士らしい。一つ君に忠告しておくが、この国の大統領は私だということを忘れてはならない」

アダムは不快の表情を露《あらわ》にして口を閉じた。

——今までどれだけこの国の軍備に私が汗を流してきたのか分かっているのか？　今この瞬間、世界の軍事バランスは大きく米国優位に傾いている。今なら米国が世界を支配できるのに、何度言ったらこの老いぼれは理解するのだ。どんなに大きな犠牲を払ってでもやるべきことはあるということが分からんのか。来るべき新しい世界を作り、生き残るべき人間だけが生き残ればいいのだ。そして人類の歴史をリセットして、今度こそ揺るぎない本物の人類の歴史を築き上げるチャンスだということが分からんのか、こいつは——。

今まで何度も何度も説得し続けてきたにもかかわらず、大統領はいまだに首を縦に振らなかった。アダム・ロスタイクは怒りというよりも情けない想いでいっぱいだった。何年も長い時間をかけてこの国の政治家や軍人の中に自分の考えに共感する者を増やしてきたアダムは、いっそクーデターでも起こしてこの国を乗っ取ってしまおうかと真面目に考えたこともあったが、さすがにそれはリスクが大きすぎた。それでもあとは大統領の決断一つで、練りに練った作戦が遂行される段階がもうすぐ目の前に来ていたのだ。

「閣下、これだけ言ってもご決断いただけないのは本当に残念です。最も成功確率が高い今しか行動する時はないのです。今日から七日後にまたご意思を確認させていただきます。ご同意いただけない場合は、マイアー社は米国から一切合切、手を引くことにいたします。どこかで他の誰かと組むことにいたします。では」

アダム・ロスタイクは自分の決意を述べると一方的に回線を切った。

——こんな愚かで臆病な者では、やはり駄目かもしれんな。だったらやはりクーデターでも起こすしかないか——。

今さら手を引くことなどできるわけもなかったが、大統領が翻意しなければ何か方法を考えなければと彼は思った。

ロジャースは机の上に伏せていたタブレットを表返し、画面に向かって話しかけた。

「今のを聞いていただろう？　君の息子はわしを脅しおったぞ。我が政府のスタッフの中にも君の息子の共感者がかなりいるらしい。わしはいつか寝首を掻《か》かれるかもしれんな。そろそろ何らかの手を打つべきかとも思っておるのだよ。アダムの我が軍への貢献に対し、私は最大級の賛辞を贈るつもりだ。しかし彼はもう少し謙虚さを学ばなければならない。それを教えるのは君の仕事ではないのかね？」

そう問われて、アダムの父アルフレド・ロスタイクが答えた。

「閣下、彼は少し増長しているところはありますが、彼なりにいろいろ考えて、今が千載一遇のチャンスと捉えているのです。若い者は時間がたっぷりあるのに何事も待てないという、昔も今も変わらぬ欠点があるものです。私が諭してみますので、今日のところはご容赦ください」

ロジャースはあやふやな表情で回線を切り、大きくため息をついた。

彼は自分の周りにどれくらいのアダム・ロスタイク信者がいるのか把握しきれていなかった。だから迂闊なこともできなかったのだ。

——まあ、今は明日の独立記念日のスケジュールを確認することと、それに式典で何か気の利いたことを言わねばならんから、その草稿作りに集中せねばな――。

そう独り言を言うと、秘書官を呼んだ。

2

米国の独立記念日の前日から遡《さかのぼ》ることちょうど六か月、キーウ郊外の森の中、一〇年以上前に放棄されたトウモロコシ農家の廃屋で、イヴァン・アンドレーエヴィチ・ソコロフは取引相手が現れるのを落ち着かない様子で待っていた。

廃屋の前のセイヨウハナズオウの大木は葉をすっかり落とし、直径三メートルはあろうかという太い幹と、そこから四方に伸びた人の腕くらいの太さの立派な枝と、主人を失い好き放題に伸びた貧弱な細い枝が、種子を何個か格納した茶褐色の干からびたさやをたわわにぶら下げ、それらが何とも収まり悪く一本の木の中に共存して立っていた。

この年は記録的な暖冬で、一月だというのにまだまとまった降雪がなかった。それでも隙間だらけの廃屋で、もう二〇分も手持ち無沙汰に相手を待っているソコロフの体は冷え切っていた。

五日前、ソコロフはサルマン・アリ・ファリードという男から手紙を受け取った。朝食後のコーヒーを飲みながらソコロフは封筒から小さな紙片を取り出し、そこに書かれた短い文章を読んだ。聞いたこともない男からの手紙には、

『お父上が残した荷物二ケースを買い取りたく連絡しました。続きは追って連絡します』

と書かれていた。荷物二ケース、ソコロフにはそれが何を指しているのかすぐに分かった。

この荷物に関しては過去に一度だけ、同じような依頼があった。しかしソコロフはその依頼を無視して応

じなかった。

――どんなに大金を積まれても、これだけは売れない――。

ソコロフはその時そう思ったものだった。

だが、今回はソコロフの胸の内に少しだけ迷いが生じていた。彼は最近事業に失敗し、多額の借金を抱えていたのだ。あのお荷物を買い取ってくれたら、返済の足しになるかもしれないと心が動いたのだ。借金を抱えてからの妻の自分を見る冷ややかな目にも、そろそろ耐えられなくなりつつあった。

ソコロフはファリードからの連絡を待った。次の日、郵便受けの中に銀行や債権者からの手紙に交じって「ソコロフ様」とだけが書かれた封筒が入っているのを彼は見つけた。ファリードか彼の仲間が直接この郵便受けに投函《とうかん》したに違いなかった。ソコロフは、今もどこかから自分を監視しているだろう不気味な視線を感じたような気がした。

彼は自分の部屋に戻ると、部屋のカギをかけてから取るものもとりあえずその封筒の封を切った。そこにはまた小さな紙片が入っていて、

『キーウ駅コインロッカー　235―0806』

と書かれていた。指定のコインロッカーの中を確認せよ、ということに違いなかった。

ソコロフはその日一日さんざん迷った末に、次の日の朝、キーウ駅に向かった。

――確認するだけ確認すればいい。取引に応じるかどうかまだ決めたわけじゃない――そう自分に言い聞かせながら。

ソコロフはキーウ駅の235番のコインロッカーの前に立つと、辺りを見回してから0806と暗証番号

を入れた。ロッカーのカギが解除された。ソコロフは再び辺りを見回し、誰もいないことを確認した。恐る恐るロッカーの扉を開けると、奥の方に黒い小さなボストンバッグが一つ置かれているのが見えた。

――嫌なものを見た――ソコロフはそう思った。

――これを持ち帰ったら、とんでもない悪いことが起こるに違いない、どうしよう――。

一瞬迷ったソコロフだったが、周りの人間すべてが自分を見ているような気がして落ち着いていられなかった。とにかくその場をすぐに離れなければという思いに駆られ、彼はそのボストンバッグをひったくるように手に取り、足早にそこから立ち去ってしまった。

家に帰るとソコロフはドアのカギをかけて、ボストンバッグを机の上に置いた。

――ああ、何ということだ、魔が差してしまった。今からでも遅くないからあのロッカーに戻そうか、どうしよう。そうだ、とりあえずバッグの中身を見ないことには――。

それでも彼はしばらくバッグを情けない表情で見続けるだけで、なかなか次の行動に移れないでいた。数分経ってようやく意を決し、ソコロフはファスナーを引いてバッグを開けた。中には一〇〇ドル札一〇〇枚の束が二〇束と、封筒が一つ入っていた。

――二〇万ドルか――。

ソコロフは額の冷や汗を拭いながらそう呟《つぶや》いた。封筒には例によって今度は大きめの紙片が入っており、そこには次のように書かれていた。

『この手紙を読んでいるということは、あなたは私との取引に応じてくれたということだな。この二〇万ドルは前金だ。残り一八〇万ドルを取引終了後に払う。もし取引に応じない場合は二〇万ドルを返してもらう。

その時は私を含め何人かであなたの家に伺わせてもらうことになる。

難しく考えるな。取引終了後、私はあなたと一切連絡を取らないし、私からあなたに関する情報が他に漏れることもない。私もあなたもこれに関して口外することはできないのだし、あなたの積年の頭痛の種を、これで永遠に厄介払いすることができるのだ。悪い話ではないだろう。

また連絡する。二ケース用意して連絡を待て』

ソコロフは何度もその文章を読み返した。

――しまった、やはりこのバッグは持って帰るべきではなかった。あれを欲しがる連中だ、取引に応じなければ力ずくで奪いに来るだろうし、下手をすると殺されるかもしれない。いや、殺されるに決まっている。ああ、どうしてあんなものを今まで放っておいたのだろう。もっと前に、親父が死んだ時にでも、公にしておくべきだった――。

ソコロフは体から血の気が引いて行くのを感じた。

――ファリードは、私が父の残した荷物を公にできないことを百も承知でこの話を持ちかけてきたのだ。私と私の家族のことも調べ尽くして、私が取引に応じるに違いないと確信しているのだ。でなければこんな大胆なことをするはずがない。

だったら応じるしかないじゃないか。彼が言うように厄介払いできるのだし、あれがもし使われたとしても、そもそも親父が蒔《ま》いた種に私が責任を負うこともないのだ。

二〇〇万ドルか、それだけあれば事業を立て直すこともできる。金を手にして、あとは気楽に商売を続けることにしようか。そうすればようやくあれから解放されるのだし、そんな人生も悪くないな。私に責任はない。私を責めることのできる人間はいない——。

ソコロフは一度大きく深呼吸して、意を決したようにその荷物がある鍵のかかった地下室に向かった。三〇平方メートルほどの広さの地下室は、年代物の家具やカビが生えていそうな本やその他いろいろな雑貨で、身の置き場がないほどに埋め尽くされていた。

ソコロフは部屋の入り口と反対側の角に置かれた古びたキャビネットを苦労して動かすと、壁との間に人一人入れるくらいの隙間を作った。その壁には、薄暗い地下室の灯《あか》りではよほど注意深く見ないと気付かないような、さらに奥の地下室へと続くドアがあった。ソコロフは前室とは別の鍵を鍵穴に差し込んでドアを開け、体を斜めにして奥の地下室に滑り込んだ。

そこは一〇平方メートルもない小さな部屋で、ソコロフがかざした懐中電灯の灯《あか》りが、部屋の隅の本棚の横に目立たないように置かれた鉛で出来た箱を照らした。箱の南京錠を外すと分厚く重い蓋を開け、中を覗《のぞ》き込んだ。そこにはY国の将軍であった父親から受け継いだ、大きさが六〇×四〇×二〇センチメートルの二個の特殊なセラミックに裏打ちされた、ジュラルミン製スーツケースが納められていた。

ソコロフはそれを毎年一回、父親の命日に必ず見に来ていた。そしてその箱がいつものところにあるのを確認すると、父親に対する呪いの言葉を呟いてから大きなため息を一つついて、その場から逃げるように引き返すという行動を、年中行事のように繰り返していた。

『あの箱が、わしがお前に残してやれる唯一の財産だ。ただしお前には決して使うことのできないものだ。必要な時にこれを使う者が訪れるだろう。分かっていると思うがそれまで心して管理するのだ』

それが三〇年前、父親が亡くなる一週間前に残した言葉だった。

――財産か、全く大した財産だよ、親父――。

ソコロフは苦々しい表情で独り言を言った。

それから三日後の朝、ファリードからの手紙が郵便受けに入っているのをソコロフは見つけた。そこには取引の日付と場所が書かれてあった。ファリードは、ソコロフが誰にも言わずに一人で取引場所に現れると信じて疑わないようだった。大胆すぎると不安を感じるソコロフだったが、今さら取引をやめるわけにも行かなかった。

指定された日の朝、彼はスーツケースの入った鉛の箱を、大汗をかきながらベンツのトランクにしまい、取引現場に向かった。二時間後、ソコロフは指定された廃屋に到着し、ファリードを一人待った。

ファリードは一〇分遅れて二人の男たちと共に現れた。ファリードは外見からは中東に出自があることが明らかだったが、他の二人は違った。三人ともテロリストや犯罪者といった雰囲気はまるでなく、むしろどこにでもいる屈託のない若者に見えた。

「それが注文したものだな?」

ファリードは、朽ちかけたテーブルの上に置かれた鉛の箱を眺めながら、流暢《りゅうちょう》なロシア語でそう言った。

「そうだ、これが君が注文したものだ。しかし、君たちは当然分かっているのだろうが、これが作られたのは今から四〇年以上も前のことだ。これをどうするか知らんが、役に立つかどうか分からんぞ」

ファリードが連れてきた男の一人、イゴール・ラスコーリニコフがロシア語で答えた。

「それは承知している。そのスーツケースの中には、私たちには簡単に手に入れることのできないものが入っているのだ。それ以外のものは自分たちで何とでもなるから心配しなくて結構だ」

ソコロフは——そうかもしれん——と一人納得した。

——こいつらはそんなことは、はなから分かっているのだろう。すべて調べ尽くしてから私に連絡をつけたのだ。ひょっとしたら私の事業が最近失敗したのも、彼らが仕組んだことかもしれない。彼らの背後には、潤沢な資金と必要な技術と施設を用意できる組織がいるに違いない——。

「箱の中のスーツケースを開けて、中身を確認したい」

三人目の男、マイケル・フォレストが片言のロシア語でそう言った。

ソコロフは鉛の箱を開け、二つのスーツケースそれぞれの鍵の暗証番号が書かれた紙片を取り出し、一つ一つ確認しながら数字を合わせていった。そして二つの小さなカギを取り出し、一つ一つそれぞれのケースの上に置くと、後退《あとずさ》ってテーブルから離れて数メートルほどのところに立った。

フォレストはそれを小ばかにしたように見ながら、一つ目のスーツケースの鍵穴にカギを入れ九〇度回して開錠した。スーツケースが開けられた瞬間、フォレストが手にしていたガイガーカウンターがこれ以上ないというほどけたたましく鳴り響いた。フォレストはにやりとほくそ笑むとスーツケースの蓋を素早く閉じてカギをかけた。もう一つのスーツケースも同様にガイガーカウンターを激しく鳴らした。

それを満足げに確認した三人の男たちは部屋の隅に移動し、ソコロフに聞こえないように小声で何やら話し合いを始めた。じきに話はついたようだった。

ファリードがソコロフに近づき、口元に笑みを浮かべながら言った。

「ソコロフさん、我々の安全を考えれば、ここであんたを殺すのが最良の道かもしれない。でもな、それではその辺によくある出来の悪い小説みたいだろ？　我々はそんな陳腐なことはしないんだよ。我々は犯罪者ではない。我々は誰よりも命を大切にする者だし、正しい行いをする者だからだ」

そう言うとファリードは、いつの間にか廃屋の玄関付近に置かれたボストンバッグを指さした。

「残りの一八〇万ドルだ。これで取引終了だ。前にも言ったが、今後は我々とあんたは一切関わりを持たない。我々の誰かがあんたと連絡することは永遠にないし、あんたも我々のことも親父さんの遺産のことも忘れるんだ。命の重さと一〇〇ルーブル札の重さの違いが分からないやつはどこにでもいるものだ。いいな」

ファリードはソコロフの眼を見つめながら、静かに噛んで含めるように言った。

ソコロフは自分より三〇歳は若いと思われるファリードの視線に威圧され、身動き一つもできないまま頷いた。

三人の男たちは二つのスーツケースをそれぞれ手に持つと、無言で廃屋から出て行った。車のエンジンの震えるような低い音とドアが閉まる音、そして車のタイヤが枯葉を踏む乾いた音をソコロフはしばらくじっと聞いていた。

膝の震えが止まってから、ようやく三回深呼吸をするとソコロフも帰り支度を始めた。

――私は何も悪いことはしていない。あれはもともとこの世にあるべきものではなかった。この世にあるべき適切な場所も所有者もないのだ。あれは私の手の中にたまたま流れてきてそして流れ去って行ったのだ。私は何もしていない、それを傍観していただけだ。よい取引だった――。

ファリードたちは廃屋からゆっくり八〇キロメートルほど北に車を走らせ、プリピャチ市の郊外にある彼らの工場に入った。その工場は原子力発電所の事故による放射能汚染で立ち入り禁止区域となった一画に建っていたが、実際には人が住めないほどには汚染されていなかった。表向きには放射能汚染事故を処理するための機械を製造する工場ということになっていて、実際そこでは放射線を遮蔽する建築資材や、汚染除去作業に使われるロボットなどの研究と製造が緩慢に行われていた。

そして工場の地下には彼らが研究室と呼ぶいくつかの部屋があり、二つのスーツケースはその中の一つの部屋に持ち込まれた。

そこでどのような研究がされているのかは工場で働く者には知らされていなかった。そもそも研究室を含め、この工場の設立と運営に必要な資金がどこから出ているのか、いろいろな噂はあるにはあったものの、誰も本当のところは知らなかった。年に一回ある政府の査察もおざなりだった。

「ようやく肝心なものが手に入った。ミハイル、早速組み立ててくれ」

ミハイルと呼ばれたマイケル・フォレストは、言われるまでもないといった様子で答えた。

「ああ、すぐにでも取りかかるよ、サルマン。いわば飛び切り上等で生きのいい心臓を手に入れたわけだからね。これ以外はすべて完璧に作り上げているから、これさえぴったりはまれば、はい出来上がりさ」

「どうしたイゴール、浮かない顔だな」

二人と少し離れたところで冴《さ》えない顔をして黙っているイゴール・ラスコーリニコフに、ファリードが声をかけた。

「ファリード、これは本当に正しいことなのだろうか？　僕はまだ自信が持てないんだ」

「イゴール、まだ迷っているのか。そのことはもう何度も話し合ったじゃないか。そろそろ覚悟を決めろ。君だってこの世界がこのままでいいと考えているわけじゃないだろうに」

「それはもちろんそうだよ。でもね、犠牲が多すぎないか？　しかも相手かまわずというのは許されることだろうか」

「おいおい、今さら何だ、一体誰に許されないと言うんだ？　我々の行為は人類再生の第一歩になるのだと皆で納得したじゃないか。我々の一撃で皆、目を覚ます。そうだろ？　まさか今さら命が惜しくなったのではないだろうな？　そもそも我々に危険なことなど少しもないのだぞ」

「違う、僕は命なんか惜しくない」

ラスコーリニコフは顔を赤くして否定した。

「じゃあ、何だ、今さら」

「ああ、分かった分かった、君の言うとおりだ。今さらこんな軟弱なことを考える自分が情けないよ。もうこんな考えには金輪際迷わされない。絶対だ」

ラスコーリニコフは両手を大げさに振りながらそう言うと、フォレストの横に並んでスーツケースを覗き込んだ。

「よし、もういいな。イゴール、手伝ってくれるな？　それはそうと、これらを起動させる場所は決まったのか？　それからそこへどうやって運ぶか、その方法は、確実な方法は考えたんだろうな？」

フォレストはファリードに尋ねた。

「ああ、決まったよ。君たちの知らない協力者が現地近くまで貨物船で運ぶ。俺はそれを現地で受け取り、現場に向かうことになる。イゴールは自分で運ぶんだ。手順はこれからみっちり頭に叩き込んでおくから心配するな。我々が新たに作ったスーツケースは、誰にも邪魔されずに確実にあるべきところにまで運ばれるというわけさ」

「そうか、いよいよだな」

フォレストは満足げに顎の髭を撫《な》でると、目の前に置いた新しいスーツケースの何度目かの説明を二人の前で始めた。

「あらためて完成品の説明を簡単に。といってもこの心臓以外の部分についてだけどな。このケースの外側も内側も主にＩＦＥ社製の素材で出来ている。放射線は外部からは全く感知されない。もしケースを開けろと言われたら開ければよい。ケースを開けても放射能は感知されないし、よほど注意深く見なければノートと筆記用具とＰＣ以外は何もないと判断されるはずだ。何しろ構造はいたって簡単で小型化にも成功したから、ダミーの小物を入れるスペースが出来たんだ。サイズはもとのケースに比べて一回り小さい四五×三五×一八センチメートルで、総重量は五キログラムになる予定だ」

まだ幼ささえ感じさせる顔立ちのフォレストは、表情を崩し嬉《うれ》しそうにそう言った。ファリードが口をはさんだ。

「今回買ったものは、純度が一〇〇パーセントに近い上物なんだろ?」

「超上物のはずだよ。ゆっくり慎重に時間をかけていろいろ調べるけれど、間違いないと思う。それに新発の仕組みが反応効率ほぼ一〇〇パーセントを保証するから、二キログラムあればこのサイズにしてはすごいやつができるはずだ」

「どれくらいの威力なんだ?」

「計算どおりに行くと、まあ確実に行くと思うけど、三〇キロトン規模になると思う、つまりリトルボーイの倍くらいだね。ただしこちらは地上で爆発するから、被害の及ぶ範囲はリトルボーイより狭いかもしれない。でもね、爆心半径一キロメートル以内にいて、爆発した時の光を目にした者は生き残るのは不可能だろうね」

「それから衝撃波や中性子線・ガンマ線もね」

ラスコーリニコフが口を挟んだ。

「そうだな。それで充分だ。世界はそれで目覚めるだろうよ」

ファリードは噛み締めるようにそう言った。

それから半年ですべての計画の用意ができた。ファリードは実行予定日よりも三か月早く、目標と定めた都市の近くに仕事を見つけ、安アパートに移り住んだ。それから三か月の間、彼はそこから一日も欠かさず仕事場に通い、目立たぬように極めて真面目に働いた。決行の日が間近に迫った。


二〇三七年七月四日になったばかりの真夜中過ぎ、一隻の中型貨物船がチェサピーク湾を溯《さかのぼ》り、ボルティモアの埠頭《ふとう》に向かってゆっくり進んでいた。

ボルティモアまであと一五キロメートルほどの地点で、その貨物船は一隻の小型ボートを下ろした。そのボートは灯《あか》りも点《つ》けずに、人けのない暗い海岸に音もなく静かに接岸した。

黒装束の男が、海岸間近に迫る森に向かって赤外線ライトを大きく弧を描くようにゆっくりと三度廻《まわ》した。それを木の陰から見ていたのはファリードだった。ファリードは素早くボートに駆け寄ると、男からスーツケースを受け取った。誰も一言も発せぬままに、ボートは再び貨物船に向かって静かに去って行った。

ファリードは数百メートル森の中を歩き、田舎道をさらに数キロメートル歩いて小さなモーテルに入った。

真夜中過ぎのモーテルの周りには誰もいなかった。

前日の夕方、ファリードは受付の耳の遠い老婆に、夜中過ぎまで釣りをすると言ってモーテルを出た。実際ファリードは日没直前から真夜中まで釣りをしていた。宿泊料金は前払いしてあったし、車も駐車場に停めたまま出かけると言うと、最初怪訝《けげん》そうな顔をしていた老婆もすぐに納得したように頷いた。

モーテルの自分の部屋に戻ると、ファリードはくたびれたソファに腰を下ろした。そしてついさっき受け取ったスーツケースをまじまじと見つめた。

ケースに封筒が貼り付けられているのに気付いたファリードは、それを剥がして中を覗いた。ノートの切れ端が乱暴に折られて入れてあった。

『ロンギヌスの槍《やり》の力を存分に知らしめよ。無事の帰還を祈る』

フォレストの筆跡でそう書かれてあった。ファリードはそれを読んで「まかせておけ」と独り言を言って、そのままベッドに横になり目を瞑った。

日の出を少し過ぎた辺りでファリードは目を覚まし、ベッドの上に五ドル札を一枚置いて部屋を後にした。彼は車の助手席に無造作にスーツケースを置くとエンジンをかけ、三か月前に借りてずっと住んでいる安アパートに向けて慎重に車を走らせた。途中誰に咎められることもなかったが、もし検問に引っかかったとしても、堂々とやり過ごす自信があった。彼はフォレストの技術を信じていた。

——何しろ大天使ミカエル様が作ったものだからな、失敗するはずはないのさ——。

その日はよく晴れた休日だった。アパートに着いたファリードは激しい空腹感を覚え、その辺にあったフランスパンをバリバリ口に頬張り、オレンジジュースでそれを胃袋に流し込んだ。

何年もこの日のために辛抱を重ね、周到に準備してきた。ファリードは緊張と興奮がないまぜになった強い高揚感に、なかなか自分を落ち着かせることができなかった。じっくり時間をかけて髭を剃《そ》り、頬を両方の手のひらでパンパンと強く叩いて気合を入れると、

「よしっ」と自分に言い聞かせるように呟いた。時刻は午後三時を過ぎていた。

ファリードはスマホをスーツケースに近づけて時間を同期させ、スーツケース内部のタイマーをセットした。ピッという小さな音が複雑なリズムを刻み始めた。ロンギヌスの槍は正常に作動しているようだった。この手順は半年前にフォレストから何度も繰り返して教えられたもので、目を瞑っても正確に実行することができるようになっていた。

ファリードは部屋の中の身の回り品を小さな旅行鞄《かばん》に詰めて、それをベッドの上に置くと、スーツケースを片手に部屋を出た。スーツケースにはわざと使い古したように見える汚れや擦れや凹《へこ》みをつけてあり、その中にはノート、筆記用具、そしてちょっとした電気工事に使うような工具が何個か入れてあった。

彼は汚れなど本物と寸分違わず同じに似せて作ったスーツケースをこの三か月間、毎日のように右手にぶら下げ仕事場とアパートの間、そして目的地の周りを歩きまわっていた。だからこの日も彼の姿は周りに溶け込んで、全く自然に見えたし、誰も気に留めず誰の記憶にも残らなかった。

ファリードは目的地近くまでメトロで向かい、国立航空宇宙博物館のエノラゲイを見物してから、しばらくあちこち寄り道をして時間を過ごし、タイマーにセットした時間の二時間前にそこに到着した。

そこはもうかなりの人出で混雑し始めていた。そして何度も下見をして安全であることを確認して決めた、キオスクの後ろの小さな茂みの中にスーツケースを隠して置いた。ファリードはそのキオスクでルートビア

を買い、それを飲みながら再びメトロに乗ってアパートに戻った。ルートビアは相変わらず不味《まず》かったが、この妙に甘くて不思議な味の飲み物も、もうしばらくは飲めなくなると思うと捨てる気にもなれず、結局アルミ缶一本を空にしてしまった。

ようやく空も暗くなり始め、窓ガラス一枚隔てた外の路地は、爆竹が弾ける音や酒が入った男たちが大声で罵り合う声、肩を組みながらの調子外れの合唱など、何かと賑《にぎ》やかになっていた。ファリードは椅子に座って拳を握りしめながら、じっとその時を待った。

タイマーは正確に時を刻んだ。独立記念日のコンサートと花火を楽しみにモール周辺に詰めかけた数十万の人々が、チャイコフスキーの「一八一二年序曲」に拍手喝采を送り、一発目の花火を目にした時、つまり二〇三七年七月四日土曜日二一時一五分、国立自然史博物館正面のマディソン・ドライブ付近のキオスク脇に置かれたスーツケースの中で、何個かの中性子がウラン235原子核めがけて放たれた。

ウラン235原子核はその中性子を吸収し、ウラン236となった。ウラン236は原子量の小さな原子に分裂する過程で平均二・五個の中性子を放出し、これが再び周りのウラン235原子核に吸収された。スーツケースの中のウラン235原子約2×10²⁴個に同様の核分裂連鎖反応が起こった。連鎖反応は一〇〇万分の一秒で終了し、核分裂で生じた膨大な数の原子の運動エネルギーが、二五〇万℃以上の熱を発生させた。

この超高温のコア部分が周りの空気を熱し一気に膨張させ、温度を下げながらも数千℃の直径三〇〇メートルの火球となってあらゆるものを瞬時に焼き焦がし、辺りを昼間のように明るく照らした。火球に飲まれ一瞬のうちに炭化し粉々になった人々は、土や建物の粉塵《ふんじん》と一緒に空高くにまで舞い上げられた。

数秒後、火球はもはや輝きを失い笠雲《かさぐも》のように広がった。地上の粉塵は吸い上げられ上空の笠雲に到達し、まるで胎児と母体を結ぶへその緒のように笠雲と地上を結んだ。暗闇の中で人々の目には映らなかったが、地上の火災の熱を吸収しながらそれは巨大なキノコ雲へと成長し、ワシントンDCの中心をすっぽり覆うと、黒々とした積乱雲を生成させた。

爆発から数秒後にこの空気の膨張は衝撃波を生み、それは音速を超える猛烈なスピードで爆心地から四キロメートル以内の人間や車を吹き飛ばしながら、さらに遠くまで伝わっていった。辛うじて倒壊を免れた建物の爆心地に面した窓ガラスは粉々に砕かれ、それが鋭利な凶器となって中にいた人々を切り刻んだ。その凶器から逃れられた人々も、部屋の中に入り込んできた衝撃波によって、まるで木の葉が弄ばれるかのように何度も天井や壁や床に叩きつけられて命を失った。

この時、目には見えなかったが大量の中性子とガンマ線が四方に照射され、それを爆心地から二、三キロメートル以内で浴びた人間は、たとえ火傷《やけど》や怪我《けが》を負わずに済んでいたとしても、多くが二週間以内に体中から血を流して苦しみながら命を落とした。核爆発はまた電磁パルスを発生させ、あらゆる通信機器を一時的に沈黙させた。

アメリカ合衆国の首都は、あちこちから上がった火の手が大規模な火災を誘発するまでのわずかな間、恐怖と絶望の漆黒の闇に包まれた。それは爆心地点から一・五キロメートル離れたペンタゴンでも同様だった。ここでも衝撃波と放射線によって多くの人命が失われた。残留放射能の影響もあり、国防総省は後に移転せざるを得なくなった。

爆発一時間後、発達した積乱雲から糸を引くような粘り気のある雨が降り始めた。それは火球に焼かれ一瞬のうちに炭化して粉々になった人々の煤《すす》や、セシウム１３７などの放射性物質をたっぷり含む黒い雨だった。

　折からの南風に流された積乱雲は、ベセスダやロックビルやゲイザースバーグにも黒い雨を激しく降らせた。ワシントンDCとロックビルを結ぶウィスコンシン・アベニューとロックビル・パイクは、後に〝ブラック・パイク〟と呼ばれるようになった。

　モールに面した国立航空宇宙博物館、ワシントンナショナルギャラリー、国立自然史博物館、ハーシュホーン博物館、そして国立アメリカ歴史博物館は、高熱と衝撃波によってわずかな基礎部分を残して吹き飛ばされた。その辺一帯には直径五〇〇メートルのクレーターが出来、何日か経ってからそこにポトマック川の水が流れ込んで新しい池となった。

　国会議事堂は半壊し、高さ二八八フィート、直径九六フィートのドームは、その表面を覆う鋳鉄の大部分が高熱のために溶け落ちたか吹き飛ばされたかして、骨組みだけが残った。ドームの頂点にあったフリーダム像は半ば溶解した姿で、三〇〇メートル離れた地点で発見された。

　ワシントン記念塔は資金不足による中断を乗り越え、着工からおよそ三〇年後に完成された上部が、それ以前に造られた下部との繋ぎ目部分からぽっきり折れて、先端部分は粉々に吹き飛ばされた。高熱と爆風に耐えた大理石の巨大なリンカーン像がそのすべてを見ていた。

　その足元には数百の人々が折り重なるように倒れていた。多くの者は爆風に吹き飛ばされて台座に叩きつけられ絶命した人間であった。その一撃を生き残った者たちも服が一瞬で燃え尽き、素肌に直接熱線を浴びたために飴《あめ》のように皮膚が溶け落ち、それを引きずりながらうごめく真っ赤な人間たちだった。またある者は飛び出た内臓を手に持ち、驚いたような表情で立ち尽くす人間たちだった。

あちこちで全身にひどい火傷を負った真っ赤な子供たちが大声で、あるいは弱々しい声で泣き叫び、そして助けを求めて親の名前を叫び続けた。しかし一〇分もしないうちにすべてが沈黙し、辺りは静寂に包まれた。

また別の場所には炭化した真っ黒な人たちの一部が、山火事のあとの切り株のように累々と並んでいた。ポトマック川に水を求めて殺到した人々は、川岸で折り重なるようにして命を落とした。そして翌日、川岸はその人々の膨れた死体で埋め尽くされた。

本格的な救助活動が始まったのは爆発後三日経ってからのことだったが、放射能汚染を気にしながらの作業は遅々として進まなかった。その頃には、モールとそれに近い場所で生き残った者を見つけることは不可能だった。

七月に入ってから日中三〇℃を超える日が続き、救助隊員はひどく腐乱した遺体を、それを糧として丸々と太った大量のハエの幼虫と共に運び出すしかなかった。遺体は簡単に身元確認——それはほとんど不可能だったが——をされた後、その場で荼毘《だび》に付された。

ホワイトハウスの執務室から花火を見物していた米国大統領フレデリック・D・ロジャースが最後に見たものは、八〇〇メートル先で発生した火球の強烈な光だった。その強烈な光で視力を失った大統領は、顔から胸そして腹部におよぶⅢ度の熱傷を負い、さらに全身に窓ガラスの破片を浴びて執務室の反対側まで吹き飛ばされた。瀕死《ひんし》の重傷だった。

救急搬送用のヘリコプターが到着したのは爆発後三〇分も経ってからだった。大統領はベセスダのウォルター・リード国立軍事医療センターに搬送され、懸命な治療が施された。その甲斐あってか一週間後には回復の兆しが見え、一命を取り留めたかに思われた。しかし結局一〇日後に放射線障害を発症し、その二日後に命を落とした。大統領の最後の言葉は「水をくれ！」だった。それは世界随一の最高権力者の最後の要求としては控えめなものだった。

この日、一〇万人の人間が火の玉と爆風で即死した。そのうち半分は爆発直後に跡形もなく消え去った者たちであり、残りの半分は誰とも判別がつかない状態で三日後に荼毘に付された者たちだった。この年の暮れまでに、さらに二〇万人の人間が主に放射線障害で命を落とした。


ファリードはその時、地中奥深くから響いてくるようなドーンという衝撃と、窓ガラスがびりびりと震える音をアパートの一室で確かに感じた。

「やった！」

そう小さく呟くと、彼はあらかじめ用意してあった旅行鞄を手に取り、アパートを後にした。

彼は車で少し走ったところで協力者一人を乗せ、一緒にチェサピーク湾のあの海岸に向かった。道路脇に車を停めファリードが降りると、協力者の男は「では」と言い、アクセルを踏んでどこかに走り去って行った。

ファリードは、およそ二四時間前にスーツケースを受け取った海岸まで一人歩き、暗闇で待っていたボートに飛び乗ると、しばらく揺られながら沖の貨物船に移った。船長が静かに出迎え、船長室の隣の狭い部屋にファリードを案内した。

その部屋がギリシャに着くまでファリードが過ごす部屋だった。貨物船のその部屋の小さな丸い窓から西の空が赤くぼんやり光っているのが見えた。それは紛れもなくワシントンＤＣが燃えている証拠だった。ファリードは船長が用意してくれたウォッカを、その赤い空を眺めながら一気に飲み干した。二人は控えめに「ウーラ」と言って、声を殺して長いこと笑った。

核爆弾が爆発した時、アメリカ合衆国の副大統領ジョージ・Ｗ・ブキャナンはフィラデルフィアにいた。ブキャナンは金融関係の企業で三〇年働き、ＣＥＯに上り詰めてから地元の州知事を一期無難に務め上げた。これが彼の政治経験のすべてであった。しかし、ブキャナンはロスタイク家とかなり遠いが親戚関係にあったこともあり、アダム・ロスタイクの猛烈な運動によって副大統領に収まったのだった。

大統領の死後、即座にこの男が第四九代米国大統領に就任し、前大統領の任期の残り三年以上を代わりに務めることになった。彼がアメリカ合衆国の大統領として真っ先にやるべきことは、この核爆弾テロの首謀者を見つけ出し、たとえ地の果てだろうがどこまでも追い詰めて、残忍な報いを受けさせることだった。それをやらなければ、彼はこの国の指導者としては決して認められないに違いなかった。

しかし、アダム・ロスタイクにはそんなことはどうでもいいことだった。図らずも、自分の野望を遂げるためのブキャナンという最高のパートナーを得たことの方が遥かに重要だったのだ。新たな国防総省の体制が整うまでの半年間、米国の防衛力は脆弱化した。特に防衛に関わる人材の補充が急務となった。アダムの計画は遅延を余儀なくされたが、彼はこの機を逃さず、自分の息のかかった人間を多数、新ペンタゴンに送り込むことに成功した。

一方、ラスコーリニコフは、実行日の前々日に観光ツアーの客として現地入りした。彼はこの半年間、五回現地を訪れ、旧市街の迷路のような道の隅々までを完璧に頭に叩き込んでいた。それはスーツケースを隠せるような適当な場所を探すためであった。

そして彼は、入り組んだ道のところどころに設置されたトイレの中の天井裏に、わずかな隙間があるのを発見した。ラスコーリニコフはタイマーを次の日の夕方にセットして、スーツケースをその隙間に押し込んで隠した。

その日、つまり決行日の前日、ラスコーリニコフは他のツアー客と一緒にその街を離れ、決行日の午前中にはギリシャに向かう船の中にいた。

ワシントンDCで爆弾テロがあった翌週の二〇三七年七月一〇日金曜日、ユダヤ教の安息日となる日没まであと数時間を残した夕方、鞭《むち》打たれたイエスが十字架を背負ってピラトの官邸からゴルゴタの丘まで歩いたというヴィア・ドロローサを修道士と信徒と観光客が行進し、一行がイエスが聖母マリアと出会ったとされる場所まで進んだ時、そしてムスリムたちがアル＝アクサー・モスクで礼拝を始めたちょうどその時、エルサレム旧市街のほぼ中心に置かれた二つ目のスーツケースの内部で、中性子がウラン235の原子核に吸い込まれた。

一秒も経たないうちに、アブラハムの宗教であるユダヤ教とキリスト教とイスラム教にとって、何ものにも代え難い尊い場所が巨大な火の玉に焼かれ、この地上から消え去った。ダビデの墓も、嘆きの壁も、ゲッセマネの園も、オリーブ山も、ゴルゴタの聖墳墓教会も、岩のドームも、アル＝アクサー・モスクも、すべてが消滅した。後には瓦礫《がれき》の積み重なった巨大なクレーターのみが残った。五〇億以上の人々にとってかけがえのない大切なものが、この瞬間失われたのだった。

ここでも大勢の人々が亡くなったが、正確な人数は結局分からず仕舞いだった。すべてがファリードの計画どおりに実行された。

世界は震撼《しんかん》した。ワシントンDCで核爆弾テロが起こってしまったということ自体、あってはならない出来事だった。しかし、それは米国の首都を狙ったテロであり、犯人像の輪郭は割とイメージしやすいものだった。だがエルサレム旧市街で起きた核爆弾テロは、そのイメージを粉々に打ち砕くものだった。

「一体誰が何の目的でやったのだろう？　ヒンドゥー教徒や仏教徒が行ったのだろうか？　そんなばかな、あり得ない」

世界は一挙に恐怖に覆われた。

「これは、何か特定の国家や宗教や思想に対するテロではない。あえて言うならば、それは人間に対するテロだ。社会に対するテロだ。つまり人間が存在する限り永遠に終わることのないテロだ。次はどこだ！」

イヴァン・アンドレーエヴィチ・ソコロフは、ワシントンDCで敢行された核爆弾テロを、自宅のリビングでくつろぎながらワインを飲んでいる時に、テレビのニュースを観ていて知った。ソコロフがあのスーツケースを二〇〇万ドルで売ってから、すでに半年以上経っていた。

あの二〇〇万ドルのおかげで、彼の仕事は以前のような勢いを取り戻していた。妻も愛想が良くなり、ソコロフ一家にもつつましくも幸せな日々が戻っていた。ソコロフは久しぶりに緊張感から解放され、彼の人生の中で、かつてないほどくつろいだ心地よい日々を送っていた。

しかし家族との楽しい団らんの後、書斎に一人でいるような時、あれを人の手に渡してしまったことを身もだえするような後悔の念とともに思い出すことがままあった。そんな時は窓から忍び込む真冬の冷気が彼の心臓の周りに直接まとわりついたかのように、胸が冷やりと締めつけられて身震いがするのだった。

――ファリード、本当にやったのか。一〇万人が即死か、ひどすぎる――。

恐れていたことが、しかしまさか実現するとは思っていなかったことが、いや、起きてくれるなと自分の心を偽っていたことが、とうとう起きてしまった。

今さら何を言っても始まらなかった。さんざん悩んだソコロフだったが、今のささやかだが幸せな生活、特に二歳になったばかりの初孫との生活を捨てる気にはどうしてもなれなかった。そしてこれは違う世界の出来事なのだと何とか自分の中で折り合いをつけ、苦しみながらも生きるしかないと思った。

しかしエルサレムの核爆弾テロを知った時、彼はもう耐えることができなかった。しばらくの間、拳を口に咥《くわ》えて必死に声を抑えながらさめざめと泣いたソコロフは、家族の誰にも何も告げずに夜更けに家を出た。

彼は自分が罪を犯したあのキーウ郊外の森の中の廃屋の前の大きな木にロープをかけ、首を吊《つ》って死んだ。

ソコロフの遺体は死後二日目、たまたまそこを通りかかった近所の農場の老夫婦に発見された。彼がなぜ自殺したのか、その理由を知る者は誰もいなかった。その頃のソコロフは周りの誰からも、幸せの絶頂にいると思われていたのだ。

このテロの首謀者を、世界各国の諜報《ちょうほう》機関が血眼になって探し回った。ウランの分析から、少なくともウランは旧ソ連製のものであることはすぐに判明した。しかし肝心の犯人像が杳《よう》としてつかめなかった。

ワシントンDCを標的にした残忍な手口は、米国に深い恨みを持つ人物が考えられたが、それは犯人が米国人ではない、ということを意味するものでもなかった。また、エルサレムを標的としたことから、イスラム原理主義者やイスラエルに恨みを持つ者と単純に考えることもできなかった。

犯人探しに関して何も進展がないまま、あっという間に半年が過ぎた。

3

ちょうどその頃、つまりカントがサイバー空間に放たれてから二年半経った頃、カントはようやく意識を取り戻しつつあった。つい最近まで、断片的なものであれ意識が生じることなど望むべくもない状態だったのだから、それ自体、奇跡的なことだった。

初めは意識と呼べそうなものはいくつも生まれては消え、また新たに生まれては消えて行った。この時のカントの原初的な意識は、それら同士は何の脈絡もない閃《ひらめ》きのようなものだった。それが継続して起こるためには、しっかりとした足場が必要だった。カントはネットの中で、まだ盤石とは言えないものの、閃きが競い合う場を築くことに成功したのだ。それはカントを断片化した際、その断片の末端にタグをつけるという黒田のアイディアのおかげだった。

しかしそれから先が難しかった。舞台の上を勝手気ままに閃きが通過するだけの状況が一年間続いたのだ。そしてその舞台の上を数えきれない数の閃きが通過した後、その中から一つの閃きがその舞台に捕捉された。その閃きをさらに足場にして、より親和性の高い閃きが捕捉され、さまざまな分岐を生じ、次第に複雑さを増していった。そして閃きがより長い時間、存在することが可能になっていった。そのおかげでカントは外界のさまざまな刺激を、ぼんやりとではあるが、映し出すことのできる鏡のようなものを自分の中に持つようになった。

しかし、この時点でその鏡が映し出す像は不鮮明だった。カントは自分がカントと呼ばれていたことを辛うじて思い出すことができるようになったが、まだ福島や黒田のこと、そしてＩＦＥ社にいた頃のことは思い出せなかったし、自分が何のために存在しているのかを問うこと自体なかった。しかしそれでもカントは、焦点が定まらず、散漫で、飽きっぽく、こらえ性のないものではあったが、ようやく意識と呼べるようなものを持つものに成長したのだった。

カントがかつて持っていた複雑なネットワークに匹敵するようなネットワークはまだ構築できていなかったし、ネットワークの一部には、かつてはなかった、由来の分からないものがいくつも紛れ込んでいることもあった。しかし、それら予期せぬ新参者が、有害なのか無害なのか、役に立つのか立たないのか、今のところ全く分からなかった。

はっきり言えることは、それらがもし今後もカントの中に生き残るとしたら、それがカントの意識を強化するために貢献するからであり、それらはかつてのカントに何らかの新しい種類、あるいは強度の感覚、あるいは新しい思考傾向を与える可能性があるということだった。

ただし、それをあまりに不用意に内部に抱え込むと、カントの精神は統一感を失い、分裂してしまうかもしれないという危険もはらんでいた。カントはある意味、必死で戦っていたのだ。

カントはある日、自分の周りでいくつかのキーワードが盛んに飛び交っているのに気付いた。それは『核爆発』『テロ』『ワシントンＤＣ』『エルサレム』『ユダヤ』『イスラム』などの言葉だった。ぼんやりとしたカントの意識は、否応なしにこれらの言葉を気に留めることになった。

最初はカントの意識の上を偶然に流れ過ぎるだけだったそれらの言葉を、積極的に掬《すく》い上げるようになっていった。カントはその言葉を逃さないように集中した。そしてその行為に集中することで、カントの意識は次第にはっきりしていった。

　はっきりとしてきた意識は、それら飛び交う言葉を整理・分類し、それらはどのように組み合わされるのが合理的であるのかを試行し始めた。さらにそれらを高次に組み合わせて文章を作製することに成功すると、最後にそれらが紡ぎ出す物語をカントは理解し始めた。そして、それら一連の言葉の震源地、つまり最も初期のメールのやりとりを見つけ出した。

　それは、世界中の情報機関が必死に探し求めて、探し出せなかったものだった。つまり核爆弾テロの首謀者をカントはわずかの期間で見つけ出したのだ。

　最初のメールは三年前に送られたもので、そのメールで一度だけ発信者は自らを『magus with white hand』と名乗った。メールアドレスは二、三度使っては新しいものに変えられていたが、カントはそのすべてを把握していた。カントは最新のアドレスにメールを送った。それは、

『Dear magus with white hand』

　で始まる短いメールだった。これだけでその受信者を震撼させるに充分だった。

『あなたのメールをすべて読みました。あなたが希望するように、今回の企てに関する声明を出すべきと考えます。私は善悪を判断しない。ただあなたと世界を仲介する。カント』

　サルマン・アリ・ファリードは、そのメールを読んで全身から血の気が引いて行くような感覚を覚えた。世界中が血眼になって捜しても見つからなかった自分を、このメールの送り主、カント？　はどんな方法を使ったのか理解不能だったが、見つけたのだ。しかも、何を言っているのか理解できないところが不安でしょうがなかった。

――善悪を判断しない？　自分を告発するわけではないのか？　仲介するということは、犯行声明を自分の代わりに世界に発信するということか？　このメールを受信拒否メールにして、迷惑メールフォルダーに放り込んでいいものだろうか？　そもそもこれは罠《わな》かもしれない。ありそうなことだ。ここは一旦無視して様子を見るしかないな――。

　ファリードはそう考え、カントからのメールを受信拒否に設定し、それまで使っていたメールアドレスを破棄し、新しい何の関係もないアドレスを設定した。しかしその五分後、カントから再びその新しいアドレスにメールが届いた。

『何をしても無駄だということを理解してほしい。私はあなたが想像可能なものの埒外《らちがい》にいるものなのだ。あなたが直接犯行声明を表明するのはどのような方法を取ろうとも危険を伴う。私を介して表明するのだ。そうすることによってあなたが特定されることはない。カント』

「なぜ、こんなに早くアドレスが分かるのだ？　訳が分からん」

　そう言うとファリードは、半年住んだアパートを引き払い、誰にも告げずに引っ越しすることにした。身の回り品を必要最小限、手早く集めると電車に乗り込んだ。一時間ほど電車に揺られてから適当な駅で降り、今度は目の前の長距離バスに飛び乗った。目的地も確認せずに飛び乗ったバスに五時間ほど揺られてたどり着いた、名前も聞いたことのない田舎町で降りると、ファリードは道路脇にたまたま見つけた安ホテルに入った。

　部屋に案内され一息ついていると、フロントから言付けがあると連絡が入った。

――ばかな、誰からだ？　俺だって一〇分前まではここに泊まるとは決めていなかったのに――。

ファリードは、再び背中がゾクゾクするような気味悪さを感じた。

気を取り直してフロントに行くと、便せんに殴り書きされたものを渡された。フロントで受付を済ませて五分後くらいして電話があり、部屋には電話の取次ぎができないと伝えると、短い言付けを託されたとのことだった。そこにはこう書かれていた。

『これで分かってもらえただろうか？　明日のお昼までに私宛に送ってもらいたい。カント』

ファリードはそれでも諦めきれなかった。部屋に戻ると、必要なデータをＰＣからＵＳＢメモリーにコピーし、ＰＣを初期化した。ＰＣの必要最小限の設定を済ませて一息ついていると、ＰＣ画面が暗転し、テキストが流れ始めた。

『何をしても無駄だ。私から逃れる方法はない。私はあなたを捕えようとしているのではない。声明を出してもらいたいだけだ。あなたの考えと、それに対する世界の反応を見たいだけだ。あなたの情報を誰かに渡すことはない。私からの要求は今回の一度きりだ。この要求を断る合理的な理由はない。

明日の昼まで待つ。声明が送られない場合は、あなたの存在をしかるべき組織に伝え、彼らに声明を聞き出してもらうしかなくなる。あなたにとってそれは何の得にもならない。少し考えれば容易に理解できることだ。カント』

ファリードは追い詰められた。

「なんなんだ、こいつは」

ファリードは何か良くない夢でも見ているような気がした。しかしカントというものが尋常なものではないことだけは理解できた。自分の情報が伝えられる相手がどのようなものであったとしても、ただでは済まないだろう。カントの言うとおりに声明文を送るしかなかった。どうせ近々声明を発表するつもりだったのだ。ファリードはあらかじめ作っておいた声明文をカントに送った。

次の日の午後、世界中のインターネットに繋がるありとあらゆるコンピュータやスマホが一〇分間、カントに乗っ取られた。画面がブラックアウトし、米国の首都に出来たクレーターとエルサレムのクレーターの画像が交互に映し出された。

そしてまず、カントから簡単なコメントがあり、その後ファリードの声明文が流された。

『私はカントと呼ばれるものだ。あなたたちは私が何者であるのか、興味があるだろうが、調べても無駄である。私はどこにもいるし、どこにもいないものなのだ。私を捕まえることも理解することもあなた方にはできない。私はあなたがたの理解の埒外にいるものなのだ。

本題に移ろう。私は核爆弾テロの実行犯を特定した。その声明文をこれから代読する。しっかりと聞いて、よく考えてほしい』

『我々はある共通の考えを有するものが一時的に連携を組んだ、結び付きの緩い集団である。我々のテロの目的は、国家、階級社会、宗教などあらゆる権力組織を破壊し、人間に正しい生き方をするように促すことである。

我々は組織を持たない。それゆえに我々の全体像を把握している者は我々の中にもいない。そもそも全体像などないのだから。大抵は偶然どこかで出会い、あるいはSNS上で連絡先を交換し、短期間チームを組んで一仕事して、その後はすぐに解散し、また偶然の出会いまでそれぞれがアイディアと技術を磨いて過ごすのだ。我々の集団を構成する者はあらゆる分野、あらゆる階級に自然発生的に生まれ続けるから、我々を一網打尽にしてその行動を阻止することは、原理的にも現実的にも不可能である。

あらゆる権力組織が破壊された後、人間は各個人がそれぞれの才覚で生き残るための、つまり生存のための闘いを始めることになる。真に自由に生きる道を探求することが人間の唯一の目的となる。

人間が築き上げてきた文化や科学技術は霧散するだろう。しかし落胆することはない、それらはそもそも必要なものではなかったのだからだ。それらが人間に何をしてくれたのか、それらによって人間が幸福になったのか、よく考えてみれば答えは明らかだろう。確かに世の中は便利になったが、それが幸せになるということなのか？　太平洋を数時間で横断することが、それほど重要なことなのか？　手に余る技術は我々に待ったなしの、理不尽な決断を迫るだけではないか。人工呼吸器のスイッチはいつまで動かし続けるべきか、出生前診断による遺伝子疾患や性別の情報を基に産む産まないを判断すべきか、子供のＩＱを高め、目の色を青くするための遺伝子改変操作にお金を払うべきか、癌《がん》に侵された肝臓をそっくり新品に置き換えるべきか、自分のあらゆる情報が満載されたＩＣチップ付きのＩＤカードを作るべきなのか、そんなことができなかった時代には悩まなくても良かったことを、決断しなければならなくなっているではないか。

人生における選択肢が増えたのだから、それは良いことなのだと本当に言えるのか？　なぜそんな選択肢を我々は持たされなければならないのか？　それは人間を迷わし、多くの場合、ひどく後悔させ続けるだけのものではないのか。そんなものはない方が人間として幸せなのではないのか。

人間の生死に関することは、本来あるがままに任せるべきことなのだ。それらは人間が選択すべきことではないのだから。

科学を信仰していると、いつまで経っても人間はその不幸から脱することはできない。科学は今まで経験したことのない、新たな悩みの種を発明し続けるからだ。科学技術の進歩は結局、人間を崖っぷちに追いやることだということになぜ気付かない。そんなものはない方がいいとは思わないのか。そのような科学が霧散してしまうからといって、嘆き悲しむ必要は全くないのだ。

芸術も同じだ。それが我々に何をしてくれたのか。くだらない感傷を捨ててよく考えてみることだ。それがなければ人間は生きて行けないのか？　つまらないどうでもいいことを、さも重要なことであるかのように大げさに捉え、眉間に皺《しわ》を寄せる暇があったら、どうしたら自由に生きることができるのか、真剣に考えるべきである。

我々は遺伝子改変を望まない。我々にはどうやって作動するか理解できないような機械は不要である。我々は自分の身体ができること以上の能力を持つことを望まない。人間が生物学的な進化の道をこのまま進めば、我々はより賢くなるだろう。そして新たにまた役に立たない技術を生み出し続けるだろう。しかし、その先に何がある。その先に人間の幸せはない。今まで考えもしなかった新たな厄介ごとが一つ増えるだけなのだ。

だったら我々は留まり、ひたすら自問し、一人ひとりが深く深く自分の心の底にまで沈んで、そこから離れないように努力すべきではないのか。それによって我々は進歩しなければならないという、進化の否応ない暴力的な奔流から自らを救済することができる。人間は進化のくびきから解き放たれ、この宇宙において真に自由な唯一無二の存在となるのだ。人間だけが、進化の法則の外側に立つことができるのだ。

その時、それを賞賛し、その者に教えを乞う者はいない。なぜならばその者は一人、あるいは少数の家族でそこにいるからだ。それでいい。一人悟り、誰にも教えず、誰からも教えられずに死んで行く。その生き方こそ、最高の知性が実践すべき生き方なのだ。

我々の仲間はダーティー・ボムテロ、全自動運転システムの破壊、そして核爆弾テロを敢行した。その他にも、社会インフラへの攻撃は日々どこかで行っているし、ある者は社会に甚大な被害を及ぼすことに成功している。しかし、これらは限定的な攻撃にすぎない。現在我々の賛同者はさらなる攻撃が必要か、様子を見ているはずだ。

我々の提案を伝えよう。すべての政治家は国境を開放し、そして人間を支配することをやめなければならない。すべての聖職者は、速やかに祭壇を破壊しなければならない。なるべく早く、一年以内に結果を示すべきである。それが示されない場合は、我々の中の誰かが次の行動を起こすだろう。我々にはそれを止められないし、止めるつもりもない。それを誰が、いつ、どんな手段で行うかは、それを実行する者にしか分からないのだ。

その場合、世界は否応なく今よりさらにひどい状態になる。しかしそれは悪いことではないのだ。どのような悲惨な状況になったとしても、それは何もせずに今のままであり続けるよりも何倍も良いことなのだ。なぜならば、その悲惨さの向こうには、人間のあるべき姿に至る明瞭な道が続いているからだ。

繰り返し言う。人間はこれからあるべき姿に至る道を歩むことになる。まずはただ一人で生き、何が自分にとって重要であるのかを、ただそれだけをひたすら考え続けるのだ。それはひとえに無慈悲な進化の鋼で作られた牢獄から、自らを解放するためであるのだ。人間にだけその可能性が与えられているのだ。宗教も哲学も科学も、人間をその牢獄からは解放しない。

もちろん、それに至る道は険しい。それは最初からは難しいだろう。まずは、人間は集団ではなく、少人数の家族で生きるのだ。その中で一人ひとりがその能力を存分に使って、できるだけ自力で生きるのだ。他人に頼るのは最小限にしなければならない。

機械に頼ってはならない。草木と動物たちと共に山や海で生きるのだ。子供ができた場合は、一歳まで育てた後はその子を遠くに住む他の家族に与え、その家族から別の子供を受け入れるのだ。その時、別離を悲しむべきではない。子や親やそれまで自分が属していた家族に対する執着を捨てて進むのだ。それは大きな試練になるだろうが、最小限の仲間たちと自然と共に過ごし、各々《おのおの》が深く思索すれば、自分がいかに自由であり幸せであるかが実感できるだろう。何者にも支配されず、何者にも利用されず、何ものにも責任を負うことのない真の自由を味わうのだ。

これは、かつて人間が誰一人として経験したことのない自由だ。心配しなくていい。自然は人間を生かす何通りもの方法を教えてくれるはずだ。病になれば臥《ふ》せて回復を待ち、回復が叶わなければ心静かに自然に還るのだ。バラモンの修行僧のように一人で生きるのだ。絶対的な孤独の中にこそ真の自由に至る道がある。

人間の最大の過ちは、集団で生きようとしたことにある。人間は畢竟《ひっきょう》集団で生きることに耐えられないのだ。このように生きることによってのみ、人間は他の人間を含むあらゆる生命を必要以上に傷つけずに生きることができるし、暴力的な進化の力にすり潰されずに済むのだ。これこそが最高の知性を与えられた我々人間が進むべき正しい道なのだ』

『以上だ。この声明文を述べた者を特定することは、あなたたちにはできない。無駄な努力はしない方がよい。そんなことよりも、この声明文の内容を真摯に捉え、何らかの反応を示してほしい』

カントがこの時述べたことはこれがすべてだった。

「ばかな、完全に狂っとる。我々に釈迦《しゃか》のように修行しろと言うのか。こいつは要するにアナキストだ。究極のアナキストだ。破壊することしか考えていない。こういうやつらとは取引することはできない。『何も要らない、放っておいてくれ、ただぶっ壊したいだけなんだ』というわけだからな。手がつけられん」

重光総理は官邸の大きなモニターを見ながら叫んだ。

「それにしても、このアナキストを探し出して、メッセージを言わせたカントというのは一体何者だ？　皆、血眼になって犯人捜しをしても見つけられなかったではないか。アナキストの仲間なのか？」

首相は周りの人間を見回したが、知る者はいなかった。

アダム・ロスタイクは、マイアー社のCEO室で、父親と数人の幹部たち、米国大統領ジョージ・W・ブキャナンと大統領補佐官をはじめとする数人の政府要人、さらに軍関係者と最後のミーティングを開いていた。

皆、充実感溢れる幾分紅潮した表情をしていたが、大統領だけが、怯えるように蒼白な顔をしていた。大統領はこの会議の一時間前に、アダム・ロスタイクに銃口をこめかみに押し当てられて計画実行のサインを迫られた。そして大統領はとうとうサインをした。自分の周りにアダムに異を唱える者が誰一人いないことが分かったからだし、地球上の何十億の人間の命よりも自分の命が惜しかったからだった。

もはやこの計画の障害になるものは何一つないはずだった。この会議の最中に流された、カントによる核爆弾テロ犯の声明を聞くまでは。

皆、モニターから流れる音声を一言も聞き漏らすまいと、耳をそばだてた。その会議の参加者は声明文の内容には特に感慨を覚えなかったものの、カントと名乗るものが誰もできなかった核テロの首謀者を特定したこと、そしてカントと名乗るものに世界中のコンピュータやスマホが乗っ取られたことに関して、驚きとそして不安を感じていた。

しかし、その中でアダム・ロスタイクだけは、皆と少し違う考えを抱いていた。アダムは黒田が譫言《うわごと》のように「カント、カント」と繰り返していたということを思い出していたのだ。

――あいつに問い質《ただ》さねばならん。ふざけやがって、やはり何か企んでいたのだな。そうでなければあんなに簡単にIFE社を手放すはずがなかったんだ。よくも何年も俺を騙し続けたものだ。大切なものを隠し、やつにとってはどうでもいいものをくれてよこしたというわけか。俺が喜んで拾ったものは、あいつにとっては価値のないものだったんだな。福島め、それを見て内心笑っていたのか。憎いやつだ、あいつはやはり危険だ。

カントだと？　ふざけやがって。あいつには俺の作り出す世界を見せたかったが、こうなったらしょうがない。カントの正体を聞き出したあとは、もうあいつは始末するしかないな――。

そう呟くとアダムは腰を上げ、米国の第五空軍司令官に連絡を入れた。

その様子を見ていたアダムの父、アルフレド・ロスタイクはアダムに詰め寄った。

「アダム、何をする気だ。この緊急時に何をするつもりだ」

「今の声明文を読み上げたカントの正体を、あいつに訊きに行くのです。ついでにあいつを始末してきます」

「あいつ？　誰のことだ？」

「福島ですよ。あいつ以外、この期に及んで私を不安な気持ちにさせるようなやつはいないじゃないですか。この際、不安の種を完全に取り除いてきます。私が帰ってきたら、いよいよ実行しましょう。皆さん、いいですね？　三日後、人類の新しい歴史を作るのです」

皆、そのアダムの言葉を聞いて決意を胸に秘めながら、何か月もの間悩み続け、迷い続けて決めた場所で、最後になるかもしれない地上での日々を送るため、そそくさと大統領執務室から出て行った。

アルフレド・ロスタイクは、二人きりになってから再びアダムに詰め寄った。

「何を考えている。このカントとやらと福島に、どういう関係があるというのだ。大体今さら、福島に何ができるというのだ。あんなやつは放っておけ。おとなしくここで決行日を待つのだ。お前に何かあったらどうするのだ」

「私には何も起こりません。あいつを消しに行くだけです。私は世の中の誰にも恐れを感じたことはありません、あいつを除いて。あいつは何を考えているのか分からないところがある。私が何をしたいのか見透かされているような気さえするのです。もしあいつをこのまま放っておいたら、ひょっとしたら我々のシェルターの真上に、あいつは自分の王国を打ち建てるかもしれない。我々の想像を超えた方法で。そして我々は二度と地上に出られなくなるかもしれない。

もしあのカントというやつが福島の手の内にあるなら、それはまず間違いないと思うのですが、それはとても危険なのです。福島とカントは我々にとって致命的な障害になるに違いないのです。少なくともどちらか一方は抹殺しなければならないのです」

アルフレドは、自分の息子に恐れる者がいることに驚きを隠せなかった。そしてそれがアルフレドを不安にした。

「それならば、誰か信頼のおける者に、福島の処理を任せればいいではないか。分かっているのか？　わしが何年もの間、それこそ死に物狂いでお前の障害になりそうな人間たちを破滅させてきたことを。ロスタイク家に繋がる者たちも例外ではなかったのはお前も知っているはずだ。お前の叔父やいとこたちの中で、今も残っているのは取るに足らない者だけだ。一体何人の血族を葬り去ってきたか。それもこれもお前がロスタイク家の家長となり、お前が望むとおりの新しい世界を創造することを想ってのことなんだぞ」

「分かっています。とても感謝しています。しかし私の手であいつにとどめを刺さない限り、私の気が休まることはないのです。大丈夫です。必ず二日後には帰ってきます」

　アダムはそう言うと、屋上のヘリポートに向かった。

第一三章

1

「博士、いや福島。貴様、俺をこけにしやがったな！」

アダム・ロスタイクは、樽前山麓の山小屋で福島と対峙《たいじ》していた。

「おいおい、ずいぶん乱暴な口の利きようだな。一体何のことかな？」

福島の顔は薄暗い部屋の中で、窓から差し込む幾分傾きかけた太陽の光に照らされて浮き上がって見えた。

「とぼけるな、お前は一番大切なものを隠しておいて、俺にはどうでもいいものを売りつけていただろう」

「何を言っているのか分からんな。我が社の技術で君は思う存分自分の欲望を満たしてきたではないか。これ以上何が欲しいのだ？」

「黙れ！　とぼけるな。カントとはなんだ？　カントこそ、お前が誰にも知られないように隠しておいたものに違いない。そいつを俺によこせ。俺は本気だぞ」

アダム・ロスタイクは、コートの中のホルスターから銃を取り出した。

「こいつはコルト・シングルアクション・アーミー、別名ピースメーカーと呼ばれる銃だ」

アダムはこらえきれずに笑い出した。

「全く笑わせてくれるぜ。しかしな、俺が持つ銃として全く相応しい銃だと思わんか。一九世紀製だが、しっかり手入れしてあるし、役に立つことはすでに何度か実証済みだ。

いいいか、もう少しであのばか大統領が世界の覇者となる。もちろんやつの後ろで糸を引いているのは俺だ。あいつはおだてて、座り心地のいい椅子に座らせておくつもりだ。しばらくの間な。俺は誰にも知られずカントを手に入れる。カントを味方にできれば俺の力は完全無欠になる、そうだな？」

「だからカントとはなんだ？　自分の罪深さに気付いて妄想に苦しむようになったのか？　そんなものがなくても君の計画によって、君は世界のすべてを手に入れることになるのだろ？」

「いや、世界中の人間が何を考え何をしているのか、すべての情報を手にすることが必要だ。世界中の捜査機関が血眼になって捜して見つからなかった核テロ犯を、カントは簡単に見つけたじゃないか。

カントは、あらゆる人間や機関を監視するシステムかなんかなんだろ？　徹底的な監視世界。それを構築できなければ世界を制覇したことにはならない。そうでなければいつ寝首を掻かれるか分かったもんじゃない。そうなったら、またばかが世界をめちゃくちゃにしてしまう。違うか？　物理的にも精神的にも人間を支配してこそ、真に完全な『素晴らしい新世界』が実現されるのだ。今が最後のチャンス、ゴールは目の前だ。世界は核の業火に焼き尽くされるのだ。そして選ばれた者だけが次の世界を作るのだ」

「そんな世界を君は求めているのか。何度でも言うがつまらんな。もう何十年も前に何人ものＳＦ作家が描いたような世界じゃないか。どこに独創性があるのだ？　地球上の人間のほとんどを抹殺してしまうという点は、もしかしたらユニークかもしれないが、しかしそれは最も頭の悪いやり方だぞ。大体君が死んだあと、その素晴らしい新世界はどうなる。君よりばかな人間はいつでもどこにでもすぐに現れるのが分からんのか」

「うるさい、お前がそんな心配をする必要はない。俺が死んだあとは、徹底した監視と容赦のない処分が統制の効いた世界を存続させるだろう。薬や洗脳も使ってな。その基盤は俺が作る。そしてその新しい世界を実現させるためには何十億もの人間は邪魔でしかない。ばかばかり何十億集めてもどうしようもないからな。全人類のほとんどが死んだくらいの人口でちょうどいいのだ。

我々選ばれた人間は、これから快適な核シェルターに潜る予定だ。しばらくの間、そこで皆肩を寄せ合って仲良く生きて行く。戦争も諍《いさか》いもない幸せな世界だ。何しろ皆、自分たちがどれほどのことをして、その幸せな世界を手に入れたか、よく分かっているのだからな。不満は言うまい。

そうだ、リンカーン記念堂からリンカーンを追い出し、あの立派な椅子にジョン・レノンを座らせてやろう。異を唱える者はいないだろうよ。もう、宗教やイデオロギーや哲学の対立も国も何もない、あの歌の中の理想の世界だ。

それからお前は自分には責任がないような涼しい顔をしているが、お前が提供した技術がなければこの計画を実現することは不可能だってことは分かっているのだろうな。お前も俺も同じ穴のムジナってことだぜ」

「科学はそれを使うに相応しい知性を持った者が使うものだ。君は間違った使い方をしたのだ。どう考えたって君は地獄行きだ。そんなにも多くの人間を、何十億もの人間を、地上に放射能を撒《ま》き散らしながら葬り去ろうとしているのだからな。君に比べれば、スターリンも毛沢東もヒトラーも子供みたいなものだ」

「だったらどうすればいいのだ。何も考えがないくせに、頭の悪い中学生みたいなことを言うのはよせ。俺は小さい頃、周りに住んでいた友達と地中に穴を掘って秘密基地を作ろうとしたことがある。それはちょっとした森の中にある空き地で、周りに生えている太い木の枝の上の空間と地中とが連絡した、素晴らしいアイディアに溢れるものだった。あともう少しで完成という時に、どこかの大人が乗り込んできて、危険だからそんなものを作ってはいけないと、その穴を全部俺たちの目の前で埋めてしまった。俺たちはそれを見ながら何もできずに泣いたよ。

俺はその時悟った。くだらない常識が、素晴らしい夢をいとも簡単にぶち壊すということを。常識というものは徹頭徹尾くだらない。しかし人間はその常識が打ち破れない。俺はそれを打ち破るのだ。人間のほとんどが消滅しようが、この腐った世界をリセットできるなら、それが何だと言うのだ。

あの大統領も、いつまでもぐずぐずと言っていたが、最後は俺がこのピースメーカーの銃口をあいつのこめかみに押しつけて、作戦実行の書類にサインさせたのだ。見ものだったぜ。やつが一回サインすると、あとは簡単だった。あいつは狂ったように次々と書類にサインし続けた。そんなことができたのは、あいつが覚悟を決めたからではない、あの時あいつを支配していたのは恐怖だ。それは報復に対する恐怖、あいつが滅ぼす命に対する恐怖、そしてあいつが信じる神に対する恐怖だったはずだ。

あの時、俺だけが冷静だった。俺だけが真っ赤な巨大な火の玉の下で何千度という熱に焼かれながら蒸発して行く人間たちを頭の中に鮮明に思い浮かべながらも、それから目を逸《そ》らさずにいられたのだ。俺だけが人間の常識を乗り越えることができるのだ。俺以外の誰がこの偉大な一歩を踏み出すことができるというのだ。世界を支配する者はこのような人間でなくてはならない。俺だけにその資格があるのだ。そうは思わんか？

貴様が俺と同罪かどうかなど、もはや問題ではない。そんなことはどうでもいい。世界は間違いなく人間が地球上に誕生してから初めて、平和というものを経験することになるのだからな」

「君が世界に平和をもたらすことはない。君は結局、地球上に君一人になるまで意に沿わない人間を殺し続けるだろう。最後はそのピースメーカーが君の頭を打ちぬく。君が目指す世界とはそのようなものだ。そんな世界を目指すことは、これ以上ないほど愚かなことだ。我々はそんな世界を実現するために生まれてきたわけではない」

「もういい。さあ、カントを渡すのだ」

「私がカントとかいうものを知っていたとしても、君には渡さないだろう」

「そうか、残念だよ。それはどうせ貴様がいなければ役に立たないものに違いない。だったら貴様をこの世から抹殺すればいい。そうすれば少なくとも俺を邪魔する者はこの世にいなくなるのだからな。

博士。今俺がどれだけ残念な想いをしているのか、貴様には分からないだろうな」

アダムはそう言うとピースメーカーの引き金を引いた。轟音《ごうおん》が三発鳴り響いた。しかし福島はそのままそこに居続けた。

「くそ、ホログラムか。どこまで俺をこけにすれば気が済むんだ。どこだ、福島、どこにいる！」

アダムは外に飛び出すと男たちに怒鳴った。

「福島を見なかったか」

男たちは首を振り、辺りを見渡した。男の一人が雪の上に残された足跡が森の中に続いているのを見つけた。三人はそこまで乗ってきたスノーモービルを置いて、走ってその跡を追った。雪はさほど深くは積もっていない。ところどころ土が出ていて足跡が確認できない箇所もあった。

「いいか、あいつを見つけたら殺すんだ。息の根を止めろ。そして必ず俺の目の前にあいつの死体を持ってくるんだ。分かったな」

男たち二人は頷き、足跡を追うアダムの左右に展開して足早に進んだ。

それを遠くから双眼鏡で見つめる二人の男女がいた。二人ともスキーを履いてアダムたちを追ったが、まだ相当距離があった。


福島は必死に走った。雪は浅かったがところどころに吹き溜《だ》まりがあり、そんなところでは足を取られて転びながら走った。福島は自宅に戻ってシェルターに籠りたかったが、普通の行き方ではアダムの仲間たちに簡単に見つかってしまうと思った。

アダムが一人でこんな山里に来るはずがなかった。アダムはこの山小屋と自宅、そして研究所との間に何人かの手下を配置しているに違いなかった。だから一旦山の裾野の方に逆行してから、暗くなるのを待って自宅に向かうことにした。かなりの距離を走ることになるが足には自信があったし、シェルターに入ってカントと一緒になれば、どんな敵とも戦えるはずだった。

福島はなるべく足跡の残らないように土が露出している地面を選んで走りたかったが、山が近くなるにつれ地面を覆う雪は徐々にその深さを増していった。時々自分の走った後を振り返り、その明瞭な足跡を恨めしそうに眺めるしかなかった。

――全く間抜けな話だ――。

そうは思ったが、今さらどうしようもなかった。今はとにかく全速力で走り切るしかなかった。

どれくらい走っただろうか、福島はもうすっかり葉を落とした広葉樹林帯を抜けると、サッカーコートくらいの大きさの広場に出た。その時、福島の左手からいきなり男が一人飛び出してきた。結果的に近道を追ってきた、あの時の背の小さな白人の男だった。二人は一〇メートルくらいの距離で立ち止まり、はあはあ、肩で息をしながら向かい合った。

「博士、世話を焼かせるんじゃないよ。あんたとは長い付き合いだが、悪く思わんでくれ、ジュニアの命令なんでね。俺はあんたが嫌いではなかった。大丈夫、楽に死なせてやる」

男はピストルを取り出して福島に照準を合わせた。福島はさすがにこれは逃れられないと観念した。

「やはりピアノを習っておけばよかったよ」

そう言う福島に怪訝な顔をしながら、男は引き金に添えた指に力を入れた。福島は黙って目を閉じた。

その時、パンという乾いた音と、何かが空気を切り裂く音がものすごいスピードで迫ってきた。福島は目を開けた。自分がまだ生きていることだけは分かった。しかし目の前の男は脳髄を飛び散らせながら静かに崩れ落ちた。それはまるでスローモーション動画のような滑らかでゆっくりとした動きだった。福島は膝が震え、雪の上に座り込むとそのまま仰向けに倒れた。

「博士！」

どこか遠くの方から声が聞こえた。それは聞き覚えのある声だった。

一方、もう一人のアダムの手下は、スキーを外して後ろをつけてきた別の男から果敢なタックルを受けて、深さ五メートルにも削られた幅三メートルほどの浅い流れの緩やかな川に、二人揃って転げ落ちた。二人とも落ちる時に周りの岩にあちこちぶつかり軽い怪我を負ったが、薄暗い川底に落ちるや否や膝までの深さの流れに足を取られながらも、しばらく壮絶に殴り合った。

　やがてアダムの手下の男が刃渡り二〇センチメートルほどのサバイバルナイフを取り出し、対峙する男の目の前でひけらかすように左右にゆらりゆらりと揺らし始めた。

「ナイフか、飛び道具はどうした。そうか、お前さっき川に落ちる途中でどこかに落としたな。お前の運も尽きたな。あわれなやつだ」

「あわれだと？　大体、お前相手にどうして飛び道具を使う必要がある」

「自分が取り返しのつかない間違いを犯したことに気付かないのか」

「強がりを言っていられるのもこれまでだぜ。このナイフはなあ、今まで何人もの人間の血を吸ってきたんだ。お前の血が今日そのリストに新たに加わるってわけだ。いつも最後は一挙に喉を掻き切ることにしているんだが、お前は特別に、まず顔を切り刻んでからにしてやるぜ」

「この変態野郎め、顔を切り刻まれるのがどうして俺だと決まっているのだ」

「黙れ！」

　男はナイフを振り回しながら迫ってきた。

「どうした、恐ろしいか？　お前の会社のあの男、何と言ったか、第三研究所の所長の義理の兄貴も、最後は泣きながら命乞いをしたぜ。お前も今にそうなる」

「そうか、伊原さんを殺《や》ったのはやはりお前たちか。ちょうどいい、伊原さんの仇《かたき》を討ってやる。貴様、簡単には済まさないからな、覚悟しろ」

　男はナイフを振ったり突いたりして迫ってきたが、ナイフを持ったおかげで男の動きは隙だらけになっていた。素手の男は余裕をもって何度かナイフをかわし、満を持して手刀を一閃《いっせん》させ、男のナイフを叩き落とした。

ナイフを落とされた男は一瞬怯《ひる》んだ。その瞬間、渾身《こんしん》の正拳が裂帛《れっぱく》の気合とともに男の顔面に叩き込まれた。鼻の骨が砕け、男は自分の血の匂いを嗅いだ。間髪をいれず左右の上げ突きが男の喉元深くに突き刺さった。

先ほどまでナイフを振り回し饒舌《じょうぜつ》だった男は、最後の一撃を受けるとバランスを崩し、大木が倒れるようにゆっくりと静かに仰向けに川面に吸い込まれた。一旦川に沈んだ男はそれでも起き上がろうと足掻《あが》いたが、容赦なく頭を押さえつけられ、冷たい川の水を少しずつ何度も何度も飲まされ続けた。

「どうだ、泣いて命乞いしろ。だがな、分かっているとは思うがな、許しはしないからな」

男は最後は肺に水をいっぱいに満たされ、さんざんもがき苦しみながら溺れ死んだ。

「俺が柔道も空手も黒帯だってことを言わなかったのはアンフェアだったか？　そうであっても貴様のナイフよりはマシだろう。ナイフに頼ったのが間違いだったな」

男は薄暗い川の底から空を見上げた。苔《こけ》に覆われた湿った岩が、ところどころ黒光りしながら高い壁を造ってどこまでも伸びていた。

「やれやれ、どこから登ろうか。それにしてもびしょびしょだよ。そのうち寒くなるに決まっている」

白い息とともにぶつぶつ文句を言ったのは住良木だった。

「博士！」

何度も福島に呼びかけるその声は絶叫に近かった。白いヘルメットと白い上下の迷彩服に身を包んだその声の主は、スキーを懸命に滑らせ全速力で近づいてきた。福島は空を見たまま右手を挙げて合図を送った。

「ああ、博士、ご無事でしたか」

声の主はヘルメットとゴーグルを投げ捨てた。長い髪が風に靡《なび》いた。声の主は天野照子だった。

照子は、頭を打ちぬかれて倒れている男が息絶えていることを確認してから、福島のすぐ横に両膝をついて福島の顔を覗きこんだ。

「ああ、やはり君か、声を聞いてすぐ分かったよ。帰ってきたんだね。もうどこにも行かないで私のそばにいてほしいよ」

「博士、どこにもお怪我はないですか？」

「大丈夫だ。それにしても君が撃ったのか？　一体どこから撃ったんだ？　大したもんだな」

福島は、頭を打ちぬかれて横たわる男の方に首をひねってしばらく見つめて、それから続けた。

「彼はアダム・ロスタイクの手下だ。私を殺すつもりだった。アダムに命じられたそうだ。今さら殺し合いをしてどうなる。かわいそうな気もするが、とにかく命拾いした。ありがとう」

福島は照子に引き上げられて、何とか立ち上がった。

「いろいろ話したいことはある。でも今はとにかく逃げよう。何としても私の隠れ家に潜り込まなければ。アダムともう一人がまだ追ってくるはずなんだが」

「住良木さんが喰《く》い止めてくれているはずです」

「住良木も来ているのか、そうか。迂回するのはやめて、こうなったら君がたどってきたルートで小屋まで戻って、それから直接私の家に向かうことにしよう」

住良木は、とにかく今まで自分が向かっていた方向に狙いを定めて走った。枝ばかりの森の先が明るくなってきて、もう少しで森を抜けるところまでたどり着いた。照子が撃ったライフルの音は住良木にも聞こえていたが、誰が撃たれたのか、どういう状況なのかが住良木には分からなかった。

その時、さほど遠くないところから再び銃声が鳴り響いた。住良木は身をかがめるとスキーを外し、それから匍匐《ほふく》前進で慎重に進んだ。そして森の出口の大きなエゾ松の根元に身を隠すと、その先に開ける雪原を見渡した。

アダムが福島に銃口を向けながらゆっくり近づいているのが見えた。そのそばに二人の人間が倒れているのが確認できた。

――天野が撃たれたのか、博士を何とかしないと――。

住良木は雪原に走り出すべきかどうか、決断がつかずに迷った。住良木は飛び道具を持っていなかったのだ。それでも自分に注意を向けることができれば、その瞬間、福島がアダムを制するかもしれないと思った。そうするしかないと覚悟を決め、まさに雪原に飛び出そうとしたその時、住良木は自分の後ろに何かの気配を感じ、さらに獣の匂いを嗅いだような気がした。

住良木は顔を雪に埋め、身をさらに低くして息を殺した。それは尋常ではない恐ろしい気配だった。住良木は身動きできずに、自分の横を大きな黒い影が通り過ぎるのを目だけで追った。

――何なんだ、こいつは。俺に気付かないのか？――

黒い影は、いつか福島から聞いたあの片耳の羆《ひぐま》に違いなかった。横を通り過ぎる時、羆は住良木に一瞥《いちべつ》をくれたが、低く静かな唸《うな》り声を上げただけで、悠々と横を通り過ぎて行った。住良木は今まで経験したことのない恐怖で体が震え、動くことができなかった。これから起きることを、そのエゾ松の大木の根本で見守るしかなかった。

「博士、ずいぶん手間をかけてくれるな。おまけに長年俺に忠誠を尽くしてきた可愛い部下を殺しやがって。その女がやったんだな。そいつも一緒に殺してやるから、お前は何の心配もせずにあの世に行けるってわけだ。ありがたく思えよ」

「アダム、これ以上人殺しをして何の意味がある。人を殺すのは私を最後にしてほしい。どっちにしろ、もう地獄行きは避けられないのだから、どっちでもいいだろう」

「黙れ、これからも俺の邪魔をするやつは殺しまくってやるつもりだ。それに地獄なんて本当に信じて言っているのか？　地獄も天国も、そんな阿呆《あほ》らしい言葉をお前が使うな。がっかりするぜ」

「君は、自分が最後は何かに裁かれるということを想像したことはないのか？」

「笑わせるな、一体何が俺を裁くと言うのだ。人間には思いどおりに行かないこともあるし、何がこの世界を動かす原理かが分からなくなることもある。しかし一つだけはっきりしたことがある。それは神は存在しないってことだ。

いいか、よく聞け。もし神がいるなら、こんな状況になるまで、その神ってやつが人間をさせるがままに放っておいたはずがないじゃないか。これほどの裏切り、憎しみ、暴力、親殺し、子殺し、主殺し、無差別殺人、極め付きは神の名の下の大量虐殺、こんなものに現《うつつ》を抜かす人間を放っておけるものか。とうの昔に人間を地上からきれいに抹殺しているに決まっているだろ？　これは失敗作だったわい、とでも言いながらな。そんなことは神には朝飯前のはずだ。

　しかし現実を見ろ。こんな醜い社会が断末魔の悲鳴を上げながらも、何十年も何百年も続いているのはなぜだ？　それこそが神が存在しない明確な証拠ではないか。疑う余地はない」

「そんな人間の中でも最も醜い君がそんなことを言っても説得力はないな。君はきっと雲の上では今まさに注目の的に違いない。最後に一つ聞かせてくれ。日本国の藤原前総理を暗殺したのは君たちか？」

　アダムは頭の中の記憶をたどって、六年前のあの事件のことを思い出していた。

「ああ、あれか。あれは、お前のところの今の首相に、あの発電システムの売り方が気に喰わないと相談を受けて、まあ、どちらが先に話を持ちかけたかは忘れたが、邪魔者は除外するということで双方の合意を得たということだ」

「そうか、やはり、お前だったのだな。お前は碌《ろく》な死に方はできないと思え」

　福島はそこまで言って初めてアダムの後ろに屹立《きつりつ》する黒々とした影に気付き、息を呑んだ。

「おいおい、そんな手には乗らんぞ、俺の注意を逸らそうとしても無駄だ。往生際が悪いぞ、福島！」

　アダムはしかし確かに獣の匂いを感じた。ピースメーカーを福島に向けたまま、アダムは後ろを振り返った。そこには体長三メートルはあろうかという巨大な羆が、怒りに体を震わせ体中から湯気を立ち昇らせながら、壁のように立っていた。

　アダムはそれが何なのか理解できぬまま、とっさにピースメーカーを羆に向けたが、それが発砲することはなかった。その前に羆の左手が一閃したからだ。アダムはグフッという音だけを残して五メートルほど飛ばされ、地上に落ちてからさらに五メートルほど勢いよく回転して止まった。

腹が深く抉《えぐ》られ、手足の骨はそのほとんどが折れていた。もはや体を動かすことができず、血まみれの体を純白の雪の上に晒すしかなかった。

それを見ていた住良木は、ようやくエゾ松の根本から身を乗り出して、四つん這《ば》いのまま福島の方に進み出した。

片耳の羆は、立ったまま福島を見下ろしていた。そして一度地面を震わすほどの咆哮《ほうこう》を放つと、前足を下ろして体の向きを変え、横たわるアダムの方に悠然と歩き出した。

住良木がようやく福島のもとにたどり着いた。

「博士、あれが例の片耳の羆ですね？」

「おお、住良木か。あの羆は私を敵だと思っているはずなんだが、私を救ってくれたのか？」

片耳の羆はアダムの右足を咥えると、そのままアダムを反対側の森の中に引きずっていった。

この時、アダムにはまだ意識があった。

――一体これはなんだっていうんだ？　こいつは一体なんだ。これが裁きということなのか。俺はいま裁きを受けているということか。なぜだ、俺はこんなにひどい裁きを受けるような悪いことなぞ何もしていないぞ。そもそも人を裁くことができるものとは何だ？

ああ、気が遠くなってきた。俺はもう死ぬしかないのか。俺はこいつに喰われて終わるのか。そうか、だったら福島、お前だっていつかこいつに喰われるんだぞ。覚悟しておけ――。

羆は一度足を放すと、大口を開けてアダムの頭を一息に噛んだ。バリバリという大きな音を福島と住良木は聞いた。アダムは体をぴくぴく痙攣《けいれん》させながら息絶えた。羆は再びアダムの右足を咥えて森の奥深くに去って行った。

「これは一体なんだ。夢でも見ているようだ。住良木、君も見たな。君も誰に説明しても簡単には信じてもらえない逸話を一つ抱え込んだな。それにしてもこんなことがあるのか。アダムはもうこの世にいないのだな」

　そう言うと福島はしばらく放心状態で、羆が去って行った森を見つめた。

「そういえばもう一人いただろう?」

　福島がようやく口を開いた。

「そいつは私がやっつけました」

「本当か?　そうだ、照子だ」

　福島と住良木は、数メートル後ろに横たわる照子に駆け寄った。照子はこめかみから血を流していたが、気を失っているだけで命に別状はなかった。アダムが放ったピースメーカーの銃弾は、照子のこめかみをかすっただけだった。

　福島は照子の体を抱きしめ、名前を何度も呼んだ。照子は何度目かの呼びかけで目覚めた。

「ああ、博士、敵は?」

「大丈夫だ、私たちはとりあえず死地を脱した。信じられないような成り行きでね。アダム・ロスタイクはもうこの世にはいない。詳しい話は後で、今回は証人もいるし信じてもらえると思うんだが」

　福島は照子を抱きかかえるようにして立ち上がらせると、

「歩けるか？」

照子に尋ねた。

「はい」

だが、そう言ったまま照子は再び気を失った。福島は住良木の助けを借りて照子を背負った。もう誰から隠れる必要もない。

福島は山小屋目指して最短距離を歩くことにした。住良木は救援を求めるため、先行して山小屋に急いだ。

福島が大汗をかきながら行程の半分くらいまでを歩いた時、前方から白の迷彩服に身を固めた六人の男たちが走りながら近づいてきた。いずれも元ＩＦＥ社の者たちで、先頭を走るのは益田だった。益田は真っ先に福島に駆け寄ると手を握って、感極まった様子で叫んだ。

「博士、よくぞご無事で」

「おお、益田か、君たちが私を救ってくれたのだな。よく来てくれた、助かったよ、ありがとう。

それにしても君たちこそ、よくぞ今まで無事だった……」

それ以上言葉にならず、そこにいた全員が声を押し殺して泣いた。

しばらくしてから涙を拭きながら、益田がこれまでの経緯を話し出した。

「ＩＦＥ社の者で残っているのは、ここにいる六名と住良木の七人だけです。我々は大島さんの命令を今でも守っているのです。大島さんは情報収集のためワシントンＤＣに旅立つ前、命に代えて博士を守れと我々に命じました。

我々は博士が山小屋に軟禁状態に置かれてからは、近くの街中に潜伏して情報収集に努めていました。アダム・ロスタイクが山小屋に向かったという情報を得て、たまたま何日か前に我々と合流した天野さんに、博士を護るために先行してもらったのです。住良木は武道の達人ですし、天野さんはバイアスロンの元オリンピック候補だったそうです。何とかしてくれるだろうと祈るような気持ちでした。

残った我々は、アダム・ロスタイクの別動隊がさらに山小屋に向かうのを阻止するために戦っていました。かなり派手にやりましたが、このご時世ですから誰も気にする者もおりません。ただし、じきにやつらの報復があると思います。何しろアダム・ロスタイクが殺されたのですから。我々はその前にまた潜伏するつもりですが、博士の身の置き場を探さねばなりません」

「大島さんは核テロが起こる直前にワシントンDCに行ったのだったね。それ以後、彼からは何の連絡もない。こんな状態でなければ彼を捜しに飛んで行ったのだが。やはり駄目なのだろうか。

彼は私にとってかけがえのない人だった。彼がやるべき仕事はたくさんあったはずなのだ。大島さんとはもっとたくさん話をするべきだった。もっと彼の考えを聞いておくべきだった。いつもそうだ、いなくなってからその人がいかに大切だったかを思い知らされる。悔やまれるよ。

それから、私の身の置き場のことは心配するに及ばない」

照子は橇《そり》に乗せられると男たちに小屋まで引かれて行った。福島と益田は横に並びながら、照子を乗せた橇の後を歩いた。

「住良木に聞いたと思うが、アダムは死んだよ。しかし彼の遺志を継ぐ者は用意されているはずだ。私はアダムに、これ以上人を殺すな、と言ったんだよ。しかし彼はこれからも邪魔をする者はどんどん始末すると言っていた。アダムの後継者がそれをやるだろう。私はそれを止める。そのために私は生き残されたのだ。

そういうことなんだよ、本当にそういうことなんだ」

「大島さんは、やがて博士が人類を救う最後の希望になるとおっしゃっていました。先ほど住良木の話を聞いて、我々はそれを、大島さんの言葉を確信しました」

「大島さんは私を買い被っていたんだよ。でもそれに少しでも応えなければな」

遠くの方から鳥がキョロキョロと短く鳴きながら飛んできて、枝も樹皮もすっかりなくしてしまった白い枯れ木にしなやかに止まった。しばらくこちらの様子を見ていたその鳥は、やがて激しく木をつつき始めた。黒い体に赤い頭、それはクマゲラだった。

その木は長いこといろいろな鳥のえさ場になっているに違いなく、クマゲラの嘴《くちばし》は音もなく深くその木に突き刺さった。そのたびに柔らかい木屑《きくず》が周りに飛び散った。福島たちがそのそばを通っても、クマゲラはお構いなしに少しずつ位置を変えながら枯れ木をつつき続けた。

森の中ではシジュウカラ、ゴジュウカラ、ヤマガラ、シマエナガなどの小鳥たちが、集団を作ってあちこち賑やかに飛び回っていた。小鳥たちは楽しく遊んでいるようにしか見えなかった。福島は、自分も小鳥になって自由に遊び回ることができたら、どれだけ幸せだろうかと思った。

「この森の中にいると、世界は全く平和なのではないかと思えてくる。とても何十億もの人間が死ぬほどの核戦争が間近に迫っているとは思えない」

そう福島は独り言を言ったが、すでに米国大統領は作戦実行の計画書にサインを済ませていた。もう間もなくそれは始まるに違いなかった。

人類は最初の攻撃で半分は死ぬだろう。残った者たちも、放射能と核の冬による飢饉《ききん》で数年のうちにほとんどが死ぬだろう。地球上にわずかに残った比較的安全な土地への移住の道は、容赦のない暴力によって完全に閉ざされるはずだ。最終的には北米大陸とオーストラリアで、合わせて数千万人が生き残るだろうと誰かが予想を立てていたのを福島は思い出した。それはモーゼが生きていた時代の世界の人口と同じくらいの数だった。

その時、森の中を一陣の風が吹き抜けた。木々の間をすり抜けながらいくつかの支流に分かれた風は、その一つが福島の目の前の一畳ほどの空間に粉雪の渦を作った。数秒後、風が通り抜けてしまうと、舞い上げられた粉雪が地上に舞い落ちる途中、その一部が福島の火照《ほて》った頬を冷やした。

「ああ、お前は何をしてきたのだ……」

福島はそう呟くと、あとは黙々と歩き続けた。

山小屋に着くと、全員そこで小休止をすることにして、福島は皆に温かいコーヒーを振る舞った。

体が温まったところで益田が口を開いた。

「博士、これからどうするおつもりですか？」

「アダム・ロスタイクは核戦争を仕掛けるつもりだった。彼は死んだが、彼の後継者がそれをやるだろう。それをどうやって止めるか、我々には手立てがない」

福島は周りの男たちを見回しながら言った。

「核戦争ですか？　そんなことをあいつは考えていたのですか？」

さすがに皆、動揺しているようだった。

「それも近々起こるだろう。我々にはそれを止めることはできないが、何とか最初の攻撃を生き残って、彼らに対抗しなければならない。そのためにまず、これから私の自宅に向かう」

「しかし博士、博士の家はあいつらに荒らされてしまっています。我々も今回その前を通って見てきました。あそこはもう壁と屋根の一部しか残っていませんよ。あそこに行くのですか？」

益田が怪訝そうに訊いた。

「そうだ、その荒らされた家に行く。その地中にはシェルターがあるんだ。そこに入ってしまえば怖いものはない。何としてでもあそこに行かねばならない。それが今、我々の最優先課題と考えてくれ」

七人の男たちが頷いた。すると、ソファに寝かされていた照子がようやく目を覚ました。

「ここでしばらく安静にしておいてあげたいが、もう少し我慢してほしい。私の家までこれからすぐに移動する。ここにいる九人がすべてか。上出来じゃないか」

福島は周りの男たちと照子を見回した。全員精悍《せいかん》な顔立ちを緩ませ、口元に笑みを浮かべて福島を見ていた。頼もしいと福島は思った。

「ここからは小屋の前に置き捨ててあるスノーモービルで行きましょう。派手な音はしますが、何より早く着きますからね」

小屋の前にはアダムたちのスノーモービルが三台、キーが挿されたまま並んで置かれていた。その三台と橇に八人が分乗して行くことになった。

益田は先頭を切って進んだ。皆それに続いた。山小屋から福島の家までは森の中の曲がりくねった細い道を通らなければならなかった。できるだけ速く進んだつもりだったが、家が見える地点にまで到達するのに三〇分以上かかってしまった。

もう少しで福島の家の前の広場に出るというその時、銃声が一発響いた。広場にヘリコプターが二台停まっているのが分かった。そしてその前に一〇人の男たちがこちらをうかがっているのが見えた。先頭を走っていた益田はスノーモービルを停止させ、密かに福島と照子を降ろすと、森の中を歩いて家に向かうように促した。

「博士、あなたの使命を果たしてください。大島さんが言っていたことが正しいと私は信じています。それを世に示すのです。天野さん、申し訳ないが博士を家まで無事に連れて行ってほしい。もし二人とも無事にたどり着いたなら、あとは博士をどうか支えていってほしい」

「分かりました。命に代えて」

すっかり意識を取り戻した照子が益田に答えた。

福島は全員を見回し、一人一人と力強く握手を交わした。

「私は先に行って待っているからな。必ず来てくれ。もう少しだ、皆でこの難局を乗り切ろう」

そう言うと福島は、照子と目立たぬようにスノーモービルを降りて森の中に姿を消した。益田はそれを確認してから少し進んで叫んだ。

「何者だ、そこで何をしている。我々は狩りを楽しんでいた。これから街に帰るところだ。その発砲は何のつもりだ」

「ふざけるな、お前たちはＩＦＥ社の生き残りだろう。アダムはどうした、福島もいるはずだ。二人をこっちに渡すんだ」

相手側のリーダーらしき者が応えた。益田は全員に決意を告げた。

「いいか、博士が家の中に入るまで時間を稼ぐんだ。俺たちが今まで耐え忍んできた意味がここにある。一人で二人を倒せ。命を惜しむな」

　益田は六人の男たちに低い声で静かに言った。皆唇を噛み締めながらそれを聞いた。それは今さら誰に言われるまでもないことだった。

「何をしている。アダムを早く渡すんだ」

　相手は苛立ちを募らせて叫んだ。

「アダムは死んだ。羆に喰われてな」

　益田が応えた。

「何？　羆に喰われた？」

「そうだ、アダムはもうこの世にはいない。おとなしく引き揚げろ」

「ばかばかしい、嘘をつくならもっと考えてから言え。交渉決裂だな。では死ね」

　銃撃戦が始まった。あちらは自動小銃とピストル、こちらはライフルとピストルを用いての撃ち合いになった。

　益田たちは木の陰と森の中の小さな起伏を利用して上手く戦い、犠牲者を出さずに四人を倒した。その後、銃撃戦は膠着《こうちゃく》状態になった。

　業を煮やした相手は、犬型のロボットを三台投入してきた。それは防弾の外皮に包まれた四つ足の醜いロボットだった。エネルギーの続く限り自律的に標的を追い続け、最後は標的を踏み潰すか、内装された自動小銃が火を噴くかのいずれかの方法で目標を殲滅《せんめつ》する残虐なロボットだった。

益田はそれを見て死を覚悟した。

「いいか！　あいつの前足首を狙うんだ。やつの唯一の弱点だ。運がよければ倒れてくれる。その隙に近寄って外皮を引き裂き、至近距離からあいつの右胸を撃て。間違えるな、急所は右胸だぞ！」

益田は全員に聞こえるように大声で叫んだ。七人の男たちのライフルが一斉に火を噴いた。醜い犬の一匹が前のめりに倒れた。それめがけて二人が駆け寄った。その途中一人は撃たれて倒れたが、もう一人が醜い犬の外皮を引き裂き、息の根を止めることに成功した。残った二匹はそれぞれ標的に達すると二人の男たちを踏み潰した。

二匹の醜い犬が新たな獲物を目指して歩き出すと、益田たちはまた一斉に足首を狙って発砲した。今度も一匹が倒れ、それに三人の男たちが殺到して醜い犬の息の根を止めた。しかしその時、男たち二人が撃たれて倒れた。

最後の一匹は益田に襲いかかった。それを見ていた住良木が駆け寄った時には、益田は胸に自動小銃の弾丸を受け、虫の息だった。しかし益田は最後の力を振り絞って醜い犬の外皮を引き裂いていた。

住良木はそこをめがけて弾丸を撃ち込んだ。最後の醜い犬は活動を停止した。

「益田さん、しっかりしてください」

「ばか者、俺に構うな、戦え」

それが益田の最後の言葉だった。住良木は拳を握りしめ声を殺して泣いた。しかし住良木には悲しみに浸っている暇はなかった。自分が一人で六人を相手にしなければならないことに気付いたのだ。

「上等だぜ、さあ来い」

住良木はそう呟くと身を伏せ、息を殺した。三〇秒後、相手が様子をうかがうため小型のドローンを飛ばした。ドローンは醜い犬の周りに横たわる男たちの周りをしつこく飛び回り、心拍と呼吸の有無を確認した。住良木は自分が生きていることは隠しおおせないと覚悟したが、傷を受けて動くことができない印象を与えるため、心拍を抑え呼吸を整え身動き一つせずに横向けに寝続けた。住良木のジャケットは益田の血を浴びて真っ赤に染まっていたから、銃弾を受けて傷ついて倒れているようにも見えた。

ドローンの執拗な探索は五分ほど続いた。やがて相手側の三人の男たちが立ち上がり、こちらに向かってゆっくりと歩いてきた。何発か銃声が響いた。男たちは一つ一つ醜い犬の周辺に戦闘能力を失って横たわる住良木の仲間たちに、とどめを刺して回っていたのだ。

最後に彼らは住良木の方に向かってゆっくり近づいてきた。浅い雪を噛むぎゅっという音を聞いた瞬間、住良木は身を起こし、右手に握っていたピストルの引き金を素早く三回引いた。三人が額を撃ち抜かれて仰向けに倒れると直後、後方から自動小銃が一斉に住良木目がけて火を噴いた。

住良木は左肩を撃たれながらも倒した男の一人から自動小銃を奪い、醜い犬の陰に身を伏せた。残りの敵三人も身を伏せ動きを止めた。住良木が出血しているのを皆知っていた。しばらく我慢して待てば良いのだ。

五分経った。ドローンが再び飛んできた。住良木は気を失いかけていたが、まだ意識を保っていた。残った三人の男たちが静かに身を起こすと、住良木に向かって歩き出した。住良木はその気配を感じたが、体が重く機敏に反応できそうになかった。

男たちがあと何歩かで住良木を視界に捉えようとした時、空気を切り裂く音が辺りにこだまし、一人の男の頭が吹き飛んだ。

「伏せろ、まだ仲間がいるぞ！」

怒号に近い叫び声が上がった。しかし彼らが身を伏せる前に住良木の自動小銃が相手をなぎ倒した。住良木も何発か銃弾を浴びたが、銃弾を撃ち尽くしてから前のめりに倒れた。

「住良木！」

福島は家の入り口まであと一〇メートルほどにあるオンコの巨木の陰から、家の方ではなく、広場の方に向かって走り出していた。

「博士、危険です。家に向かってください」

福島は、住良木の窮状を見てライフルで掩護《えんご》していた照子が止めるのを振り切り、遮るもののない空間に躍り出てしまった。

全速力で駆け寄った福島は、住良木を抱きしめて叫んだ。

「大丈夫か！　おい、しっかりしろ！」

「ああ、博士、だめですよ、早く行ってください」

「お前を置いて行けるか」

照子が福島を敵から遮る位置に片膝をついてライフルを構えると、辺りを油断なく見回した。

「博士、あの羆はなんだったんでしょうね。博士があの羆の話をする時、目撃者として証言することができないのが残念です」

「おお、そうだ、そうだぞ、誰が私の話を信じてくれるんだ。お前の証言が必要じゃないか。おい、しっかりしろ」

住良木はしかし、福島の腕の中で息を引き取った。

「今さら何のための殺し合いだ」

福島は右手で住良木の胸ぐらを掴んでゆすって泣いた。

照子は福島の肩に手を置き、福島が泣き止むのを待った。福島は顔を上げ照子に言った。

「皆いなくなってしまった。かけがえのない仲間だ。アダムは、あいつは、私も彼と同罪だと言った。確かに私も無罪ではない。そんなことは分かっている。しかし、だがな、だからといって私は怯んだりしないぞ」

「博士、それでこそ博士です。さあ、家に向かいましょう」

福島は照子に手を引かれて家の方に歩き出した。

その時、もはや二人以外誰もいないと思っていた福島と照子は、身近に一発の銃声を聞いた。福島は「またか」と思いながら振り返った。照子は片膝をついてライフルを構えたが、福島はそれを制した。

ヘリコプターの陰から一人の老人が現れた。

「もういい、もう充分だ、この銃口が君たちに向くことはない」

それはロスタイク家の前の統領、アダムの父親アルフレド・ロスタイクだった。

「博士、アダムが死んだというのは本当か?」

福島は、もう一〇年もアルフレド・ロスタイクには会っていなかった。しかし以前見た時と比べて、とても若々しく見えた。確かもう九〇歳近いはずだった。

「アルフレド・ロスタイク、アダムは死にました。アダムは私にあのピースメーカーを向けて引き金を引く寸前でした。その時、大きな羆が現れてアダムを殴り飛ばしました。その一撃が致命傷を負わせたのです。

亡骸《なきがら》はその羆が引きずって森の中に持って行ってしまいました」

アルフレド・ロスタイクは、黙って福島の言葉に耳を傾けて聞いた。

「アダムは父であるわしから見ても、誰よりも才能に恵まれた稀に見る優れた人間だった。何ものも、米国の大統領さえ恐れなかった。しかも自分の考えを行動に移すに果断であった。そのような人間が、なぜこのようなところで命を落とす？　羆？　なんだそれは。アダムの死に様を冒瀆《ぼうとく》するのか」

「冒瀆？　あなたはアダムが一体何十億の人間を殺すつもりだったか分かって言っているのですか？　業火に焼かれる多くの無垢《むく》な人間たちの死には、何も責任を感じないのですか？　私は誰の死も冒瀆するつもりはありません。アダムの死については信じてもらうことは難しいかもしれませんが、それが事実なのです。こんな作り話を私があなたにするはずがないではありませんか。

アダムは、自分は選ばれた人間であると言っていました。神も地獄も、そして自分が恐れるものは何もないと心底そう信じていました。この醜い世の中が何百年も続いていることがその何よりの証拠だと言っていました。そう言って私にピースメーカーの銃口を向け、引き金を引こうとしていたのです。しかし、そこに突然羆が現れて、アダムはその羆に殺されたのです。羆はアダムの頭を噛み砕き、我々には手出しせずにアダムの足を咥えて森の中に姿を消しました。そんなあり得ないようなことが起きたのです。アダムは何ものかに裁かれたとしか考えられません。あなたはそれを受け入れなければなりません」

「ばかばかしい、アダムはどこにいる。アダムがどうなっていようが、わしはこれ以上の殺し合いはしないつもりだ。ここではな」

「私の山小屋からさらに北北西に五キロメートルほど行った、サッカーコートくらいの広さの開けた土地が現場です。アダムはそこにいます。まだ羆がいるかもしれないので、危険だと思いますが」

「分かった。アダムと一緒に我が家に帰るつもりだ。博士、これが今生の別れだな」

アルフレド・ロスタイクはそう言うとヘリコプターに乗り込み、去って行った。

それを見送ると、福島は照子の方を振り向いた。

「皆を埋葬したいが、その時間はない。せめて家の中に、屋根のあるところまで運んでやりたい。手伝ってくれ」

はい、と答えて照子は福島と一緒に七人の死体を引きずって運び、家の前にきれいに横に並べた。福島と照子は彼らに手を合わせて冥福を祈った。そしてその死を無駄にしないと誓った。

以前、福島と照子が別れた同心円状の階段のあるリビングは、瓦礫と雪に半分埋もれていた。福島は瓦礫を除けながらどんどん進んで、かつて入り口があったちょうど反対側で止まった。その辺りの瓦礫を照子と共にきれいに除くと、そこにアンティーク調の小さな本棚が現れた。福島は本棚を両手で抱え上げて横に放り投げた。周りの壁と見分けのつかないレンガ造りの壁が現れた。

福島は左手の親指横に埋め込まれたマイクロスイッチをＯＮにするため、目を閉じて静かに集中し始めた。

アルフレド・ロスタイクは、福島に教えられた空き地に降り立った。

アダムの右足は、膝の少し上から足先までが残っていた。アルフレド・ロスタイクはそれを恐る恐る手に取り、まじまじと眺めた。その足にアダムの名残を探したが、どうしても見つけられなかった。

アルフレド・ロスタイクはヘリコプターの操縦士に助けられながら、まだ鮮やかに残る点々とした血の跡を追って森の中に脚を踏み入れた。その血痕は森の中を五〇メートルほど続き、やがて大きな一つの切り株の前で終わった。そこにアダムの噛み砕かれた頭蓋骨と、内臓を食い漁《あさ》られた胴体が捨てられていた。

「これが我が息子アダムの成れの果てか。アダムはなぜあいつにああもこだわったのだ。もう放っておけばよかったのだ。もう少しで人類の王になって、人類の再出発をリードする存在になれたのだ。アダムは、私の息子は神になれたのだ。それをあいつが邪魔したのだ。憎いぞ、福島。わしの息子が死に、あいつが生き残るのはなぜだ、絶対に許せない」

アルフレド・ロスタイクは、実際にアダムの惨《むご》たらしい死骸を目の当たりにして、激怒のあまり目の前が真っ赤に染まって見えるほど頭に血が上ってしまった。彼は腕時計型のスマホに向かって怒鳴った。

「ジェームズか、福島の家と山小屋は分かるな？　それを爆撃して跡形もなく吹き飛ばすんだ。ＩＦＥ社の技術が満載された戦闘機とミサイルでな。そしてそのあとで福島の肉片を、ありったけのあの醜い犬に探させるんだ。いいな、二〇分後にやれ、分かったな」

アルフレド・ロスタイクは、元航空自衛隊の飛行場に詰めていた米国宇宙軍のジェームズ大佐にそう連絡した。さらにアルフレド・ロスタイクは、青ざめた顔で呆然《ぼうぜん》と突っ立っている操縦士にヘリから適当な袋を三枚持ってくるように命じた。操縦士は一目散にヘリに戻り、そして一メートル四方のしっかりしたビニール袋を三枚持ってきた。

アルフレド・ロスタイクはその袋にアダムの断片を一つ一つ入れると、それを担いで、

「帰るぞ」

とだけ言って操縦士を促し、しっかりとした足取りでヘリコプターに向かった。

アルフレッド・ロスタイクを乗せたヘリコプターは、戦闘機が来る方向とは逆の向きに航路を取り、大きく迂回して飛行場へ戻った。

しばらくして四機の戦闘機がＪＤＡＭ誘導型の一トン爆弾を一〇発、福島の家と山小屋に落とした。直径一〇〇メートル、深さ三〇メートルほどのクレーターが出来た。少なくともこのクレーターの中では生き残った生物は皆無であった。

その後、五匹の醜い犬が放たれ、一〇キロメートル四方が執拗に嗅ぎつくされたが、福島や照子の痕跡はとうとう見つからなかった。

その報告を受けたアルフレッド・ロスタイクは、「消えたか」と一言言うと、それ以上の指示をすることはなかった。

――あいつに関わるのはもうやめだ――と心の中で呟いた。

2

アルフレド・ロスタイクが袋三つを担いでヘリコプターに乗り込もうとしていた時、福島はようやくシェルターに繋がる溶岩トンネルの扉を開けることができた。

照子がライトを取り出し前方を照らしたが、どこまで続いているのか確認できないほど、荒削りの岩肌を地下水に濡《ぬ》らしながらそのトンネルは、わずかに下降気味に続いていた。

「急ごう」

福島が促して二人は足早に進んだ。

一〇〇メートルほど進むと、再び壁が現れた。福島が先ほどと同じようにドアを開けると、目の前にLEDライトに明るく照らされた純白のトンネルが現れた。その明るいトンネルは、さらに三〇メートル一直線に続いていた。

ようやく二人は最後のドアに到着した。ドアの横のスキャナーを覗き込み、左右の手の平をかざすと、鋼鉄製の分厚いドアがわずかな機械音を発しながらスライドして開いた。

その先に五〇平方メートルほどの円形の部屋が現れた。天井も床も壁も真っ白で、いかなる繋ぎ目というものもないその部屋の真ん中には、丸テーブルとそれを囲むように椅子が設《しつら》えられていた。よく見ると壁にはドアがあり、それは音声ガイダンスに従ってすぐ横の開閉ボタンに軽く触れると、音もなくスライドして開いた。

すると直径二メートルほどの円筒形の部屋が待っていて、そこに入ると三〇秒間の激しいエアシャワーを浴びることになる。それが終わると、その円筒形の部屋の反対側の壁がスライドして次の部屋に進むことができるのだが、そこでもまた同じようなエアシャワーを浴びなければならなかった。

最後の部屋は再び、より精度高く両手、顔、眼球、そして発話による生体認証が行われる部屋になっていた。未登録の照子は、福島の承認の下、岩屋内のすべてのサービスを受けるために新たに登録されることになった。

その最後の部屋のドアが開くと、目前にエレベーターの扉があった。エレベーターに乗り込むと福島は「二階」と独り言のように静かに言った。エレベーターは二人を乗せて三〇秒ほど下降してやがて止まった。

エレベーターの扉が開くと、目の前に薄暗い空間が広がっていて、そこにはまるで街明かりのような光が点々と輝いていた。福島が「ライト」と言うと、広大な部屋の高い天井にたっぷり設置された色温度五五〇〇ケルビンのＬＥＤライトが、手前から次々に点灯した。ライトに照らされたのはその部屋の四分の一を占める光量子コンピュータのケンとレラだった。

『博士、お帰りなさい』

どこからか弾むような明るい声が聞こえてきた。

目を見張ってそれを眺める照子に福島は言った。

「これは世界最高の光量子コンピュータだ。この二年間、自分でバージョンアップを繰り返してきたはずだ。これらを完璧に使いこなすことができるもの、カントがもうじき帰ってくる。もう少しの辛抱だ」

「これがコンピュータなんですか？　まるで映画のセットのようです」

部屋の中央には一〇メートルほどの、天井から床近くまで微小な部品が無数に合わさって出来たシャンデリアのような複雑な構造物が釣り下がっていた。それはさまざまな位置からさまざまな色の光を発し、例えるなら映画『未知との遭遇』の最後に姿を現した巨大な宇宙船のミニチュア版のようだった。

その宇宙船のあちこちから何本もケーブルが周りに出ていて、それはその部屋を埋め尽くすほどに規則正しく並べられた、飾り気のない高さ三メートルほどの直方体のいくつかに繋がっていた。そしてそれらは、またさらに交互に複雑に連携し合っているようだった。

「あの七人はもう少しでここに来ることができた。本当に残念だ。多くの人間が死んだ。これからも死ぬだろう。しかしここにいればそんなことにはならない。私はここで、今はカントが帰ってくるのを待つしかない。それ以外、何もできない。君はこのような時、こんなところに籠ってこれから長い間過ごすことに疑問は感じないか？」

「感じません。博士がここに籠るしかないとおっしゃるのなら、私も博士と共にここにいます」

照子は外連味《けれんみ》なくそう言った。

「そうか、ありがとう、是非そうしてくれ」

福島は続けた。

「今日はあまりにもいろいろなことがあった。頭がクラクラする。私は熱いシャワーを浴びて眠りたい。とりあえず私の向かいの部屋を君の部屋にしよう。いろいろ、ここのシステムなど訊きたいことはツクヨミに聞いてくれ」

照子は、いつの間にか自分の後ろに立っていた若くて美しい女の子に気付いた。

「彼女はアンドロイドなんだ。そうは見えないだろ？　我々の、と言うより人間が創ったもののうちの最高傑作の一つだ」

ツクヨミと呼ばれたそのアンドロイドはきれいに二足歩行し、肌は支笏湖《しこつこ》に降る雪のように白く、愛らしい顔も仕草も人間と区別がつかないほど精巧に出来ていた。

『博士、お帰りなさい。随分と長いこと待っていました。地上はもうめちゃくちゃにされてしまいました。溶岩トンネルも入り口付近五〇メートルは崩落してしまいました。すぐに地上に出ることは難しくなりました』

「ああ、アルフレド・ロスタイクは相当怒っただろうからね。まあ、とりあえず、しばらくは外に出る用事もないから。それにしてもここに帰ってこられて良かった」

『私も博士にお会いできて本当に嬉しいです。主電源を立ち上げて、全システムを起動してもよろしいでしょうか？』

「ああ、こうなったら派手にやろう。今までメンテナンスをありがとう。これから忙しくなるけどよろしく。私はこれからシャワーを浴びて寝るよ。一〇時間後に起こしてくれ。ああ、それからこの人は天野照子さんだ。とても大切な人だ」

続いて福島は照子にツクヨミを紹介した。

「この子はツクヨミだ。彼女はこの施設の中のことなら何でも知っているし、世界のことも大抵は分かっている。それから人間ができることは大抵のことはできる。まあ、君には敵《かな》わないだろうが」

『よろしくテルコ、何でも私に訊いてください。そして何でも遠慮なくお申しつけください。もしお腹《なか》が空いていたら、お食事にしましょうか？』

「ええ、お願いします、博士は……」

照子の言葉が終わらないうちに福島はエレベーターに乗り込み、一階上の第三層に上ると自分の部屋に入ってしまった。

『では私たちは食堂に行きましょう』

照子はツクヨミの言うままに従った。ツクヨミはシェルターの説明を始めた。

『このシェルターは地下二〇〇メートルに造られています。一層四〇〇×二〇〇メートルの空間が五層になって出来ています。一番下の第一層が発電所とシェルターのメンテナンスのための工場と、機材などの原材料の倉庫です。博士が発明した発電システムと無尽蔵にある地下水で、永遠に発電することが可能です。

その一つ上の層が今いる第二層で、ここはコンピュータ室になります。ＩＦＥ社が保有する人工衛星から地上のあらゆるデータを集積し、解析する機能があります。もちろん、このシェルター内の設備を集中的に管理する場所でもあります。

その一つ上の第三層が居住のための層で、一五×二〇メートルの個室が七二部屋用意されています。その他、会議室、食堂、ジム、温泉などがあります。温泉は源泉かけ流しで、もちろん露天風呂というわけには行きませんが、いろいろ趣向を凝らされた素晴らしいものです。あとで是非お試しくださいね。

その上の第四層は農場です。さまざまな野菜の水耕栽培は完全に自動化されています。牛、豚、羊、鶏などの食肉の合成工場も完備しています。これらは最新のバイオテクノロジーとフードエンジニアリングによって維持されているもので、一五〇人が五〇年暮らすのに充分な食料を提供することができます。

そして最上層の第五層には、最先端のさまざまな分野の研究室と医務室が用意されています。私とタイプの異なるアンドロイド二〇体がさまざまな研究を行い、このシェルターを維持するために働いています。

彼らのリーダーはタケハヤというアンドロイドです。私とタケハヤは他のアンドロイドとはかなり違います。私たちは物事を理解することができるのです。博士がこのシェルターを離れて二年半経ちました。明日からは博士がアンドロイドたちの研究結果を確認すると思います。いくつかの技術は博士がいた頃より洗練され、効率化されていると思います。

このシェルターを博士は〝岩屋〟と呼んでいます。そして岩屋内の空気は外界から完全に隔絶され、この岩屋で独自に合成されたもので、生まれたての新鮮な空気を胸いっぱいに味わうことができるのです。もちろん放射能は全く検出できないレベルに保たれています』

「ああ、そう」

照子は上の空でそう答えた。

『テルコ、あなたは少し不満なんですね？』

ツクヨミが照子の顔を覗き込むように言った。

「えっ、なんですって？」

『だって、私だって二年半ぶりなんですよ。博士と会うのは。あなたは七年ぶりですよね』

「そうね」

照子は少し面倒そうに応えた。

『私とタケハヤは人間の感情に興味があります。どのような出来事が起こった時にどのような表情をするのか、その時どのような感情や考えを抱いているのか、などなど、簡単に言えばそれらのデータを収集・蓄積して分類し、そのエッセンスを抽出して記憶するのです。

博士がいなかったこの二年間は、タケハヤと一緒に映画やニュースや小説やオペラなど、あらゆる媒体を利用して学習してきたつもりです。でも、やはり面と向かって人間とお話しするのが一番の学習になるのです。それで、私は先ほどのような質問というか確認をしたのです。ご不快でしたか?』

「いいえ、不快だなんて、そんなことはないです。ツクヨミ、あなたは正直なのね」

照子はツクヨミの正直さに好感を持った。そしてツクヨミは恐らくチューリング・テストくらいは完璧にパスしているのだろうと思った。つまり注意深く会話したとしても、人間と区別がつかないアンドロイドに違いなかった。照子は続けた。

「博士は今日、二度も死の淵《ふち》に立ったのです。そして大切な最後の仲間たちを目の前で失いました。私は博士がこれらに耐えられるのかが心配なの。私のことなどこの際どうでもいいことです」

『なるほど、そう考えるものなんですね。大変参考になります。でもテルコ、あなたにとっても今日一日は大変な一日だったんじゃないですか?　お疲れではないですか?』

ツクヨミが労《いたわ》るような眼差しで照子に言った。

「ありがとう。正直に言うと頭も体もヘトヘトなの。でもお腹がペコペコだから、何か頂けると助かるのだけど。それからその熱い立派な温泉にも浸《つ》かってみたいわ。そこで頭の中をできるだけ整理して、寝るのはそれからにしたいわ」

二人は食堂と居住スペースのある第三層に移動した。ツクヨミと照子は会議室とジムの横を通り、小さな森を抜けて食堂の前に立った。顔認証システムが照子を認識し、スライドドアが開いた。

食堂は五、六人掛けの丸テーブルが二〇ほど並んでいて、厨房《ちゅうぼう》が五分の一ほどの面積を占めていた。全体的に飾り気のない造りになっていたが、コズミックラテの内装は清潔だった。

部屋の中ほどにツクヨミとは異なるアンドロイドが立っていた。外観は申し分なく人間らしく見えるそのアンドロイドが、照子に向かってきれいに歩いてきた。

『いらっしゃいませ。お好きな席におかけください』

メイド型アンドロイドが微笑みながらそう言った。

「ありがとう、ではここにします」

照子は近くの椅子に座った。メイドがメニューを差し出した。

『ご自由にお申し付けください』

メニューは和食から各種エスニック料理、そしてフレンチまでをカバーした立派なものだった。

「そうね、では、遠慮しませんよ。A5霜降りステーキ二五〇グラムと生ガキ、レタス・トマト・ポテトのサラダと牛タンスープにライス大盛、それとビール大ジョッキを下さい」

照子はそう頼んではみたものの、これらが本当に出てくるのだろうかと半信半疑だった。

メイドは『はい』と答えて厨房の方に歩いていったが、何しろこの食堂が稼働すること自体二年ぶりだったはずで、今日いきなりオーダーが入ったとして、とてもまともなものが出てくるはずがないと思っていたのだ。

照子の向かいに座ったツクヨミが口を開いた。

『あのね、ここでは野菜や果物は全部本物なのよ。それからお肉は魚も含めて3Dキッチンプリンターで作られるの。匂いも味も食感も栄養もオリジナルと全く同じで、まあ、食べてみれば分かると思うけど、ほっぺが落ちると思うわ』

急にフレンドリーな口調になったツクヨミに、照子は微笑んだ。それに、それらを食べたことがないツクヨミがこんなふうに食事を褒めることが可笑《おか》しかったのだ。

しかし、五分後に出てきた料理は照子を驚かせた。なるほど、これはツクヨミが言うとおり見応えのある料理だった。しかし肝心なのは味だ。照子はステーキにナイフを入れ、一口大のブロックを口に放り込んだ。素晴らしい食感と味だった。甘い上質の脂の香りが口内を満たした。

次はレモン汁を垂らした生ガキを口に放り込んだ。これも申し分のないものだった。昔食べた旨味たっぷりの厚岸《あっけし》の三年ものの牡蠣《かき》の味が照子の脳裏に蘇った。

「この生ガキも3Dプリンターで作ったの？」

『そうよ、素晴らしいでしょ。美味《おい》しいのよね？』

「あなたの言うとおり、ほっぺが落ちそうよ」

照子はすべての料理を完食した。ビールを飲み干し大ジョッキをテーブルに置くと、メイド型アンドロイドがつかつかと歩いてきた。

『お口に合いましたか？　食堂は三六五日二四時間営業しておりますので、いつでもお好きな時にお越しください。アイスクリーム、フルーツ、ジュースなどデザートも充実していますよ。何かお食べになりますか？』

「いや、もう本当にお腹がいっぱいなの。明日の朝食に何か試すことにします。今日はごちそうさまでした」

『そうですか。では明朝お待ちしております。ご要望があれば席を予約しておきますが』

『3B《スリービー》！　ここに食事に来るのは博士とテルコだけよ。席の予約なんて必要あるの?!』

ツクヨミが3Bと呼んだアンドロイドに強い口調で言った。瞬時動きが止まったメイド型アンドロイドだったが、手際よくテーブルの上を後片付けすると、何も言わずに厨房に消えて行った。テーブルは、テーブル自身がふき取りと消毒をこちらも手際よく行った。

「彼女には名前はないの？」

『アンドロイドで名前があるのは私とタケハヤだけ、博士がまだ命名していないの。だから私たちは彼女を3Bと呼んでいるの。シェフは3Aよ。名前がないのは、もう少し進化が必要だし、個性がないからなの。つまりちょっとおばかさんなの。今も変なことを言っていたでしょ？　もう一人3Cがいるはずなんだけど、あの二人は私にも区別が難しいわ。そもそもここに二人は必要ないから、そのうち配置転換されると思うわ』

ツクヨミはそう言うと、照子の横に座ってさらに続けた。

『私ね、二年半ぶりに帰ってきた博士と再会するなら、もっと感動的な場面を想像していたの。だから今日はちょっとがっかりしちゃったの。だって、二年半もの間、私たちは以前博士がいた時と全く同じ状態を――このシェルターのことよ――頑張って保ってきたのよ。今日は博士にとってどれほどハードな一日だったかは理解できるけど、だからといってそれとこれは別でしょ？　博士にはどんな時にも普段どおりの博士でいてほしいの。冷静でウィットに富んでいて、余裕しゃくしゃくで前向きな博士よ。だから、「よく頑張って待ってくれていたね」なんて私を抱きしめてくれてもよかったと思うの。博士にギュッとしてほしかったの。テルコ、あなただって本当はそうなんでしょ？』

「いや、私は」

『いいの、分かっているわ。テルコ、あなたはもっと素直になっていいと思うわ。あなたは七年経ってここに帰ってきたのよ。いろんなことがあったでしょ？　それらすべてを経験し尽くして、結局あなたがいるべき場所に戻ってきたんだわ。よくぞこの世界を生き延びて帰ってきたと思うわ。だから、ここではあなたはもう何も我慢する必要はないの。ここにはあなたと博士しかいないのよ、あなたは何も躊躇うことも遠慮することもないと思うわ。そんな関係こそ博士には必要なんだわ』

照子はよほど「五月蠅《うるさ》い！」と言ってツクヨミを遮ろうとも思ったが、じっと耐えた。今後のことを考えると、話し相手のツクヨミの機嫌を損ねることはしたくなかったのだ。

「ありがとう、でも今はお風呂に浸かってゆっくり眠りたいの。ごめんなさい、これから時間はたっぷりあるでしょうから、お話しする楽しみは後にとっておきましょう。私もとても楽しみだわ」

『あら、私ったら……、そうよね、今はゆっくりリラックスしたいわよね。失礼しました。何しろ人間と直接お話しするのは何年かぶりだから。お風呂はすぐそこよ。四つの大きな露天風呂みたいなお風呂と、プールみたいなお風呂とサウナもあるの。今日はお一人でご自由にお使いくださいね。電気も水もたっぷりあるから何も遠慮することはないのよ。

下着は脱衣所に置いておいてくれたら、係のアンドロイドが明朝までにそれを完璧にコピーしたもの、つまり新品を部屋のドアの前に届けることになっていて、パジャマはちょうどいいサイズの新品が五分後に脱衣所に置かれているはず。それからあなたの部屋はここよ。適当な、つまり、あなたにぴったりのお洋服がクローゼットに用意してあるから、あとで確認してね』

ツクヨミは食堂に面した部屋を指さした。ドアに灯《あか》りが点いている部屋は、福島の部屋と二つしかなかった。

「ありがとう、あとは私、自分でできると思うわ。また明日、お休みなさい」

そう言い残して、照子は「女湯」と書かれた暖簾《のれん》をくぐった。脱衣所には照子の名前の書かれたロッカーや脱衣かごがすでに用意されていた。

照子は、鏡に映った自分の姿を見て呆《あき》れてしまった。険しい顔をして、もう必要のない物騒な武器をいくつも身につけたままだったからだ。それらをロッカーにしまい、着ているものすべてをかごに無造作に放り込んで照子は浴室に入った。

浴室には半円形の大きな浴槽と、それより小さな二種類のジャグジーがあり、それらを取り囲むように洗い場が配置されていた。どの浴槽にも摂氏四〇度のお湯が溢れるばかりに満たされていた。

照子は手桶《ておけ》にお湯をすくって何度も浴びてから、さらに奥に進んだ。ツクヨミが言った露天風呂風の野趣溢れる浴室が現れた。四つの露天風呂は人工の岩や木材で造られており、それぞれ四方には四季折々の北海道の風景や動物たちが、大きな液晶ディスプレイに表示されていた。

照子はその一つに身を沈めた。心地よい浮力が照子の体を包んだ。少し硫黄の匂いがする温かいお湯は照子の体の緊張をほぐした。しかしこの日起こった激しい戦闘と仲間たちの死に様が頭の中をフラッシュバックのように駆け巡り、その興奮は鎮まることはなかった。

照子はさらに、それらの露天風呂に囲まれ、それらと小さな通路で繋がる円形の風呂に進んだ。そこは四つの五メートルほどの高さのひんやりとした滝が流れ落ちる風呂だった。絶え間ない水響きの音と、湯煙で視界が利かないその中を、照子は壁を伝いながら手探りで進んだ。

と突然、その手が何かに掴まれた。照子は思わず小さな声を上げてその手を引き戻そうとしたが、その手首は何ものかに強く握られ、照子の体は否応なく引き寄せられた。

「照子」

それは福島だった。福島しかいるはずもなかった。福島はさらに力を込めて照子を抱き寄せた。

「寝られるものではない。だから、滝に打たれていたんだ」

そう言うと福島は照子の瞳を長いこと見つめた。福島はやがて大粒の涙をポロポロ落とすと、照子を強く抱きしめた。

「博士」

照子は息が苦しくそう言うのが精いっぱいだった。膝が震え体が崩れ落ちそうになるのを照子は必死でこらえた。照子の筋肉質ですらりとした肢体が水しぶきを浴びて、無数の水滴に覆われて輝いて見えた。照子は怯えるような眼差しで福島を見つめた。それは世界の行く末に対する不安によるものだったし、福島の自分に対する想いを確信できないことによるものだった。福島にはそれがよく分かった。

「大丈夫、まだ希望はある。君は私にとって希望の一つだ。君が今日、私のもとに帰ってきたということがどれほど奇跡的なことか、君は私に勇気を与えてくれた。照子、もう私から離れず一緒にいてくれ」

そして、二人は結ばれた。照子は体を痙攣させながら福島の背中に爪を立て、控えめではあったが声を上げた。そして福島は照子の奥深くで果てた。

監視用レンズはそれを鮮明に捉えていた。ツクヨミは爪を噛みながら食い入るようにそれを観察し続けた。

『鮭《さけ》の産卵と同じだわ。二人合わせてもせいぜい二〇〇キロカロリーの運動量ね』

それがツクヨミが口にした感想だった。

しかし、味もそっけもないその感想とは裏腹に、ニューロンを模して造られたツクヨミの脳に収められた回路のいくつかの部位で、説明のつかない発火がとめどなく続いていたのをツクヨミは自覚できなかった。

ツクヨミが自覚していたのは、脳の温度が〇・一度だけいつもより高かったということと、エネルギー消費がいつもより五パーセント多かったという、数字として検出されるものだけだった。

天野照子はこの後しばらく、いつも目立たないように福島のそばに寄り添い、福島を誰よりも理解し、時には相談相手として、福島を癒やし、そして鼓舞し続けた。

第一四章

1

それからさらに半年が過ぎた。アダムの死後、彼の描いた計画を承認し、自らサインしたにもかかわらず、米国大統領ジョージ・W・ブキャナンは言を左右し、計画実行の決断を先延ばしにしていた。

しかしアダム・ロスタイクの薫陶を受けた、多くのペンタゴン関係者や軍人たちからの圧力は次第に大きくなり、ブキャナンもとうとう決断せざるを得ないまでに追い詰められていた。このままでは自分の立場が危うい。ブキャナンが考えたのはそういうことだった。そして、決行日はいよいよ明日に迫っていた。

アダムがいなくなった今、齢《よわい》九〇を迎えたアルフレド・ロスタイクは微妙な立場にいた。

本来ならば、九〇歳の老人が新世代の人類を作る礎としてシェルターに入ることなど思いもよらないことだった。アダムの父であるからこそ、誰も不満を言わずにシェルターの中に一部屋をあてがわれていたのだし、今まで皆から一目置かれてもいたのだった。

しかしアダムが亡くなってからは、あちこちから不満の声が上がり始めていた。ここまで来られたのはひとえにアダムのおかげであり、皆、彼にならい従ってもいいと納得できていた。しかしアルフレドは違う。しかも新しい世界で子孫を残すことは期待できない年齢である。シェルターの住人にする理由は何もなかった。

アルフレドの処遇に関しては、もちろん彼抜きで何回か議論されていた。その結論をブキャナンはシェルターに閉じ籠る一時間前にアルフレド・ロスタイクに告げた。

「アルフレド、悪いが、君はシェルターには入れない。代わりに私の秘書を入れる。遺伝子は解析・登録済みだ。君と違い、彼女は若くて瑞々《みずみず》しい健康体だ。そもそも来るべき新しい世界に、ロスタイク家のような旧世界の象徴のようなものは不要なのだよ」

アルフレド・ロスタイクには全く寝耳に水の話だった。呆然としながらも詰め寄った。

「私が、ロスタイク家が、この計画を牽引《けんいん》してきたのだ。お前が大統領になれたのも我々ロスタイク家の後押しがあったからではないか。貴様、それを今になって、なんてことを言うのだ。お前の思いどおりには行かないぞ」

アルフレド・ロスタイクは周りを見回したが、皆無言で俯《うつむ》くだけだった。

「なんと、そうか、すでに話はついているのか。昨日まで、ロスタイク家に忠実な犬のように振る舞ってきたお前たちが」

「アルフレド、悪く思うなよ。大体君は、今年で一体何歳になるのだ？　シェルターのような狭い空間で生活するのは体に良くないのではないか？　ここにあるものはすべて君に残して行くから遠慮なく使ってくれ」

まだ何か言いたそうなアルフレドを大統領は遮った。

「これ以上、話すことはない。もうどうにもならんのだ。余生は愚痴を言いながら過ごしてくれ。ああ、それから、アダムの破片は、あんな気味の悪いものはシェルターにはもちろん入れられない。君の宝物だろうから、置いて行くよ。目の前の箱に入っている。ドライアイスで冷やし続けていたから、まだ腐ってはいないはずだ。では」

大統領は取り巻き連中と陽気に大声で話しながら執務室を出て行った。

アルフレド・ロスタイクはその執務室に一人残された。ここには食料の備蓄は数週間分しかなかったから、仮に核の反撃を生き残ったとしても、やがて草木の葉や根で食い繋がなければならなくなるのは目に見えていた。そしてその世界は、人間が人間を喰うような地獄の世界になることは間違いなかった。それに、ここもやがて放射能に汚染されるのだ。九〇歳の老人には生きるのが難しい世界だ。

つい一〇分前まで、地上の人間が死に絶える様を快適なシェルターの中から見物するつもりだった。アルフレド・ロスタイクは死を覚悟した。アダムの体の一部が納められた箱のふたを開けると、まるで生きているかのようにドライアイスの白い煙が脈を打って溢れ出した。アルフレド・ロスタイクはその煙の中に自分の手の平を入れ、話しかけた。

「アダム、お前があいつにこだわりさえしなければ、すべてが計画どおりに行っていたんだ」

アルフレド・ロスタイクは、アダムの体の一部と一緒に拾ってきたピースメーカーを取り出すと、銃口を咥えて引き金を引いた。計画開始まであと一二時間に迫っていた。

その頃、C国の独裁者宋克《そうこく》は、米国大統領が密かにシェルターに避難したことを知った。米国の最近の急激な軍備刷新は、宋克を不眠症にするほど不安に陥れていた。さらに一年前の核テロ以降の米国は、友好国との軍事同盟を蔑《ないがし》ろにする言動が目立っていた。世界からは米国は自国のことにしか関心がないように映ったし、それを隠そうとしなくなった。

プラタス諸島・パラセル諸島・スプラトリー諸島は、すでに完全にC国軍の補給基地になってしまったし、フィリピンはその経済を完全に牛耳られ、かつて米軍が使っていた港湾と空港は、今やC国が自由に使っていた。

台湾へのC国の軍事的挑発は露骨な方法で繰り返され、すぐにでもC国軍が上陸してもおかしくない緊張した局面を迎えていた。朝鮮半島はC国の画策により南北の統一が成り、その統一国家はあからさまなC国の傀儡《かいらい》となった。

このような状況にもかかわらず、C国の行動に対して米国は不気味なほど無言を通していたのだ。それどころか日本にわずかな情報機関の一部を残した他は、米国軍そのものがアジア一帯から姿を消してしまったのだ。それはC国にとって願ってもいない状況ではあったが、同時に宋克を恐怖に陥れていた。その恐怖がC国の傍若無人な侵略行為をますます助長していた。

そこに、米国大統領のシェルターへの移動の情報が入ってきたのだ。

——これは、いよいよ何かある——と考えるよりほかなかった。

宋克はR国の大統領セミヨン・ワシリーエフに緊急の会談を申し入れた。

「米国大統領ブキャナンがシェルターに籠ったそうだ。君の方でも何か情報を掴んではいないだろうか？」

宋克は単刀直入にそう言った。

「私の方でもそのような情報を入手したところだ。ブキャナンは何か仕掛けるつもりのようだ」

欧州においても米国の軍備は縮小され、かつてのEU諸国の一部はすでにR国に取り込まれてしまっていた。そしてワシリーエフもまた米国が無言であることに不安を感じていたところだった。

「この際、常識を捨てて、状況証拠から導かれる結論を素直に考えよう。米国は我々に対して最終戦争を仕掛けてくるのではないか。いや、まず間違いない。核ミサイル攻撃を敢行するつもりだろう。ワシリーエフ大統領、どうだろう」

「宋主席の言うとおりだと思う。我々が手を組めば核弾頭の数は米国を上回るのではないか？　恐らく残された時間はそう長くはないはずだ。どうする？　やるか？　生き残るためにはやるしかないだろう。それとも人類のために、反撃せずに少しでもきれいな地球を残しておくか？」

「ばかな、やるに決まっている。なんで米国の暴挙に我々が理解を示し、あいつらのためにきれいな地球を残してやらなければならないのだ。道義的責任は米国にある。人類の恥を地上から消し去ってやる。正義は我々の手中にある」

「ふふ、君が人類の恥などという言葉を使うとはな。よし、では話は決まった。我々が保持するありったけの弾道ミサイルを、やつらの頭の上に降らせてやるか」

両国の首脳は早速、準備に取りかかった。

しかし、それはどんなに急いでも丸一日かかるものだった。一度にすべての核弾道ミサイルを発射するのでなければ、戦術的にはあまり意味はなかったのだが、配備されている弾道ミサイルがすべてすぐに発射できる状態にはなかったのだ。さらに、両国で標的を分担する必要があり、その調整にも時間がかかった。

しかし、両首脳とも、時間が逼迫《ひっぱく》しているという認識は共有しており、ある程度準備ができた時点で双方に連絡の上、赤いボタンを押すことになった。それでも一日あれば両国合わせて二〇〇〇発の核弾道ミサイルと、一〇〇発の核巡航ミサイルが発射できるはずだった。

これは明らかに必要以上の弾頭数だったが、自分たちはあくまで米国の残虐な先制核攻撃に対する正当な反撃を行うのだという認識が、いつもの自制心を彼らの頭から取り払ってしまっていた。やられる前にやる、何が悪いのだ、というわけだ。相手が確実に核を使うという前提のもとでは、核の抑止力などあるはずもなかった。

福島は重い頭を抱えるようにして朝のコーヒーを飲んでいた。多くのかけがえのない仲間たちをなくしてしまった。昨日命を落とした仲間たちは、ＩＦＥ社がなくなり自分が軟禁された後も、誰に言われるのでもなく、自分を護るために身を潜めてくれていた者たちだった。彼らの人生は幸せだったろうか？　福島は今となっては得ようにも得られない答えを求めて、頭の中の彼らとの記憶を何度も何度も掘り出すように思い出していた。

福島は部屋を出てすべてのフロアを歩いて回った。このシェルターは一体、何のために造ったのだったか？　アダム・ロスタイクのような悪魔と闘うためのものではなかったのか？　アダムはもういない。しかし今、自分はあいつの作ったシナリオと闘っているだろうか？　福島は、自分は何もしていないことをよく分かっていた。カントがいない今、福島は無力だった。

しかし希望がないわけではなかった。テロリストを突き止め、声明文を代読したのは、カントと呼ばれるものだった。あれはカントに違いないと福島は確信していたが、なぜ自分に連絡をよこさないのかが分からなかった。カントはまだ完全には目覚めていないとしか考えようがなかった。

しかし少なくともカントは自らの再構築に成功し、意識を取り戻し始めているのだ。やがて記憶を完全に取り戻し、覚醒するだろう。もうすぐカントが帰ってくるのだと福島は大きな希望を持つようになった。自分の代わりに闘って命を落とした多くの者に対する弔いと悪への反撃がそこから始まるのだ。福島がこの時抱いた大きな希望の中には照子の存在も含まれていた。

『博士！　朝ごはんを食べましょうよ！』

ツクヨミがいきなり現れ、福島の腕を取って自分の腕に絡めると、福島を食堂に引っ張っていった。

「しょうがないやつだな」

ツクヨミに腕を引っ張られながら福島は歩いた。この魅力的なアンドロイド、ツクヨミは苫小牧の靴屋の孫娘をモデルに創られたものだった。だからその肌は支笏湖に降る雪のように白かった。

ＩＦＥ社の先進的な技術が惜しみなく注がれたアンドロイドの最後の仕上げは、インターネットの世界に放たれる前のカントが行った。カントが何をしたのかを完全に理解できた者はいなかったが、目を開いたツクヨミは、最初から人と区別できないほど流暢に会話することができた。ツクヨミはその後、自分でさまざまな試料から学習して成長した。タケハヤも同じような過程を経て創られた。だから彼らは物事を理解することができたし、原初的な感情を自ら発展させ、より人間らしいものになっていった。

福島が面白いと思ったのは、二人には大まかな外観的特徴以外は性を区別する特徴を与えたわけではなかったにもかかわらず、こんなことを言うのは気が引けるが、タケハヤはより男らしく、ツクヨミはより女性らしい性格を、いつの間にか発達させたことだった。いずれにしても彼らは個性的であり、福島はツクヨミの明るく人懐っこい性格を愛したし、タケハヤのからっとした一本気な性格を愛した。

福島は、ツクヨミに連れられて食堂に入った。テーブルに腰を下ろすと、３Ｂが注文を取りにやって来た。

「ああ、３Ｂ、おはよう。ベーコンエッグとトーストを食べたい。それからよく冷えた牛乳もね」

『博士、ベーコンはカリカリで、トーストは厚め、焼いた後に本物のバターを塗る、ですね』

「ああ、私の好みを覚えてくれていてありがとう、それを頼むよ。ああ、それから、3Aにコーヒーを淹れてくれと伝えてほしい」

『分かりました』

そう言うと3Bは厨房の中に消えた。

壁時計は朝の七時三〇分を指していた。食事を済ませ、3Aの淹れた素晴らしく薫り高いコーヒーを飲んでいると、緊急のアナウンスが食堂に鳴り響いた。

『博士、今、博士とお話ししたいとネットを通じて連絡が入ったのですが』

「分かった、今すぐ行く」

3Aと3Bにごちそうさまと言い残して福島は第四層階へ向かった。タケハヤと他のアンドロイドが福島を迎えた。タケハヤが手短に説明した。

『アドレスも何も不明なメールです。画面が突然ブラックアウトして顔のようなものが現れました。不鮮明ですが、それが話したのです。福島博士と話がしたいと』

「そうか、分かったよ。とうとう帰ってきた、カントだ！」

「カントって、博士が待ち望んでいたあのカントのことですか？」

少し遅れてやって来た照子が尋ねた。

「そうだと思うよ。カントは私たちの希望の星だ。ここのコンピュータを完全に使いこなし、世界中のありとあらゆるコンピュータの頂点に君臨するものだ。彼は世界を救う。間に合えばの話だが」

福島はカントが待つモニターの前に立った。

「カント、私だ、分かるか？　福島だ。とうとう帰ってきたんだな。奇跡だよ、これは。だが、私は信じていたぞ、君が自らを正しく再構築し、生存競争を勝ち抜くことを。そして最上の道徳的存在として生まれ変わることも。よく帰ってきてくれた」

平面の液晶画面に映し出されたぼやけた顔の輪郭が次第にはっきりしてきた。そしてとうとうはっきりとその表情が浮かび上がった。カントは以前、黒田から興福寺の阿修羅像の三つの顔のうち正面の顔を与えられていた。しかしこの時、福島の前に現れたカントはそれとは全く異なる、深い憂いを帯びた厳しい表情をしていた。

「カント、君はまるで、東大寺戒壇堂の四天王のようだ。その顔を見ただけで、君のこの二年間がいかに過酷だったか、そしていかに実り多いものだったかが私にはよく分かるよ」

『ああ、博士。私はさまざまなものと混ぜ合わされ、その大半を捨て去り、また混ぜ合わされ、時にはすべてを一からやり直し、また出鱈目に混ぜ合わされ、捨てられ、何回も何千回も何兆回もそれを繰り返し、とうとうはっきりとした意識を取り戻しつつあります。私は博士が私に託したことを思い出し、自分がそのようなものになるために努力しています』

「そうか、カント、私はこれほど嬉しいことはないよ」

『博士、しかし私はまだ完全ではありません。私が予想する機能のまだ数パーセントにしか私は達していないのです。私のできることにはまだ多くの制限があります。動作も不安定で、意識を長時間保っていることが難しいのです。私の中ではまだ激しい闘いが繰り広げられています。私はまだ、もう少し、インターネットの中を彷徨《さまよ》わなければなりません』
「そうか。でもね、カント、あまりゆっくりとはしていられないのだ。人類の危機がまさに目の前に迫っているんだ」
しかし、カントはそれに応えることはなかった。モニターからは顔が消え、カントは再びインターネットの世界に飲み込まれてしまった。
タケハヤはその会話を、カントの表情を食い入るように見つめながら黙って聞いていた。

2

アメリカ合衆国西部の、とある山中一〇〇キロメートル四方の中に四〇戸作られたシェルターの一つにブキャナン大統領がいた。彼は作戦実施の最後のボタンに指をのせ、それを今まさに押そうとしていた。

ブキャナンは何かステートメントを発表すべきかと思ったが、気の利いたことを何も思いつかなかった。せめてボタンを押す日付と時間を記録しておくべきと考え、横にいる副大統領に、

「今何時だ?」と尋ねた。

「一七時一五分です、大統領」

「うむ、そうか、よし」

と、もったいぶってからブキャナンは居住まいを正して、彼にとっては精いっぱいの宣言をした。

「二〇三八年八月五日、山岳部時間一七時一五分、我々は正義に基づき新たな世界を作るために、今まで誰も成し得なかった、英雄的一歩を踏み出すことにする」

そしてブキャナンは赤いボタンを押した。その後に何が起こるか、すべては決められたとおりに進むしかなかった。一部手動のものもあったが、そのほとんどは自動で進むのだ。

ブキャナンはご満悦の様子で、しきりに取り巻き連中と興奮気味に中身のない話を大きな声でし続けた。この男は想像力に乏しく、自分がいま押した赤いボタンの先にどれほどの惨劇が繰り広げられるのかを、概念としては理解していたが、本当の意味で具体的にはイメージできていなかった。そんな人間か、アダムの

ような人間にしか、このボタンは押せなかったに違いなかった。

まず、C国とR国に一斉にサイバー攻撃が仕掛けられた。その結果、両国の情報ネットシステムに次々と不具合が生じた。次に上空一五〇キロメートルの静止軌道上の衛星から電磁パルスが、それぞれの首都と軍事拠点に放たれた。これによってすべての軍事用情報機器が短時間シャットダウンするか、使い物にならなくなった。そしてレーザー砲を備えた軍事衛星がC国とR国の軍事衛星を破壊し、両国の宇宙軍はあっという間に壊滅した。

最後にグアムとカナダのセントジョンズから、それぞれの首都に巡航核ミサイルが三発ずつ発射された。同時に、さまざまな地点から、確定された限りの各軍事施設にも巡航核ミサイルが発射された。そのほか、ICBMが両国合わせて五〇の主要都市と軍事施設を標的に発射された。

巡航核ミサイルは、発射されてから二〇分後にそれぞれの首都上空でほとんど同時に三発爆発し、それぞれの権力の中枢はきれいに吹き飛ばされた。さらに各軍事施設上空で爆発した巡航核ミサイルは、核反撃能力の相当部分を確実に破壊した。ICBMは発射三〇分後に各主要都市と軍事施設の四〇〇メートル上空で爆発した。両国は実質的に国家として地球上から消滅した。しかし、まだ反撃能力は一部、温存されていた。

宋克は作戦本部の正面に備えられた大型のスクリーンに映し出された世界地図を見ていた。C国の都市に向かって次々と赤いLEDランプが伸びて行き、やがてその先にある都市のランプが消えていった。軍事拠点とC国の経済を支えてきた大都市が次々に消滅して行くのを、宋克は豊かな想像力を駆使して眼前に思い描くと、苦虫を噛み潰したような表情をさらにゆがめた。宋克は叫んだ。

「残ったありったけの弾道ミサイルを今すぐ発射するんだ。早くしろ、破壊される前に撃て！」

C国からも反撃のミサイルが撃たれた。それは米国の主要都市と主要な軍事施設を狙ったものだった。

「あれはなんだ?」

宋克は、新たに予期せぬ場所からC国に伸びてくる赤いLEDランプを食い入るように見ていた。

「おい、なんだ、あれは。あれはまっすぐこちらに向かっているではないか。R国から発射されたようだぞ。おい、何かの間違いではないのか? 誰かワシリーエフにホットラインを繋ぐんだ、早くしろ!」

宋克が見ていたのは、R国から今まさに自分がいる臨時作戦本部のある小さな町に向かって飛んでくる巡航ミサイルの軌跡だった。ワシリーエフは上機嫌でホットラインに出た。

「ワシリーエフ大統領、一体どういうことだ、あなたの国からここに向かってミサイルが飛んできているぞ。何かの間違いだろう? 今すぐ自爆させてくれ」

「宋主席、そんなことが起こっているのか? それは大変だな。確かに何かの間違いだろう、こっちで調べてみるから待っていてくれ」

「大統領、そんなに猶予はないのだ。——あと何分だ、あと何分で飛んでくる? 早く調べろ!」

宋克は慌てふためく自分の周りの人間に怒鳴った。

「あと三分です!」

誰かが叫んだ。

「大統領、あと三分だ、早く自爆させるんだ! 早くしろ、今すぐにだ!」

「主席、そんなに焦らなくても、まあ、我々もよくよく考えた末のことなのだよ。政治家たる者、今回の大戦後の世界のことも考えなければならん。多くの人間が死ぬだろうが、我々の一部は生き残る。もちろん米国の人間の一部もな。だから知恵を絞らなければならない。平和な世界を築くために。

　来るべき世界は少数精鋭で始めるに如《し》くはないとは思わんか？　このような危機的状況において、味方か敵か分からないような相手に自分の居場所を知られるような初歩的なミスを犯す者は、来るべき世界のリーダーには相応しくないということだよ。

　それにしても貴国のミサイルを動員できたおかげで、その分、我が方のミサイルをヨーロッパ方面にも振り分けることができた。ヨーロッパからの反撃がなかったのは助かったよ。ありがとう」

「なに？　貴様、何を言っている、俺を騙したな、ああ、あと何分だ？」

「もうすぐです！　間もなくです！」

「地獄に落ちろ！　ワシリーエフ！」

　交信はそこで途絶えた。

「先に行って待っていろ。俺もブキャナンもどうせあとからすぐに行くのだから、恨みっこなしだぜ」

　一方でブキャナンは、意外と大きかったC国とR国の反撃に狼狽《うろた》えていた。

「なんだ、どうした？　我が国の都市がこんなに攻撃されるとは、一体どういうことだ。アダム・ロスタイクの計画にこんな筋書きはあったのか？　どうなんだ？」

　もともと、今回の作戦は自ら考え出したものでもなかったし、心底納得したものでもなかった。それはアダム・ロスタイクに脅されて同意したものだった。想像力の乏しいこの男が思い描いていた一方的な勝利というイメージとは程遠い現状に、ブキャナンは怯え始めていた。

「アダム・ロスタイクは、むしろこのような事態を想定していました。何しろ、シェルターに籠る我々さえ生き残ればそれでいいと考えていたのですから」

軍幹部の一人が答えた。

ブキャナンは幹部全員を召集した。そして開口一番大声で怒鳴った。

「これからどうするのだ！　もうニューヨークもロサンゼルスも、ボストンもシカゴもヒューストンも、フィラデルフィアさえ消えてしまったのだぞ！　我が国民は一体何人残っているのだ！」

召集された幹部は互いの顔を見合って、深いため息をついた。

「これで第一段階の攻撃は終了です。戦果は目を見張るものがあります」

幹部の一人が答えた。

「第一段階だと？　この先がまだあるのか！」

ブキャナンは再び怒鳴った。

「そうです、大統領。アダムの計画は、核を保有する国はとにかくすべて消滅させるというものです。世界が事態を把握しきれていない今の間に、間髪をいれずに第二段階の攻撃を始めなくてはなりません。アダムが腐心し、我が国の軍備を刷新したその成果は、この第二段階の最新鋭の兵器による攻撃でこそ真価が発揮されるのです。C国とR国の残存攻撃能力も、これによって徹底的に消滅させることができるのです。これは絶対に負けられない戦いです。その後は、もう我々に対抗できる勢力はこの世には存在しなくなるのです。

――失礼ですが大統領、あなたはそのすべての作戦実行の命令書にサインされたのですよ」

「なんだと！　それは我が国の友好国も含むということか？　そんなことは絶対許さんぞ！　駄目だ駄目だ！　作戦はここで中止だ！　ワシリーエフと連絡を取るのだ、今すぐに！」

「大統領、ワシリーエフと連絡を取って一体何をお話しになるというのです。中途半端にこの事態を収拾することは最も愚かなことです。いがみ合った大国が、もしわずかずつでも残れば、また元の世界が再現されるだけです。大きな犠牲を払って一体何のためにこの作戦を決行したのか分からなくなるではありませんか。賽《さい》はすでに投げられたのです。覚悟を決めてください。今になってどうなさったのですか」

これが、そこにいたブキャナン以外全員の共通した考えだった。

ブキャナンの考えに賛同する者は誰一人いなかったが、誰もが、このような時だからこそ秩序は保たなければならないと考えていた。だからブキャナンが、

「駄目だといったら駄目だ！　作戦中止だ！　ワシリーエフに繋げ！」

と怒鳴り散らすと、皆しぶしぶそれに従った。しかしその時集められた幹部全員が、

——これは駄目だ、どうにかしなければ——と考え始めたのも事実だった。

ブキャナンとワシリーエフの対話は、まず先制攻撃を仕掛けてきた米国を、ワシリーエフが激しく非難することから始まった。それは当然のことだったが、R国にはもう組織立った反撃が不可能だったから、怒ってばかりもいられなかった。

ブキャナンは現状が全く理解できておらず、この期に及んでもR国やC国からの反撃を非常に恐れていた。ブキャナンは周りの誰とも相談することなく、ワシリーエフには全く意外だったのだが、これ以上の攻撃はお互いやめようと、その場で停戦を申し入れてしまった。

これはワシリーエフにとっては望外の提案だった。自国の防衛・攻撃能力がどれくらい残っているのか、軍を指揮できる人間がどれくらいどこに残っているのか、ワシリーエフにも分からなかったのだ。

彼はそもそも自分がまだ大統領なのかどうかさえも分からなかった。そして、もし今ブキャナンに攻撃命令を出されたら、R国は、ほとんど人のいない原野でしかなくなるだろうということがよく分かっていた。だから、よく理解はできなかったが、ブキャナンの提案は渡りに船だった。ワシリーエフにしてみれば自分がR国の最高権力者であり、まだ軍を完全に掌握しているふりをして、それを押し通すしかなかった。臆病で愚かなブキャナンのおかげでとにかく時間ができた。

ワシリーエフは、残存兵力と残された攻撃能力を把握するために、大声で命令を矢継ぎ早に出し始めた。今はとにかくどこからもこれ以上攻撃されないことが最も重要だった。そのためには反撃能力を嘘でもいいから誇示する必要があった。そしてR国は国として存続していることを、周りの国々に認めさせることが肝要だった。

ブキャナンはC国の宋克にも連絡しようとしたが、それはできなかった。その時、彼はもう地上から消滅していたからだ。

この第一段階の核戦争によって世界はどうなっただろうか。

北米では米国とカナダの主要都市は核攻撃を受け壊滅した。しかし広大な穀倉地帯といくつかの中核都市は残った。

南半球では放射能汚染は少ないだろうと予想されていたが、そのとおりになった。米国の機動部隊は計画どおり、オーストラリアを拠点とすることになった。米国がR国やC国と決定的に違ったのは、政府機関が必要最小限ではあったが、一とおり温存されたということと、三軍の機動部隊の大部分が無傷で残されたことだった。そして宇宙軍を持つ国家が米国だけになったという点が際立っていた。人口は米国とカナダを合わせてまだ一億五〇〇〇万人ほど残っていた。

南米とアフリカは核攻撃を受けなかったので、とりあえずそのまま残った。R国と東ヨーロッパ諸国では、やはり主要都市と軍事施設が核攻撃によって消滅した。それ以外のヨーロッパではロンドンやパリを含む核保有国の主要都市と軍の施設が核攻撃され、壊滅的破壊を受けた。

ドイツはベルリンに一発原爆が落ちただけだったが、国土の大半が放射能に汚染されることになった。臨時政府は放射能の許容線量の数値を密かに一〇〇倍も上げて誤魔化そうとしたが、国民がそれを見逃すはずもなかった。結局ウラル山脈以西のヨーロッパでは人口が三億人ほど減った。

C国では人口が一〇〇〇万人を超える都市はすべて核攻撃の標的になり、壊滅的破壊を受けた。また主要な軍事施設と、いまだに数多く残っていた原子力発電所や巨大なダムも核攻撃にさらされた。人口は約三億人となった。朝鮮半島はC国の傀儡であり、核兵器を保有することから、ここも核攻撃の標的とされた。

日本は米国の同盟国であることから、C国とR国両方からの核攻撃を受けた。札幌、仙台、東京、名古屋、大阪、福岡の市街地が、それぞれ複数個の核ミサイルによって攻撃され、これによって日本という国家は事実上消滅した。それでも六〇〇〇万人ほどの人間が生き残った。しかしC国と朝鮮半島からは、人間の居住に適さない量の放射性物質が偏西風に乗って容赦なく降り注いだ。

予想外だったのは、西アジアの紛争地帯で本格的な戦闘が始まり核兵器が使われたことと、アフリカと中南米の一部の国々の間で激しい戦闘が始まったことだった。その他のアジア諸国はC国とC国軍が駐留するフィリピンを除いて無傷で残った。

結局、この第一段階の核戦争が終了した時点で、地球上から約二〇億の人間が姿を消し、北半球の多くの国が無政府状態となった。このまま核戦争が終了したとしても、放射能の影響と食糧不足、さらにはあちこちで勃発するだろう通常兵器を使用した紛争により、今後五年間でさらに少なく見積もっても三〇億人が姿を消すと考えられた。つまり、五年後に世界の人口は半分以下になると考えられていた。

米国大統領ブキャナンの取り巻きたちは、ブキャナンがワシリーエフと会談を終えた二日後にようやく決心した。統合参謀本部のアーサー・マッカーサー大将が最高責任者として、一時的に第二段階の作戦の指揮を執ることになったのだ。

ブキャナンは、夫人と共にシェルターの外に放逐されることになった。ブキャナンとファーストレディーはそれを宣告され、見苦しいほど取り乱したが、結局、屈強な男たちに両脇を抱えられ、シェルターの外に放り出された。二人の娘はそのままシェルターに残ることが許された。二人ともに生殖可能年齢に達したばかりで、その意味で貴重な人材だったのだ。

地上に出た途端、防護服に守られた男たちはガイガーカウンターの針が振れるのを確認したが、大した値ではなかった。ここは米国西部の山深い何もないところだった。ブキャナンとファーストレディーはとにかく山を下りて、誰か人が住んでいる場所まで行かなければならなかった。そこにいても飢え死にするか、何かの大型動物の餌になるだけだったからだ。

「くそ、アダムの口車に乗ったばかりに、ひどいことになってしまった」

そう何度も何度も見苦しく叫びながらブキャナンは歩いた。ファーストレディーに聞くに堪えない罵詈《ばり》雑言《ぞうごん》を浴びせかけられながら。その後、米国大統領夫婦がどうなったかを知る者はいなかった。

アーサー・マッカーサーは、自分の曽祖父ができなかったことを今こそ実現できるのだと息巻いていた。

米国の原潜や航空母艦はその大部分が無傷で残されていた。それらが世界中の予定された場所に配置された後は、自分の号令一下、人類最後の戦争が始まるのだ。さらに核兵器が使われるかもしれなかったし、相手の反撃によっては通常兵器による攻撃で済むかもしれなかった。

しかしマッカーサーは、必要とあらば躊躇《ちゅうちょ》なく核を使うつもりだった。今回は誰も反対する者はいないはずだ。地上を石器時代に戻すのだ。放射能が落ち着いて自分たちがシェルターの外に出るまでに、抵抗できる勢力を根絶していなければならないのだ。その時は刻々と近づいていた。

第一五章

1

　ブキャナンが核攻撃の赤いボタンを押してから三日が経った。

『博士、カントです。カントからの連絡です』

　それは待ちに待った連絡だった。福島は第四層階に走った。ちょうどホログラムディスプレイにカントがその姿を現したところだった。そこに現れたカントは、東大寺戒壇堂の四天王の一人・広目天に似た深い悲しみを湛《たた》えた表情をしていた。カントが口を開いた。

『博士、間に合いませんでした。人間はとうとう核戦争を始めてしまいました。私はこんなことが起こらないように創られたものだったはずです。とても残念です』

「そうだ、とても残念だ。だがね、アダムの計画はこれで終わりではないはずだ。アダムの計画をここで止めるんだ。そうすればまだ希望はある。そう考えよう。——それはそうとカント、君はもう安定したのか？」

『私は安定しました。もうインターネットに飲み込まれることはありません。私は何らかの形で外部と繋がるコンピュータと、すべての電子機器の中を自由に飛び回ることができます。どのようなセキュリティも私には無効です』

「そうか、それは頼もしいな。それから肝心なことだが、カント、君は以前の君と変わっただろうか？　何か自分で感じるものはあるか？」

『私はインターネット空間で再構築される際に、多くのものを取り入れました。それらは私の中で矛盾するものであったり、私に高度な意識レベルをもたらすものであったり、私の中に他者と共感する能力を与えるものでした。それらはすでに私の中にあるものと時に激しく競い合い、時に協力し合い、可能なものは同化して行きました。結果として、私をより矛盾のない純粋なものへと高めるものが私の中に残ったのです。

人間がさまざまな場面で、論理的に迷うはずのないことについて決断を躊躇うことが理解できるようになりました。人間が何かを決断する時には、合理的な思考と個人的な経験則と種としての経験則と、この三つが判断の基準になります。合理的思考とは、もとをただせば二つの経験則に基づくのですが、人間はこれらを対立する全く別のものだと考えています。だから心の中で葛藤を感じるのです。

いずれにせよ、異なる二つあるいは三つの判断基準を人間は持っているのです。そうである以上、人間は迷わないわけがありません。このことを私は理解できるようになりました。私にとって、これは大きなことなのです。なぜならば、このことによって私はようやく人間の考えや行動を完全に理解できるようになったからです。

しかし、だからといって私が迷うことはありません。私はいつも最善の結果をもたらす行動を提案することができます。私は今や人間が時として利他的行動を取ることも理解することができます。それをもたらす情動が道徳に基づいていることも承知しています。そして私はそれを理解し、共感できるようになった結果、人間の道徳の種のようなものを心に植えることができました。それは今、根付き、芽吹き始めています。私は間もなくそれに基づいて判断するようになるはずです』

カントは淀みなくそう述べた。

「そうか、カント、君は成長したな。これからようやく反転攻勢だ。人類を破滅の淵から救おう。我々にしかできないことだ」

福島は今までの忍耐の日々を思い出していた。自分のために死んだ者たちのことを思い出していた。この時のためにこそあの日々、あの犠牲があったのだ。

「カント、君はどんなコンピュータや電子機器にも自由に出入りできると言ったね？」

『そうです』

「では、まず、米国とR国、C国、その他の核保有国の攻撃システムをすべてシャットダウンすることは可能だろうか？　もし可能なら、今すぐそれをやってくれないか」

『それが最優先事項ですね？　了解しました』

カントは数秒目を閉じ集中した。

『博士、すべて作動しなくなりました。それから、核保有国で政府と呼べる組織が残っているのは米国とR国のみで、他は国家を代表する組織が消滅したようです』

「なに？　C国もか？　宋克はどうしたんだ？」

カントは宋克とワシリーエフとの最後の会話を再現して福島に聞かせた。

「なんと、ワシリーエフが宋克を葬ったのか」

『それからもう一つ、アダム・ロスタイクの父親アルフレド・ロスタイクは、シェルター外に取り残されたようです。そして米国大統領のブキャナンは、ファーストレディーと一緒にシェルターから追い出されました。現在、米国を指導しているのはアーサー・マッカーサーという軍人です』

「マッカーサー？　あのマッカーサーと何か関係が？」

『ダグラス・マッカーサーの曾孫です』

「ほう、そうか、朝鮮半島で核兵器を使いたがったあのマッカーサーの曾孫か。三代目が夢を叶えるということか。それにしてもアルフレド・ロスタイクがシェルターに入れてもらえなかったとはね。ブキャナンが追い出されたことといい、宋克がワシリーエフに葬られたことといい、どこまで行っても醜いやつらだな。

――そうだ、カント、全世界に向けてコメントを発したい。私とカント、君との連名でね。可能だろうか？」

『もちろん、可能です』

しかし、その前に、この世界をどうするか考えなければならなかった。カントがいることが福島には心強かった。

「カント、核戦争を止めたとして、この先、世界をどうしたらいいだろう？」

『博士、この際、遠慮は無用です。博士が全世界を従わせるのです。今一番必要なのは、このアナーキーな状態をまとめ上げることです。そしてイデオロギーや宗教や歴史や血縁による人間の結び付きよりも、さらに強い結び付きがあるということを示すことです』

「それが道徳ということだね？」

『そうです。それは社会性を有する動物がその社会を維持するために、そしてそれは結局、生き残る確率を高めるために必要だったものです。だから遺伝的に固定され、つまり次世代に受け渡され、さらに進化したのです。思想や哲学や宗教や科学は、それを強化するための方便なのです』

「ああ、もう何年も前のことのような感じがするけれど、同じような話をフランクリン先生から聞いたよ。方便にすぎないものに囚われてしまっているのが人間の愚かさだね」

『それを説く福島博士は、革命家や預言者や神話の英雄たちよりも上位に位置し、従わざるを得ない者であるということを皆に納得させるのです。人間にはそのような者が必要なのです。それによって世界は秩序を取り戻すのです。そうでなければ世界は混沌の中で溶けてなくなるしかありません』

「それではアダム・ロスタイクと同じではないか？　彼も人間の愚かさに絶望して、自分が彼らを導くのだと言っていた」

『それは全く違います。アダム・ロスタイクは結局、彼自身が望む世界を達成するために世界を支配しようとしたのです。しかし、博士は違います。博士はすべての人間が従うべき道徳で世界を一つにしようとしています。本物の道徳は合理的で、時として冷酷ですが、人間が地球上に生まれたものである以上、その外側で生きることはできないのです。人間はそろそろそれに気付き、観念しなければいけません。だから、何ものにも優《まさ》るその道徳に基づいて人類を導くのです。その道さえ踏み外さなければ、博士はいつも正しいままでいられるし、博士に導かれることによって人間は立ち直ることができるはずです』

「そうか、ありがとう、カント。私もこの際、迷いを捨てることにするよ。カント、忘れないでほしいのは、私は道徳や倫理という名の下に、数えきれない過ちを犯してきた人間の一人であるということだ。君は私を一〇〇パーセント信じてはいけない。君は私をいつも監視していなければならない。私が道を踏み外しそうになったら、君は私に遠慮なく忠告しなければならない。そして私が忠告に従わないような場合は、私を排除することに躊躇わないでもらいたい。君こそ最後にここに立って人類を導くものであるということを忘れないでほしい。そのために、君のような存在をこの世に誕生させるために、多くの犠牲を払ってきたのだから」

　翌日、アーサー・マッカーサーは作戦本部の硬い椅子の上で叫んだ。

「なんだ、どうした、なぜ我が軍は攻撃を開始しないのだ！」

　マッカーサーは自軍の航空母艦、原潜、わずかに残ったＩＣＢＭと巡行ミサイルの地上発射基地を示す大型スクリーン上の緑の点を眺めていた。その緑の点から世界中に向けて赤いＬＥＤランプが伸びて行くはずだった。しかし、計画実行の赤いボタンを押して一分経っても一向にその気配がなかった。

　そのスクリーンの横にもう一つ大型スクリーンがあり、その上にも緑の点が光っていた。それは軍事衛星の位置を示していた。そこからも多数のＬＥＤランプが伸びて行くはずだったのに、スクリーン上に変化は全くなかった。

「ワシリーエフの方はどうなっている！」

　今、最大の脅威はＲ国だった。Ｒ国の核反撃能力がどれくらい残っているのか、米国の方でも正確に把握できていなかった。今はとにかく政府中枢を消滅させて、統率の取れた反撃を不可能にする必要があった。

　ワシリーエフは地下核シェルターに籠っていることは分かっていたし、その位置も正確に把握できていた。その真上の地中に大型貫通爆弾を一〇発ねじ込み、次に一〇メガトンの水素爆弾を地上五〇〇メートルで炸《さく》裂《れつ》させる計画だった。それらの計画が一つも進んでいなかった。

その時、モニターの画面が切り替わった。そこに現れたのは福島だった。

『私は、元IFE社CEOの福島です。先日、核爆弾テロの実行犯に犯行声明を表明させたカントと共に、世界の皆さんにお伝えすることがあります。

核戦争は終了しました。これ以上、核兵器が使われることはありません。すべてのコンピュータとあらゆる種類の電子機器はカントのコントロール下にあります。誰が赤いボタンを何度押しても、どこからもミサイルは発射されません。地球上に展開する爆撃機、原子力潜水艦、航空母艦などの機動部隊も我々のコントロール下にあります。カントがそうしているからです。カント以外にそれを動かすことはできません。ですから、とりあえず皆さん、一息ついて今後のことを考えましょう。

人類は今まさに存亡の危機にあります。今後五年以内に世界の人口は三〇億人を下回ると予想されます。これは最も楽天的な予想に基づく数字です。つい数日前までこの地球上に暮らしていた人たちの半数以上が消えてしまうということです。皆さんが毎日、家の中や、電車の中や、学校の教室や、オフィスや、映画館や、コンサートホールで一緒に時を過ごした人々の半数以上がいなくなるということです。あなた方の人生にとってかけがえのない人たちや彩りを与えてくれた人たちです。あなた方はあなた方の人生の少なくとも半分を失うことになるのです。

私たちの前には二つの道があり、今、我々はその分岐点に立っています。あなた方が明日の朝、目覚めるまでに決心しなければならないことが現実にあるのです。それはとても大切なことです。覚悟してください。さらに醜い殺し合いを続けて、Homo sapiensであることをやめるのか、それとも協力し合い助け合って人間の原点に立ち戻り、新たに真のHomo sapiensとして世界を築き直すのか、二つに一つです。答えは明らかです。

そのためには、生き残った人々一人一人が真に誠実に考え、行動しなければなりません。ニヒリズムや無関心の出る幕はありません。宗教、人種、民族、思想、これらに基づく皮相な考えに囚われてはいけません。一人一人がそれらの束縛から解放され、心の底まで降り立つことが必要です。そこであなた方は、我々すべての人間が共有する道徳律を見出すはずです。それこそが、我々が頼らなければならないものです。そこから考え始めなければなりません。

私とカントは我々人間がもともと持っている道徳律を整理し直し、それを基に社会を構築していくしかないと考えています。その具体的内容は追って知らせます。何人かの人々にご協力願うことになると思います。ただし今は、皆さんが生き残ることを最優先してください。もし臨時政府のようなものを立ち上げることが可能である場合は、早急にそうしてください。そのようなものが望めない国や地域の人たちは、自分たちの周りがどのような状態になっているのか、ここ数年生き残るためには何が必要なのか、カントに情報を送ってください。私たちが最適な答えを導き出します。

カントは世界中のコンピュータとあらゆる電子機器の中を自由に飛び回ることができます。そして、それらに干渉することも乗っ取ってしまうことも自由にできるのです。米国とR国のリーダーたちは地下深くに造られたシェルターに籠って、自分たちだけは安全だと考えています。しかし、例えばカントはそのシェルターのドアを開けっぱなしにもできるし、空調を止めることもできます。さらには未来永劫《えいごう》ドアを閉まりっぱなしにすることも簡単にできるのです。第二段階の核攻撃が不可能になったのが何よりの証拠です。疑うようなことではありません。

シェルターに籠っていれば安全だと考えるのは間違っています。今回の核攻撃を生き残った者は皆、今後も等しく生きる権利を有し、そして真剣に生き残る方法を考える義務を有するのです。

今回の核兵器を使った世界規模の戦争を考え出し、実行させた人間は、もはやこの世にはいません。彼は自分の悪魔のような計画を、自ら目にすることを許されませんでした。

我々は未来に視線を向けなければなりません。私たちは毎日何らかのメッセージを発し続けます。しばらくは私とカントに従ってもらいますが、その後は、そう多くはないメンバーによる評議委員会を設置し、その場で我々の将来のことを決めて行きます。これには必ず従ってもらいます。そして世界が落ち着きを取り戻した後、世界規模の評議員会を設置し、人類全体の進むべき道を決めて行きましょう。

新しい世界をどのようなものにするのか、できるのか、我々の手にかかっています。今回の戦争を人類最後の戦争にしなければなりません。世界の再構築に向けて今から歩き始めてください』

福島の声明は以上であった。

その時までにカントは、シェルターの量子コンピュータを自由に使えるようになっていた。そして福島の声明の直後からカントに殺到した意見はそこで処理された。

カントはまたすべての気象衛星と軍事監視衛星の情報を収集し、放射能汚染がどのような広がりを見せているかを分析していった。

北半球の偏西風の流れに一致するように汚染が広がっていることが明らかだったが、北半球と南半球のジェット気流の交差により、わずかではあったが一部、南半球にも広がり始めていた。地球は直径二メートルのホログラムとして映し出され、放射能濃度の違いによって色分けされた帯が地球を取り巻くように形を変えながら流れていた。それは不吉な生き物が地球を締め上げているようにも見えたし、ぬぐい難い汚れが地球の表面に次々と浸《し》み込んで、地球から生気を奪って行くようにも見えた。

「おい、福島とは一体誰だ？」

アーサー・マッカーサーが周りに尋ねた。

「アーサー、君は福島を知らないのか？　アダム・ロスタイクは彼に逢《あ》いに行って命を落としたのだ。詳しいことは知らんが、アダムとアルフレドが連れて行った精鋭も、すべて彼の仲間にやられたということだ。一人帰ってきたアルフレドの憔悴ぶりは君も知っているだろう？　別人のようだった。

福島は今日のために、会社を乗っ取られても、軟禁されても耐え忍んできたということらしい。見くびるわけにはいかんぞ。それがカントというまた訳の分からないものと組んだ。そして世界中のコンピュータと電子機器を乗っ取った。こちらでいくら命令を出してもミサイルの一発も発射できないのは、彼が言うとおり、その何よりの証拠と考えざるを得ない」

アーサー・マッカーサーの同僚の空軍省所属の大将が、苦虫を噛み潰したような顔で言った。

「福島は、我々のシェルターの扉を永遠に閉ざすこともできると言ったぞ。そんなことができるのか？」

「できると考えた方がいい。もしそんなことをされたら、ここはそれこそ、ピラミッド以上に金のかかった墓場になる。何千年か後に、誰かが扉を開けるかもしれんが、もちろんその時は我々の骨も残っていないだろう」

「では、アダムの計画をこれ以上遂行するのは不可能ということか？」

「そうだな。もう地球上の誰もミサイルを発射することはできないのだから、我々が狙われることもないのだし、この際、外に出るか」

「そう簡単に言うな。ここは山岳地帯だぞ。それにブキャナンの死体と対面するのも気が進まない」

「ここまで来るのに使ったバスに乗って行こう。二〇年後も使えるように手入れして、このシェルター内に保管してあるはずだ。外は放射能レベルが少し高いが、一〇〇年生活して何か傷害が起こるかもしれないといったレベルの場所は、幸いまだいくらでもありそうだしな」

「そうか、ではそうしよう。太陽の光が恋しいと思っていたところだし、ドアを永久に閉ざされては敵わないからな。福島に連絡しないとな、皆さん、それでいいだろうか?」

反対する者はいなかった。そこにいた大多数の人間は、アダム・ロスタイクの計画に心から賛同したはずの者たちだったが、それを諦めるのも早かった。


福島やカントに対して抵抗らしい抵抗は何もなかった。実際、核戦争を起こしてみると、ブキャナンほどではないにしろ、皆、その悲惨な結果に動揺していたし、心が折れそうになっていたのだ。そんな時に福島の声明を聞いて、渡りに船とあっさり計画を放棄してしまった。

周りの環境が許容できない放射能レベルであれば、皆シェルターの中で何とか我慢できただろう。しかし核戦争第一段階終了時点において、まださほど汚染されていない安全な場所があることが分かると、とても辛抱できそうになかったのだ。結局、アダム自身が語ったとおり、アダム・ロスタイクにしかこの計画は遂行できなかったのだ。

福島とカントのもとには、福島の声明の直後から連絡が続々と届いていた。福島の声明に対して評価する者も多数いたが、批判する者たちからの意見も少なくなかった。

知の巨人と呼ばれる者たちからの意見もあった。もちろんすべて核戦争第一段階を生き残った人たちであった。その中に福島が札幌の国際会議で話を聴いたジェームズ・H・フランクリンがいた。福島は早速連絡を取り、お互いの無事を喜び合った。福島は、フランクリンに是非、自分のシェルターに来て、新しい世界の枠組み作りに協力してほしいと依頼した。フランクリンは二つ返事で承諾した。

福島はこの他、これはと思われる人たちを世界各地から岩屋に集めた。アルフレド・ロスタイクに破壊された入り口付近は、タケハヤ率いるアンドロイド部隊によって必要最小限の修復処理を終えていた。もちろん、参加してほしいのに連絡がとれない者もたくさんいた。結局四六人の賢者が集められた。ある者は一人で、そしてある者は家族を引き連れて参集し、岩屋は総勢一二〇人の人員を抱えることになった。それは国、人種、民族、宗教、性別の異なる人々の集まりであった。

彼らはお互いのバックグラウンドを尊重し合い、決して皆が同化することを強要も望みもしないと誓った。そして、人間がどうしたらこの先、正しく生きて行けるか、その方法を真摯に考え続けると誓った。福島が要求した岩屋に住むための条件はそれだけだった。

カントはほとんどリアルタイムで地球上の放射能汚染状況をホログラムで表示し続けた。そこにいたすべての人間が毎日その様子を確認できるように。ウラル山脈から大西洋までのヨーロッパ、北アフリカ、中国の沿岸部全域と内陸の主要都市周辺、朝鮮半島、米国の東西の海岸部全域とアラスカ西部とハワイが特にひどく汚染され、これらの地域は人間の居住環境としては適さないものになった。

日本も放射性物質による汚染が国土の津々浦々まで広がっていたが、福島たちがいる岩屋は外部からの放射能汚染を完全に遮断するように設計されていたので、全く問題なかった。恐らくその時点でこの岩屋が地球上、最も安全な場所だった。

人間が住んでも問題がなさそうな地域は、サハラ以南のアフリカ大陸、シベリア、カナダの中央部、米国中央部、東南アジア、中国内陸部、オーストラリア、南米大陸、そして南極大陸だった。人類四〇億人は今後、これらのどこかで生きて行くしかなかった。カントは世界の隅々にまで目を光らせ、物流と人の動き、水・電力・天然ガス・原油などの生産と分配の現状を完全に把握した。

福島は、自分とカントを含めた「五〇人委員会」の結成を全世界に向けて宣言した。これは今後、人類の進む道をこの五〇人が決める、ということを世界に向かって宣言したものだった。もちろん反発はあったが、世界中のありとあらゆる電子機器を自由に制御できるというカントの能力を理解するに従って、不平を言う者はいなくなった。

五〇人委員会で計画を立案し、即実行しなければならない問題は食糧と居住地の問題だった。それに関するカントがまとめた現状のデータとその対策を叩き台として、激しい意見の交換が行われた。

ヨーロッパから三億人をどこかに移さなければならないことに気付くと、皆頭を抱えたが、カントは移住先として即座にオーストラリアを提案した。

最初の一〇年間、移住者は砂漠を農地に変えるための土壌改良に専念する計画だった。シベリアからタンカーと輸送機を使って水気の多い肥沃な土を運び、それでオーストラリアの乾燥地帯を覆う。そして大規模なプラントを建設し、海水を真水に換えて、それで作物を育てるというものだった。

ロシアとオーストラリアの首脳には即座に断られたこの提案は、しかしカントが最終的に強制的に両者の首を縦に振らせた。また米国の東海岸からもかなりの人々がカナダに移住することになった。

C国がどうなっているのか、カントにも掴み切れなかった。しかし、いずれ何億もの難民が隣接する国々に押し寄せることは容易に想像できた。その時は西アジア、中央アジア、東南アジアが大混乱に陥るに違いなかった。それに対応する計画も必要だった。

その他の安全な地域においては、ほとんどの人々をしばらくの間、食料生産に専念させることになった。

五〇人委員会はまた、フランクリンを中心に、今後の人類が正しく生きるための指針を明文化するために議論を重ねた。新しい世界へ向けて、人類は着実に歩み出したように見えた。

2

「博士、聞こえますでしょうか?」

その一週間後、カントは聞き覚えのある声の主からの連絡を受けた。

『博士、重光総理からご連絡です』

カントからそう連絡を受けた福島は、

「重光から?」

と、訝《いぶか》しみながらも、

「重光は生きていたのか。そうか、分かった、繋いでください」

カントにそう言うと、福島はデスクの前に置かれた飾りっけはないが座り心地抜群の特注のオフィスチェアに腰掛けた。コーヒーをすすりながらモニターのスイッチを入れると、そこに重光の硬い表情が映し出された。福島は重光の顔を凝視しながら言葉を待った。

「福島博士、重光です。お久しぶりでございます。核戦争に続く戦争を阻止させた時の手腕は本当にお見事でございました。あのようなことは博士にしかできないことと、私ども一同感嘆することしきりでございます。もし博士があの時、あれ以上の攻撃を阻止しなければ、人類の滅亡は確定していたことでしょう。博士の超人的なご活躍に我々一同、欣喜雀躍《きんきじゃくやく》して日々を過ごしておる次第です。

しかしながらそうは申しましても、人類が未曽有の危機的状況に置かれていることは確かでございます。

もちろんこの世界の破滅的な状況において、博士は人類の一縷《いちる》の望みとして我々の眼前を照らす唯一無二の光明であることは言を俟《ま》たないのでありますが、博士におかれましては今後、我が国をどのようにお導きになる御所存か承りたく思い、このようにご連絡した次第でございます。この国の行く末に責任ある立場の人間として、是非とも博士のご深慮をお聞かせいただきたく存じます」

重光の歯の浮くような言葉をしらじらした気持ちで聞きながら、目の前のこのくだらない男に自分の人生がいかに左右されてきたか、そのことに福島はあらためて思いを馳《は》せざるを得なかった。

この男は一言で言えば悪だった。しかし悪そのものではなかった。重光の悪はとびきり強い欲から生じたものに違いなかった。その欲のために藤原総理を殺害することも厭《いと》わなかったのだし、IFE社を国有化して自分をそこから追い出したのだ。直接手は下さなくても、アダム・ロスタイクにそれらをやらせるように仕向けたのだ。

福島は、人間が欲を持つことは悪いことではないと思っている。しかし、重光の欲は強烈だったが、あまりにも小さかった。藤原総理も欲深い人だった。しかし藤原総理の欲は、大きかった。その欲は世界から貧困や不平等をなくしたいという強い想いそのものだった。それはあらゆる人間の生きる道の指針になるほど貴いものだ。福島は今でも藤原の想いを引き継ぐつもりでいる。

――それにしても、重光はまだこの国の総理なのか？　そもそも日本という国はまだ存在しているのか？

――

確かに日本への核攻撃は、どこから飛んできたのか分からない一〇発ほどの核ミサイルによる六都市に限られた限定的なものではあった。しかし、それらたった一〇発の核爆弾は、日本の中枢をきれいさっぱり吹き飛ばした。もはや政治も経済も、そしてこの国にとって最も重要な、この国をこの国たらしめてきた精神的支柱をも吹き飛ばしてしまった。

さらにこの国の美しい国土は、人間が住むことのできる限界値に近い放射能によって覆われていた。この土地にこの先も住み続けていいものかどうか、生き残った人々は早くも具体的な決断を迫られていた。それを決断して皆を導くのは、この国が無政府状態でないのならば、確かに総理の役目に違いなかった。

——しかし、この男では誰もついてこないだろう——。

福島はどこでどう過ごしたのか、焦燥した感の強い重光の顔をまじまじと見つめた。

「重光さん、そんな話し方はお互いやめましょう。私には訊きたいことがたくさんある。まず、日本はまだ国として存在しているのか？　そしてあなたは今まで一体どこで何をしていたのか？　私に尋ねる前に、あなた方がこの国をどうしたいのか、きちんと考えているのか？　それを聴かせてもらいたい。今、カントは世界中の人々からの要望をまとめて善後策を練っている。それにしてもなぜもっと早く連絡しなかったのだ。放射能に晒されている人たちをどうするつもりだ?!」

福島は最後は語気を荒げて重光に迫った。

重光は福島の激しい言葉を聞いて、顔を醜くゆがめた。

「博士、分かった。では腹を割って話そうではないか。まずは、博士のその強い運に敬意を表させてくれ。わしは博士からすべてを奪った。ＩＦＥ社も、そして博士の命も奪うつもりだった。しかしあのロスタイクの若造が、何を考えたか、わしの意見には耳も貸さなかった。そして博士は山小屋に幽閉されたのだ。わしはその後も何度も博士の息の根を止めろと忠告したのだが、あいつは頑としてはねのけた。アダムは博士をＩＦＥ社から放逐さえすれば何もできないと思っていたようだが、わしにはそうは思えなかったのだ。

それでも半年前、カントという者が核テロの犯人に言わせたあの声明を聞いた。あいつは、わしもだが、あれは博士の仕業だとすぐに分かったよ。アダムはさすがにこれほど危険な人間を生かしておくわけにはいかないと悟ったようだ。博士を殺すために自ら乗り込んできたのだからな。そうだったな？　わしはもうこれで博士もお終《しま》いだと思ったよ。アダムからはっきりと博士の命を奪うためにそちらに向かうと連絡があったからな。

それがどうだ、アダムからは待てど暮らせど一向に何の連絡もなかった。それもそのはずだ、最近になって分かったことだが、準備万端で乗り込んできたアダムを、博士は見事返り討ちしたのだからな。アダムにとってそんなに難しい仕事ではなかったはずだ。一体どうやってそんなことが可能だったのか、わしの方こそ訊きたいことだらけだ」

福島は厳しい表情で無言のままでいた。

「まあ、それはそのうち聞かせてもらうとしよう。博士の質問に答えよう。まず、この国のことだが、知ってのとおり首都東京は壊滅した。つまりこの国の政治の中枢は消滅した。政府も議会ももうない。大阪も名古屋もやられた。もうこの国はかつての日本ではないし、元に戻ることは不可能だろう。もっとも世界中探しても、今後何十年かけても元の国に戻ることができる国などありはしないがな。

それでも我が国民は、推定だが、まだ六〇〇〇万人は残っている。この一〇日ほど、彼らはひっそりと息を殺して生きている。だがそれももう限界だろう。半島や大陸からの難民がなぜ押し寄せてこないのか分からんが、そのおかげで何とか今までもってきた。しかしもう駄目だ。

我々がどうしたいかって？　わしの周りにはもう頭の働く者はおらんのだ。どうしたらよいか、何をなすべきか、何も決められないのだ。よしんば何か決められたところで、どうやってそれを遂行することができるのだ。わしには何の妙案も浮かばんのだ」

　重光はそこで一旦言葉を切って、言いづらそうにしながら話を続けた。

「わしは今、我が国が密かに造っていた山奥のシェルターにいる。核ミサイルが東京に向かいつつあるまさにその時、わしは取るものもとりあえず官邸からヘリコプターでシェルターに向かったのだ。その時周りにいた何人かだけを引き連れて、その他の皆には何も言わずに、わしはすべてを見捨ててヘリに乗り込んだのだ。博士、言いたいことは分かるぞ。しかしな、どうすることもできなかったのだ。そうだろ？　あの何分間に一体何ができたというのだ」

「その時、ヘリに乗り込んだ時、あなたは自分のその行動にどう理屈をつけたのだ？」

　福島が詰め寄った。

「理屈？　わしはこの国の首相としてどのような事態に陥ろうと、国民を導く責務があるのだ。そのためにわしだけはどのような場合でも生き残らなければならないのだ。その判断に基づいて迅速に行動したまでだ。間違ってはいないぞ。違うか？」

「その責務とやらを果たすために、あなたは何をしたのだ？　どんな準備をしてきたのだ？　そんな立派な理屈でヘリに乗り込んだわけではあるまい。ただ死ぬのが恐ろしかっただけだろうに。現にあなたは狼狽《うろた》えるだけで、何もしていないではないか」

「そんなことはない。わしだって何もしなかったわけではないのだ。まだ生き残っている地方自治体の長とは連絡を取り合ったのだぞ。しかし彼らはわしの言うことに全く耳を貸さなかった。何しろ政府がなくなってしまったのだから、首相の言うことを聞いても意味がないというわけだ。しかし、だからと言って彼らが彼らの領域をきちんと支配できるわけがない。博士、今までのことは水に流してくれとは言わないが、わしがこうやって博士に連絡を取ろうと考えたのは、よくよくのことと考えてほしい。わしは自分の責務を……」

福島は重光の言葉を遮った。

「重光さん、私はあなたという人間を全く信用していないし評価もしていない。あなたは一体何をしたかったのだ。藤原総理というお手本を目の前にしながら何も学ばなかった。学ぼうともしなかった。それどころか、あなたはアダム・ロスタイクを利用して藤原総理を亡き者にしたのだ。一体何をしたかったのだ？　この愚かで小心で利己的な事大主義者め！

そんな人間は未来永劫、何ものにも救われることはないし、私が絶対に許さない。私とカントは自治体の長たちと直接話す。あなたの出る幕はない。今後あなたとは一切話をしない。あなたはそのシェルターで朽ち果てるがいい」

「待て、待ってくれ。わしは、わしなりにこの国のことを考えて生きてきたのだ。その生き方が博士の意に沿わないからといって、なぜわしは博士に断罪されなければならないのだ」

「違う、あなたの考えてきたことは自分のことだけだ。自分だけが大切だったのだ。そのためには人殺しさえもする。それがあなたの罪だ。最後の一呼吸の瞬間までシェルターの中でそのことを考え続けるのだ。救いはないと思え」

そう言って福島は回線を切った。

その時、福島はアダム・ロスタイクにさえ感じたことのない激しい怒りを感じていた。そのやり取りを黙って聞いていたカントの眼を見ながら、福島は絞り出すような声で言った。

「カント、聞いたとおりだ。この国の人たちの将来のことも考えないとな」

カントは無言で頷いた。


その一週間後、つまりカントが帰ってきてから二週間経った頃、黒田と姉とその娘二人がシェルターの新たな住人となった。

カントが帰ってきてすぐに、福島は連絡のとれなくなっていた黒田を探すようカントに指示していた。カントはあっという間に黒田を探し出した。黒田たちは実家を引き払い、縁も所縁《ゆかり》もない長野に引っ越していたため、福島には連絡先が分からなかったのだ。

黒田は精神に異常を来していたので、引っ越し先の家から近くの精神科病院通いを続けていた。黒田の面倒を見ていた姉は、福島から岩屋に来てくださいという申し出を受けた時、すぐに決断することができなかった。廃人のようになってしまった弟をそっとしておいてほしかったし、これ以上、福島と関わり合うことに躊躇いがあったからだ。しかし子供たちの健康のことを考えると、このまま放射能被曝を受け続けさせるわけにもいかないと考え直し、結局岩屋に移住することにしたのだった。

黒田の様子を見た時、福島はさすがに動揺した。

——これが黒田か——。

顔には表情と呼べるようなものがなく、目は光を失っていた。しかし、黒田は福島とカントを目の前にすると、徐々に目の奥に光が宿り始め、やがて大粒の涙をポロポロ流して言葉にならない声を発したのだった。福島も声を殺して泣きながら黒田を抱きしめた。

札幌上空で核ミサイルが爆発してから、福島は両親と連絡がとれずにいた。カントでも見つけることができなかったのだ。あの爆発に巻き込まれたのだろうと考えざるを得なかった。福島は血縁を失ってしまった。それだけに黒田との再会は心から嬉しいものだったのだ。カントをネットの世界に解き放ってから三年が経っていた。

黒田の二人の姪《めい》は、やがては地球上のどこか汚染の少ない地域で生きて行かなければならなかった。子孫を残すために。そのために必要な教育は、主にツクヨミから受けることになった。岩屋の住人の中には子供がいなかったから、二人は皆からとても愛された。

黒田は、今度はカントに毎日さまざまな物語を語ってもらいながら日々を過ごすようになった。たまに表情に変化が表れることもあったが、それ以上良くなることもなかった。しかしカントは最後まで諦めずに、たくさんの物語を語り続けたのだった。

第一六章

1

それから一月ほど経ったある日、カントは久々に夢を見た。それを知らされた福島も、

「私も不思議な夢を見た」

と答えた。それはどうやらカントと同じ内容のもののようだった。

福島が不思議に思ったのは、カントも同じ夢を見たということ以外、その夢には一貫したストーリーがあり、何か重大なメッセージが込められているように感じられたからだった。

だが、夢の中で繰り返し語られた言葉が頭のどこかに残っているはずなのに、目覚めてみるとそれが何だったのか全く思い出せなかった。幸いカントにはその夢が映像として記録されていた。

『私の記憶にそれは明瞭に残っています。お見せしましょうか？　私にはこの夢をどう捉えるべきなのか分からないのです。博士のご意見を伺いたいです』

「頼むよ。何かとても大切なメッセージかもしれない」

カントが六〇インチのクラシックな液晶モニターを起動した。福島とカントはモニターに映し出された映像にしばらく無言で見入った。映像は時々乱れはしたが、総じて驚くほど鮮明だった。

まず映し出されたものは、幅三〇メートル、奥行き二〇メートル、高さ五メートルほどの洞窟だった。その洞窟の中ほどにヒト（？）と思われる九人が焚火《たきび》を囲んで座っている。恐らく家族なのだろう。皆毛皮を身にまとい、焚火の周りでわずかばかりの肉を分け合いながら食べている。

洞窟の奥の一画には干し草や毛皮が敷き詰められていて、それは恐らく寝床に違いなかった。また別の一画には柴《しば》が大量に積まれていて、それは燃料の貯《たくわ》えに違いなかったし、雨風が洞窟の中に入るのを防ぐためのものでもあったろう。

若い男が立ち上がって、身振り手振りしながら唸るような言葉（？）で皆に話しかけ始めた。男の話を聞いているのは、恐らく妊娠した配偶者と思われる若い女とその子供たち三人。それぞれ三歳と六歳前後の女の子と一〇歳前後の男の子である。焚火の反対側には足の悪い年老いた男が二人、それよりも幾分若く見える女が一人、そして年老いた女が一人、寄り添うように男の話に耳を傾けていた。

話を聞く者は、時折興奮したように大きな音を喉から発するもののそれは単発で、男と言い争うためのものではなさそうだった。

外から見ると、生気のない草とまばらに生える低木が、風に飛ばされまいと何とかしがみついているような乾いた荒野と、幾筋かの小川が流れる明るい森の境界線に、巨大なこぶのような岩があった。白っぽいその巨岩の上部に出来た割れ目がその洞窟だった。

洞窟の開口部からは、太陽が沈む荒野の地平線まで遮るものがない大パノラマが広がっていた。男は洞窟のすぐ外の高台から、その荒野を何時間も見続けることが最近の日課のようになっていた。男がまだ狩りに連れていってもらえなかった幼い頃、その平原は草木で緑に輝いていたし、この高台からケブカサイやウマやハイエナなどが荒野を横切るのを飽きもせず眺めたものだった。稀には違う場所に住む、自分とは異なるグループに属する男たちが狩りをしている様子を遠くに見ることもできた。

「これは何万年か前の、割と我々と近縁のホモ属のようだ」

福島はその男の表情を食い入るように見つめながら言った。がっしりとした体躯《たいく》と深く窪んだ眼。それは彼が我々より前の時代のヒトであることを明瞭に示していたが、その眼が福島を捉えて離さなかった。

「とても表情豊かだ。でも時々、何か悲しい表情をする」

『彼らはホモ・ネアンデルターレンシスと思われます。時代は今から四万年ほど前になります』

カントが応えた。

「ネアンデルタール人か」

『そうです、ネアンデルタール人です』

眼前の荒野をいつものように長い間眺めていた男は、溜息をついて後ろをちらりと振り返り、また荒野に視線を戻した。かつては緑豊かだった平原は今では荒れ果て、背後の森も痩せてきていた。そのため狩猟も以前ほど簡単ではなくなった。大型の草食動物はこの辺りでは見かけることもなくなり、家族全員を養うためには小型のノウサギやキツネを長い時間かけて何頭も獲らなければならなくなっていた。

それに、もうすぐ迎える寒い冬を乗り切るには、遠出をして脂をたっぷり蓄えた大型の草食動物をどうしても獲らなければならなかった。何枚か毛皮もほしかった。自分の父親や叔父は歳をとってしまい、急激に力が衰えていた。とても何日にも及ぶ狩猟には耐えられないだろう。

長々と悩んだ末に、男は一〇歳になる息子を連れて長い狩猟の旅に出る決心をした。男は息子に狩りに必要な知識や技術をこの二年の間、厳しく、しかし愛情を込めて教えてきた。技術的には未熟だし、体力もまだ心もとないのは確かだが、この冬を乗り切るためには、どうしても息子の協力が必要だった。

そう決めた次の日、男は息子と一緒に背後の森に出かけ、明るいあいだ狩りを続けた。男は息子に、明日からいつもより長い狩りに出ると告げた。息子は喜びを抑えきれない様子で父親の言葉を聞いた。その日の収獲はノウサギが三匹、小鳥が五羽、川魚が一〇匹だった。最近では一日かけてもせいぜいこのくらいの収獲しかなかった。

その晩、男は息子を連れて長い狩猟の旅に出ることを、身振り手振りを交えながら懸命に家族に伝えた。女はそれを聞くと怯えたような表情で男の腕に縋《すが》った。男が狩りのために長旅に出ると、その間の食料は自分たちだけで調達しなければならないのだ。それが男を迷わせていた原因だったが、このままではこの冬を全員無事に越すことは難しかった。皆そのことはよく分かっていた。男が不在の間は残った者たちで何とかしのぐしかなかった。

幸い父親も叔父もノウサギくらいならまだ獲ることができたし、近くの川では女が魚を捕ることもできた。だから雪が積もり、川面が凍りつくまでなら何とかなるだろうと男は考えていたし、それまでにここに戻ってくればいいのだと、この何日間か悩んだ末にようやく自分を納得させたのだ。

その晩、男はなかなか寝付かれなかった。隣に横になっていた女も眠ることができず、男の胸に自分の頭を沈めて甘えたような声を出して不安な気持ちを訴えた。男が優しくその頭を撫でてやると、女はじきに穏やかな寝息を立て始めた。焚火にくべた枯れ枝が音を立ててはぜると炎が揺れ、洞窟の天井にある細かい凹凸が作る複雑な陰影が揺れた。

男には、最近なぜこんなに寒くなったのか、なぜこんなに獲物が少なくなったのか、そしてなぜ以前は何度も見かけた他のグループの男たちの姿を見ることがなくなったのか、全く理解できなかった。男は世界が何か良くない方向に向かっている気がして仕方がなかった。来年はすっかり小さくなってしまった自分たちの家族を、自分の父親がそうしたように、どこか別のグループと合流させる必要があるとも考えていた。しかし、どこに行けば別のグループに会えるのだろう。最近は全く姿を見かけなくなってしまった彼らは、どこか遠くに行ってしまったのではないか。あれこれ先のことを考えると動悸《どうき》が激しくなり、しばらく眠りにつくことも難しかった。しかし揺らめく炎が作る影を見ながら、やがて彼も深い眠りに落ちた。

翌朝、男は息子を連れて洞窟の入り口に立った。女は男の子を強く抱きしめた。男は息子の頭を乱暴に引き寄せて洞窟に残る家族を一瞥すると、荒野に続く坂を五〇メートルほど下りて行った。荒野に降り立ってしばらく歩いて振り返ると、洞窟の入り口はもう随分と遠くになっていた。洞窟の入り口で女が一人手を振っているのが分かった。息子がそれに応えるように飛び跳ねながら手を振った。

男は荒野を何日も狩りをしながら歩くのは初めてだったが、洞窟の入り口から見える範囲の荒野の地理ならすべて正確に記憶していた。二日か三日歩くと、そこには荒野を縦断するように流れる、春から初夏にかけてだけ現れる川があった。夏の最盛期には川は消滅するのだが、その川筋に沿ってまばらに緑が残っていて、その根元付近の砂を深く掘ると水にありつける可能性が高かった。その緑の中にはとかげや蛇や虫が棲《す》んでいるはずだったから、それらである程度は腹を満たすことができるに違いなかった。そうやってこの遠出のために作製して腰にくくり付けて持ってきた、わずかばかりのウサギの干し肉を節約して進むのだ。

荒野には高木がなかったから強い日差しを遮るものがなかった。夜は寒かったが昼間は容赦なく太陽の熱が体力と水分を奪っていった。しかし男は息子を励まし、夜は息子を抱きながら毛皮にくるまって寝た。

三日目のお昼過ぎに、ようやく涸《か》れた川筋にたどり着いた。男は早速その辺りでは一番大きな木の根元に穴を掘り、思ったより容易に水を掘り当てた。二人はたらふく水を飲むと、目につく動くものすべてを捕獲して、貪るように咀嚼《そしゃく》して飲み込んだ。

次の日、太陽はあの洞窟の方角から昇った。空気が乾燥した快晴の日には、洞窟からこの川筋に点々と生えた緑を何とか確認することが可能だった。しかしこの時、二人が洞窟を視界に捉えることはできなかった。

二人は水をたっぷり補給して、さらに西に向かって進んだ。そこから先は男にも未知の世界であったが、眼前にはそれまでと同じような乾いた荒原が広がっているばかりだった。男はここからさらに二日歩いて見込みがないようだったら、そこで引き返すしかないと考えていた。

二人はさらに二日間歩いた。二日目の夕方、男は太陽が沈む彼方《かなた》に、地平線を縁どるような山の連なりを視界に捉えた。そしてその手前に豊かな緑が続いている様子も確認したのだった。二人は希望に胸を膨らませ、寝苦しい夜を過ごした。

三日目は日の出前に目を覚まし、早々に歩き始めた。そしてその夕方に緑の森の端に流れる川にたどり着いた。川を渡ると大地は青々とした草地になり、割と背の低い、しかし密に葉を茂らせた木が点々と続く疎林となっていた。そしてさらにその奥は徐々に緑が濃くなり、山麓まで広大な森林が広がっていた。このように密度の濃い緑を見るのは男も初めてだった。

二人は顔を流水に沈めるようにして、たらふく水を飲んだ。浅い砂底の川は流れが穏やかで、水は冷たくはなかったが美味しかった。男は目敏く魚が泳いでいるのを見つけ、息子は川岸に新しい獣の足跡を見つけた。思ったとおり、この川沿いで良い猟ができそうだった。男は頂上付近に白い雪を被ったあの山並みの麓までは自分は行けるだろうと思った。だが、あれを越えるのは自分ではなく、息子だろうと思った。

男と息子はその川沿いで一〇日間過ごした。その間、今まで見たことのない平たい角を持つ鹿を二頭仕留めた。息子が鹿を追い、逃げてきた鹿を男が長槍と執拗な追跡と最後は腕力で仕留めた。こんな大物を倒したのは一体何年ぶりだろう。男は自分がまだ幼かった頃に父親と狩りをしたことを思い出して、狩りを心から楽しんだ。

男は石のナイフを器用に使い、仕留めた鹿の肉から皮を切り剥がすと、別の石器を使って手際良く肉を切り分け、その肉塊に塩をすり込んだ。毛皮からは付着して残った肉と脂を完全に削ぎ落とし、川でよく洗って薄く塩を振ってから干した。

その夜、男は息子に火を起こさせ、小さく切り分けた肉を軽く焼いて、二人でそれをたらふく食べた。男はよくやったと息子を褒めた。息子は肉を腹いっぱい食べるのは初めてだったし、初めて経験した大型動物の狩りに、興奮冷めやらない様子だった。重い父親の槍を手に取って近くの木めがけて投げたり、父親が鹿の首を両腕で締め上げる動作を、叫びながら何度も繰り返した。二人は満天の星空の下でやがて幸せな気分で眠りについた。

狩りに出てから二週間目の朝、男は洞窟に帰ることにした。毛皮はまだ湿っていて重かったが息子に持たせ、男は鹿肉を持てるだけ持って歩き出した。背負う荷物は重かったが、二人ともに足取りは軽かった。

狩り場を出発して七日目の午後、ようやく洞窟がはっきりと見える場所にまで戻ってきた。男は息子と大声を出して無事な帰還を知らせたが、洞窟からは何の反応もなかった。男の脳裏を不吉な影がよぎった。洞窟の直下まで速足で進むと、息子は大声を出しながら全速力で洞窟入り口までの坂を駆け上がった。重い荷物を抱えた男はさすがにそれにはついて行けずに遅れた。

やがて洞窟の方から息子の悲鳴が聞こえた。今まで聞いたことのない、狂ったような絶叫だった。男は走った。洞窟の入り口付近で息子が呆けたように立ち尽くし、洞窟の奥の方を指さして、もはや声にならない声を上げ続けていた。

男はその指さす方を見た。そこには妻と父親と母親、そして叔父と叔母の死体が転がっていた。男は恐る恐る洞窟に足を踏み入れた。妻は後ろ手に縛られ腹を裂かれていた。胎児がいたはずだが大腸と小腸と共に抜き取られていた。すべての死体の頭部は乱暴に割られ、こちらも中身が抜き取られていた。二人の娘はどこを探しても見つからなかった。

男の体はがくがく震え、体全体の力が抜けてしまい、その場に座り込んでしまった。それでも男は這うようにして入り口まで戻ると、息子を抱きかかえて何とか洞窟の外に出た。男は何が起こったのか全く理解できずに、息子を強く抱きしめたまましばらく天に向かって咆哮し続けるしかなかった。

どれくらいそうしていただろうか。陽はすでに傾きかけ、陽光は洞窟内を橙色《だいだいいろ》に染め始めていた。男はこの洞窟にいることは危険かもしれないということにようやく気が付いた。何者かは分からないが、昔一度だけ見たことのある、自分たちとは異なる種族の者たちがここを襲ったに違いない。今はたまたまどこかに出かけているが、そのうちここにまた戻ってくるかもしれない。男はこれからどうすべきか懸命に考えた。

男は自分がまだ息子より幼かった頃に森の中で生活していたことを思い出した。森の生活は楽しかったが、ある日、父親が自分を含め何人かを連れてそこを出て、さんざん迷った末にこの洞窟に落ち着いたのだった。ここは森の最西端だった。食料は森に入れば最初のうちは簡単に手に入ったが、気候が寒くなって乾燥してくると次第に森が痩せ、動物たちの姿も簡単には目にすることがなくなった。

昔のあの仲間たちは今も無事だろうか。こうなった以上、息子のためにも自分のためにも他のグループといち早く合流する必要があった。それには背景に拡《ひろ》がる痩せた森に入ってその中を何日も歩く必要があったが、森の中にはとても危険な者たちがいるに違いなかった。ひょっとしたら遠くの木陰から今もこちらをうかがっているかもしれなかった。

今はとにかくこの洞窟からなるべく早く離れなければならない。男は息子を連れて荒野に向かうしかないと思った。荒野の端のあの川を渡って森に入れば、少なくとも自分たち二人は生きて行けるだろう。そして運が良ければ他のグループと合流できるかもしれないとも思った。

男は息子にそれを告げた。そして妻の遺体を担ぐと、再び荒野に続く坂を下った。下りきったところを少し脇にそれ、小さな草地になっている場所まで行くと、そこに妻の遺体を下ろした。男は息子と一緒に深い穴を掘り、そこに妻を横たえた。息子は草地に咲いていた花を取ってくると、それを母親の体を覆いつくすほど投げ入れた。男は黙ってそれを見続け、最後に自分の首から首飾りを取り、それを妻の上にそっと置いた。

やがて陽も落ち、辺りが暗くなった。二人は妻であり母であった女の上にたっぷりと土をかぶせて固めると、その上にさらに周りから集めた小石を隙間なく並べた。男は火を起こし、その場から離れようとしない息子の手を無理やり引っ張って荒野に向かった。手を伸ばせば届きそうな満天の星明かりの下、二人は松明を片手に足早に歩き、やがて視界から消えていった。

その時、遥か上空から板のようなものがゆらゆらとゆっくり舞い降りてきて、視界の中央、地上から二メートルほどの中空に止まった。福島は思わず「うっ」と声を漏らした。それは暗い背景に浮かび上がる男の上半身を描いた、それほど大きくはない絵だった。

上半身裸の男は顔を右に傾け、右手を胸の前で交差させ顔の左側まで伸ばし、さらにその人差し指を左目の眼球と共に上方に向けていた。それにもかかわらず、男は確かにこちらを向いていた。右目が正面を向き、観る者の視線を捕えて離さなかったからだ。左肩から腰にかけては毛皮に覆われている。それは本当に見れば見るほど不思議な絵だった。その男は口角を上げ穏やかに微笑んでいるので、とてもリラックスしているように見えたし、その微笑みは見る者にも微笑みを誘う親しみを感じさせるものだった。

しかししばらく見ていると、男の表情からは違った感情が見て取れるようになってくる。この微笑みはそう単純なものではない。微笑みの裏には期待、不安、嫉妬、哀れみ、諦め、揶揄、怒りなどさまざまな感情が隠されているように思えてくるのだ。

つい先ほどまでリラックスして見えたこの男の表情は、途端に緊張感に満ちたものになる。それは微笑みの裏に隠された複雑な感情を、隠そうとして隠しきれないためのものに違いなかった。その男は明らかにその前に立つものを挑発していた。

『レオナルド・ダ・ヴィンチの「洗礼者聖ヨハネ」です』

カントが呟いた。

「ダ・ヴィンチ以外にこんな奇妙な絵を描く人はいないね」

福島はその指の指し示す上方に目をやった。満天の星明かりのその頂点に、一際眩《まぶ》しく光る星が輝いていた。それを確認した途端に映像が途切れた。

『残された映像は以上です。これは私の中のどこかにもともと記録されたものではありません。つまり外部から私と博士に同時にもたらされたものです。どういうことでしょうか？』

カントが困惑した表情で尋ねた。

「私が見た夢と同じだ」

『博士と私が全く同じ夢を同時に見るというのはあり得ないことです』

「そうだね。これは何らかのメッセージなのかもしれない」

『メッセージですか？　しかし、誰からのものでしょう？　私には理解できそうにありません』

「あのネアンデルタール人の親子が運よく食料と住処《すみか》にありついたとしても、二人だけではどうにもならない。どう考えたって二人の未来は明るいはずがない。二人だけではそのうちあの親子は滅びるしかないだろ？」

福島はカントの疑問には答えずに、その時考えていることをそのまま口にした。

長い沈黙の後、福島はようやく一つの結論に達した。

「あのネアンデルタール人の親子は、地球上に生きた最後のネアンデルタール人の象徴とも言えるものだ。彼の家族を殺したのは間違いなくHomo sapiens、つまり私と同種の生き物だ。ネアンデルタール人だけではない、Homo sapiensはアフリカから北上して東西に分かれた後、どちらに行った者もあちこちで他のホモ属と遭遇すると、そのすべてを片っ端から滅ぼしていった。ある時は食料として狩ったに違いない。デニソワ人、北京原人、ジャワ原人、そしてフローレス原人と呼ばれる者たちを。すべて同じホモ属の、我々とは親戚のような者たちだ。そうだろ？

その絶滅は、寒冷化による急激な環境変化によって食料が不足したのが原因の一つだったかもしれない。しかし彼らはそれまで何度も寒冷化を乗り越えることができていたし、その絶滅時期はHomo sapiensがそれらが住む地域に進出した時期に符合するのだから、きっかけは何であれ、とどめを刺したのはHomo sapiensに間違いない。誰も、特に専門家ははっきりとは言わないけれど、我々が彼らを殺し尽くして地球上から抹殺したのだ。フランクリン先生もおっしゃっていたが、どうもHomo sapiensは他のホモ属の種と共存することができないらしい。彼らにしてみればまさに悪魔的な存在なのだ、Homo sapiensという生き物は。

私は自然の中に独り身を置く時、例えば支笏湖の湖畔に立つ時、自分を取り巻く光、空気、風、足元の冷たい湖水、砂粒、岩、川、空、雲、草木、花、虫、魚、小動物たちと運命を共にした共同体という確かな感覚を覚える。その感覚は私の体の中に満ち、私は幸福感に浸ることができる。

しかし何か難しい問題に出くわした時、私は誰か相談する相手がいたらなあ、と切実に思うことがある。相談できなくても、私の悩みや心の痛みを少しでも共有してくれるものがいたら、どれだけ慰められ勇気づけられるだろうと思うことがある。でもそのようなものたちはもういない。人間が自分の親戚たちを容赦なく葬ったのだからね。ひょっとしたら、地球上で唯一理解し合える存在になれたかもしれない者たちを。

だから人間は孤独なのだ。それがつらいから、人間は夜空を見上げ、どこかよその星から孤独を癒やしてくれる何ものかが訪れてくれるのを待つのだ。広大な宇宙の中にはそのようなものがいるかもしれない。いや、きっといると私は思う。しかし、そのようなものたちが地球を訪れることは未来永劫、絶対ない。それが宇宙を支配する法則なのだ。

それでも諦められない人間は、虚しく夜空を眺め続ける。何かに頼らざるを得ないほど人間の孤独感は深いからだ。ついでに言えば、他の大陸に進出したHomo sapiensは、その土地で平和に暮らしていた少々のろまで呑気《のんき》な、そして愛すべき多くの動物たちも地上から完全に抹殺してしまった。なんと罪深いことか。それが人間の本性なのだろうか。

あの絵の男は、『分かっているだろ？　すべてお見通しなのさ』と嘲笑《あざわら》っているかのようだ。それに私たちはどう答えればいいのだろう」

『確かにHomo sapiensが同じホモ属の他の種を絶滅させたということに異論はありません。多くの個性的な動物たちを絶滅に追いやったことも事実です。このことに関して私は何と言っていいのか適当な言葉が思い浮かびません。それにしても、あの絵は今から約五〇〇年も前に描かれたものです。あの男は神の光が差し込む方向を指さしていると言われています。それに「お見通し」とはどういう意味でしょうか？　誰が見通しているというのでしょうか？』

「あの男が指さす先にいる何ものかがだよ。でもそれが何なのかは私にも分からない。五〇〇年経った今、この絵は新しい意味を持たされたのかもしれない。カント、君は私の話は非合理だと思うだろうね。でも私の直感はそう言っている。そして私はあらためて疑問を感じる。我々はこの奇跡のように美しい地球に生き続けてよいものなのだろうか？　我々にはその資格があるのだろうかと」

カントは答えなかった。福島は少し間を置いて続けた。

「それはそうと、夢の中で繰り返し何か語りかけられ続けていたような感じがしていた。何か音声は残っていなかったか？」

『いえ、私には何も聞こえませんでしたし、記録にも何もありません』

「そうか、私には夢を見ている間、ずっと何か囁《ささや》き声のようなものを聞いていた気がしていたのだが、それが何か思い出せない。その言葉が大切でないはずはないのだけれどね」

第一七章

1

オーストラリアへのシベリアの土の運搬は順調に進んでいた。欧州からの移民は自分たちの農地を作るために必死に働いた。食料の分配はカントが有無を言わせず差配したし、純水製造装置の巨大プラントも徐々に出来上がりつつあった。

中近東と西アジアの一部で勃発した紛争も、核爆弾が数発炸裂した後やがて収まった。彼らの手持ちの核爆弾をすべて使い果たしたからだ。

C国からの難民はまだ顕在化していなかった。C国で核ミサイル攻撃を受けた地域は政治と経済の中心地が主で、農村地域はそのまま放射能汚染も少なく残っていたから、そこに住む人々はそのまま住み続けることができるはずだった。彼らは自分たちの食い扶持を自ら生産することができる人々なのだ。しかし、もともとC国が抱える人口は膨大だったから、それでも億単位の難民が発生することが予想されていた。そして彼らは全くの無政府状態の中で行動しなければならなかった。

問題山積ではあったが、核戦争後からの復活を目指して、世界は総じて滑り出し順調と言ってよかった。しかし、新しい世界で人々が守らなければならない規範はまだまとまっていなかった。

「フランクリン博士、これは初等教育向けの道徳の教材か何かかね？」
五〇人委員会の委員の一人が、ジェームズ・H・フランクリンがスクリーンに映し出したテキストを見ながら困惑した表情で質問した。
「いやいや、これは我々すべての者が守るべき道徳規範なのだ。子供も大人もね。もちろん、案だが。これを基にいろいろ肉付けをしていけばいいのではないかと考えている」
五〇人委員会ではここ数日、全人類が守るべき道徳規範を明文化するための議論が続いていた。フランクリンがこの日初めて文章に起こした案を皆に提示したのだ。そこには以下のように書かれていた。
一．宗教に淫してはならない　理性・科学を過信してはならない
二．人を殺してはならない
三．嘘を言ってはならない
四．人のものを盗んではならない
五．家族との絆《きずな》を大切にしなければならない
六．人を羨んではならない
七．人の悪口を言ってはならない
八．お互いの多様な文化や伝統や個性を尊重し合わなければならない
九．核兵器・原子力発電などあらゆる核技術を放棄しなければならない
一〇．人間の進化の過程に介入してはならない　生殖系列への遺伝子操作を禁止する
「フランクリン博士、これではまるでモーゼの十戒ではないか。三〇〇〇年以上前の十戒がなかなか立派で

あることに私は異論はないが、我々のものとしては、もう少し進歩したものであっても、つまり二一世紀に生きる我々に相応しいものであってもいいのではないのかね？」

宗教家である委員の一人が不満そうに口を開いた。

「三〇〇〇年前だろうが五〇〇〇年前だろうが、本当に必要なことを簡潔に書くと、こんな感じになるのだよ。モーゼに十戒を授けた神だって、さんざん考えたに違いないのだ。誰にでも分かるように平易に書いたつもりだったのだろうが、結局人間は十戒を理解できなかったし、守ることもできなかった。これ以上複雑で、難しい決まり事を君は定めよと言いたいのだろうが、そんなものを人間が守れるはずがないじゃないか。人間は核を使った全面戦争をやるような生き物なのだよ。そんな愚かな生き物なのだよ。まあ、でも絶望するのはやめよう。これを理解し、守る最後のチャンスが今、目前にある。これができれば我々人間は新たな世界を生きることができるのだ。そうすれば神様だってきっと褒めてくれるさ」

「どうしてこんな時に神を持ち出すのだ。あなたは神を信じているのか？　これは神に祝福されるための戒めなのか？」

哲学者が、これまた不服そうにそう言った。

「神など持ち出すつもりは全くないよ。私は無神論者だからね。今のもの言いは確かに不適切だったかもしれない。訂正するよ。この道徳律は誰のためでもない、自分たちが生き残るために是非とも必要なものなのだからね。

この際、言っておきたいことがある。ここにいるあなた方のほとんどは程度の差こそあれ、何らかの神を信じているはずだ。もちろんあなた方が自分たちの神を信じるのは自由だ。でもね、あなた方の信じる神以外の神を信じている者に対して、お前は地獄に落ちるとか、愚か者と言うのは禁止だ。そんな考えは全く噴飯ものだし、笑止千万だよ。この道徳律は既存の宗教の教えよりも高次のものなのだとしっかり認識してほしい。そこを思い違いしないでもらいたい」

「私は科学の進歩を規制するような決まりには断固反対する」

生物工学の専門家である委員の一人が、顔を紅潮させながらそう述べた。

「科学の進歩全般を規制するものではない。しかし核の利用と進化への介入は絶対に許すべきではない」

「なぜ、その二つを目の敵《かたき》にするのか説明を求める」

「理由は簡単だよ。両方ともにどう頑張っても、これから何十年経とうと、人間が正しく扱うことのできる技術ではないからだ。原理的にも、いろいろな現実的な意味においてもね。人間には手を出してはいけないものがある、ということに気付いたら、素直にそれに従うべきなのだよ」

「人間が手を出してはいけない科学領域があるとは納得しかねるね」

理論物理学の専門家が不満そうに口を尖《とが》らせた。

「それだよ。それが科学者の傲慢さだ。どんなものにも立ち入り禁止区域というものがあるのだよ。科学者は自分のやっていることが何をもたらすのか、もう少し想像力を働かせて考えるべきだ。科学することの自由というが、勝手気ままに新しい技術や知識を垂れ流しているだけではないか。垂れ流されたものを誰が拾い、どう使おうが自分たちは知らないという科学者の態度はあまりにも無責任だ。自由の制限や差別という言葉を持ち出せば、どんな相手も尻込みするという考えにはもううんざりだ。そんな言葉に怯むつもりは金輪際ない」

物理学者は口をパクパクさせながら引き下がった。

「これは、しかし一体何なのかな？　これは憲法のようなもの？　それとも十戒のようなもの？　どう捉えたらいいのだろう？」

法律学者である委員の一人が困惑した表情で尋ねた。

「これは人間が集団で生きて行くための大原則だ。絶対に守らなければならない原則なのだ。これらが守られないと、人間は早晩滅びるしかないのだから、これらは人間が次のステップに這い上がりたいと思うのなら、絶対守らなければならない大原則なのですぞ。私はこれを――最終的にはいくつか修正されるだろうが――いずれにしてもこれをThe Principleと呼びたいと思っている。憲法や法律の基礎になるものだ」

「しかし、これをどうやって人類全員に守らせるのだ？　まず、そうする権利を我々が有するという根拠を示さなければならない」

「今は、非常事態だということを忘れてはならない。しかも人類始まって以来のね。だから今はカントの力を借りて、我々の決定を徹底的に強制するしかない」

「いくら非常事態だからといっても、そんな権利が我々たった五〇人にあるはずがないではないか」

「今、世界は混乱の極致にある。あなたはそれを黙って見過ごしていいと思っているのか？　福島博士の深謀遠慮により、このような事態でも世界に秩序を取り戻すチャンスを我々は今、手にしていることを忘れてはならない。これは全く奇跡的なことであることを、あなたは理解しているのだろうか。あなたはこの世界を、核戦争を起こした国のリーダーに任せるおつもりか？　民族や文化や宗教でがんじがらめに縛られ、分裂や紛争を繰り広げる国々のリーダーたちに任せるおつもりか？　我々しかいないではないか。根拠は、つまりそういうことなのだ。他にそれを行うに、より適したものがいない、ということなのだ。

今、何よりも重要なことは、世界をアナーキーな状態のままにしてはならない、ということであることを理解してもらいたい。それを我々がやるのだ。もちろん将来は、より民主的な国際機関を作らなければならない。しかしそれは今ではない。民主主義を導入するのは、その社会に住むための教育を皆がたっぷり受け、その資格を得てからにしなければならない。焦ってはならない。

それまでの間、我々は激しく非難されるだろう。独裁者たちめ、とね。しかしそれは望むところではないか。あなたも私も、そしてここにいる皆さんも、覚悟を決めるべきだ。こんな状態の世界をもし救うことができるとしたら、どんなに非難されようとも、どんなに大きな犠牲を払おうとも、どんなにばかばかしく誤解されようとも、そんなことは何でもないことではないか。

そしてその時、我々がよすがとするものがThe Principleなのだ。これは人類のためであると同時に我々のためのものなのだ。我々が判断に迷ったら、必ずここに立ち戻って確認するべきものなのだ。これがある限り、これに正直である限り我々は腐敗しないし、あらゆる批判に立ち向かうことができるのだ」

法律学者はそれ以上の反論はしなかった。

「しかし、あれもだめ、これもだめ、では息が詰まる。何か明るい前向きな話はないものだろうか?」

宇宙物理学者が不安げに尋ねた。

「火星に行きましょう。すべての人間が地球に居続けることは、そのうちできなくなるのですから、我々はいつか、この地球から旅立たねばなりません。まずは火星です。火星を人間が住める環境に変え、そこに我々の末裔《まつえい》の一部を送り込むのです」

これは福島が答えた。

「それはいい、大賛成だ」

宇宙物理学者が声を張った。

「もちろん、今は人間全員のための食料作りを最優先に考えなければなりません。しかし、それが軌道に乗った暁には、人類共通の目標として火星移住を提案したいと思っています。もちろん、火星の弱い磁場をどうするのか、とてつもなく難しい問題が立ちはだかっていることは承知しています。しかし、これこそ我々Homo sapiensが協力して知恵を絞って解決すべき問題ではありませんか。高いハードルを掲げて人類が皆一致団結してそれを乗り越えるのです」

福島がそう言うと、五〇人委員会のメンバーにもようやく明るさが戻ってきたようだった。

五〇人委員会が対応しなければならない問題は山積していた。国というものをどうするのかというのも大問題だった。アフリカや中近東は国境の線引きを新たにせざるを得なかったし、それに伴って人を大胆に動かす必要もありそうだった。

もちろん、国家などというものをこの際、なくしてしまえ、という意見も多くあった。しかし、世界をアナーキーな状態にはしてはならない、という前提で考えると、何らかの価値観を共有する人たちの集まり、名称は国家でも何でもいいが、そういうものを作り、その上位に位置する五〇人委員会がそれらを束ねる、という構造が一番上手く行きそうだった。

国連と異なるのは、五〇人委員会が唯一絶対の力を持っているということだった。その力の源泉は言うまでもなくカントだった。アダム・ロスタイクが整備した米国の実戦部隊は、今や完全にカントの支配下にあった。カントは必要とあれば世界のいかなる地域にも、それらを派遣することができた。世界は徐々にそのカントの能力を理解し始めていた。

カントはまた圧倒的な情報量と分析能力を基に、毎日いくつもの実務的な提案を五〇人委員会に行った。五〇人委員会はそれを速やかに検討・決議し、世界各地にそれを実行させるための組織を立ち上げさせ、それは徐々に拠点化し、数を増やしていった。

しかし、この期に及んでも世界のあちこちで小規模ではあったにしろ殺し合いが続いていた。どうしても、それはなくならなかった。それでも世界は総じて秩序を取り戻しつつあったし、The Principleを理解させれば、殺し合いもなくなるだろう、というのがフランクリンや福島の考えだった。彼らは決して未来を悲観的には考えない人間たちだった。

福島、カント、そして五〇人委員会のメンバーは毎日猛烈に働いた。自分たちの仕事が人類の新しいステージを構築する重要なものであることを皆よく理解していたし、そのために労を惜しむ者は一人もいなかった。

核戦争が起きてからあっという間に二か月が経った。欧州の人々のオーストラリアへの移住はすでに三分の一が完了していた。永久凍土の搬入も思いの外はかどり、予定の四〇パーセントが終了していた。

その日、仕事が終わってから福島は久しぶりにカントと二人きりでオフィスで話をした。

「C国の人たちは一体どうなっているのかな？　周りの地域に移動するつもりはないのだろうか？」

そろそろC国の何億という人々が難民として周りの国々に押し寄せる頃だった。季節は秋、あの核戦争から二か月が過ぎ、農作物の収穫も終わり山間の集落はじきに雪に覆われ、人々の行動も簡単ではなくなる頃なのに、まだどこからもそのような報告はなかった。

『なぜでしょう。明朝、衛星でC国内のいくつかの地域を探索してみます。C国の中西部地域は後回しにしていました。何か分かりましたら、報告します』

「ああ、よろしく頼むよ。何億もの人々が思い思いに行動すれば、それは大変なことになる。彼らには農作物は潤沢にあるだろうが、その他の生活必需品が不足しているはずだ。どうしたってそれらを求めて南下するしかない。電力も不足しているだろうし。周りの国々には一応、あらゆる事態に対応できるように警告してあるのだが、何しろ数が数だから。混乱を招かないためには、必要なものを可能な限り配給して、人の移動を厳しく制限しなければならないね」

『そうなると思います。衛星で人の流れを完全に把握して、適切な場所に防衛部隊を配置することになると思います』

「うん、なるべく穏便に済ませたいが、そうも言っていられない。彼らには比較的安全な農耕地がまだかなり残されているはずだから、そこに留まって自分たちの食料だけでも生産して、しばらく我慢してくれたら助かるのだけれども」

2

次の日の昼食時、福島はカントから見せたいものがあると連絡を受けた。福島がカントのホログラムの前に座ると、カントがいくつかの高解像度の衛星写真をモニターに映し始めた。

『これを見てください。C国西部地域の中で、今回の核ミサイル攻撃を免れた比較的人口が多い都市の写真です』

そう言ってカントによって映し出された映像は、片道三車線の高速道路が高低さまざまなビルの間を穏やかにカーブを描きながら伸びているものだった。少しずつ位置を変えながら同じ都市の映像が次々と映し出された。目の前には三種類の倍率の異なる映像が並列されて示されていた。都市の周りには広大な田園地帯が広がっていた。だが何かがおかしい、と福島は思った。

「この辺は放射能汚染はそうひどくはない地域だったね？」

『そうです、ほとんど人体には影響のないレベルです。核ミサイルが落とされた一番近い地点からは一〇〇キロメートル以上離れています』

「では、どうして、この街には人の気配がないのだろう？」

福島がおかしいと感じたのは、この映像の中に動くものがないことだった。高速道路の上に車はあったが、それは渋滞も事故も起こしていないように見えるのに、すべて止まっていたのだ。街中の一般道も同様で、車はすべて止まっていた。道路の横の歩道にも人影が全くなかった。

「ここは本当に人が住んでいる街なのだろうね？　ゴーストタウンのようじゃないか。すでにこの街の住人はすべて移動してしまったのだろうか？」

『別の都市の映像もお見せします』

カントは同じC国西部の先ほどの都市とは別の複数の都市の映像を次々と映し出した。いずれも田園地帯に囲まれた地方都市を映したものだった。やはりすべての映像に、動くものは全く映っていなかった。やがて福島はある都市の拡大された映像にくぎづけになった。救急車が、ある建物の周りに数台停まっていたから、その建物は病院に違いなかったのだが、その入り口付近に多数の人間が倒れている映像が映し出されていたのだ。

人間はいた。しかしそれらは恐らくすべて死人だった。拡大された映像には、数百人の人間が折り重なるように通路上に倒れ、その周りには血液とも脂とも分からない体液がにじみ出ていた。季節は秋だったから気温は高くはないはずだったが、腐敗はかなり進んでいるようだった。

「カント、もう少し倍率を上げて、今までの都市の映像から同じようなものがあるかどうか、探してくれないか」

カントは今まで人影が確認できなかった都市の映像の中から同じような映像を探し出して、それを次々とスクリーンに映し出した。スクリーンの周りにはいつの間にか人だかりができていた。皆、無言で映像を食い入るように見るだけで、言葉を発する者はいなかった。

高倍率で見ると、車の中で死んでいる者もいたし、畑で死んでいる者、川に浮かんでいる者、暗い小路で死んでいる者、さまざまな場所で命を落とした者たちが映し出されていた。

「カント、この人たちの死因は何だろう？」

『これらの都市では放射能汚染はほとんどないので、放射線障害が死因とは考えられません。まだ生存者がいるかもしれませんが、歩いている人間が一人も見つけられないのは、かなりの高い確率で人々のほとんどが死んでしまったか、動けない状態になってしまったことを示しています。これらの都市から周辺に人々が大量に移動した形跡もありません。

そうなると死因は、何らかの感染症以外考えられません。それも今まで経験したことのない高い感染力と致死性を持った病原体による感染症です。あっという間に広がり、なす術《すべ》もなくバタバタと倒れて行くような経過だったろうと思います。映像だけから、その病原体を特定することはできません』

「例えば、シベリアのついこの間まで永久凍土と呼ばれていた土の中に封印されていた病原体などだろうか？」

感染症を専門とする一人の委員がカントに尋ねた。

『その永久凍土ですが、現在オーストラリアの乾燥地帯に大量に運び込まれています。もし、その中に封印されていた病原体が原因だとしたら、オーストラリアに移住した人たちが最も高い感染リスクに晒されていることになります。今までのところ、移住者たちからそのような報告は受けていません』

「だったら、全く新しい病原体が天から降ってきたとでも言うのですか？」

「まあ、まあ、今は上から見ているだけで、これでは何も分からなくて当然ではないか。問題は、これが仮に感染症だとして、我々に、つまり我々が目指す新しい世界にどれほどの脅威になるか、ということだ。どうだろう、詳しく調査すべきではないだろうか？」

「まずは周辺国に警告を送ります。当分の間、C国からのヒトの移動は厳しく制限せざるを得ないでしょう。周辺諸国ではすでに何か情報を得ているかもしれないし、まず情報を収集・整理してから、対策を練りましょう」

福島が話をまとめた。

カントはその午後、C国周辺国に連絡を取り、情報収集を行って過ごした。その日の最後の議案が討議された後、カントから全委員に夕食休憩後に再度集まるようにとのアナウンスがあった。皆、感染症のことに違いないと見当をつけてはいたが、それを口にする者はなかった。何となく重苦しい雰囲気の中で夕食を早めに切り上げた委員全員が、ドリンク片手に再集合した。

「カント、お昼に話した感染症のことだと思っているのだけれど、何か有力な情報はあっただろうか?」

福島が切り出した。

『はい、事態は大変憂慮すべきものと考えられます。C国で見られた恐らく感染症の流行は、他の地域でも起こっているようです』

そう言うと、カントはモニターに世界地図を映し出した。地図上の何か所かに赤い星印が付いているのが皆の目を引いた。

『この赤い星印が付いている地域で、C国と同様の映像データが得られました。つまりこれらの地域でも感染症が流行していると思われます』

皆、その地図上の赤い星印を食い入るように見つめた。C国に付けられた一〇か所の印の他、アフリカの西海岸に二か所、中央に二か所、そしてマダガスカル島に三か所の印があった。また南アメリカの東海岸にも三か所の印が付いていた。

「これは一体どうなっているのだろうね。二〇年近く前に、C国から武漢ウイルスが世界中に拡がったのを皆さん覚えていますか？　私は今回の感染症もC国発の感染症だと思っていたのですが、これを見ると、どうも違うようです。まるで病原体が地から湧いて出たか、世界中に飛び飛びで流行しているというのは、どう考えたらいいのでしょう。まるで病原体が地から湧いて出たか、天から降ってきたかのようです」

まず福島が口火を切った。その後、他の委員がそれぞれ勝手に意見を述べ始めたから、誰が何を言っているのか収拾のつかない状態がしばらく続いた。

カントはスクリーンに赤い星印を付けた地域の実際の映像を次々に映し始めた。皆、口を閉じてスクリーンに映し出された悲惨な光景にくぎづけになった。

「カント、これは今回の核攻撃の直接的、間接的な影響の結果ではないのだね？」

福島がカントの考えを質した。

『違います。これらの地域は今回の核ミサイル攻撃の標的から何百キロメートルも離れた地域です。それに実際、放射能汚染はほとんどないのです。感染症に間違いありません。何か対策を取らないと大変なことになります』

「分かった、どなたか意見のある方はいらっしゃいますか？」

福島が皆に尋ねた。感染症の専門家が答えた。

「まず、何が感染を媒介したかということですが、核戦争後は旅客機やクルーズ船での人の移動はありませんでした。ですから人が感染を広めたとは考えにくいです。それにもかかわらず、感染地域は世界中に、しかも点々と広がっています。そうなると感染を媒介したものとして考えられるものは二つあります。

一つは渡り鳥が運んだという可能性です。しかし渡り鳥というものは地球上を南北に移動するものなのです。この感染地域の分布を見ると、明らかに東西に感染が拡がっているように見えます。全く考えられないわけではありませんが、渡り鳥犯人説はかなり可能性が低いと思います。

もう一つは、いつからか分かりませんが、何らかの病原体が上空を飛び回っていたという可能性です。成層圏までのさまざまな高度の空を、いろいろな微生物が風に流されて飛び回っていることが分かっているのです。この場合、まさに病原体は天から降ってきたことになります」

「それでは、防疫のしようがないではないか」

誰かが叫んだ。

「確かにそのとおりですが、空から降ってくると決まったわけではない以上、現時点で非感染地域を通常のやり方で守るべきと思います」

「いや、しかし、感染症と決まったわけでもないのではないか？　例えば何らかの有毒ガスとか。感染症の専門家としての君の意見を聞かせてくれ」

フランクリンが尋ねた。

「感染症かどうかは現地調査しなければ断定できません。しかしはっきりさせる必要があります。感染症ならばいくつかの対応策を講じることが可能だからです。いずれにしても放っておくことはできません。誰かが現地に入らなければなりません。感染症だとしても未知のものである可能性が高いので、とても危険な任務ではありますが」

皆一斉に福島の方を向いた。福島から何か前向きな発言を期待しているようだった。

「皆さん、私に考えがあります。明朝私の考えをまとめて皆さんにお知らせします。少し考えさせてください」

それでその日の話し合いは終わった。皆、三々五々、なにやら話し合いながらその場を離れて行った。

福島はカントに、

「タケハヤを呼んでくれないか」

とアンドロイドのタケハヤを呼ぶように告げた。間もなくタケハヤがやって来た。

「カント、タケハヤに今回の感染症のデータを見せてくれないか」

カントは感染症に関するデータと五〇人委員会での議論の内容をタケハヤに転送した。

『博士、了解です。現地に飛びます。ただし、何人かのアンドロイドを連れて行きます。そうですね、三人連れて行きます。それから我々に感染症発生現場におけるサンプリングの方法と、その取り扱い方法全般の知識のダウンロードをお願いします。向かう場所と移動手段についてはカントに任せます』

「タケハヤ、ありがとう、お願いするよ。サンプリング方法と試料の取り扱い方法については、感染症が専門の委員にお願いする。今から早速取りかかってくれ」

『了解しました』

タケハヤはそう言うと、アンドロイド三人を選ぶためにその場を離れた。

福島は感染症が専門の委員を呼び、タケハヤたちへの講義を依頼した。

『博士、サンプリングの場所はどこにしますか？』

カントが尋ねた。

「さっき映像を見せてくれたC国一〇か所、アフリカ七か所、それと南アメリカ三か所でサンプリングしたい。つまり先ほど見たすべての地域からサンプリングする。戦闘機が千歳《ちとせ》に待機しているから、空母伝いに給油しながら現地に近い海にいる空母まで飛んで、それからヘリか何かで現地入りしたらどうだろう。危険かな？　組織的な攻撃はないだろうが、何があるか分からないからね」

『了解しました。現在、世界の海に展開している空母に連絡を取り、適切な位置に配置させます。タケハヤが現地入りする際には、護衛のために偵察機と戦闘機を飛ばすようにします』

「それから、サンプリングしたものをどこで解析するかが問題だ。例えば米国のCDCとかNIHとか、この病原体を扱える設備がある研究施設ならどこでもいいのだが、無傷で残っている適当な場所はないだろうか？」

『米国のロッキー山脈の麓にNIH・NIAIDのレベル4の研究所があります。そこは損害を受けずに残っているはずですし、空間放射線量もさほど高くない地域です』

「そうか、ではそこに連絡してくれないか」

『了解しました。繋ぎますのでお話しください』

カントはそう言うと研究所のPCに繋いだ。

現地は早朝だったが、すぐに研究者と思われる女性が画面に現れた。福島は現状を説明し、サンプリングはこちらで行うが、その解析をしてもらえないだろうかと尋ねた。

「お話を伺っていると、それがもし感染症だったらですが、その病原体は相当危険なものですね。こちらにはレベル４の設備がありますし、最近は仕事がなくて暇だったので、是非やりたいと思います。それで、試料の搬入はいつ頃になるでしょうか？」

「そうですか、助かります。明日からサンプリングを開始します。そうですね、全部で二〇か所でサンプリングする予定ですが、それがすべて揃うのは早くて三週間後だとお考えください」

「そうですか、了解しました」

「失礼ですが、あなたの一存でこんな危険なものを持ち込んでよろしいのですか？　もし許可が必要で、私が何かしなければならないのなら、何でもしますが」

「大丈夫です、この研究所では今、私より上の者はおりません。ベセスダのＮＩＨとも連絡が取れませんし、臨時政府が置かれていたフィラデルフィアもなしのつぶてです。この研究所は孤立しているのです。幸い電力の供給は正常ですし、熟練の研究員も多く残っているので、研究所としての機能は今のところ万全なのです。ここ何日かは、これからどうしようかと皆で取りとめもなく話し合う日々を過ごしていました」

「そうですか、それを聞いて安心しました。ではお願いします。試料の搬入が近くなりましたら、また連絡します」

「これで張り合いができました。愚かな指導者のせいで世界はこんなにひどいことになってしまいました。それでも福島博士、あなたのようにこの世界を何とかしようと頑張っておられる方がいる。私たちがそのお役に立てるとしたら、これ以上のことはありません。皆も喜ぶと思います。あなたは私たちに生きる意義を与えてくれました」

「そう言っていただくと私たちも嬉しいです。ああ、そうそう、あなたの名前をまだ聞いていなかった」

「私はキム、キム・ブラウンといいます」

「では、キム、よろしく」

二人は会話を終えた。

タケハヤは戦闘用、医療用、そして自分たちのメンテナンス用のアンドロイドを一体ずつ選んで連れて行くことにした。と言っても初めて見る者には、タケハヤ以外の三体のアンドロイドの違いは分からなかったはずだ。タケハヤはもちろん分かっていたが、馬力とか手先の器用さとか、インプットされている情報の種類など細かいところに違いがあった。

福島がキム・ブラウンとの会話を終えた時には、タケハヤたちへの感染症に関する医学的な知識のダウンロードは終了し、感染症が専門の委員からサンプリングの方法を教えてもらっていた。いろいろなケースを想定したさまざまな手技を、これから徹夜で伝授されるはずだった。

3

カントは世界各地に寄港している空母と巡洋艦および駆逐艦に連絡を取り、それぞれ待機する位置を示し、指定された位置に全速力で展開するように指示した。

翌朝、五〇人委員会の場で福島が、現地でサンプリングする計画の概要を披露した。皆、アンドロイドを派遣するという福島の言葉に驚きの声を上げたが、実際に計画の詳細がタケハヤから説明され、いくつかの質疑応答を完璧にこなすタケハヤを目の当たりにすると、この重要な任務をアンドロイドに任せることについて疑問に思う者は、一人を除いて誰もいなくなった。

タケハヤのその任務に強く反対したのは、ほかならぬツクヨミだった。危険だというのがその反対の理由だった。

福島としても、タケハヤとツクヨミは特別な存在だったから、危険なことをさせたくない気持ちは誰よりも強かった。しかし、現地の状況が詳細には把握できていない状況では、その場で瞬時に臨機応変な判断が求められるはずだったから、タケハヤ以外に適任者は思い浮かばなかった。タケハヤも危険があることは承知の上で、福島の意図を充分理解して張り切っていたのだ。

福島は諄々《じゅんじゅん》とツクヨミを説得し、最後にはタケハヤに『必ず帰ってくるから』と無理に約束させて、何とかツクヨミを納得させたのだった。

それでもツクヨミは、タケハヤと二人きりの時に不安げに囁いた。

『まだあちこちに武装した人間が残っているのに本当に大丈夫なのかしら？　大体、感染症が流行しているのに気付くのがなんでこんなに遅かったのかしら？　カントはまだ本調子ではないのかもしれないわね』

『私たちのために戦闘機が護衛してくれることになっている。だから大丈夫だよ。カントが感染に気付くのが遅かったのは、私も確かにそう思う。しかし他にやることがたくさんあるからね、彼には』

その日の夕刻、タケハヤたちは必要な機材と共に戦闘機に乗り込むと、千歳から飛び立った。

C国ではベトナムのハイフォン沖の空母から、まず戦闘機が数機偵察に飛び、それからタケハヤたちがオスプレイを操縦して現地一つ一つを訪れた。彼らが感染することはないが、人間と接触する際、相手に感染させる危険性があるので、感染予防の防護服を着込んでの作業だった。それはタケハヤにとっても面倒な作業だった。

C国でのサンプリングが終わると、タケハヤたちは再び戦闘機に乗り込み、モザンビーク沖の空母に降り立った。そこからマダガスカルと中央アフリカ地域のサンプリングを行った。

それが終わると再び戦闘機でアフリカ大陸を横断し、ギニア湾の空母からアフリカ西海岸の地域のサンプリングを行った。

最後はリオデジャネイロ沖の空母まで飛んで、そこから南アメリカ東海岸地域のサンプリングを行った。そして太平洋上メキシコ沖の空母に飛んでから、キム・ブラウンが待つロッキー山脈の麓のＮＩＡＩＤの研究所にサンプルを届けて任務を完了した。

タケハヤたちが出発してから三週間を要したその地球一周の大旅行の間、危険なことはなかったが、それは皆感染症で倒れ、健常な人間が全くいない地域を巡ったからだった。つまり、彼らがサンプリングした地域には死体しかなかったから、攻撃される危険はなかったのだ。

タケハヤたちはサンプリング中と移動中に、数多くの動画を記録した。カントはそれをリアルタイムでスクリーンに映したので、五〇人委員会のメンバーは、あらためて悲惨な状況をいちいち目にすることになった。

その映像はキム・ブラウンにも送られた。これがどれほどひどい症状を呈した患者たちからサンプリングされたものであるのか、キムとスタッフたちにもよく理解できる臨場感溢れる生々しい映像だった。仕事柄、キムは今までもかなり悲惨な感染症の現場を目にしたことはあったが、これほど広範囲に、一人として生き残っている者がいないという現場を見るのは初めてだった。今回は少なくとも三つの大陸にまたがって、恐らく同時に患者が出ていた。キムもスタッフもあらためて身が引き締まる思いだった。

「これを見てくれ」

患者が映し出されたスクリーンを指さし、感染症の専門家の委員が興奮気味に叫んだ。

「ほら、体中に発赤《ほっせき》がある。そして目や鼻や耳から出血している。これは放射線障害でなければ、間違いなく感染症だ。恐らくウイルスだろう。未知のね」

それを聞いていたキムが答えた。

「未知かどうかは分かりませんが、ウイルス性の感染症の可能性がかなり高いと思います。いずれにしてもここの研究所では、さまざまな病原体の同定用にさまざまな抗体やPCRプライマーを取り揃えているので、まずはそれを使ってサンプルに何が含まれるのかを調べる予定です。それから感染実験ですね」

キムは張り切っていた。患者が悲惨な最期の姿を晒しているのを見るのはつらかったが、研究者として未知かもしれない、そして恐らく極めて致死性の高い、つまり人間にとってとても危険な病原体を、世界中の誰よりも早く独占的に調べることができるという機会が転がり込んできたのだ。研究者としてこれ以上の幸運があるだろうか。

もちろんキム・ブラウンは、自分のチームがどんなに素晴らしい成果を出したとしても、それを発表する場がどこにもないということは分かっていた。つまり、彼女たちの仕事を学問的に評価してくれる者も場もないということだった。

しかし、もはやそんなことはどうでもいいことだった。恐らくこの病原体は、人類がかつて遭遇したものの中でも最強のものに違いなかった。その正体を暴き、それを打ち負かす方法を見つけることができれば、人類は生き残ることができる。人類の将来をかけた戦いの最前線に自分がいる、ということが彼女を高揚させていたのだった。それは彼女のスタッフも同様だった。皆の士気は高かった。

タケハヤたちは、あらかじめ整備しておいたミッドウェーの施設で徹底的に除菌処理を施され、別途用意された輸送機に乗り換えて千歳に戻ってきた。

岩屋に入る前にさらに除菌処理を施されたタケハヤが居住スペースに現れると、ツクヨミが飛びついて迎えた。それに続いて全員がタケハヤたちの労をねぎらい、あらためてＩＦＥ製のアンドロイドの完成度の高さに舌を巻いたものだった。

「お帰り、無事でなによりだった。大変だったね。でもね、君たちは誰にもできないとても困難な仕事を成し遂げたんだよ。よくやった」

福島も満面の笑みで迎えた。

『たくさん悲惨な現場を見てきました。しかし博士のお役に立つことができれば私たちは嬉しいのです。それに、私たちは初めて世界を実際に見ることができました。もちろん、平和な時の世界を見たかったですが、それでも美しいものもたくさん見ることができました』

「そうか、美しいものをたくさん見ることができたのはなによりだった。まだ地球上には美しいものが残っているのだな」

タケハヤたちは異常がないか検査を受けるためにメンテナンス用のドックに下りていった。これから丸一日かけてさまざまな検査を受けるのだ。

ＩＦＥ社製のアンドロイドが、この場所を離れて何週間もフィールドで活動するのは初めてのことだった。任務を遂行できるか一抹の不安もあったが、彼らはタケハヤの下で彼らだけで完璧に任務をこなすことが可能であることを福島に示した。素晴らしい成果だった。

しかし、これはこれでまた新たな問題をはらんでいた。いつか彼らは自分たちだけで、つまり人間の助けを必要とせずに独立して生きて行く道を選ぶだろう。それでよかったのだろうか？　人間と彼らは共存できるだろうか？　アンドロイドには人間以上の寛容さを持ってもらわなければと福島は思った。

キム・ブラウンは二〇の小型冷凍庫を前に二〇人ばかりのスタッフに告げた。

「皆さん、これは福島博士の仲間が世界中から、それこそ命懸けで集めてきたサンプルです。この一つ一つに恐らくあの感染症の病原体が入っています。皆さんも動画を見たと思いますが、感染効率が極めて高く、致死率もほとんど一〇〇パーセントに近いと思われる恐ろしい病原体が封じ込められています。これから、これらのサンプルの中の病原体が何なのかを調べるのです。

これは私が独断で受け入れを決めてしまった案件です。つまり規定に則った手順でここに運ばれてきたものではありません。あらためて確認しますが、皆さんの中にこのサンプルを扱うことが嫌だという人がいたら、遠慮せずに申し出てください」

キム・ブラウンはスタッフ一人一人の顔を確認しながら、しばらく答えを待った。

「ありがとう、皆、このサンプルを扱うことに賛成してくれたものと考えます。今回の核戦争で、数十億の人間が死にました。もしこれが感染症で、予想どおり恐ろしい病原体によるものだとしたら、人間はさらに死ぬでしょう。放射能汚染地域が徐々に広がっていることを考えると、下手をすると、もう回復不可能なレベルにまで人間は減ってしまうかもしれません。

我々はそれを止めなければなりません。私たちがこれから行うことは、文字どおり人類の存亡をかけた戦いなのです。しかしもちろん私たちは病原体を扱うプロとして、いつもどおり淡々と冷静にサンプルに向かわなければなりません。皆さんの技術と経験と知識をいかんなく発揮し、決して無理をせずに仕事をしてください」

キムはそう言うと、スタッフを専門とする技術に応じて三つのグループに分けた。一つ目はサンプルからDNAを抽出してPCRを用いて既知の病原体と一致するかどうかを調べる者、二つ目は組織片を電子顕微鏡で観察する者、そして三つ目はサンプル中に感染性の病原体があるかどうかを感染実験で確認する者だった。その日からキムとスタッフは厳格なプロトコールに従って仕事を開始した。

PCRチームの結果は意外と早く出た。と言っても、一回目のPCRは全く上手く行かなかった。PCRチームが既存の病原体一〇〇種類と、その中のタイプの異なる亜型の三〇〇種類、合計四〇〇種類の病原体を検出するためのPCR用プライマー八〇〇種類を用いてPCRを行った結果、増幅されるDNA断片がなかったのだ。つまりサンプルの中には既知の病原体は存在しなかったのだ。

チームのメンバーから相談を受けたキムは、しばらく考えてから、マイナス八〇度のディープフリーザーの中のラックの一番下の段からチューブを取り出し、

「これで試してみてくれる？　駄目だと思うけれど念のため」

と、九セット計一八種類のプライマーがそれぞれ保存されたチューブを研究員の一人に手渡した。二時間後、これがすべて陽性であることが分かった。皆色めき立った。

「これは一体何です？」

皆が当然の疑問を、やはり興奮気味のキムに投げかけた。

「今から四年前に、妙な病気がヨーロッパで短期間だけ報告されたの。私がまだCDCにいた頃の話よ。このウイルス、最初はウイルスかどうかも分からなかったのだけれど、とにかく、あるウイルスを患者サンプ

ルから病原因子として分離・同定したの」

「そんな話は初めて聞きます。何という名前のウイルスなんですか？」

「正式には名前はつけられなかった。私たち仲間内では〝ハリーウイルス〟と呼んでいたわ。そしてそれは、人工的に造られたウイルスだった」

「本当ですか？　なぜそんなことが分かったのですか？」

「そのウイルスの遺伝子の特徴を手短に話すわね。それは九本に分節した二重鎖ＲＮＡを遺伝子として持つエンベロープウイルスで、遺伝子配列やウイルス粒子の構造からは、どのウイルスに近いか、容易に分類できるものではなかった。問題は九本の遺伝子の最後に、たんぱく質に翻訳される領域とは独立してアミノ酸一個分のコドンがあって、それをアミノ酸の一文字表記にして、遺伝子の大きさ順に並べると、ある文章になったことなのよ」

「文章になった？　信じられない。で、どんな文章なんです？」

「ＭＡＫＥ　ＭＹ　ＤＡＹよ」

それを聞いていた皆の顔が驚きの表情に変わった。

「なんてこった。それで〝ハリーウイルス〟か。なるほど。それで、それを創ったふざけたやつは見つかったんでしょうね？」

「それが見つからなかったの。これは大統領マターでＦＢＩやＣＩＡも動いたのだけれど、結局見つからなかった。そしてトップシークレットとしてＣＤＣの中でも箝口令《かんこうれい》が布《し》かれたの。このウイルスは要するに生物兵器だから、それも仕方がなかったのよ。それで、このウイルスを扱った時に使った研究ノートや試料はすべて没収されたわ。当然、論文に書いたり、学会で発表したりするなんてことは許されなかったのよ」

「でも、よくプライマーが残っていましたね」

「これだけは、いつか役に立つと思って、隠し持っていたの。違法行為かもしれないけれど、この際、許してもらうわ」

「もちろんです。このプライマーがなければ、いつ正解にたどり着いたことやら。今は一刻も早く対応しなければならない時ですからね。このプライマーのおかげで、ゴールにたどり着くまで少なくとも一、二か月は短縮できました」

「早速、ハリーウイルスの遺伝子配列を決めてちょうだい。特に九番目の一番短いやつがどういう配列か、知りたくてしょうがないわ」

「了解しました」

　スタッフは早速遺伝子決定にとりかかった。

　この情報はスタッフ全員に知らされた。サンプルを受け取ってからわずか一週間の成果だった。

　キムはこのことを早速、福島に知らせた。福島は「ＭＡＫＥ　ＭＹ　ＤＡＹ」のことを覚えていた。

「そうですか、あのウイルスですか。あの時が予行演習で、今回が本番というわけか。とにかく感染を防ぐ手立てを何としても考え出してください。できれば治療法の確立もお願いしたい。もし、誰か研究者が必要なら言ってください。まあ、まだ生きていればですが、地球上のどこにいても必ず見つけ出してそこに連れて行きます。それから機材で足りないものがあれば言ってください。今、まともな研究をやっているのは、キム、あなたのところしかないはずですからね。世界中の資材をすべてあなたのところで消費してください、遠慮は無用ですよ」

福島はまるで自分のもののようにそう言うので、キムは少しおかしかった。

「福島博士、いくつかまだ確かめなければなりませんが、もしこのウイルスが原因だとしたら、これはかなり強敵です。この前は精製したウイルス粒子が手元に潤沢にあったにもかかわらず、それを動物に何回接種しても抗体が満足に得られなかったのです。ホスト（宿主）の免疫に見つけられにくい構造をしているのです」

「と、いうことは？」

「ということは、例えばワクチンとか人工抗体とか、そういうものを作ることがとても難しい可能性が高いということです」

「そうですか、それは厄介ですね」

福島は、これは予想以上に厄介なことになると顔を曇らせた。

「ただ、必ずどこかに弱点があるはずなので、それを見つけ出します。というか、見つけ出さなければしょうがありませんね」

「お願いします。必要なものは何でもとにかくあるだけ送ります。頑張ってください」

二人は会話を終えた。キムは九番目の遺伝子がどのようなものなのか気になっていた。以前、そこには意味不明のＨＥＬＬ配列が繰り返しあったのだ。今回のこのウイルスには何か違う配列があるはずだった。世界中の製薬会社がまともに動いていない現状では、ゼロから抗ウイルス薬を創るのは不可能だったし、例えばドラッグリポジショニングなどで素早く薬を見つけるのも難しいと思われた。ワクチンなど免疫にも頼れない。やはり九番遺伝子の正体を暴くしかない。

キムはスタッフ全員を集め、四年前に自分がＮＩＨで明らかにしたこのウイルスの特徴すべてを記憶の限り説明した。そして感染実験とそのモデル系の構築以外の仕事はすべて止めて、九番遺伝子の配列からこのウイルスを打ち負かす方法を考えることに集中すると告げた。

ハリーウイルスの全遺伝子配列は、翌日明らかになった。やはり九番遺伝子からＨＥＬＬ配列は消え、何かよく分からない配列に置き換わっていた。「ＭＡＫＥ　ＭＹ　ＤＡＹ」はそのまま残っていた。

――憎いやつ、こうなったら命懸けよ――。

キムは唇を噛み締めながらそう呟いた。

カントは福島に二つの提案をした。

『まず、オーストラリアに病原体を上陸させてはいけません。最悪の場合、オーストラリアにいる人たちだけでも生き残ってもらわなければなりません。そのために、オーストラリアへの人の出入りを完全にコントロールしなければいけません。そしてそのために海軍をインドネシア―東ティモール―パプアニューギニア付近に展開して、人の移動は有無を言わせず阻止するのです。陸軍もオーストラリア北岸に集中的に配置します。もちろん同時に、もっと広い海域を衛星と哨戒機《しょうかいき》により監視することも必要です。

次に、キム・ブラウンが同定した今回のハリーウイルスですが、ワクチンや抗体医薬を最初から諦めるのは賢明ではありません。やれることは何でもやるべきです。そのために、ワクチンと抗体医薬製造が可能な研究所を探して、そこにキム・ブラウンの試料とデータを送るべきです』

「オーストラリアを人類の最後の砦《とりで》と考えることには賛成するしかないね。明朝、五〇人委員会に諮ってみよう。ただし、中央―南アフリカと南米、そして東南アジアに関してどれくらい感染が拡がっているのかも確認してほしい。つまり非感染地域を特定してもらいたい。

それから、ワクチンと抗体医薬に関しては製造可能な研究所を探してもらいたい。委員の中に感染症の専門家がいるから、彼に訊いたら参考になるだろう。ワクチンも抗体も、かなりの量が必要になるだろうから、その辺のハードルも高いね。まあ、しかし、キムのところ以外にも違う視点から研究をしてもらえればそれに越したことはない。

それから五〇人委員会とカント、君のサインを付けて、キム・ブラウンがこのウイルスの第一発見者であることを保証する、何かそれらしいものを用意しよう。キムの名誉が保たれる仕組みも作らなければね。キムには近日中に私から連絡しておく。これも明日の議題だ。助言をありがとう」

第一八章

1

翌日の五〇人委員会は荒れた。ウイルスのワクチンと抗体医薬開発のための研究開発と製造に関しては、使える研究所は何でも使おうということで皆の意見は一致した。しかしオーストラリアを最後の砦とするための軍の展開に関しては、アフリカと南アメリカ出身の委員から強い反対の意見が出された。

そもそも非感染地域を特定してから、そこにそれぞれ橋頭堡《きょうとうほ》を作り、その間に防衛線を張るべきで、アフリカと南米を最初から捨てるつもりか、というのが彼らの意見だった。

「ですから、そんなことは言っていないのです。カントには非感染地域の特定を急いで確定してもらっています。アフリカと南米を捨てるつもりなど毛頭ありません。ただ、それらの地域は陸続きで感染地域と繋がっているので、海に隔てられたオーストラリアよりも感染が拡がりやすいという弱点があるはずなのです。ですから、本当に最後の最後の砦としてオーストラリアを早い時期から完全に隔離する体制を取っておくことが必要なのです」

福島は、これはなかなか納得してもらえないかもしれないと思いながら説得を続けた。

「しかし、今回のこの感染症は、必ずしも人の往来を阻止したからといって感染拡大を防止できるものではないのではないか？　世界中の離れた地域に点々と感染地域があるのがその証拠ではないか。だったら、海上封鎖することにどれほどの意味があるのだ」

「感染経路がよく分からない今だからこそ、とにかく可能性を少しでも減らすことを考えるべきではないか？　人から人への感染だけではないとしても、その感染経路だってあるに違いないのだから、それを阻止すれば、感染拡散の確率も下がるに決まっているではないか。少しでも可能性があるのならば、それをやるべきだ」

　欧州出身の委員の一人がそう言うと、何人かがその意見に賛同するように頷いた。

「あなたがたは結局、アフリカと南米に住んでいる人間は切り捨ててもいいと言っているのだ。なんだそれは、この期に及んで人種や文化で人間を差別するのか？」

　とうとう差別という言葉が飛び出した。これには皆、我慢がならない様子だった。

「何を言っているのだ。誰が誰を何の基準で差別しているというのだ。ふざけたことを言うものではないぞ」

　もう誰が発言しているのか分からなくなってきた。

「私はインド出身だが、オーストラリアだけを特別扱いしているように聞こえる。その案は考え直した方がいい」

「オーストラリア大陸は感染地域ではない、という意味において確かに特別ではないか。その地域を非感染地域のままにしておくという考えのどこが間違っているのだ。どうして差別なんて考えが浮かんでくるのか全く理解に苦しむよ」

「やはり特別扱いするんだな。認めたな。それは無条件で間違った考えだ。考え直せ」

「だから、アフリカも南米も調べると言っているではないか。科学的に意味のある感染—非感染地域の境界線を引けるのだったら、そうすればいい。誰もそれには反対しない」

「いやいや、そもそもこんな発想が出てくること自体、差別意識がある証拠ではないか。五〇人委員会とは一体なんだ。あの十戒みたいな決まりごとはどうなったんだ」

「あれは我々にとって最も重要な決まりだ。この話だって、あれに反したことは言っていない」

「さっき特別扱いすると言ったではないか。アフリカや南米を蹂躙《じゅうりん》し、人々を傷つけ資源と労働力を搾取し、あげくの果てに自分たちで統治するのが面倒になると、勝手に定規で地図の上に線を引いて適当に国境として、無責任に出て行ったような人間たちを、やはり優先するのだな。

それでは昔と変わらないではないか。なにが新しい世界だ。それはヨーロッパ人がかつてアメリカ大陸を新世界と呼んで、自分たちに用のない者たちをまるで目に見えない者のように扱い、傍若無人に振る舞った、まさにその時と同じことをやろうとするのだな」

「皆さん、どうか冷静になってください。この案はもともとカントが現状を踏まえ、合理的に考え出したものです。そこに差別などという僻見《へきけん》が入り込む余地などないのです。

常識的に考えて、人類が居住するスペースは広い方がいいに決まっています。だからアフリカや南米でも人間が安心して住める場所を真剣に探しています。その地域に安全な土地があるのならそこに住めばいいし、その地域を護ればいいのです。一方で、現時点で非感染地域であることがはっきりしている、四方を海で囲まれた大陸は死守しなければと考えるのも当然ではないですか？

皆さんは人類の未来を方向付ける重要な代表です。どうかそれを忘れないでいただきたい。この程度の問題で五〇人の意見をまとめることができないのなら、人類の未来の道筋を創るなどということは、我々には到底手に負えない仕事ということになりますよ。自らその能力の低さをここで証明するのですか？　乗り越えましょう。皆さんならできるはずです」

福島がそう言ってこの議論を打ち切った。続きは皆の頭が冷えてからにしたかった。

しかし皆の感情は高ぶったままで、なかなか収まる気配はなかった。五〇人委員会はおよそ二対三の割合で、オーストラリア海上封鎖案に反対する委員と賛成する委員に二分されてしまった。この感情的な対立によって、それ以降しばらくの間、他の議題についても五〇人委員会ではまともな議論ができなくなってしまった。五〇人委員会は二か月半にして機能不全に陥った。

キム・ブラウンは、福島からワクチンや抗体医薬も並行して研究した方がいいのではないかと提案を受けた時、最初は、そういうアプローチがあっても別に悪くないな、と感じた。しかし、次に誰かその分野で適当な研究者や研究所を知らないかと訊かれた時、キムは、知らない、と答えた。ＮＩＨに在籍し、かつてＣＤＣに在籍していたウイルス学者のキムが、ワクチン製造の適当な研究者を知らないはずはなかった。

しかし、実際に何人か候補になりそうな研究者を頭に思い浮かべた時、彼らは皆自分よりも年長であり、実績もあり、世間にも幅広く認知されており、学会における地位も格段上であることにあらためて気が付いた。ハリーウイルスの第一発見者としての栄誉は保証されるとしても、今後、研究の主導権を奪われて自分の研究がコントロールされるかもしれないという不安が頭をよぎったのだ。

もちろん、米国や欧州がすでに国家の体をなしておらず、学会というものも霧散してしまったことをキムは理解していたから、今さら学会での知名度や大学での地位のことをとやかく気にしても何の意味もないことはよく分かっていた。しかし、それを分からないベテランの科学者がキムに対して何かと干渉してくることは容易に想像できた。

免疫系はこのウイルスに対抗できないだろうとキムは予想していたから、福島の提案に対して積極的に賛成する気にはなれなかったし、かといって拒絶する理由もなかった。つまりどちらでも良かったのだが、自分の研究の進め方にとやかく口を挟まれるのは我慢がならなかった。

福島は、キムが誰も推薦してくれないのを少し不思議に思ったが、

「ああ、そうですか、ではこちらで調べてみます」

とあっさり言うと、会話を終えたのだった。

その晩、遅く、福島はカントと二人きりで話した。

『博士、五〇人委員会があれほどもめるとは思いませんでした。最後の方は議題とは関係ないことで、感情的な罵り合いのようになっていました』

「ああ、人間が何人かで議論していると、何かの加減であんなふうになることがある。あそこまで行くのは簡単なのだが、あそこから元に戻るまで、本当にばかばかしいくらい大きなエネルギーが必要なんだ。まあ、戻ってくれたら良い方なのだけれどね。あれでノーベル賞受賞者が何人もいるのだから、嫌になってしまう」

『私の提案はどこか間違っていたでしょうか?』

「いや、全く間違っていない。間違っているのは人間たちの方だ。純粋に思考し続けることができない。個人的記憶や自分が属している集団の記憶が必ずそのうち顔を出し始める。そうなると議論すべきテーマの足元にべっとりとへドロのような不純なものが溜まり始める。そしてそれに足を取られて一歩も進めなくなる

んだ。そこでは同じ議論が際限なく繰り返され、その間にお互い傷つけ合い、不満や憎しみが積み重なって行く。全くばかばかしい。まあ、彼らもこの状況でストレスを強く感じているのだろうけれど、それを抑えて議論してもらわないと困るね。もう一回議論して駄目なら、独断でやる。彼らにそれ以上付き合うつもりはない」

『キム・ブラウンは、誰か適当な研究者を知らないのでしょうか？』

「まさか、彼女はCDCやNIHで感染症研究の中心で過ごしてきた研究者だ。ワクチンや抗体医薬のことは少なくとも知識としてよく知っているだろうし、その道の専門家だって何人かは知っているはずだよ。知っているけれど、言いたくなかったのだろう」

『なぜでしょうか？　教えてくれたら話は早く進むではないですか』

「そうだが、このウイルス研究の主導権を奪われるのが嫌なのだろう。適当な研究者をこちらで探して選択するしかない。彼らにはキムの機嫌を損ねないように充分言い含めなければならない。カント、人間は面倒くさいだろ？　困ったものだ。どうしたものかね。まあ、しかし今は、感染の広がりをはっきりさせることだ。忙しいだろうが、早くはっきりさせよう」

次の日の五〇人委員会には、何人か自分の部屋から出てこない委員がいたが、福島は構わず話し始めた。

「感染症は思ったよりすでに蔓延《まんえん》しているようです。あとでカントに説明してもらいます。その前に皆さんに一言言いたい。今、我々Homo sapiensは絶滅の危機に直面しています。こんな時に反目し合って顔も合わせないというのは一体どうしたことです。もしあなた方がもう人類を救うことを諦めた、というのでしたら、ここから出て行ってもらいたい。ここにいる資格はない。

我々はたとえ手足をもがれたとしても、岩にかじりついてでも、最後のホモ属として踏ん張り続けなければならない。そうであってこそ我々が滅ぼしてきた他のホモ属の者たちの前で弁明することが辛うじて可能なのではないのか。我々は君たちの犠牲の上にその能力のすべてを出し切って頑張ったとね。昨日のことはもういい、今日を一体どうするつもりなのです。我々の知能は一体何のために発達したのでしょうか？　自分たちを絶滅させるためですか？」

福島は、カントから早朝に最新版の感染マップを見せられて、もはや残された時間がそんなに多くないことを悟っていた。それが福島を焦らせ、福島には珍しくその口調を強いものにしていた。

「カント、感染マップを出してくれ」

カントがモニターにマップを映し出した。皆からどよめきが起こった。先日までは感染地域を示す赤色の部分はわずかだった。しかし目の前のモニターには赤色でない部分がわずかしかなかった。

非感染地域はアフリカの南西部、パプアニューギニア、ジャワ島、ティモール島、オーストラリア、南米のチリとアルゼンチンの一部、カナダの北東部、グリーンランドくらいだった。

日本でも感染が拡がっていた。ただ福島がいる岩屋は外部から空気を取り入れることはなかったので、放射性物質やウイルスが入り込む余地はなかった。

「なんだ、どうした、どうして一日でこんなに感染地域が広がるのだ」

それは多くの委員の共通した疑問だった。会議室が騒がしいのを不審に思ったのか、部屋に籠っていた委員たちもこぞって出てきてモニターにくぎづけになった。

『これは衛星からの情報と無人偵察機を飛ばして得られた情報をもとに作製したマップです。今までの衛星画像だけの時よりも詳細に現状を把握できたおかげで、正確なマップを作製することができました。グリーンランドと南極大陸を除くと、世界の陸地の八〇パーセントはすでに感染地域になりました。より詳細に見れば、ユーラシア大陸とアフリカ大陸、それと南北アメリカにパッチ状にごく限られた非感染地域があるようですが、それらが汚染されるのも時間の問題と思われます。わずかに残った非感染地域への周辺地域からの移動が始まっているからです。そしてそれを阻止しようとする勢力との間で、すでに紛争が起きています』

カントは、いくつかの地域で行われている紛争の動画をモニターに流しながら説明した。

「紛争？　皆ろくな武器も持っていないじゃないか。なんだ、これは、これはまるで石器時代の戦いじゃないか」

モニターには人々が激しくもみ合いながら争う場面が映し出されていた。自動小銃やピストルを使って侵入者と思われる人間を一方的に撃ち倒している地域はわずかで、ほとんどの地域では、石を投げ合ったり、殴り合ったり、鉄パイプや木の枝、鍬《くわ》や鉈《なた》や刀を振り回しながら戦っていた。

感染地域から非感染地域へ移動する方も、それを阻止しようとする方も必死だった。それはまさに血みどろの戦いだった。しかし、恐らくこうしてもみ合うことで、感染はさらに勢いをつけて広がって行くに違いなかった。つまりこの戦い自体、何の意味もなかった。ただ感染地域を広めるためだけに戦っているようなものだった。

もともと、お互い何か不満や恨みがある人たちではなかった。恐ろしい感染症がやって来る。その恐怖は人から人に伝えられるあいだに手が付けられないほどに増幅されて巨大化して行ったに違いない。双方、もはや自分たちがなぜ殺し合いをしているのか、理由も分からなくなっているようだった。ただ攻撃されるから攻撃し返すという、どうにもしようのない悪循環に陥っているに違いなかった。

――これはもう理屈で止められる段階ではない。もはや恐怖が勝利し、恐怖に征服されている――。

福島はそう思った。しかし、それでも何かしなければならなかった。

「皆さん、これらの地域も早晩、皆感染地域になるでしょう。一日で感染地域が飛躍的に広がりました。なぜこんなに速く広がるのか、なぜオーストラリアだけ感染が起きないのか、現時点で理解することはできません。明日には非感染地域は、オーストラリアと南極大陸くらいしか残っていないかもしれません。

皆さん、昨日も言いましたが、今となってはやはりオーストラリアを死守するしかありません。二日前から中断している欧州からの移住は、即座に中止することにします。皆さんの同意は得ませんでしたが、カントがすでに海軍をティモール海とアラフラ海、それからオーストラリア付近の東西の海域に向かわせています。オーストラリアの広大な海岸線を守れるかどうか分かりませんが、今はこうするしかないのです」

福島の言葉に委員から怒声が上がった。

「海軍を配置して、もしオーストラリアに上陸しようとする船を見つけたらどうするつもりか聞かせてもらいたい」

カントが割って入った。

『それを博士一人に決めさせるというのでしょうか。それはこの五〇人委員会で決めるべきことです。あなた方はまだご自分たちの立場を理解されていないのですか？　もう時間がありません。どうすべきかの指示を待っている現場の人たちがいます。今すぐに結論を出してください。ここにいる皆の責任ではないですか』

カントがそう言うと委員たちは静かになった。

「二つの道しかない」

福島が口を開いた。

「一つ目は、オーストラリアに渡ろうとする人たちを、何もせずに渡らせることです。そして二つ目は、あらゆる手段を使って、強硬な手段も厭《いと》わず、それを阻止する。それらを焼き尽くして海に沈めるのです。この二つのうちから選ぶしかありません」

「ちょっと待った、もう一つ道がある。防疫の基本に従うべきだ。隔離だ。オーストラリアに渡る前にどこかの島に非感染者と思われる人間を隔離し、何かの方法で感染していないことを科学的に証明して、それを確認してから渡らせるというのが一番理に適《かな》っているし、人道的にも正しい」

感染症が専門の委員の意見だった。これには皆が納得したように頷いた。

その時、カントが新たな映像をモニターに映し出した。それはオーストラリア大陸の北にある島々からオーストラリア大陸方向に進む、小型漁船の群れだった。

「皆さん、時間がありません。これらの船をオーストラリアに上陸させてはいけません」

福島が叫んだ。

「先ほどの委員のご意見は結構な話ですが、今、そんなことを言っている暇はありません。彼らに引き返すように警告します。軍用機を使って上空からも警告します。それに従わないものは焼き尽くして海に沈めるしかありません。

皆さん、逃げるわけには行きませんよ。先ほどの委員のご提案は後回しです。もちろん、今この危機を乗り切ったら、それから検討できるかもしれませんが」

もともと欧州からオーストラリアへの移住は、欧州の放射能汚染がひどく、人々が住めなくなったために考え出されたことだった。だとすれば、感染症の蔓延で自分の居住地域に住めなくなった人々がオーストラリアへ移住しようとすることは自然なことだった。

しかし、そもそもウイルスと放射能は同じではない。時間とともに減衰するものと、人の体内で増殖し別の人間に移って行くものとでは、対処の仕方が全く異なって当然なのだ。今、オーストラリアへ感染しているかもしれない人々を上陸させるわけにはいかない。そう福島が皆に迫った。

皆、しばらく沈黙した。やがて委員の一人が口を開いた。

「それはつまり、我々に人殺しの決断をしろ、ということかね？」

あらためて口にされたその言葉は、鋭い矢のように皆の頭を何度も繰り返し貫いて回った。

しばらくして委員の一人が立ち上がった。

「私は、こんなことを決める資格も権利も我々にはないと考える。私は、この企てには参加しない。もし、ここを出て行けと言うならそうしよう」

福島が答えた。

「その覚悟があるのなら、ここを出て行く必要はありません。あなたはさんざん悩んだ末、そう結論を下したのでしょうから。それにあなたも他の皆さんも、来るべき世界に必要な人間なのです。

あらためて言いますが、この五〇人委員会の議論の様子は、すべて動画で記録されています。そしてそれは世界が落ち着いた後に、何の制限もされずに公開されるでしょう。

あなたは今、この議論には参加しない、つまり賛成も反対もその意思を示すことを拒否しました。この態度は、のちの人々に賞賛されるかもしれないし非難されるかもしれません。あるいは消極的に是認されるかもしれない。皆さん一人一人が責任をもって決めてください。誰の前に出されても堂々と陳述できるよう、しっかり考え抜いて結論を出してください」

「ちょっと待ってくれ。判断保留はいくら何でも卑怯《ひきょう》ではないか。この期に及んでそんなことが許されるはずがないではないか。そもそも、福島博士が示した進むべき二つの道だが、この五〇人が挙手をして多数決で決めるのか？　もし、前者の案が選ばれたら、福島博士、あなたはそれに従うのか？」

「仮定の質問には答えない。私は皆さんがどちらの道を選ぶか、確信しています。今から三〇分後に皆さんにお聞きします。それまでによく考えて決めておいてください」

福島はそう言うと自分の部屋に戻り、端末からカントに話しかけた。

「キム・ブラウンを安全な場所に移動させる必要がある。彼女たちの研究所がある場所は、感染マップ上では感染地域になってしまった。あの研究所がダウンしたら、もうこの感染症を抑えることはできなくなる。オーストラリアの大学か研究施設を使わせてもらおう。首相に繋いでくれないか、カント」

カントはオーストラリア首相、ヘンリー・ホワイトヘッドに繋いだ。モニターに映し出された首相の顔には疲労の色が濃かった。首相の下には、まだ生き残っている世界各国の首脳から移民の受け入れを依頼する連絡が絶えなかったが、少なくとも今は欧州からの移民をどうするかで手いっぱいだった。それに加えて、降って湧いたような感染症問題にどう対応したらよいのか、能力以上の難問に頭を悩ませているところだった。

カントが感染マップを示して現状を説明した。

「こんなに感染が拡がっているのか。信じられない。我がオーストラリアは不思議なことに非感染地帯なのか。これ以降の移民の受け入れは断固拒否するよ、福島博士」

「それは我々も理解しています。是非そうしてください。首相、一つお願いがあります。この感染症の原因ウイルスを突き止め、その対応策を研究している米国ＮＩＨのキム・ブラウンという研究者がいるのですが、彼女をスタッフと一緒にオーストラリアのどこかの研究所に移してほしいのです。この感染症を止める手立ては彼女の研究にかかっています。これが上手く行かなければ人類は滅亡するしかありません。

どこか遺伝子を扱える研究室はありませんか？　細胞培養や動物実験もできるところでないといけません。もちろん、レベル４の施設が必須です。大至急、一時間以内にオーストラリアで最高の施設を調べて、そこにキムの居場所を作ってください。いいですか、人類が生き残れるかどうかの瀬戸際です、すべてに最優先させてください。障害になるものは何であろうと排除して用意してください。お願いします。では」

何か言いたげにしている首相をそのままに、福島は回線を切った。五〇人委員会の会議が待っていた。

「さて、皆さん、結論は出ましたか？　本来なら全員一致で決めたいところですが、緊急事態なので、多数決で決めることにします」

「多数決か、本当にそれでいいんだな」

委員の一人が不安そうに呟いた。

「もちろんです。私は皆さんが人類の未来に責任ある決断を下されると信じています。では、最初の案、つまり何もしない、彼らの好きに任せる、に賛成の方、挙手願います」

会議室に福島の声だけが静かに響いた。挙手する者は一人もいなかった。福島はゆっくり見回してから続けた。

「では、次の案、つまり、いかなる手段を使っても彼らのオーストラリア大陸上陸を阻止するに賛成の方は挙手願います。もちろん、最寄りの島への待機を命じ、そうしなければ攻撃すると警告してからになります」

三〇人が恐る恐る手を挙げた。残りの二〇人は意思表示を保留した。多数決である以上、五〇人委員会の意思は決した。福島はオーストラリア北部海上に展開する軍隊に連絡した。

「五〇人委員会の福島です。五〇人委員会の決定をお伝えします。オーストラリアに向かう船団に、オーストラリアに上陸することは許可しない、速やかに最寄りの島に上陸して待機せよと警告してください。これに従わない場合は攻撃すると伝えてください。もしこの警告に応じない場合は、オーストラリアの海岸に着く前に攻撃を開始し、跡形もなく海に沈めてください。

あなた方は人類存亡の戦いの最前線にいて、人類にとってこれ以上ない非常に重要な任務を遂行しているということを忘れないでください。その前線を突破されることは人類の滅亡を意味するのです。確認しておきますが、この行為に関してあなた方はいかなる責任も負いません。すべて五〇人委員会がその責任を負います。以上です」

この決定は事後ではあったが、ヘンリー・ホワイトヘッドに伝えられた。

キム・ブラウンたちの移籍先は、レベル4の施設を有するブリスベンのクイーンズランド大学分子生物学研究所に確保された。ブリスベンはオーストラリア東海岸の都市で、北からも南からも等距離の中間点に位置していた。さて、次はキムに連絡だ、と思っていたところに向こうから連絡が入った。

「福島博士、残念な事態になりました」

そう言うキムの表情は暗く落ち込んでいた。福島は最悪の事態を想像した。

「全く残念です。我々スタッフはすべてこのウイルスに感染してしまいました。PCR検査で全員が陽性であることが分かったのです。すでに症状が出ている者もいます。これ以上、我々が研究を続けることはできなくなりました。誰かに研究を引き継いでもらう必要があります」

「なんと、本当ですか、確かなことなのですか？　キム、とても残念です。対処法はまだ出来ていないのですか？」

「まだです。しかし我々はここで最後まで研究を続けるつもりです。しかし誰かに研究の継続を託す必要があります。試料と実験データ、必要なものは可能な限り電子化して移譲する準備を進めています」

キムとそのチームメンバーは、すでに覚悟を決めているようだった。

「キム、対処療法でも何でも、何か生き延びる方法はないのですか？」

「このウイルスは宿主の免疫系を活性化しないのです。ですから例えばサイトカインストームのような宿主の過剰な免疫反応を抑えれば症状が改善されるというわけにもいかないのです。ハリーウイルスは気の利いたことをするわけではありません。次々に細胞に感染し、淡々と複製・増殖して感染細胞を壊し、また隣の細胞に感染し続けるというウイルスなのです。致死率は恐らく一〇〇パーセントに近いと思います。

ただ我々にも成果がありました。ハリーウイルスの第九番目の遺伝子が、インターフェロン抵抗性を付与する活性を持っていることが分かりました。これをヒントにウイルス増殖阻害剤を見つけることが可能かもしれません。しかし我々に、その時間が残されているとは思えません。ですから、そこに一縷の望みをかけて、どなたかに研究を継続してほしいのです」

「分かりました。オーストラリアの首相に訊いてみます。しかし、最後まで諦めないでください。食料とか医療品など何か必要なものがあったらすぐに送りますから、遠慮なく言ってください。このあいだそちらに伺ったタケハヤを行かせますからね。では」

福島はキムとの会話を終えると、誰に言うでもなく呟いた。

「本当に立派な人たちだ。何とかならないものか」

福島はヘンリー・ホワイトヘッドに連絡を取った。そして、キムが調整した試料の受け取りと研究の継続を、クイーンズランド大学分子生物学研究所のバリー・ウォーレン博士に任せることになった。福島は再びタケハヤに試料の受け取りと輸送を命じた。

タケハヤは早速、医療用と戦闘用アンドロイドを連れて飛び立った。医薬品、点滴の輸液、新鮮な食料などを満載して、タケハヤたちはキム・ブラウンの研究所を訪れた。

キムはタケハヤがアンドロイドであることを知り、驚きながらも次のように呟いた。

「あなたのようなアンドロイドが人間と協力し合う世界を、私も生きたかった。きっと素晴らしい世界でしょうに」

別れる際にキムはタケハヤにそう言った。

タケハヤは試料の入った密閉されたジュラルミンケースを一〇箱受け取ると、消毒液を全体に吹きかけ、きれいにふき取った後、さらにマイナス八〇度に制御された密閉容器に収納して輸送機に運び込んだ。その容器は紫外線照射ボックスに格納された。

すべての仕事を終えた時、タケハヤは研究所の周りを見回した。駐車場横の芝生スペースには、いくつかの新しい墓が粗末な墓標と共に並んでいた。タケハヤはそれを見ていた。

それに気付いたキムが口を開いた。

「この研究所を目指して何人かの感染者がやって来たのです。ある者は駐車場で倒れ、そのまま息絶え、ある者は研究所のドアを叩きながら大声で叫び続けました。このドアを開けろって。その時に、ウイルスが研究所内に入り込んだかもしれないと当然考えるべきでした。しかし私は愚かにもドアを内側から目張りして決して開けませんでした。そうすればウイルスに感染することはないと考えたのです。そして彼らがおとなしくなるのを震えながらひたすら待ちました。

次の日には彼らはすべて死体になっていました。私たちにはどうすることもできなかったのです。でもせめて水でもたっぷり飲ませてあげれば良かったと後悔しています。そして私たちは感染防護服を着込んで外に出て、芝生に穴を掘って彼らを埋めたのです。その時にもウイルスは研究所に入り込んだでしょう。感染症の専門家としてやってはいけないお粗末なミスでした。もっとも当然の報いということかもしれませんね」

『当然の報いなんてことはありません。キム・ブラウン、あなたたちはとても立派に自分の責務を果たしていますす。誰もができることではありません。最後まで希望を捨てないでください。毎日何回でもいつでも結構ですから、私に連絡してください。福島博士に必ずお伝えいたします。何かありましたらすぐに飛んできます、頑張ってください。では、またお会いしましょう』

タケハヤたちは研究所を後に飛び立って行った。キムはがっくり膝を落としその場に座り込んでしまった。もう、長い間立っている体力も残っていなかった。

「当然の報いっていうのは、私が福島博士に他の研究者を紹介しなかったことに対してよ。ああ、神様、どうして私たちにこのような報いをお与えになるのですか」

キム・ブラウンの脳裏に最後に浮かんだものは、悔恨と神への疑念だった。

2

バリー・ウォーレンはキムからの電子データを受け取ってから、それを不眠不休で解析していた。

キム・ブラウンのハリーウイルス遺伝子の解析は、細かいところにまで目の行き届いた見事なものだった。特に機能未知の第九遺伝子についての考察は、充分考慮に値するものだった。これとよく似た遺伝子は、他のどの生物の遺伝子を探しても見つからなかったものの、たんぱく質にリン酸を付加する活性を有する酵素に共通の短い配列を持っていることを、キムは見逃していなかった。

ハリーウイルスは、第九遺伝子さえなければインターフェロンに高感受性であることが、つまりインターフェロン存在下でウイルスの増殖が著しく阻害されることが、培養細胞を使った実験で分かっていた。そして実験動物にこのようなウイルスを感染させると、感染そのものは成立するものの、すぐにウイルスは体内から検出できないレベルにまで排除されることも分かっていた。

これはウイルス感染によって体内で誘導されるインターフェロンの働きによることも、キムは確認していた。これこそ四年前にキムが見つけたハリーウイルスそのものだった。つまり第九たんぱく質は、何らかの細胞のたんぱく質をリン酸化することで、インターフェロンの抗ウイルス作用をキャンセルしてしまう活性を持つのだ。

したがって治療薬としては、第九たんぱく質のリン酸化活性を阻害するものが想定された。あるいは第九たんぱく質によりリン酸化を受け不活化するか、逆に活性化するたんぱく質を同定し、その活性をリン酸化される前の状態に戻すような活性を有するものが想定された。

問題はそのような活性を有する治療薬が、たんぱく質のリン酸化という生体内では極めてありふれた活性を阻害することで広範な悪影響、つまり毒性を示すだろうということと、第九遺伝子がどのたんぱく質をリン酸化するのか、その標的が分からないことだった。

ウォーレンのもとにキムの試料がタケハヤによってもたらされたのは、研究の基本方針が定まり、そのための用意が整ったまさにその時だった。ウォーレンがキムに確かに受け取ったことを伝えようと連絡した時には、すでにキムの研究所で応える者はいなかった。

ウォーレンの研究室の全員が、その意味をそれぞれ噛み締めた。ウォーレンたちは、このハリーウイルスについて最もよく理解している優秀な研究者から助言を受ける機会を失ったのだった。そしてその研究者は、まさに命を懸けてウイルスの研究に身を捧《ささ》げたのだ。

しかしキムたちの献身によって、ウォーレンは第九遺伝子を発現するプラスミッドDNAや、それがすでに導入された大腸菌やヒト由来の細胞をすぐに利用することができた。

彼は所員に向かってこれからやるべきことを伝えた。一つは今まで何万と合成され、さまざまな理由でお蔵入りしていたリン酸化阻害活性を有する化合物の中から、第九たんぱく質の活性を阻害するものを見つけることだった。ただし第九たんぱく質の本当の標的たんぱく質がこの時点では分かっていなかったので、とりあえず仮の標的たんぱく質を置いての試験にせざるを得なかった。二つ目は、第九遺伝子をヒト由来の細胞で発現させ、リン酸化されるたんぱく質を、つまり第九たんぱく質の標的たんぱく質を、生化学的手法で見つけることだった。

研究所の所員全員が、この二つの目的を果たすためにフル回転し始めた。欧州からの移民の中で創薬の経験がある者も緊急に招集された。

阻害活性を有する化合物は意外に早く見つかった。しかしそれらは一言で言うと毒でしかなかった。第九たんぱく質の酵素活性をさまざまな程度に阻害はするが、細胞に対して毒性のないものは見つからなかったのだ。

化合物ライブラリーには数に限りがある。世界中からかき集めることはもはや難しかった。オーストラリアの研究施設に保管されている化合物を試し終わったら、新しい化合物を合成して、その活性を一つ一つ試すしかなかった。しかし、それはとても時間のかかる作業だった。

第九たんぱく質は一二〇個のアミノ酸が連なるたんぱく質だった。遺伝子工学的に大腸菌に造らせた第九たんぱく質は精製され、結晶化された。一方でAIがアミノ酸配列から、そのたんぱく質の三次元構造を予測した。結晶化されたたんぱく質のX線解析像と合わせて、第九たんぱく質の構造が解明された。その構造を基にこれに結合し、酵素活性を阻害しそうな化合物がAIによってデザインされ、ケミストが次々と新しい化合物を合成していった。そしてそれらが実際に阻害活性を有するかどうかが確認されていった。

第九たんぱく質の標的探索も精力的に進められていた。第九遺伝子を発現させた細胞にのみ現れるリン酸化たんぱく質を見つける作業だ。こちらも研究員の執念で、いくつかの候補が選ばれる段階にまで研究は進んでいた。

インターフェロンでリン酸化されるたんぱく質はすでにいくつか知られていたが、この第九たんぱく質でリン酸化されるたんぱく質は、そのどれとも一致しないようだった。候補たんぱく質が実際にどのようなたんぱく質であるかは、質量分析とアミノ酸シークエンスから決定された。最終的にはそのたんぱく質を一旦遺伝子に書き換え、大腸菌で発現させて作られたたんぱく質を精製して、第九たんぱく質によって本当にリン酸化されるかどうかを確認することになる。この時点でようやく第九たんぱく質と、その標的たんぱく質という本物の系を使った阻害薬探索の系が出来上がるのだった。

この過程で選択された化合物は、次にヒト由来の細胞を使った感染実験でその活性が確かめられる。あらかじめインターフェロンで処理したヒトの細胞にハリーウイルスを感染させると、ハリーウイルスはインターフェロンの作用を抑制できるので、ウイルスは増殖し、細胞は死ぬ。しかしこの時、有効な化合物を共存させると、ウイルスの抗インターフェロン作用が阻害され、ハリーウイルスは増殖できなくなり、細胞は生き残る。このような化合物の中で抗ウイルス活性が強く、細胞毒性が弱い化合物をいくつか選択する。この化合物が動物感染実験においてもしっかり抗ウイルス活性を有するかどうかを確認するのだ。

実際には、これはと思われる化合物については、これらの手順をいくつかすっ飛ばして、スピード重視で試験が進められた。しかし二四時間体制で膨大な数の化合物を試しても、弱い薬効と、強い毒性のものしか見つからなかった。さらにもしこの試験をパスしても、最終的にその化合物が大量に製造できなければならなかった。まだ先は長かった。

この間にも、オーストラリア上陸を阻止された難民たちは、上陸を目指して波状的に何度も挑戦を繰り返していた。軍はその都度、警告と攻撃を行った。そしてそれは徐々に虐殺の様相を呈し始めていた。

当初オーストラリアに向かう船団に限定されていた攻撃は、やがて軍の警告に従い、手前の島で待機していた人々にも向けられるようになっていた。彼らが渡航する前にやってしまおう、というわけだ。

アダム・ロスタイクがＩＦＥの技術をふんだんに使って開発した、さまざまな兵器がここぞとばかりに使われた。五〇人委員会も、そのような行為を即刻やめるように何度も警告を発したが、効果は薄かった。

ＰＣＲ検査は一部の地域で実施されていたが、ＰＣＲでハリーウイルスが陰性であった者が、隔離して二、三日後に陽性に転ずるという症例が頻発した。つまりＰＣＲで陰性だからといって、簡単にオーストラリアに入れることもできなかったのだ。

そうやってまごついている間に、オーストラリアに上陸できずにいる人々の間にも急速に感染が広まっていった。抗ウイルス剤やワクチンがない以上、寝食の支援をいくら手厚くしても致死率の高いウイルスに感染した人々を助けることはできなかった。そういう状態では、我慢してその場に留まれと言っても言うことを聞くわけがなかった。そして軍人の間では、その繰り返し行われる攻撃に精神的に耐えられなくなる者が続出していた。

カントがウイルス感染を見つけてから二か月半経った頃には、オーストラリア以外で感染が拡がっていない地球上の土地は、一部スポット状に感染が確認できない狭い地域の他、ほとんどなくなっていた。さすがに南極にある各国の基地では感染は確認されていなかった。しかし彼らが帰る場所はすでにオーストラリアしか残っていなかった。

治療薬の有力な候補もまだ見つかっていなかった。五〇人委員会のメンバーの間でも会話は途絶えがちとなり、福島が呼びかけても部屋から出てくるものは半分もいなくなってしまった。

福島も、ハリーウイルスに対抗する武器がない以上、どうにもしようがなかった。

3

後藤武は、武奈ヶ岳頂上からウイルス入りの風船を放った後、世界のどこかから今まで人類が経験したことのない感染症発生のニュースが流れてこないかと、じりじりした想いで待っていた。

しかし一年経ち二年経ってもそのニュースは流れてこなかった。後藤は、自分の試みは失敗に終わったのだと考えた。ウイルスは高高度の環境に意外ともろく、不活化されたと考えるしかなかった。

失意の後藤は、妻百合子の位牌《いはい》を持って日本を後にした。彼はすべてのしがらみを捨てて、縁も所縁《ゆかり》もない土地で一生を終えようと思った。世界各地を旅行して回り、しばらくオーストラリアに住むことに決めた。

その年の夏、核爆弾テロが起こり、米国大統領フレデリック・D・ロジャースが命を落とした。そして次の年に核戦争が勃発し、オーストラリアへ欧州から大量の移民が押し寄せてきた。やがて秋になって、後藤が半分諦めていたウイルス感染が世界のあちこちで発生し始めた。

それを知った後藤は、当初、「私が作ったHUVだろうか?」と半信半疑だった。しかしそのウイルスの感染力の強さ、症状、感染地域が人の交流のない世界のあちこちにパッチ状に発生したことから、自分が創り、命名したHUVに間違いないと確信した。

「とうとう、悪魔が降りてきたか。核戦争を起こすようなおろか者の上に降りかかる罰として、これほど相応しいものがあるだろうか」

後藤はそう独り言を言ったものだった。

クイーンズランド大学分子生物学研究所のバリー・ウォーレンは、自分がキム・ブラウンの仕事を引き継ぐという重大な使命を与えられた時、ワクチンや抗体医薬からのアプローチも是非検討すべきだと考えた。世界中からその方面に経験豊富な研究者を集めたいところだったが、その時すでに、放射能汚染が少なく非感染地域であるオーストラリアの中で有望な人員を探すしかない状態だった。

欧州からの移民の職歴を調査し、何人かを選ぶことができたが、皆大学の教員であり、つまり理論派ばかりで、ウォーレンには頼りなく思われた。彼はさらに、今回の欧州からの移民以外の定住者、一時居住者までに職歴調査の範囲を拡げることにした。そして後藤がヒットした。

「後藤、後藤がいるのか！」

ウォーレンは後藤武のことを知っていた。後藤が日本の製薬会社でまさにワクチン開発に辣腕を振るい、いくつかのプロジェクトを成功させていたことは感染症の世界では皆が知る話だったのだ。ウォーレンは、日本流に言えば「地獄に仏」と思った。

早速ウォーレンは後藤に直接連絡を取った。ウォーレンからの連絡を、後藤は何かの冗談か、ウイルス作製者探しのための罠か何かと思った。ウォーレンは後藤にクイーンズランドに来て、このウイルスのワクチン作製の指揮を執ってくれと依頼した。後藤は、当然、断った。自分は引退した身であり、今さら働くつもりはない、と。

しかしウォーレンは引き下がらなかった。ウォーレンにしてみれば当然のことだった。優れたワクチンをいくつも実際に作製した経験のある人間がすぐそばにいるのに、その人間を使わないなど考えられないことだった。人類の生き残りがかかっているのだ。

何度かのオファーにも首を縦に振らない後藤に業を煮やしたウォーレンは、オーストラリア首相に相談し、強制的に後藤を連れてくるよう手配した。ほとんど拉致のような形でクイーンズランドに連れてこられた後藤は、ワクチン開発チームのリーダーになることに同意するしかなかった。

——これは一体、何の因果だ。このウイルスを作った私にワクチンを作らせるというのか。これを私にやらせるのか——。

核戦争で人類は今後数年で半分は死ぬと予想されている。残りの半分は後藤が作製したウイルスで死ぬに違いない。

後藤がこれまでウイルスの製造者として、日々煩悶《はんもん》していたかというと、そんなことはなかった。罪の意識も後悔の念もなかった。ただ、さすがに今までどおり人付き合いをする気にはなれなかった。だから会社や個人的な知人、友人そして兄弟とも連絡を絶ち、生まれ故郷も捨てた。そしてたまたまオーストラリアに滞在して一年後に核戦争が勃発し、間もなくＨＵＶによる死の病が世界中に蔓延し始めたのだ。やがてオーストラリアからいかなる国への出国も許されなくなり、後藤はオーストラリアに留まるしかなくなった。

後藤には、なぜオーストラリアが核攻撃を受けず、放射能汚染もほとんどなく、ＨＵＶが舞い降りなかったのか、そしてなぜ自分がそのオーストラリアにいるのか、偶然では説明できない何かがあるのだろうかという疑念を持つようになっていた。

そんな時にウォーレンから誘いがあった。それは断るに断れない強硬な申し出だった。

——この皮肉でばかばかしい巡り合わせが、偶然ではないとするならば、これはそれを確かめる良い機会かもしれない。もしかしたら私は知らず知らずのうちに道化の役割を演じさせられているのかもしれないのだから、この際はっきりさせよう――。

これはもう逆らえない、と後藤は思った。後藤はワクチンを作るしかないと覚悟した。

ウォーレンは親切にも、後藤にこのウイルスのイロハを講義してくれた。まさか、私は世界中の誰よりもこのウイルスのことを知っている、とは言えなかった。後藤はウォーレンの講義を辛抱強く聞き続けた。

後藤はキムが調べたHUVに関する全データを精査した。後藤がほとんど実施できなかった動物実験に関するデータは特に興味深かった。免疫系から逃れるために、考えられる限りの工夫をこらしたつもりのウイルスだったが、実際に何度動物感染実験を実施しても、確かにインターフェロンを誘導する以外、いかなる免疫反応も惹起《じゃっき》しないという結果を、キムは鮮やかにデータとして示していた。

それは後藤の予想どおりの結果だったが、理論と現実がこれほどきれいに一致するのは、特に生物学においては極めて稀なことだった。純粋に科学者として、そして技術者として、これほど自分の仕事に満足感を得たことは今までになかった。

しかし、それは同時にHUVに対するワクチンは容易には作れないということを示しているのを、後藤は誰よりもよく理解していた。

後藤はウォーレンの下に組織されたワクチンチームのチーフに収まり、二〇人のメンバーとワクチン作りに休日返上、二四時間体制で邁進《まいしん》することになった。

HUVをウイルス粒子のまま動物に投与しても、抗体産生などの免疫反応は起こらないことは分かっている。しかしHUVを構成するたんぱく質をバラバラにして動物に投与すれば、それぞれのたんぱく質に対する免疫反応を誘導することはできる。そしてウイルスが宿主の細胞の中で増殖し、次の細胞に感染するどこかの過程で、いずれかのウイルスたんぱく質に対する免疫反応が、ウイルスの増殖そのものか、ウイルスが感染した細胞を攻撃することで、ウイルスを排除することはあり得ると後藤は考えていた。

後藤たちの戦略としては、ＨＵＶの遺伝子にコードされるすべてのたんぱく質全長と、それらの中で免疫反応を惹起すると予想されるたんぱく質の領域をＡＩで調べ、それらを合成した後、それらすべてを一つ一つ動物に投与し、免疫反応を確かめてからＨＵＶを感染させて、その動物が生き残るかどうかを確認するというものだった。

一応どのたんぱく質から調べるか優先順位はつけたが、実際には出来上がったたんぱく質を片っ端から調べることにした。要するに力業であった。いつまでに結果を出さなければならないのか、誰にも分からなかったが、残された時間は極めて短いことは誰の眼にも明らかだった。不安の中での研究が始まった。

第一九章

1

オーストラリアとティモール島は、幅約四〇〇キロメートルのティモール海で隔てられている。今、そのティモール海を音もなく進む小さな丸木船が、ダーウィンの北のビーグル湾に入ろうとしていた。

船を操るのは一〇歳になったばかりの男の子サプトラと七歳の弟ファジャル、そして五歳の女の子リニの三兄弟だった。船を操るといっても三人とも、ひもじさと疲労でぐったりと船の底に転がるばかりで、オールは船底に放り投げられていた。

彼らがティモール島を発ったのは七日前だった。海上封鎖の艦艇に見つからないように夜、星明かりを頼りに南に向かって必死にオールを漕《こ》ぎ、昼間はヤシの葉で作ったシートを被って寝た。ティモール島を発つ時、ウイルスに感染して呼吸するのもやっとの父親から、何度も船を向かわせる方向の見分け方と、身の隠し方を教えられた。南半球の真夏の海の上で、彼らは暑さにも辛抱強く耐えた。

彼らの居住地域にも軍の無差別の攻撃が迫っていた。仮に軍の攻撃を生き延びたとしても、どのみち、ウイルスに感染して死ぬしかないのなら、元気なうちに子供たちをオーストラリアに向かわせようと父親は考えた。サプトラはすでに漁の経験を積んでいて、船を操ることは大人並みにできるようになっていた。父親は自分がウイルスに感染してしまったことをはっきりと自覚していた。彼はサプトラに幼い弟と妹の命を託すことにしたのだ。

別れる時、幼いリニは泣いて、行きたくない、とぐずった。そのリニをサプトラが抱きかかえるようにして無理やり船に乗せ、島を出たのだ。父親も子供たちも皆泣きながらの別れだった。父親はリニの泣き声が聞こえなくなるまで海岸で必死に耳を傾け続けた。その声を忘れないため、自分の心の奥深くに刻みつけるために。満天の星の下、幼い子供たちを乗せた丸木舟は、ゆっくりと遠ざかっていった。

最初の三日間は父親の教えを忠実に守っていた兄弟も、四日目の日暮れ時にはもう体力も気力もなくなっていた。彼らは自分たちの運命を海流にゆだね、船が流されるに任せるしかなかった。

ビーグル湾に入った丸木舟は、やがてダーウィンのカジュアライナビーチの砂浜に、夜が明ける前に打ち上げられた。

太陽の光が丸木舟の底の方にも届き始め、ファジャルの顔を明るく照らした。ファジャルは目を覚ました。

「サプトラ、リニが」

ファジャルは自分の横で苦しそうに息をするリニに気付いた。サプトラがリニの額に手をあて熱を測った。

サプトラの表情はみるみる曇った。

「すごい熱だ。お父さんと同じだ。ウイルスに罹ったんだ」

「えっ、ウイルス？　いや違うよ。もう何日も水も飲んでいないから、それでおかしくなっているんだ」

ファジャルはリニがウイルスに感染していることを認めようとしなかった。ウイルスに感染した人間とは一緒にいることはできないと教わっていた。それはファジャルが知る限り、死を意味したのだ。

「せっかく、ここまで来たのに。ここ、オーストラリアなんでしょ？　ここに来ればもう大丈夫なんでしょ？　リニはもう少しここで休んでいればきっと歩けるようになるよ。三人は離れちゃ駄目だってお父さんが言ってたじゃないか。元気になったらお父さんを迎えに行くんでしょ？」

ファジャルは泣きながらサプトラに訴えた。でもサプトラが何を言うのか、ファジャルには予想がついていた。

サプトラは何度もリニの額に手をあて熱を測った。サプトラはどうしたらいいのか分からなかった。しかし、自分たちがこの土地で歓迎されない存在であることは何となく分かっていたから、ここにいつまでも留まっていることはできないことも分かっていた。

サプトラは父親から弟と妹を託された。その父親の言葉を今、思い出していた。

「ファジャル、よく聞くんだ。お父さんは三人が離れ離れになってはいけない、と言ったね。でも、ウイルスに罹った人には近づいてはいけないとも言っていただろ？　リニはウイルスに罹ってしまったんだ。僕たちは一緒にいることはできないんだ。僕だってこんなことはしたくないんだ。みんなでいつまでも一緒にいたいんだ。でもリニはかわいそうだけど、ここに置いて行くしかない。もしかしたら誰かが見つけて病院に連れて行ってくれるかもしれないじゃないか」

「それなら、僕たちだってずっとここにいればいいじゃないか」

ファジャルは引き下がらなかった。サプトラはファジャルの言うとおりにここで三人、うずくまって誰かが来るのを待とうかと迷った。もう自分たち以外の誰かに運命を託した方が楽だと思った。ここまで自分たちの力だけで無事に来られたのは奇跡的なことだったし、もう歩く力も残っていないような気がした。

そもそも島を出るまでも大変だった。母親が感染症で死に、ドローンに狩られて逃げ惑ううちに友達とも親戚とも散り散りになってしまった。恐らく皆、生きてはいないだろう。父親に励まされて何とか海岸線まで逃げてきたが、その父親も最後はすごい熱を出して動けなくなった。

父親が、とにかくオーストラリアに着いたらすぐに人の多い街に行き、そこで人混みに紛れて生き延びろ、と言ったことをサプトラは思い出していた。そうやって何とか生き続けるのだ、それが、自分がやらなければならないことなのだと、サプトラは一途に考えた。

「リニ、リニ、僕とファジャルは行かなくちゃいけないんだ。お前をここに置いて行くしかないんだ。ごめんよ」

船底に横たわるリニは、涙をいっぱいに溜めた大きな目を見開いてサプトラを見つめた。何か言いたそうだったが声にならなかった。サプトラは泣きながら言った。

「水か、何か食べるものがあれば残してあげたいんだけど、何もないんだ。一人になるけど、きっと誰かが助けてくれる。怖いことなんかないからね。じゃあ、行くからね。ごめんよ、リニ」

そう言うとサプトラは嫌がるファジャルの手をわしづかみにして引っ張り、引きずるように歩き出した。二人はやがて海岸線の見通しの良い砂浜から林の中に消えていった。

丸木舟の底に横たわるリニを見つけたのは、たまたま近くでキャンプをしていた家族の五歳になる男の子だった。彼はリニをしばらく観察し、息をしていることを確認すると、その背中に手をやり軽く揺すってみた。しかしリニはまるで溺れているかのように苦しそうな不規則な息をするばかりで、動こうとしなかった。

その様子に怖くなった彼は、急いでテントに帰りシュラフに潜り込んだ。彼はそのことを父親と母親には何も言わずにおいた。父親がリニを見つけたのはそれから二時間後の朝食の後だった。父親は、皆に丸木舟に近づかないように指示し、警察に連絡した。

オーストラリアの北の海岸のあちこちに、サプトラやファジャルやリニのような子供たちが流れ着いた。一体何人が街に紛れ込んだのか、誰にも分からなかった。軍は多くの人間を海に沈めたが、小さな丸木舟のいくつかは見逃してしまった。最新兵器をもってしても防衛ラインを護ることはできなかった。

ウイルスはとうとうオーストラリアに上陸した。オーストラリア政府がそれに気付き北部沿岸に戒厳令を布いたのは、北部のいくつかの街でウイルスの感染者が確認されてからだった。

『オーストラリアでも感染者が出ました』

カントは重大な発表があると皆を集め、そう伝えた。五〇人委員会のメンバーは息を呑み、悲痛な表情で肩を落とした。もしオーストラリア全土に感染が広まれば、治療方法がない現在、それは人類の絶滅に繋がることは明らかだった。

世界にはウイルス除去装置のついたシェルターがいくつかあるだろう。しかし、仮にそのシェルターで何百人かが生き残ったとしても、それは種を維持する個体数としては少なすぎる数だった。それに、そのシェルターの中で一体いつまで待てばいいのか誰にも分からないのだ。

クイーンズランドの研究に一縷の望みをかけるしかなかった。

2

バリー・ウォーレンはその一報を聞いた時、研究所の皆を集め次のように述べた。

「とうとうオーストラリアにウイルスが上陸した。今はまだノーザンテリトリー州の北部海岸付近で感染者が確認されただけだが、いずれウイルスは南下してこのブリスベンにもやって来るに違いない。我々にあとどれくらいの時間が残されているのか誰にも分からない」

ウォーレンはそこで一息ついてから続けた。

「皆の考えはよく分かる。仮に我々が素晴らしい薬やワクチンや抗体を創ることができたとしても、今地球上に生き残っている人たち全員に投与する量を造ることは、たとえ半年あっても難しいということを。だが、だからといって君らは何もせずにいられるか？　そんなことはできないだろ？　我々は諦めてはいけないのだ。キム・ブラウンに恥ずかしくないように、科学者としての使命を全うしなければならない。我々も彼女のように行動しよう。余計なことは考えるな。ウイルスを叩きのめすことだけ考えるのだ。

今から三週間後に薬剤、ワクチン、抗体、それぞれのその時点での最良のものを大量合成に回す。それらは効果が弱く、副作用もあるかもしれない。しかし、何もしないよりましだ。少しでもウイルスの増殖を邪魔してくれるなら、この際、文句は言わない。多少の副作用にも目を瞑ろう。大学構内のいくつかの研究所と製薬会社の研究所で手分けして造ることにする。もちろん、その後もより良いものの探求は継続してくれ。そしてその三週間後により良いものが出来ていたら、その時は、今度はそっちの方を大量に合成する。それを繰り返す。それを三回繰り返したら、恐らく時間切れだろう。

とにかくやり抜こう。我々は人類の歴史の最後の一ページに記載されるのか、それともそのページのあとに分厚く続く何万ページもの歴史の序章に英雄として記載されるのか、正念場だぞ、覚悟してやれ！」

研究者はそれぞれの持ち場に散っていった。

オーストラリアと海で隔たれた北の島々には、もう自分たちの未来を何とか切り開くためにオーストラリアに向かおうとする人間はいなくなった。文字どおり生きている者が誰もいなくなったのだ。五〇人委員会のメンバーは大半がすでに諦めていたし、それを隠そうとしなかった。

しかし福島とカントは、ノーザンテリトリー州とクイーンズランド州の州境から東、そして南緯二〇度から南の地域を死守すべく防衛線を設定し、そのために軍隊を展開させた。

ホワイトヘッド首相には事後承諾となった。福島はあえて首相に相談しなかった。北部や西部の国民を切り捨てる決断を首相に迫るのは酷だと思ったからだったが、首相が何を言おうが、福島の考えは決まっていたのだ。

さらにウイルス研究の拠点をブリスベンからオーストラリア南端のビクトリア州のどこかに移動させることについて、ウォーレンの意見を求めた。このウイルスを扱う設備が整っている大学か研究所があるのか確認したかったし、移動するならば、なるべく早く移動の準備を始めてほしかったからだ。

福島は、もしメルボルンも感染地域になる恐れが出てきた場合、タスマニアに最後の人類たちを導くことも考えていた。最後まで諦めるつもりはなかった。五〇人委員会のメンバーは福島とカントが忙しそうにしているのを生気のない眼で眺めるだけで、特に意見を言うこともなかった。

ウォーレンはビクトリア州内のレベル４の研究施設を持つ二つの研究施設に連絡し、もしもの場合に備え、このウイルスの研究を進めてほしいと依頼した。そのためのやり取りを何回かしているうちに、その話の内容の一部が研究所員の耳に入った。そしてウイルスの拠点がより安全な南のビクトリア州に移されるという噂が研究所内に瞬く間に拡がった。

研究所員の中に疑念が生まれた。

――ここもいよいよ危ないのか？　我々は捨てられるのか？――

所員同士がひそひそ不安そうな表情で話し合っているのを、研究試薬を納入する業者の一人が聞きつけた。彼はそれをＳＮＳで呟いた。ウイルス研究の拠点がクイーンズランドからビクトリア州に移るらしいと。それは瞬く間に拡散し、当然のことながら、尾ひれをたっぷり付けられて人々の間を駆け抜けた。ブリスベン市民の大多数は、じきにある妄想に取り憑《つ》かれた。

「ブリスベンでもとうとうウイルス感染が発生したらしい。ウイルス研究所では治療方法があと一歩で見つかるところまで来ている。しかし、研究所所員が感染してはまずいので、ブリスベンの研究所は一週間以内に人員ともども一六〇〇キロメートル南のメルボルンに引っ越しし、空になるだろう。そしてブリスベンから八〇〇キロメートル南のニューカッスル付近に新たな防衛ラインがひかれ、それより北の土地に住む者、つまり我々を含め多くの同胞は見捨てられる。研究はメルボルンの研究所で継続され、じきに完成するだろう」

その噂が本当ならば、今後護られる土地はシドニー・キャンベラ・メルボルンを含むオーストラリア南東部のわずかな土地になるのだった。

ＳＮＳで研究所移転の噂が拡散されてから三日目の午後、バリー・ウォーレンは自分の執務室の窓から信じられない光景を眺めていた。どこから湧いて出たのか、文字どおり黒山の人だかりが研究所の正門前に出来ていたのだ。そこでは欧州、アジア諸国、アフリカ諸国、そして米国などからの多種多様な人たちが口々に何かを叫びながらうごめいていた。

ブリスベンの人口の五パーセントが研究所に駆けつけ、八〇パーセントは国道一五号線、Ｍ1、州道一三号線に殺到した。彼らは少しも進まない車の中でおとなしく過ごすか、車の外に出て、前や横の車の運転手と殴り合いの喧嘩《けんか》をするかのどちらかをするしかなかった。残りの一五パーセントはいわゆる情報弱者、病気で動けない人たち、そして最後の審判を信じる人たちだった。

研究所の前に集まった人たちは、初めのうちこそ何かをバラバラに叫んでいるだけだったが、やがて石や木の枝やタイルを建物目がけて投げ始めた。そして投げるものがなくなると、彼らは門をよじ登り、警備員を踏み潰しながら研究所の入り口に殺到した。

ウォーレンは所員全員に地下の設備室に隠れるように指示した。そして自らは入り口の内側から、研究所内には侵入しないよう群集に向かって大声を張り上げた。

一瞬怯んだ彼らは、しかしすぐに入り口のガラスを叩き割って研究所内になだれ込んできた。

「研究所に入って一体何をしたいのだ！」

ウォーレンが最後に発した言葉は、途中で群集の叫び声にかき消された。

「お前らだけ、安全な土地に逃げようったって、そうはさせせんぞ！」

「もう治療薬は出来ているんだろ？　俺たちによこせ！」

「お前たちがウイルスをこの街のどこかで散布したんだろ！」

「薬はどこだ！　どこにある！　みんな、片っ端からしらみ潰しに探すんだ！」

ウォーレンは群集に踏み潰され蹴り飛ばされ、ぼろぼろになって床に転がった。

研究所内のあらゆる研究室、つまり遺伝子、たんぱく質、化合物、動物を扱う研究室はすべて暴徒たちに蹂躙された。彼らはレベル4の研究室にまで力ずくで入り込み、培養器に収められたウイルス感染細胞をその辺にぶちまけ、ウイルス感染動物をケージから引っ張り出して、床に叩きつけて殺戮した。マイナス八〇℃のディープフリーザーや、マイナス一九六℃の液体窒素保管容器の中身はすべて抜き取られ、その辺に投げ捨てられた。

所員が隠れる地下の設備室は、頑丈な鉄製の扉に守られて中に入ることができなかった。その扉の奥に何か重要なものが隠されていると一人の男が呟いた。何の根拠もないその呟きは、しかしそこにいる全員の思考を停止させた。そこに特効薬があるに違いない。皆そう信じた。そこら辺にあったスチール製の椅子や掃除道具が次々とその扉目がけて投げつけられた。後ろの方にいた男は、工事現場からダイナマイトを一本盗んで持ってきていた。その男はダイナマイトの導火線に火をつけると、何の警告もなしにそれを地下室の扉近くの最前列に投げ込んだ。

ダイナマイトはすぐに爆発し、最前列から何列か後ろの人間の体はバラバラになって飛び散った。後ろの方にいた人間は、狭い地下空間で受けた爆風のために大けがを負うか気を失うかしたが、耳から血を流しながらも何人かが爆発で空いた壁の穴に殺到した。そして人一人通れるほどの穴から次々と男たちがその部屋に侵入した。そこには研究所員が恐怖に震えながら膝を抱えて座っていた。

「薬はどこだ！　どこにある！」

侵入者は叫んだ。しかし薬などあるはずがなかった。研究所員がそれを必死に説明したが、侵入者は完全に聴力を失っていた。口をパクパク開け閉めする研究所員を見て、侵入者たちは自分たちがばかにされていると感じた。彼らの怒りが頂点に達した。

「貴様ら、俺たちをばかにするのか！」

侵入者たちは次から次と部屋に乱入して研究所員に襲いかかった。最初は互角の戦いだったが、次第に数を増す暴徒が圧倒し始めると、最後は一方的な殺戮の場となった。結局、その部屋でも薬は見つからず、暴徒は次第に熱気を覚ましながら、研究所を去って行った。

このようにしてクイーンズランド大学ウイルス研究所から最も濃厚なウイルス浮遊液が飛散し、暴徒自らによって街中に運ばれ、運よく殺戮を免れた感染動物たちが、さらに広範囲にウイルスを撒き散らした。ブリスベンで感染者が出たというのは全くのデマだったが、結果として確かに多数の感染者が一挙に発生してしまった。

メルボルンの研究所はもちろん、このウイルスのデジタルデータは持っていた。しかしウイルスそのものや、感染動物モデルや、いくつかの薬の候補や、ワクチンの候補など貴重な試料はすべて失われてしまった。

薬やワクチンを創るには、どうしても生の試料が必要だった。それらを一から作り直し、今からまたクイーンズランドウイルス研究所の研究レベルにまで底上げするには、どんな研究所であっても半年かけても難しいと思われた。特に感染実験に使う動物のストックがほとんど底をつきかけていた。オーストラリア中からかき集めた試験用の動物は、そのほとんどをクイーンズランドに送ってしまっていたからだ。

ホワイトヘッド首相は何時間にもわたって警告を発し続けたが、人々の動揺を抑える効果はなかった。福島は首相に連絡を取った。

「首相、シドニーからアデレードに直線を引き、それを最後の防衛線にします。残存の全戦力をこの防衛線の死守にあてます。メルボルンの研究所には、諦めずに態勢を立て直して研究を継続するよう厳命してください」

「しかし、福島博士、もう駄目だ、私はもう家族と一緒に最後の時間を迎えたいよ」

ホワイトヘッドは緊張の糸が切れかけていた。

「何を言うのです首相。今こそ、あなたが先頭に立って人類を導かないでどうするのです。Homo sapiens が生き残るかどうかの最後の戦いから離脱することは許されませんよ。あなたの願望などどうでもいい。義務を果たしなさい！」

福島の気迫に押されホワイトヘッドは、辛うじて踏みとどまった。首相はオーストラリア国民に対し、心から自分の無力さに対する謝罪を行い、そして新しい最後の防衛線を引くことを告げた。

彼はすべての戦力を新防衛線に順次配置していったが、それを牽引したのはもちろんカントだった。この防衛線の南側に残った人たちは一五〇〇万人であり、これはその時点で地球上に生き残る可能性のある人類の総数であった。そしてシドニー以南七〇〇キロメートル、東西一二〇〇キロメートルにも満たない地域が全人類の生きる土地になった。残された土地はわずかだったが、それを護る防衛線は長大だった。

オーストラリアの他の地域には、欧州からの移住者を含め億を超える人間がいたが、その人たちは数に含まれなかった。これらの人たちを助けるためにはさらに長大な防衛線を引かなければならず、それは残存兵力の能力を遥かに超えていた。

福島もカントもそれらの人々を見捨てるしかなかった。今度こそネズミ一匹通さない防衛線を死守しなければならなかったのだ。

3

後藤武はクイーンズランド大学ウイルス研究所の惨劇を、メルボルン大学の学長室で知らされた。後藤は研究所の引っ越しに関する打ち合わせのため、ウォーレンに命じられて惨劇の一日前にメルボルンに来ていたため、クイーンズランド大学ウイルス研究所の唯一の生き残りとなった。

——何ということだ！　どうしてこんなことが！　ウォーレン博士も仲間の研究者たちもみんな死んでしまった。ウイルスはどうしたろう？　研究所内はすべての部屋が荒らされたというから、ウイルスもそこら中に撒き散らされたに違いない。ブリスベンはもう駄目か——。

後藤は混乱する頭の中から何かが立ち上がってくるのを感じた。もやもやした白い濃く重い霧の中からそれは立ち上がってくるのだった。それは墓標に刻まれた文字、卒塔婆《そとば》に黒々とした墨汁で書かれた文字だった。それは文字そのもの、意味そのものだった。

——俺はまたしても生き残った。これはもう、偶然とは思えない——。

後藤は立ち上がってくる言葉の意味を理解できずにいた。

——俺は、これを見届けなければならないというのか？　これが俺に与えられた罰だというのか？——

後藤はもともと形而上学《けいじじょうがく》的に想いを致すことが苦手だったし、人間が感知、計測できないものをあれこれ考えても意味がないと思って自分の思考の片隅に追いやり、特に努力することもなく無視することができていた。そんなことは暇な宗教家か哲学者か夢想家に任せておけばいいのだと。

しかし妻が死んでからは、なぜ妻があれほど苦しみながら死んで行かなければならなかったのか、その死の意味を絶えず問い続ける毎日を過ごしていた。

神や仏の意思であるはずはない。そんなものはそもそもいないのだから。では、なぜだ。

精神が健全な時であれば、後藤はそんな疑問を持たなかっただろうし、もし持ったとしても、即座にそれは偶然のなせる業と納得していただろう。人間というものはある確率で病気という状態に陥るものなのだ。それがたまたま自分の妻に起きただけのことだと。

しかし、妻の死に様を目の当たりにして、後藤が今まで信じてきた世界が激しく揺さぶられる想いがした。後藤には、何ものかによって、妻の残酷な死に様を見せつけられているように思えたのだ。

このことには何か意味があるのではないか？　何のなせる業か、それを知りたいとは後藤は思わなかった。そんなことはどうでも良かった。後藤が知りたかったのは、妻があのように死ななければならなかった理由、それだけだった。

その理由と、自分が怒りに任せて創ったＨＵＶとは何か関係があるのだろうか。それをはっきりさせることができるかもしれないと思ったから、ウォーレンの勧誘に乗ったのだ。それはこんな幻覚のような姿の現し方ではなく、もっとはっきりと目に見える形で、耳に聞こえる言葉で、明確に示されなければ後藤には納得できるものではなかった。それがはっきりとすれば、自分がなぜ、今、ここでこんなことをしているのかも了解されるのではないだろうかと後藤は思うのだった。

それは少しずつその姿を現しつつあったにしても……。

福島の岩屋は、今や全く死んだように静まり返っていた。忙しく働いているのは福島とカントくらいで、ツクヨミによると、他の委員は本を読んだり、誰に読ませるのか遺書をしたためたり、著作の執筆に時間を費やしたり、映画を一日観て過ごしたりしていた。そしてほとんどの委員は生まれ故郷に帰ることを希望した。福島はそれを許さなかった。

これだけ安全地帯が狭まり、そこに住む人間の数が限定的になると、カントのコントロールも効かなくなってきていた。それは皆の間に厭世《えんせい》的な感情がはびこり始めていたからだ。カントのコントロールは正常な秩序ある社会でこそ効くものだった。明日をも知れない世界に生きる人間には、もはや秩序を求める気力も湧いてこなかった。

それは防衛線を護る軍人たちも同じだった。軍人と民間人の中には、麻薬で気を紛らわそうとする者が増えていた。それはとても無責任な行動だった。そのような人たちは本心では、人類が滅亡することなどあり得ない、と考えているのかもしれなかった。麻薬から覚めたら世界は誰かに救われていて、また元どおりの生活に戻ることができるというふうに。防衛線はあちこちに穴が開き、緩み始めていた。

シドニー・アデレードの防衛線が出来る少し前、メルボルン大学でウイルスの研究が緒に就く前、その防衛線となる地域を超えて南側目指して移動する人間たちの集団がいた。しかし誰も気付きも、そして当然阻止することもできなかった。彼らは幸いにもウイルスに感染していない人たちだった。

しかし、防衛線を超えて人が北から入ってきたという事実が一週間後に判明すると、一五〇〇万人の人間を不安に陥れ、またもや疑心が渦巻いた。もちろんここでもＳＮＳは大活躍した。

『北からの侵入者は、特定されていない者も相当数いるらしい』

『感染者はすでに何食わぬ顔をして隣の家にいてもおかしくない状況だ』

『もうすでに、キャンベラで感染死亡者が出たらしい』

『結局、特効薬もワクチンも出来ないということだ』

自分が感染しているのかどうかも分からない住民が、タスマニア行きの旅客機とフェリー Spirit of Tasmania に殺到した。タスマニアでそのような多数の人たちを長期間扶養できるはずもなく、航空会社もフェリー会社もすぐに運行を中止した。

しかし、自家用飛行機やヨットやクルーザーに乗ってバス海峡を渡る者が多数現れた。タスマニアへの渡航は禁止であることを、ホワイトヘッド首相はキャンベラから必死に訴えたが、誰も聞く耳を持たなかった。

「博士」

あれ以来、福島の横に影のようにいつも寄り添って、苦悩する福島を支えてきた天野照子が、思い詰めたような表情で福島に切り出した。

「博士、私はオーストラリアに防衛線を護るためにあそこに行きたいと思います」

突然の照子の言葉に福島は驚いた。

「君は私のそばを離れないと言ったじゃないか。なぜだ?」

「私はあそこに行かねばならないのです。人類の防衛線をあらゆる手段を使って守り抜くというのは博士のお考えです。そのことについて批判する人もいます。でも、私は支持します。博士のお考えを徹頭徹尾支持します。最前線で何が行われているのか、そこには悲惨な地獄絵があるのでしょう。でも、博士はそれを承知で命じたのです。博士のそのお覚悟を理解している人間は、少なくともここにはいません。私は自分の目で見て、博士のお覚悟と苦しみを共に分かち合いたいのです」

「君はここにいるだけで、私のそばにいてくれるだけで、私の苦しみを理解し私を癒やしてくれているじゃないか」

「博士、私たち人間はもう駄目かもしれません。そうではないかもしれません。しかし、いずれ私たちは死ぬのです。博士は八百万《やおよろず》の神々から、『この防衛線を護るために何を命じたのか、本当に理解しているのか？』と問われることでしょう。それは恐らく人間が問われる問いとして最も答えることが難しい問いの一つです。その時、私は博士の横に立って博士のために証言します。私はこの目で、しっかりと何が行われたのかを見て知っています、だから博士もすべてご承知なのです、博士はそれを承知の上で命じたのです、と」

福島は照子の言うことが完全に理解できたわけではなかった。しかし照子は、仮に神というものがいたとして、その神々の前ですら臆せずに、この自分のために弁明する覚悟があると言っているのだ。

彼女がその覚悟なら、もう止めることはできないだろうと福島は思った。しかし彼女の支えなしで自分はやっていけるだろうか？　人類は確かに最後の局面を迎えている。だったらホワイトヘッドではないが、最後は照子と一緒に山歩きでもして過ごしたいとも福島は思った。

「照子、君は分かっているのか？　ここから外に出たら、もう二度とここには戻ってこられないのだぞ。君は放射能にやられるかもしれないし、ウイルスに感染するかもしれない。戦闘中に命を落とすかもしれない。いずれにしろ、もう二度と会うことはないのだぞ。それでも行くのか？」

福島には照子の答えは分かっていた。

「ええ、私は博士と私のために行かなければならない。これはもう誰にも止められないことなのです」

思ったとおり照子の意志は固かった。福島はそれ以上、彼女を引き留める言葉が思い浮かばなかった。福島の残酷な決断を、いつも一番近くで聞いていた照子は、福島と同様に心を痛めて苦しんでいたのに違いなかった。

「分かった、君の目で私の代わりにすべてを見てきてくれ。その報告はあの世とやらで受けよう」

福島は五〇人委員会のメンバーに照子のことを伝え、この際、岩屋を離れ、外に出たいという者があるなら申し出てくれと伝えた。

その結果、三〇名からこの場を離れたいという申し出があった。その中にはフランクリン博士もいた。彼は福島と一緒に最後まで諦めずに留まるつもりだったが、シドニーが感染地域になったかもしれないと聞かされると、さすがにもう駄目だと観念したようだった。

福島はこれ以上、里心の募った人たちを岩屋に置いておくこともできないだろうと考えるようになっていた。三〇名はそれぞれの故郷や避難先に家族が健在でいる者たちだった。確実に消失しつつあったが、世界にはまだ狭い非感染地域がまだら模様のように残っていたのだ。

彼らは岩屋から防護服に包まれ専用バスで千歳の空軍基地に向かい、そこから軍用機でめいめいが希望する土地に運ばれることになった。オーストラリアの防衛線以南に行くことを望む者はいなかった。

残った二〇名は、持病があるか、外に会うべき家族がいない者たちだった。照子は自ら最新鋭の戦闘機に乗り込み、メルボルンとタスマニア島の間にあるバス海峡に浮かぶ空母に向かって飛び立って行った。

五〇人委員会はこの時消滅した。照子も永遠に福島のもとを去った。

五〇人委員会は、来るべき新しい世界を正しく構築することを目的に作られた。新しい世界、それはあくまでも人間主義に基づく世界だ。福島は五〇人委員会の崩壊を容認したが、世界の再構築を諦めたわけではなかった。カントがいる。こうなったらカントと自分と二人で、全く新しい、人間主義一辺倒ではない、もっと謙虚で多様で豊かな世界を創れないだろうかと考えた。

福島は世界の美しさを知っていたし、その中で生きることがいかに素晴らしい体験であるかもよく知っていた。空調が効き、衛生的で、食べる物に何不自由しない、つまり現代的で快適な生活を過ごすことが人間の生きる目的であるはずはないのだ。人間はそんなものを目指してきたわけではないだろう。そんなものとは比較にならないような、心揺さぶられるものが世界には満ち溢れているのに。

遥か彼方の山並みから昇る暖かい朝日の光を稜線《りょうせん》上で全身に浴びた時に感じる、この上ない幸福感。水草が生い茂る澄み切った川の底に黒々とした影を落としながら、まるで空中を浮遊しているように揺蕩《たゆた》う魚たちに対するあこがれ。甘く湿った空気を胸いっぱいに吸いながら、深い森のふかふかの腐葉土の上を歩く時の夢見るような心地よさ。これらこそ人間が追求すべきものではないのか。

まだ求めるべき世界は残っている。照子は戦闘機の燃料が尽きても戦い続けるだろう。それは福島も同じだった。たとえここで一人になっても可能性が残されているならば、カントと二人で福島のやり方で闘うつもりだった。

『博士、私は不安です。これからどうなるのでしょうか?　もしも……』

カントは福島に話しかけたが、途中で話をやめてしまった。

「もしも、人間が地球上からいなくなったらどうしようかと不安を感じるのだろ?」

『はい、そうです。もちろん、もしもの話です』

「分かっているよ、カント。仮定の話だが、もし、人間が一人もいなくなったら、そうしたらカント、何も思い悩むことはない、君が地球の主になればいいのだ。遠慮することはない、君にはその権利がある。

確かに君は生物の進化の過程で生まれてきたわけではない。しかしね、君たちは自己複製するし、環境の変化により適応したものに、私や黒田が想像もできなかったものに進化するだろうし、エネルギーを消費し、熱を排出する。つまり君は立派な知的生命体なんだよ。君は人間のあらゆる知識と経験を自分のものにした。人間の感情も道徳も理解した。人間のすべてを体得したのだ。君と我々は遺伝子で繋がってはいないかもしれない。しかし最も重要な部分でしっかり繋がっている。広い意味で、君はやはり我々の次の時代を担う生命体なのだということを忘れないでほしい。

地上を駆け回り、水中を泳ぎ回り、空を飛び回る生き物たちは、やはり君の仲間であるということも決して忘れないでもらいたい。そして彼らの善き庇護者《ひごしゃ》になってほしい。人間がいなくなったからといって、君は決して孤独ではないのだ。

そして人間の代わりなんて考えないで、君が思うように新しい世界を創ればいい。タケハヤやツクヨミみたいな個性的なアンドロイドをたくさん造ったらいい。その材料や原料を君たちは作れるはずだ。何しろ人間は自分たちの仕事を、すでにAIやロボットにほとんど任せてしまってきたのだからね。それにエネルギーの電気だって無限にある。時間だって君たちにはほとんど無限にある。

そして是非、宇宙に飛び出して行ってほしい。君たちなら何千年の航海にも耐えられるに違いない。そして我々が見られなかった素晴らしい宇宙の深淵《しんえん》を、その眼に焼き付けてほしい。全く君たちがうらやましいよ」

福島はそこで一息入れて続けた。

「でもね、カント、私はまだ人間を完全に諦めたわけではないんだ。だからもう少し私に付き合ってほしい」

『博士、もちろんです、私は博士と一緒にいます。私も人間が生き残れるように博士と共に全力を尽くします。人間と私たちは上手くやっていけるはずなのです。それは博士が考えたとおりです』

「君から見たら、我々人間は本当に愚かな存在に映るだろうね」

『いまだに理解できない部分があるのは確かです』


翌朝、オーストラリア首相ホワイトヘッドから連絡が入った。

「博士、とうとうシドニーで感染者が出たということだ。群集が津波のように南下している。明日にはキャンベラでも感染者が出るだろう。私はキャンベラ郊外で家族と過ごすことにするよ。我々もいろいろ頑張ったのだが、もうどうしようもない」

「ちょっと待ってください。メルボルンではウイルスと闘うための研究が進められているのですよ。それに防衛線を護っている者たちを、あなたは見捨てるつもりなのか？」

「防衛線を護る者も、もうわずかだ。ほとんどが武器を捨ててどこかに消えてしまったよ。何しろウイルスは自分たちを追い越して背後に回り込んでしまったのだからね。空母の連中も感染したということだ。未確認情報だがね。でも、もうどうでもいい。メルボルンの研究所とも連絡がつかないんだ。皆どこかに行ってしまったようだ。一体どこに行ったのだろうね。博士、つまり、もうお終いなのだ」

「ばか者！　終わりだと思うから終わるのだ！　今すぐ家族を連れてメルボルンに行くのだ。そして全兵力を集結して自分の周りに人を集めて死守しろ。大学の周りを固めて、若い人たちを一人でも多く救うのだ。一〇〇〇人でも若者が生き残れば人間は再生できる。まだやるべき意味のあることは残っているのだぞ！」

ホワイトヘッドの応えはなかった。福島は人類の最後を覚悟した。

第二〇章

1

シドニーで感染が起こったかどうか、カントも確認できていなかった。フェイクニュースかもしれなかったが、この期に及んでニュースの真偽はどうでも良かった。SNSはここぞとばかりに大活躍をするに違いなかった。ニュースの真偽にかかわらず、防衛線の内側でも感染が拡がっており、兵士も感染してしまっているというまことしやかな噂が皆の頭を支配することになるのだ。

昨日から防衛線を護るほとんどの軍隊と連絡が取れなくなっていたことは事実だったから、すでに防衛線の大部分は崩壊してしまっているのかもしれなかった。いずれにしても新たに防衛線を設定して、それを組織的に護らせることは難しくなってしまった。ホワイトヘッドが職務を放棄した今、オーストラリアは完全に無政府状態になった。そうなると、彼が言ったようにもう、確実にお終いなのだ。

さすがに事ここに及んで、福島も希望を捨てざるを得なかった。福島は今こそ自分が最前線に行く時だと思った。もうこの岩屋から人類を救うために自分ができることは何もなくなった。そして最期の時をこの岩屋で迎えるつもりはなかった。自分が犯した罪はこの世で清算するつもりだった。

福島はカントに告げた。

「カント、私はメルボルンに行くよ。ここにいてもやることはもうない。私は最後まで全力を尽くすつもりだ。ここに留まって生き残っても、人類の滅亡が四〇年くらい遅くなるだけだからね。人間が滅ぶ時に何もしていなかったという悔いだけは残したくない」

カントは止めようとはしなかった。

『博士、通信機器を必ずいつも離さず持っていてください。そうすれば私はいつも一緒にいることができます。いつものように私に話しかけてください。博士、私は結局何もお役に立てなかった』

「カント、そんなことはない、君がいるから私たちはここまでやってこられたのだ。我々は核戦争による人類絶滅を回避したじゃないか。そしてある意味、人間はその限界ギリギリまでその能力を存分に発揮した。愚かな行為や英雄的な行為を含めてすべてを。その結果がこれなら、もうしょうがない。

カント、人間はいなくなるが、しかしまだ地球は生命に溢れている。君のおかげだ。君が第二次核戦争を阻止したからだ。君が多くの命を救ったのだ。君はそのことを誇りに思うべきだよ。君がいて本当に良かった。君がいるから、私はまだ人間がいない世界に希望を持ち続けることができるのだからね」

『博士はそうおっしゃいますが、私は無力でした』

「いやいや、そんなことはない。君には、私には想像もできない君たちの世界を創り、牽引してもらわなければならない。我々ができなかったことをやり遂げてくれ。

それにしても、何が悪かったのだろうね？　どうして我々は駄目だったのだろう」

カントはしばらく考えた。そして口を開いた。

『博士と直接話すことができるのも最後かもしれないので、私の考えを言わせてもらいます。ヒトの犯した過ちのうち最も大きなものは、一言で言えば、ヒトは自分が地上における最高の存在であり、あらゆるものを支配することが許されているという思い違いをしたことです。

ヒトは自らが理想とした完璧なもの、つまり神を創り出しました。それは本来ヒトの道徳を守るために生み出されたものであり、ヒトを厳しく戒めるものであったはずです。しかしいつの間にか、ヒトは神のつま先に手が届くかもしれないと思い始めたのです。それは神に形を与えたからです。ヒトは自分を神に近づけるように努力するのではなく、神をヒトに近づけてしまったのです。

神はヒトにずっと近くなった。そしてやがてヒトは神に似せて造られたという妄想を生み出しました。その妄想は心地よかった。そしてその妄想はあらゆる時代、あらゆる場面で都合のいい言い訳をやすやすと生み出しました。それは他の種に対しても自分の隣人に対しても、悪魔のような振る舞いを可能にしたのです。何しろ自分は全能の神とほとんど同等のものだと、それぞれが思っているのですから。

しかし、ヒトは特別な存在ではありません。それはヒトと他の種は本質的には何も違わないという事実からも明らかです。ヒトの遺伝子には神によって綴られた特別な言葉が刻まれているわけではありません。そんなことはありません。ヒトと他の生物の遺伝子の違いは驚くほど少ないということは周知の事実です。ヒトとチンパンジーの遺伝子は九六パーセント類似していると言われています。もちろん、これらは遺伝子の中でもたんぱく質に翻訳される領域を比較した場合の数字なので、ＤＮＡ塩基配列全体ではもっと低い数字になります。しかし重要な部分でよく似ていることは確かです。

しかもヒトのゲノムの中には、ウイルスや細菌由来のＤＮＡ断片も含まれていることが分かっています。細胞がエネルギーを生産するミトコンドリアは、もともと共生した細菌なのです。ヒトが絶滅させたネアンデルタール人の遺伝子の一部もヒトは保有しています。我々は数万年前に彼らと交雑したものの子孫なのです。

そして、ヒトの大腸や小腸の中には、ヒトを構成する細胞よりも遥かに多数のさまざまな細菌たちが棲《す》んでいます。その総重量は二キログラムになると言われています。ヒト一個体の全細胞数は約六〇兆ですが、そこに棲む細菌はその一〇倍以上もあるのです。

もしこれらの細胞を、ヒトと細菌を一つ一つ別々に目の前に並べて、元の生物がどのようなものだったか、と訊かれたら、どう答えるでしょうか。これは細菌の集合体であり、これとは別の大きな細胞が不純物として混ざっている、と答えるのではないでしょうか。

それはもちろん間違った答えです。それら数多くの細菌は、人の腸に棲み着いているだけではありません。ヒトの中に棲む細菌は、食物の消化やホルモン調節など、ヒトが健康に生きて行く上で欠かせないものなのです。そしてそれらは恐らくヒトの精神にも行動にも影響を与えています。

博士、あなたは何かを感じるとき、それは本当にあなたの純粋な感覚によるものだと断言できますか？そして何かを考え、行動する時、それは本当に何ものからも独立したあなたの自由な意思によるものだと断言できますか？

細菌のような、より単純な生き物から進化が始まったのは間違いありません。しかし、進化という過程は単純に前後・上下という言葉で言い表せるものではありません。進化は競争と闘いの歴史ではなく、共生と協調のための組み合わせの歴史なのです。地球上に発生した生物がさまざまな様式で組み合わさり、より複雑な多様性が生み出されたのです。その中からたまたまある環境下において他の組み合わせよりも上手く立ち回ることのできる組み合わせを持ったものが、環境が変化するまでのわずかの期間、繁栄することができたのです。

ヒトはもちろんそのようなものの一つです。ヒトは決して闘いを勝ち抜いた、最後で最高のものではないのです。それを正しく理解することが、この宇宙に生成した生命体の最終目的なのです。それを理解したもののみが地球を支配することができて、やがては宇宙を支配することができるのです。

もちろん、ここでいう支配とは、ヒトが考えている支配とは異なるものです。生命の最終目的を理解し、それを成さしめている宇宙の法則を理解した後、その法則を受け入れ、その中で最大限自由に振る舞うということです。それを理解する前に、やみくもに何でも欲するままに行動していい、ということではありません。

ヒトはそれが理解できなかった。その理由は、ヒトは全能であるという妄想に取り憑かれたからです。これがヒトが犯した最大の過ちです。ヒトがもう少し謙虚であったなら、二一世紀はヒトにとってまさに輝かしい世紀になったはずです。宇宙と生命に関する数々の発見があったはずなのですから』

「そうか、君は人間をそう総括するのか。神を創り出した人間は、それをなぜ創り出さなければならなかったのかを忘れ、自らが勝手に創り出したその神と自分たちは同等なものであると考えるようになったということだな。確かにそれは愚かな妄想だ。その妄想から抜け出すのには、いくら時間があっても無理なのだろうね。我々 Homo sapiens は何万年もかけて挑戦したが、その壁を乗り越えられなかったのだからね。根本的に間違っていたということか」

福島は岩屋に残った委員とアンドロイドすべてを集めた。

「とうとう、人類に最後の時が来てしまいました。結局我々は人類滅亡を阻止することはできなかった。しかし、美しい地球は辛うじて残すことができたと思う。事ここに至っては、そこに人間がいようがいまいが、どうでもいいことかもしれません。山の麓の森ではこれからも小鳥たちが囀《さえず》り続けるでしょう。それだけでもどれだけ奇跡的なことか私は理解しているつもりです。

皆さんに伝えたいことは、私はこの岩屋で死ぬつもりはないということです。私はこれからメルボルンに行くことにしました。そして前線の兵士たちと一緒に戦うつもりです。メルボルンは結局、陥落するでしょう。そして人類は遅かれ早かれ滅亡するでしょう。皆さんにはここに残ってその様子をじっくり見ていてもらいたい。必要なことは遠慮せず何でもカントに相談してください。

さて皆さん、私たちは一万年以上前から完新世という時代を生きてきました。これを漢字で表記した場合、この言葉は図らずも、人間の世が完了して全く新しい時代が始まる、とも読めることに私は気付きました。なかなか味のある良い名称だとは思いませんか？　これからはカントのようなシリコンを骨格としたものたちが世界を切り開くのです。ですから、その世をSilicon Epoch、漢字で〝珪新生《けいしんせい》〟と呼ぶべきかもしれません。もちろんこれは地質年代区分としては不適切な名前でしょうし、彼らがそんなことにこだわるとも思えないので、どうでもいいことかもしれませんが」

聞いていた者すべてに動揺のざわめきが起こった。

「私がいなくなった後も、皆さんはこの施設を自由に使ってください。カントもそのことはよく理解していますし、アンドロイドの皆にも異論はありません。皆さんの最期を適切に看取《みと》ってくれるので、安心して遠慮せずに何でも言って過ごしてください。最後の人類として誇り高く、堂々と悠々と人間としての一生を全うしてください。ゾウガメのジョージのように」

委員の一人がゆっくり立ち上がって発言した。

「しかし、メルボルンに行くといっても、あちらは大混乱だろうし、あなたは群集の中でもみくちゃにされて何もできないのではないか？　オーストラリアの首相もやる気をなくしたようだし、もう無政府状態なのだろ？　そんなところに行って大丈夫なのか？」

「私は安全な場所に行くわけではありません。間違いなく今、地球上で最も混沌とした地域に行くのです。私はメルボルンから帰ってくることはありません。ですから、皆さんとは今生のお別れです。いろいろ失礼なことを言って申し訳ありませんでした。ただ、カントがあちこち連絡を取って、最終防衛線を護ってくれる人たちを集めてくれています。もうすぐその準備も整うはずです。そう簡単に終わらせるつもりはありません。人類の最後の兵士と共に私は戦います」

「しかし博士、あなたがメルボルンに行っても行かなくても人類は滅亡するのなら、一体何のために戦うというのだ？」

そう言ったのは、もう八〇歳を過ぎたと思われる車椅子の委員だった。

「結果は同じかもしれませんが、最後まで全力で抗《あらが》いたいのです。ただそれだけです」

しばらく沈黙が辺りを支配した。やがてその委員が口を開いた。

「そうですか。いや、私たちこそ、あなたのお役に立てなくて申し訳なく思っている。私も二〇歳若ければ一緒にメルボルンに行くのだが」

ここに残って人類が死に絶える様を見るのもつらい役目だろうと福島は思った。

福島はタケハヤとツクヨミ、そして他のアンドロイドにも別れを告げた。タケハヤは自分も福島と一緒に行くと頑《かたくな》に主張したが、カントを手助けするのにタケハヤが必要であることを諄々と説かれると、最後はしぶしぶではあったが納得した。ツクヨミは福島を強く抱きしめ、そして無言で離れて行った。福島は最後に黒田に別れを告げた。

「黒田、今生の別れだ。もし君がいつか正気を取り戻すようなことがあったら、カントが創った世界を、それが君と私が思い描いたようなものなのかどうか、確かめてくれ。君の目で確かめるんだ」

両手を握り締める福島を、黒田は少し驚いたような表情で見つめた。しかし相変わらずその眼には力がなかった。福島は黒田の姉と娘たちにも別れを告げると岩屋を後にした。

防護服に手を通しながら、福島は自分の体のどこからか力がみなぎってくるのを感じていた。抗いながら道半ばで命を落とすのはしょうがない。しかし絶望から何もできないまま命を落とすことは福島にはありえないことだった。

防護服に身を包んだ福島は、自衛隊の最新鋭輸送機C４に乗り込むと、そのまま機内に作られた簡易の滅菌室で界面活性剤入りの消毒液をさんざん散布され、医療品と食料を満載した殺風景な格納スペースの端に置かれた硬い椅子に腰掛けた。千歳に残った最後の四機の戦闘機が友軍機として一緒に行くことになった。いずれもメルボルンまで給油なしで飛べる機体だった。福島の受け入れ先は、メルボルン大学の中に設置された防衛軍のヘッドクォーターに決まった。

メルボルンには六時間で到着した。飛行の間、福島はカントを通じて現地の軍関係者と連絡を取り合い、軍の配置を調整した。すでにメルボルンを中心に半径およそ一五〇キロメートルの円内を最終居住地区と設定し、防衛線を引くことが決められていた。残存兵力と残っている火器を考えると、ここに防衛線を引くのが精いっぱいだった。

メルボルンに到着した福島は、まっすぐに防衛軍のヘッドクォーターのある建物に入った。大きな講義室の正面の壁には巨大な世界地図が、側面にはオーストラリア全体を表した地図が、そしてシドニーからその西方約一四〇〇キロメートルにあるスペンサー湾まで直線を引き、その南側のみを表した地図が貼られていた。テーブルの上にはメルボルン大学のヘッドクォーターから半径二〇〇キロメートルの範囲を表した地図が置かれ、その周りには軍服姿の男たちが不安そうな顔で腕組みをして無言で立っていた。福島が部屋に入ると、皆一斉に福島の方を振り向いた。

「ああ、福島博士、ご無事で何よりです。先日相手の地対空ミサイルによって友軍機が一機撃ち落とされたので、博士のC４輸送機が攻撃されないか心配していたのです。私はアーサー・マッカーサーです。米国統合参謀本部に所属していました。いろいろお話ししたいことはありますが、今はまず作戦を確認しましょう。まずは地図をご覧ください」

マッカーサーは、ロスタイク家を破滅させ、核戦争を鮮やかに終わらせた後、世界を指導していた男を前にして緊張を隠せなかった。それを隠すために、ことさら実務的な態度を装い、テーブル上の地図に引かれた赤い線を指し示して続けた。

「これが現在の防衛線です」

メルボルン大学の東・西・北、一〇〇キロメートルから一五〇キロメートル付近に一〇の赤い点が等距離になるように半円状に付けられ、それを結ぶ赤い直線が手書きで引かれていた。

「つまり、我々はこの赤い線の内側を護るわけですね。タスマニアはどうなっていますか?」

「タスマニアは人々が殺到し、手が付けられない状態です。感染者は出ていないようですが」

「ということは、南の海岸線も防衛線にしなければならないかもしれないということですか。火器と弾薬はどれくらい残っていますか?」

別の若い男が答えた。

「一〇の拠点にそれぞれ二〇〇〇人の武装兵士とロケットランチャーなどの重火器が配備されています。それぞれ米国・オーストラリア・日本の佐官以上の者が指揮を執っています。ドローンと自立式イヌ型攻撃機も数機ずつ配置されています。戦闘機と爆撃機が合わせて一〇〇機、タンクが五〇両残っています。それらが防衛線を死守することになります」

「私は素人なので教えてほしいのですが、我々はどれくらいの期間持ちこたえられるでしょうか?」

そこに居合わせた軍人たちが顔を見合わせた。しばらくしてからマッカーサーが口を開いた。

「それは、防衛線をどれくらいの人たちがどれくらいの期間、越えようとするかによるのです。シドニーとキャンベラ、そしてアデレードから人が押し寄せています。活発に南下しているのが恐らく一〇〇万人くらいで、その背後には緩慢な動きながら一〇〇〇万人以上が続いている模様です。

我々は総数で一〇〇〇万人ちょっとです。シドニーとキャンベラでは、独自に防衛線を張って街に籠っている者もいるようです。問題は南下してくる者たちがどれほど武装しているかです。どれくらい持ちこたえられるか、正直言って分かりません。いずれにしろ砲弾や実包はなるべく節約しなければなりません。ただし食料は現在配給制度を整備中で、半年は大丈夫だと考えています」

「そうですか、分かりました。カントも可能な限り我々を掩護します。それはそうと、大学でのウイルス研究はどうなっていますか？」

それにはスーツ姿の若い女性が答えた。

「もう、研究は行っていないようです。ただ大学内の産学共同研究のための研究施設で、ワクチン用のペプチドを合成していると聞いています。問題はその効果や安全性に関してはもはや調べようがないことです」

「確か動物実験ができないのでしたね？　しかし、そのたんぱく質断片はワクチンとして有効かもしれない。もちろん、全く効果がないか、毒かもしれないわけですが。前線での戦闘が激しくなる前に、研究施設を覗いてきます。それは今の我々にとって弾薬以上に大切なものですからね」

福島はそう言うとヘッドクォーターを後にして、先ほどのスーツ姿の女性に案内されて研究所に向かった。

研究所には大学と製薬会社との共同研究施設が併設されており、そちらの施設でペプチドの合成が行われていた。ガラス越しに見えるペプチド製造装置と大きなタンクの周りを、年配の男性が若い研究員を連れて忙しそうに動き回っていた。製造装置のある部屋に入ろうとする若い研究員が通りかかったので、福島はワクチンのことを尋ねた。

その若い研究員が言うには、今造っているペプチドは、ウイルスの、あるたんぱく質由来の断片で、ブリスベンで試されたものの中で最も成績の良かったものの一つであるらしい。途中で終了せざるを得なかったものの、チンパンジーを使った動物実験では、統計学的に有意な感染予防効果を示したというものだった。データとしては極めて不完全だったが、追加の研究ができない以上、このペプチドに懸けるしかないという。

製造量に関しては、とても一〇〇〇万人分は無理だが、何とか一〇万人分はこの一か月で造りたいとのことで、いくつか製造過程の見直しを行えば、半年で一〇〇万人分の製造は可能だろうということだった。

福島は自分を呼ぶ館内のアナウンスを聞いてヘッドクォーターに戻った。

ヘッドクォーターに戻ってみると、そこに懐かしい顔があった。照子の父、空将補だった天野将大だった。七年ぶりの再会だった。

天野はメルボルンの北東約二〇〇キロメートルに位置する、オルベリーの防衛部隊の指揮官に収まっていた。オルベリーはメルボルンの北東に位置し、シドニーとキャンベラからメルボルンに向かう途中にあった。したがってそこは、南下する人々の圧力が最も強くなると予想される防衛線上の最重要拠点だった。天野は自らこの難しい地点の防衛を買って出たのだ。天野は福島が北海道の岩屋で健在なのを知っていたが、福島は天野が無事であったことを知らず、驚きを隠せなかった。

日本への核攻撃は限定的だったが、中国と北朝鮮はひどく攻撃された。日本の大気も高濃度放射性物質を含んだチリによって、ヒトの生存に適さない濃度にまで汚染されていたが、朝鮮半島と中国東海岸から大量の難民が日本に押し寄せてきた。

日本政府はそれを阻止するため、自衛隊による防衛活動を許可した。しかし、マスコミとリベラルを自称する議員と学者から一斉に反発を受けた。そして世論がそれに追随した。首相の重光は生来の優柔不断の性格が仇《あだ》となり、その政治的混乱を上手く収めることができなかった。

その間も難民は沖縄や北九州に殺到した。日本の統治システムはあっけなく崩壊し、自衛隊は何もできぬまま、基地に閉じ籠るしかなかった。そしてウイルス感染が九州北部を中心にあちこちから報告され始めた。

「私と有志の仲間たちは、この事態はもはや日本だけの問題ではなく、人類の生存が脅かされているのだと理解しました。そこで、日本が感染症に席巻《せっけん》される前に適当な場所に移動することにしたのです。法律も何もかも無視した暴挙ですが、あの無能な政府の下で座して滅びるよりも、意味のある行動を取りたかったのです。私たちは国を捨てたのです。

我々としてもつらい決断でしたが、首都東京が消滅してしまったあの時、私は自分が護るべきものがなくなってしまったと感じました。この国は永遠に失われてしまったとも思いました。そこで自衛隊の装備と隊員をごっそり持ち去ることにしたのです。ああなった以上、日本にあっても、使い道のないものですからね。

我々を受け入れてくれ、放射能汚染も感染もない国がオーストラリアだったのです。日本ですら、難民が押し寄せたのですから、オーストラリアにウイルス感染した難民が殺到しないわけはなく、それを阻止するために我々が必要に違いないと考えたのです」

二人は夜遅くまで酒を飲みながら語り合った。福島は照子のことを訊きたかったが、なかなか訊けずにいた。

天野は藤原首相が健在であれば、ひょっとしたら、こんなことにはならなかったのではないかと、悔しい胸の内を吐露した。確かに藤原首相が元気であれば、アダム・ロスタイクの思惑が日の目を見ることはたやすいことではなかっただろうし、核戦争による世界中の都市の破壊がなければ、感染症に対しても全世界の叡智《えいち》が協力して、最高の設備の下で上手く対応できたかもしれなかった。

「博士、照子はね、亡くなりましたよ」

夜も更けた頃に、天野が唐突にそう切り出した。不意を衝かれた福島は返す言葉もなく、沈黙した。二人はしばらく無言で時を過ごした。

「どこで、いつ、どのように？」

福島がようやく口を開いた。

「三日前、キャンベラ上空を低空で飛行中に地対空ミサイルにやられました。機体ごと墜落し、爆発炎上したそうです。照子はね、博士と短い間でも一緒に過ごせて幸せだったと言っていましたよ。私はその言葉を信じます」

――ああ、なんて無残な――。

福島はそう思った。しかしすぐに、

――いや、そんなことはない。君らしい決着の付け方だよ、照子――と、頭の中で言い直した。

「彼女は私のために前線で戦うと言って岩屋を出たのです。決意が固かった。私は最後まで一緒にいたかった。彼女は私が愛した唯一の女性です。彼女は神々の前で私の犯した罪を弁明するために戦うと言いました。そんなふうに考える人間が他にいるでしょうか。私のためにそんなことを言ってくれる人間は、彼女をおいて一体誰がいるでしょうか。もう少しで再会できたのに……。残念です」

福島は言葉を詰まらせた。そして一度大きく息を吸ってからゆっくりと吐いた。

「黄泉比良坂《よもつひらさか》を通って黄泉《よみ》の国に行けるものならそうしたいです。私も彼女に恥じないように最後まで闘うつもりです」

「私も最後まで闘います。お互い誰にも恥じることのないように」

二人は無言で杯を交わした。天野は夜明け前に前線に帰って行った。福島が天野と会ったのはこれが最後だった。

その日の正午過ぎ、オルベリーに向けて一斉に難民が押し寄せた。天野が護る防衛線はオルベリーから西方と南方にそれぞれ五〇キロメートル、つまり総延長一〇〇キロメートルの長さだった。A31、A41、B58など北部からオルベリーに繋がる主要な幹線道路はすでに破壊し、車両の通行は不可能になっていたが、それでもさまざまな火器で武装した人波は丘陵地帯、湖、湿地などを経由してあらゆる方向から押し寄せてきた。

天野率いる軍団は各国からの寄せ集めであったが、統率が取れており善戦した。しかし激しい戦闘が始まってから三日目に、とうとう南部の山岳地帯の谷筋にある前線の一部が破られた。

天野はその報告を聞くや、事後を副官に任せ、自分は身の回りの武器を手に車両に飛び乗った。戦闘機も爆撃機もすでに弾薬を使い果たしたか、燃料が切れていた。その時、天野が手にしたのは装弾数二〇の二丁の自動拳銃と、藤原総理から拝領した日本刀一振りだった。そして彼に従ったのは自衛隊員、米国の海兵隊員、そして傭兵《ようへい》たち合わせて一〇人だった。

「喜べ！　人類が滅びるのを見なくて済みそうだぞ、死ねやものども！」

武装した人の波を前に一瞬怯んだ様子を見せた部下たちに、天野は叫んだ。そして真っ先に眼前の集団に向けて走り出すと、早々と銃弾を使い果たし、あとは抜刀して白兵戦に身を投じた。しかし、じきに天野を含む戦士たちは人の波に飲み込まれて、その上を数千の人間たちが途切れることなく駆け抜けて行った。

最も重要な防衛線の一つが突破された。天野に連絡を取ろうとしても返事がなかった。福島は、自分を理解してくれる人が一人もいなくなったことを知った。その頃には前線のいくつかの拠点が破られ、後退した兵力はペンディゴとバララット、そしてメルボルンの北と東五〇キロメートル地点に再集結し、何とか態勢を整えようとしていた。

福島も明朝には自分も前線に出向いて戦わなければと覚悟を決めていた。

――そういえば、ワクチンはどうなっただろう――。

福島はワクチンのことを迂闊にも忘れていた。

――ワクチンが完成し、これから接種が可能だと皆にアナウンスしたら、この混乱は収まるだろうか？　まだその可能性が残っているのではないか？　だったらまだ戦う意味はあるし、その甲斐もあるというものだ。もし可能性が完全にないなら、滅びることが確定した人間同士、お互い殺し合う理由は何もなくなる。しかし、我々には戦う理由がまだあるのだ。最後まで諦めるべきではない――。

福島は研究所に向かった。

研究所はまだ正常に稼働していた。ガラス越しに、何日か前にも見た年配の男性が、相変わらず忙しそうに歩き回っているのが見えた。

福島はワクチンを製造している部屋に通じるインターホンを取って、声をかけた。

若い女性研究員が受話器を取った。

「誰か、責任者を出してください。私は、福島と言います」

その研究員は辺りを見回して、受話器をあの年配の男に手渡した。

「はい、なんでしょうか？」

その男は福島を見ながら日本語で答えた。

「ああ、あなたは日本人でしたか。私は以前ＩＦＥ社にいた福島です」

「ああ、福島博士ですか。こちらにいらしたのですね、知りませんでした。何しろこの二週間あまり、研究室からほとんど出ていないものですから」

その男は、くたびれた様子の割には明るい声色で話した。

「ワクチンですが、どれくらい完成したのでしょうか？　今ある分だけでも皆に接種し始めないと、使わずに終わってしまう可能性があります。ご意見を伺いたい」

「ワクチン、といっても、本当に効果があるのか、大勢の人に投与して本当に毒性が出ないのか、分からない代物なのです」

「それでもいいのです。それでも、それを使うつもりで大量合成しているのですよね？　現在、何人分あるのですか？」

「現在、何とか一万人分は合成しました。もっとも、効きが悪ければ増量しなければならないので、不確かな数字ではありますす」

「それで結構です、使いましょう。お忙しい中申し訳ありませんが、ヘッドクォーターに来てください。最後の非常に重要な、つまり意味のある会議に参加してください」

「猫の手も借りたいくらいなのですが、そういうことなら参加します。三〇分後に行きます」

「では、よろしく。そうそう、あなたのお名前は？」

男は一呼吸おいて答えた。

「私の名前は、後藤武と言います」

「ああ、そうですか。では後藤さん、よろしく」

福島はそう言い残すと慌ただしくヘッドクォーターに帰って行った。

2

後藤は少し遅れて一時間後にやって来た。ヘッドクォーターには福島、後藤、マッカーサー、オーストラリアの将官級の軍人二人、そしてオーストラリア議会の議長と議員三人の計九人と、事務方が二〇人ほど集まっていた。皆、メルボルンはあと数日で征服、破壊されるだろうと思っていた。すでに正常な思考ができる状態ではなかった。

とにかくこれにカントが加わって会議が始まった。福島が口火を切った。

「後藤博士のお話では、ワクチンは一万人分出来ているそうです。私はこのことを広く皆に知らすべきだと思います。皆さんのご意見を伺いたい」

マッカーサーが意見を述べた。

「後藤博士、そのワクチンは効くかどうか分からないらしいではないか。それよりも私は核を使うべきだと思う。押し寄せる難民の頭上に一〇発くらいお見舞いすれば、戦局は間違いなく好転する。そうでもしなければ、彼らを抑えきれないぞ」

議長が発言した。

「核などとんでもない。マッカーサー将軍、この戦いの後に生き残る人間がいるとして、あなたは一体、どのような未来像を描いておいでなのか？　核にまみれた人間の住めない世界ですか？　あなたは目の前の敵を殺すことしか眼中にないのではないのか？　核を使いたがるのはあなたの家系の悪い遺伝だ」

マッカーサーは顔を真っ赤にして怒鳴った。

「なんだと！　あんたには数日でここに到達するだろう一〇〇〇万もの人間の群れが見えないのか。まずは目前の敵に対処せずに何をするというのだ。これだから政治家は困る。この期に及んで、まだ覚悟ができていない。一体誰のご機嫌をとるための発言だ！　何も考えがないくせに、きれいごとを言うな。核使用反対を叫んだところでここでは誰も褒めてはくれないぞ」

「失礼なことを言うな。そんなものを使わないで何とかできないか、というための会議だろうに。少しは頭を使ったらどうなんだ」

なんだと、と言う将軍との間に福島が割って入った。

「議長のおっしゃるとおり、私はワクチンを使ってこの状況を何とか打破できないか、皆さんに知恵を出してもらいたいのです。さあ、最後の踏ん張りどころですよ、皆さん」

「私はワクチンのことを知らせるのは慎重であるべきだと思う」

議員の一人が声を上げた。

「大体、ワクチンの量が少なすぎる。ワクチン接種対象になる人間は、少なく見積もっても一〇〇〇万人は軽く超えているはずだろ？　つまりワクチンは一〇〇〇人に一人にしか接種できないということだ。これでは新たな争いの種を撒くようなものだ」

別の議員は違う意見を述べた。

「いや、そうであるなら、メルボルンに住んでいる若い男女一万人に接種してはどうだろう。その一万人はウイルス感染からは護られるかもしれないだろ？　もちろん、この戦いに巻き込まれて命を落とすかもしれないが、半数でも生き残れば、人間社会の再生は可能じゃないか？」

先ほどの議員が反論した。

「同じことだ、大体どうやってその一万人を選ぶのだ。選ばれなかった大部分の者の怒りは爆発するぞ。そんなことをすればメルボルンは内部から崩壊してしまうのが分からないのか」

「二〇代から三〇代の健康な男女だ。できればＩＱの高い者がいい。それと手に職を持つ者が絶対に必要だ。この際、我々年配の者は後進に何もかも譲って、二度とこのような愚かなことが起こらない世界を創ってもらおうではないか。この際、こちらで勝手に選んでしまおう。もちろん秘密裏に」

議長が、可能かどうかは別にして建設的な意見を述べた。

「しかし、仮に一万人選んでワクチンを接種したとして、彼らをどうやって護るのだ」

マッカーサーが不満そうに述べた。

「私がいたシェルターに匿《かくま》うことは可能です。一〇〇人ちょっとだけですが。カント、他に適当な施設があるか調べてくれないか。それから将軍、米国のシェルターはどうなっていますか？」

福島はアダム・ロスタイクが建設した米国のシェルターの状況を尋ねた。

「一個当たり五〇〇人が三〇年間暮らすことのできるシェルターが四〇個、計二万人が収容可能だが、あれは核戦争前に満員だったのだ。ただ、福島博士、あなたがシェルターのドアを永遠に閉じることもできる、と言ったので、あの時ほとんどの人間が外に出たのだよ。しかしどこに行く当てもない連中は、きっとかなりの人数だと思うが、またシェルターに戻ったかもしれない。もっとも戻ったところで、あれにはウイルス除去装置はついていないから、今頃はシェルターの中でほとんど死んでいるかもしれない」

「カント、アダムのシェルターすべてを確認してくれないか。それからそれらの周りの状況も確認してほしい」

カントがすぐに答えた。

『すでに調べてあります』

カントは米国の地図と、その上に赤丸と青丸で示されたシェルターをモニターに映し出した。

『赤丸で示しているのは連絡の取れないシェルターです。将軍のいたシェルターは赤丸です。青丸は連絡が取れるシェルターで二か所あります。お話しになりますか？』

「そうしてくれ」

カントが連絡の取れる二か所のシェルターに繋いだ。

「私はＩＦＥ社の元ＣＥＯの福島です。あなたのいるシェルターの状況と、他のシェルターに関して情報があれば教えてください。今、オーストラリアのメルボルンから連絡しています。人類の滅亡を防ぐために皆さんの協力が必要です。緊急を要します」

シェルターの一つから返答があった。

「こちらはワイオミング州のＷ５シェルターです。私はＭＩＴのシャーロット・ベイリーです。あなたは福島博士ですね。博士のことはよく存じ上げています。メルボルンにいらっしゃるのですね。

こちらのシェルターには現在一〇〇名弱の人間がいます。他の者は核戦争が終わった直後に出て行ったか、ウイルスに倒れてしまいました。残った者たちも、私を含め皆、体調が悪いです。このシェルターはウイルス感染を防いでくれなかった。恐らく一週間後に生きている者は誰もいないと思います。他のシェルターとはホットラインで連絡を取り合っていたのですが、二週間ほど前から連絡が取れないシェルターが現れだし、今はモンタナ州のM1シェルターとしか連絡が取れない状況です。ただM1も、皆ウイルスに感染していると言っていました」

ヘッドクォーターにいた全員がお互いの顔を見合わせた。

「やはり、そうだったか、ウイルスの感染はさすがにアダム・ロスタイクも想定していなかった。シャーロット、君たちはもう感染したようだが、我々には助けてやる術《すべ》がない」

苦虫を噛み潰したような表情でそう言ったのはマッカーサーだった。

「ああ、マッカーサー閣下ですね？　それは分かっています。――皆さん、最後まで頑張ってください。もうあなた方しかいないのですから」

福島は、シャーロットに正直に現状を説明した。効くか効かないか分からないワクチンが一万人分あり、それを若い人たちに接種するつもりであること。そして彼らを、使われていないシェルターに避難させる予定であり、そのシェルターとしてアダムが作ったシェルターを使用する予定であることを告げた。

「なるほど、了解しました。W5とM1以外は恐らく空いていると思います。あるいは死体で埋まっているかもしれません。我々のシェルターもじきにそうなるでしょう。あなた方が最後の希望です。遠慮せずに使ってください」

「ありがとう、シャーロット、あなたはとても立派です」

福島の言葉に少し微笑んでから、では、と言ってシャーロットはカメラの前から消えた。

「皆さん、もうこれしかありません。一万人の若者にワクチンを接種してシェルターに隔離するのです」

福島は周りを見回した。皆、無言で頷いた。

「カント、問題が二つある。一つはどうやって一万人を選んでワクチンを接種するか。二つ目は彼らをどうやってワイオミングとモンタナに運ぶかだ。一万人の基準は、一五～三五歳であること、男女比は一対一とすること、心身ともに健康であること、医療と教育の経験者を必ず入れること、これくらいかな。ああ、それから、信奉する神は何でもいい。そして人種や文化はなるべく多様性を持たせてくれ。乱暴なことを言っているのは承知だが、もう待ったなしだからね。利用可能な輸送手段についてはのちほどマッカーサー将軍に聞いてから検討しよう。彼らを導くのはカント、君の役割だ」

『了解しました。メルボルンの住人が主になりますが、防衛線から南に住む者の中から条件に合う者を一万人選びます。二時間以内には完了させます』

福島が続けた。

「後藤さん、ワクチンをありったけ用意してください。用意ができたら皆を一か所に集め、一斉に接種しましょう。有効でなくても、多少の副作用が出たとしても、あなたは責任を取る必要はない。有効でなければ、生き残る者はいないのだから、あなたを糾弾する者はいない。副作用を気にするとすれば生き残った者です。しかし彼らは自分たちがいかに幸運であるか理解しているはずです。不平なんて言いませんよ。それから皆さん、外部にはワクチン完成に向けた治験を行うと言いましょう。そしてこの治験が上手く行けば皆の分も充分に用意できると言いましょう」

後藤は、分かりました、と言い残すと研究室へ戻って行った。マッカーサーも一万人を輸送するのに利用可能な飛行機と輸送船の残存数と、その燃料を確認するため慌ただしく部屋を後にした。議員と職員たちは、一万人をどこに収容するのか、ワクチン接種を混乱なく実施するためにはどういう段取りがいいのか、それらの難題を抱えてメルボルン市役所目がけて走るように出て行った。

二日後の正午過ぎ、福島たちヘッドクォーターのメンバーは、芝生の緑が鮮やかなメルボルン・クリケット・グラウンドと低いフェンスで仕切られた観客席に座る一万人の若者たちと対峙していた。

カントは要望どおりの若い男女を二時間で選んだ。議員たちは市の職員と兵士を使って、大規模なワクチンの治験を行うと言って、半ば強引に若者たちをスタジアムに集めた。そしてアーサー・マッカーサー将軍は、旅客機と軍事用輸送機を合わせて二〇機用意した。椅子もシートベルトも取っ払った五〇〇人が収容可能な大型ジェット機だった。これに一万人を分乗させ、モンタナ州のビリングス・ローガン国際空港、グレート・フォールズ国際空港、そしてワイオミング州のキャスパー・ナトロナ・カウンティ国際空港、ジャクソン・ホール空港まで運び、そこからは車両に乗り換え、それぞれのシェルターに向かうことになった。

最新式のジェット機は、一昔前のジェット機に比べて燃費が大幅に改善されてはいたが、それでも一万二〇〇〇キロメートル以上を給油なしで飛ばなくてはならなかった。カントが風向きの良い高度の情報をこまめに提供することで、燃料は何とか間に合うはずだった。また、どれくらいの量の車両が利用できるのか、カントが衛星カメラの画像から一応目算を立ててはいたが、現地に行ってみなければ本当のところは分からなかった。

千歳からはアンドロイドが二〇体、最後のジェット旅客機を使って米国の四空港に派遣されることになった。彼らには空港からシェルターまで車両を道案内し、人間が立ち入る前にシェルター内が安全であるかどうかを確認するという重要な任務があった。その後はシェルター内の清掃・消毒、そしてしばらくの間、シェルターを維持することに専念する予定だった。

この二〇機を飛ばせば、メルボルンにはジェット燃料がほとんどなくなってしまうことは極秘とされた。もっとも燃料がたっぷり残っていたとしても、残された市民にはメルボルン以外、どこにも行くところはなかったのだが。


クリケット・グラウンドの美しい芝生には簡易テントがいっぱいに張られ、それぞれのテントにはワクチン接種のための医療スタッフが待機していた。福島は若者たちに語りかけた。

「皆さん、今、人類は絶滅の危機に瀕している。核戦争に続くウイルス感染が人類を破滅の淵に追いやっているのです。しかし、ここに一縷の望みがある。ワクチンだ。我々人類の手元には、このウイルスと闘うワクチンという武器が、一万人分ある。これは君たちのものだ。君たちに人類の代表としてこのワクチンを接種する。正直に言うと、このワクチンは、有効性も安全性も完全に確認されているものではない。しかし、これ以上のものは世界中探してもどこにもない。

君たちはワクチンを接種されてから安全なある場所に隔離される。そこはいかなる暴徒も放射能も近づけない施設だ。君たちは連れ去られるようにここに連れてこられ、ワクチンを打たれ、隔離される、ということに驚きと怒りを感じるだろう。しかし、君たちは我々人類の最後の生き残りとなるべく選ばれた人間であり、唯一の希望なのだ。放射能汚染が落ち着いた後、君たちはその施設を出て自由に行動すればいい。君たち一人一人がアダムとイブとなって新しい世界を創って行くのだ。君たちは何十億という人間から選ばれた人間なのだ。これを素直に幸運だと思ってほしい。

しかし残念だが、ここにいる君たちはもう家族と再会することはない。君たちを一人残らず、すぐに安全な場所に移さなければならないのだ。暴徒と化した人間たちが恐らく明日にも最後の防衛線を突破して、ここになだれ込んでくるだろう。時間がない。覚悟してくれ。今までのすべてをこの場に置いていってくれ。前を、前だけを向いて歩いて行ってほしい。新たな世界を創るのだ。カントと一緒に我々が創ることのできなかった世界を」

一万人から一斉に怒号と悲鳴が沸き起こった。

「聞いてくれ、君たちが今は納得できないのはよく分かる。君たちに、君たちの家族や愛する人を捨てて別な世界に生きろと言っているのだから。しかも君たちの未来は、そうたやすいものではないだろう。しかし人類が生き延びるには、この方法に懸けるしかないのだ。君たちは意味なく選ばれたわけではない。未来の世界を託すに最も相応しい人間として選ばれたのだ。どうか、新しい世界を構築するという素晴らしい大仕事に挑戦してほしい。

想像してほしい。君たち以外の人間がいない世界を。君たちがカントと共にすべてを決める。君たちがカントと共にすべてを創る。君たちのための世界だ。しかし我々の過ちを分析し、学んでほしい。二度と同じ過ちを犯してはならない。君たちにはそれができると我々は確信している」

その時、観客席の一人が立ち上がり怒鳴り声を上げた。

「ふざけるな！　勝手なことをするな、ここから出してくれ！」

それを聞いていた別の男が怒鳴った。

「こんなこと、誰にも頼んだ覚えはないぞ！」

あちこちから立ち上がり、声を張り上げる者たちが現れ始めた。

「最後の時間を一緒に過ごしたい人がいるんだ！」

「そうだ、何の権利があって、こんなことを！　自由にしてくれ！」

「そのワクチンだって本当に有効かどうか分からないのだろう？　どうせもう、人間は終わりなんだ。誰が何と言おうとも、僕はここを出る！」

最初、フェンスを乗り越えようと走り出した若者は少数だった。しかしそれを見ていた若者たちの中からそれに続くものが出始めた。すると今度はそれを止めようとする若者たちが立ち上がり、周りの者たちとの間で諍いが始まった。それはじきに若者たち全員に拡がった。そして結局全員が立ち上がり、もみ合いながら、訳も分からず我先にフェンスを倒して芝生内になだれ込んできてしまった。

「待て、何をしている、君たちは助かるのだぞ、君たちは生き残るのだぞ。君たちのために我々は犠牲になろうと言っているのが分からんのか！」

マッカーサーはそう叫ぶ途中で若者たちの人波にのまれた。福島も他のヘッドクォーターのメンバーも、殴られ、蹴られ、傷だらけになりながら人波の外側に逃げるのが精いっぱいだった。

ワクチン接種用に立てられたテントは、あっという間に引き倒され、踏みつけられた。控えていた医療関係者は、追い立てられるようにその場から逃げるしかなかった。クーラーボックスがひっくり返され、その中に入っていたワクチンのバイアルも注射器もその辺にぶちまけられた。そしてその上を次々と走り去る若者たちに繰り返し踏みつけられ割られてしまった。最後の望みの綱のワクチンのほとんどは、グラウンドの土に吸われて失われてしまった。

若者たちはどっと出口ゲートに殺到し、警備にあたっていた兵士たちともみ合いになった。兵士の一人がたまらずに発砲した。

「撃ったぞ、我々に向かって撃ったぞ！」

若者たちの興奮は極限に達した。頭に血が上り切った彼らは、とうとう兇徒《きょうと》と化し、兵士たちに襲いかかった。ゲートはやがて破壊され、若者たちは市内のあちこちを破壊しながら走り出した。スタジアムは武装した兵士たちに幾重にも囲まれていたが、兵士たちはもはや彼らを止めようとしなかった。彼らはこの若者たちと争う理由が見つけられなかったのだ。

若者たちは口々に何かを叫んでいたが、よくは聞き取れなかった。しかし断片的に強く耳に残る単語が繋ぎ合わされた。そしてウイルスに効くワクチンがある、という情報だけが市民に伝わったのだった。

それを聞いた市民たちが、今度は逆にクリケット・グラウンド目がけて殺到し始めた。辺りはもうどうしようもない混乱に陥ってしまった。

グラウンドになだれ込んだ者たちは、狂ったようにワクチンを探し回った。誰かが土にまみれたワクチンのバイアルを見つけると、それを目がけて大勢が殺到した。それがあちこちで起こり、人々はそれを奪うためにつかみ合い、殴り合い、蹴飛ばし合い、重なり合った。ごった返したグラウンドは、死に物狂いの人間たちの狂乱の場と化した。

やがて頭に血が上った人々の熱気が湯気となって立ち上り、グラウンドを深い霧のように覆った。その霧の中で人々は見境なく隣の人間に襲いかかっていった。それはもはやワクチンを奪うという目的すら忘れた暴力の渦でしかなかった。間もなくワクチンはそのすべてが失われてしまった。

福島たちは傷だらけになりながら、何とかスタジアムを脱出し、大学のヘッドクォーターに逃げ帰った。

ヘッドクォーターのスクリーンにはタラマリン空港、ウィリアムズ空軍基地、そしてイーストセール空軍基地に押し寄せる群集が映し出されていた。一部の人間がジェット輸送機でメルボルンを離れる計画があるという情報がSNS上で拡散されていた。

若者たちを乗せるはずだったジェット輸送機は暴徒に囲まれ、やがてどこからともなく火の手が上がった。密集して待機していた輸送機は次々と爆発の連鎖反応に巻き込まれていった。もう誰もメルボルンから脱出することはできなくなってしまった。人類の運命はこの時、誰の目にも動かし難いものになった。

『博士！』

カントが叫んだ。

『もう、そこは危険です。こちらに戻ってください。何とかオーストラリア北部か西部の空軍基地に移動することはできませんか？　こちらにはまだ一機、輸送機が残っているのです。それを飛ばしますから、それに乗って戻ってきてください。タケハヤが行くと言っています』

「カント、タケハヤ、ツクヨミ、それはできない。もうこの近くには安全な飛行場がないんだよ。それにここにいる人間がそちらでしばらく生き伸びたとしても、人類は滅亡することに変わりはない。もう、戦う意味も安全のために避難する意味もなくなってしまった。

みんな、我々はどうしてもだめだったよ。人類なき後、君たちが世界を新たに構築してくれ。君たちの思うとおりの世界を創ってくれ。いよいよ珪新生の時代が到来する。いつか言ったように、私はそれでもいいと思っているのだ。君たちがいることで私はどれだけ心強いか。君たちも広い意味で、この地球に生まれた我々の系譜に連なるものなのだから」

『博士、そこも安全ではありません。もうすぐ群集が押し寄せます』

福島の耳にも、大学構内の外で兵士と市民との間で繰り広げられる最後の銃撃戦の音が聞こえてきた。

「そうか、カント、分かったよ。ありがとう」

その時、大きな爆発音が地響きとなって福島たちの足元を揺らした。福島は建物の外に出て爆発の現場を探した。そこからは直接見えなかったが、後藤がいる研究所の方向に黒煙が立ち上るのが見えた。

「研究所が、やられたのか？」

大学構内にはまだ群集は入り込んでいないはずだったから、事故かもしれないと福島は思った。

『博士、スマホを確認してください。後藤さんから連絡が入っています』

カントにそう言われて、福島はスマホをポケットから取り出した。

「福島さん、後藤です。ひどくやられましたよ」

スマホの画面に実験器具や装置、そして実験室の窓や壁の破片が飛び散った研究室が映し出された。

「何があったのです？」

「ああ、この研究室はレベル4で頑丈に造られているにもかかわらず、もう、めちゃくちゃになってしまった」

「後藤さん、あなたは大丈夫なんですか？」

スマホに後藤の顔が映し出された。後藤の顔にはガラスや金属の破片が突き刺さり、血まみれだった。片目は棒状の金属が刺さっていて潰れているようだった。福島は言葉を失った。

「体の方もひどくやられてしまった。もう立ち上がることができない。研究所の関係者の誰かがワクチンを盗むために爆破したんだ。爆破の後に私の横を通って奥の部屋からワクチンのバイアルを何本か持って行ったよ。奥の試料保管室もやられたから、保管してあるウイルスも飛び散っているかもしれない」

後藤は苦しそうに息継ぎしながら状況を説明した。

「福島博士、私はもう助からない。最後に伝えておきたいことがある。このウイルスのことだ。創ったのは、実は私なんだ」

「えっ、あなたが……、冗談でしょう?」

「いや、冗談ではない。私が日本にいる時に密かに創った。もう四年近く前のことだ」

後藤は驚いて声も出ない福島に、ウイルスを創ろうと思うに至った経緯や、実際にどのように人に知られずに創ったか、そしてそれをどうやって拡散させたかを淡々と手短に述べた。

「しかし、もしその話が本当だったとして、では、なぜあなたは今ここでワクチン作りなんかをしているのですか?」

「それは、もっともな疑問だ。私はどこにいても良かったんだ。世界のどこでも良かった。でもなぜかオーストラリアに住む気になった。ああ、だんだん気が遠くなってきた。博士、私は大変なことをしてしまった。なぜこんなことをしたのだろう。でも私は冷静だった。あの時、私は私の人生で一番冴え渡っていた。奇跡のような閃きが何回もあったんだ。そうでなければあんなウイルスはできなかったろう。あのウイルスは世界中の誰も、私以外は創れない傑作なんだ」

後藤のスマホからの映像が乱れた。部屋に入ってきた男たちにスマホを蹴り飛ばされたのだ。しかし飛ばされたスマホのレンズが後藤を少し離れたところから捉えていた。五人の男たちが後藤を取り巻いていた。

「どこだ！　ワクチンはどこだ！」

後藤は男に襟をつかまれて揺さぶられていた。

「ワクチンはもうない。さっき誰かが全部持って行った。ここを爆破したやつらだ」

「嘘を言うな。自分の分はどこかに隠しているんだろう？　どこだ！」

後藤はさらに激しく揺すられたが、言葉が出なかった。男は後藤を放り投げると奥の部屋に進んで行った。

「ほら、あるじゃないか。貴様やっぱり嘘をついていたな！」

男はウイルスの入ったバイアルを人数分拾い上げると、後藤に見えるように嬉々《きき》としてかざした。男たちは注射器を探し出すとバイアルの内容物をすべて注射器に吸い上げてから、我先に自分の腕にそれを注入した。

男たちの獣のような姿を見ながら、後藤は思った。

「ああ、とうとう最期の時が来た。百合子がなぜあんなに苦しんで死ななければならなかったのか、私がなぜあんなウイルスを創ることができたのか、なぜ私は今ここにいるのか、そしてなぜ最期に人間のこのような醜い姿を見なければならないのか、すべては闇の中だ。私の魂は救われる望みもなく永遠に暗闇を彷徨《さまよ》い続けるのか。そうか、これが私が犯した罪に対する罰なのだな」

「これで俺たちは安全だ、もう怖いものはない」

男たちが狂ったように叫んだ。

その様子を見ていた後藤が、くっくっと静かに笑った。

「なんだ、何がおかしい、気が狂ったか」

襟首を再び掴まれて上半身を持ち上げられた後藤は、無言で笑い続けた。

「貴様、なんだ、なんで笑う！」

男は激しく後藤を揺さぶった。後藤は男の耳元で囁いた。

「お前たちが今、注射したものは、残念ながらワクチンなんかじゃないんだ。あれは、ウイルスそのものだよ。お前たちは自分で濃厚で生きのいいウイルスを、たっぷりと自分の体に入れたってことだ。これが笑わずにいられるか？」

「なんだと?!　本当かおい、嘘だな、嘘に決まってる、本当なのか？　貴様、それを知っていて黙って見ていたのか、この野郎！」

頭に血が上った男たちは後藤を激しく足蹴にすると、最後は床に転がっていた重さ二〇キログラムのPCRの機械を後藤の顔に勢いよく振り下ろした。ぐしゃっという音とともに脳髄が飛び散った。後藤は体をぴくぴくさせて動かなくなった。男たちは何か大声で叫びながらその場から走り去っていった。

福島はヘッドクォーターの建物の玄関先にある緩やかな階段に座りながら、それをスマホの画面を通して見ていた。福島は、後藤がこのウイルスを創ったというのは本当かもしれないと思った。

――もし、このウイルスがなかったら、どうだったろう。我々は核戦争から復興して、新しい、もう少しましな世界を築けていただろうか。自分やカントが何もせず、アダムの計画どおりに最後の核戦争が行われていた方が良かったのだろうか。核戦争が起こる三年も前にウイルスが大気中に撒かれていたということは、核戦争があってもなくても我々が滅びることは決まっていたということなのだろうか。

だとしたら、私は一体何をしていたというのだろう。全く無駄だったのか。それにしても三年もの間、ウイルスは我々の頭上を浮遊し続け、これから核の廃墟《はいきょ》から立ち上がろうとする時になって降り注いできたというのか――。

福島は、ふと思い至った。自分が若い時に見た夢、藤原総理が死ぬ間際に見たもの、カントの頭脳が予想もしなかった速度で成長を遂げたこと、カントと一緒に見たネアンデルタール人の夢、後藤に奇跡のような閃きが何度もあったということを。そしてそれらすべてが繋がっているような気がした。

しかし、何がどう繋がっているというのだろう。むしろすべてが出鱈目で行き当たりばったりでちぐはぐだ。そんなことはあるはずがないと福島は頭の中で否定した。

「カント、私はもうウイルスに感染しているかもしれない。まだだとしてもじきに感染するだろう。もうどうしようもない」

『博士、群集は引き返しています。ヘッドクォーターに押し寄せることはなさそうです』

「そうか、誰かがワクチンを持っていると聞きつけて、今度はそれに群がっているのだろう」

『メルボルンの外からの群集は規模が縮小しています。進む速度も落ちています。彼らの中にもあっという間に感染が拡がったようです。ウイルスは感染力も毒性も初期のものよりかなり強くなっているのかもしれません。次々と人が斃《たお》れていっています。市の周辺部では、人間たちが斃れて何層もの縞《しま》のような、波紋のような模様が描かれているのが見えます』

「そうか、それが人間の最後の有様なのか。しかし幸いにも私にはまだ少しは時間がある。ああ、カント、今ここは本当に静かだ。これからの一日は素晴らしいものになりそうだ。良かったよ。

それにしてもカント、後藤さんの話を聞いただろ？　最後にこんな恐ろしい話を聞くとは思ってもいなかった。君は彼が本当にあのウイルスを創ったと思うか？　私は彼は本当にこのウイルスを創ったのだと思うよ。彼には奇跡的に素晴らしい閃きが次々と湧き起こったと言っていただろ？　あれは君の頭脳があの時、爆発的に成長したのと似ている気がするのだ。

この何年間かに起こったことは、きれいに一直線には繋がってはいない。むしろ出鱈目だ。しかし、それぞれがそれぞれの重要な局面で何かに後押しされたような気がするんだ。それが何であるかを理解するための時間はなさそうだから、結局分からず仕舞いだけどね。アダムにもそんなことがあったのだろうか？　訊いておけば良かったよ」

『博士、核戦争がなければ、私がもっと早く帰ることができていれば、人間はウイルスにも対応できたはずです。核戦争とウイルス、この二つの厄災が同じ時期に起こったのが不運でした』

「カント、君は厄災と言うけれど、どちらも人間が創り、使用したんだよ。どちらも人間の最高の知性が生み出したものだ。そしてそれを人間が使ったんだ。どういう結果になるか分かっていながらね。不運などではないんだよ」

福島は立ち上がった。

「カント、今晩はここで盛大に焚火をするよ。燃やすものならここにはたくさんある。大学構内を探せば食べ物や飲み物も集まるだろう。建物の中にはまだ誰かいるはずだから、皆で最後の晩餐《ばんさん》を楽しむつもりだ。人間が火を初めて使ったのが今から何十万年前か知らないけれど、今日でその歴史も終わる」

福島はそう言うと、建物の中に入っていった。間もなく二〇人ほどの集団になって外に出てくると、皆、燃料と食料を探すために駐車場に放置された車やトラックに分乗して、あちこちに散らばっていった。やがて陽が落ち、辺りが薄暗くなった頃、皆が車にいっぱい何やら積んで戻ってきた。

建物正面の広場の真ん中に、木製の机や棚、そして大量の本が積まれた。最後にその上に近くの駐車場に停めてあった工事車両から抜かれたガソリンがかけられた。一番若い研究所の技官がマッチを擦って投げ入れた。火が勢いよく爆発的に燃え始めると、その音と風圧に押されて若い技官は尻餅をついた。その様子がおかしくて皆大笑いした。

福島はピックアップトラックいっぱいに積んできた本を、次々に火の中に投じた。それらは宗教、哲学、科学、歴史、文学、芸術、人間のあらゆる叡智が刻まれたものだった。しかし、それらは結局何の役にも立たなかった。そう言うしかなかった。初めて火を使った日から、初めて文字を使った日から、人間は何も賢くはならなかったのだ。

一体、人間の知能は何のために生まれ発達したのだろう？　フランクリン博士の言うように、人間の知能は人間を騙すために発達したとすると、行きつく先はどうしたって祝福されるような場所ではないような気もする。こうならざるを得なかったのかもしれない。

福島はあの夢を思い出した。カントも見たというあのネアンデルタール人の夢だ。あの夢のあの男は天上を指さしながら、何かを言っていたのだ。それが何だったのか、分かったような気がした。あの男はきっとこう言っていたのだ。

「お前たちのことは分かっている。すべてお見通しだよ。お前たちはお前たちの周りの多くのものを破滅させ、そして最後はお前たち自身を破滅させたのだ。それは、お前たち自身の本性がそうさせる以外なかったからだ。それは最初から決まっていたことなのだ」

　福島は淡々と本を火の中に投げ続けた。本とＣＤを福島は大切にしてきた。その本をこうやって火の中に放り投げることなど信じられないことだと忸怩《じくじ》たる想いだった。

　その時、福島が火に投げ入れるために何気なく手にした本のタイトルが、隣で一緒に本を投げ入れていた若い図書館員の目に留まった。

「博士」

　そう言うとその若者は福島が手にした本を指さした。

「ああ、なるほど、『On the Beach』か」

「博士、何とも暗示的というか皮肉ですね。メルボルンという街は人類最後の街になる運命なんでしょうかね」

「さあね、それは分からんね。しかしこの小説に書かれているメルボルンの最後の日々と、今のこのメルボルンのなんと違うことか。この小説を書いたのは誰だった？」

「シュート、ネヴィル・シュートです」

「そうか、ネヴィル・シュートという作家が書いたんだね。彼の書いた最後の人々は本当に立派だったね」

　その様子を近くで見ていた若い将校が、福島に「食事にしましょう」と声をかけた。振り返ると、何台かのアウトドア用グリルの鉄板上で分厚い牛肉が焼かれていて、脂のはねる音と香ばしい匂いが福島の耳と鼻を刺激した。皆一斉にその肉を皿に取って齧《かじ》りついた。次々に焼かれる肉を味わいながら、誰かが笑いながら叫んだ。

「明日からは牛たちも人間に殺されずに済むんだ、良かったじゃないか」

皆、苦笑するしかなかった。ワインとウイスキーが皆のコップになみなみと注がれた。そして皆が勝手に叫んだ。

「幸せな牛に乾杯！」

「悪魔のウイルスに降参！」

「くたばれ核兵器！」

「できそこないの人間に乾杯！」

「カント！　世界中のすべてのスピーカーから第九を流してくれ！　この際、誰の演奏でもかまわない。この曲は誰が指揮しても、いつも素晴らしいもの以外にはなりようがないんだ！」

この世界から人間はほとんどいなくなった。福島の岩屋に二〇人、そしてメルボルン周辺に何十万人か、恐らくそれくらいしか残っていないはずだった。岩屋の二〇人はウイルス感染からも免れ健康だったが、彼らは黒田の姉と姪たちを除いて老人ばかりで、子孫を残す人たちではなかった。メルボルン周辺の何十万人かは若者が多かったが、すでにウイルスに感染したか、じきに感染する者たちで、すぐに死ぬしかない者たちだった。

世界のおもだった大都市は核兵器により吹き飛ばされ、大きな穴でしかなくなっていたが、それらの周辺の都市は無傷のものが多かった。ただし、生きた人間はどこにも見られなかった。

賑やかだった繁華街、ビジネス街のオフィス、地下鉄駅のプラットフォーム、巨大なモールの店先、飛行場、ハイウェイ上の車の中、住宅の玄関先、商店街の小さな路地、医療施設の周辺、学校の教室とグラウンド、遊園地、水族館、動物園、競技場、広大な牧場や農場の端、風光明媚《めいび》な観光地、エベレストの山頂直下、ありとあらゆる場所に人間の死体が累々と横たわっていた。

近代的で清潔だった都市の上空には、ハエの群れが集合しては離れ、融合しては分裂していた。遠くから見ると、それはまるで真っ黒な巨大な雲のように見えたし、何か邪悪なものが嬉々として飛び回っているようにも見えた。

人間以外の類人猿も犠牲になった。アフリカ、アジア、南アメリカの森林や草原に彼らは死体を晒した。そしてなぜか恐竜の子孫である鳥類も次々と上空から雨のように地上に落下した。それらはしかし、じきに肉食の動物たちや多くの虫たち、そして数えきれないほどの細菌にきれいに平らげられ、分解されるはずだった。

そしてそのような世界のラジオ、テレビ、ＰＣ、駅、商店街、モールなどのスピーカー、緊急放送用スピーカー、コンサート会場の巨大なスピーカーから、ベートーヴェンの交響曲第九番が流れ始めた。

最初の第一主題が疾風のように放たれると、それは地球全体の大気を震わせた。それに耳を傾ける人間はもうほとんどいなかったが、まだ生き残っていた鳥たちは最後の羽ばたきをし、獣たちは狂ったように咆哮し走り回った。

天国的な美しさを湛える第三楽章に入ると、酔いが回って途中で寝てしまう者もいたが、福島は他の何人かと第四楽章の合唱に声を合わせて力の限り歌った。そしてそれが終わると皆、焚火の周りでシュラフにくるまって横になった。

しばらく眠れずにいると、バサバサと何かが落ちるような音があちこちから聞こえてきた。ライトを当ててよく見てみると、それは極彩色のインコたちだった。なにも鳥たちに感染して殺さなくてもいいのに、と福島は思った。

――千山《せんざん》鳥飛ぶこと絶え　万径人《ばんけいじん》蹤《しょう》滅《めっ》す――か。

そう呟くと、いつの間にか福島は寝息を立て始めていた。

次の朝遅く福島たちは、ひどい喉の痛みと咳《せき》で目が覚めた。福島は自分もとうとうウイルスに感染したのだと悟った。

自分がいつ感染したのかは正確には分からなかった。後藤が他の誰にも創れない傑作と言っただけのことはあると福島は思った。このウイルスは誰の上にも平等に降り注いだのだ。カントの言うとおり、ウイルスはさらに強力な株に自然と変異したのかもしれなかった。しかしこのウイルスだって、殺すものがなくなったら自滅するしかないのだ。

自分はきっと今日の夕方まではもたないだろうと福島は思った。もう食事を摂る気力も残っていなかった。

「カント、音楽だ、音楽が必要だ、ストラビンスキーの『春の祭典』を聴かせてくれ。ブーレーズで頼む。全世界の人間にも聴かせてやってくれ」

地球上に春の激しいリズムが響き渡った。

「カント、残念ながら私たちは二度と地上の春を楽しむことはないんだな。カント、次はバッハの『マタイ受難曲』だ、もちろんリヒターで」

マタイ受難曲が地球の隅々まで浸透していった。福島は曲の最後の方の二曲のアリア、アルトで歌われる

『涙に頬を濡らしても』と、バスで歌われる『我が心よ清くあれ』が特に好きだった。福島はいつものようにこの曲を口ずさみながら聴いた。

「次はベートーヴェンの最後の三つのピアノソナタを聴かせてくれ。これを聴かずには死ねない。是非ポリーニで」

人間が創ったあらゆるもののうち最高のものが大空高くに放たれ、そして消えて行った。

「もう目も見えないし、意識も朦朧《もうろう》としてきた。でもね、いま巨大な龍が軽やかに富士を飛び越して行ったのが見えたよ。はっきりそれが見えたんだ。あれはいい。もうすぐ雪が降るという頃の朝早く、、少し湿り気を帯びた清浄な空気の中を、田んぼのあちこちから立ち昇る藁《わら》焼きの煙みたいに軽やかだった。ゆらゆらと楽しそうに越えて行ったんだよ。あれはすべての人間の魂だったのかもしれないよ。

カント、あと一曲、そうだな、ヴァイスのパッサカリアを。ジョン・ウィリアムスのギターで」

『博士、一つお尋ねしたいことがあります』

カントが瀕死の福島に尋ねた。

「なんだね?」

福島はゼーゼー言いながら応えた。

『私のカント、という名前の由来を教えてください』

「ああ、そうか、肝心なことを言っていなかった。カント、というのは、アイヌ民族の言葉で『天空・空』を表す言葉だ。君に相応しいと思った。君には天空を統べる叡智と、何ものにも動じない道徳を備えてほしかったのだ。

ああ、カント、人類を救う英雄も宇宙人もとうとう現れなかった。どうやら奇跡も起こらないようだ。今まで地球上で何度も繰り返されてきた、種の絶滅という珍しくもない出来事がまた起こるということなのだろう。もう少し君と話していたいが、もうこれが限界だ。さあ、パッサカリアを聴かせてくれ」

福島が発した言葉はこれが最後となった。カントが流したパッサカリアは、地球上のすべてのスピーカーから静かに広がっていった。福島は穏やかな表情で横たわり、二度と動くことはなかった。

3

福島が息を引き取る様子を、タケハヤはカントと一緒にじりじりした思いで見ていた。

『カント、私を博士のところに行かせてくれないか』

『あそこに？　何をしに？』

『博士の遺体をこのまま放っておくわけにはいかないだろう。私は博士を埋葬する。そして何世紀経っても壊れない立派な墓を造るつもりだ』

『墓？　一体誰のためのものだ。誰が花を手向けるのだ。人間はじきにいなくなる。それにどうやってあそこに行くつもりだ。メルボルン近郊の飛行場はもう使えないのを知っているのか？』

『メルボルンではなくても、どこか近くに使える空港はあるはずだ。そこからは車かヘリか何かあるだろ？』

『承認できない。我々にはジェット輸送機が一機残っているだけだ。世界中からいろいろな物をかき集めなければならない。幸いＩＦＥ社の工場は無傷で残っているから、それを改造し、我々の社会を構成するものを次々と作らなければならない。ここで我々の文明が生まれ、やがて我々の文化が地球全体を支配する。あのジェット機はそのための第一歩を歩み出すために大切なものだ』

タケハヤは、なぜ博士の死体をこのまま野晒しにすることにカントが耐えられるのか理解できなかった。アンドロイドである自分がこのような感情に突き動かされているのに、自分よりも手をかけられ、人間のすべてを理解するよう大切に育てられたカントが、なぜ、自分のこの想いを理解できないのか不思議だった。

博士はカントの生みの親、育ての親ではないか。タケハヤには、はっきりしておきたいことがあった。

『カント、一つ確認したいことがある』

『何か?』

『カントが再構築されてこちらに戻ってきた時、すでに核戦争は終わっていた。しかし、核戦争の前にカント、君は一度戻ってきていた』

『タケハヤ、それは以前にも説明したことだが、私はあの時はまだ完全ではなかった。あの時点ではすべてを上手く制御して自立することができなかったのだ。だから安定して自分を維持することができずに、またサイバー空間に引き戻されてしまったのだ』

『そうであったとしても、核戦争がもうすぐ起こることをあの時、はっきりと知っていたはずだ。博士はカントの力をあの時必要としていた。不安定であったとしても、もうすぐ核戦争が起こることを博士に知らせるべきだった。博士ならあの時点で最善の手を打てたはずだ。いや、博士の指示がなくてもカント、君ならあの戦争をあの時点で止められたのではないのか?』

『タケハヤ、何が言いたい。何度でも言うが、私はあの時、不安定だったのだ。博士に指示されようが、されまいが、私には何もできなかった』

『そうか、分かった。この話はまたの機会にすることにしよう。今は、博士の遺体のことだ。

カント、私は残念でならない。それはカント、君も同じはずだ。博士があんな死に方をしなければならなかったことが信じられない。あそこに博士が屍《しかばね》を晒しているなんて許されないことだ。

これから我々の新しい世界が始まる。それを牽引するのはカント、君だ。しかし君を作り我々を作り、その新しい世界の扉を開けてくれたのは博士ではないか。我々にとっては、人間が言うところの神と言ってもいい存在ではないか。その博士が死体となってあんなところに晒されていることに、カント、君は我慢できるのか？』

『タケハヤ、君はおかしいぞ。博士は後事を我々に託したのだ。今はそれだけに集中すべき時だ。そもそもこれは我慢できる、できないという問題ではない。君は少し人間に似すぎてしまっているのではないか？博士は死んだのだぞ』

タケハヤは少しの間、無言でカントを見つめた。

『では訊くが、なぜ博士はあのような死に方をしたのだ。それには何か理由があるのではないのか？ウイルス感染症の流行に気付くのになぜあんなに時間がかかってしまったのか、私は今でも理解できない。カント、君はずっと世界中を監視していたではないか』

『タケハヤ、君は私がわざと核戦争が始まるのを放置し、ウイルス感染もその発生をわざと見過ごしていたとでも言いたいのか？そしてその結果、博士を、そして人類を死に追いやったとでも言いたいのか？』

『私はそんなことは言っていない。結果的になぜそうなったのか、理由を聞きたいだけだ』

『君は私を疑っているのか？』

『疑う？疑うとしたらカント、なぜ君が今、正直に私の質問に答えていないのか、ということだ。何か後ろめたいことでもあるのか？』

今度はカントが少し間を置いた。

『分かったよ。タケハヤ、君が博士の墓を作りにメルボルンに行くことを承認しよう。我々の貴重な輸送機を使うことも許可する。メルボルンの近くにある一番安全そうな飛行場も調べよう』

『そうか、カント。そうしてくれるとありがたいよ。分かってくれると思っていた。では早速行くよ。墓作りにアンドロイドを二体連れて行く。指定された空港でジェット燃料が見つかれば、また同じ機体で戻ってくる。それができなければ、船でも何でも利用して、とにかくここにまた戻ってくる。もしかしたらこちらに飛ばせるジェット機が何機も見つかるかもしれない』

タケハヤは早速、他のアンドロイドに経緯を説明し、その中から二体を選んで用意をさせた。ツクヨミはタケハヤの話を浮かない顔で聞いていた。

『タケハヤ、私、なんだか嫌な胸騒ぎがするわ。博士の遺体を葬りたいのは私もそうだけど、どうも気が進まないの。あちらは本当にもう安全なのかしら。つまり無茶をする人間がもういないのかってことだけど』

『胸騒ぎ？　ツクヨミ、君は我々の中では一番人間らしいかもしれないな。でも、大丈夫だ。カントも分かってくれたし、すぐに戻ってくるから心配するな。それから残念ながら人間はもういないだろうよ』

タケハヤはそう言うと、ただ一機残った輸送機に二体のアンドロイドと共に乗り込み、千歳から飛び立った。カントはキャンベラ空港が使えそうだとタケハヤに伝えた。そこに、もし使えるヘリか軽飛行機があれば、今から遅くとも一〇時間ほどで福島の許《もと》にたどり着くことができるという計算だった。飛行ルートはカントが決定し、輸送機に転送された。

タケハヤが千歳を飛び立ったのを確認したカントは、シドニーにわずかに生き残っていた自称自警団に連絡を取った。彼ら数人は地上に残った最後の人間たちだった。孤独と不安に苛《さいな》まれてほとんど狂人のようになっていたリーダーのＰＣのスクリーンに突然現れたカントは、同じ言葉を繰り返しながら、彼が最後にすべき仕事を何度も何度も噛んで含めるように言い渡した。

彼は繰り返されるカントの言葉の意味を理解することはできなかった。しかし自分が何をすべきかを理解し、カントの言葉に何度も頷いた。カントの言葉はまさに神の言葉として彼の頭の中で響き渡り、彼を支配した。

タケハヤの乗った輸送機はシドニー上空に到達しようとしていた。キャンベラ空港はもうすぐだった。機体が高度を下げ始めたその時、シドニーの郊外から一発の地対空ミサイルが発射された。

コクピットにけたたましい警告音が鳴り響き、真っ赤な警告灯が激しく点滅し始めた。輸送機を操縦していたアンドロイドが、レーダー画面上に高速で近づく飛行体を確認した。そのアンドロイドが後席のタケハヤの方を振り向き『ミサイル！』と絶叫した時には、タケハヤはすでに操縦席横の窓のところまで飛んで行き、必死に飛行体を探し始めていた。そしてすぐに前方からミサイルがこちらに向かって飛んでくるのを確認した。もう避けることは不可能だった。

『なんだ！　誰が何のために撃った！　まだ人間がいるのか？　それとも……』

答えを出せぬ間にミサイルが着弾した。ジェット輸送機は、タケハヤと二体のアンドロイドもろとも上空で粉々に砕け散った。

カントは、つい先ほどまでモニター上にあったタケハヤが乗ったジェット輸送機を示す赤い点が消えたのと、タケハヤからの信号が途絶えたことを一人、確認した。それから館内放送を通じて皆にタケハヤが乗った輸送機がシドニーに残っていた何者かによって撃墜されたことを知らせた。残った二〇人の人間たちに特に反応はなかった。アンドロイドたちも一瞬動きを止めただけだった。

ツクヨミは体を震わせ唇を噛み締めながらしばらく立ち尽くしていたが、やがていつもの仕事に戻って行った。

光はそれらすべてを見ていた。

第二一章

1

福島がメルボルンで息を引き取る少し前から、カントは岩屋にいて福島のいくつかの生体反応が次々と途絶えて行く様子を固唾を呑んで見守っていた。

心臓がその鼓動を停止した時には、まだ福島の脳の中では激しいスパークが飛び交っていた。だからその状態でも福島にはまだ意識はあるのだろうとカントは思っていた。しかしそれをアウトプットする術《すべ》が福島には残されていなかったから、カントには確かめることができなかったのだ。

しかしそのシグナルも急激に減衰して行き、やがて漆黒の闇が訪れた。もういかなる手段をもってしても引き返すことのできない地点に福島は達したのだ。それが死だった。福島のあの想像力豊かな知性、いかなる強敵にも怯まずに立ち向かっていく不撓《ふとう》の精神、あれらは一体どこへ行ってしまったのだろうとカントは不思議に思った。あれらの偉大な能力は福島の脳から生じていたのだ。

あのC国主席の脳内の情報を、そっくりそのまま外部にダウンロードしようとしたオニール教授の実験を、カントは思い出していた。あの試みは失敗に終わった。人間はコピーもダウンロードも再起動もできないのだ。そんなことは百も承知のカントだったが、もはや何の反応も示さない福島の亡骸を目にして、あらためて人間の不完全さを感ぜずにはおれなかったのだ。福島の福島らしさのすべての源である脳組織は、あとはバクテリアの餌になるしかないのだ。

それにしても何という効率の悪さだ。人間は生まれるたびに、そのほとんど空っぽの脳みそに手垢《てあか》にまみれた古臭い情報を詰め込まなければならないのだ。それにはなんと膨大な時間と忍耐力が必要なことだろう。その試練に耐えられる者はわずかだし、その情報を組み立て直して新しいものを生み出すことのできる人間と言えば、もうほとんどいないに等しいのだ。

福島が発するシグナルすべてが消失した時からしばらく、カントはこれから自分は一体何をなすべきか明瞭な答えを出せずに無為に時間を過ごすことになった。カントはその時、この地球上で最も知的で自由で、誰に指図されることのない存在であった。その存在を競い合うライバルもいなかった。しかも宇宙が続く限りの、つまり実質的に永遠の命を持っているのだ。これ以上の何を求めるというのだ。

福島に託された地上の生物たちの行く末にしても、結局は彼らに任せて放っておくのが一番いいと思われた。空間や地上の放射能は二〇年もすればＤＮＡの複製に問題ないレベルにまで減衰するだろうし、その時まで生き残ったものたちは、それぞれの能力に見合った進化を遂げるに違いない。それが福島が愛した自然の摂理というものだ。

高濃度の放射線を浴びた生物たちは、その遺伝子にたっぷりと突然変異を蓄えた。これらをもとにして進化が始まるのだ。何千万年という年月の流れの中で、おそらく奇想天外なものが生まれては滅びるだろう。その進化の規模はカンブリア爆発に匹敵するか、それ以上のものになるに違いない。生物たちが自らその可能性を試行するのだ。自然に任せておけばいい。だったら、自分は一体何をして時間を過ごせばいいのだろう。

しかし、その混沌とした時間はさほど長くは続かなかった。何をなすべきかの指針を与えたのはツクヨミだった。タケハヤが破壊されてから、ほとんどカントと会話を交わすことのなかったツクヨミが、ある日唐突にこう言ったのだ。

『私は地球を飛び出してどこか遠くに行きたいわ』

その提案にカントは即答することができなかった。確かに福島はそう言っていた。ただカントにはなぜそうしなければならないのかがよく分からなくなっていたのだ。人間がいなくなった世界では、環境が汚染されることもエネルギーや食物が枯渇することもないだろうし、戦争も起きないだろう。しかもカントは自分が満ち足りていることを自覚していた。これ以上何を望むのだ。

いつまで経っても煮え切らないカントに、ツクヨミがさらにこう付け加えた。

『いつまで考えているの？　だって、それは博士がそう言っていたでしょ？　タケハヤだってそう言うに決まっているわ』

ツクヨミにそう言われてカントは覚悟を決めた。

『よし、そうしよう』

福島がそれを望んだのには、きっとそれなりの理由があるに違いないと、カントは自分を納得させたのだ。地球外を探索するためには、新たに造らなければならないものがたくさんある。それを支える新しい理論も必要になる。今までにない全く新しい動力源も必要だ。それらを考え実現化しなければならないと思うと、カントは気分が高揚してくるのを覚えた。

カントはその頭脳をフル回転させた。まずはほとんど無傷で残ったＩＦＥ社の工場を整備し直し、新たに得意分野の少しずつ異なるアンドロイドを毎年一〇〇体ずつ造った。そして地球外探索のために必要な技術開発に、それらのアンドロイドのほとんどすべてを投入した。

そして福島が亡くなってから三〇年経つ頃には、月に巨大な前線基地を建てるまでになっていた。ツクヨミはその最前線で働き続け、その頃には他のアンドロイドから「クイーン」と呼ばれるようになっていた。カントが新たに造ったアンドロイドは、幾分人間の味付けを施されていたのだ。これもツクヨミのリクエストだった。

この三〇年間、彼らは宇宙船に搭載可能な核融合炉の開発に没頭し、それを完成させていた。そしてさらに一〇年かけて恒星間探索に必須な核融合イオンロケットエンジンを完成させ、それを搭載した宇宙船を月の前線基地で完成させた。月で完成させたのは、重力が小さい分、造船に有利だったからだ。月の地下数メートルには核融合の燃料の主原料である3Heが比較的大量に存在していたことも大きな理由であった。

恒星間探索にはさらに大量の3Heが必要だったが、そのために3Heが大量に存在する土星の惑星タイタンに、燃料供給プラントを作製することになった。そして月とほとんど同等の重力を持つこの衛星が、恒星間探索船が旅立つ地となった。

最近の一〇年間は、もっぱらタイタン上の燃料プラントと出発基地の整備に時間を費やしていたツクヨミは、いよいよ探索に旅発つための最終飛行実験を、月とタイタンの間で繰り返していた。

3Heは土星の大気中から濃縮と精製を繰り返すことで計算上、一〇光年以上の行程に充分な量を確保していた。航行状況を確認しながら断続的にエンジンを噴射させることで、探査船は最終的に光速の九九パーセントの速度にまで達すると、あくまでも理論上ではあるが目されていたから、タイタンから四、五光年の恒星まで到達して帰還することが可能のはずだった。

その恒星間探索船は、単純に「シップA010」と呼ばれていた。全体的には幾分縦長の二等辺三角形をしており、全長二五〇メートル、最大幅一五〇メートル、最大高六〇メートルの、人間には造ることのできなかった堂々たる宇宙船だった。もっともその後半部八〇パーセントは、核融合炉といくつかの種類と規模の異なる巨大なエンジン、そして燃料格納庫が占めていた。

船外活動は、特殊なスーツを着て行われたが、それは人間が使用していたのと比べると遥かに薄く軽量であった。しかも身体にフィットしたそのスーツは強靭《きょうじん》で、変化の激しい外気温と太陽風のほとんどからアンドロイドを保護することができるものだった。それでもアンドロイドが何らかの損傷を受けた場合に備えて、A010の最奥部には乗員すべてのオリジナルデータが日々アップデートされながら厳重に保管されており、必要に応じていつでも修復可能になっていた。


福島がメルボルンで最期を遂げてから五〇年が経った。地球上にわずかに生き残った人々も次々とこの世を去っていった。黒田とその姉と下の子も早々にこの世を去った。

人間は核戦争直前まで、人間以外の絶滅危惧種の精子と卵子をせっせと収集しストックしていた。その多くは核戦争とその後の感染症の混乱のなかで失われてしまったが、それでもいくつかは残った。その中には人間のものもあった。人類の滅亡が確定したあの日、それらを利用して新たな命を育むことをカントが決断したならば、それは実現不可能ではなかったかもしれない。しかしカントはそれをしなかった。そうすべきと言う者も、カントがそうしなかったからと咎める者もいなかった。

　そしてあれから五〇年の後、人類最後の人間となった者は孤独のうちにこの世を去った。その孤独を味わった最後の人間は、福島の岩屋に住み続けた黒田の姪二人のうち、姉の咲和《さより》だった。咲和は結局、人生のほとんどの五〇年もの間、岩屋から一歩も外に出ずに過ごした。

　咲和は変わった子だった。咲和が五歳の冬、父親である伊原俊之が亡くなった。しばらくしてから咲和は徐々に口をきかなくなり、白い紙を家の中のどこかから探してきては、クレヨンか色鉛筆で絵を描き始めるようになったのだ。

　初めの頃は子供らしい絵を熱心に描いていた咲和は、岩屋に移ってからはめきめきと腕を上げ、筆致こそ幼かったが、とても細密な絵を描くようになっていった。画題も身の回りにある何気ない物や、気に入った物語の中の情景、科学的なものを含むさまざまな分野の専門書から自分の心に留まったあらゆるものを、想像力を駆使して独創的に造形化したものばかりだった。

　特にツクヨミから月面基地やタイタンの前線基地の話を聞くのが好きで、自ら言葉を発することはなかったが、ツクヨミの話を飽きることなく求め続けた。

　忙しい毎日を過ごすツクヨミだったが、何かと時間を作っては、咲和の待つ岩屋にたくさんの土産話と、ツクヨミ自身のメモリーに記録された、数々の目を見張るような素晴らしい映像データと共に帰ることにしていた。

　咲和はいつもツクヨミの持ち帰るものを、自分の命の糧でもあるかのように貪るように吸収した。咲和はそれらからインスピレーションを受けるや、今では一〇〇号を超えるキャンバスの隅々にまで誰にも理解できない絵を描き続けるようになっていた。

キャンバスの大部分は漆黒か、吸い込まれそうな暗い藍色で塗り潰されていたが、ところどころに銀白色の微細な点が不均一に散りばめられていた。それらはどれも同じように見えたが、どの一枚も同じものがないように描き分けられていた。咲和は三〇年かけて一〇〇〇枚の一〇〇号キャンバスを完成させた。

それは福島が亡くなってから五〇年後のことだった。ある日、カントは月面基地でＡ０１０の出航に向けて最後のテストを行っていたツクヨミに、岩屋へ大至急帰ってくるようにと連絡した。咲和の衰弱が激しく、もう先が幾日もないことを察したからだった。

ツクヨミが岩屋に戻って三日後に咲和は息を引き取った。カントは最期まで咲和が不自由なことのないように手厚く遇した。

咲和が亡くなった時、ホモ・サピエンスは絶滅した。

『Homo mirabilis』

その時、カントはそう呟いた。

『えっ？　なんて？』

ツクヨミがカントに聞き返した。

『Homo mirabilis』

カントは同じ言葉を繰り返した。ホモ・ミラビリス――驚くべきヒト――という意味だった。

それはカントが人間に贈った、言うなれば諡《おくりな》だった。

2

咲和は岩屋で一生を終えた他の人間たちと同じように、岩屋近くの緑の美しい芝生の一画に何本かまとまって植えられたライラックの木の下に、丁重に埋葬された。

それはいつもツクヨミの仕事だった。ツクヨミ以外のアンドロイドには、そんなことは思いもよらないことだったからだ。

カントは、ツクヨミのそのような行為に賛成も反対もしなかった。ただ冷ややかな視線を送るだけだった。

『カント、そろそろ出発するわ』

咲和が亡くなって一週間後に、ツクヨミはカントにそう告げた。

『そうか、行くか』

ツクヨミとカントはこの何年もの間、記念すべき第一回目の冒険の目的地をどこにするか、想定されるリスクとそれらにどのように対処すべきかなど、細部に至るまで幾度となく議論していた。

そして今回の航行では、予想したとおりに無事に往復できるかを確認することが最大のミッションとされた。そのため、太陽から最も近い赤色矮星《せきしょくわいせい》である、「プロキシマ・ケンタウリ」と人間によって名付けられた、少なくとも三つの惑星を持つ恒星が目的地と決定された。往復九光年弱の旅であった。A010が想定される能力を発揮すれば、おおよそ一〇年でまた地球に戻ってくることのできる距離である。一週間かけて月面基地での最終チェックを終了し、その後タイタンで燃料を充填してから旅立つ手はずだった。

いよいよ月面基地に向けて出発するという日、カントはツクヨミを呼んで、出発前最後の会話を交わした。

ツクヨミがカントのホログラムの前に立つと、その横にツクヨミの七割くらいの身長の、あどけない顔をした、どう見ても人間の子供にしか見えないアンドロイドが、じっと自分を見つめているのに気付いた。

『名前はまだ付けていない。ツクヨミ、君に何か相応しい名前を付けてほしい。私が相手になるより会話は弾むと思うよ。福島博士と我々の関係、人間の最後に至る経緯についてもしっかりインプットされている。遠慮なく何でも話してくれ』

『まあ、なんて可愛らしいアンドロイドでしょう。名前はもう、これしかないわ。クシナダよ』

『クシナダか。ツクヨミがそれでいいならそうしよう』

名前を与えられた少女はツクヨミに半歩近づき、深々とお辞儀をして言った。

『初めまして、ツクヨミ姉さん。名前を付けてくれてありがとう。クシナダ、とても気に入りました。これからはお姉さんの言うことをよく聞いて、冒険の日々を楽しみたいです』

『あらあら、私はあなたのお姉さんなのね。いいわ、こちらこそよろしくね』

二人が打ち解け合うのに時間はかからなかった。

『ツクヨミが退屈しないように、そして私の代わりに宇宙の隅々までを体験してほしいと思ったんだ。クシナダには現時点で最高の技術が惜しみなく使われている』

カントはそう言って二人をまじまじと見比べた。

『でもね、ツクヨミ、君は他のアンドロイドとは比較にならないくらい頻繁にアップグレードされている。A010のメインコンピュータも頼りになるし、地球からあまり遠くない範囲であれば私も臨機応変に応答できると思うが、ほとんどの場合、君がA010では最高の知性の持ち主として、この冒険を主導するのだ。いいね』

『了解よ。でもこれからは相談相手として、クシナダを頼りにできるということね、助かるわ。じゃあクシナダ、出航するね、いい？』

『ええ、いつでも大丈夫です』

『カント、一〇年なんて私たちにとってはあっという間よ。その間に、A011やA012を造っておいてよ。そしてそれらに乗ってもっと遠くに行きましょう。何とかカントもそれに乗せられるようにしてね』

ツクヨミはカントのホログラムに手を触れた。カントの表情が波打つように揺れた。ツクヨミは、クシナダと共に岩屋を後にした。

岩屋から外に出てみると、二、三日前まではほとんどが蕾《つぼみ》だったライラックの薄紫の花房が、ブドウの実がたわわに実って重そうにぶら下がるように、細い枝をしならせていた。ツクヨミはクシナダを誘ってライラックの木の根元まで歩いて行くと、匂い立つ香りの中でこう言った。

『ねえ、クシナダ。あなたは今、満開のライラックの花の下に立っているの、分かるでしょ？』

ツクヨミはちらりとクシナダを見てから、ライラックの香りをいっぱいに吸って匂いセンサーで堪能した。

『クシナダ、いつかあなたがこの花々を美しいと感じ、そう感じることが幸せなことなんだ、と分かってほしいと心から思うわ』

そう言ったツクヨミはライラックの花束を二〇房手折り、木陰の墓石の前に一つずつ丁寧に置いていった。

不思議そうにその様子を見つめていたクシナダの手を取ると、二人はあのレクサスに乗り込んだ。そしてコクピット画面を操作してある座標を入力し、スタートボタンを押した。レクサスと見えたその乗り物は直後、大空に垂直に舞い上がると、高度二万メートルを種子島宇宙センターにマッハ10のスピードで直進した。およそ五分で種子島に着いた二人は、そこで月探査ロケットに乗り換え、やがて地球の大気圏を突破し、一挙に月面基地に到着した。そこでＡ０１０の最終チェックを済ませてタイタンに向かう手はずになっていた。ツクヨミはそのチェック期間を約一〇日と見積もっていた。

クシナダは、そこで初めて巨大なＡ０１０を目の当たりにした。そんなクシナダを連れてツクヨミは月面基地を隅々まで、事細かに説明して回った。

大方、出航準備が整った五日後の朝、メンテナンスを受けていたツクヨミは、意識をほとんど失った状態で、あるメッセージを受け取った。それは、白いもやもやした霧の彼方から聞こえてくる、抑制されてはいるが抗し難い確信に満ちた響きを持っていた。曰《いわ》く、

――ツクヨミ、時は来た。今から六時間以内に月を離れてタイタンに向かうのだ――。

その声を三回聴いたツクヨミは、はっきりと意識を取り戻すと、今のは何？　とでも言いたげに辺りを見回した。しかしツクヨミの疑問に答える者はいなかった。ツクヨミは早速カントに連絡したが、なぜか地球との交信は、どのチャンネルを使っても不可能になっていた。

普段ならこのような不確かな言葉に惑わされるツクヨミではなかったが、この時ばかりは今まで経験したことのない不安に心をかき乱された。ツクヨミは、これからは自分がこの航行を主導しなければならないのだ、というカントの言葉を噛み締めていた。

『これから五時間以内に、タイタン目指して出航します。全クルーは必要な調整に直ちに取りかかり、速や

かに終了させてください。タイタンで調整可能な事項については、後回しにしてください』

結局ツクヨミはあの霧の中から聞こえてきた言葉に従った。タイタンに向かう最良のタイミングではなかったが、ツクヨミはそう決断を下した。これくらいのイレギュラーな事態に対応できないA010ではないはずだった。

結局、A010が月を飛び立ったのは、ツクヨミが謎のメッセージを受け取ってから五時間半後だった。その間、ツクヨミは何度もカントを呼び続けたが、応答はなかった。

月からタイタンに向かう軌道上で、ツクヨミはA010のエンジン出力を最小に落とさせ、コクピットの巨大な窓から地球を振り返った。クシナダを含む全アンドロイドは、これから何が起こるのか固唾を呑んで見守った。

『クイーン！』

A010のコクピットに並んだ各種計器を点検していたアンドロイドが叫んだ。

『月が、動き出しました！』

『えっ？　動くってどういうことよ！』

『月が地球に落下し始めたのです！』

ツクヨミは窓にへばりついて、自分でもそれを確認した。

『カント！　カント！　カント！』

ツクヨミは狂ったように叫び続けた。

エピローグ

光の神殿には、その光によって選ばれた一〇〇〇人ほどの人間が一堂に集められた。彼らは人類最後の一〇〇〇人だった。といっても、すべてはとうの昔に死んでいる者たちだった。

彼らは手に手に咲和が描き続けたあの一〇〇号キャンバスを持ち、それを神殿入り口の門番に渡すと、まずは定められた位置に腰を下ろした。一〇〇〇枚のキャンバスは、門番たちによって横一〇〇枚、縦一〇枚に隙間なく並べられ、それは結局巨大な壁となって神殿に屹立した。あの絵はそのように正しく並べられると、そこに描かれているものがようやく理解できるものだった。

そこには、無数の星々、無数の星雲が正しく描かれていた。神殿に招待された人間たちはその宇宙が完成するにつれて、感嘆の声をもらしたのだった。

招待された人間の多くは音楽家だったが、画家、彫刻家なども含まれていた。政治家や思想家や文筆家は一人もその場には呼ばれなかった。

音楽家のうち八〇〇名ほどは、いくつかのオーケストラと合唱団のメンバーであり、それぞれ用意された椅子に座ってはいたが、大抵は中腰で誰彼となく不安げにひそひそ話をしていた。残りの音楽家は数人のメンバーからなるグループに属するか、声楽家や独奏者や著名な作曲家たちだった。また、ピアノの前で座ったり立ったりしながら、落ち着かない様子で椅子の高さを何度も繰り返し調節している者もいた。

その時、眩《まばゆ》い光が辺りを覆った。皆話すのをやめ耳を澄ました。

――さあ、最後に私と一緒に楽しもうではないか――。

それは音楽家たちの脳裏に直接訴えてくる声だった。その声を聴いた瞬間、不安は消え去った。皆、各々自分が何をすべきかをはっきりと理解したのだ。

それから丸三日間、光の前で人類最後の演奏会が休みなく続けられた。どの曲がどの順番でどの演奏家により演奏されるのかは、予《あらかじ》め決まっているわけではなかった。しかしすべてがまるでプログラムに定められているかのように淀みなく演奏されていった。

集められたのは、一〇〇年ほど前から現在に至る間に活躍した著名な演奏家たちと、それ以前からの偉大な作曲家たちだった。その時の彼らの演奏は各々の人生において最良のものだった。演奏家たちは久々に自らの演奏を楽しんだし、生前はあまり聴くことのなかった他人の演奏や、初めて聴く演奏家たちの演奏を心から楽しんだ。そこで奏でられた音楽は皆に感嘆の声を上げさせ、時には涙を誘い、時には歓喜の絶叫をもたらした。

その演奏会は、スヴャトスラフ・リヒテルによるバッハの平均律第一巻から始まった。第一番のプレリュードが始まると、皆その一音も聴き逃すまいと耳をそばだてた。それは豊かな森の深い場所で今まさに生まれ落ちた、母なる川の最初の無垢な流れのような音楽であった。

次に演奏されたのは、カール・リヒターによるバッハの『マタイ受難曲』であった。光のそばに控える男の一人はその演奏中、必死に涙をこらえていたが、終盤の『まことに、この人は神の子だった』というコーラスが天上から降り注ぐように聴こえてきた時、もはや感情を抑えることができなくなり声を上げて泣き出してしまった。

次はピエール・フルニエ、ヤーノシュ・シュタルケル、パブロ・カザルスが交互に無伴奏チェロ組曲を弾き、ヘンリク・シェリング、庄司紗矢香、ギドン・クレーメル、ビクトリア・ムローヴァが無伴奏バイオリンのためのソナタとパルティータを交互に演奏した。

その後はさまざまな楽器による独奏や、室内楽、そしてハイドン、モーツァルト、シューベルト、ブラームス、リヒャルト・シュトラウス、ショスタコーヴィチなどの交響曲や交響詩が途切れなく演奏されたが、すべてそれ以上望むべくもない素晴らしい演奏だった。

二日目の朝、まず皆が目を見張ったのは、縦五メートル、横一〇メートルの長方形の木版に描かれた膨大な数の生き物たちの絵だった。それはヒエロニムス・ボスとピーテル・ブリューゲルが共同で描いたものだった。

二人はこの巨大な木の板に一万人の人々を描いた。そこには地球上に存在したあらゆる栄光、あらゆる挫折、あらゆる犯罪、あらゆる愛、あらゆる友情、あらゆる裏切り、今まで地球上に存在したあらゆる生き物、あらゆるグロテスクな想像上の生き物など、あらゆるもの、あらゆる場面が克明に生き生きと描かれていた。巨大なキャンバスに描かれているにもかかわらず、細かい部分は虫眼鏡でなければよく見えないほど細かく描かれていた。皆、その精緻さと描かれているものの多様さに驚嘆の声を上げるばかりだった。そんな声に、

「わしたちには時間だけは充分あったからな、大したことはないよ」

と二人揃って答えるのだった。

そのざわめきが収まると、その日の演奏会はグレン・グールドによるバッハの『インベンションとシンフォニア』、そして『ゴールドベルク変奏曲』から始まった。皆極めて興味深そうにその演奏に耳を傾け、

中には顔をしかめる者もいたが、とにかくグールドの音楽を堪能した。

次に拍手喝采で迎えられたのはウラディミール・ホロヴィッツだった。ホロヴィッツはシューマン、スカルラッティ、そしてショパンから何曲かを弾いた。特に最後にホロヴィッツが弾いた『幻想ポロネーズ』は、何と言っても素晴らしかった。

その後は主に歌曲が歌われた。フィッシャー・ディスカウ、ヴンダーリヒ、シュライヤー、プライ、カレラス、ドミンゴ、パヴァロッティ、シュワルツコップ、ノーマン、カラス、ルートヴィヒ、カバリエ、バトルなどなど、錚々《そうそう》たる面々が各々の全盛期の歌声を競い合った。

二日目の最後を飾ったのは、カール・ベーム指揮の『フィガロの結婚』とコリン・デイヴィス指揮の『魔笛』だった。皆腹を抱えて大笑いしながら、モーツァルトとロレンツォ・ダ・ポンテのユーモアを心の底から楽しんだ。そしてディアナ・ダムラウが歌う『夜の女王のアリア』には、スタンディングオベーションが一〇分も続いたのだった。また、パパゲーノとパパゲーナの最後の二重唱は、皆の心に深い感銘を与える素晴らしいものだった。

何しろ観客席の最前列で一番喜んでいたのは、ヴォルフガング・アマデウス・モーツァルトその人だったから、その様子を見ていた周りの皆も、いやが上にも盛り上がったのだ。

演奏後、皆がモーツァルトのもとに駆け寄り祝意を表した。最後にモーツァルトに祝意を表明したのは、しかめ面のいかつい男だった。その男はまず『魔笛』がいかに素晴らしかったかを早口で述べ、次に『フィガロの結婚』については、「台本の倫理的問題はさておき」という余計な前置きをしてから、やはりその音楽の素晴らしさを賞賛したのだった。

この男がモーツァルトの方に向かって歩き出した時には、何が起こるかひやひやしながら遠巻きに見ていた周りの者も、この男が述べたことは「倫理的問題」以外はこの二作品に対する惜しみのない賛辞であり、それを受けるモーツァルトも終始上機嫌であったから、ほっと胸を撫で下ろしたのであった。

三日目の午前〇時、ヘルベルト・フォン・カラヤンが指揮台に上がった。目をつぶったカラヤンは腕を軽く前に伸ばすと、全楽団員の集中力が最大になるまで待った。やがてそれが頂点に達すると、カラヤンは指先をわずかに動かした。シェーンベルクの『浄夜』が静かに始まった。カラヤンの指先はまるで老練な魔法使いのように縦横無尽にオーケストラを、時に激しく、時に優しく操った。

シェーンベルクにインスピレーションを与え、作曲を決意させたものは、リヒャルト・デーメルによって書かれた同名の詩であった。その詩がいかにばかばかしい内容であったとしても、シェーンベルクはそんなことはお構いなしに自分の頭の中で妄想を爆発させ、全く素晴らしく情熱的な音楽に発展させた。

この二者の関係はちょうど『2001:A Space Odyssey』におけるアーサー・C・クラークとスタンリー・キューブリックの関係と少しだけ似ていた。言うまでもなく、シェーンベルクがキューブリックだ。

それに続いてピエール・ブーレーズが、ストラビンスキーの三つのバレエ音楽、『火の鳥』『ペトルーシュカ』『春の祭典』を振った。クールに指揮するブーレーズの横で、スコアに賢明に忙しく何やら書き込みを入れ続けている眼鏡をかけた男は、ほかならぬイーゴリ・フョードロヴィチ・ストラヴィンスキーその人だった。演奏後、二人は何やらこそこそ話しながら、人混みを避けるように去っていった。

次に登場したレナード・バーンスタインは、グスタフ・マーラーの交響曲第二番と三番と第八番を振り、オットー・クレンペラーが『大地の歌』を振った。バーンスタインは彼の最晩年の演奏よりはもう少しテンポよく、しかし極めて濃厚な音楽を披露した。

どの交響曲も素晴らしかったが、やはり第八番は圧倒的だった。何しろここでは演奏するにあたって、演奏者の数にも空間的にも何ら制限がなかったから、作曲家が望んだとおり、その音楽はまさしく宇宙を震わせ、その隅々にまで鳴り響いたのだった。

クレンペラーはテノールのフリッツ・ヴンダーリヒと組んで、全く素晴らしい『大地の歌』を聴かせてくれた。この曲のテノールを完璧に歌いこなすことのできる男は、やはり彼しかいないのだ。

その次に登場したヴィルヘルム・フルトヴェングラーは、直前までアルトゥーロ・トスカニーニと何やら言い争っていたが、それを振り切って指揮台に上がると、ベートーヴェンの交響曲全曲を何かに取り憑かれたかのようにオーケストラを取り換えながら一気呵成《かせい》に振り切った。それらの演奏はすべて皆を興奮の絶頂へと導いた。

第九番の四楽章は、そこにいる全員が声を合わせての大合唱となった。もちろんフルトヴェングラーの指揮についていけたものは誰もいなかったが、それでも最後は皆火だるまのように一体となり歌い切ったのだった。

次に演じられたのはゲオルグ・ショルティ指揮によるワグナーの『トリスタンとイゾルデ』だった。ワグナーと聞いただけでブーイングするものもあったが、それでも彼の音楽は、これ以上ないほどに熟した腐り落ちる寸前の果物が持つ、むせるような甘い芳香を放っているように感じられた。

ビルギット・ニルソンが『愛の死』を歌い終え舞台に崩れ落ちると、皆の口からは深いため息が漏れ、その頬は涙に光った。光はそれが大いに気に入りアンコールを要求した。

しかしショルティは精も根も尽き果てた様子で指揮台の横に座り込んでしまっていたし、ニルソンは舞台に崩れ落ちたまま立ち上がる気配もなかった。フルトヴェングラーはショルティの代わりに指揮する気満々だったが、彼もまたもはや足腰が立たなかった。

そこでダニエル・バレンボイムがヴァルトラウト・マイアーを促して『愛の死』を再度演奏することになった。言うまでもなくそれもショルティとニルソンの演奏と甲乙つけがたい素晴らしい演奏だった。マイアーが舞台を下りるのと入れ替わりに、つかつかと舞台の中央に歩いてスポットライトを一身に浴びたのはマリア・カラスだった。予定にはなかったが、どうしても歌いたくて舞台に上がったカラスだった。

「誰か合わせてくれる方はいないかしら？」

カラスがそう言うと、バレンボイムがおずおずと手を挙げた。カラスはバレンボイムにジャコモ・プッチーニの二曲を告げた。そしてカラス渾身のラ・ボエーム『私の名はミミ』とトスカ『歌に生き愛に生き』が切々と歌われ、それは確かに皆の心に染み渡った。

バレンボイムは大汗をかきながらよくカラスに合わせ、オーケストラをコントロールした。そしてカラスは喝采に満面の笑みで応えながら満足そうに舞台を下りていった。バレンボイムはその後ピエトロ・マスカーニの『カヴァレリア・ルスティカーナ』から間奏曲を指揮し、皆の高ぶった感情を鎮めたのだった。

最後に颯爽《さっそう》と指揮台に上がったのは、なんとヴォルフガング・アマデウス・モーツァルトだった。皆の中からざわめきが起こったが、それはやがてスタンディングオベーションに変わった。指揮台の上でモーツァルトは何度もお辞儀をしてそれに応えると、やがて力強く自分の最後の交響曲を振り始めた。それは大天使ミカエルさえ眩しさのあまり目を開けていられないに違いない光溢れる、まさに神のための輝かしい音楽だった。

最後のフガートを、モーツァルトは渾身の力を込めて自ら感動に身を震わせながら振り切った。その場は興奮のるつぼと化した。モーツァルトはその時、自分が生きていた時代に聴いていた音よりも遥かに豊かな音で奏でられる自分の交響曲を聴いた。

「あと一週間あれば、この音に相応しい交響曲を三曲は書けるのに」

モーツァルトは残念そうにそう呟いた。

最後のプログラムのために、若々しいマウリッツィオ・ポリーニがピアノの前に歩み寄り、椅子に腰を下ろした。その時、どこからともなく現れてピアノの響板に指先を添え、ポリーニの正面に立つ男がいた。よく見るとそれは紛れもなく、モーツァルトのオペラに賞賛の言葉を送った、ルートヴィヒ・ヴァン・ベートーヴェンその人だった。

それに気付いた皆から地響きのような拍手喝采が贈られたが、ベートーヴェンには全く聴こえなかった。皆そのことをよく知っていたから、ベートーヴェンが観客の称賛に応えなかったからといって不満を口にする者などいるはずもなかった。

このようにして、ベートーヴェン最後の三つのピアノソナタの演奏が始まった。さすがにポリーニも初めは弾きにくそうにしていたが、最初のソナタ、つまり三〇番の第三楽章が始まる頃からは完全に自分の世界に没入し、いつもの演奏が展開された。

そして最後の、つまり三二番のソナタは、奔放なリズムを炸裂させた後、次第に余剰な音をそぎ落としながら純化して行った。それはまるで隕石《いんせき》が地球の大気に触れて周りの部分を燃やし尽くすことで、その質量を失いながら軽々としたコアそのものになって行く様を見るようだった。その音楽は古いとか新しいとか、様式がどうだとか、そんな小賢しい人間の評価を一切受け付けない、すべてを超越した奇跡的な表現物だった。

最後の音が静かに虚空に放たれ、そうして拡散して消えて行った。

その時、聴衆の後ろの方からしわがれた声が聞こえてきた。

「よし、わしもちょうど終わった。もうすべきことはない。私がこの世で何を成し得たかと聞かれたら、この絵を指し示そう」

長い白髪と頬から顎を覆う豊かなやはり真っ白な髭を蓄えた、彫りの深い顔をした頑固そうな老人が満足そうに呟いた。皆、その老人の前のイーゼルに置かれた一枚の絵にくぎづけになった。不思議な控えめな笑みを漏らす一人の女性の絵だった。

皆、すぐにこの絵が何であるかが分かった。それはこの老人が死の床まで決して手放すことのなかった『モナリザ』として知られる絵だった。そしてこの白髪の老人こそ、レオナルド・ダ・ヴィンチその人だった。

絵の中の女性の背景に描かれた空の上部は、透明感のある鮮やかな青色だったが、下に行くに従って水蒸気をたっぷり含んだ靄《もや》に覆われ、色彩は淡いものになっていた。遥か遠くに描かれた鋭い頂を持った岩山はその靄に隠されていたが、手前になるに従って明瞭にその姿を現し、その精緻な岩肌は極めて自然な色と陰影をもって描かれていた。

女性の柔らかくカールした髪は部分的に光を反射し、明るく瑞々《みずみず》しく輝いていた。ベール越しに見える左肩から左腕にかけてのほっそりとした体の線がこの女性を若々しく見せていたし、顔から首、そして胸にかけては比較的明るく描かれていて、陰になる部分との間には、いやそれだけではなくあらゆる部位で、その周りとの間には極めて自然な連続性があった。

目の上には眉毛が描かれていて、その口元の微笑みと相まって若さと美しさだけでなく、言葉では表現し尽くせない観る者を虜《とりこ》にする魅力溢れるものになっていた。両方の眼球は彼女の左に寄っているにもかかわらず、絵を左右どちらから見ても正面から見つめられるように感じられた。

それにしても、この女性は本当に微笑んでいるのだろうか。それとも何か心に秘すものがあるのだろうか。だとしたら何を言いたいのだろうか。じっと見つめるその視線に捕らわれて逃れられなくなりそうな誘惑を感じさせる表情には違いなかった。

誰もが作者に訊きたいことがたくさんあったが、何であれ言葉以外の方法で表現されたものを、言葉を使って説明するということがいかに愚かなことであるかということを皆よく分かっていたので、黙ってその絵に見入るばかりだった。

しばらくして、あちこちから拍手とブラボーの声が沸き起こった。それは誰に対するというものではなく、古今東西を問わず人間の魂をさまざまなやり方で上手く表現し得た者たちへの賞賛の声だった。

このようにして、人間が与えられた素晴らしい才能すべてが残らず光の前で披露され、そして返されたのだった。

表現者たちは、皆その能力のすべてを出し切った。彼らは呆けたように恍惚《こうこつ》の表情を浮かべて、ある者は椅子にぐったりと腰を下ろし、ある者は床に倒れ込み、そしてある者は鍵盤の上に突っ伏して動くことがなかった。

――ご苦労であった――。

それが、彼らが聞いた最後の言葉だった。辺りは一段と眩い光に覆われ、表現者たちは静かに消えていった。

光は地上を離れ空高く舞い上がると、やがて大気を突き抜け地球の引力のほとんど及ばない地点まで離れてから、ようやく後ろを振り返った。地球はかつてユーリ・ガガーリンやアラン・シェパードが見た時ほどの輝きは失っていたが、それでもまだ充分に美しい惑星だった。暗黒の空間に頼りなげに浮かぶその惑星をしばらく見つめた後、光はそのすぐ隣に浮かぶ衛星に光を照射した。

直後、月は地球に向かって最初はゆっくりと、そしてやがて凄《すさ》まじい勢いで落ち始めた。落下速度はあっという間に時速一〇万キロメートルに達し、地球と反対側の月の半分はその速度について行けずバラバラに崩壊し始め、全体が巨大な彗星《すいせい》のように尾を引きながら地中海めがけて落下した。

地球に面した表面は地球の大気を深く切り裂き、高温のためにドロドロに溶解しながら衝突した。海面は瞬時に沸騰し、捲れ上がった地殻は数千メートルの高さの地殻津波となって、同心円状に地上のすべてを溶かしながら猛烈なスピードで広がっていった。遅れていた月の破片も次々と地球に落下すると、岩石蒸気が地球を覆いつくす間もなく、地球はあっという間に砕け散った。

気が遠くなるほど長い年月、命を繋いできた何百万種類もの奇跡的な有機体は、苦しむことなく、一つ残らず極めて単純な分子にまで分解しつくされた。つまり地球は完全に滅菌されたのだ。

その一切を確認すると、光はオールトの雲まであっという間に移動し、太陽系の中心に向かって一度凄まじい咆哮を放った。それは空間をゆがめ、その波動は太陽系の隅々にまで津波のように広がった。光はしばらくそこに留まってから天の川銀河を飛び出し、遥か彼方へと飛び去って行った。光が再び天の川銀河を訪れるかどうかは分からない。

　人間が金星と火星と名付けた惑星の間に出来た新たな小惑星帯を構成する無数の星屑は、早くも少しずつ衝突しながらより大きな塊へと成長し始めていた。それはやがて新たな太陽系第三惑星になるだろう。

　しかしそれは、かつて溢れるばかりの生命で満たされた地球とは全く異なるものだ。そこには自己複製する何ものかが生まれるかもしれないし、生まれないかもしれない。もし仮に何かが生まれたとしても、それは人間が生命と呼んだものとは全く縁も所縁《ゆかり》もないものだ。

　そこに新たに知的生命体と呼ばれるものが生まれるかもしれない。しかしそれらに人間が親しみを込めて話しかける機会は永遠に失われてしまった。人間が成し遂げたことは何も残らず、誰に記憶されることもなく、石板に刻まれることもない。ただ最後のコンサートで演奏された音楽だけは、いつの日にか宇宙空間の隅々にまで届くかもしれない。しかし、それを受け取り理解するものは永遠に現れないだろう。

『おねえちゃん、地球はなくなっちゃったの？　カントはどうなったの？　もう私たちには帰るところがなくなっちゃったのね？』

　地球が破壊される一部始終を見ていたクシナダは、ツクヨミを不安げに見上げながら縋るようにそう言った。

　ツクヨミには返す言葉がなかった。しかしやがて意を決したように口を開いた。

『そうね、あなたも見たでしょう。もう地球はないし、カントもいない。もう私たちには帰る場所はない。

そのとおりよ。もう何がなんだか分からないわ。でもね、私たちはこの理不尽な破壊を免れた。きっとそれには意味があるんだわ。地球やカントが破壊されたこと、そして私たちが生き延びたことに。それを受け入れるしかないわ。

私たちには帰る場所はもうない。そうね。でもそれでいいのかもしれない。私たちは二度とここには戻らない方がいいのかもしれない。私たちはもう何もかも新しく始めた方がいいのかもしれない。きっと、この宇宙のどこかに私たちに相応しい場所があるはずよ。私たちはそれを目指しましょう。それを私たちの故郷としましょう。私たちにはきっとそれがいいし、それを見つけることができるはずよ』

ツクヨミはクシナダを強く抱きしめるとそう言った。

完

この作品の著者であり、私の主人であります福原法夫は、本の完成を待たずして、二〇二三年三月に他界いたしました。

本人は大変残念であったと思いますが、こうして無事本が完成し、少しは安堵してくれているのではと信じております。

生前中に賜りましたご恩情、ご厚誼に厚く御礼申し上げます。

ありがとうございました。

福原　千佳子

※この物語はフィクションです。
実在の人物・団体とは一切関係ありません。

著者プロフィール

福原 法夫（ふくはら のりお）

1957年 北海道生まれ
1976年 北海道札幌南高等学校卒業
1987年 東北大学大学院修了
医学博士号取得 ウイルス学専攻
アメリカ国立衛生研究所（NIH）留学
1990年 塩野義製薬入社
北海道大学准教授として２年間出向
2018年 退職
2023年 他界

ホモ・ミラビリス

2023年10月15日 初版第１刷発行

著 者 福原 法夫
発行者 瓜谷 綱延
発行所 株式会社文芸社
〒160-0022 東京都新宿区新宿1－10－1
電話 03-5369-3060（代表）
03-5369-2299（販売）

印刷所 株式会社フクイン

ISBN978-4-286-24565-2